刑事庭长

孙孝明 ◎著

中国工人出版社

图书在版编目（CIP）数据

刑事庭长 / 孙孝明著. -- 北京：中国工人出版社，2025. 9. -- ISBN 978-7-5008-8787-4

Ⅰ. I247.5

中国国家版本馆CIP数据核字第2025Z87W32号

刑事庭长

出 版 人	董　宽
责任编辑	罗　娜
责任校对	张　彦
责任印制	黄　丽
出版发行	中国工人出版社
地　　址	北京市东城区鼓楼外大街45号　邮编：100120
网　　址	http://www.wp-china.com
电　　话	（010）62005043（总编室） （010）62005039（印制管理中心） （010）62001780（万川文化项目组）
发行热线	（010）82029051　62383056
经　　销	各地书店
印　　刷	天津中印联印务有限公司
开　　本	710毫米×1000毫米　1/16
印　　张	28.25
字　　数	433千字
版　　次	2025年9月第1版　2025年9月第1次印刷
定　　价	70.00元

本书如有破损、缺页、装订错误，请与本社印制管理中心联系更换

内容提要

这是一部聚焦人民法院法官工作、学习、生活的长篇法治小说。

小说塑造了李国勇、刘青德、杨金华、刘玉瑶、赵建华等刑事法官的群体形象。通过描绘他们在开庭审判、案件讨论、死刑执行等核心工作中的认真态度和专业操守，生动展现了法官们坚持实事求是、抽丝剥茧、去伪存真、坚守正义的敬业精神，再现了法官们严谨而充满挑战的日常生活，展示了他们平和淡定的情感世界。

小说深刻揭露了唐世海、彭小海、蔡加新等犯罪分子的凶残狡诈，通过对犯罪事实的描写、庭审活动的直观展示，歌颂了人民法官在党的领导下，坚持宽严相济的刑事政策，惩恶扬善的高尚品德。

小说真实刻画了法官作为普通人，面对情与法、私与公的艰难抉择，以对党绝对忠诚的态度和高度自律正确处理亲情、友情，始终坚守法律至上、人民利益至上的司法理念，传播法治信仰的家国情怀。

作者是从事刑事审判的资深法官，他以其深厚的职业素养诠释法理，以朴实的语言宣传法律，以饱满的热情讴歌法官。作品叙事完整，语言流畅，情节丰富，不仅是对法官群体的深情赞美，更是对法律精神和司法为民理念的弘扬。

目　录

第一章

组织任命

2009年2月下旬的一天，德沅市第五届人民代表大会常务委员会第七次会议正在召开，四楼会议室灯光通明。主席台正中，市人大负责人正在宣读决议，随后会议主持人宣布了下一项议程。这时，坐在会议室最后一排工作人员席上，靠门边的一位女同志，站起身轻轻拉开一道门缝，一闪身出门，随后关上门。

一楼的101会议室里，一群身着藏青色法官服的法官们，有的正在看手机，有的在互相交谈着什么。忽然，门“吱”的一声开了。有人喊了一声，政治部组干科科长王玉玲说：“大家快点做准备上楼，很快就要进入表决了，市中级人民法院的审判职务马上要任命了。”大家快速朝走廊正中的电梯走去。

四楼紧挨门的走廊上，王玉玲拿着手中的名单望了大家一眼。这时，从会议室传出一阵热烈的掌声，上一项议程已进行完毕。

市中级人民法院院长这次报请市人大任命法律职务的人员有十六名，还有四名新提拔的副庭长。提请任命法律职务的议案早已提交市人大常委会审议，各位同志的情况简介及考察材料已附后。这么多即将任命的人员，是根据相关法律规定和有关人事管理办法确定的。市中级人民法院按照中层骨干在现岗位工作满五年，一般审判人员在同一岗位工作满八年必须轮岗，特殊岗位如技术室、财务室除外，这次任命的人员大多是岗位轮换。

表决有序进行，通过后，主持人宣布休会。其间，有的出门接打电话，有的倒茶。张红江院长快步走过来，大家纷纷向他打招呼。张院长兴奋地说："刚才，大家的任命都通过了。待会儿领任命书时，大家要向主席台鞠躬敬礼，并向与会委员代表们敬礼。"

一声铃响，会议接着进行。先上台领取任命书的是被任命为刑事审判第一庭庭长的李国勇，然后依次是民事审判第二庭庭长许昆雄，民事审判第三庭庭长苏晓军，审判监督第一庭庭长吴建林，行政审判庭庭长罗海俊。紧接着上台领取任命书的是各业务庭的副庭长，刑事审判第二庭副庭长王涛，民事审判第一庭副庭长徐仕兵，民事审判第二庭副庭长杨学亮，审判监督第二庭副庭长杨华，行政审判庭副庭长彭月云。随后还任命了市人民检察院两名科长、三名检察员。

任命议程结束后，大家拿着刚刚领到的红色任命书，陆陆续续地走出会议室，径直奔向电梯。有的人嫌电梯拥挤，干脆步行下楼，坐到市中级人民法院备用的大巴车上，聊起了最近发生的事。最后上车的王玉玲问大家："人是否都到齐了？"

吴建林说："李庭长自己开车走。"王玉玲回答："嗯，我知道了。"王玉玲扫视了一下车内，示意司机李元平："开车吧，回法院途中经过市司法局时停一下，两捆普法教材要拿回去。"

这次市中级人民法院的人事变动比较大，有二十多人，特别是有到市中级人民法院服务科室工作多年，这次被调整到业务庭室的。这些被调整的同志一方面比较高兴，终于可以办案了；另一方面有些紧张，多年没有办案，只有理论知识，没有实践经验。新到任的民二庭副庭长杨学亮就有这种感觉。1995 年杨学亮到法院工作，开始在审监一庭，后来到院办公室，十二年过去了，当初的热情与冲动几乎消磨殆尽。好久不在业务岗位工作，自然就觉得现在这份工作似乎有些生疏，压力油然而生。到任之前，院长和他谈了话。此后，杨学亮感觉，要重拾业务，必须抓紧充电才行。于是，他每天晚上加班学习民事法律及相关司法解释，辛苦而又充实。

李国勇前些年一直在刑事庭工作，从助审员到审判员再到副庭长，几乎没有离开刑事战线。五年前，他通过竞聘上岗，被调整到政治部法官管理科当科长。开始两年，他认真做了许多开创性工作，如为市里征集旅游文明城市口号、联带包创实施细则，为创建文明法院出谋划策。近些年他特别想回到审判岗位，这种愿望越来越强烈。他向常务副院长徐长胜说明了自己的想法。徐长胜分管刑事审判工作，在办理“019”专案时，他们结下了深厚的友谊。

九年前一个夏天傍晚，市内一家银行的运钞车在收营业站点的营业款，准备下班。当来到最后一个站点分理处的门口时，突然，有三名戴着帽子的蒙面歹徒，从街上密集的人群中蹿出，开枪打死了押车的三名经济民警和营业点两名出纳员，抢走两支微型冲锋枪和二十多发子弹。在同一时间，另外一名蒙面歹徒在街道旁用枪打死了一名出租车司机。关键时刻，出纳员按响了警铃。大门内外一时警铃声大作，几名歹徒乘坐劫来的出租车仓皇逃离现场。在逃跑途中，这伙歹徒又开枪打死打伤多名路人，还撞伤一名幼童。

案件发生后，案情火速上报公安部，公安部马上派出刑侦专家赴德沅市公安机关指导破案。鉴于此案与发生在重庆、湖北的案件作案手段相同，便协调组织有关省市公安机关严密侦控。案发后当晚，德沅市公安局的指挥中心大厅就没有消停过，一道道指令从这里发出，设卡封堵、严密搜查每一辆过往车辆，鼓励市民提供线索，组织了三层包围圈。市政府领导、市委政法委领导、市公安局局长、分管刑侦技术的副局长，一共九人，案发后当晚，他们一直研究到半夜1点多钟。市长说：“干脆叫019专案吧！”“019”专案命名便由此而来。

徐长胜认为，李国勇办理刑事案件是个出类拔萃的好手，理应积极支持李国勇挑起刑事审判这副重担，表示将在合适的时候，向院党组反映他的要求。同时，徐长胜也要求李国勇找张红江院长汇报自己的想法。后来，李国勇也找到了张红江院长并表达了自己的愿望。张红江早知道李国勇是一位刑事审判骨干，表示在人事调整时会充分考虑李国勇的想法。

今年春节过后一上班，院党组开会研究人员调整轮岗方案，政治部制定了细则，同时考虑到工作的连续性和不打乱节奏，所以，从事审判的工作人员有的虽然工作已经达到八年，但还得暂时继续工作一段时间，一旦有人招进法院，马上调整。年龄达到五十七岁的庭长要从现职退下来，也有副职提升，个别年限不够的也参与了轮岗；调动一个人实际上要涉及两个人的工作，刚过春节，大家的工作不是很忙，这期间人员调整对工作影响不大。况且，法院审判工作和一般行政机关工作不同，办案有程序要求。所以，人员调整过程中，市中级人民法院党组规定，对于已经阅卷开庭，已经发出开庭通知并组成合议庭即将开庭的案件，一律由原承办人办理，不移交他人。之所以出台这样的规定，是因为如果再移交，要重新阅卷，重新走一遍流程，既延误时间，又浪费司法资源，容易引起当事人的猜疑。

上午市人大常委会开会任命后，院里要求所有调离岗位的人员第二天就必须按照新的岗位到位履职，下周开展工作。下午刚上班，各庭室负责人就开始安排调整庭室的人员办公室了。已到龄退职的钱庭长，找到李国勇交接工作。庭里的十个人，除李国勇外，还有刘青德、杨金华两位副庭长，五名审判员。有的曾与李国勇在同庭室工作过，只有两名书记员，他还不太熟悉。

李国勇和刘青德一起到刑一庭的各办公室看了看。和庭里的同志打过招呼，便来到 314 办公室，见肖健正在整理案件卷宗，刘青德说道："肖健，在整理案卷呀，李庭长来看望大家。"见李国勇进了办公室，肖健连忙起身倒茶。"别客气，不用了！你只管忙你的。"李国勇寒暄着。肖健一边整理一边说："这件案卷要赶在下周一，立案庭到省高级人民法院送案卷时一起送去，不然又会推迟，这周末又要加班，没办法呀！"

"需要帮忙吗？让小刘协助你一下。"李国勇说。

"不用了，谢谢李庭长的关心，她的案卷也不少呀！"

李国勇见他这样说，便打消了让书记员刘玉瑶帮忙的念头，说了声"你忙"，便和刘青德来到杨金华副庭长的办公室。

杨金华见李国勇进来，高兴地说："欢迎李庭长带领我们庭到省里争先进、市里受表彰。"李国勇接过杨金华的话，说："那就看你的了。"李国勇这么一说，杨金华连忙表态："在你的带领下，我们一定努力。"刘青德也说："我们积极配合李庭长的工作，各项工作都争先进。"坐在办公室的刑一庭审判员余艳见几个庭领导都在办公室里谈论，便和李国勇打了声招呼，转身去了内勤室。

李国勇问杨金华："案件多吗？"杨金华实话实说："春节前加班突击了一批，现在这段时间还好，不过市人民检察院有很多的案件马上要起诉到法院。"刘青德接着说："今年刑二庭的案件也少不了，去年市水利局发生的窝案，都侦办终结了，即将起诉。"

李国勇听到这些，心里有些焦虑，刑事案件不比民事案件，每件案件都要程序到位，无捷径可走，不像民事案件可以调解亦可撤诉。尽管刑事附带民事案件就附带民事部分可以调解，但案件数量却微乎其微。

李国勇又问了一句："郭局长忙得很呀，好久没有看到他了。"说到这里，杨金华嗔怪地说："他呀，春节都没有在家待几天，吃年夜饭都没时间！"李国勇说："公安机关确实是忙，尤其是节假日。"刘青德接着李国勇的话说："的确如此。"李国勇哈哈一笑，指着杨金华说："你丈夫在公安局工作，刘青德的许多战友也在公安局工作。"

"人家是局长，我战友在派出所工作。"刘青德说。李国勇笑着说："分工不同，分工不同。"就在李国勇说话时，刑一庭审判员赵建华正在赶着写审理报告。

李国勇和赵建华说话时，刑一庭审判员唐仁平和周丽云打算去看守所提审。其实，在李国勇来刑一庭时，刘青德就讲了，赵建华有一件涉及交通肇事的二审案件，被告人家属总是闹访，一审时就闹，春节前又闹到市人大、市信访局，案件还未办结，春节后一上班，被告人家属又来了。

"是什么原因？"李国勇问。

赵建华说："主要是被告人对判实刑不满，认为被害人有过错，责任划分不合理，又进行了民事赔偿。于法于情都不应判实刑，应该判缓刑，可能与他请的律师处置失策也有些关系。这是我和唐仁平接待被告人家属时共同的感受。"

正在这时，钱庭长走过来，后面跟着审监一庭的吴建林庭长和审判员黄钢。钱庭长望着李国勇说：“李庭长，干脆我现在就把门钥匙给你，卫生麻烦你要书记员搞一下。”

于是，李国勇来到办公室，问了问钱庭长：“老同志，注意休息，东西能否搬得完？”

钱庭长说：“东西不多。”说完指着书柜里的一堆资料，“这是最近几年刑事方面的相关资料，有些资料你可能用得上，如果用不上就处理吧。”

“您这可是传经送宝，我要好好学习，等之后有空再仔细清点整理，学习学习。”说完，钱庭长顺手把钥匙递给了李国勇。黄钢提着一捆书和资料急匆匆地上楼去了。钱庭长拿着一件奔马工艺品和零散物品，吴建林帮他拿着法官袍，一同朝楼梯走去。

李国勇与他俩告别后，准备回政治部清理自己的物品。他走到六楼，朝西边的综合楼的电梯走去。

德沅市中级人民法院院落现占地面积三十亩，正大门朝西，出门直通大街。一道花园墙将办公区和生活区隔开，敞开式的拱门作为人员、车辆进出通道，往东开阔，后边修了两栋宿舍楼，一楼还建有十五个车库。平时，警车停放在车库里。进入院内，法院既是一个整体，各区功能又各有侧重。

办公楼始建于20世纪90年代初期，坐北朝南，是一座七层的大楼。七层还修建了一个大会议室，办公楼前是一个很大的操场，法院的警车平时停在宿舍楼的楼下。操场的南面靠近围墙，外面建的是一排店面，还有一个银行的储蓄所。院墙里面是一座外圆内方的礼堂，上下两层，能容下五百人，主要考虑大型活动的开展及多名被告同时开庭庭审的需要，在冬天开会时，四角放上几盆炭火，大厅里暖烘烘的。礼堂一旁建有一栋五层的配楼，主要是法医技术室和档案室。此外，还建有医务室，方便干警小病就医。

生活区在东边，建有机关食堂和招待所。招待所南边是一个鱼塘。旁边是一个面积较大的花卉苗圃，鱼塘西边还建有篮球场，鱼塘西北边是一片橘子园。每到秋天，金黄色的橘子挂满枝头，俏皮的小孩儿们在橘园里摘果打闹，其乐融融。

生活区还依次分布着三栋宿舍楼，后来，又扩建了两栋宿舍楼，每名干警均分有一套住房，环境优美，绿草如茵。距离生活区一公里处有一个农贸市场，不到十分钟路程有一所小学和中学，距法院的西边一公里处，建有一座大型市立医院，给生活在法院的人员带来了极大的方便。这个生活区特别宜居。

当时，法院的工作和居住环境令多少人羡慕不已，在法院工作成了许多人梦寐以求的事。一次，最高人民法院领导来德沅市检查指导工作，看到威严气派的办公楼和环境舒适的生活工作区，加上法院各项审判工作走在全省的前列，便情不自禁地夸奖说，这里的硬件设施在全国中级人民法院中是名列前茅的，审判业务工作值得充分肯定。一同前来的省高级人民法院领导和市委主要负责人也为此自豪欣慰，对德沅市中级人民法院工作的钦佩之情油然而生。

然而，这个院落启用后也因为城市翻天覆地的变化出现了一些问题。当时修建法院院落时，征用的是市郊农村土地，院落实际上是建在一块低洼的水田之上。随着经济的发展，城市在不断扩容，街道周围到处在硬化，吸水功能下降，加之城建设施跟不上城市发展规模，一到春夏之交，几场暴雨过后，院内积水有七八十厘米深，最深处几乎和一楼地面持平，严重影响了干警的工作生活。

时间到了21世纪，2003年1月，当换届选举结束后，新当选的郑新杰院长面临两件大事：一是德沅市人民代表大会常务委员会通过《关于对市中级人民法院、市人民检察院组成人员实行随届任命的决定》，包括市中级人民法院的副院长、审判委员会委员、庭长、副庭长、审判员等全部需要重新任命。二是市中级人民法院院落积水的问题，干警们早有反映，尤其是清明前的一场暴雨，院落被淹成了一汪积水，全院干警家属因此而伤透脑筋。郑新杰下决心要解决这个问题。

这时，国家发展和改革委员会同最高人民法院、国家建设部颁发了《人民法院法庭建设标准》，院领导对照这个标准，发现法院的情况与之相差甚远，主要表现在以下几个方面：一是市中级人民法院审判法庭虽然经过改造，但在功能上和数量上已远远落后，需要增加大审判庭、中审判庭和小审判庭的数量。目前，审判庭数量和质量都不能满足日益增多的案件开庭需要，也不能够适应司法体制改革后的审判工作；二是审判工作人员逐年增加，解决办公用房成了当务之急；三是院落只有三十亩，西面和南面是街道，北面和东面都已修建民宅和商品房，再无扩展的可能，形成了院落拥挤扩建难、地势低洼排水难的问题。郑新杰曾给行装科的同志提出过这些问题，有的同志建议，需修一栋高层办公楼。郑院长立马否定了。他认为作为政府行政机关、审判机关，无论古今中外，不宜修得过高，法院要给人庄严平稳之感，基于这种考虑，不能像修商品房一样修建高层。

此时，市公安局、市人民检察院都提出了搬迁院落的计划，并得到了市委主要领导的同意。鉴于这种情况，郑新杰提出了院落整体搬迁的想法。征求了各位院领导的意见，并得到了大家的一致赞同。随后，他就派出人员着手考察。

是年 4 月，市委书记只身来到市中级人民法院，郑院长向他提到院落搬迁的事，并向书记陈述了几条理由。市委书记问：“老院落怎么办？”郑院长回答：“准备采取卖旧院建新院的措施，法院老院落找人买。”郑院长又向市委政法委书记作了几次汇报，并得到了书记的支持。

当年 9 月，市中级人民法院向市委呈递了选址新建报告。此前，郑院长又分别向每位市委常委作了汇报。在向市委书记正式提出时，市委书记关切地问：“你们修审判庭还欠几百万元，还搞院落搬迁呀？”郑院长笑着而恳切地回答：“我们院党组开会，统一了思想。”市委书记点点头。说起法院里跑这院落搬迁项目的事，郑院长深刻感受到了办事的不容易和办成事的成就感与欣慰。当时他找市长呈递报告，市长听了很高兴，此前也听说过这件事，今天见到正式报告，市长没有犹豫，在报告上作了批示：“同意做前期工作，应坚持卖院建院，加向上级争取资金的原则。”报告立项的事总算有了眉目。可一部分老同志的工作又难做。于是院里请了几个老同志代表到本省其他几个中级人民法院走了一趟。不看不知道，一看便知道差距了。德沅市中级人民法院的建设已远远落后于其他法院。这样，老同志一宣传迁院的意义，大家也积极支持了。

2004年12月，德沅市委同意市中级人民法院院址整体搬迁。市中级人民法院院落整体的项目终于被敲定。2005年3月，德沅市中级人民法院选定新院址。在规划中，城市中心公园从八百亩地中划出十分之一，给八十亩土地用于建新法院。这块地方位置很好，市规划局长都认为郑院长会挑选地方，从预备的三个候选地方中选中了这个地方。这个地方有两大好处，一是今后要修建公园，法院在公园边上，方便休闲；二是没有大规模的拆迁任务，仅有一户需要迁移。郑院长对此高兴得像喝了蜜似的，嘴角止不住地上扬。当初郑院长有顾虑，认为拆迁任务大，而且是给法院修房子，如发生矛盾，别人议论这件事，他心里肯定不好受。

后来，市委书记调整，新来的市委书记建议公、检、法三家修建在一起。面对这一新情况，郑院长思考后提出了几条理由：一是拟修建法院的地方无拆迁任务；二是市人民检察院的土地征收了，手续都办好了，退回去不一定行得通；三是法院坐南朝北，交通便利，方便群众诉讼。修建后的公、检、法三家相隔也不远，还是方便配合交流工作。还有一条，郑院长没有明说，和市公安局修在一起，他们条件好，经费充足，法院与之相比显得差一些。市人民检察院那边一切手续刚办完，要另起炉灶，他们心里也不大愿意，所以很赞成郑院长的想法。这样，市委书记就没有坚持自己的意见了。于是，新院址建设正式拉开帷幕，紧张施工，有序进行。

晚上下班后，李国勇没有马上走。新接手他工作的是邓海红，两人在一起工作过几年。邓海红是1992年参加工作的，开始在荆楚区公安局派出所工作。1994年法院向社会公招四名同志，因他过去学的是司法专业，毕业后一直从事法律工作，有理论功底，有实践经验，勤于学习，所以以优异成绩考进了市中级人民法院。到市中级人民法院后，在征求他对分配庭室的意见时，他坚定地表示，服从安排。这样，他就被分配在刑事庭工作。那时候案件不多，法院三大审判业务中民事案件较多，但案由并不复杂。邓海红到刑事庭工作后，从书记员做起，先任助审员，再任审判员，一直和李国勇在一个合议庭。邓海红当书记员，李国勇是助审员，邓海红是审判员时，李国勇升任刑事庭副庭长，他俩是工作上的好搭档。

邓海红最令人难忘的是，他办理案件吃得了苦，工作很勤奋，在刑事庭工作期间，经常加班加点。他是刑事庭工作人员中年龄最小的，尽管公差勤务常常安排他，他也从未有过怨言，一心只想搞好工作。尤其是他岳父去世后，丧事尚未结束，还有后续工作未完成，他就匆忙赶回法院参加庭审。由于是他主审的案件，领导征求他是否开庭改期的意见，他坚持按期开庭，大家都为他的敬业精神所折服。

前几天，院党组会开完后，邓海红得知将接手李国勇的工作，便开玩笑说："李科长，我现在要喊你李庭长了，你可要帮我把资料都留下来呀，我给你一个 U 盘，你帮忙一起拷贝下来吧。"

李国勇这几天事情较多，找他的人也多，关键是省高级人民法院要一份材料，这几天忙得忘记了，想起来明天是上报材料的最后一天，不能再拖了，便马上写。材料写完时，已是晚上 8 点多钟，李国勇顿时感到有些饿，想到自己未曾吃晚饭，便心急火燎地往家里赶。

李国勇的家，早在十多年前就搬到市委机关大院，他爱人在市委办公室从事机要工作，当年参加工作时年龄很小，分房子时按工龄打分，因此排上了号。当时政策是不能两处占房，李国勇考虑这边房子面积比法院的房子面积大，更重要的是爱人上班方便，就搬家了。

李国勇昨晚睡得较迟，早晨起床后不想吃东西，匆匆忙忙赶来上班，途中有些堵车，到法院时都快迟到了。一进办公室的门，还没落座，刘青德和杨金华就过来了，后面跟着刘玉瑶和肖健。刘青德说："李庭长，帮你搬东西来了。""别急，我先给省高级人民法院将一份材料上报了再说，要不你们先给张宇搬吧，我这里等会儿再搬。"

杨金华听李国勇这么一说，就开玩笑说："领导怎么说就怎么做，不过已经来了，也不想空手回去，哪些是要搬的？我们带点下去。"

李国勇听她这样说，就指着书柜里中间一排书说："要不先将这部分书搬下去吧。"

刘青德刚想动手，杨金华拉了刘青德一下，说："这点东西还用得着常务领导动手呀。”

李国勇一听感到诧异，刘青德说：“就我的名字排在她前面，经常打趣我。”

杨金华接着说：“哪个单位不是一把手排第一，排第二的就是常务领导。”

刘青德说：“我们比不得你丈夫单位，局长后面是常务副局长。”

杨金华不依不饶地说：“你说他干什么，肖健，你先动手搬，剩下的我们搬，注意别弄丢了。”

肖健问：“搬的书放到哪里？”杨金华回答：“先放三楼庭里的会议室。”

刘青德几人离开后，李国勇赶紧从电脑里找出昨晚写的材料，又找了一份签发稿，一起装订后交给董文军主任，并说明了今天要上报省高级人民法院。说完，李国勇直接来到三楼刑一庭的办公室。杨金华忙问：“是不是现在去给你搬？”

李国勇说：“不急，刘青德在吗？”

“他给张宇搬东西去了，马上就会回来。找他有事吗？”杨金华问。

“我们商量一下分工和办公室的调整。”李国勇刚说完。杨金华就喊刘青德：“过来一下，李庭长找。”刘青德放下手头的东西，走过来。

李国勇开门见山地说：“大家商量一下庭里的工作安排。”

三人来到会议室，杨金华示意刘玉瑶倒杯茶，李国勇劝阻说：“时间不长，别倒了。”三人坐在办公室里，等着新来的李庭长发话。李国勇首先说：“大家有什么想法和好的建议，先谈谈。”

刘青德说：“建议不分片了，每年都到几个固定的区县做些沟通、指导，有的审判员都不认识了，更不用说主管院长了。”原来，德沅市中级人民法院所辖九个基层法院，一条沅河把辖区分成沅河南北，所以相当长一段时间，办案分两个小组，习惯上分沅河南片与沅河北片。

“杨庭长，你的意见呢？”李国勇问。

杨金华回答：“怎么都行，不分也好，反正都是办案。”李国勇没有表态，只是说：“这件事先这样，到时候向徐院长一起汇报后再定，办公室是否有调整？”

杨金华早就想换一间办公室。她认为余艳太啰唆了，虽然自己是女同志。

她也不好直接说不愿和余艳再坐一个办公室，只是说不抽烟的尽量坐一起。

李国勇说："尽量考虑吧。"接着说，"关于分工，事先没来得及征求你俩的意见，看这样行不行，刘庭长负责一审案件、联带包创工作和调研指导工作；杨庭长负责二审案件、内务（财务报账）、车辆管理、党务组织工作和绩效质评工作。"

"我负责这么多工作，恐怕有些搞不过来。"杨金华说。

刘青德也在倒自己分工的苦水："我一听联带包创工作就头痛，要填写的资料太多了。"最后，李国勇想了想："内务杂事确实多，原来是周丽云兼的，市人大开会任命后，她就给我提出过不想再负责内勤工作的想法，愿意多办案。看内勤要刘玉瑶接手怎么样？"

杨金华放心地说："这样好，那她就和我一间办公室吧。"

"行，那办公室就这样安排，杨金华和刘玉瑶坐一间，周丽云和余艳一间，刘青德和张宇一间办公室。因为张宇过去一直从事民事审判，近几年来刑事案件没怎么办过，先跟你学习适应一段时间。唐仁平和赵建华就不调换了。肖健安排在内勤室，平时接个电话。"李国勇对办公室的布置又做了一番详细安排。

这时，政治部的同志来找李国勇了。李国勇到政治部，还未坐下，就有人敲门进来，原来是城山县人民法院政工室胡主任送来有关法警授衔的报告及相关资料，李国勇收下后，告诉他会转交给邓海红科长，并留他坐下谈了谈。

胡主任已经知道李国勇调岗，这是他最后一次到政治部办理业务。这时邓海红进来，李国勇连忙说："你来得正好，胡主任正好把有关法警授衔的报告送来了，以后的审查送省高级人民法院就是你的事了。"说完，李国勇向胡主任介绍了邓科长，他们互相打了招呼。见李国勇忙于工作，胡主任便向两人告辞了。

李国勇告诉邓海红说："我把相关资料交给你，文件材料都放在这两个文件盒里。电子文档的话，你有 U 盘吗？现在就拷贝给你。"邓海红回答："没有随身带，不着急。"

董文军主任这时候打电话过来了，要李国勇去他办公室一趟，邓海红就告辞了。李国勇对他说：“我的物品回来就搬。”说完，俩人一同出了门。李国勇交给董文军的材料稍作了修改，董文军问了李国勇一个问题后，便签发了。

李国勇拿回签发稿，将电子文档发给省高级人民法院后如释重负。他叫来技术室的小朱，要他帮忙拆下电脑。院里规定，人员调整，电脑随人走。他又打电话，让肖健过来帮忙搬一下书。王玉玲听到后说道：“李庭长你现在在搬东西呀。”这么一喊，政治部的人一听，就纷纷出来了，和李国勇打招呼。有的知道李国勇热爱刑事审判工作，打趣道，这下李国勇终于如愿以偿了。

这时，肖健和唐仁平、赵建华一同过来，李国勇微微一笑，谦和地对唐仁平说：“老同志来了，不敢当呀。”说完交代哪些需要搬的，有的进屋准备动手搬，东西不多，主要是书，几个人一人拿几本，就拿完走了。不一会儿，小朱拆的电脑已零散地摆在办公桌上。肖健抱上主机就走，王玉玲也抢着拿上键盘向三楼走去。

李国勇来到刑一庭的办公室，搬来的电脑已放到桌子上。看到办公室凌乱，地面一片狼藉，刘玉瑶顺手拿起扫把扫了扫。肖健提上水桶去打水，准备将办公室桌椅及书柜都擦一遍。这时，杨金华走过来问：“李庭长，有什么需要帮忙的？”

“没什么，你忙你的。”

张宇走过来说：“李庭长搬过来了，刑事方面我是新兵，请多指导。”

“我也刚来，共同学习吧。”

“你是老刑事，当业余大学老师时就教刑法，无论是理论还是实践，你都是老师。”

“那都是过去的事了，这几年出台的刑事司法解释很多，不学就跟不上形势了。”

张宇说：“你谦虚，有什么要帮忙的吗？”

“没有，肖健和小刘把卫生搞一下就好了。”张宇见李庭长这么一讲，就回到自己办公室去了。

肖健和刘玉瑶很快把办公室整理干净。李国勇准备叫技术室的小朱来安装电脑，肖健说："不用喊他了，我试试。"刘玉瑶笑了笑："那你安吧。"说完，肖健就开始捣鼓起来。

"李庭长，没有什么事我就走了。"

"快去忙吧。"李国勇说完自己朝会议室走去，先前搬过来的书，他抱了一叠过来，刘玉瑶连忙过去，将剩下的书放进李国勇的书柜后就走了。

不一会儿，肖健把电脑也安装好了，开机一切正常。他见亮度比较暗，就边调边问："这样亮度行不行？"微调了几下，李国勇就说："可以，不行的话，我自己再调。"

肖健走后，李国勇终于坐下。眼看要吃午饭了，想到一摊子工作，心里不禁长叹了一口气。

中午，李国勇就在办公室的沙发上睡觉休息，顺便盖了一条毛毯。刚到刑事庭，李国勇总觉得工作千头万绪，眼下的事多且繁杂，一时总是心神难定，难以入睡。想了一会儿工作上的事，又琢磨了近段时间的工作安排。

李国勇是花苑县人，父亲是县委副书记，因年龄原因退到县人大当主任。母亲是交通局干部。李国勇自幼家庭条件尚好，又是独子，从小衣食无忧，上面只有三个姐姐，其中一个姐姐也在法院工作。

他身材匀称，体格健壮，长得帅气，良好的家庭教养使得他非常引人注目。不过，虽然家庭条件优越，李国勇的父母却对他要求严格，从各方面培养他。他从小爱好体育活动，在学校里他爱好打篮球，积极参加学校乒乓球队，其他体育项目也很不错。

高考时，李国勇以优异的成绩考入湖南一所重点大学法学系。在大学里，他积极参加学校的公益活动，担任学生会的负责人。毕业时，学校原本保送他读研，但他母亲思儿心切，担心读研后留在外地，便劝儿子回家乡参加工作，于是李国勇就被分配到了市中级人民法院。

开始在刑事庭工作时，有一次省高级人民法院的副院长来院调研，见到李国勇聪明灵活，又是法律名校毕业，就征求他的意见，是否愿意到省高级人民法院工作。李国勇那时作为市中级人民法院的助审员，刚刚熟悉办案，就没有答应去省高级人民法院工作。不过，李国勇的优秀表现引起了市中级人民法院领导的关注。

第二年，为了审判人员专业能力的提升和凸显继续教育的重要性，最高人民法院决定在法院系统创办法律业余大学。大学设置了十多门课程，如果考试合格，还会授予相应的法律文凭。这种文凭在法院系统内部是被承认的。因此，就在各省设立了分校，在有条件的中级人民法院设立了集中教学辅导站，还有的省划片设立。德沅市中级人民法院作为湘西北地区的门户，地理位置重要，承担着三个中级人民法院法律人才的培训工作。李国勇由于有深厚的理论功底和审判工作经验，被抽调到业余大学担任刑法学的专职老师。

李国勇精心授课，不拘一格，结合办案遇到的问题，深入浅出，讲课通俗易懂，深得学员好评。由于德沅市中级人民法院及各区县人民法院的审判人员，大部分都到业余大学学习过，许多老同志包括院领导都来上过课，因此，李国勇和业余大学的老师到基层法院去，很受大家欢迎。大家在审判中遇到的法律难题，也都虚心向李国勇请教，李国勇都会尽心解惑。李国勇在同志们心目中的威信相当高，但他从不利用自己的优势看不起比自己水平低的人。

设定的闹钟响了，李国勇起身，伸了伸腰，顺手把毛毯收起放入柜中。这办公楼修建有二十年了，当初不错的楼房，如今已远不如近年修建的楼房漂亮气派。李国勇的办公室里有两张普通办公桌，是原木色，桌面上有玻璃和台布覆盖，室内还有一个书柜和内务柜，一个茶几和两把藤椅，比较简单和雅致。办公楼的办公室配置基本一样，不像后来修的综合楼，里面的办公室面积大，办公条件要比主办公楼的好。原打算过几年把主办公楼拆掉并扩建一栋高层的办公楼。三年前，市政府同意择址新建，新的院落正在建设中。抽调机关党委副书记马振宽专门搞基建工作。目前，主体建筑已完工。

下午，周丽云请假，说要接小孩儿。小孩儿原本是外婆帮助照顾，但这两天小孩儿身体不好，周丽云只好自己请假，提前到学校接小孩儿。李国勇点点头，表示同意。李国勇知道，周丽云的爱人在紫城区公安局派出所当社区民警，平时公安局的维稳任务很重，工作确实较忙，常常周末加班。周丽云的婆家在农村，距县城有好几十公里，根本帮不上忙，有事儿只好请假。她挺辛苦的，和丈夫因为这些家务事还吵了两次架。事后，周丽云挺懊悔，但也觉得丈夫不理解自己。

周丽云在工作上很上进，在同年进法院的几名干警中，她的表现很突出，要不也不会被安排在刑事庭。按照老一辈的说法，刑事庭是掌握生杀予夺大权的，"刀把子"一定要掌握在又红又专的人手里，必须政治立场坚定，思想先进。

星期一下午，李国勇向徐长胜副院长汇报了准备开庭务会的计划，并报告了对两位副庭长的分工以及庭里近期工作安排，重点提出准备取消分片办案的做法，同时还汇报了合议庭的编组人员，并希望徐院长到会指导。徐院长听完李国勇的汇报，谦虚地说："你是老刑事，指导谈不上，讨论案件的机会有的是，有时间过去看看大家，人员调整了，给大家加加油。"

李国勇提出的取消分片办案的设想，徐长胜也表示同意，对这些工作上的安排都表示满意。同时，徐长胜对李国勇提出了要求：对基层法院搞好业务指导，庭里要加强自身业务学习，这几年相继出了不少司法解释，需要认真学习领会，省高级人民法院刑一庭也有人员调整，准备抽时间带李国勇到省高级人民法院刑一庭接洽一下，便于联系工作。

说到这里，徐院长对李国勇说："今年如果有刑事培训外出学习的机会，一定不要错过，尽量安排人员外出学习，不要以案件多为由不安排人员出去学习。磨刀不误砍柴工嘛。"李国勇点了点头。

徐长胜还要求抓紧时间办案，说今年的工作任务不少。除正常办案外，还有中心工作。今年市人大又提出"百案听审"，现在办公室副主任姜曼丽正在做方案。今年是中华人民共和国成立六十周年大庆，各项事情肯定很多。谈到自己分管的庭室，除了刑一庭、刑二庭、行政庭，办公室还有全院综治工作，法院的三大审判中负责了两大审判。徐长胜还叮嘱，干工作时一定要有全局观念和大局意识。"徐院长站位高，请明天在庭里开会时做指示。"李国勇说。"那就不必了！"徐长胜委婉地谢绝了。

李国勇原本是打算周一开庭务会的，赵建华有件附带民事案件要做调解。唐仁平有件交通肇事案，被害人的家属上访，立案庭潘跃庭长喊了几次，要唐仁平去参与接待。

因为案件是二审上诉，尚在办理中，究竟案件改不改、怎么改，也不是一句话说得明白的。立案庭负责接访的对案情不了解，也不敢乱表态，本周值班的院长是谭院长，他是管基建和后勤这一块的。听说来访的是刑一庭正在办理的案件的当事人，便给李国勇打电话，要求承办人去接待。

李国勇一想，唐仁平已经接待几次了，再去恐怕效果不好，便问唐仁平："案件办理得怎么样了？""审理报告写完了，提审搞完了，案件上诉才一个月，我就接待了三四次，像这样接待，干脆不办案了。"唐仁平回答。

李国勇劝了一句："现在当事人情绪不好，这次你就不用去了，我安排刘庭长去接待，给当事人讲解一下法律知识。"说完便安排刘青德去接待。

刘青德听完就下楼到对面圆形办公楼去接待。按照当时的想法，立案庭之所以设在圆形办公楼，主要考虑如果当事人在主办公楼争吵，整个一栋楼都听得清楚，影响其他工作人员办公，而对面的圆形办公楼争吵声音就小很多。

不过，有时候也有人在操场打横幅，声嘶力竭地呼喊，把动静闹大，以期引起人们的注意。往往这个时候，大家也会从办公室来到走廊上观看。当然，人员实在太多时，院领导也会到第一线参与接待，年轻的法官也会帮助维持秩序，法警主要确保院领导的人身安全。这些上访的人员中，部分人是受别人操纵的，如有些建筑工地的老板，明明建设单位已经将工资款发放，但施工方却将农民工工资款挪用，然后唆使农民工索要工资，造成群访、集访，给法院执行部门施加压力。李国勇一想到这些，便想到今后办案要特别重视，防止发生群访事件。

李国勇要杨金华通知大家，明天上午准备开会。约了当事人的，请调整一下时间。听说要开会，周丽云只好打电话告知约好的当事人更改时间。通知完毕，杨金华把通知情况反馈给李庭长，明天上午 8 点半，庭务会可按时召开。说实在话，法院开会能凑齐，不是件容易的事。这主要是开庭通知提前发出，如果临时接到通知开会，往往影响到开庭，而且合议庭的组成人员也不能轻易变动，若有变动，要预先告知，涉及人员的回避。否则，会造成程序违法。因此，法院开一次人员全部到齐的大会是很不容易的，往往只有在春节前的年末才有可能变成全员都能参加的大会。

庭里开会就相对容易。李国勇这次开会，是人员调整后的第一次会，自己和张宇是新来的，希望大家支持工作，特意提到了张宇从事民事审判多年，是民事方面的专家，在刑事庭工作，有许多案件如刑事附带民事案件，就与民事审判密切相关，大家要互相学习，取长补短。说完，便将刘青德和杨金华的工作分工做了介绍，大家心中有数。

谈到刘青德和杨金华的分工，张宇问："我们和刑二庭是如何分案的？"杨金华快言快语："我们市中级人民法院刑二庭审理案件的范围，是刑法规定的第三、五、八、九章以及邪教犯罪，剩下的都是我们刑一庭办理，还有未成年人犯罪也是我们刑一庭办理。"杨金华对庭里工作也算是熟门熟路，她直接就说出了刑二庭办理案件的范围。

张宇说："那我们是审理刑法规定的第一、二、四、六、七、十章涉及的犯罪。""我们庭对刑法第七章危害国防利益罪及第十章军人违反职责罪几乎没有办理过。"刘青德补充说。"第七章危害国防利益罪可能遇得到，但第十章军人违反职责罪是军事法院办的案件。"杨金华再次补充道。

接着，李庭长讲了今年办案不分片的情况。刘青德带一个合议庭，成员有张宇、唐仁平，书记员安排肖健；杨金华带一个合议庭，成员是余艳和周丽云，书记员安排刘玉瑶；赵建华和李庭长组成合议庭，一般是加张宇或唐仁平，实在不行，就只能让基层法院的助审员协助。

原来，上一级法院都曾任命下级法院个别同志为上一级法院的助审员，这种任命好像是 20 世纪 80 年代开始的，当时由于交通不便，办案人员紧张，尤其是省高级人民法院到全省各地办案，万一有个审判员出现情况，连合议庭也组成不了，这样，省高级人民法院就在各中级人民法院任命了个别助审员。当然，这些助审员业务能力都很强，大部分是庭长或业务骨干，案件多时也抽调这些助审员帮助办案，市中级人民法院也效仿，在基层法院将一些刑事庭长任命为市中级人民法院的助审员，协助办案。所以，李国勇才做出这样的安排。

张宇长期从事民事审判，一听李国勇这样说，有点疑惑，可能平时没留意，好像民事方面没有任命基层法院的人为市中级人民法院助审员的。

李国勇在谈到分工时，还特意提到了刘青德负责联带包创工作，杨金华负责车辆管理工作，这两项工作都是劳心费神的，特别强调了本庭的司机不要疲劳驾驶，安全第一，切忌发生事故。

对于联带包创工作，这是市委政法委要求的，是领导带骨干，骨干带群众，一起创成绩，共同进步。这项工作取得了明显成绩，得到了省委政法委的充分肯定，在德沅市召开了现场会，兄弟省市同行还来取经学习，在执行中要求规则细化，进行量化管理，奖罚分明，与年底评优评先挂钩，李国勇要求刘青德写出庭里的操作细则来。

刘青德表示尽快落实。随后，李国勇问到了大家手里正在办理的案件。大伙各自合计着手上的在办案件。结果是，大部分人有三四件案件，周丽云有五件，张宇从民事庭带来了六件。张宇本想交出去两件，但询问了过后，交出去没人接手，再说院里有要求，干脆就带过来了。

李国勇最后强调：“大家抓紧办案，工作尽量往前赶，齐心协力，让刑一庭的工作更上一层楼。刘庭长抓紧将联带包创星级管理细则整理出来，本周发给大家，就不开庭务会了，大家手里的事比较多，集中一次不容易。大家看还有什么要讨论的，没有就忙自己的去吧。”李国勇没有讲散会，算是结束了上午的庭务会。

唐仁平回到办公室，望着桌子上的案卷，心里不由发出一阵感慨：这什么时候才能办完呀！唐仁平是军转干部，在战场上冲锋在前，转业到市中级人民法院后，认真学习业务知识。因为文化水平不高，基础太差，他学习比别人更吃力，也更刻苦用功。政法部门尤其是公安和法院，部队转业干部安排较多，二十年前一度达到了一半以上，转业军人中相当部分担任了庭长和业务骨干。

唐仁平也是从书记员到审判员一步一步走过来的，后又到执行庭当副庭长，直至调到刑一庭。因为市中级人民法院规定，市中级人民法院中层骨干正职干到五十七周岁，副职干到五十五周岁，要退下来，唐仁平就是在这种情况下到刑一庭工作的。执行庭的工作，无论是法律文书还是执行方法都比刑事庭要简单。刑事案件与执行案件不同，执行案件是执行生效的法律文书，主要是财产刑，通过查询房产、查银行账号封账就能达到执行目的，实现申请人、债权人的权益。

到刑一庭工作后，办理刑事案件，首先要看卷宗，每一页笔录都需认真审看。由于唐仁平年龄大，视力不好，需要戴眼镜。这还不是最难的，最难的是写审理报告。唐仁平打字速度慢，因此办一件案子要比别人花更多的时间和精力。唐仁平拿出正在办理的交通肇事案，再次看了讯问笔录。从提审的情况看，被告人因开车事故造成了被害人八级伤残，而赔偿还未完全到位。开始被告人认为被害人有过错，横穿道路，后来扪心自问，自己喝了酒，又车速过快，赔偿过少，怨不得被害人要求严惩。从一审判刑收监后，才终于知道了法律的威严，即使他家里人还为他鸣不平，也于事无补。

其实，事情明摆着，自己的责任远大于被害人的责任。于是，被告人开始反思了，家里闹不是办法，所以上次家里来人会见时，他便积极提出筹钱赔偿，要家里人想想办法，不要再闹，争取从宽处理。后来，家里人到处筹钱，但又担心赔钱后不能改判缓刑。

昨天接待时，刘青德认真听取了被告人家属的诉求，也明白了他们的想法。和唐仁平交换了意见，唐仁平还是执行庭的思维，只要对被执行人采取强制措施，被执行人履行了还款义务，解除强制措施有什么不行呢？在这起交通肇事案中，被告人已认罪，且积极赔偿。如果将赔偿款全部赔偿给被害人，相信也能得到被害人的谅解。交通肇事本就是过失犯罪，改判缓刑也是可以的。唐仁平把审理报告再看了一遍，提出了判处缓刑的处理意见。

考虑到案件涉及信访，又正值市里两会召开期间，军人出身的唐仁平，工作起来雷厉风行。他喊来了肖健，请他打印几份审理报告。

“可以，我马上就去。”肖健刚走，立案庭的赵晓君就搬来一纸箱案卷，气喘吁吁地说：“哎呀，周丽云你正好也在。”

赵晓君是去年刚转业的军转干部，他所在部队担负着重要的战备任务，平时训练抓得紧，每年7月至9月还要进行海训，游泳训练徒手五公里，全副武装则是一公里，还要进行从海上冲向陆地的滩头训练，演练向纵深发展，平时训练艰苦。现正以部队训练的劲头学习法律，准备参加司法考试。

赵晓君是从操场对面的立案庭过来的，这么多卷宗恐怕不是一件案件。果然，赵晓君告诉周丽云："有六件案件，又够你们忙活一段时间了，来签收一下。"

周丽云说："我现在不是内勤了，我们庭的内勤是肖健。"

"肖健，肖健。"赵晓君叫喊着肖健的名字，但没有回应。唐仁平听到后赶紧说："肖健到打印室去了，找他有事吗？"

周丽云说："立案庭送案卷来了，请他登记。"

刘青德走过来，对周丽云说："要不你先清点一下，先收案。"

"那好吧，我先签收。"周丽云说。

一般来讲，过去收刑事案件，都是市人民检察院公诉科将案卷直接交到市中级人民法院刑事庭内勤，自从1997年2月立案庭成立后，就统一收案，分到各庭后，庭长根据案件的疑难复杂程度，再分给承办人；一般清点后签收，就是看一件案件有几本案卷，有无物证移交，像故意杀人案，移交的物证有凶器刀、锤子等。

周丽云正在清点每件案件的卷宗。肖健已从打印室回到办公室。周丽云说："正好你来了，刚准备帮你签收的。"

"好的，你签收吧，没关系的。"

"你回来了就你签收了。"

肖健清点了一下，共有六件案件，有的案件卷宗较多，有十本左右，有的只有两三本，还移交了一张报纸包的凶器刀，还有一个塑料袋装的农药瓶。肖健收案后进行登记，赵晓君与肖健交接后就离开了刑一庭。走的时候赵晓君还说："刑二庭也有很多案件，要去将案件送给刑二庭。"

肖健来到刘青德办公室，他告诉刘庭长，分来了六件刑事案，看分给谁办理。

刘青德当即问了坐在对面的张宇："你可否办一件案件？"张宇一脸难色

地说:“我手里有几件民事庭带来的案件，尽量先不分，如要分案，就给件简单的案件先办，学习流程。”

刘青德来到内勤室，将几件案件资料放到桌子上，有一件案由为故意杀人的案件，这件分给张宇吧。一件故意杀人案、一件绑架案分给了李国勇，刘青德自己办了一件走私毒品案。两件故意伤害案分给了周丽云和杨金华。说完便示意肖健把案件告知承办人，特意叮嘱勿将物证和凶器搞混了。

刘青德分完案件回到自己的办公室。这时，刘玉瑶将联带包创的实施细则交给刘青德先看一下，个人任务办案数方面是否合理，请刘青德把关。刘青德仔细地看了刘玉瑶送来的细则文档。

这份长长的庭室工作细则囊括了从庭长到每名审判人员的工作职责、考核评分标准。可谓细到不能再细。可见刘玉瑶是用心思考写成的，刘青德对刘玉瑶付出的心血，内心给予了肯定。

“辛苦了，搞得这么详细。”刘玉瑶回答:“我也是参考了办公室和刑二庭王涛副庭长拟的细则，再结合我们庭修改的。”

李国勇今天有些不悦，但是没有显露，原来是徐院长找他，要抽调刘青德参加院里的中心工作。李国勇心想，庭里这么几个人，还要抽走一人，案件怎么能办得完呢？当听到并非“全脱产”时，心才放下来，李国勇才长吁了一口气，这还勉强可以满足庭里的日常业务工作。毕竟李国勇身为庭长，案件质量和效率都要考虑。院里安排了，李国勇表示积极服从院里的中心工作。徐长胜说:“发挥审判职能作用，不仅要在口头上，更要在实际行动上。”李国勇笑了笑:“要体现在行动上，要不我喊他来？”

徐长胜说:“不用了，这次院党组是安排纪检组何组长带队，立案庭的冯建和刘青德组成一个小组，具体何组长会有安排。你告诉刘青德，这是院党组的安排，如果思想上想不通，你让他来找我。”

下午，何立祥组长找刘青德谈话，接着又找了冯建。李国勇回到庭里告诉刘青德时，刘青德感觉很诧异。他想，孩子小，家里又没有老人照顾，妻子一人忙不过来，怎么会抽到自己呢？听说不是“全脱产”，刘青德终于放下心来，平静了许多。何立祥称得上是位文人，诗歌写得非常好，还出了两本诗集，写文字材料就更不用说了。他曾在市委组织部工作多年，中央组织部在一次重大课题调研中，抽调了何组长，他一年的出色表现，赢得了上级的赞扬，要不是年龄原因，也许就留在了上级组织部门。

刘青德当着何立祥的面做了表态，支持院里的工作，其他也没有多说什么。冯建认为自己啥也不懂，工作组也才听说，这也难怪，冯建从家门走到校门，才走向社会门，去年就以优异成绩考到了市中级人民法院。同时考进市中级人民法院的还有高艳、江梦玲等人，何组长提了要求，刘青德表了态，冯建表了决心，一定在何组长的领导下干好工作。

第二天，刘青德和何立祥就参加了“干部下基层，排忧促发展”活动的启动仪式。回来后，何立祥要冯建写个工作方案，并示意请刘青德修改。刘青德接到这个任务后倍感压力，总认为何立祥的文字功底好，唯恐自己改后的方案让何立祥不满意。

在庭里，李国勇讲到市人大组织的“百案听审”活动，办公室已经拟订了方案，主要是三大审判各挑选一批典型案件，具体的数量已分配到九个基层法院，每个法院准备十件案件公开开庭，市中级人民法院也准备十件案件，其中刑事案件四件，刑一庭、刑二庭各两件，民事案件四件，行政案件两件。关键要选有典型意义的，案情不复杂的，庭审时间控制在三小时内审判完毕的。李国勇要刘青德在分配一审案件时，留意一下，挑选合适的案件进行庭审观摩。案件开庭前，还要将大致案情交给办公室的姜曼丽副主任，由她统一制作案情简介。据说她有个模板，到时候要肖健去用U盘拷过来。

刘青德说：“这才开始，事情这样多，有点儿应接不暇。今天要小刘搞的联带包创细则，有好多表要填，事情可不少。”

李国勇打趣地说：“你这就搞好了联带包创细则？我寻思下周一给我就不错了，你真的是以工作为中心，向你学习。”刘青德一听不好意思地笑了，李国勇接着说：“庭审观摩你准备好一个案件，要多熟悉案情，电视台可能会做新闻报道，到时就看你的了。”

刘青德很热爱刑事审判工作，他是从部队转业的，一开始他被分到经济庭，后来又到农村搞了一年中心工作，农村支帮扶贫。结束后，领导原本想安排他到执行庭，征求他的意见，他提出到刑事庭工作，从书记员做起，一心一意扑在工作上。后来任审判员，又到办公室工作了几年时间。前两年，在他的强烈要求下，又回到了刑事庭工作，实现了自己的愿望。刘青德见李国勇没有安排其他事儿，便告辞了。

这时，杨金华进来，是汇报关于“三八”活动安排的。这是院工会特意组织的，杨金华作为工会的女工委员，当然是积极支持响应的。今年的“三八”节院里不组织大型活动，主要考虑各庭室业务不同，时间上很难统一。由各庭室自行组织，院里给每人五百元的经费。民事庭的女同志准备去云南旅游，监察室和技术室的女同志打算等天气再暖和些，去郊外踏青。杨金华和刑二庭的庭长谭丽红说了一下，谭丽红的意思是先问一下每个人的意愿，到时综合后再提出两个方案，由大家选择，尽量做到统一。

杨金华一想，刘玉瑶会听她的，于是她就征求余艳的想法。余艳表示都可以，问周丽云的意见，周丽云说还是想外出几天，至于地点没有要求，只要不去她上大学时的城市就行。

杨金华一听就笑了，连声说：“有同感，有同感。”李国勇对女同志过“三八”节是支持的，表示随大家的意愿，只是外出游玩，务必错开开庭时间，在外出的时间里就不要安排开庭了。

春天来了，莺飞草长，生机盎然。李国勇平时难得有一份闲心享受大自然的美景。昨天晚上，李国勇回家后，妻子对他说：“春节过后没有放松过，春节期间走亲访友，上班后忙忙碌碌。明天周末去竹叶湖玩玩吧？”李国勇原本想拒绝，转念一想，“三八”节也没有什么好慰问的，连妻子这点要求都不能满足，她会多么失望呀！于是，李国勇便愉快地答应了，妻子也是满心欢喜。

竹叶湖水域面积约有二十平方公里，这在全国地级城市中是绝无仅有的，竹叶湖因其湖面的形状形似竹叶而得名，集城、湖、山、洲于一体。这里湖水明净，水域辽阔，微风细浪，是理想的天然水上竞技场。全国皮划艇竞赛以及运动员集训曾在这里举行，被运动员和游客誉为“水上天堂，城中大海”。白天沿湖岸漫步，远眺太阳神山，近观浩瀚湖景。傍晚，坐上沙港河游船，观赏大型实景风情演出，人在船上坐，景在身边过。桨声灯影里的竹叶湖，风景如画，天然之美，不逊色于杭州西湖。

第二天一大早，李国勇夫妇如约来到了风景如画的竹叶湖。竹叶湖畔，碧波荡漾，岸边杨柳吐出绿芽，鸟儿落在树枝上，叽叽喳喳。李国勇夫妇沿着湖边栈道漫步前行，李国勇不时用手机给爱人拍上一张靓照。远处的湖面上，游人荡舟，泛波前行。正前方，羽白色的小鸟，扑哧振翅，打破宁静。岸边的湖水清澈见底，不时有鱼儿游动，偶尔也能见到鲤鱼跃龙门，腾起一朵朵洁白的浪花。

今天，李国勇难得有这样的清闲时刻，陪爱人漫步在这湖边，仿佛又回到了初恋的浪漫岁月。他们来到一座楼阁前，游人们正在拍照。这时，听到刘青德在喊："李庭长，和夫人来游玩了。"正在给小孩儿拍照的杨学亮回头一望，见是李国勇，也连忙打招呼："给你们照张相。"刘青德又说："杨庭长在电视台培训过，摄影取景都很在行，你和夫人照个合影。"李国勇笑了笑，李国勇的爱人也没有再推辞。"咔嚓"一声，李国勇夫妇的合影定格在杨学亮的相机里。

刘青德和杨学亮的小孩儿正追逐嬉笑，他俩的小孩儿在同所学校读书，又是同一年级。幼年时一同进幼儿园，一同玩耍，一同成长，还有共同的爱好，两人平时都学习书法。

李国勇见两个小孩儿在前追逐，就说："你们带小孩儿玩，我们到那边去看看，你们要去湖上的儿童乐园去玩吗？"杨学亮回答："小孩儿没兴趣，他们不想去玩。""就在湖边照些照片，下午还要去学习书法。"刘青德说。

这样，李国勇就告辞了，待他走远后，刘青德不禁回想起办理一件特大毒品案的情景。八年前，刘青德还是一名审判员，在李国勇副庭长的建议下，参加了审判特大走私毒品案的专案，这件毒品案涉案人数多，涉案毒品数量大，涉案金额大。这些走私毒品人员，在高利诱惑下，铤而走险，用人体藏毒的方式走私毒品。他们每次从中缅边境地区跨境吞食毒品，到达广州后，再排泄，每走私三次即可获利一万元。当时人少案多，李国勇牵头办理此案，刘青德和唐泉县人民法院黄建宏副庭长一起对每一笔走私毒品的参与人数、主从犯划分、毒品数量，均进行了认真核对。按照有利于被告人的原则，数量就低不就高，在主从犯的认定上严格把关，当时对于每笔认定的数量，结合公诉机关指控的数量，均进行了修正，并打印了清样。有两次李国勇问："为什么需要修改的数量没有改呢？"或许是繁重的工作压力，肩上的责任，李国勇的脸色不怎么好看。刘青德也略显紧张，明明确定了要改的数量，为何打印出来的材料显示就变了样。当时要求书记员改了，还专门做了标记。因为是专案，书记员对于刘青德的责问，也是一脸委屈。他想，明明自己改了的，记得非常清楚，而打印出来的数量却都不对。后来，他们在电脑上经过几次试验，原来是电脑键盘的一个键坏了，导致了错误的出现。找到了原因，大家如释重负。李国勇也露出了欣慰的微笑，曾经的误解也自动消除。想到这些，刘青德觉得时间飞逝，仿佛就在昨天。

杨学亮听罢这样的事，觉得挺有意思。这时，俩小孩儿跑回来了，杨学亮喊道："站好站好，这里照相。"两个小孩儿或许因刚才的追逐打闹有些疲劳，竟自觉地听从杨学亮的安排，俩小孩儿照完相后，杨学亮接着说："刘青德来一张吧。""好！"刘青德回答。

这是一处很好的风景，前面有一棵杨柳，柳枝几乎下垂到湖面上。远处湖面上是游船和儿童乐园，一束阳光洒在大地上。从照片的构图看，真是湖光山色，美不胜收。刘青德对杨学亮的摄影技巧赞不绝口，看完照片后，刘青德说："我给你照一张。"杨学亮把手上拿的相机递给刘青德，刘青德照猫画虎地给杨学亮拍了两张，心想总会有一张是合格的。杨学亮又让游客帮忙，给大人和小孩儿四个人照了一张合影。

刘青德想，如果再过十多天或二十天，在一望无际翠绿的大地上，金黄色的油菜花绽放本色，迎面而来春的气息、泥土芳香，劳作的人们也会充满生活的希望，憧憬着丰收的喜悦。刘青德对杨学亮说："待过一段时间，油菜花开，我们再踏次青，照一次相。"杨学亮点点头。的确，刘青德曾经到过紫城区万美堂观赏油菜花，这里的油菜有上万亩，尤其是油菜花盛开时，甚是好看。城里很多人会来这里踏青、游玩，当地人也会出售一些土特产，既环保价格又便宜，挺不错的。

杨学亮回想自己老家，地少人多，搞集体时曾为一点自留地，争得面红耳赤，邻里失和。这也难怪，杨学亮的老家是丘陵地区，房屋建在土坡下，夏天雨水少，山上土质也不好，根本不能种水稻，只能种红薯和玉米，要在这贫瘠的土地上养活一家人，杨学亮的父母不知付出了多少艰辛，还培养了三个孩子。杨学亮也很刻苦，当年高考时以高分考入湖北一所重点大学。

毕业后被分到省农业银行工作，那时银行系统非常重视职工的业务学习。杨学亮就担任老师，对全省各地州市农业银行的员工进行培训，讲解新的业务知识，了解银行前端发展趋势。教学的过程中，自身业务水平也不断提高，他送走了一批又一批的学员，可谓桃李满天下。杨学亮在机关工会热心大姐的撮合下，与一位在德沅市农业银行参加培训的女孩成为男女朋友。女方不愿留在省城，一心想回到德沅市。杨学亮深爱温婉文雅、端庄大方的女朋友，毅然放弃在省城的工作，调到德沅市中级人民法院。他因在大学学过法律，尤其是文字功底很不错，常有新闻稿件发表在报刊上。

第二年，杨学亮成了家。杨学亮以满腔的热情投入办公室各项工作中，他文字功底扎实，办事认真，受到领导的器重。杨学亮原本想在办公室工作最多三五年，谁知一干就工作了十二年。如果不是有规定转岗，恐怕不知干到什么时候。想到这些，杨学亮心里涌起莫名的苦涩。接着，刘青德接了一个电话，是别人邀请他做一项活动，刘青德一看时间，11 点多了，想到小孩儿下午还要学习书法，就对杨学亮说："我们回家去吧，别耽误小孩儿下午的学习了。""好吧，回家。"说完将相机装入相机包，快步走在回家的路上。

李国勇到办公室后，院里办公室的姜曼丽副主任来找李国勇，谈到近期市人大组织的"百案听审"，希望刑一庭开个好头。李国勇望着姜曼丽笑着说："开庭倒没有什么，关键是现在没有合适的案件，有些合适的要在县里开庭。"姜曼丽说："到县里开庭的，也可告诉办公室，我负责通知，各县也有听审任务，数量已分给各区县了。不过，那只能算各区县的任务数，关键是要我们院里自己开庭的。"

李国勇说："'百案听审'，我安排了。刘庭长会与你对接，我看他在一审案件中有没有合适案件供听审的。""那好，谢谢了。"姜曼丽转身离去，临走时说，"我到民事庭和行政庭看看有没有合适的案件。"姜曼丽走后，李国勇来到刘青德办公室，他刚才到楼下接待室接待了当事人，不然，也会到李国勇办公室。李国勇开门见山："找几件合适的案件准备开庭审理观摩，人大代表来听审。"

刘青德说："这次分的案件，有的被告人多，仅问基本情况就需较长时间，不适合听审，我想这次分来的几件案中，将只有一个被告人的、案情单一的案件，作为'百案听审'的案件。"

李国勇说："行，做好今年开两场庭的准备，到时有适合旁听观摩的，我也办一件。""感谢李庭长的支持。"这时，李国勇办公室的电话铃声响起，李国勇赶紧接起电话，结束了和刘青德的谈话。

电话是办公室的郭婷婷打来的，她通知李庭长，后天要开整顿营商环境会议，在市政府605会议室。报告徐院长后，请刑一庭派一名负责人参加。李国勇听后，表示准备安排杨金华参会。一问，得知杨金华要开庭，李国勇只好安排刘青德去参会，并叮嘱刘青德别迟到了，别忘记签名。

原来，在市政府开会，各单位都有桌牌，也有报到花名册，有的忘了登记，最后被通报，所以，李国勇特意叮嘱刘青德，别忘记了。

3月6日，全院召开反腐败教育试点大会，随后，院监察室分发了《人民法院警示教育案例选编》案件剖析书，是最高人民法院编的一些案例，都是法院内部人员犯罪案例的汇编。

第二章

集中办案

立案庭的赵晓君和冯建一起来送案卷，既有一审卷宗，也有二审上诉的案卷，这次有十多件案件，卷宗也比较多。

当冯建抱着一箱案卷到刑一庭时，肖健露出惊讶的神色："哎呀，这么多案卷。"肖健刚说完，冯建说："这还不是最多的，刑二庭的案卷比这还要多，仅一件集资诈骗案，案卷就有两百多本，今年恐怕都办不完。"

肖健说："真的是办不完的案、做不完的事。"肖健在一一对照卷宗，将所有的案卷清点无误后，便在案卷移送登记本上签名。

赵晓君顺便问了一句："庭里没见到几个人，是不是开庭去了。"

肖健回答："有开庭的，也有开会的。"

待肖健在登记本上签字后，赵晓君便和冯建走了。

肖健一下收了十多起案件，便将案件分开，分别交给刘青德和杨金华。

两人将案件分了，由肖健分发到承办人的手中，然后肖健在庭里收案登记本上标明每件案件的承办人的姓名。唐仁平见又分来了一件一审案件和一件二审案件，心里不是很痛快，说起了丧气话："又来了这么多案件，啥时候能办完呀？"

赵建华说了句："生命不息，办案不止。这办几件案，还能比你向前冲锋陷阵累？”

唐仁平说：“那倒没有，只是这办案总没有歇气的时候，一件接一件。”

赵建华说：“你到非业务科室，像政治部、法警支队之类的部门就不用办案了。”

唐仁平说：“那差点儿意思。”

赵建华说：“老同志，可以了，有案件办挺不错的。有的人想办案还没资格，别身在福中不知福。”

唐仁平一想，也确是这么回事，法院自从实施法官法后，要取得审判资格必须通过司法考试，而司法考试题目一年比一年难，通过率也不是很高，许多人连续考了几次都没有通过，后来干脆就放弃了。尤其是军转干部，由于平时接触法律不多，需要完全重新开始学习。因此，能通过考试的人都是非常不容易的，一想到这里，唐仁平那颗躁动的心又渐渐平静下来。说归说，案件还是要办的，而且要办好。

唐仁平是外地人，1954 年出生，1972 年入伍。在部队积极努力工作，先后入党提干。在一次边境自卫反击战中，表现英勇，战后被提升为连长。后来，通过战友的介绍，认识了德沅市姑娘。两人结婚后，由于女方家里老人年事已高，家庭困难，女儿又是独生女，这样，唐仁平随妻子的出生地，转业到德沅市，被安排在市中级人民法院工作。在新的单位，唐仁平勤奋学习，刻苦钻研。很快成为一名助审员，再成为一名审判员，后当执行庭副庭长。像唐仁平这样从部队转业回到地方，又分配到政法战线的，有一大批，有的人走上了更重要的领导岗位，这不能不说是军转干部的骄傲。

正当两人谈话的时候，院办公室又发通知，肖健过来传达给大家：下午 3 点钟，院里在七楼会议室开会，时间很短，内容是民主测评，推荐干部。唐仁平不禁自言自语：“又是推荐谁。”赵建华开了一句玩笑：“反正不会是你。”唐仁平说：“那倒是，不会是我，那说不定是你？”

“年龄上我可以，年轻化嘛，不到四十五岁，可惜级别太低了，还是副科级，推荐处级干部，不够资格。”

“可以破格嘛。”

赵建华调侃地说：“除非你当院长，那还差不多。”

赵建华接着说：“不着急，下午政治部就会将对象通知的，会不会是潘跃和周祖全？大家传了很长时间他俩要到基层法院当院长去了。”

“很有可能。”

这时，杨金华进来问：“有没有时间合议案件？”

赵建华想证实自己的说法，问杨金华：“下午是推荐谁？”

“是两个基层法院院长，潘跃和周祖全，应该是这两个。”

赵建华朝唐仁平望了一眼，心里在说：“怎么样？猜得没错吧。”赵建华一看快到中午了，就对杨金华说：“干脆下午开会后一起合议吧，我也有件案件。”

“那就定了，我要求余艳无论如何都要参加。”

这段时间，余艳家据说夫妻关系有些紧张。余艳身体又不太好，心情不佳，非常烦躁，有两次开庭都推掉了。杨金华也不好说什么。因为这案件是余艳过去在合议庭时一起开庭审理的，总不能老拖着不研究。因此，下决心要在本周合议后结案。

刘青德给李国勇分的是两件故意杀人案和一件绑架案，刘青德自己办的一件是雇凶杀人的案件，想写一个案例。过去，刘青德在办理一件故意伤害案时，深入细致地思考过：对多人参与寻衅滋事随意殴打他人致人重伤、死亡的，应如何定罪？二人以上共同寻衅滋事随意殴打他人致人重伤、死亡的，应如何处理？犯罪嫌疑人在逃跑途中给公安机关打电话，亲友劝其自首没有拒绝，能否认定为自动投案？附带民事诉讼中是否应赔偿死亡补偿费？有关部门预先支付了部分的民事赔偿款，是否可从判决中折抵？刘青德通过办理这件故意伤害案，认真细致地完成了案例的写作。在写作过程中，他又反复与王晓鹏商量，最后向最高人民法院主编的《刑事审判参考》编辑部投稿并得以发表，对同类案件的审判起了很好的指导作用。这也是刘青德引以为豪的一个案例。很多基层法院刑事庭工作的同志，对刘青德钻研业务的精神也很佩服，常会有人打电话向刘青德请教审判实务问题，刘青德也是毫无保留、尽心竭力地回答同志们的提问。

刘青德将这些案件分下去后，心里就像一块石头落了地。有时想，办案真的很累。特别是遇到一些蛮横无理的当事人，说什么道理都听不进去，还无中生有地说一些骇人的话。有时上级机关转来一些信访件，又要回复，应接不暇。也常常想，如果大家都遵纪守法，没有犯罪，那该多好呀。那就会省去很多烦心事。哎，不想啦，开始阅卷吧。

李国勇手里有四五件案子了，他想尽快开庭。现在都是自己用电脑打字。老实讲，李国勇打字速度并不快。这一点，年老的不如年轻的，男同志不如女同志。过去李国勇为省事，干脆要市人民检察院公诉科的同志来法院时，将起诉书用 U 盘拷过来。对于重大案件，尤其毒品案件和集资诈骗案，起诉书有时十几页甚至几十页，这倒是省了不少事，节约了不少时间。

李国勇找了一个审理报告的模板，第一部分控辩双方当事人的基本情况和第二部分案件的由来和审理经过先空着，直接从第三部分写起，案件的侦破、揭发情况。第四部分，控辩双方的主要内容先空着，他打算开庭时用 U 盘从公诉人那儿复制起诉书。

第五部分，对事实和证据的分析与认定。说实在的，他阅读完了公安侦查卷的全部内容，认为公安机关所做的笔录，还是比较准确的，这些笔录只需在庭审中认真核实即可。他认为办理这件案件的公安人员在证据收集和提取上可以打优秀。想到这里，他不禁暗自高兴，回想起过去办案中经历的一些奇怪的案件。七年前，他和袁华军、涂启民组成一个合议庭，审理一起发生在招待所的故意杀人案，案件承办人是袁华军。开始，李国勇作为合议庭的组成人员不是很集中精力，随着袁华军对被告人不断地讯问，连出庭的公诉人都有些紧张起来了。

原来，在被告人交代将失足女杀害后，即想劫取失足女的钱财，仅仅两百多元，大失所望，便匆匆忙忙将受害人染血的衣服和自己的外衣一起放在一张单人床上，将上面的席梦思掀开，用刀在反面划了一条口子，将血衣塞在席梦思床垫里面，照原样放好。将尸体放在另一张席梦思床上，伪装成其睡觉的模样。第二天中午，打扫卫生的服务员看到这间房毫无动静，有些疑心，进门后才发现端倪，便立马报警。

公安人员迅速赶到现场，通过查住宿登记，很快锁定作案的被告人，可在提取的物品中并无血衣，公诉人也证实没有血衣，当袁华军向公诉人发问寻求真相时，严格地说，公诉人为自己的疏忽和不细心感到内疚和不安。袁华军在休庭后，认为案件需要勘验，便和紫城区公安局联系，重新勘验现场，袁华军也通知了公诉人。紫城区公安局刑侦大队大队长到场，由于公安机关曾叮嘱招待所负责人，在没有结案前，该房间保持原样不动。招待所锁门了事，如今打开还是原样，只是有很厚一层积灰。先掀开一张席梦思床垫，仔细检查，没有划破痕迹，再掀开另一张床，一看下面也没有。但在床垫的背面，发现有划痕，由于床垫立着，便在下面找到了血衣，刑侦大队大队长也比较尴尬，袁华军没有说什么，而是指示刑侦大队长通知原承办该案的公安人员和技术人员重新制作一份补充勘查笔录。

刑侦大队大队长马上照办，一旁的公诉人连忙说，要向市中级人民法院的法官学习，一丝不苟。公安局局长是新提拔的，刚从中国人民公安大学学习归来，听说市中级人民法院在庭审时发现了这么突出的问题，把刑侦大队的人狠狠批评了一顿，要求他们认真吸取教训，仔细办理每件刑事案件。此后，那些平时有点粗心大意的人，细心多了。

局长也讲得在理，的确，这件案破得及时，但最重要的物证却没有提取，这反映了勘验、审讯的人都缺乏责任心。本来可以发现这个问题，却没有发现。在一次集中执行时，局长还和徐长胜副院长聊起此事，对市中级人民法院审判人员的业务水平赞不绝口。

李国勇一想到这些，对手上这起故意杀人案的证据一丝也不松懈。这起命案中，犯罪嫌疑人蔡加新与堂嫂通奸达十多年，堂嫂欲中断这种不正当关系。经镇司法所调解，由堂嫂一次性给了三千元，双方断绝关系，不得互相纠缠。双方在协议上签字后，堂嫂给了蔡加新三千元。蔡加新不服，晚上将家里的一把斧头和锯子放在偏屋外柴火里，购买了一瓶三唑磷农药，将农药放在堂嫂窗台上。半夜 1 点钟，他携带斧头来到堂哥堂嫂家，喊开门后，声称还要几千元钱。遭到拒绝后，蔡加新拿出斧头朝堂哥砍去，堂嫂用力抱住蔡加新，蔡加新持斧乱砍，将堂哥堂嫂砍死，然后拿出农药喝下，等了半小时，发觉自己未死，知道农药有假，又到附近一商店，拿了一瓶甲胺磷农药就跑，被周围群众抓获。蔡加新被公安干警送到医院抢救脱险。

这件案件，案情清楚，特别是犯罪嫌疑人蔡加新被当场抓获。李国勇认真地看完证人证言，将现场中心平面图和方位图又看了一遍，现场勘查笔录，还有一组现场照片，李国勇看完公安卷宗，又看了检察卷，没有什么内容，只有一份提审笔录。李国勇仔细地看了作案动机，与自己心里判断的基本一致。当李国勇做完这一切时，下班的铃声已响。他望着剩下的几件案件，心想明天抓紧办。

正在这时，杨金华和合议庭研究完几件案件，高兴地说："谢天谢地，终于研究完了，再不研究就要到期了。"李国勇正准备锁门，接过话说："那又可以结几件案子了。""是的，李庭长。"杨金华答。

李国勇把分的几件案件粗略地看了一下，认为可以确定开庭时间了，对这件绑架案，还真的得好好琢磨一下。由于平时办的绑架案不多，而这种案件是难"碰"到的，还有两件故意杀人案，比较普通，但这些案件大部分要到县里去开庭。看有没有同一方向的可以组成合议庭。其实，刘青德分案时，还特别注重一点，如果是一个县的案件，尽量分给一个法官承办，或者一个合议庭承办，这可免除许多麻烦。

李国勇和刘青德，还有杨金华商量了一下，准备集中开庭，确定了几个一审案件的开庭时间，几经调整，终于将开庭时间确定下来。由于确定开庭时，涉及公诉人、辩护律师，还有警力的调配，特别是辩护人有时出庭有冲突，这就需要调整，重大案件有时还需事先征求律师出庭时间，以免发生冲突。当这一切落实以后，李国勇松了一口气。

杨金华心里很烦躁，这几天身体也不舒服，不想做什么事。余艳请假了，说是生病了。杨金华无心看案卷，便和刘玉瑶一起聊天，关心地问起了刘玉瑶的个人问题怎么样了。刘玉瑶告诉杨金华，有人介绍了一个，还未确定下来。杨金华刨根问底。刘玉瑶说刚到院办公室时见了一面，在外地工作，是本地人，但没谈成。后来，审管办陈晓兰主任又给介绍了一个，正在了解中。杨金华还想问，是哪个单位的。刘玉瑶笑了笑，只是说是同行。杨金华也不好猜究竟是公安局、检察院还是法院的。

其实，刘玉瑶长得像电影明星，特别招人喜欢，爱慕追求她的人还是挺多的。她还是通过社会公开招考被录取到市中级人民法院的。刚到市中级人民法院办公室，院里就有热心的人打听她的情况，她和杨学亮坐在一间办公室，共用一部电话，经常接到找她的电话，开始，杨学亮接电话，话筒里没有声音，接了几次后，杨学亮干脆不接电话了，电话大多是找刘玉瑶的。同时，院里也有未找对象的大龄青年，通过多种方式追求刘玉瑶，刘玉瑶心里没有接受同事的示爱，便委婉拒绝，而追求者仍执着地追求，痴心不改，弄得刘玉瑶很是烦恼。有时她也向杨学亮倾诉苦衷。

杨学亮说:“感谢你对我的信任，将这么私密的事告诉我，征求我的意见。我觉得，别人未谈对象，你也未谈对象，别人追求你属于正当，无可非议，不是已经成家的，或者有对象的人追求。这一点，我的态度是明确的，别人没错，但在男女追求的过程中，一方看不上或者不愿意接触，如另一方死缠，这就是另一方的不对。院里追你的或者约会你的，你自己拿主意。如果不想在本院谈对象，就明确拒绝，但方式要委婉，说话要谨慎，不要伤别人的自尊心。如果想接触一下，了解一下也可以。但要早做决断，决定谈还是不谈，不要久拖。”

听罢杨学亮说的话，刘玉瑶豁然开朗，果断而妥当地处理好了院里追求者的问题，并全身心地投入工作中。去年年底又向领导提出调出办公室，到刑一庭当书记员。张红江院长也同意了。

杨金华这几天也很烦，她丈夫刚去龙阳县当副县长兼公安局局长，工作上就突发了一件闹心的事。一个女性犯罪嫌疑人，为了逃避法律的制裁，也不知听谁说，只要怀孕了，一切都免了。这名女性犯罪嫌疑人充分利用色诱手段，将一名看守所副所长拉下水，这名副所长利用值夜班的机会，多次与这名女嫌疑人发生不正当关系，并且多次通风报信。每当检察人员去核实某起事实的时候，总是会有准备，使得有些证据难以锁定，总是走在检察人员的前面。最后，发现女嫌疑人串供明显，检察人员断定一定是内外勾结。后来发现，在监房里，这名女嫌疑人居然还有手机，与外面保持密切联系。事情真相大白后，这名副所长和女嫌疑人都受到了严厉惩罚。尽管这件事发生在前任局长任内，但杨金华丈夫当局长，刚来就摊上这事，市公安局要求严格整顿。所以，这段时间，丈夫的事情特别多，常常在周末加班，杨金华一个人照顾女儿，女儿要高考了，也是非常繁忙紧张。女儿在一所寄宿学校里学习，难得有休息时间，每周末放半天假。现在距高考只有两个多月时间了，杨金华比谁都忙，指望丈夫帮什么忙是不可能了，孩子的事更是别指望了。一想到别人是两口子照顾一个孩子，而自己是一个人照顾，心里不免有些怨气。但目前情况就是这样，也只能自我减压，自我安慰。无论如何，反正女儿高考完就轻松了。

杨金华聪慧好学，长相清秀，性格温柔，脸上总带着温暖的笑容，一副小巧秀丽的金丝框眼镜佩戴在她灵巧的鼻梁上，鼻梁上便留下了一道浅浅的印痕。杨金华上进心强，四年前，被调到市中级人民法院，一直在刑事庭工作。在紫城区人民法院，她年年被评为先进。1998 年，她曾被评为全市“十佳”女法官，那次评选是由市总工会、《德沅日报》、德沅市中级人民法院联合发起的。这份沉甸甸的荣誉，足以证明杨金华的优秀与沉稳。

周丽云这时已经回到办公室，边阅卷边做笔录。案情简单，就是一起普通的交通事故，她有点儿疑惑的是，为何判五年？交警部门为何给被害人做了两次鉴定？

事情经过是，一天凌晨 4 时许，王立刚无证驾驶未经年检的两轮摩托车，在德沅大桥二号墩路段，将拖板车的被害人撞倒，王立刚弃车逃逸。被害人左股骨下段、左胫腓骨上段粉碎性骨折，创伤性休克，经鉴定为重伤，遗留下左膝关节功能部分丧失，构成九级伤残。

周丽云打算去交警直属大队调查了解，便问刘玉瑶有没有时间，一起去一趟交警直属大队。

刘玉瑶回答：“余艳还要我等会儿去做接待笔录，说是附带民事诉讼原告人的诉求有变，收到民事赔偿后要出具谅解书，到时要我做一下记录。”

“那时间不长，什么时候？”

“说是明天上午吧。”

“那好，干脆我们下午去，我报告李庭长，你准备一下。”

“准备也没啥准备的，公文包里平时放有笔录纸和印泥，还有笔，这都是作为书记员的常备用品，随喊随走随用。”

“那好，下午到交警直属大队去调查吧。”

“嗯。”

赵建华忙忙碌碌地在办案。他有点儿心神不定，下午接到妻子的电话，孩子有点儿发烧，他心里也有点儿愧疚，听到孩子生病，比自己生病还难受。主要是怕孩子误课。

赵建华是城山县人，1974 年 7 月出生，西北政法大学毕业，1996 年参加工作。2007 年通过遴选到市中级人民法院，一同被遴选到市中级人民法院的，还有姜曼丽和徐晓英。在那次市中级人民法院组织的遴选中，他脱颖而出，被选拔到市中级人民法院工作，从事刑事审判。他本人虽然到了市中级人民法院工作。但妻子还在城山县当老师，由于教育局出台规定，对乡村教师的调动要严格控制。因此教师编制几乎还处于冻结状态，调动难度很大。所以，赵建华的妻子仍在镇中学教书，离县城有三十多公里，家里真的是照顾不到，有时还有些后悔到市中级人民法院工作。不过，想归想，工作不仅要做，而且要做好。

李国勇打算将庭里分配的一审案件，能够开庭的尽量先开庭，也就是集中开庭。为此，他要肖健到各承办人那里都问了一下，大约有十件，这样，他找了刘青德，确定开庭时间。凡属他的合议庭安排后，再让杨金华安排合议庭，最后安排自己的。在安排时，因有开庭冲突又调整了一下。

刘玉瑶按照定好的时间，将开庭的时间分别通知市人民检察院和被告人的律师。这一切都办完的时候，刘玉瑶长吁一口气。终于办完了，她将相关的通知写好，和起诉书放在一起，以免混错。

杨金华办理潘勇均的案件，刘青德主要考虑杨金华办案细心。潘勇均是未成年人，杨金华是少年法庭审判长，办理本案更合适。一段时间，上级强调要加强专项审判，在各项审判中均成立了相对固定的合议庭审理相应案件，如民事庭成立了涉军案件合议庭、涉外案件合议庭、知识产权案件合议庭，刑事审判庭成立了未成年人犯罪合议庭。平时有这类案件，都由这些专业合议庭的人员审判。

由于潘勇均系未成年人，案件不公开审理。在庄严肃穆的法庭上，面对威严的法官，潘勇均羞愧难当。在这里，他真正感受到了法律的庄严。作为潘勇均的法定监护人，潘勇均的父母也和辩护人坐在一起。他们心里实在也不好受，究竟是什么地方出了差错？忽视了儿子的教育，以至于犯下大罪，又是什么原因导致了儿子走向深渊。

潘勇均的父亲是一位泥工师傅，泥工手艺不错，特别是房屋装修铺瓷砖，不仅铺得平，更重要的是防水做得好，其精湛技术得到了同行的交口称赞和客户的好评，接的活儿忙不完。潘勇均的母亲爱打牌，平时将孩子交给祖父祖母后一走了之，经常深夜回家，对孩子疏于管教。潘勇均的罪过，使得她在乡邻面前抬不起头。丈夫一心一意在外挣钱，而自己却未能治好家，反而糟蹋丈夫好不容易挣来的钱，这还不算，儿子居然走上了这条路，自己确实难辞其咎。

审判长的不断发问，如同一簇簇利剑，直刺潘母的心，潘母痛心难耐，悔恨的泪水如同串串珠子，流个不停。模糊的双眼看到坐在被告席上的儿子，她不禁悲从中来，号啕大哭。

杨金华作为审判长，只好侧身示意潘母注意控制自己的情绪。潘父也不好发火，只是递给她几张卫生纸，帮她擦泪，勉强止住了眼泪。

杨金华继续审问，公诉人出示相应的证据。然后潘勇均和辩护律师发表质证意见。由于证据确凿，面对铁的证据，潘勇均低下头认罪认罚，辩护律师也很客观，并不像有些律师只顾在家属面前夸夸其谈，振振有词，根本就没有考虑被告人认罪悔罪的态度。

针对客观真实的证据，潘勇均的父母没有胡搅蛮缠，只是恳求法官从轻处罚。

由于潘勇均是未成年人，在庭审过程中，有一项针对未成年人的教育矫正环节。杨金华充分发挥自己口齿伶俐的优势，动之以情，晓之以理，说得潘勇均泪眼涟涟。想到自己曾犯下的罪行，潘勇均悔不当初。不知是受到感染还是别的缘故，潘勇均面对自己站的位置，想到这不是在家里也不是在教室里，而是站在被告人的席位上，这是否就是人们常说的“牢笼”？他既为当初的鲁莽冲动而悔恨，也为即将宣布的审判结果而担忧。会判什么刑呢？会判多少年呢？这一切在他脑海中还来不及想时，法庭上审判长又示意被告人做最后陈述，这是法律赋予被告人的一项重要权利，此时的潘勇均的确害怕，哪敢说什么话。不知所措地望着审判长和合议庭成员。

杨金华侧身问潘勇均的父母，还有什么要向法庭陈述的？潘勇均的父母呆滞地望着审判长，似乎不知说什么好。旁边的律师提醒了一句：“请求从轻处罚。”潘勇均的父母连忙回答：“请法官从轻处罚。”律师帮忙补了一句，杨金华宣布，庭审结束。由被告人在庭审笔录上签字，刘玉瑶正紧张地整理开庭笔录。说实在话，每次开庭，书记员都是最忙的。

李国勇也去开庭了，和刘青德、赵建华组成了合议庭。因刘青德有件雇凶杀人案，是罗成秀雇张庭猛杀人，他们是到唐泉县人民法院去的，分管于副院长和高志翔庭长都曾是李国勇的学生。于副院长习惯喊：“李老师，来指导工作了。”李国勇谦虚地回答：“都是过去的事了，这又给你们添麻烦了。”于副院长又对高志翔说：“午饭安排好了没有？”高庭长说：“安排在玉园餐厅，我要服务员留一间八人左右的包厢，要安静点的，点了家常菜，看看李庭长还喜欢吃什么。”

李国勇忙说：“随便，简单一点，下午还要开庭的。”

上午，刘青德的案件相对简单，开庭时间定在10点钟，这时，法警大队长过来说：“被告人已提来，在羁押室。是用我们院里的提押票提的。”

李国勇见状，只有二十多分钟了，便对合议庭成员说：“大家准备一下，马上开庭。”

说准备也没啥准备的，大家都是带的法官服，穿的便衣，只需换一下衣服，由于是在基层法院开庭，考虑到中午可能会到外面吃饭，穿制服太招人眼，影响不好。因此大家都习惯穿便服。

上午的开庭还比较顺利，主要是案情比较简单，基本事实无争议。庭审中，被告人张庭猛虽然作了狡辩，但对基本事实是认可的。

想到为区区八千元就去杀人，可悲又可恨。刘青德想，难道一个鲜活的生命仅值八千元吗？竟有人为了八千元剥夺他人生命，是什么使得张庭猛犯下如此滔天大罪。难道他不知道杀人是要偿命的吗？究竟是什么使他不珍惜生命而走上这条不归路？他的犯罪起因是赌博。在外面欠了许多赌债，是拜金主义的恶果。俗话说："赌钱场上无父子。"可见赌博使人丧失理智，赌博害了许多家庭。

而罗成秀与丈夫离婚后，怀恨在心，不替小孩儿着想，不念夫妻感情，却起了杀心，怎么会是这样？刘青德百思不得其解，两人感情不好，已经离婚，不在一起过日子就行，为何非要置他人于死地呢？人啊，真是想不通罗成秀为何这样做，随着庭审的结束，罗成秀的最后陈述，竟希望人民法院从轻处理。她也怕死，早知如此，何必当初。

完成法律程序后，李国勇宣布休庭，要被告人核对笔录，肖健正在紧张地整理刚才的庭审记录，当他认为整理好的时候，便开始打印，将庭审笔录交给被告人的辩护人阅读。这时，他对着被告人说："如果记录的与你的意思不同，你自己修改便是。"公诉人没怎么看就签名了。被告人罗成秀的辩护人从头到尾认真浏览了一遍，在笔录上写了几行字，属于补充吧。然后递给被告人，并说记录没什么问题，签字吧。被告人罗成秀首先签名，在最后一页写"以上笔录我看过，核对无误"后，又按了指印。紧接着，张庭猛也签名按印。

当这一切都办完后，审判庭只剩下肖健，当他把笔录及印盒装入文件袋时，唐泉县人民法院黄建宏副庭长过来打招呼："肖法官，先到办公室休息一下，李庭长他们都在，吃饭还有一会儿时间。"

肖健说："好的，谢谢。"

两名被告人已被法警押上警车。肖健叮嘱了一句："千万别忘了拿提押票。"因为提被告人时用的是唐泉县人民法院的提押票，先提人主要是为了节约时间，免得市中级人民法院的人到了再去提人，这样会耽误时间，因为在县看守所从监舍提人到上囚车，还是比较烦琐的，当然这一切都是从安全考虑的，不能有丝毫差错。

中午的客餐比较丰盛，一般来讲，市中级人民法院到基层法院来开庭，基层法院都是热情接待。虽然讲市中级人民法院与基层法院是审判层级关系，并非上下级关系，但在实际工作中，基层法院很尊重上级法院。因此，有的基层法院规定，市中级人民法院副庭长以上的人员来院无论开庭还是公干，都要报告院长，一般情况下，院长只要不开会或有其他公务，都会陪同进餐，聊聊工作，学习交流。况且许多基层法院的院长还是从市中级人民法院庭长下派提拔的。

当李国勇去开庭时，唐泉县人民法院的于副院长就告诉陈建海院长，市中级人民法院李国勇一行来开庭，一天时间都开庭，陈建海连忙答应陪他们吃饭。中午尽量参加，万一参加不了，晚上肯定陪同。陈建海对李国勇的到来如此重视，是因为陈建海和李国勇还有私交。那还是在业余大学读书时结下的友谊。

陈建海出生于军人家庭，从小在军营长大。后来，随父亲转业到了德沅市。1984 年 12 月招干到德沅市人民法院，那时候还未地改市，同一批人在德沅地区人民法院，有陈晓兰、袁华军、贺湘蓉、刘英、陈坚霞、欧贤军等人。这批人的进入，给法院增添了生机和活力，由于这批招干都是高中学历，再有大批的军转干部充实政法队伍，有许多军转干部分配到法院，鉴于这种情况，最高人民法院在法院系统内部开办了全国法律业余大学。

陈建海从 1986 年开始学习，李国勇当时到业余大学担任刑法学老师，陈建海作为业余大学学员，也经常听李国勇老师讲课，对李国勇渊博的学识、谦虚的人品非常敬佩。三年的业余大学学习，他们俩结下了深厚的友谊。陈建海临毕业时，德沅地区改德沅市完成，原来的德沅市改荆楚区。由于市中级人民法院与荆楚区同在市区内，工作和生活中常有交集，陈建海做事彬彬有礼，李国勇为人也绅士。两人工作中有交集，生活中有来往，过去又是师生关系，他俩骨子里的那份友情不用多加解释了。

1995 年，陈建海到荆楚区人民法院刑事庭当庭长。此时，李国勇早已离开业余大学到刑事庭办案了，这样两人接触颇多。即便是市中级人民法院其他同志来院，他也是热情接待，何况李国勇来了呢？李国勇来，他无论如何都会陪的，除非不在院里。李国勇和合议庭其他成员到达包厢时，陈建海和于副院长也正好进门。陈建海和李国勇握手后，招呼大家坐下。高志翔原本想坐李国勇旁边，见两位院长进来，忙起身调整座位。陈建海很客气地请李国勇坐在主位左边，自己则坐在右边。于副院长挨着李国勇坐，高志翔让刘青德坐在陈院长一旁，自己紧挨着刘青德。赵建华和于副院长坐在一起，其他几人也都坐好了。

主菜已上齐，小菜还在上，菜肴也上得差不多了。于副院长客气地说："陈院长，您发话呀。"

"人都到齐了，开始吧，欢迎李庭长和市中级人民法院的同志。"陈院长招呼着说。

因为还要开庭，中午就没有喝酒。陈建海也曾劝道："下午那个案件是李庭长办的，那刘庭长和赵法官喝，徐师傅不开车，也可以喝一点儿，再休息一下。"

刘青德忙说："谢谢啦，中午还想休息一下，下午有几个被告人开庭，时间会很长。"

说到这里，李国勇问了肖健一句："下午开庭的提押票给法警大队了吧？""给了，连上午的也给了。"肖健回答。

大家高高兴兴地用餐，没有喝酒，边喝饮料边聊天。说到上午开庭是雇凶杀人，下午是绑架案，陈建海很有感触。现在案件犯罪方法也多样化，我们过去办的案件都比较单一，李国勇说了一句："是不是可以写点论文？"陈建海连忙说："不敢想，也没时间。"其实，前几年南方涨大水，有一艘船载小孩，因船工失误，致船翻，小孩溺水而亡，一方舆论炒作，说是义务救人反担责，闹得沸沸扬扬。刘青德阅看相关材料后，撰写了一篇文章。文章从事实上论证，法理上剖析，究竟是义务救人还是操作失误，最后造成人亡后果。这篇文章在《人民法院报》上发表，达到了良好的社会效果。

午饭还在进行中，司机小徐吃完后先离席，上车休息。陈建海对高志翔说："安排李庭长他们休息一下，下午开庭还有一个多小时，是否开个钟点房。"

高志翔说："已经要黄庭长去联系了。"

李国勇说：“没有必要，不麻烦了，就在办公室休息一下。”

陈建海一看时间只有一个多小时，也没有坚持，便说：“李庭长，我下午要到县委政法委开个联席会。现在就不陪你了，回去还得准备一下资料，晚上县委政法委如果没有其他安排，我们再一起叙叙旧。”

李国勇忙说：“晚饭不在这里吃，你安排自己的。”

两人握手告别，于副院长便随李国勇去办公楼会议室，当几个人来到会议室时，肖健给司机打了电话，他表示不上楼去了。

下午的开庭是李国勇主审的，这是公诉机关以绑架罪起诉的案件。李国勇曾经看过移送过来的公安卷宗，看完后心里有感觉，不大像典型的绑架案，尤其从犯罪构成来看，应该不是绑架。不过他并没有将想法告诉合议庭的人，于是在开庭时，他问得很仔细，从案发起因到具体实施过程，包括各被告人在那个作案时间段的动作、形态、语言及姿态都问了。

刘青德开始没在意，自己还带了一份审理报告的初稿，准备校正一下错漏，毕竟这审理报告是要上审判委员会讨论的，有错漏不好意思，会让人感到办案太粗心了。刘青德历来办案就比较认真，用他自己的话说，案件办得好不好、定什么罪、量什么刑是水平问题，而办案是否认真、对待文书是否细心，却是态度问题。刘青德认真学习，但还是感到理论功底不如科班出身的，不过刘青德也不自卑，刚才开庭时，他已经校正过。随着李国勇的发问不断深入，刘青德也抬起头，紧盯着被告人的回答。

赵建华开始没怎么当回事，因为手里有份起诉书，他看了一下就放在桌上。作为合议庭成员坐在庭上，不是他主审的案件，他还有点疲惫的感觉，这就好比坐车，有的司机开车时不晕车，而自己坐车时却晕车，这是一样的道理。

李国勇讯问了最后一名被告人的作案动机后，又问坐在左右两边的刘青德、赵建华有无要讯问的，当他俩表示没有时，便指令司法警察将其余被告人带上法庭对证据一一质证。公诉人将被告人的身份资料，主要是户籍底卡内容，向法庭陈述后，李国勇问各被告人是否属实，只有一名被告人讲他的出生时间是农历，公诉人原本想一份证据宣读后质证一次，但李国勇说提高效率，有些证据一组一组质证。在作案动机的证据质证时，被告人邓长春提出是被告人袁书平主动邀的他，目的是搞钱，根本没有弄死被害人的想法。由于仅有两名被告人聘请了律师，另一名被告人没有聘请律师，自己辩解时，虽然说话比较“土”，但倒也实在。

在辩论结束后，李国勇告知被告人有最后陈述的权利，被告人袁书平也许是因恐慌和紧张，一时不知所措，望着李国勇和合议庭发愣。“没听明白吗？”李国勇又直白地告诉他，“就是你最后还有什么要求可以向法院提出来。”被告人袁书平马上说：“希望法庭从轻处罚，考虑是初犯，家里还有孩子要抚养。”说着说着，眼里噙满了泪水。

李国勇接着询问其他两名被告人，他们都表达了和被告人袁书平同样的请求。

时间已到了下午 4 点多钟，李国勇宣布休庭。高志翔匆匆赶过来，问道：“李庭长，庭开完了？在这里吃晚饭。”

“不麻烦了，签完字后马上走，提押票先放你这里，反正还要来宣判的，别搞丢了。”

两名被告人的辩护人和其他几名被告人签完名，已到了下午 5 点多钟，法警们急忙将被告人押往看守所。

李国勇一行站在操场上，和高志翔聊起刚开庭的案件，可能有人找过高志翔请求法庭从轻判处。李国勇顺着高志翔的话说：“还没有研究，到时看看。”高志翔再次诚邀李庭长吃完晚饭再走，说：“现在已 5 点多了，回去路上要一个多小时，反正要吃晚饭的。”

李国勇一听，觉得讲得有理，便征求刘青德的意见。

“恭敬不如从命。”刘青德说。

高志翔寒暄着，李国勇又叮嘱了一句：“别搞复杂了，只吃饭，不喝酒。”“今天开了一天庭，中午也没有喝酒，晚上喝点酒。”高庭长热情地说。

李国勇说：“刘庭长和赵法官可以喝酒，我不想喝酒。”

刘青德说：“我也不喝，晚上还要督促小孩儿练习书法呢！小孩儿讨厌我喝酒。”

“爱人不管，小孩儿管，厉害呀。”

李国勇接着说：“刘庭长家庭观念强，值得学习。”李国勇本不想吃饭，看到也到了吃晚饭的时候，决定吃过晚饭再回市里。车就停在法院院子内，所以，高庭长就在法院附近找了个酒店，点了几个钵子菜。

李国勇说：“别弄复杂了，晚上不喝酒，菜点多了浪费，退两个钵子菜。”

高志翔接受了李国勇的意见，简单地点了几道菜。服务员也倒好了茶，大家坐着边喝边聊，服务员在餐桌上摆上炉子。不一会儿，肖健也过来了。

刘青德问：“拿到了？”

肖健说：“提押票给我了。”肖健迟到，就是等法警将提押票拿到手才回来。

李国勇朝肖健望了一眼，说：“小肖辛苦了，到时喝杯酒。”

“不辛苦。”肖健连忙说。

高志翔见人都到齐了，就对李国勇说：“开始吧，喝点酒。”

李国勇说：“看他们的。”

赵建华说：“我不喝，小肖记录了一天辛苦了，喝点酒解解乏。”

肖健不置可否，刘青德说：“那我陪小肖喝一杯。”

高志翔叫服务员拿了一瓶白酒。开席了，高志翔就发话了，一是感谢李庭长一行来指导工作，二是尽地主之谊，不周到之处，敬请原谅。话音一落，一杯酒就喝完了。

开席前，高志翔庭长要给陈院长打电话，李国勇劝说着，不麻烦他了。高志翔又给于副院长打电话，李国勇见其是主管刑事的院长，就不好劝阻。

不巧，于副院长已到医院去了，说是父亲突然身体不适住院，不能作陪。

李庭长表示，不麻烦，还准备去看望老人。于副院长委婉地谢绝了李庭长的好意。吃完饭，高志翔陪李国勇说话，小徐一人先回法院开车。不一会儿，车就到了饭馆门口，内勤已在菜单上签了字。大家边聊边走，高志翔客气地说：“再留你们那都是客套话，小徐开车慢一点儿。”

李国勇和高志翔、内勤小李握手后告辞。大家坐上车，离开了县人民法院，一天的开庭就结束了。

李国勇叮嘱小徐，晚上开车注意点，安全第一。

车子行进在暮色中，一行人在车上还不时聊起这一天开庭的感受。突然，李国勇的手机响了，是刘玉瑶的电话，告知他明天上午开会，李国勇看来电时间，知道刘玉瑶还在办公室加班，便夸赞了几句。返程路上，李国勇因一天繁忙的工作而昏昏欲睡。回到了院里，李庭长对小徐说："你送一下赵法官，我自己开车回家吧。"

刘玉瑶到办公室加班，顺便也想和男朋友电话聊天，在家里打电话嘈杂得很，因为她租的房子是院里同事的，质量不是很好。楼上住的是一个有小孩儿的家庭，小孩儿常在楼板上奔跑，或拖动椅子，发出"吱吱"声，让人心里很烦躁。有一次，刘玉瑶半开玩笑地对楼上的同事说："你家小朋友挺活泼呀，晚上挺热闹的。"楼上的同事不知是没听明白还是装糊涂，没做具体回答。此后，刘玉瑶再没有说过了。

其实，刘玉瑶很爱学习，尽管她通过了司法考试，但她还是深深地明白，自己大学时的专业并非法学，理论知识远远不够，专业基础还不够扎实，唯有学习才能更好地适应工作。因此，她几乎把业余时间全用在学习上，进步也很快。

回家了，李国勇妻子告诉他，儿子已经读大二了，只有两个多月时间就要放假，妻子准备休公休假，好好改善一下生活，对于这些，李国勇表示随便，但要征求儿子的意见再做安排。儿子准备找个地方实习，假期回家的时间很短，要不就接儿子的外婆来住几天。因为儿子与外婆的感情很深，这样就不会耽误时间。李国勇这一想法得到妻子的肯定，他心里十分高兴。

上午，李国勇开会。徐长胜副院长主持，张红江院长讲话，各庭室主要负责人参会。会议内容主要是总结春节后的工作，张红江说："节后各项工作都有增加的趋势，无论是案件数量，还是其他辅助工作，都在增加。各庭室反映人手紧，想增加人员。"对前段工作的积极性给予了充分肯定。他还说："其他中级人民法院的工作都感到很忙，不仅仅是我们中级人民法院忙。"谈到有的庭室申请加人，张院长特意说："受编制人数限制，能否招几名临聘书记员，帮助做些工作，省会城市的中级人民法院这样做了。招聘的关键是财政要给钱，对此，院里正在向市委政法委反映。目前，暂时从非业务科室抽调两名同志，临时办案。”

由于刑二庭今年来了大量的职务犯罪案件，去年市国土资源局和市水利局发生的窝案，现在大多起诉过来了，虽然分到各区县审理，但涉及内审平衡，加上有几个重大集资诈骗案，还有传销案，谭丽红庭长找张院长反映两次了。

张红江说完朝谭丽红一望，谭丽红正在做笔记，见张院长提到自己，忙抬起头，双方对视了一下。张院长接着说：“我和徐院长、鲁院长、黄院长商量了一下，也征求了罗主席的意见。打算将刑二庭的一部分案件分到刑一庭办理，民一庭的案件分到民三庭办理，民二庭的案件分一部分给林业庭办理。会后各主管院长再具体和立案庭衔接一下，反正过去案件忙时，也这样做过，各庭室都要克服困难，积极支持院里的工作。”

在张红江讲完话后，徐长胜强调，困难是暂时的，办案要抓紧，要做好合理安排，这段时间非特殊情况院里不搞集中活动，专心办案。如果招聘书记员得到批准，将会缓解一些移交案卷的时间压力，除上诉案件需及时整理卷宗外，各项工作要齐头并进，最后徐长胜问大家：“还有什么要讲的没有？”办公室的周祖全主任提出来，有的年前办的案卷还未交档案室，请各庭室抓紧。

徐长胜接着说：“刚才周主任讲的，各业务庭回去督促一下，档案室也可草拟一份清单逐件落实，能移交的就及时移交，不能移交的要说明情况。”

徐长胜宣布散会后，大家陆续离开了会议室。坦率地讲，李国勇听到又要帮刑二庭办案时，心里猛然一惊，他确实没有任何思想准备。既然张院长都这样说了，那还有什么可怀疑的。

李国勇回到办公室，杨金华问他：“上午开会传达了什么精神？”

李国勇直言不讳地说：“加任务了，还要帮刑二庭办些案件。”

杨金华一听，感到诧异，忙问：“这是为什么呀？”

李国勇只是说：“刑二庭的案件多。”

两人正说话时，忽然，办公室的电话响了，李庭长去接电话。原来电话是徐院长打来的，说如果没什么事要李庭长到徐院长办公室去一下。李国勇是有思想准备了，肯定是关于帮助刑二庭办案的事。

到了徐院长办公室，徐长胜简单地问了目前刑一庭的办案情况，包括案件数量及开庭情况。有多少案件可以研究了，李国勇一一做了回答。徐长胜还问了庭里人员的思想状况，李国勇也根据了解到的实际情况做了实事求是的答复。然后徐长胜说，昨天张院长找他商量情况，因谭庭长曾给徐院长反映过人员紧张的情况，有几件职务犯罪的案件，市人大有领导过问了，徐长胜找谭丽红了解案情。谭丽红汇报时就提到了案多人少的问题。本来，按照往年的情况，案件是可以按时办结的。

去年下半年，来了几件大案。主要是一件集资诈骗案和非法吸收公众存款案，涉案金额有九个亿，卷宗有两百多本。王涛副庭长和徐晓英法官主审，这相当于专案，两个人就办这两件案件，还有一件网络虚拟货币的诈骗案。涉案人众多，卷宗多，也占用了一个人。还有今年要进行量刑规范化试点，最重要的是市国土资源局和市水利局的窝案。人数多，影响大。市人民检察院周副检察长来过几次电话，希望尽快审结。市纪委刘书记也来过电话，对案件的审理希望从严从快。

平时刑二庭办理正常的案件不会有什么困难，一下子来了这么多案件，集资诈骗案被告人虽然不多，但受害人多，维稳压力大，案件还未开庭，上访来院的人明显比平时多。关于这些案件，恐怕还会以院里的名义，向市委政法委作专题汇报。

徐长胜接着话题一转，谈到了刑一庭帮助办理刑二庭部分案件，李国勇想，反正是办案，办理职务犯罪的案件也可学习知识。谁知，徐长胜的意思是办理刑二庭 4 月到 6 月的暴力型案件。说直白点，就是抢劫、盗窃类案件。职务犯罪案件仍然由刑二庭办理，这主要是考虑量刑平衡。

李国勇见徐院长说到这个份上，再提意见也没有意义，只提出了年底及半年绩效问题，徐长胜表示会和审管办陈晓兰主任协调，总不能多办案的反而吃亏。李国勇见该说的都说了，便告辞后离开了徐长胜办公室，回庭途中碰到周祖全主任，顺便打了声招呼。

李国勇还未进办公室，刘青德就迎了上去。李国勇主动问：“有什么事吗？”

刘青德说：“刚才接到何立祥组长的电话，准备明天到橘城电厂去，实地了解一下情况。”

“那你去吧，党的中心工作马虎不得。”

刘青德一听，马上说：“还是李庭长政治站位高，大局意识强。那我就去了，原计划明天讨论案件的，只能改日了。”

李国勇已进到办公室，接过话头：“你有时间改日再讨论。”

刘青德就回到了办公室。他通知冯建时碰到了一点小麻烦。冯建明天要参与接待一起传销案的当事人，刘青德告诉他，何组长做了安排，并和电厂进行了联系。“干部下基层，排忧促发展”是市委要求的。

冯建说向潘跃庭长报告后再回信，他问了一句，晚上是否在当地住宿。这点刘青德特意问了何组长，这次只是了解情况，把困难带回来，向市中级人民法院党组汇报，不住宿。冯建听到当天能回来，便放下心来。

几天后，立案庭便送来了十多件涉财犯罪的案件，审管办与立案庭统一商定，即日起三个月内的有关抢劫、盗窃案均由刑一庭办理，民事审判庭的也按这一时间段，无论案件是简单还是复杂，都由协助办案的庭办理，这就避免了挑肥拣瘦，也避免了办关系案。

唐仁平办了几件案子，当他又写完一份审理报告时，望着手头的一堆案件，不禁感叹，这么多的案件，何时才能办完呀！不仅办自己的案件，还要帮别人办，真烦人，眼睛都看花了。

刘青德说：“唐庭长，休息一下，别累着了。”

唐仁平虽然没有领导职务，但大家仍习惯喊他过去的职务。唐仁平见刘青德在走廊上，便走近刘青德身边问道：“你是不是在办理一件未成年人抢劫案？”

“是的，刚分来，连被告人的姓名都还不知道，好像有几个人。”

“这个案件涉及未成年人，需谨慎处理啊！”

“肯定的，开庭后希望能够全面细致处理，达到教育、感化和挽救未成年人的目的。”

被告人鲁定学故意杀人案由赵建华主审，刘青德和唐仁平组成合议庭。因证据问题市人民检察院撤回起诉，并退回到公安局进行了补充侦查，因此这次起诉后合议庭变更了。原来的审判长是钱庭长，因他到年龄，免除庭长职务，考虑到便于让新的庭长开展工作，钱庭长提出到审监一庭工作，办理减刑假释案件，这样比较轻松。老庭长提出的这个想法，既合理也不为难。于是，钱庭长就被安排到审监一庭，同时也办理有关刑事申诉案件。

鲁定学的案件开庭颇费周折，鲁定学对作案杀人的事实不予否认。但在关键证据上又前后供述不一，在质证阶段，辩护人朱律师能够抓住公安机关在办案时存在的瑕疵，据理力争，使得公诉人有些被动，虽然补充侦查也收集了一些证据，补强了相关证据。但从时间上，在案发前后，只有鲁定学到过现场，这份证据有三个关键证人做证，其时间节点能相互吻合，足以证明。特别是案发后，鲁定学再没有到过现场，而他所供述的是用锄头敲打被害人的头部，血溅落在锄头上。这一特征只有亲自经历和实施这些行为的人才清楚。虽然公安机关在勘查现场时把关不严，现场负责人经验不足，设置警戒范围太小，导致有部分群众围观，未能及时劝离，但鲁定学确实未到过现场。同时，间接证据也证实鲁定学作案后为逃避打击，闭门不出，根本没有接触外人，这也反证鲁定学案发前到过现场。否则，他不可能将锄头上的血描述得那样清楚。

存在类似瑕疵的证据还有两处，从笔录上看，公安人员的审讯记录还是做得比较好的。之所以出现瑕疵，完全是现场指挥失误。据说那位现场指挥是从治安大队转岗到刑侦大队的，刑侦经验确实不足。

由于本案是退回补充侦查的，公安机关对能收集到的证据均进行了取证，也是在检察人员的指导下进行的。有关被害人在反抗时，曾抓伤鲁定学的手。由于过了很长时间，已失去做活体检测的条件，抓痕已消失，但相关证人证实在案发后他的手背上有受伤的痕迹，而且连抓捕鲁定学的公安干警也证实了。这个证据很有说服力。

赵建华问得很细致，刘青德也很重视，在主持开庭一套程序后，法庭调查就是赵建华主持询问的。一般来讲，每次开庭，当审判长完成程序后，后面法庭调查是谁主审的案件就由谁询问，案件一直进行到被告人作最后陈述。

今天赵建华询问完后，也征求刘青德和唐仁平的意见，有什么补充发问的，刘青德针对朱律师提出的证据确实不充分，专门对事实部分，也就是鲁定学作案后的活动轨迹进行了重点讯问，特别是在案发后，再没有到过案发现场，也没有和外人接触。这一点刘青德心里很踏实。对于是鲁定学作案，内心已确信无疑。

被告人最后陈述时，鲁定学希望法庭从轻处罚。刘青德宣布休庭，鲁定学阅读笔录后签名。

因为东平湖管理区仅有公安机关，没有法检机关，所以审判由荆楚区人民法院负责。由于本案是故意杀人案，被告人可能被判处无期徒刑以上刑罚，因此案件由市中级人民法院作为一审。

刘青德开庭完后回到办公室，刚刚喝下一口水，立案庭钟绍华就来找刘青德，是一件交通肇事案，希望在民事赔偿时做些工作。如果能够赔偿到位，刑事部分量刑判缓刑都可以，被害人愿意出具谅解书。钟绍华随即说出了被告人的名字，刘青德一听，吃了一惊："你认识他家里人？"

钟绍华说："不认识，我过去下放做知青时，在花苑县庆丰镇，我下放时的老住户找到我，希望关照。我了解了一些情况，听说被害方来了几次闹访，我批评了被害人这一方，有什么都是可以说清楚的，不要吵，更不要闹。"

平时，刘青德对钟绍华印象还是蛮好的，认为他为人仗义，说话办事总是先替别人考虑，从不为难人家，总能设身处地替别人着想。刘青德想起被害人的父母气势汹汹地质问接访人员："为什么不重判被告人？为什么不给民事赔偿？"上次立案庭傅林副庭长接待，好话说了许多，被害人就是听不进去，因傅林过去在刑事庭工作过，知道办案不是哪个人说了算，要经过合议庭研究，甚至审判委员会讨论，他不厌其烦地给被害人家属讲了许多。

傅林的性格斯文，脾气好是大家公认的。最后，傅林问被害人家属究竟有什么诉求。他们希望见二审主审法官，傅林答应看是否开庭。傅林给刘青德发了信息，刘青德立马回信。傅林就打电话请刘青德接待一下，给被害人家属多讲讲法律。刘青德没有丝毫犹豫，马上下楼接待。

听了诉求，被害人的要求是家里实在困难，希望民事赔偿得到执行。

刘青德当时就感到被害人家所在地自然环境差，山上只能种玉米、红薯，收益太差。受伤的人又是家里的主要劳动力，孩子小，读书连学费都交不起。被告人虽说也是农村的，但从笔录中看，他姊妹多，靠近市郊，条件怎么都比被害人好。虽然发生交通事故是双方都不希望发生的事。如果被告人积极赔偿，被害人又能谅解，对案件做适当调整，判处被告人缓刑，恐怕社会效果和法律效果都会非常好。

接访时，刘青德了解到原、被告情况后心里有了些既依法又合情的处理想法，但他没有对傅林透露任何信息。现在钟绍华又来过问此案，其意图很明显：在不违背法理的情况下，能让双方都能接受的判决应该是恰当的。于是，刘青德有了新的主意，告诉被害人家属不要再来吵闹。

钟绍华连忙说："放心放心，我马上去讲，叫他不要到法院干扰法官的工作。"

刘青德也不含糊，很恳切地说："我一定尽力而为，即便案件上不能解决，也从其他途径去解决点。"

钟绍华恍然大悟，连声说："行，你有办法听你的。"说完，钟绍华走了。

刘青德之所以能讲这话，心里是有底气的，一是被害人没有得到赔偿，这是事实。二是每年财政都会拨一笔专项经费用来解决法院判决民事部分无执行能力案件，通过司法救助来解决法院遇到的急难问题。这笔钱虽然不多，但确实能解决困难，要求也很严格，要符合条件。如确实因案件承办过程中留有瑕疵，导致当事人寻求解决，耗费了精力和时间，造成困难的给予救助。还有就是被告人无执行能力，如死刑犯被执行死刑后，所判决的民事赔偿基本没有能力执行，而往往被害人家又特别困难，这种情况进行司法救助就如雪中送炭，不仅被害人家属满意，感受到社会的温暖，周围群众也十分认可，社会也能切实感受到"人民法院为人民"。钟绍华走后，望着他离去的身影，刘青德浮想联翩，不禁想起了江学明老庭长对钟绍华的评价。

钟绍华高中毕业后下放农村，后参军，在空军部队从事机务工作，还代理过机械师，原本是要留队提干的，但由于政策原因未能如愿。由于钟绍华工作积极，已在部队入党，退伍后被安排在德沅市著名的南北特产商店当营业员，销售烟酒。

商务局团委书记因年龄大，需要考虑新人问题。钟绍华刚上任就进入了候选人名单。在商业系统，钟绍华小伙子一表人才，又是党员，参军退伍刚回来。1981年春节前夕，钟绍华被调到市商业局机关，当年6月，就当上了代理团委书记，以工代干。1982年年底，正式转为干部。1983年开始“严打”，1984年9月，政法队伍扩编，钟绍华被调入市中级人民法院，时年钟绍华才二十七岁，可谓风华正茂，人事科登记册上，钟绍华赫然占据市中级人民法院第四十八名的位置，并一直担任市中级人民法院的团支部书记直到1991年。老院长很想培养他，后来因为人员调整，拟提拔他当办公室副主任，却因各种原因与他失之交臂。人有时是讲机遇的，机会一失，有些遗憾只能埋在心里。钟绍华一直默默无闻地工作，作为一名审判员，他很正确地看待进步。尽管有的同志进步比他快，但他也从不攀比，尽心尽力做好自己的工作。刘青德视他为老大哥，对他心存敬意。钟绍华先后被调到经济庭、审监庭工作。那时候的审监庭，设有立案信访室，也就是立案庭的前身。想到钟绍华是立案庭的老同志，又轻易不向同事开口说什么。因此，刘青德算是给他交了底，钟绍华也从内心里感觉到刘青德给自己的面子。

下午，何立祥组长给刘青德打来电话，要他写这段时间参加工作组的工作总结和下段工作安排。说实在的，一个多月时间，主要是摸清电厂的困难，电厂厂区大门口到大街有一段一百五十米的出厂道路，很不顺畅，主要是电厂员工走，平时居民不走这条路。由于过去基础打得不牢，路面已破碎，有些由于积水，形成凹坑。晴天尘土飞扬，雨天泥浆四溅，电厂反映多次，上次修路，电厂还给了一些赞助，修的路质量不是太好，没几年就破烂不堪了。这个问题，何组长当着电厂雷副总经理的面，表示将积极协调橘城县人民政府解决。雷副总一听很高兴。

接着就提出了一个与法律有关的问题。河南某公司欠电厂生活服务公司几十万元货款，这是前几年单位为响应号召办好第三产业办的公司，何立祥说回去先研究一下，由于案件事实清楚，法律关系明确，判决生效已有几年了，一直未得到执行。对方公司都要倒闭了。

何立祥说：“发挥审判职能优势，不能是一句空话，即使注销，债权债务还是要处理。你们将有关资料复印一套交给刘青德。”

这两件事说完，雷副总欲言又止，何立祥察觉到雷副总表情凝重，问道：

“有什么事尽管说，我们是一家人，为企业排忧解难，能做一些工作，尽微薄之力，我们也很高兴。”

“是私事，有时间再说吧。”雷副总说。何立祥见他这样说，也就不再坚持。

想想那次和何组长，还有冯建一起到电厂座谈了解的情况，刘青德记忆犹新。刘青德厘清思路，将工作小结和下步工作安排拟好后，叫肖健去打印，看清样时，刘青德又认真修改一遍，刘青德将工作小结和下步工作安排交给何组长，何立祥说：“材料先放到我这里，我看后再找你。”刘青德便离开了何立祥的办公室。

回到办公室，李庭长问有没有时间，有两件二审案件要合议一下。由于余艳生病请假，临时找刘青德参加合议庭。因为是二审案件，案情比较简单。唐仁平办的案件有贩卖毒品案，还有一起故意伤害案。案情不复杂，被告人上诉的理由就是法庭应该认定其为自首。唐仁平认为自首够不上，表示看合议庭怎么定。

刘青德说：“怎么回事？”

唐仁平简单地作了介绍，这个上诉人和其他被告人共同将人致伤，其余被告人已落网审判，该上诉人一直潜逃在外。去年公安机关开始了追逃行动，而上诉人被列为网上通缉犯。村里治保主任多次找被告人父亲做工作，劝其投案自首，争取宽大处理。其父与儿子通话时苦口婆心做工作，儿子答应近期回来投案自首，其父也告诉了村里治保主任。

一天中午，儿子回家，说是自首的。父亲高兴，几年未见，心存想念。正值午饭时间，儿子望着家里散发诱人芳香的饭菜，说了一句：“我吃完午饭就去自首。”殊不知，村里治保主任早已布了眼线。儿子一回家，信息就传到了村治保主任那里，治保主任把情况马上告诉了乡派出所。当其儿子吃完饭准备去公安局投案时，派出所的警车也开到了他家。其子随即被带上车，很配合，这就是经过。

唐仁平说完后，刘青德咯噔一下，这应该认定为投案自首呀。唐仁平说：“一审判决还是不重，是按自首量刑，但是没有认定自首。”“打个电话问一下一审承办人。”李庭长说。

唐仁平随即打电话，接通后是忙音。李庭长接着说：“那先开始讨论，过后再了解一下情况。”

张宇提出，“不是常说，自首不问动机，立功不问来源吗？”李庭长不置可否地点了一下头，这句话在参加工作时就听说过，不过，近几年来都对立功不问来源，产生了疑惑。在职务犯罪中，如果立功不问来源，会导致有个别人利用特殊身份将工作中掌握的情况作为线索提供，近年来已经基本被否定。即使是刑事暴力犯罪，立功来源也要查明事实，这不是主要争议问题，李庭长没有说明不妥。张宇发表完意见后，李庭长接着说：“刘庭长的意见呢？”

刘青德刚才给唐仁平打电话时，不禁想起了自己两年前办的一起故意杀人案。那是刘青德刚从办公室副主任调整到刑一庭当副庭长，案件事实清楚，被害人有重大过错，多次挑衅被告人，真是欺人太甚，致使被告人激愤杀人。当然应该惩处，但在庭审时被告人却说自己是自首的途中被抓的，问出庭的公诉人，他采信了公安机关出具的抓获经过材料，认为是抓获归案。

刘青德在庭审中问被告人：“你是怎么被抓获的？”被告人潜逃一天后，再次逃到车站，头脑似乎清醒了，给家里打了电话，是他妹妹接的。他妹妹劝哥哥自首，哥哥同意，因为是冬天，天气异常寒冷，哥哥要妹妹送件棉衣穿，然后去自首。

妹妹拿上棉衣兴冲冲地送到长途汽车站时，哥哥正被警察押上警车。妹妹喊了一声，哥哥望了妹妹一眼，警车呼啸而去。妹妹想到哥哥平时受到的委屈，眼泪夺眶而出。庭审后，刘青德找他妹妹做了笔录，印证了庭审中被告人最后所做的陈述，刘青德又到公安局刑侦队调查核实，直接问，是如何知道被告人到长途汽车站的，队长毫不掩饰地说是通过技术手段获得的信息。

刘青德又问被告人说了些什么，这次负责技术侦查的公安人员说了实话：“被告人说身上冷，要家里送棉衣，准备去自首。”刘青德又要刑侦队重新出具抓获被告人的材料并盖章。随后，刘青德又到电信部门提取了通话记录详单。最后大家一致认为，根据法律规定，这一行为应认定为自首。基于被害人有重大过错，被告人有自首行为，有两个情节考虑，最后被告人判的是无期徒刑，如果当时粗心一点，自首不被认定，那极有可能判处死缓。

想到这里，刘青德发表了自己的意见："老唐，我认为被告人的行为应认定为投案，一是有基础，村里治保主任给其父做过工作，其父也答应，并且在儿子来电时动员他自首；二是被告人回来时，明确说去自首，等吃了午饭去自首，这一点邻居亦可做证。听到了这句话，因在农村，相邻几家都住得不远；三是公安人员来家时，被告人也说了正准备去自首，来车了正好，这充分证明了被告人自首的意愿。根据最高人民法院关于自首的司法解释，这种情形属于典型的在途中投案自首，因此我认为上诉人的上诉理由是成立的，应认定自首。看李庭长的意见。"

李国勇听了唐仁平的汇报，心里想，这应该认定为自首，但一审法院为什么没有认定呢？这就是他要唐仁平打电话的初衷，刚才听了刘青德的分析，他对于这些分析意见也是认可的，因为认定自首案件就涉及改判，而改判案件是要分管院长参加讨论的。李国勇一想到这里，就说："我倾向认定投案自首，因徐院长没来，我们先研究一下意见，再报告徐院长，老唐的意见呢？"

唐仁平说："认定投案自首我没意见，你们两个都同意认定了，我同意合议庭多数意见，肖健，干脆我的意见也是认定，审理报告我再改一下。"

李国勇说："既然认定自首了，量刑肯定要调整一下，现在判的是五年，看减少一年还是一年半。"

刘青德说："怎么改我都没意见。这个被告人也要和同案中的其他被告人平衡一下，具体改多少，由老唐看着办。"

唐仁平原本是维持原判，听了两位的意见，还是应该认定自首。由于一审量刑时虽然没有认定自首，但考虑了这个情节，量刑五年是较轻的，同案犯都判了七八年。李国勇说："先去给徐院长汇报一下，到时我再将徐院长的意见反馈给大家。"

唐仁平说："好嘞。"合议案件结束后，李国勇回到了办公室。

刚刚坐好，审监一庭吴建林庭长来找李国勇，因为两人刚参加工作时都在法院系统的业余大学当老师。李国勇教刑法，吴建林教刑事诉讼法。简单地说，李国勇教实体法，吴建林教程序法。

即将移送过来的一起贩毒案，里面有个从犯，此人是吴建林老家的邻居。吴建林每次回家，邻居都热情招呼，那时候吴建林家里很困难，读大学时还是乡亲们凑的路费，其中邻居凑了份子。这次邻居的儿子走上违法犯罪的路，找到吴建林。吴建林表示，尽力帮忙，但必须依法依规。当邻居离开他老家时，吴建林决心在法律允许的范围内，尽量为邻居做点具体的事儿，帮助他早日改邪归正，重新做人。

他回到德沅市后找到当律师的同学，说明了情况，邻居没钱请律师，交通费和应交给所里的费用他出。这件事同学一听，也不含糊，马上答应，表示免收代理费，义务代理，提供法律援助，吴建林表示感谢。吴建林的同学通过阅卷，认为被告人在全案中地位不突出，主犯够不上，只是从犯，如能缴纳罚金，量刑上判缓刑都有可能。一是他是初犯，获利不多；二是积极交代、检举上线，并协助公安机关抓捕上线；三是他贩卖的毒品因及时破案，未流入社会，属于控制下交易。

吴建林一听情况是这样，回到院里后，就直奔庭里找李国勇。吴建林说：“今天专程来，向李庭长汇报一下，由于邻居家庭条件差，路程较远，能否将开庭时间推迟到上午 10 点以后，让他坐最早的公共汽车来旁听呢？这样可以节省一晚住宿费。”李国勇没有拒绝他的这一要求，只是说：“那可能上午庭审就结束不了了，但也不要紧，到时侯延长的话可以吃盒饭。”吴建林一听很高兴，说不打扰了，说完就告辞了。

第三章

抗诉开庭

从刑二庭分来的部分案件也陆续进入开庭阶段，彭小海抢劫案原本是分给余艳办理的，由于她婆婆身体不好，又住院，加之夫妻感情有点矛盾，余艳干脆请公休假护理婆婆。

说句实在话，余艳本人身体不好，可能是生小孩儿后月子里没有休息好，落下了病根，身体弱不禁风，稍有天气变化，就精神萎靡不振。前两年，她找了个老中医，认认真真地进行检查，给她专门开了药方，进行了调理，同时叮嘱她不要劳累，不熬夜，注意休息。

余艳感觉与以前大不相同，因此这次分给她案件时，没有犹豫收下，谁知婆婆突然住院，还不是一天两天。

其实，婆婆住院她是完全可以请护工的，花不了多少钱，自己又省心，但由于余艳和丈夫平时就有矛盾，如果在婆婆病后不亲力亲为，悉心照顾，心里实在过意不去，况且婆婆一向对自己非常好，自己作为儿媳，照顾婆婆理所当然。

余艳的丈夫有三兄弟，一个小姑子嫁在外地，一个大哥上大学后成家留在外地，一个二哥虽然在本地，但与妻子正在闹离婚。二嫂总认为婆婆偏心，与婆婆早已心存芥蒂，肯定不会来照顾婆婆。

婆婆虽然没有和余艳住在一起，但在身体好时常常帮忙照料小孩儿，余艳照顾婆婆也在情理之中。

不管怎么说，婆婆生病住院，余艳请假照顾，这顺理成章。还好案件刚分，没有确定合议庭。李国勇原本是叫杨金华办，无奈她手里案件较多，对绩效看得很重，生怕受到影响。

本来一审案件是刘青德分配的，由于刘青德要到企业支帮，这段时间就由李国勇分案，刘青德一看李国勇有难处，主动说："干脆我来办吧。"

这一来解了李国勇的围，二来帮了余艳的忙，可以安心护理婆婆，再者，自己也负责一审案件，及时处理这些案件，理所当然。

李国勇忙说："那下次再来案件就不分给你了。"

刘青德倒是大度地回答："不要紧，该分还是要分。"

刘青德回到办公室认真看了一下起诉书，这是几个初中毕业生参与的一起抢劫案。这个案件还是很清楚的，由于作案人数多，证据互相吻合，对于事实的认定没有异议，关键是量刑和民事赔偿。刘青德默默地想，是什么原因导致了这几名学生在几天时间就从学校走向了监狱，这让家长怎么想，老师怎么想？刘青德将公安案卷每一页都认真仔细地翻阅，从案件的揭发到破案抓获犯罪嫌疑人，思路是清晰的。

2008 年 7 月 3 日的早晨，出租车司机王某 6 点去找被害人李志昌接车，在平时约定的交车地点，王某等了半小时，李志昌的电话打不通，无奈之下，给李志昌妻子打电话。

李志昌妻子一听，引起警觉，还以为丈夫和相好的在一起。李志昌曾经谈过一个初恋，两人有过联系，被妻子发现，其妻一直怀疑两人藕断丝连，但也想到或许是去打牌了。

不过一想，这种情况不多见。因为丈夫开出租车也有几年了，只是考虑到家里老人年事已高，孩子读书需要人陪伴，这样，丈夫只好从外地回到本地，仍然开出租车，妻子照顾老人和陪伴小孩儿。李志昌的妻子一听到这话，睡觉的心思没有了，赶紧向公安机关报警，通过 GPS 找车。

同一时间，在距城市三十公里的农村一条沟渠边，村民早晨去整理农田，发现了一具尸体，村支书知道后迅速报告公安机关。公安人员调查走访，得知夜里有辆出租车停在现场，便通过出租车管理办公室查询。正在此时，李志昌妻子报告丈夫开出租车，未按时交车，人又联系不上。公安机关即作并案处理。通过GPS确定了失踪的出租车在某汽车修配厂，公安人员调查时，修配厂厂长反映，有一男子曾用手机打其电话，要求帮忙修车。

公安人员分析，这个打电话的人很有可能就是抢劫出租车并杀死出租车司机的凶手，最起码也是知情人，即将该电话号码上报市公安局技侦支队。当天中午，通过技术侦查，发现犯罪嫌疑人在某职业高中学校附近活动，紫城区公安局刑警大队侦查员一行六人，两台车风驰电掣赶到学校附近，将正在睡觉的犯罪嫌疑人潘国山、张东惠、彭勇新、高健抓获。

经过突审，几人分别承认抢劫出租车，并杀死出租车司机的事实，但杀死被害人的是彭小海。在审讯过程中，彭小海给高健和潘国山打电话，此时，由于高健、潘国山已被公安人员控制，公安人员示意高健、潘国山问彭小海在哪里。彭小海说在市区内一 KTV 包厢，要和四人见面，公安人员示意他俩同意见面，潘国山、高健也积极表示愿意配合公安人员抓获彭小海。

得知彭小海的下落，公安人员火速带潘国山和高健赶往市区内一 KTV 包厢，在潘国山和高健的指认下，顺利抓获了彭小海。

刘青德从多份笔录中看到，彭小海与潘国山是邻居关系，潘国山、张东惠、彭勇新和高健住在同一寝室，彭小海与彭勇新系亲戚。

2008 年 6 月 28 日，彭小海与潘国山在德沅市紫城区圆盘路地摊上购买砍刀两把。6 月 30 日，潘国山、张东惠、彭勇新、高健因与同学发生冲突而离校，便与彭小海纠集在一起。7 月 2 日晚，彭小海提议抢劫出租车。潘国山等四人均表示同意。彭小海遂指使潘国山、彭勇新各携带一把砍刀，五人一同上街寻找目标。晚上 9 时许，在德沅市荆楚区岩桥路附近，彭小海指使潘国山先乘坐出租车，随后彭小海、张东惠、彭勇新、高健上车。当晚 10 时 30 分许，五人将被害人李志昌驾驶的出租车骗至德沅市紫城区黄坎镇建设村七组地段。彭小海要李志昌停车后，潘国山假装下车付车费堵住车门，彭小海从彭勇新手里拿过砍刀抵在李志昌的颈部，同时将驾驶室内安装的摄像头扯掉丢弃。潘国山亦拿出砍刀伸进车窗抵着李志昌颈部。彭小海威胁被害人李志昌将钱和手机交出来，抢得一百七十余元现金及手机一部。

彭小海便安排高健坐在车内，要潘国山将砍刀给高健，彭小海与高健两人各持一把砍刀挟持李志昌，然后，彭小海指使潘国山、张东惠、彭勇新寻找砖头与绳索，但潘国山等三人未找到。五人将李志昌挟持下车，此时，彭小海已将自己的刀给了潘国山。彭小海便从高健手中拿过砍刀，安排彭勇新望风。这时，潘国山和高健各抓住李志昌的一只手，潘国山用刀架在李志昌的脖子上，彭小海用手使劲捂住李志昌的口鼻，试图将李志昌捂晕未果。彭小海便用砍刀朝李志昌的头部猛砍数下，将其砍倒在地后，李志昌趁五人不备，爬起朝路边水渠方向奔跑。彭小海和潘国山见状，持刀追赶。彭小海朝李志昌身上乱砍数刀，致刀落入水中，彭小海恐李志昌从水中捡刀反抗，即用力将李志昌往前一推。彭小海向潘国山要过砍刀，朝李志昌身上、头部猛砍数刀，将李志昌砍死在水渠中。随后，由彭小海驾车，五人逃离现场。

经法医鉴定，被害人李志昌系他人用锐器（如长砍刀类）砍伤头面部等处致开放性颅脑外伤而死亡。五人所抢手机及出租车价值共计一万两千九百三十元。

潘国山、高健归案后，积极配合公安机关将彭小海抓获。

刘青德一面认真看卷宗，一面分析，究竟是什么原因让这几人走上了犯罪道路。从他们的供述看，彭小海与潘国山仅仅是邻居关系，潘国山和另外两个人住同一寝室，年龄相差仅一岁。

彭小海也只有二十一岁，曾因盗窃被判刑。彭小海在提出抢劫出租车时，几人均表示同意，几个人一起到街上寻找目标。晚上 9 点钟，李志昌驾车经过时，先由潘国山一人上车，彭小海害怕五人聚在一起，李志昌不载他们。

当潘国山喊车载上其余四人后，李志昌本应提高警惕。因彭勇新带刀在身上，个子比较矮小，裤子里鼓鼓的，有一种身上带有异物的明显特征。可惜李志昌没有警惕，仅仅把他们当成孩子看待，特别是看到高健的供述时，更为李志昌的麻痹大意而遗憾。

高健讲到，潘国山曾对李志昌说："我们是去打架的，晚上回来没有车，仍然坐李志昌的车回来。"

李志昌爽快地答应了，特别是中途停车一次，彭小海以方便为由，实际是物色作案场地。可惜李志昌仍没有丝毫警惕，尤其是开车经过派出所警务站时，连彭小海等人都很惊慌，害怕李志昌报警。

李志昌离开了人世间，可留给人们的疑问和思考是那么多。当时李志昌是怎么想的？至少有三次机会完全可以脱离危险，为什么没有脱身？李志昌的防范意识不强。刘青德为被害人的不幸遇难而惋惜，也对犯罪分子的凶残无比愤恨。为几个即将上高中的学生的家长感到难过，一念之差，他们竟走上了犯罪道路，毁了一生的前程。

晚上 11 点钟，漆黑的夜，远处偶尔传来一些车鸣声。近处青蛙的"呱呱"声响个不停，远处的稻田里，微风徐来，稻香扑鼻，那是成熟的稻谷等待着人们去收割。可这时的刘青德仍思绪翻腾，一群稚气未脱的孩子就这样掉进了犯罪的深渊，我们该从中吸取些什么教训？对待孩子的教育，我们该如何引导？这一连串的问号，不停地浮现在刘青德的脑海中。

刘青德看到，彭勇新几人的供述是：彭勇新看到彭小海用刀砍人，心里一震，一阵恐惧涌上心头。高健和彭勇新害怕了，真的害怕了。说实话，他们俩的最初想法，也就是抢点钱打游戏，没想到彭小海用刀杀人，内心也十分惊慌，但上了贼船没有办法。此时此刻，他们也后悔，悔不该参加抢劫，现在说什么都晚了。

而李志昌被彭小海砍了几刀，身体已不如正常人，加之心情紧张万分，时刻寻找机会逃命。乘彭小海和几人说话的机会，李志昌爬起来，拼命朝水渠方向逃跑，企图逃出魔爪，彭小海和潘国山见状，持刀追赶，李志昌虽拼尽全力逃命，无奈此前被彭小海砍了几刀，体力渐渐不支。

黑夜里，慌不择路，很快，年轻力壮的彭小海追上了李志昌，朝李志昌的身上又砍了十几刀。此时，就在不远处的高健、彭勇新也胆战心惊。

张东惠知道，李志昌已必死无疑，高健、彭勇新却无心再做什么，唯惶恐和畏惧。然而，一切都已发生，世上没有后悔药吃，他们悔之晚矣！

这件案件的作案人员、证据都能互相印证。刘青德主要是关心两点：一是民事赔偿怎么赔？李志昌结了两次婚，各被告应给多少赔偿款；二是这几个人如何量刑，尤其是后四个人，想到他们都是初中毕业，还是职校在校学生。

从最初的犯意看，是先抢劫出租车后，为抢商店和金店做准备，只想把出租车司机搞昏，因一直未搞昏。彭小海说了李志昌不死，他们就会死，潘国山的供述很直接。刘青德没有想到，一个刚毕业的初中生，胆子这么大，竟持刀追赶。

彭小海由于有前科，曾因盗窃被判过刑。胆大妄为好理解，这几个学生就跟着混了几天，居然就这么毁掉了自己的一生。他们几人的父母，接到公安机关的电话时，开始不相信，后来则吓破了胆儿。

本来，他们的儿子初中毕业后，就准备到某所职高学习，9 月再办理正式入学手续，谁知却接到了这个电话。

案件的审判很顺利，这几位被告人的家长作为法定代理人参加了庭审。家长们悔恨没教好孩子，彭勇新、高健等流下了悔恨的泪水，他们也不懂法，以为自己没有用刀砍，自己就不应承担责任，殊不知要共同对犯罪后果负责。而当他们知道这一答案时，却是在看守所的监舍里，等待他们的将是正义的判决。

提起民事赔偿的是李志昌的女儿，还有他前妻的女儿及李志昌的母亲。

由于几人均交了民事赔偿款，希望得到从轻处罚，彭小海的家人也想卖房缴纳民事赔偿款，期望保命。刘青德劝阻了他的家人，待研究后再说。

其实，这也是安慰他家人的心，不然房子卖了，人也被判了死刑，刘青德的心情格外沉重，感觉罪犯的犯罪后果不该由家人承担。刘青德是这么想的，无论对与错，在故意犯罪案件中，只要被告人有很大可能被判处极刑，一般他都不积极要求对其家人给予民事赔偿。相反，如果被告人不会被判处极刑，刘青德则积极想办法让被告人筹集民事赔偿款，以安抚被害人家属的心情，以求得双方的平衡。

久而久之，在辩护人律师这个群体中，大家都明白刘青德的判决风格。

因此，只要刘青德通知缴纳民事赔偿款，大家都很配合，积极动员当事人的家人缴纳，也潜意识地认为这个案件会办得既依法，又很有人情味。尤其是重大刑事案件，这给被告人及家人指了条生路。

刘青德也绝不滥用这种信任，在明知被告人会被判处极刑时，利用其求生欲望，要其缴纳民事赔偿。尽管这对被害人有不公之处，但是刘青德也绝对不会这样做，而是会通过司法救助想办法解决。

杨金华对联带包创工作认识提高了，认为要量化管理好。由于每个月都要考核，周丽云便将考核日志交给她评价打分，她认真审阅后签了“优秀”。周丽云说：“我这个月加班虽不多，但特别累，白天上班办案，晚上还要写论文。”

杨金华说：“帮不上你的忙，你是工作学习两兼顾，要不下次来案件了不分给你。”

周丽云说：“谢谢杨庭长的关心，论文写完了只需要修改，时间是挤出来的。”周丽云想到杨庭长的关心，刚才的话可能说得不妥，马上补了一句，“我要是真忙不过来，一定向杨庭长报告。”因为联带包创，有些填表等辅助工作是交给周丽云做的，她做事比较认真，杨金华表达了谢意。

刘青德写了电厂一季度的工作小结和下一步工作安排，何立祥过了两天才找刘青德。

这倒不是忘了，何立祥办事情也是不拖拉的，只因市纪委例行开联席会。市中级人民法院作为成员单位必须派人参加，会上专门讨论了职务犯罪联席通报制度。市纪委要求市中级人民法院刑二庭对审理的职务犯罪被告人，在宣判前，要将拟判决的刑期向联席会议通报。刑二庭谭丽红庭长当即提出，法院对被告人的量刑在没宣判前是绝密的，不能向无关人员泄露，主持会议的市纪委联席会议负责人一时比较尴尬，何组长一看不妙，马上补台，我们可以在宣判前，听取市纪委办案人员的意见，以便更好地量刑。

会议开完后，返程的车上，谭丽红说：“将我们讨论的结果先报告市纪委，是他们审判案件还是我们审判案件，我们如果判轻了或者判重了，检察院可以提出抗诉嘛，这不用担心。”

何立祥说："谭庭长，别放在心上，案件该怎么办还是怎么办。"回到办公室后，何立祥给刘青德打电话，只讲了去他办公室，具体什么事没讲。

刘青德去何立祥办公室途中，碰到院办公室姜曼丽副主任，两人闲聊了几句，姜曼丽说待会儿找刘青德有事。

刘青德到了何立祥办公室，何立祥给刘青德泡上一杯茶，开门见山地说："你写的总结和下一步的安排，我看了，写得不错，修改了一下，你再去打份清样。关于电厂的诉讼，河南供销公司欠电厂钱的事，这有法院的判决书，我想我们还是去帮助追讨一下，我打算向张院长报告，批准后去河南一趟。你先做点准备，和河南当地法院联系一下，弄清电话号码。我再和电厂雷副总商量一下。"

说完，何立祥将材料给了刘青德，刘青德扫了一眼，发现有修改，里面还添加了一段话。何立祥又问了庭里办案情况，刘青德坦率地说："案件比较多，忙！"

何立祥误认为刘青德是为绩效考虑，赶紧说："你参加中心工作，是要减办案工作量的，这个审管办应该知道，我到时候会给陈晓兰主任专门说一下。"

刘青德不想为这些小事给何组长添麻烦，表示不用了，但何组长还是要说。其实，陈晓兰的丈夫在市人民检察院工作，是检察委员会专职委员，也是班子成员，材料写得好，何立祥原来也在市人民检察院当纪检组组长，市委考虑班子建设，将市中级人民法院政治部主任调到市人民检察院，相应地市人民检察院也调过来一名班子成员。

陈晓兰知道刘青德参加中心工作，只是还未到年终考评的时候。

何立祥还问了一些其他情况，特意再次说了："你的材料写得好，我认为你比其他军转干部的文字综合能力要强。"

刘青德见何立祥这样说，谦虚地回答："要向何组长学习写作。"接着便问："还有什么指示？"

"没有指示，完成好中心工作。"

刘青德便拿着何组长的修改稿，直接到了打印室，按要求打了份清样，仔细看了一遍，没有发现错误，便要打印室印了两份。

刘青德回到办公室刚待一会儿，姜曼丽便来到了办公室，开口就说：“我找李庭长，他讲让我直接找你，‘百案听审’你们庭赶紧挑一件案件，我好上报。”

“要不先让其他庭的案件听审，我们庭一定挑合适的案件报给你。”

姜曼丽说：“哎呀，刘庭长，其他庭也是这么说，行政、民事都听审了，刑事的无论如何都先报一件，刑二庭涉及职务犯罪的案件，证据比较多，两小时都不容易审理完，谭庭长说了很多困难，其他案件有的已移送到你们刑一庭了。”

刘青德一听这话有道理，便不再推辞，反正是要听审的，但手里确实没有合适的案件，便问赵建华和杨金华。

赵建华说：“有个故意伤害的案件，可以抓紧时间办理，看作为听审案件行不行？就是上次紫城区人民法院要求提审的那件案件。”

刘青德一听，心中窃喜，终于有便于听审的案件了，便请赵建华具体说说。赵建华说：“基本情况就是几个年轻人为一个女生争风吃醋，在网吧里将被害人故意伤害致死。”

刘青德知道这件案件可以说是争来的。上月初，紫城区人民法院刑事庭曾庭长在办理何克林故意伤害案时，总是把握不准，认为这件案件可以上审级，可判无期徒刑以上，应由市中级人民法院审理，怎么能由紫城区人民检察院起诉到紫城区人民法院呢？便电话向李国勇报告。李国勇担心纵容罪犯，或许基层法院有为难之处，便要紫城区人民法院曾庭长将案卷材料送过来。李国勇安排刘青德看了一下案卷。老实讲，刘青德翻了半小时，毫不犹豫地说：“判无期徒刑以上绝无问题。”

这样，曾庭长将案卷退回区人民检察院，要求向市人民检察院汇报后向市中级人民法院起诉。案件起诉后，刘青德原本想自己办的，但一是自己案件多，二是给赵建华创造进步的机会，于是，就交给赵建华去办了。

现在估计赵建华已阅完了卷，刘青德也不想多讲什么，就问了一句：“两个小时能审完吗？”赵建华说：“如果要宣判，那比较难，起码要十五分钟合议案件，如果是判无期徒刑，庭里研究后可以定，如果判死刑或死缓，要上审委会。”

刘青德说：“这‘百案听审’，就是开庭审理，结果先不考虑，合议时间来不及，宣布休庭即结束听审，姜主任，这可以吧？”

“行，这没有问题，刑事案件也不是当庭就能宣判的，市中级人民法院的一审刑事案件，那都是重量级的。刘庭长，就这么定了。你们看什么时间开庭。”姜曼丽笑着说。

赵建华说：“下周除周一外，哪一天都可以。”

“初步定在下周三或下周四，我和市人大沟通后再将准确时间告诉你们。”姜曼丽说完就走了。

姜曼丽走后，刘青德望了望赵建华说：“抓紧准备，将案情再熟悉一遍，写好提纲，这么多人听审，千万出不得洋相啊！如果审理报告写出来了，先给我一份熟悉一下。”

“好的。”赵建华回答后，唐仁平补了一句：“这是听审观摩，要做好，就像部队示范操作一样。”

刘青德连忙说：“对，唐庭长高见。”

刘青德按要求将一季度总结交给了干部下基层领导小组办公室，还有一份给了何组长。何立祥讲，将资料都保存留底两份，电子文档也保存好。何立祥可能不知道，刘青德有保存资料的好习惯，这些不用说，他也绝对保存得很妥当。

何组长还说了，已报告张院长，准备去一趟河南催讨欠款。张院长原则同意，可先做些前期准备，主要是了解一审判决和申请执行的情况，再和当地法院联系。

这相关的联系，刘青德已和当地市中级人民法院监察室联系了，对方很热情，表示欢迎，只需发一份传真过去。刘青德将这些报告给何组长后，何立祥点头：“那好，去时再说。”

李国勇将刘青德和杨金华喊到会议室，安排了近期的工作。他原本是要到办公室讲的，看到找的人多，干脆就到了会议室。李国勇主要讲了三方面的内容，一是抓紧办案，春节前留下的一些积案，要基本办完。最近又来了一些案件，尤其是刑二庭的部分案件移送过来，这是张院长和徐院长决定的，不要有怨言，大家都辛苦点。二是联带包创工作，市委政法委很重视，几乎每月都开调度会，都有检查，全市这么多家政法单位，在市直机关系统里不能落后，这是政治部董主任反复强调的，绝不能抓“猪尾巴”。三是近期院里中心工作较多，有时要搞一些志愿者参加的公益活动，希望大家带领合议庭成员积极参加。

李国勇还问了庭里的人员思想动态，杨金华说余艳家里有事，婆婆生病了。李国勇叹了一口气，没有说什么。刘青德表示，其他没有什么，思想都稳定统一。

由于廖明胜抗诉案是在一审时撤诉后又重新起诉的，一审判决后，市人民检察院又提出了抗诉。在李国勇办理这件案子时，他想尽快将案件开庭，好和其他几件案子一起研究。于是，便决定在下周开庭，想要和赵建华一起组成合议庭。

赵建华说：“下周要‘百案听审’，哪一天还没有定下来。”

李国勇便拿出手机打了姜曼丽的电话，问究竟是哪一天人大代表来观摩，姜曼丽说：“定在星期四，原打算定在周三的，因市人大要开会，定在周四的下午。”

李国勇打完电话，对赵建华说，那我们的庭审定在下周三吧，刘玉瑶做些准备。正好，最近有一名大学生来实习，也一起参加吧。

赵建华说了一句：“现在就实习，还没有放假呀。”

“快毕业了在写论文，想到法院实习，昨天政治部同志通知了。”

“那好，正好有些案卷需要帮忙整理。”

接下来这件抗诉案件开庭还是很慎重的，因为涉及花苑县人民法院的一审，案件是否改判，合议庭是很有话语权的，分管院长俞建国很重视。

刘青德坐在审判台上，他拿起一审判决书和抗诉书看了一下基本案情。

2008 年 7 月，在广东务工的李运东邀集廖明胜、鲍泽元策划抢劫码头镇兴隆废品店老板的钱财。同年 7 月 15 日，李运东购买了水果刀、胶带。廖明胜将随身携带的一把刀交给鲍泽元。当晚三人乘出租车窜至码头镇。约凌晨3时，三人来到废品店旁，李运东以卖废品为由，先进入废品店了解情况。他假意向废品店老板黄其炎问价后出来喊廖明胜、鲍泽元一同进店，李运东即要黄其炎搞点钱，黄其炎不愿，鲍泽元即持刀架在黄其炎的脖子上。黄其炎奋力反抗，被鲍泽元等人用刀将手划伤。黄其炎之妻邓捷英闻声赶到现场，见状呼喊其弟邓军的名字，后被廖明胜挟持。邓军及其妻李桦闻声赶到，邓军试图将鲍泽元拉开，被李运东用刀背砍了两下并按倒在地，廖明胜已将李桦挟持。廖明胜、李运东用带去的胶纸分别封住四被害人的嘴，又用电缆线将四被害人捆绑在一起，三人在废品店内搜得现金七千六百元，手机两部后离开现场，黄其炎的伤情经鉴定，系轻伤。

刘青德看完基本案情后，正准备翻阅一下公安卷宗，听到刘玉瑶在宣布法庭纪律，他便打消念头，端正地坐好，聚精会神地听刘玉瑶宣读。法庭纪律很快宣读完毕，其实旁听席上的人不多，想必都是被告人的亲属。

李国勇举起法槌敲击。随即宣布，德沅市中级人民法院刑事审判第一庭现在开庭，提原审被告人廖明胜、鲍泽元到庭，请司法警察卸下戒具。

“原审被告人廖明胜，花苑县人民法院的〔2008〕花刑初字第15号刑事判决书收到了没有？判决书上载明的姓名、出生日期、民族、出生地、文化程度、职业和家庭住址等基本情况，以及因本案被公安机关采取强制措施的时间是否属实？”

廖明胜回答：“判决书载明的基本情况属实。”可能心情比较紧张，回答的声音格外低。李国勇提示他对准话筒声音大些，廖明胜说：“花苑县人民检察院湘花检刑抗〔2008〕1号刑事抗诉书也收到了。”

鲍泽元回答李国勇对其本人基本情况的询问时，态度还比较实诚。

李国勇继续宣读：根据《中华人民共和国刑事诉讼法》第一百五十二条之规定，本庭在这里公开开庭审理由花苑县人民检察院向本院提起抗诉的原审被告人廖明胜、鲍泽元抢劫案。随后李国勇告知了合议庭的组成人员及书记员名单。德沅市人民检察院指派检察员王鲁哲依法出庭履行职务。

还根据《中华人民共和国刑事诉讼法》有关规定，告知廖明胜、鲍泽元在庭审过程中依法享有申请合议庭组成人员、书记员、公诉人回避的权利。可以提出证据，申请通知新的证人到庭、调取新的证据、重新鉴定或者勘验、检查。被告人还有辩护的权利。在法庭辩论结束后，有最后陈述的权利。

李国勇告知上述权利后，廖明胜、鲍泽元都表示听明白了。李国勇还对上述权利进行了释明。廖明胜、鲍泽元都不申请回避。

随后开始法庭调查，审判员刘青德宣读了一审刑事判决书。然后王鲁哲宣读了刑事抗诉书。

花苑县人民检察院抗诉提出：一是原判认定事实有误。廖明胜、鲍泽元抢劫兴隆废品店属入户抢劫。理由是废品店虽然没有门，但系被害人较长时间生活住宿场所，使该店形成了一个与外界相对隔离的封闭区域，同时犯罪实施时该店处于关门歇业状态，具有家庭生活的功能特征和户的场所特征。二是原判适用法律不当，量刑畸轻，法定刑应当在十年以上有期徒刑、无期徒刑或者死刑。

廖明胜、鲍泽元对宣读的判决书、抗诉书都表示听清楚了，和收到的法律文书是一致的。

当值庭法警将原审被告人鲍泽元带出法庭候审后。李国勇询问廖明胜对抗诉书有什么意见，廖明胜回答自己不是入户抢劫。在询问鲍泽元时，鲍泽元也做了同样的回答。

鲍泽元针对抗诉书提出，他和廖明胜是在进入该店后骗的被害人，并不是在进门之前骗的。

法庭举证、质证阶段，检察人员与廖明胜、鲍泽元均没有向法庭提交新的证据。王鲁哲发表抗诉意见认为，本案争论的焦点是——是否应当适用《中华人民共和国刑法》第二百六十三条抢劫罪中有关入户抢劫的加重条款。王鲁哲认为，花苑县人民法院在判决书中没有认定入户抢劫的主要理由有两点：一是没有证据证实本案案发时兴隆废品收购店是在非营业时间，也就是说没有证据证实该店在案发时没有营业；二是本案兴隆废品收购店没有门，无任何遮挡，与外界没有相对隔离，未形成私密空间，不符合《中华人民共和国刑法》中“户”的概念。

出庭检察人员认为，本案应当认定为入户抢劫，其理由主要有：

一、本案兴隆废品收购店符合《中华人民共和国刑法》有关“户”的概念。“户”从字面上解释，与刑法条文中所规定的“户”关联最密切的含义是“人家”；从立法意图上进行文理解释，“户”是“私人家”“家”的意思。公民通常把“家”视为其权利最终存在的处所范围，尤其在人身和财产权利的保护中，家是“户”的典型特征。对于“户”的侵犯，往往使被害人对社会秩序的信赖和安全感丧失，这是刑法将入“户”作为法定加重情节的理由之一。2000 年 11 月 17 日最高人民法院《关于审理抢劫案件具体应用法律若干问题的解释》第一条的规定、2005 年最高人民法院《关于审理抢劫、抢夺刑事案件适用法律若干问题的意见》的司法解释、《中华人民共和国刑法》第二百六十三条第一项规定了“入户抢劫”是指为实施抢劫行为而进入他人生活的与外界相对隔离的住所，法律及司法解释也把“户”解释为“私人家或住所”。因此，检察人员认为衡量住所是否构成刑法意义上的“户”，首先，应该考察该住所是否足以为住户成员提供权利保障以及秩序的安定感，也就是“户”的生活功能特征。居民住宅是“户”的典型。其次，“户”一般相对封闭，在安全防范上具有一定的措施或保障。

就本案而言，兴隆废品收购店应当认定为“户”。一是符合“户”的功能特征。兴隆废品收购店系经营兼生活起居的场所，白天系经营场所，晚上系生活场所。该案发生在凌晨 3 点，几名被害人及被告人均证实已经上床睡觉，也已熄灯，处于休息时间，其场所已属家庭生活场所而非营业场所，实质上此时该场所属私人生活住宅场所，只不过该住宅属简易房；二是符合“户”的场所特征。本案中兴隆废品收购店虽然没有门，但从照片看，还是与外界相对隔开的。刑法及相关司法解释只要求相对隔离，并没有要求绝对隔离；三是兴隆废品收购店采取了一定的安全措施；四是从抢劫对象看，被告人抢劫是针对兴隆废品店收购老板而不是针对兴隆废品收购店。因此，检察人员认为，该兴隆废品收购店在案发时应当符合刑法及司法解释中有关“户”的认定标准。

二、本案符合刑法有关入户抢劫的犯罪构成。廖明胜、鲍泽元既有共同的抢劫行为，又有共同的抢劫故意，认定其共同抢劫是没有问题的。从抢劫前的预谋、着手实施抢劫直至抢劫结束等环节来看，两人除有共同的抢劫故意外，还有入户进行抢劫的故意。实际上两人在共同抢劫行为中共同实施了入户的行为，而且主观上出于直接故意。就入户抢劫而言，首先是两人的入户方式具有非法性；其次是两人入户的心态具有犯意，也就是说，两人在入户前就有入户抢劫犯罪的意图；最后是两人多次使用暴力或以暴力相威胁。

三、本案抗诉具有类案意义，即对废品收购店或农村、郊区的商店等这一类型案件而言如何认定入户抢劫具有现实意义，有效地认定入户抢劫有利于打击严重暴力犯罪。就本案而言，按照一审的判决书，对废品收购店或农村、郊区的商店等场所就没有入户抢劫可言。对这类案件，对住户而言，住户本身并不知道行为人是卖东西还是实施抢劫，对被告人而言，按照主客观相一致的原则，主观上具有入户抢劫的故意，客观上实施了入户抢劫的具体行为，而且此类场所只要符合“户”的认定标准，具有生活功能和场所功能，应当认定为入户抢劫。

出庭的检察人员声音洪亮，慷慨陈词。

廖明胜提出，他们是晚上 12 点多钟进去的，并不是凌晨 3 点。

鲍泽元辩解说：“不是骗他进入的，是进入之后再与他谈价钱，进去之前老板还讲，你们不早点来，别人刚才还跟我们卖过废品。”

审判长在征求双方有无新的意见后，按照程序让原审被告人做了最后陈述，便宣布休庭。开完庭后，肖健先将笔录给原审被告人签字，随后，便将笔录给王鲁哲审看，因为有抗诉书，王鲁哲发表的观点和抗诉书大致一样。虽然是即兴发挥，但其基本观点和抗诉书没有区别。

他签名后，见只有审判人员，原审被告人已被押送看守所，便问：“李庭长，凌杰传销案问刑二庭，说是你们庭办的，这就搞不懂了。”李国勇笑着说：“比不得你们呀，忙得很，刑二庭一部分案件，我们庭帮助办理。”

王鲁哲说：“今年职务犯罪案件增多，我们院里也抽调人员帮忙。”王鲁哲接着问，“这个案件是谁承办的？”刘青德说了一句：“是赵建华办的。”王鲁哲说：“又是你们这个合议庭。”

赵建华说：“这个案件才来几天，是请示案件，刚准备阅卷，又要搞‘百案听审’，这件案子是城山县人民法院办的。”

王鲁哲说：“是的，县人民检察院向我们汇报过，我和熊科长听了这件案件的汇报，很麻烦。”

赵建华说：“你都讲麻烦，那案件真的麻烦。”

王鲁哲学的是法学专业，先是考编进入教师行业，主讲思政课。在公务员招考中，又考入镇政府工作，后在市人民检察院的一次遴选中，从镇政府直接考到市人民检察院，从事喜欢的法律工作。王鲁哲还要和赵建华说什么时，花苑县人民检察院的人来接王鲁哲了，这样，双方结束谈话告辞后，赵建华和合议庭的其他成员一起离开了审判庭。

花苑县人民法院除了做好各种保障，午饭安排也很妥当。席间，花苑县人民法院刑事庭康庭长想请李国勇一行喝点酒，一是表示感谢，二是李国勇回到了老家也该厚待一回。李国勇对花苑县人民法院的盛情表示感谢，而酒，他是坚决不喝的。俞院长没有再劝酒，就喝点果汁。俞院长望了望刘玉瑶和李思慧，便客气地问，“两位想喝点什么？有红枣汁、玉米汁等。”刘玉瑶望了一眼李思慧，说：“那就喝点红枣汁吧。”

俞院长说：“来两罐。”服务员就忙着去安排了。

今天开庭确实比较累，望着一桌的美味佳肴，大家心情比较愉快。俞院长和康庭长又很热情，谈到今天抗诉案件，情况都很清楚，关键在于“是否构成入户抢劫”，也就是说收废品的房子究竟是居住场所还是营业场所。李国勇说话很谨慎，也只是说，会认真考虑的。

康庭长一听这话，心里有了底，毕竟大家工作这么长时间，彼此的性格还是比较了解的。这正如刘青德所说只要让被告人交民事赔偿款，那被告人就会有活命的机会。

李国勇和大家吃完饭，与俞院长、几位陪客打招呼，准备告别。俞院长真心想要让大家去做一下足浴，李国勇直接拒绝了，说：“中午你们还可以休息一下。”

小徐早已将车停在餐厅楼下，大家一起上车。赵建华问了一句：“回家去一下吗？”李国勇说：“直接回院里。”

回到院里，正好上班铃响了，赵建华风尘仆仆回到办公室，唐仁平正从洗漱间回来，脸上还挂着水珠，看来也是刚午休后洗了把脸。

唐仁平说：“哎呀，搞得快呀，我寻思怎么也得下午4点多钟才回来。”

赵建华说：“李庭长抓得紧，还好，控辩双方都不啰嗦。”

听到说话声，杨金华也走过来说：“开庭搞得这么快呀，上午还有当事人找你。”

“哪位？”

杨金华说：“是明天开庭的案件，何什么的这一案，二被告还是三被告的当事人。”

“何克林。”

“对！”杨金华马上说，并告诉赵建华有一份辩护词放在肖健那里了，他怕下午到看守所提审耽误时间，回来晚，待赵建华一回来就交给他。

“谢谢啦。”赵建华回答，“我还要准备一下，别出漏洞了。”

杨金华原本想要赵建华下午合议二审案件，这两件案移送来的时间都不长，还没有到审限，因下午余艳要请假，赵建华毫不客气地推辞了，告诉杨金华，下午就是有天大的事，也要准备明天“百案听审”的案件。

杨金华一听明天要“百案听审”，连忙说：“不打扰、不干扰，全力支持，有什么需要帮忙的尽管说。”

赵建华说：“谢谢杨庭长呀！明天开完庭，后天再研究。”杨金华说：“到时候再说吧。”

赵建华回到办公桌前，递了一根烟给唐仁平，又自己吸了一根，短暂地放下心中的琐事，沉浸在思索中。赵建华抽完烟，又倒了一杯茶，喝了两口，便认真阅读审理报告。

说实话，这个案件是比较简单的。几个刚成年的青年，早就辍学，还有未成年人，成天聚集在一起，上歌厅，进网吧，打游戏。几个人为了一个女学生，恃强斗狠，为私欲报复故意伤害致人死亡。事发突然，几个年轻人做梦也没有想到会闯出大祸，事发后几个人作鸟兽散。

公安机关采取多种手段将以何克林为首的几个被告人抓获，这几个人见死了人，交代问题时避重就轻，尽量推卸自己的责任。其实，持刀的就两人，事实很清楚，但何克林故意把水搅浑，加之那天是晚上，灯光不是特别明亮，以为可以浑水摸鱼。在监舍里，他乘人不备，用烟盒纸给关在同一看守所另一监舍的同伙递信，互相串供。殊不知，“机关算尽太聪明，反算了卿卿性命”。何克林的串供信更加证明了他持刀故意伤害致死被害人的事实。

赵建华重点审查了准备庭审中的问话提纲，特别是谁持刀伤害被害人的问题。只要将这一事实查清楚，各被告人的量刑就好确定了。赵建华静静地思考了一会儿，喝了茶，又将案件简介梳理了一番，这是办公室姜曼丽安排人送来的。因为案情是赵建华在昨天交给姜曼丽的，只是格式方面调整了一下，将内容简化了一些，赵建华没有什么意见。

明天，这会作为材料发给旁听的人大代表，让大家对案情有个基本了解。不一会儿，李国勇来到赵建华办公室，问道：“有明天开庭的审理报告没有？要提前看一下。”

赵建华将审理报告给了李国勇一份，同时将开庭程序也拟了一份，基本上准备好了。赵建华问：“明天穿法袍还是春秋装？”

李国勇说：“还是穿法袍吧，看刘庭长在不在。”

赵建华声音大些喊了一声：“刘庭长。”

刘青德听到后问：“有什么事？”

“明天开庭穿法袍吧！”

“行呀！”尽管法袍穿起有些麻烦，风纪扣蛮紧，不如春秋装方便，但明天是大庭，有多人旁听，着法袍更加庄严。

下午的开庭虽然定的是3点开始，但赵建华和刘青德早早就将案卷材料搬到了审判庭，唐仁平也到得早。刘青德提前还到法院对面的理发店吹了一下头发。

赵建华说：“刘庭长，这案件大不大，看刘庭长的头发就知道了！”因为只要办的案件有电视台采访拍照的，刘青德都会将头发整理一番，维护好法官的良好形象。久而久之，大家都形成了印象，“案件大不大，看刘庭长的头发”。

赵建华有点紧张，今天来了市人大内司委的梁主任及市区人大代表，大概有四十人。办公室的服务工作也做得比较周到，行装科陈小新科长已安排人搬了两箱矿泉水放到进门处，办公室姜曼丽和刘玉瑶帮助给进来旁听的人发案情简介和一瓶水，有的领导和代表带了茶杯。刘玉瑶事先打了三瓶开水，便给要泡茶的代表加开水。

正式开庭后，法警非常配合，贺用强副支队长亲自到场押送，刘青德对贺用强非常敬重。同是转业军人，刘青德长期在机关工作，从事的是通信指挥工作，贺用强在 1984 年入伍，两年后考入石家庄陆军学院，学习侦察专业，回到部队后被分到军区警卫营，其过硬的军事素质引起了上级业务部门的重视，参加了保卫边疆的斗争，曾两次参加侦察情报集训。1990 年又到南京国际关系学院参加六个月的专业学习，他身高一米七八，身材伟岸，贺用强经过战火洗礼，过硬的军事素质让同为转业的军人敬佩不已。

他学的侦察专业，准备在培训后做驻外武官后备人才培养。因家属在医院工作，又要上夜班，加之家里有两位老人需要照顾，一人实在顾不过来，贺用强只好放弃了那次机会。1996 年调入德沅市军分区，先后任军事科科长、县武装部副部长。2006 年转业到市中级人民法院，他擅长组织警务训练，注重警队作风养成，他的军事素质是非常好的，平心而论，很多退伍转业军人单兵素质不如他。刘青德曾在他办公桌玻璃下，见到过一张总参和各军区情报部领导与石家庄陆军学院侦察专业首届毕业学员的合影，这是一张摄于 20 世纪 80 年代的照片。贺用强良好的军姿、挺拔的身材和英俊帅气的面容，给刘青德留下了深刻印象。

还有一张拍摄于 1988 年 5 月的照片，贺用强身着作训迷彩服，身背便携式步炮协同指挥电台，按战术动作手握话筒呼叫，正在通话中，其严肃的表情、坚定的眼神，就像置身于一场战斗中。那英俊的形象深深烙在大家的记忆中。刘青德还曾问过这张照片怎么拍摄得这样逼真，他告诉刘青德，这是一次参加实战演习时，由战地记者抢拍的，刘青德对这抓拍的效果真是钦佩不已。

今天因是观摩旁听，他亲自押解着何克林，女被告人由女法警王春梅和一名新招的女辅警一同押解。因为组织严密，两个小时的开庭顺利完毕，何克林万万没有想到，案件会提审到市中级人民法院审理。一开始，本案已起诉到紫城区人民法院，他收到了起诉书，虽然不知道开庭的具体时间，但同监舍的老号子告诉他，收到起诉书十天以后可随时开庭，他也做了思想准备。

前不久，当市人民检察院检察人员提审他时，他大吃一惊：这案件怎么会到了市中级人民法院？虽然自己不懂法，但关进看守所后，也学了些法律，知道市人民检察院对应的是市中级人民法院。他做梦也没有想到，自己会沦落到这么一天。在何克林读小学二年级时，父母离婚了，母亲离家后只见了两次。父亲虽然对他关心，不知是方法不对还是别的原因，幼时聪明的何克林，进入初中后，或许是青春期的逆反心理，厌学，沾染上了不良习气，对此，父亲只会粗暴地打他，好不容易初中毕业，就辍学了。不久，便和几个臭味相投的人混在一起。打游戏、逛酒吧，成了一个混混。那天，当伤害成为既定事实后，他后悔过，惶恐过，也曾经想投案自首，但虚荣心让他止步不前。他想，自首，那不是在女朋友面前丢脸吗？何克林害怕，案发后，他指使同伙到医院打听情况，得知被害人死后，心里也一阵恐慌，一时竟不知所措，是躲还是逃，就在他犹豫不决时，公安机关将他缉拿归案。

当他收到紫城区人民检察院的起诉书时，他的态度是无所谓的，甚至气焰嚣张，后见迟迟不开庭，他也没多想。直到市人民检察院前来提审他，他才意识到情况的严重性，可这终究不是他所能改变的。如果市人民检察院起诉到市中级人民法院，按照《中华人民共和国刑法》第二百三十四条的规定，是判处死刑、无期徒刑，想到这些，他就惶恐至极。

在死亡面前人都会有求生的欲望，他认为，如果刀不是他拿的，人不是他杀的，那相应的责任就不会由他承担。于是，他想到了推卸罪责。一天，他偷偷地用烟盒纸写了一张便条。通过拘留所犯人将信交到另一监舍，信还确实转到了，企图将拿刀的事推掉，混淆视听。不料，这封信被另一监舍的人积极举报，称有人串供，看守所干警查获后作了笔录，这份证据也从侧面佐证了何克林持刀杀害被害人的事实。当市中级人民法院给何克林等送达起诉书副本时，何克林不得不面对现实，倒是让同案人大吃一惊，我们这起案件怎么到了市中级人民法院？即便是他们再不懂法律，也知道市中级人民法院审判的都是重刑案件，所以何克林想推脱也就不难理解了。

不过，从今天的庭审来看，何克林再没有了往日的嚣张气焰。赵建华主持审问，他是有问必答，并作出说明，担心合议庭不明白，还做了解释。刘青德两次想制止他，称合议庭已经明白，无须重复，考虑到旁听的人大代表，刘青德没有明说，只是用纸条写上内容递给赵建华，要赵建华让何克林说简单点，一般在审判台上，为防止旁听人员说不严肃，在开庭时，合议庭成员很少交头接耳。有事的话，会用笔写出相应内容给合议庭成员看，有时忘掉某个程序，或者有不明白的，除非自己想问，均可通过递纸条来提出想问的问题。

刘青德认为，这个案件没有任何法定从轻的情节，如果民事赔偿积极，可以作为一个酌定从轻的情节，但民事赔偿未赔，附带民事原告人要求严惩。

被害人的母亲双目失明，眼睛不知道得了什么病，早几年还能隐隐看到一点东西，现在什么都看不到了。面对完全失明的被害人母亲，谁都会格外同情。也许是事先做了工作，附带民事原告人在法庭上也比较守规矩，不像前几次接待时情绪激动，非要当事人赔他儿子不可。赵建华接待了几次，刘青德也参与接待了两次，这件案子弄不好就会成为一起信访案。

刘青德来不及多想。赵建华说："法庭质证完毕，开始进行法庭辩论。"刘青德主持了这一阶段的程序，当刘青德询问何克林及其他被告人，最后陈述有什么要求。何克林希望从轻处理，并掏出事先写好的一张纸，想交给审判法官。因话不多，刘青德让他念完。何克林的话一方面对自己做的事表示忏悔，另一方面想请被害人家属谅解，再三解释没有想到会刺死人，是失手，也还答应会督促家里给民事赔偿。其他被告人均请求从轻处罚。

何克林的辩护律师可能还是第一次面对这么多人旁听，提问和质证时都很简洁。因为刘青德讲了，有新的辩护意见在休庭后书面提交。赵建华完全按照庭审提纲提问，辩护争议的重点是被告人的动机，辩护人的意见是被告人只有伤害的故意，死亡是意外，超出了被告人的预期。由于公诉机关起诉的罪名是故意伤害，所以也没有多少针锋相对的控辩。不过，辩护律师的观点，被害人家属感觉还是很中听的。

刘青德事先和姜曼丽说过，如果人大代表有什么意见，可以写上纸条交给贺用强给合议庭，然而，一直到庭审结束也没有收到。当审判完宣布休庭时，贺用强立即将人押走送回看守所。李国勇和内司委的梁主任和李进秘书长坐在一起旁听，结束后相互打了招呼。

“庭审驾驭得很好，不拖泥带水，辛苦了。”梁主任说。刘青德回答：“感谢各位代表的指导和监督，今后我会把工作做得更好。”话毕，梁主任便和刘青德与赵建华、唐仁平一一握手后告别。见到几位熟悉的代表，李国勇也都与之握手。

回到办公室，何组长打来电话，告诉刘青德，明天去他办公室一趟，准备下周出差。刘青德听了心里一喜，这段时间开庭，办理案件确实比较累。希望这次出差，能够稍微放松一下。

刘青德来到何立祥的办公室时，何立祥说的第一句话是“你来得正好，这次去河南，你有什么好的建议？”

“我们是联系协调当地市中级人民法院，具体的工作还是要电厂自己提出，我们不包办为好，否则，对方当事人知道了，告我们的状，也不太合适。”

“你提醒得好，我们和当地法院联系协调一下，具体法律上的事，电厂有法务部，让他们去处理。”

“你与当地法院联系了吗？”

“我将介绍信传真给了监察室，负责人是位女同志，她已报告纪检组组长，这几天均在单位。”

“那好，我们明天动身，开面包车去，电厂有三人，加上我们二人，司机一人，共六人，走高速公路。”

“那好，上高速公路后，我就发信息告诉他们。”

“好，你先准备一下，计划四天时间。”刘青德离开了何组长的办公室。

杨金华对联带包创的工作是比较用心的。尽管这项工作是刘青德分管，杨金华重视程度丝毫不比他差。她看到有些表格需要填写，属于庭里要填的，便要刘玉瑶协助周丽云填写。各单位除了完成规定动作外，还根据各自单位情况加了自选动作，形成了比学赶超的良好氛围。李国勇竞争意识很强，在政治部听说荆楚监狱有个科长将联带包创的一切要求都背记了，得知这位科长是从市委政法委督查室安排下去的，锻炼后准备提拔。杨金华从李国勇这里听到这个消息，心里暗暗下定决心，联带包创的工作一定要搞好。

赵建华开完庭后，“百案听审”的案件算是完成了一件，心里的一块石头终于落了地。他担心这些被告人在法庭上不按规定回答问题，要不就啰唆，要不就将责任推给别人，共同犯罪案件中经常会出现这种情况。还好，昨天一切按预定计划进行，庭审没出什么差错，时间节奏把握得蛮好，心里还是很高兴的。

上午，赵建华拿出一件传销案，按理这是刑二庭办的业务，由于传销案是新类型案件，涉及的情况比较复杂，按照规定基层法院开庭审理后，专门向市中级人民法院进行请示，市中级人民法院也要向省高级人民法院请示，说句实话，传销案件基层法院办得不多，市中级人民法院同样也办得不多，赵建华接到这个案件后，专门从报刊上找到了有关案例，但是都讲得比较理论化，借鉴作用不大。赵建华认真看了一审法院的审理报告和审判委员会的讨论意见。

城山县人民检察院指控被告人凌杰等十人犯非法经营罪，于 2008 年 10 月 15 日向城山县人民法院提起公诉。在本案审理过程中，城山县人民检察院于 11 月上旬以补充侦查为由，建议城山县人民法院延期审理，同时，凌杰以需要调取新的物证为由，申请法院延期审理。城山县人民法院于 2008 年 11 月中旬公开开庭审理了本案，本案案情复杂，城山县人民法院于 2009 年 1 月下旬向省高级人民法院申请延期审理一个月，由于社会关注度高，系新类型犯罪案件，2009 年 3 月初报市中级人民法院请示。

赵建华看到这里，便用笔在时间节点上画了几道杠，又在笔录纸上略记了几笔。唐仁平见状说：“休息一下抽支烟。”说完便递给了赵建华一支烟。赵建华平时不怎么抽烟，属于抽也行，不抽不想，不像唐仁平烟瘾比较大。

唐仁平说：“这么多卷宗，又不知道啥时候能看完。”

赵建华说：“这是一件汇报请示案，属于新类型案件，到时我们市中级人民法院研究后还要向省高级人民法院汇报。”

他朝茶几下的两个纸箱望去，自言自语："有五十多本卷宗。"

唐仁平说："够你看段时间。"赵建华说："要打破常规，几本卷宗一起看。"

赵建华开始看审理报告。见传销案审理报告写得详细，便仔细阅看。凌杰一伙人违反国家法律法规规定，扰乱社会经济秩序和管理秩序，假借委托专业团队经营"香港黄金钻石投资公司"网络平台，进行虚拟的"炒黄金理财"经营活动，以高额回报为诱饵，要求参加者以缴纳注册费用取得加入资格，按一定顺序组成层级，大量发展网络会员，以直接或间接发展会员数量为计酬或返利依据，引诱参加者继续发展他人参加，骗取钱财。

赵建华看到这里，心里默默地思考，这不就是典型的组织、领导传销活动罪吗？这正符合今年《中华人民共和国刑法修正案（七）》的法条。这样的案件过去的确没有接触过，还有些挑战性，他想再看一部分，了解案件是如何发现的。

政治部发了通知，本周要进行道德讲堂，原打算周五合议案件，只好推迟。余艳又要请假，杨金华只好同意。说实话，余艳家里事太多了，不是自己生病请假，就是家里人有事请假，集体活动老是请假总归不好。杨金华却也不好意思说什么，只得同意。但她真心希望余艳少请假，让刑一庭全体人员出现在集体场合，营造出团结的集体气氛。

周五下午的道德讲堂活动是在七楼大会议室举行的。道德讲堂的活动分五个环节进行："一是做反省，二是唱歌，三是学模范，四是诵经典，五是送祝福。"这个活动是政治部组织的，组织科科长王玉玲作了简单介绍，主持人是从荆楚区人民法院遴选到市中级人民法院的王凤蓉。她毕业于某传媒大学，身材适中，一双眼睛机灵明亮，聪慧靓丽、打扮时尚，微微的烫发给人以洋气、干练的感觉。她的普通话说得很好，学的专业是播音主持，主持这样的活动，小菜一碟。

在做反省的第一个环节，讲堂大厅内播放的是《高山流水》轻音乐，桌子上放着一张淡红色的纸，一面是歌词，一面是今天的几个环节目录。第二个环节是唱歌，大家对着歌词，在王凤蓉的领唱下，齐唱《人民法官之歌》，高昂的歌声，抒发了人民法官廉洁自律、公正无私、维护法律的尊严和公正、严于律己的高尚情怀。

各单位是按照座位牌坐的，有的可能出差，有的可能开庭，座位没有坐满。开始前，王玉玲要求人员补齐，中间不留空位。办公室的郭婷婷拍了一些照片，作为资料保存。

第三个环节正在进行，朱明和研究室的刘利语给大家讲基层法院优秀法官的感人故事。

朱明原在橘城县人民法院，因父亲和刘青德是一起转业回来的，彼此很熟。那时朱明还是一名正在读书的学生，十多年来，长大成人，朱明大学毕业后，就考上了橘城县人民法院的法警，但橘城县属于山区，在距城区五十多公里的一个法庭工作。因朱明生得匀称，又是学法律专业出身，在法庭里是个多面手，工作认真负责，很受同志们的欢迎。

在他工作两年后，院里就调他到了县人民法院。由于朱明成家后面临两地分居，孩子又小，县人民法院距市里有八十公里，只能每周五下班后回市里，确实给家庭带来了诸多不便。妻子虽然积极支持朱明的工作，但朱明却总还是心存内疚和不安。因此，前段时间遴选考试，朱明终于如愿以偿。

政治部有意安排他演讲，一是做自我介绍，让大家熟悉他；二是锻炼培养他。朱明果然有准备，自我介绍和讲述优秀基层法官的先进事迹一气呵成，大家对朱明的演讲发自内心地赞许。这既是对先进法官的钦佩，也是对朱明个人宣讲的认可。

接着，刘利语也上台作了精彩的分享。她介绍了全国先进法官扎根山区基层法庭二十多年，全心全意为人民群众服务的故事。特别是办案先做调解工作，用农民朴素的语言，讲法律更讲道理。由于她贴近群众，大家对她都很信服，许多案件在开庭前就调解了或撤诉了。她的事迹得到了大家的认可，赢得了阵阵热烈的掌声。

王凤蓉领诵经典，西汉司马迁《史记·鲁周公世家》中的“一沐三握发，一饭三吐哺”。清代著名书画家郑板桥的名句：“衙斋卧听萧萧竹，疑是民间疾苦声。”清代彭端淑所作的《为学》片段：“天下事有难易乎？为之，则难者亦易矣；不为，则易者亦难矣。人之为学有难易乎？学之，则难者亦易矣；不学，则易者亦难矣。”

杨金华一边诵读，一边心急如焚。丈夫给她打电话，称婆婆住院检查，要她去送饭。她将此事忘到九霄云外，以为还和平时一样，回去一切都安排好了。杨金华也想早点走，一看就剩一个环节了，心想那就再等等吧。当送祝福开始时，杨金华的心早已不在会场，随着歌曲《母亲》的播放，工作人员为大家赠送精美的书签。

活动结束了，杨金华急匆匆地往前走，大家认为她有什么急事，便让她先走。她打开办公室的门，拿上包就走。临走前她对正在过来的李国勇说了句：“家里有事，我先走一步。”说完，杨金华随着从楼上下来的人员快步下楼。

第四章

“三八”春游

民一庭副庭长徐梦华来到杨金华的办公室，开门见山问道：“你们庭女同志准备去哪里？”杨金华说：“除了你们，还有哪些单位出去了？”

徐梦华说：“政治部的和立案庭的去了三峡，执行局和行装科的准备去江西婺源，我们民一、二、三庭的准备去海南。原打算去云南，有些同志去过便改为海南。”

“那也好，正好组一个团，有十几个人吧。”杨金华说，“我们有余艳、周丽云、刘玉瑶、我，刑二庭有谭丽红、程思云、徐晓英，行政庭有彭月云、蔡淑英、熊爱珍，正好十四个，看周丽云她妈妈要不要一起去。”

徐梦华说：“我们没邀请退休老干部，老干部支部会组织。”

杨金华表示赞同：“我去问问谭姐，究竟去哪里，起码我们刑事庭要定下来，再征求行政庭的意见。”徐梦华说：“唉，出去也累，不出去又想去。”

杨金华问：“最近案件多不多？”徐梦华说：“怎么不多，又来了任务，‘百案听审’。民三庭苏晓军庭长要我开一场庭，民二庭的已审理一场了，现在还找不到合适的案件，案件法律关系复杂的，两个小时审不完，还真难，姜曼丽都催我两次了。”正在她俩讲得热火朝天的时候，余艳走了进来。她因为这两天不舒服，就没有准时上班。徐梦华和她打了招呼，准备离去。

“我一来就走，对我有意见呀。”余艳俏皮地说。

徐梦华说：“刚才和杨金华聊，你们‘三八’节活动去哪里的事儿。”余艳问：“究竟去哪里，定下来了吗？”

“我去问问谭庭长。”

余艳说：“先定时间，这次小姑子准备在清明节前回来。如果能确定出发时间，我就要她在我外出的那几天回来。”

“这个 3 月怎么都出去了。”

徐梦华自己嘟囔了一句，见没有什么事，和余艳打了招呼就离开了。杨金华马上去找刑二庭的谭丽红，商量什么时间出发、去哪里等事宜。谭丽红问了徐晓英，大家觉得可以 3 月下旬去三天，月底回来，紧接着清明节可休整一下。因为只计划三天到四天，所以决定去三峡。杨金华原本想去海南，见时间紧，也就同意去三峡。

谭丽红说：“本月 26 日或 27 日出发，决定租车去，沿途也可看看。”

杨金华一听：“那可以，不然就通过旅行社安排。这次院里按支部拨了一笔经费，主要的是时间安排。”

杨金华觉得，还是通过旅行社走方便省事些。

谭丽红说：“那好，就这样定了，你去给行政庭的彭月云、蔡淑英他们说说看。”杨金华愉快地答应了。

由于彭月云不在，蔡淑英听到去三峡的消息后，心里有点忐忑不安，主要是弟弟在外地服役，原本春节要回来。因为弟媳的休假时间调不开，弟媳在一家军工企业工作，有时挺闲，忙起来真是忙，约好这个月回家探亲。不过一想，也就出去三天时间，相信弟媳也会理解。弟弟结婚后，以前探亲是回去探望岳父母，有几年未见到弟弟了，十分想念。

杨金华走后，徐晓英一看时间，自己那几天倒是没有庭开。不过，王涛副庭长主审的案件，她是合议庭成员，可能在她回来的那一天正好开庭。要不换人，要不改期，需要与王涛协商一下。

杨金华与旅行社的合同签订后。周五下午，旅行社送来了十多个旅行袋，意味着这次旅行就要出发了，这让有些庭室的人露出羡慕的目光，他们纷纷打听去哪里。杨金华告诉他们说是去三峡。真正到了走的那天，女同志们都很细心，准备得很充分，车是旅行社安排的。出发前，杨金华和徐晓英、蔡淑英商量了一下，买了一些零食给大家在车上吃。大家欢声笑语，一改往日办案的烦躁，带着愉悦的心情踏上了快乐之旅。

李国勇正犯愁，儿子下半年就读大三了，到哪里实习，是否继续读研呢？爱人和李国勇商量，李国勇就说再看看。李国勇爱人是个急性子，总要提前筹划。但李国勇也有他的考虑，想要孩子读研究生，他自己不愿读怎么办？实习也得等学校统一安排。所以，他不是不急，而是想得更多。想起两年前，爱人也是为孩子高考发愁。爱人那几天老是念叨，孩子究竟考到哪里。其实，孩子能考上哪里，也并非李国勇能左右的。一看成绩——临场发挥好不好，二看机遇——学校录取分数线。今年院里有三四个高考的，不知道考得如何。李国勇之所以被爱人数落，也是因为应酬太多，喝酒有时喝醉，惹得家属不满。李国勇爱人非常贤惠，任劳任怨。她在市委机要部门工作，处理文电很谨慎细心，容不得丝毫差错。李国勇的工作干劲十足，对待案件一丝不苟，但家里有时候就顾不上了，多是靠李国勇的爱人。

赵建华正在抓紧时间阅看凌杰传销案的有关材料，案件移送来的时间不长，城山县人民法院的分管院长给李国勇来过电话，刑事庭庭长也给赵建华来电话，过问案件进展情况，希望尽快将案件审查完毕。如果需要报省高级人民法院就尽早上报。总之，希望尽快办结。开始赵建华还没有感到什么，后来看完全部审查报告，一下子恍然大悟，怪不得法院这么着急，原来是公安局扣押的赃款有两千多万元。这么一想，赵建华感觉还不是简单地办案。他打算利用周五回城山县出差，和传销案一审承办人交谈有关案件情况。如果方便，最好找办案的公安人员了解第一手情况。赵建华有这种想法后，便向李庭长提出来。

李国勇爽快地答应了。其实，城山县人民法院涂院长也给李国勇打过电话，希望尽快走完程序，并邀请李国勇去城山县人民法院指导工作。李国勇见赵建华在抓紧审查，就没有将涂院长打电话的事告诉赵建华，以免增加他的压力。

橘城县人民法院和城山县人民法院给李国勇送来了有关定罪把握不准的案件，有的还未经法院审委会讨论，是审理报告初稿，有的是分管院长带来，算是请教学习。

李国勇仔细地看了审理报告，不时用笔画下记号，一看后心里就有底了。个别基层法院，这两年也有人员轮换，有些长期从事民事审判的法官办理刑事案件，证据意识不强，过分依赖口供。当李国勇看完两件案件后，心里隐隐担忧，这两件案件并不复杂，却争议很大，反映了基层法院目前的业务水平现状。这是他担心的地方，恰巧其中的一件案件，有人大内司委的同志向他问起过，请他关注。这件案件是毒品案，被告人多，究竟定走私毒品罪，还是贩卖毒品罪，有些犹豫不决。这种情况只有办案实践经验丰富的法官才能判定。李国勇结合自己的经验，打电话表明了自己的意见。

唐仁平正在认真看案卷，他再有几年就要退休了，本想在执行局再工作两年。由于任职年限和轮岗，的确在执行局工作时间太长。随着经济的发展，各种矛盾交汇在一起，最终在法院呈现，财产判决作出后，最终是要兑现的，否则就成了“空调白判”，个别人会钻法律空子。每当看到当事人的权益得不到保障，唐仁平心里就不是滋味，也无可奈何，望着申请执行人期盼的眼神，唐仁平爱莫能助，他内心的煎熬是常人所不能理解的。老赖和失信人是唐仁平经常接触的人和事。唐仁平费尽周折，将执行款送给权益人时，这种匡扶正义的喜悦会涌上心头。唐仁平在执行局工作了十多年，个中酸甜苦辣只有他自己清楚。自从到刑一庭后，他发扬在部队养成的良好作风，认真钻研，即使他没有扎实的理论功底，但凭着其丰富的人生阅历，他对一些案件的定罪量刑都把握得很到位。只是办案中眼睛看得比较吃力，他不习惯用电脑打字，所有材料都是自己书写，办案速度有些慢，但唐仁平处理刑事附带民事诉讼都很有方法。一般在开庭前，他就做好双方工作，给钱的一方将钱打入市中级人民法院财政专项账户，然后动员原告方出具谅解书和撤诉书。这样，开庭时仅审理刑事部分，就比较节约司法资源，提高办案效率。

杨金华和谭丽红在三峡一路顺利，她们是中午 1 点多钟到的三峡附近。途中几个人都说，要找一家干净美味的餐馆吃饭。看了两家，最后一家比较干净卫生，服务员也比较热情，一些时令蔬菜放在看得到的地方。门口停了车，生意看来不错。司机和导游有两人，再加上游玩的十人，共十二人，围坐一张大桌子。说句实话，这一路坐车，有的人身体有点儿眩晕，稍微有些晕车的感觉。下车后，喝了温开水，休息了一会儿，精神渐渐恢复。一路坐了四个多小时的车，的确有些饿了，大家开心地吃完饭，感觉这顿饭特别有滋有味。

到了宾馆，杨金华和谭丽红住在一间房，饭后，大家便稍微休息一下，在床上睡了一小时。杨金华心里可能有事，并无心思睡觉。谭丽红可是好好地休息了一会。

谭丽红见时间差不多了，也来不及说什么，便说："导游讲的时间应该到了，我们下去吧。"此时，宾馆走廊上响起了关门声、脚步声。杨金华拿着卡，走到电梯旁，见蔡淑英也在等电梯，就问："都下来了吧？""应该差不多，到时间了，下楼去到大厅里再看。"

走出电梯，在大厅里，坐着徐晓英和彭月云，还缺余艳、熊爱珍两人，电梯门又一次打开，她俩走出了电梯。导游这时走过来又问，"都到齐了吧？"说完她清点人数，大家带好旅行物品，上了汽车。在导游的讲解下，汽车缓缓地驶入三峡大坝景区。

车子开得很慢，一路的风景让大家饱了眼福。余艳迫不及待要下车拍照。杨金华说："明天到船上多的是时候照相，我现在不下去。"余艳听杨金华这么一说，也就不坚持了。司机开过去以后，还是将车停了十多分钟，余艳、熊爱珍还是下车看了，并用手机互拍了几张照片。

下午，大家在游览三峡的船上欣赏着自然风光。船在水上缓缓行驶，杨金华和同伴们在船的顶层平台上，春风拂面，微微有些凉意，大家一路赏景，一路交谈，不知不觉，夜幕降临，天渐渐地黑下来。

谭丽红说："下去吧。"她没说出"河风吹老少年郎"这句话。站在这里，她总想到小时候在家乡，在姨妈的船上。姨父养鱼技术很好，与人合伙承包了一个很大的湖。小时候，她和爸妈一起坐上渔船，姨妈撑船，享受田园风光，怡然自乐。夜已深，大家似乎还沉浸在桨声灯影的湖面上，丝毫没有睡意。当晚，谭丽红睡得不是很踏实，只是在实在太困的情况下，凌晨后才睡了一会儿，但这次出来心情很舒畅。黎明到来，游轮在江水中逆流而上，习惯早起的人，悄悄地离开卧铺，沿着楼梯轻轻地爬上船的顶层平台。不一会儿，陆陆续续又有几人上去。余艳平时身体就不怎样，昨天一到晚上，她就躺在卧铺上，尽管睡不着，也还休息得好。

她过去一直在行政庭工作，自从到刑一庭工作后，也常常难以割舍对行政庭的那份情感。由于行政庭的工作是办行政案件，而行政案件的特殊性就是“民告官”。这样余艳在行政庭工作，成天和行政机关打交道，认识了不少人。余艳的丈夫在税务局工作，许多人也都认识余艳。因此，税务局的几位老大姐很想邀余艳聚一聚，并通过蔡淑英、熊爱珍邀她，其他部门城管局和工商局的也常常问起余艳，余艳对她们的盛情邀请很感动，总想找机会和大家聚一聚，听到蔡淑英、熊爱珍这么一讲，她这种意识更加强烈了。

三天的活动很快就结束了，大家心情都很愉快。杨金华还买了一些三峡特产，说是给庭里男同志带的。一听这样，熊爱珍也问蔡淑英是否也带点特产给男同志。

蔡淑英觉得外出一趟，回去给庭里的同志带点纪念品也是人之常情，便说：“带点特产。”

大家完成了既定的游览地点，顺利回到了家。由于时间到了晚上，大家就在一个农家菜馆一起吃了一餐饭。三个庭中只有刑二庭的谭丽红是庭长，她主动买了单，请大家吃一餐便饭，并要徐晓英开了发票。为了送大家，司机选择了几个停车点，方便大家各自回家。

第二天，杨金华按时上班，只有余艳迟到了一会儿。昨晚分别时，余艳就对杨金华说了，明天上午上班会迟一些。杨金华说：“不要紧。”

余艳这次出去，心情蛮好，上午还是来了。杨金华把带来的零食拿出来，要刘玉瑶分享给庭里的同事一些。赵建华忙问：“好不好玩？”刘玉瑶答：“玩得还行，开了眼界，三峡大坝，好雄伟！”赵建华多说了一句：“什么时候吃你的喜糖？王春山都要结婚了，就连严海哥都快了。”

刘玉瑶一听，有些不好意思，问了一句：“什么？王春山就要结婚了，他的年龄不大呀！”

赵建华说：“是呀，就是年龄不大，所以你要抓紧呀。”

刘玉瑶笑了笑，脸上露出一丝羞涩，就去了另外一间办公室。

零食都给了男同事后，刘玉瑶回到了自己办公室。她一想到王春山都要结婚了，不禁暗自着急。她和省里的同行谈得也有一段时间了，平时节假日也在一起，应该说感情还是融洽的，只是双方都还没有提出结婚的意向。

说到王春山，他最近要核对修改一篇文章，便来找刘青德。因为刘青德写的《政府官员问责制下的相关问题及法律思考》，市法学会的刊物准备采用，个别文字修改便来征求刘青德的意见。

其实，王春山是谦虚了，他毕业于湖南师范大学中文系，文字功底扎实。用王春山自己的话说，他不懂法律知识，怕修改出了洋相，请刘青德再看一下还是踏实些。刘青德一般对文稿比较负责，凡属自己写的文字材料，他都给杨学亮看过后，再往外投稿。杨学亮审看文章有独到之处，往往文章经他一修改，就通畅多了。他不愧是学文科出身，又到院办公室历练了十二年，文笔非常好。比如以往给报社投的稿子，事先都给杨学亮看过。他不管多忙，总是尽快阅看修改，尤其是时效性强的文稿，都会及时修正。为此，刘青德感激不尽。

王春山来后，刘青德和王春山拉了一会儿家常，刘青德关心地问起王春山个人的婚姻大事，是否找了女朋友？谁知王春山说下个月就要结婚，这倒让刘青德有点尴尬，感觉自己过于封闭孤陋寡闻了。别人都马上要结婚了，自己还问人家找没找女朋友。

赵建华笑着说：“怎么样，要是我们严海哥有这速度，小孩儿子都会上学读书了。”

王春山只笑笑，调侃了一句：“人家要求高嘛。”

刘青德见状，对王春山说道：“结婚时别忘了告诉我一声，需要帮忙的事尽管说。”王春山忙说：“感谢刘庭长。”

待王春山走后，赵建华说起了严海找对象的往事。作为大龄青年，他今年有三十多岁了，大家都很关心他的个人问题。江庭长给他介绍过对象，吴建林也给他牵过线，可把吴建林弄得哭笑不得。有个星期天，吴建林做介绍，好不容易撮合着把严海和一个姑娘约到一块儿。到了中午临吃饭时，严海说有事儿，打了一声招呼就提前走了，似乎忘记了是来干什么的。吴庭长只好留下女方，吃了一顿便饭。事后，有人提醒严海，别人给你牵线搭桥做介绍，你却提前开溜，有点不妥。谁知严海却说：“事先没说要请吃饭呀。”通过这件事，大家了解到严海找对象将人家外貌放在首位，自己却有些吝啬小气。说到这里，刘青德问了赵建华一句：“刘玉瑶谈得怎么样了？”“听说在谈呢，具体要问余艳才知道。”赵建华回答。“问她本人不是更好吗？”刘青德反问赵建华。

下午，在二楼会议室，省委巡视组进行巡视，全院召开动员大会，巡视组组长、张红江院长、政治部董文军主任坐在主席台上，几位副院长和巡视组的其他成员坐在第一排，张院长作介绍后，大家静静地听董主任宣读方案，省委巡视组组长作了讲话，说明了巡视的目的和意义。动员会结束后，大家回到办公室时，时间也临近下班。

战友喻春杰打来电话，说是一件毒品犯罪的案件，被告人是市城管局副局长的亲戚，看看被告人有无从轻的情节，希望关照一下。刘青德慎重地表示，会严格审查，依法办理，绝不姑息，若有从轻情节，也会依法予以从轻，待开庭视情况而定。喻春杰是刘青德一个乡的战友，在部队，两人在一个连队工作，平时交往多。

李国勇见刘青德到办公室，便说：“上次开庭的案件，合议庭合议一下，有的案件需庭里研究的，也一起吧。没特殊情况，要不就明天上午，先讨论几件二审案件。如果徐院长能参加，就研究一审案件，我和徐院长先联系一下。”说完，掏出手机就给徐长胜打电话：“徐院长，有几件案件请你合议时参加研究，可以吗？”徐长胜说：“没有其他安排，就讨论案件。”刚打完电话，下班的铃声已响，李国勇对刘青德说：“刚才你都听到了，明天上班后就研究案件。”刘青德说：“好的。”

上午上班后，唐仁平的一件二审案件提出要改，李国勇和合议庭的意见是可以不改，虽然程序上有点瑕疵，但实际处理没有错误，合议庭的意见也不统一，案件依然维持原判。徐长胜来后，讨论了一件一审案件，大家意见比较一致。被害人在案发起因上有过错，被告人的行为虽然造成了死亡的后果，但是被害人与被告人是亲兄弟，这种发生在亲属之间的故意杀人案，应有别于发生在社会上的故意杀人案。关于被害人有过错，这还谈不上是法律意义上的过错。被害人无非是兄弟之间发点脾气，态度不好，哥哥就将弟弟刺死。虽然喝了酒，但这不是从轻的理由，所以从轻考虑，完全是基于发生在亲属之间，平素并无冤仇。这样，他才被判处死刑，缓期二年执行。

徐长胜最后发言，也对全案进行了分析讲解，合议庭原本对量刑就有争议，这下大家思想上也统一了。研究了两件案件后，办公室来电话，说有事找徐院长，徐长胜临走时说："如果有二审案件要改的，大家先研究，到时将审理报告给我一份，李庭长你再将合议庭的意见告诉我，我把意见反馈给你，不耽误案件的审限了。"徐长胜叮嘱完这些话，便离开了办公室。

接着讨论了唐仁平的一起上诉案，上诉人的理由很简单，就是案件当庭宣判的刑期是五年，而判决书上的刑期却是六年。

这是一起故意伤害案，有六名被告人，"为何会出现这种情况，是否和一审承办人联系过？"李国勇问。

唐仁平一听笑了："我也办过不少案件，刚看到上诉状我都笑了，不敢相信，还有这种事？我给花苑县人民法院刑事庭康庭长打电话问了，究竟是怎么回事。"

"康庭长说，不好意思，承办人确实提的量刑意见是六年，讨论时鉴于这件故意伤害案系被告人一伙无事生非、寻衅滋事引起的。又是发生在闹市中，社会影响极坏，人民群众反响强烈。他们量刑时是对主犯一二被告人从重，对从犯三四被告人和参与者从轻。从全案审查平衡来看，这名第四被告人认罪态度好，量刑可在五年考虑，以便与第三被告有所区别，这样就调整了一下。原拟判六年有期徒刑，后改为判五年有期徒刑。但承办人在宣判后，却忘记在原稿上修改过来'。"

李国勇说了一句："这也太粗心了。"

唐仁平说："俞院长再三表示，添麻烦了，增加了工作量。"

“康庭长说，当事人家属来找过，说法院讲话不作数，他还接待过，要家属上诉。”

刘青德听到这里，感到好笑和诧异，的确，办了这么多年案，还是第一次听说这种事。

刘青德说：“曾经在新闻中看到有个法院法官在给领导的签发稿上写的判处被告人有期徒刑三年，当领导签发文书后，法官却加上缓刑三年。结果就是被告人因犯罪被判处有期徒刑三年，缓刑三年。当然这是故意徇私枉法。”

唐仁平汇报完后，特意提出这件案件改不改的问题。

赵建华说：“还是应该改，在法庭上宣布的是五年，结果送的判决书却又是六年，别人会说我们搞‘阴阳判决’。”

杨金华发表了意见，刘青德一听笑了，后又严肃地说：“发表一下意见，这件案件改为五年。”

接着，李国勇说：“这件案件，我的意见是改判，毕竟当庭宣判的是五年刑期，现在送达的判决书却又是六年刑期，让别人怎么看法院，由于一审工作的疏忽，造成了这个错误，如果不改判，错误只会继续下去，这个影响更不好。应该承认错误，改正错误，我们也要从中汲取教训。肖健呀！你今后要细心校对，不出这样的差错。”

这件案件就算讨论了，意见也是一致的，李国勇说给徐院长汇报，听听他的意见。

刘青德这时也说：“我这里有件案件，是刑事附带民事案件，事实、证据都没有问题，就是附带民事赔偿计算错了，橘城县人民法院承办人将赔偿责任重复算了两次。本来是二八责任，被害人自己承担百分之二十的责任，被告人承担百分之八十的责任，结果折算了两次，数额怎么也对不上。我后来才发现一审这个失误，是重复计算了两次，承办人很不好意思。”

赵建华说：“好比一百块钱，二八折，被告人应出八十块钱，结果算了两次，最终是六十四块钱，是这意思吗？”

刘青德说：“是这么回事儿。”

赵建华不无遗憾地说：“有些案件想维持就是不能维持，非改不可，一审怎么能犯这么低级的错误？”

杨金华说：“这真是越谨慎越出错，没有什么多说的，这个案件同意改。”

李国勇说：“案件要改，这没有什么值得犹豫的。”说完后，他又问了一句：“还有没有改判的案件需要讨论？”

大家表示没有了，有些可能要改的，审理报告还未写出来，只好暂时作罢。李国勇又问赵建华，传销案是否审查完了，如果审查完了，他准备和刑二庭的谭丽红庭长联系一下，报告徐长胜院长，看对方什么时候有时间一起参加研究。赵建华表示一审报告已看完，对线索来源等主要证据也择重点看了。对主犯的供述仔细看了，又向公安人员了解了一些情况，过两天即可研究。听到这话，李国勇放心了。

李国勇走后，刘青德和合议庭又讨论了两件未决的案件，直到午饭的铃声响起。

就在刑一庭研究讨论案件时，王春山在陈晓兰主任的带领下，正在各庭室发放喜糖接客。王春山刚来三年，又是在研究室工作，认识的人不多，平时大多没怎么接触。现在陈晓兰是审管办主任，过去几年一直在研究室工作，审管办也可以说是从研究室分离出来的。过去相关的审判管理就是研究室负责的，王春山参加工作，就和陈晓兰在一起，这次请陈晓兰帮忙打招呼，算是找对了人。

市中级人民法院谁有结婚喜事，无论娶媳妇还是嫁女儿，都是本人邀上内勤到各庭室去接客贺喜的，一般找庭室负责人，或者告诉内勤，庭室告诉大家，将时间、地点一说，愿意去的，就互相邀约。如果开庭去不了，大家也能理解，本着自愿的原则，不强求。

王春山的婚礼是在国际酒店举行的，酒店距法院不远，今天办酒席的还有一家。刘青德和周丽云是 11 点钟出发的，先去好占席位，临走时，刘玉瑶告诉周丽云，家里来了客人去不了。唐仁平没有去，他自己说不太熟悉王春山，家里有事，这也可以理解。

研究室主任王晓鹏、副主任吴亚莲帮忙打招呼，还有刘利语，以及民庭几个年轻的女同志在帮忙应酬。王春山和新娘站在门口和大家打招呼。

周丽云和刘青德开玩笑说：“今天是你们娶媳妇，恭贺恭贺！”

吴亚莲笑着说：“是的，我领你们到桌上坐去，别来得早还没席位。”

刘青德和周丽云随吴亚莲往餐厅走去。周丽云说：“我还算来得早的，不急。”

刘青德说：“我们先去占个位置，坐下好安排。”

正在这时，一张桌子不满十人的有人喊到，又来三人。刘青德一眼望去，原来是杨学亮和民事庭的两个人，刘青德给吴亚莲打了招呼，连忙和周丽云过去占了两个座位。刚坐下，和杨学亮说：“来得早。”

杨学亮笑着说：“现在吃酒来迟了，没有座位。”

此时，周丽云出去了一会，人多了在张望，刘青德招手示意在这里，周丽云刚刚坐到椅子上，就和桌子旁的人打招呼，有徐梦华、刘钦华。徐梦华关心地问了周丽云一句：“你妈妈好久没见到了，身体还好吧。”

周丽云说：“还好，住到姐姐家去了。”

周丽云的妈妈是法院退休的老干部，长期在民事庭工作。刘青德和杨学亮住在同一单元，两人的小孩一样大。今年就要毕业了，往年每年放暑假，刘青德都会邀杨学亮还有宋万林的小孩、周丽云的外甥，几个小孩和家长一起出去玩，既开阔了小孩的视野，又密切了小孩之间的关系。刘青德记得第一次带小孩出去，要小孩写日记，小孩也坚持写，不会写的字，就用拼音代替，倒也显出了小孩的灵气。想起这些，刘青德心里就充满了喜悦。

婚礼马上就要开始了，主持人正在调试话筒，招呼大家：“婚礼马上要开始了，请各位工作人员做好准备。”杨学亮显出一种无奈的神情，开玩笑地说：“现在结婚越搞越复杂了，想吃饭又不发筷子。”

周丽云接了一句：“杨庭长，你要习惯呀，到你儿子结婚时，可能还复杂些，你要有思想准备。”

杨学亮说了句：“你外甥也是一样的。”

徐梦华说：“那呀，杨庭长娶媳妇还没有谱的事，他儿子正在读小学呢！”大家哈哈笑了一下，婚礼在喜庆欢乐的气氛中开始了，大家的目光集中在绚丽缤纷、喜气洋洋的台上。

“今天的主持人很不错，是什么婚庆公司的？”杨学亮问了一句。

刘钦华回了一句：“再好到你儿子娶媳妇时，这婚庆公司早就换主人了。”

话音一落，一桌人开怀大笑，新娘一颦一笑闪亮登场，门打开后，新娘在父亲的牵手陪伴下，缓缓走向T形彩台。王春山手捧鲜花，唱着歌缓缓走向新娘，彩台中间，王春山单膝下跪，将花送给新娘，新娘的父亲说了两句话，没用话筒，声音不大。刘青德隐隐约约听到的是：“我把女儿交给你了，希望你们一辈子和和气气，白头偕老。”

王春山将鲜花送给新娘后，两人缓缓走向舞台正中，主持人打趣地问王春山，这时，苏晓军和周祖全还有吴建林一起过来了，正在打招呼的王晓鹏走在前面，将苏晓军等人带往预留的包厢，因为开审委会，所以他们在会议结束后才来，还好都赶上了。只见苏晓军等人进去时，许昆雄走在最后，他们边走边聊。站在台上的王春山，见到苏晓军等人进来，激动和欢喜油然而生，他们的到来，为自己的婚礼增添了喜庆色彩。

一套程序走完后，服务员给每张桌子发筷子，大家兴高采烈，望着桌上的美味佳肴，终于可以品尝。

刘钦华说：“喝点酒，先倒一杯。”

杨学亮说：“下午还可能合议案件。”

刘钦华说了句：“开不开庭？不开庭就喝二两，刘青德也喝，徐梦华呢，也喝一点白酒。”

徐梦华说：“今天不能喝，就喝点饮料、牛奶吧。”

刘钦华将酒打开后，倒了四杯，刘青德原本不想喝，杨学亮一劝，反正下午不开庭，就喝了一点。这样，刘钦华开场白，祝贺新郎新娘早生贵子，大家喝了一口，有饮料的喝饮料，大家边吃边喝，沉浸在一派热闹喜庆的氛围中。王春山和新娘过来给每一桌客人敬酒，新郎王春山的脸上泛着玫瑰红的光泽，兴奋的汗水挂在红扑扑的脸庞上，灯光下，王春山此时堪称绝对的主人，他一边敬酒，一边点头致谢：“谢谢各位的厚爱，谢谢各位的光临。”新娘随新郎敬酒。

刘青德望了一眼新娘，觉得和王春山还是蛮般配的，便大声说道：“祝贺，祝福。”

刘钦华说了句：“下一大口。”杨学亮先抿了一口，又夹了一块扣肉，感到无比惬意，桌子上不喝酒的人，早已吃完饭，不多时便结束了。

周丽云和大家告别，先走一步。刘钦华见大家杯中剩的酒不多了，便提议“这一口干”，几个人都回答可以。刘钦华先喝，依次是刘青德、杨学亮、贺用强，一饮而尽。

杨学亮说：“吃点饭吧。”就给贺用强盛了一小碗米饭，正要给刘青德盛时，刘青德说自己来，顺手先给刘钦华盛了一碗。

刘钦华说：“别盛多了，喝酒了不想吃饭。”刘青德见他这样一说，便只弄了一勺饭，大家吃后就基本结束了。此时，包厢里的苏晓军等人也已经出来，王春山和新娘在门口与走的人一一打招呼，对大家的光临，表示真诚的谢意。

下午，刘青德由于喝了点酒，便倒了一杯茶喝，由于喝酒只意思了一下，刘青德没什么感觉。杨金华因为开庭，在花苑县人民法院吃完午饭后回来，在回来的车上“眯”了一会，仍感觉很疲劳，也无心思看案卷。刘青德前两天给她分的一件一审案件，还没有时间看，据说这是一件被告人漏网十多年的案件，同案犯人均已判刑执行。

事实部分不用动脑筋。杨金华没有心思看案卷，便和周丽云聊了一会。杨金华问：“婚礼搞得还热闹吗？开庭快到12点才结束，如果11点前能结束，都赶回来吃酒了。”

周丽云说：“搞得蛮喜庆热闹，我看到民三庭的苏晓军、办公室的周祖全，还有民二庭的许昆雄都参加了。”

杨金华问了一句：“罗庭长没有参加呀？”

周丽云：“我没有看到，说不定开会，也说不准坐另外的包厢。”

“那倒也是的。”杨金华接上了一句，“这王春山刚来不久就结婚了，不知严海谈得怎么样了？”

“严海不太清楚，应该还没有找好”，周丽云补了句。

“你怎么晓得严海没有找好呢？”杨金华反问了一句。

周丽云说：“前几天和研究室的吴亚莲副主任中午散步时，吴主任讲的，说是江学明给他介绍战友的女儿，严海没有看上。江庭长只是说，这个女孩都还看不上，说明严海无福分、没眼光。江学明还讲，那这女孩无论家庭条件、个人工作单位、学历都挺不错的，机会太难得了。”

杨金华说：“讲了吗？是哪个单位的。”

周丽云说：“那没有具体讲。从这一点来看，严海还没有找好，不过这两天找没找好就不知道了。”周丽云笑了笑。

“严海性格比较内向，前几天和陈晓兰聊天时，还提到严海的妈曾跟陈晓兰说，家里就一个独生子，爸爸做生意，条件还可以。”

“他家仅店面就有两个，房子也有两套，还有商铺，每年租金收入都有很多，结婚的房子随女方的意思，想买哪里就买哪里。”陈主任说，“万事俱备，只缺对象。”

杨金华说：“严海的条件比较好，主要是自己不主动。不像有的人找对象忽视自身条件，往往与别人的要求不相吻合。”杨金华说了这句十分恰当的话，周丽云点了点头表示认同，同时，他们还谈到单位里有几个大龄女青年，都早到了该成家的年龄，因为各种原因耽误了，大多是因为要求太高而错过了找对象的时机。

这时，余艳走了进来，听到了“耽误了”这句话，便问：“什么耽误了？”

杨金华接过话说：“刚才和周丽云聊天，院里有几个大龄女青年，还未找婆家，耽误了。”

“啊，的确是这样，要求不要太高。”余艳如是说。

周丽云讲：“来得正好，今天发的喜糖放到你桌子上了。”

“这糖果你们吃就是。”

“好的，今天要开庭，没有去吃酒，麻烦了。”

周丽云说：“要开庭，大家都能理解，我专门给王春山解释了。”说完便和杨金华、余艳打了招呼离开了办公室。

刘青德今天稍微放松了一下情绪，他和赵建华说了相关案件的事。这时，法警支队的贺用强来到办公室，因都是部队转业军人，和刘青德同为军人出身，志趣相同。他是来聊天的，顺便想了解刑一庭一审案件有多少，看警力是否调得开。他们法警支队准备搞一次封闭式集训，支队安排集训的总负责人是贺用强。今天，他是私下摸摸情况。刘青德也当过兵，不过是在指挥机关，如果和贺用强比素质，刘青德只能自愧不如。谈话中，讲到队里招了几名辅警，原来以为可能会转为正式干警，现在可以说一点机会都没有。因为他们在平时的执勤中有些松懈，真担心这些人因疏忽酿成大错。

刘青德说：“法警押解大意不得，不能出差错，出了差错就不是小事，轻则丢饭碗，重则蹲班房，那不是开玩笑的。九年前橘城县人民法院开庭时不是跑了一个犯人，值庭干警最后还被检察院提起公诉，以玩忽职守追究了刑事责任。”

贺用强接过话茬：“刘庭长，我过去听说过这个事，但这么详细我还是第一次听说，这个教训值得吸取，押送犯人时不能因警力不够而擅自减少警力，一定按要求配足警力。”

刘青德说：“我们过去长期在部队工作，平时与地方接触少，回家一个月时间，大部分都在家陪家人，与社会上的人基本没什么来往，实际上，地方比部队复杂得多，刚开始从部队转业回来都有个适应过程。你还好，先调到军分区再到武装部，当部长提前熟悉工作流程。顺便问一下，你现在复习司法考试准备得怎么样了？”

贺用强答道：“书还在看，平时没有办案，学起来还是很吃力的。”

“是的，没有接触过案件，光去看法律条文，真有点摸不着头脑。如果是刑事方面的疑点，可以告诉我，我不懂也会问李庭长和其他同志，保证你满意。”刘青德表示尽力帮助贺用强。

“谢谢刘哥。”贺用强甚是感动。

正在这时，刘青德的手机响起，是院办公室郭婷婷打来的，说明天上午到市政府 605 会议室召开全市维稳工作会议，请刘青德参加，院里会派车。刘青德刚想问，郭婷婷说给徐院长报告了，原本是安排李庭长参加，李庭长说明天有事，干脆让郭婷婷直接给刘青德打电话，刘青德便没有再说什么，只问了是院里谁的车。郭婷婷表示，和行装科联系好后再发信息给刘青德。

刘青德接电话时，贺用强挥手示意自己要走，算是告别。刘青德点点头。

早晨，刘青德去开会时和李国勇打了招呼，李国勇客气地说："唐泉县人民法院的于院长和高庭长、黄建宏副庭长来了，有件案件要汇报一下，本来是我去开会，只好辛苦你代劳了。"

"不辛苦，我会做好记录，会后把会议内容完整地交给你。"

"到时候中午一起吃饭，陪唐泉县人民法院于院长。"

"好的，好久没看到黄建宏副庭长了。"

刘海军打来电话，车子在大门口，刘青德说马上来，刘青德来到605会议室，先在门口的签名册上写下自己的名字，一看要填职务和电话，看看别的单位都是副局长、科长参加，刘青德是副庭长参加，还有些不好意思，不过座位牌都是标的各单位名称。刘青德左边是市人民检察院，右边是市司法局。市人民检察院参会的是控申科熊科长，他与刘青德非常熟悉。市司法局的是院党组成员政治部李主任，是从人大内司委提拔的，他们互相认识，彼此打了个招呼。

刘青德拿出笔记本放在桌上，距开会还有一会儿时间，是视频会议，主会场设在省政府，实际是省信访局以省政府的名义召开的，因信访局局长一般都是由省政府副秘书长兼任。这次维稳工作会议，主要针对的是各地拆迁中工作态度粗暴引发群体事件的问题，特别是个别地方发生了极端事件，令人痛心。还有就是非法吸收公众存款导致集资诈骗事件，公安机关要加强侦破打击，扼杀在萌芽状态。再就是有些房地产企业，资金不够，将办证手续的钱挪用，甚至楼房封顶后迟迟交不了房，许多购房住户集体上访，等等。希望地方各级政府、各有关职能部门积极主动，提前做好预防工作，有些问题要及早解决。

视频会议结束后，主管信访工作的副市长又强调了几点，特别是房地产领域，群众交钱了，仍未住上房的，究竟是什么原因，要一项项检查落实整改，确保社会大局稳定。

散会后，熊科长问："来车没？没来就别叫来了，我要到你们法院去审监一庭拿个材料，你就坐我的顺风车吧！"

刘青德说："好，一起走。"

才上车，肖健就给刘青德发来信息，午饭安排的地址，他们先过去了。肖健没想到已经散会，发信息是怕刘青德散会晚，到时候直接去餐馆。回到院里后，刘青德客气地邀熊科长一起吃午饭，熊科长谢绝了，直接去了审监一庭，找吴建林庭长拿材料。

刘青德赶到餐厅时，庭里的同志在一起正聊着天，李庭长对杨金华说：“给刘庭长打电话，问他到哪里了？”

杨金华刚一拨通，就听到了响铃声。原来刘青德已经到门口，大家围坐在一张桌子旁，刘青德的位置早已预留着。看到刘青德的到来，黄建宏副庭长先说了句：“好久没看到刘庭长了啊。”

于副院长客气地说：“刘庭长多到唐泉县人民法院去指导。”

“指导谈不上，我少不了给你们添麻烦。”

李国勇接着说：“简单地吃个快餐，于院长是否喝点白酒？”

“不喝酒，中午吃点饭。”

高庭长吃饭时再次感谢市中级人民法院的支持。吃完饭后，于副院长一行直接开车回去了。

李国勇和刘青德边走边聊，杨金华和随后过来的肖健也跟了上来，杨金华寒暄着：“这家餐厅价格适中，性价比高，菜的味道也不错。”

刘青德将上午开会的主要精神向李庭长作了汇报，李庭长边走边听，没有什么问题提出来，他突然想起什么似的说：“下午，张宇的一个案件上审委会，你是审判长，对这个案子熟悉，你也参加汇报吧。张宇也有这个意思，他办的刑案不多，市人民检察院对这个案子是比较有争议的。”

刘青德觉得不妥，这倒不是怕耽误时间，张宇虽办刑案不多，但也是老法官了，而且这件案件关键是证据认定有些瑕疵，如若不然，量刑判处死刑绝对无问题，正如邓海红过去常说的：“只有查不清的事实，没有判不了的案件。”

审管办通知李国勇，刑一庭的案件安排在第二个汇报，审委会是在综合楼七楼会议室举行的。张院长主持，审委会委员有徐院长、谭院长、黄院长、何组长、鲁院长、罗主席，还有赵祥文专职委员、李国勇、谭丽红、宋庭长、王主任、吴建林等人。李国勇看到信息后，便告诉张宇是第二个汇报，等二十分钟就可上楼。张宇喊了刘青德一起汇报，刘青德谢绝了，笑着说：“别谦虚了。”

张宇抱着案卷，打印了十五份审理报告，担心不够，又将一份草稿带上。肖健见状，过来帮忙搬资料，便从张宇手中接过案卷往七楼走去。到了楼上，行政庭的王顺宁正在汇报，看来这件案件是比较复杂，或者比较难办，否则，一般行政庭的案件不怎么上审委会讨论。张宇便和肖健到旁边技术室田主任办公室坐下，等待汇报。

田主任开门见山地说：“怎么样，刑事庭比民事庭紧张些吧？”

“忙是忙，也省心，免得当事人天天找。到刑事庭工作后，几乎没当事人找。”

“那是的，被告人都被关押着。”

这时，审管办的唐登全在走廊上张望，肖健迎上去，唐登全说：“马上该你们汇报了，委员们正在发表意见。”尽管唐登全讲话声音比较小，张宇还是听到了，便抱起卷宗和田主任告辞，向审委会汇报席走去。各位委员正在发表意见，委员们都发表完意见，张院长最后发表了自己的意见，然后归纳总结了各位委员的意见，按照少数服从多数的原则，最终做出结论。

张宇等王顺宁将卷宗清理好走后，就开始汇报。此前，肖健已将审理报告分别发到了各位委员手中，张宇是第一次汇报判处死刑的案件，既紧张又谨慎，因为案件判决是人命关天的大事。

这是一起故意杀人案，被告人与情人私通，然后将情人的丈夫杀死，基本事实认定都无异议，作案后两人曾有串通。由于被告人与情人从小青梅竹马，是双方父母活生生地拆散了他俩。情人的丈夫好吃懒做，还有家暴，一次女方被丈夫毒打后，女方无处可去，便找到了被告人。因被告人婚后妻子身体不好，不能过性生活，被告人妻子对他的行为睁一只眼闭一只眼。日复一日，女方的行为被她的丈夫发现，便遭殴打，趁其不备，打算回击。女方的丈夫气焰嚣张，扬言道：“我让你两只手，你将我的两只手绑起来，看你能把我怎么样。”说完将一根绳子甩给她，女方也是被打怕了，将她丈夫的双手牢牢绑住，谁知他仍不思悔改，狂叫挣脱后要打死女方。这时候，女方想起多年来没有得到丈夫一点温暖，不是拳打脚踢，就是受尽屈辱，旧仇新恨一起涌上心头，想到这么多年受的委屈，失去理智的她，便痛下杀手，拿起刀向他砍去。丈夫没有想到平时在他面前唯唯诺诺、胆小如鼠的她居然敢打他，还敢砍他，他这时不仅不低头服软，反而更加气焰嚣张，拼命挣扎。女方心想，还是要见被告人一面，便打了电话，被告人一听，匆匆忙忙赶往女方家。这时，挣脱绳索的女方丈夫，正欲夺刀刺向女方，被告人不顾一切夺下刀，女方再也没有丝毫怜悯，将刀抢过刺向她丈夫。谁知这一刀就刺中了要害部位，她丈夫慢慢地倒了下去。见这般情景，女人慌了神。被告人说：“人是我杀的，与你无关，不连累你。”

案发后，两人准备私奔。案件侦破后，对这一刀究竟是谁杀的，两人均说是自己杀的，与其他共同犯罪案不同，其他共同犯罪是故意推诿，而本案不同之处是被告人之间是情人关系，有互相为对方担责的意思，这在不正当关系的故意杀人案件中，是不多见的。一般的案件都是洗白自己，虽然过去山盟海誓，而本案不同，是主动揽责。

开庭时，刘青德在单独讯问时，两人均供述是自己杀死了被害人，在共同讯问时，甚至两人互相对质时，均说明是自己刺死被害人，这也是庭里讨论时，迟迟不能下决心的原因，究竟是谁刺死被害人的，两人都有可能。如果是女方刺的，鉴于被害人一贯家暴，村组均出具了证明，判处死缓并无不可。如果是被告人刺的，又无从轻情节，应判处死刑。

从尸检结论看，致命伤是最后一刀，这时被害人已挣脱绳索，正准备拼命反抗，其紧张激烈程度可想而知，作为反抗对手，夺刀也不是不可能，或者被害人反抗时，女方用刀刺，也符合情理。这也是纠结矛盾的地方。

庭里讨论时，刘青德发表了意见：“判死缓，主要考虑真凶不能完全确定，两人均有可能。”审委会讨论后，有委员提出两人均判处死刑。

徐院长的意见是，这个案件如果死刑权未收回最高人民法院，应无问题，现在贯彻的是少杀慎杀方针，这是开始时的议论。委员们对事实没有提出异议，能查的补充的证据都补完了。两人都接触到了刀。

大家见张宇讲得很详细，也就纷纷发表意见，基本同意合议庭的意见。合议庭的意见是两人均判处死刑，缓期二年执行，剥夺政治权利终身。在庭里讨论时，也是对这致命一刀究竟是谁刺的把握不准。所以，为了稳妥起见，提出了两人均判死缓的意见。李国勇特意讲，在审理报告中需要说明的问题部分，将这一意见写上，为什么判死缓的理由要写清楚，但在判决书里就不好写明了。

今天，在审委会上合议庭的意见得到采纳，是很不错的。的确，一件案件的判决受到很多客观条件的影响，这次两人都判死缓，主要是致命一刀不好确定是谁刺的，有的事实也不是都能查清的，不明真相的人，还以为有什么名堂，为什么没有判处死刑。道理就不需要再说了，张宇这是第一次汇报死刑案件，开始还真有点紧张，但大家问起相关情况时，他应答自如，其效果比他预想的要好。

张宇回到办公室，如释重负，一桩人命关天的死刑案件终于尘埃落定，他心情愉悦地说："这周末好好地休息一下。"

刘青德知道他为这件案子花了不少精力，便回答道："好好睡一觉。"

就在张宇认真写判决时，肖健告诉刘青德研究案件。刘青德感到纳闷，又是谁的案件？听说是到刑二庭的会议室研究传销案。这时，李国勇在走廊上说："赵建华办的传销案，听一听，是新类型案，要报省高级人民法院的。"赵建华抱了十多本卷宗，向刑二庭走去，看来是主要证据，肖健马上帮忙搬，刚来到刑二庭会议室，谭丽红庭长已在，徐晓英正在倒茶，王涛副庭长正拿着笔记本记着什么。

谭丽红说："徐晓英，你也听一下案情，看看和集资诈骗案有何不同。"又转过头对李国勇、赵建华说，"辛苦了，谢谢你们。"

李国勇说："不客气。"这时徐院长已来，杨金华不知因何原因迟到了一会儿。赵建华汇报案情，他是直接从侦破案件开始汇报的。

"2008 年 2 月，城山县公安局接到举报称，去年下半年到今年初，城山县富贵茶楼等地经常有人聚集，有所谓营销大师上课，传授登录"香港黄金钻石投资公司"网站进行投资，在短时间内到银行开办网上银行业务达一千多人，很有可能是传销，要求查处。

“城山县公安局初查后，立即向德沅市公安局汇报此案，并对传销案进行侦查部署：一是对犯罪团伙在德沅市范围内的骨干分子展开侦查，弄清其人员关系和操作模式；二是向省公安厅汇报，请求支持指导，彻底查清该网络犯罪团伙的核心成员及网络服务器情况。

“2008 年 3 月 10 日，‘香港黄金钻石投资公司’网站发布‘庆五一，迎端午，买三送一，优惠大酬宾’公告，引起专案组注意，立即派员赶往广州市进行调查。通过侦查发现，‘投资款’系通过工商银行等电子银行转账支付到了快钱支付公司羊城分公司的账户上。租赁的服务器均在国外。2008 年 4 月 23 日，公安人员秘密获取该网站后台备份数据。2008 年 4 月 29 日，凌杰、曹岗成、李志稳准备外逃，在快钱公司商洽取现时被专案组发现，一举抓获，并当场扣缴现金一千二百四十余万元。”

徐院长在抽烟，边听边看审查报告，赵建华接着汇报传销案的作案过程：

“2007 年 7 月至 9 月，凌杰、曹岗成先后参与他人委托交易理财网上传销及‘美容口服液传销’连续亏本。同年 10 月，凌杰、曹岗成便商议自己组建一个网络传销组织骗取钱财。

“凌杰、曹岗成二人遂在互联网上搜寻，找到‘羊城速创软件开发公司’业务员秦军，投资三万元，要求秦军帮忙制作网络传销软件，秦军表示同意，为凌杰、曹岗成开发了‘香港黄金钻石投资公司’的网络传销软件，还制作了‘家庭理财讲座’宣传资料幻灯片。为规避打击，凌杰要求秦军将该网站服务器租在国外，以便实施网络传销犯罪活动。不久，李志稳亦加入该传销组织，并成为核心成员。

“凌杰与李志稳一起测试注册系统。随后，曹岗成从吉林乘飞机抵达深圳。凌杰对三人职责进行分工：凌杰负总责；曹岗成负责网络后台管理，解答会员网上提问、发布虚假信息、统计报表等；李志稳负责市场营销，进行宣传、发动。

“10 月底，凌杰冒用他人的名义申请注册了‘香港黄金钻石投资公司’。接着，又以其他公司和个人的名义注册，将‘某支付公司’和‘快钱支付公司羊城分公司’作为第三方支付平台，收取会员费和支付部分返利。

“2007 年 11 月，凌杰、李志稳窜至城山县，以‘炒黄金理财’的名义首先发展了陈剑加入传销组织。陈剑又将凌杰、李志稳带到闻香市，介绍覃湖加入传销组织。同时，凌杰、李志稳利用所谓‘家庭理财讲座’幻灯片宣传资料，在城山县富贵茶楼，给陈剑、覃湖组织前来听课的人员多次进行洗脑、宣讲传销模式。先后到德沅市、花苑县、龙阳县等地，相继发展了文燕华等多人加入传销组织。而后再由上述人员进行宣传、发动，德沅地区参加人员达三千多人，会员投资金额共计三千五百万元。

“同年 12 月，李志稳在覃湖带领下窜至某旅游城市，由覃湖将‘炒黄金理财’传销组织的事务介绍给他人。随后，凌杰与陈剑赶至某旅游城市。在凌杰、李志稳、覃湖等人的鼓动下，传销组织扩展迅速，凌杰、李志稳亲自上课，然后在某旅游城市等地先后发展会员达一千四百余人，各会员投入资金达一千八百万元。

“2007 年 12 月初，凌杰、李志稳两人分头行动，先后窜至全国各地发展会员。凌杰、李志稳在河北省某市会面后发展了周兆超，然后由周兆超前往天津、北京、辽宁、黑龙江等地发展会员达数百人，各会员总投入资金达几千万元。凌杰返回德沅市后，又亲自发展其他人入伙，成为传销组织的骨干成员，在德沅市、花苑县等地积极组织人员听取凌杰讲授传销课，引诱他人参加。

“凌杰、曹岗成、李志稳等在南方某市召开‘股东大会’，将公司股份分为 1000 股。其中凌杰、曹岗成各占 25%、李志稳 22%、覃湖占 10%，另设风险金 8%、开发市场奖 10%。赃款来源为每星期的新加入会员打款总额，减去返给会员的余款。”

赵建华汇报到这里，喝了一口茶，便继续汇报。“这四人再次进行了分工，凌杰负总责兼管财务，曹岗成负责后台管理和财务统计，李志稳、覃湖负责市场管理。”

谭丽红说了句：“他们组织还很负责，及时调整推进传销工作，可惜聪明未用到正道上。”

杨金华接过话：“这些人专走歪门邪道，害人害己。”徐院长望了一眼，杨金华赶紧说，“赵建华，你继续汇报。”赵建华接着汇报。

“2008 年 3 月，凌杰、曹岗成、李志稳见‘收款’与‘返利’相抵后，仅仅盈利六十多万元，便萌生最后大捞一把后撤退的想法。三人在深圳某酒店商量对策，为吸引人员加入，骗取大量投资资金，决定搞一个‘促销’活动，接着在网上发布‘庆五一，迎端午，买三送一，优惠大酬宾’的消息。与此同时，为转移赃款，凌杰安排他人在社会上高价收购身份证到各银行办理银行卡一百二十张。‘促销’的信息在网上发布后，会员及投资款剧增，于是三人又迅速将会员投资款从‘快钱支付公司’的账上转移到办理的一百二十张银行卡上。”

赵建华说：“凌杰安排三个人，一人专门开车，两人专门取款，忙得不亦乐乎。

“接着，凌杰又指使陈剑等人到银行提现一千二百余万元，赃款分别藏匿于汽车、酒店里准备分赃。4 月 29 日网站关闭。当日，凌杰、曹岗成、李志稳三人到快线支付公司羊城分公司要求取兑余款五百多万元时，被守候在此的城山县公安局干警当场抓获，并从其汽车、宾馆内收缴现金一千二百余万元。”

赵建华汇报到这里，谭丽红说：“这么多钱，这么短的时间，这么多人参加，真是不可想象，犯罪分子太狡猾了。”徐院长说：“是呀，我回老家听到这件案件也感到吃惊，罪犯用的也是常用的手段，关键是人不要有贪心，下面的不要照着念了，大家自己看一下。”

赵建华接着说：“好，这段话不念了。”

刘青德、杨金华继续往下看。自 2008 年 1 月至 4 月 29 日，凌杰、曹岗成、李志稳等人，假借“炒黄金理财”的名义，以高额回报为利诱，组织、领导网上传销活动，涉案人员分布全国二十多个省市，发展会员上万人，其中 IP 经纪人近三千人，顾客近七千人，骗取会员累计“投资”金额一亿多元，除返利给会员六千七百万元外，共骗得赃款三千万元。全案共追缴赃款两千四百万元。

凌杰等人获取赃款后，购买高级轿车、笔记本电脑、品牌手机等高档商品，天天过着花天酒地的生活。

徐院长这时说："他们具体是如何操作的，选一个典型汇报。"李国勇听了这么多，都是一个大概了解，也希望知道具体操作细节，正好徐院长提出来了，否则，李国勇也准备问。赵建华就没有照着念了，而是以讲解的方式，剖析了周兆超的作案细节及获利情况，又详细讲到城山县某幼儿园园长文燕华参加投资及获利情况。

"2008 年 1 月，文燕华通过他人介绍参加'香港黄金钻石投资公司'网络传销组织后，为获取更多钱财，在城山县范围内积极、主动宣传传销组织的传销模式，大量发展人员加入，并按其层级将自己发展的人员注册，放置在自己的下线位置，鼓动他人投资 IP 经纪人。仅仅两个多月时间，直接或间接发展会员两百四十人，其中 IP 经纪人八十五人，顾客一百五十五人，层级达五级，个人投资二十五万九千九百元，累计返利四十三万六千七百元，获纯利十七万六千八百元。案发后，公安机关依法追缴赃款八万元，案件开庭审理中，文燕华主动退缴了非法获利四十八万元。

"特别值得一提的是，这件案件的侦破，正是在公安机关开始调查此案时，文燕华提供网上银行网址、操作方法和登录密码，取得突破，最后顺利破获此案。"

赵建华接着说："这件传销案，最诱惑人的地方，就是投资采取的方式，就是投资一手七千元，每个星期可以分七百元，可以连续分红四十八周。文燕华介绍他人在家里注册，花两千多元可以买一个 IP 经纪人资格，由于都是电脑排序，该给谁分红，清清楚楚，很准时，比有些单位发工资还准。所以，具有很大的欺骗性和诱惑性，因为只要投入七千元，一个星期后，就见账上来了钱，很有诱惑力。投入越多，返回的分红就越多。"

见赵建华主要汇报完了，李国勇拿过公安侦查卷，慢慢看了起来，看了他们几个主要组织者的供述，心里在默默思考，老实讲这种传销案件此前并没有办理过，算是新型案件。

王涛和徐晓英正在看赵建华的审查报告，谭丽红说："怎么样？与你们办的集资诈骗案还是有区别的吧？"

徐晓英笑着答：“没有办法比，这个案件里，当事人面对面碰到都可能不知道谁是谁的下线，你是他的上线，完全是隐蔽式的，这种犯罪方式人数众多，容易让人滋生贪图享受、投机取巧的赌徒心理，层级越高的人越发财，投到前面的人越发财。”

谭丽红说：“这么多现金扣押，那会有很大的风险，都是一伙亡命之徒。”

赵建华说：“可不是，前几天我到城山县人民法院去，刑事庭专门找来侦查案件的公安人员马明，详细讲述了抓捕凌杰、曹岗成和李志稳的经过，真是惊心动魄。”

4月中旬，公安人员研判，5月1日以后网站肯定会关闭，这从技术侦查分析可证实，因为这种模式要不断有新人涌入，才能维持，但时间一长怎么负担得起呢？因此，公安人员决定在五一前收网。这样，城山县公安局经侦大队去了五个人，携带了两支手枪，并带好了相关法律手续。马明赶到广州后，找到了快钱公司。有一位同志身体不适，老是跑卫生间，剩下两位同志在楼下接应，携带武器守候。马明和另一位同志直接找凌杰，马明在确定是凌杰后，便寸步不离，凌杰要到十二楼拿手续取剩下的五百余万元，马明就一直跟着，另一位公安人员看到十楼还有一个目标，也不知道什么原因，竟然就到十楼去了。

这时，只有公安人员马明跟随凌杰。恰在此时，曹岗成和李志稳也到了十二楼，气氛一时陡然紧张，马明赶紧到走廊卫生间去一下，找到一把铁火钳拿到手中。原来，曹岗成和李志稳担心凌杰将五百余万元私吞，曹岗成是来监视凌杰的，李志稳更是担心两人合伙甩掉他，于是跟上来了。马明暗暗着急，真希望楼下这两个同事上楼来支援协助，凌杰三人见只有马明一人，心情略微放松一些，但形势却越来越紧张，马明找凌杰了解情况，凌杰知道这意味着什么，曹岗成的跟随是什么目的，凌杰心里跟明镜似的。

凌杰心想，三十六计，走为上计。马明见状，大喝一声：“都不许动，整个大楼都被我们公安人员包围了，谁出门就打死谁。”马明说完这话，不由得握紧了手中的那把铁火钳。三个人被马明的话震慑住了，曹岗成进门时，确实见到一群人走进这栋楼，在十楼也见到过陌生人。他感觉到都是便衣公安人员，不由自主地低下头，似乎在向马明表达：我没动，一切听你的。凌杰是老江湖，短暂的惊慌后，便恢复了神态，表示要不明天来取钱，急于脱身，李志稳原本就不想对今天的钱抱多大希望，只想将以前的钱分了跑路，这时，借坡下驴，有想和凌杰一同出去的意愿，又担心子弹不长眼睛，此时，在楼下守卫的两个同事来到，控制了凌杰三人，马明才松了口气。

杨金华听后说："这么惊险呀，公安工作真危险！"李国勇说了一句："看到了吧，要支持郭局长的工作啊。"杨金华没有回话。徐院长说："大家有什么问题，可以问，传销案件是近几年来出现的新型案件，通过拉人头、要求被发展人员发展其他人加入，形成上下线关系，实行层级管理，牟取非法利益。过去都由工商行政部门进行处罚，也有以非法经营罪起诉到法院的。今年刑法修正案（七）已将传销列入刑法第二百二十四条之一。一审法院引用了该法条。"

谭丽红结合最高人民法院公布的传销犯罪的典型案例，认为凌杰等人的行为构成组织、领导传销活动罪，即使刑法修正案（七）没有公布，凌杰等人也应以非法经营罪追究刑事责任。城山县人民法院是引用刚公布的刑法第二百二十四条之一，对凌杰等人提出处理的意见，王涛没有提出新的意见。的确，都是不怎么接触的传销案。但是大家还是各自表达了意见。

谭丽红从社会危害方面进行了剖析。一是扰乱了社会治安秩序；二是给参与者造成了经济损失，有些家庭辛苦积累的钱被犯罪分子全部侵吞，弄得家庭失和，有些甚至跳楼自杀寻了短见，所以传销活动要严厉打击。由于是请示案件，市中级人民法院研究后，要向省高级人民法院请示，因为传销案件属于新类型案件，李国勇还是建议以市中级人民法院刑二庭的名义上报省高级人民法院，虽然这件案件是赵建华办的，毕竟，这传销案件是刑二庭管辖的范围，也只有上报省高级人民法院刑二庭。

徐院长没有不同意见，说如果要去当面汇报，请谭庭长带队到省高级人民法院刑二庭。这件案件就算汇报完毕了。徐院长对赵建华说办案辛苦了，赵建华表示应该的。这件案件要报省高级人民法院请示，李国勇要求将请示报告在原有的审查报告基础上，认真修改完善，拟处理意见要写明各被告人量刑刑期，尽快上报省高级人民法院。赵建华表示要抓紧时间，尽快完成。

第五章

案件讨论

前段时间连续多日的开庭，将一审案件消化了一批，春节前送了起诉书副本的，都已经开庭，有的春节后已讨论，宣判了几件。

现在，经过一段时间的阅卷，写审理报告，大家该办的案件都已经办完。这样，就要集中研究案件了。按照惯例，一审案件的研究，尤其是被告人可能被判处死刑的案件，庭里的负责人和分管院长是必须参加的。

李国勇找了徐院长两次，他不是开会就是到市委政法委汇报情况。今天，好不容易抽出时间，可以参加案件研究。李国勇听到徐院长来研究案件的消息，赶紧要肖健将会议室打开。通知了刘青德和杨金华，参加庭审的合议庭成员也不要外出，一起研究。

大家刚坐好，徐长胜就到了，他坐在会议桌的上首，顺手把香烟拿出搁在桌上，给李国勇、唐仁平、赵建华分别递了根烟，徐长胜自己点燃了根烟，吸了一口，然后说："谁的案件先汇报？"

李国勇说："我先汇报吧，先汇报蔡加新的故意杀人案。"听完汇报，合议庭和庭里的一致意见是：蔡加新犯故意杀人罪，判处死刑，剥夺政治权利终身。徐长胜没有多说，同意合议庭的意见。

李国勇接着汇报。徐院长见状，说："你有几件啊？"

“就两件。”于是，他开始说起第二件，“这件案件的基本案情是这样的：1999 年 12 月，湖南省唐泉县李树松到广西某地与邓伯桃约定购买九万元的柴油机零件，货到后付款。邓伯桃及帮工谢承永将货物送至唐泉县后，李树松借故只付了一半，打了一张四万五千元的欠条并强行卸货。后来，谢承永来唐泉县收账未成。2008 年，邓伯桃、郭清忠（在逃）商议，邓伯桃将欠条交给郭清忠，由谢承永带路，郭清忠负责收款后与邓平分。同年 11 月 20 日，郭清忠邀约袁书平、高绪明（在逃）及司机邓长春与谢承永驾驶一辆面包车从广西出发，郭清忠在途中讲明收账。到达唐泉县后，郭清忠、谢承永来到李树松门市部找他未果。在跟踪掌握李树松活动规律后，郭清忠于 11 月 23 日提出，由邓长春开车，其余四人动手强行把李树松弄上车绑架到广西。次日早晨 7 时许，当李树松步行至其门市部附近时，四人共同将李树松推拉上车，邓长春开车逃离现场。郭清忠、袁书平、高绪明在车后部用事先准备的绳索捆住李树松手脚，用宽胶带封住其嘴，再用棉被将其盖住。而后郭清忠返回副驾驶座，由袁书平、高绪明、谢承永在车后部负责看守李树松。当车行至德沅市城区时，剐蹭到一个路人被拦住。郭清忠下车处理纠纷，李树松挣扎求救，被车后部的几人用棉被将头部捂住。约五分钟后纠纷处理完毕，车辆继续前行。约二十分钟后袁书平喊停车，称李树松不行了。袁书平、高绪明按压李树松胸部进行抢救，但李树松已经死亡。袁书平、邓长春、高绪明下车逃离，郭清忠驾车与谢承永继续前行。后将尸体丢弃于一路坎边。经法医尸检，李树松系被他人以软性物体捂压口鼻，阻闭口腔鼻孔，阻断气体交换导致机械性窒息而死亡。”

李国勇讲完基本案情，正在看审理报告的唐仁平、杨金华将报告放在桌上，李国勇趁机抽了一口烟，就在他讲完基本案情后，稍停的工夫，唐仁平可能由于长期在执行庭工作，想起所遇到执行难的问题而触景生情，情不自禁地说了一句：“活该，自作孽不可活。”也不知是指被害人还是指被告人。

徐长胜示意李国勇继续讲，李国勇接着说：“开庭后，和合议庭也探讨过。我个人认为，袁书平、谢承永、邓长春为索取债务非法拘禁他人致人死亡，其行为构成非法拘禁罪，公诉机关指控被告人犯故意杀人罪不当。其主要理由：一是全案各行为人的最初意图均为收账而非法拘禁，并非故意杀人；二是本案符合刑法规定的非法拘禁罪‘致人死亡’的量刑加重情节，即对于‘致人死亡’主观上为过失，不符合‘使用暴力致人死亡’而转化为故意杀人罪的情形，因为在发现李树松生命体征不行后，袁书平、高绪明按压李树松胸部抢救，说明行为人对发生死亡后果是一种避免而不是放任的心理态度；三是根据所有收集到的现有证据，不能完全确定用棉被捂李树松头部致其死亡的直接责任人。还要说明的是，这件案件之所以在抓获被告人后，最近才起诉到法院，是因为检察机关希望公安机关将在逃的郭清忠、高绪明抓获，但从几人的供述来看，还是不能确定捂死李树松的直接责任人。”

李国勇接着说：“根据各被告人的作用、地位，提出了量刑处理意见。在共同犯罪中，袁书平起了主要作用，系主犯；谢承永、邓长春起了次要作用，系从犯，可减轻处罚。袁书平在刑罚执行完毕后五年内又犯罪，系累犯，应从重处罚。被告人袁书平犯非法拘禁罪，判处有期徒刑十五年，剥夺政治权利五年；被告人谢承永犯非法拘禁罪，判处有期徒刑八年；被告人邓长春犯非法拘禁罪，判处有期徒刑四年。”

李国勇在提出量刑处理意见时，并未宣读法律条文，节省了时间。李国勇汇报完后，大家沉默了两分钟。徐院长发问：“合议庭其他成员的意见呢？”

刘青德说：“我认为这件案件的事实比较清楚，尽管有两人在逃，但由于有三人抓捕在案，公安机关审讯还是很细致的，关键是定什么罪。庭审后，我们和李庭长也讨论过定什么罪，大家内心很纠结。首先，本案各被告人在公安机关是以绑架罪被逮捕的，而公诉机关又以故意杀人罪起诉，究竟是定绑架罪、故意杀人罪，还是非法拘禁罪。开始我也有些把握不准，通过庭审和听了李庭长刚才的汇报，思路更加清楚了。

“本案中，关键是案件定性，究竟是定什么罪？从查明的事实看，被告人的行为是否构成绑架罪？绑架罪的特征主要表现在要有劫持他人的行为，劫持行为的方式必须采取了暴力或者其他的方法，劫持他人仅仅是绑架罪的手段行为，其意则在将所劫持的人作为人质来达到某种目的，以被劫持的人为人质，勒索与人质有特定关系的人，如人质的亲友、单位或有关部门，接受某一条件，如一定数量的钱财，让本人逃跑等。绑架罪虽然在客观方面表现为非法剥夺他人人身自由的行为，但这只是绑架罪其中之一的手段行为，行为人劫持他人后还要以被劫持者为人质来实现自己的目的，如勒索钱物或其他目的等。而非法拘禁罪的行为则仅针对被害人本身，无手段行为与目的行为之分。因此，其行为没有以被剥夺人身自由者为人质而要挟他人实现其他某一非法目的的意图。

"而本案行为人为了追讨债务而非法剥夺他人人身自由的行为，也与绑架罪以被劫持人为人质有着本质区别。此时毕竟还存在着正常的债权债务关系，行为人非法剥夺他人人身自由意在索回自己的财产，其手段虽属非法，但目的却有合法性，与绑架罪的目的非法并不相同，因此构成犯罪的应以非法拘禁罪定罪，而不是构成绑架罪。

"综观上述案发过程，虽然李树松与袁书平等人无经济往来，但李树松欠邓伯桃债务属实，而邓伯桃将欠条给郭清忠讨债。郭清忠等人此前与李树松并无过节，袁书平等人却为索取债务而拘禁李树松，其犯罪的主观方面不符合绑架罪的犯罪特征。郭清忠、邓长春等人实施的行为显然不符合绑架罪的特征。

"被告人的行为是否构成故意杀人罪？根据刑法的有关规定，在非法拘禁中使用暴力致人伤残、死亡的，应定故意伤害罪、故意杀人罪。这里的'使用暴力'一般指'故意使用暴力'，包括刀杀、棒击、殴打等，其对伤残后果的发生主观上持追求或放任的态度，不应包括'捆绑、堵口捂鼻'而过失造成被害人伤残死亡。在本案中虽然几名被告人将李树松强行拉上车，非法剥夺了他的人身自由，但对于捂嘴造成李树松死亡的结果，几名被告人是出于过失而非故意。综上，我的意见是定非法拘禁罪，量刑同意李庭长的意见。"

刘青德一番缜密入微、入情入理的分析，让大家都对案情加深了理解，运用法律量刑更有了尺度。

赵建华同意承办人意见，唐仁平因为是另一案件的合议庭成员，先坐在会议室，徐院长也要他谈一下意见，他同意李庭长的处理意见，对定非法拘禁罪表示同意。唐仁平最后还说了李庭长和刘青德发表的意见就像论文一样，逻辑性强。

徐长胜点点头，说：“确实可以写个案例，无论最终结果如何都可以写。”他接着谈了对本案的意见。

“非法拘禁罪，是指以拘留、禁闭或者其他方法非法剥夺他人人身自由的行为。在主观方面必须出于故意，即明知自己的行为会剥夺他人人身自由且属于非法而决意为之，其动机有的是索讨债务，有的是要特权、显威风等。但不论其动机如何，均不影响本罪的成立。在非法剥夺他人人身自由的过程中，由于捆绑过紧，或者长期虐待、囚禁，其行为过失地致他人重伤或者死亡的，适用非法拘禁罪的加重处罚。本案中郭清忠、邓长春等人捂李树松的行为致其死亡，属于过失，这可从他们事发后的施救行为以及行为人作案动机反映出来。因此，我同意定非法拘禁罪，对各被告人量刑体现了罪刑相适应原则。”

徐院长发表完意见后，毫不犹豫地说：“接着来，抓紧时间，李庭长还有案件吗？”

李国勇说：“我的两件汇报完了，刘青德汇报吧。”

刘青德说：“好，我汇报罗成秀、张庭猛故意杀人案，这是一起雇凶杀人案。”

徐院长一听，饶有兴趣地说：“说说看，是怎么雇凶的？”

刘青德开始汇报案情，前面的基本情况就没有说了，直接从查明的事实讲起。

“被告人罗成秀患重症类风湿，属残疾人；被害人邓志跃自幼双目失明。1996 年，罗成秀与邓志跃结婚。1997 年及 2000 年，先后生女邓爱杰及儿子邓爱海。因共同存款发生纠纷，2006 年 10 月，邓志跃向唐泉县人民法院起诉离婚。2007 年 9 月，法院判决邓志跃与罗成秀离婚，邓爱杰由邓志跃抚养，邓爱海由罗成秀抚养。其后邓志跃仍居住在唐泉县幸福镇和平村 5 组，罗成秀搬回娘家居住，两个子女居住在姨妈家。但罗成秀仍对邓志跃心存怨恨，发誓报复。2008 年 8 月至 10 月，罗成秀与张庭猛多次策划报复邓志跃。最后商定：罗成秀出八千元钱，趁邓志跃早晨到集镇赶场之机，由张庭猛雇人将邓志跃杀死。张庭猛因为赌博欠债多急需钱，决定自己动手作案。

“2008 年 10 月 15 日早晨 4 时 30 分许，张庭猛骑摩托车至邓志跃家附近的一座小桥边等候。5 时许，当邓志跃拄着拐杖经过小桥时，张庭猛趁其不备，用石头猛击邓志跃头部数下。直至邓志跃昏迷倒地，张庭猛取下邓志跃随身携带的蓝色皮袋，将邓志跃抛入桥下水渠中，而后逃离现场。法医尸检结论为：死者邓志跃系钝性物体（如砖石类、斧锤类）打击头部致严重颅脑外伤而死亡，溺水加速其死亡。第二天，张庭猛到罗成秀家拿到酬金八千元，将此款用于还债及装修房屋。

“罗成秀辩解：‘只有报复伤害的故意，没有报复杀人的故意。’其辩护人提出：‘指控罗成秀有报复故意杀人的证据不足，只构成故意伤害罪。’经查，罗成秀因离婚而立意雇人报复邓志跃，其主观故意由最初的伤害发展到最后的杀人，有张庭猛的多次交代证实，罗成秀在公安机关的交代予以佐证。罗成秀翻供‘只有报复伤害的故意，没有报复杀人的故意’理由不充分，建议不予采信。

“罗成秀的辩护人还提出：‘罗成秀在共同犯罪中没有策划，邓志跃在案发上有过错，且罗成秀属残疾人，可从轻处罚。’经查，罗成秀首先立意报复邓志跃，并与张庭猛多次共同策划雇人报复邓志跃，有罗成秀、张庭猛的多次交代证实。在本案中，邓志跃并无过错，罗成秀虽属残疾人，但无任何法定从轻处罚情节，且罗成秀立意并策划犯罪，情节恶劣，后果严重，不宜从轻处罚。上述辩护观点，建议不予采纳。

“张庭猛辩称：‘作案时只将邓志跃击伤，没有杀死邓志跃。’其辩护人提出：‘本案中还有其他人参与作案，案件事实不清，证据不足。’经查，张庭猛在公安机关多次交代，其用石头猛击邓志跃头部数下致其昏迷倒地，并将邓志跃抛入桥下水渠中。张庭猛的供述来源合法，其内容与尸检报告互相吻合、印证。上述辩解、辩护观点，建议不予采纳。

“张庭猛的辩护人提出：‘张庭猛在罗成秀指使策划下实施犯罪，且作案前表现较好，作案后认罪态度好，请求从轻处罚。’经查，本案中，罗成秀首先立意报复邓志跃，其后罗成秀、张庭猛多次共同策划雇人报复邓志跃，且张庭猛直接实施犯罪杀死邓志跃，后果严重。张庭猛虽作案前表现较好，但不宜从轻处罚。上述辩护观点，建议不予采纳。”

刘青德认为，罗成秀、张庭猛故意非法剥夺他人生命，致一人死亡，其行为均已构成故意杀人罪，且后果严重。在共同犯罪中，二人均起了主要作用，均系主犯。据此，拟作出如下判决：一、被告人罗成秀犯故意杀人罪，判处死刑，剥夺政治权利终身；二、被告人张庭猛犯故意杀人罪，判处死刑，剥夺政治权利终身。

刘青德提出处理意见后，合议庭成员充分发表了意见，李庭长将大家的讨论意见归纳为：

一、雇凶行为人在雇凶犯罪中的作用，近年来，雇凶杀人现象在我国各地均有发生，呈现出一种新型犯罪方式，雇凶杀人，由于手段恶劣，社会危害性极大，应予严厉打击，一般情况下，法律上对此类案件中的授意者、教唆者、组织者均认定为主犯；但司法实践中，因为雇凶者的犯罪行为极具隐蔽性、秘密性，公安机关在侦破取证调查上存在相当大的难度，往往存在雇凶行为人避重就轻，规避打击，而仅对行为实施者给予严厉打击的情况。

我国法律对教唆犯的处罚是以在共同犯罪中的地位或作用处罚，雇凶行为人往往以教唆伤人而非杀人，将责任推给被雇者即行为实施者，来规避法律的严惩。

二、雇凶行为人与行为实施者之间的法律关系应为共同犯罪。我们知道，共同犯罪是指二人以上共同故意犯罪，它必须具备三个方面的要件：一是犯罪人的人数必须是二人以上，且均达到刑事责任年龄，具有刑事责任能力；如果一个人实施犯罪，则不能称其为共同犯罪，一个有刑事责任能力的人与一个无刑事责任能力的人共同实施了犯罪行为也不构成共同犯罪。如果有刑事责任能力的人利用一个无刑事责任能力的人进行犯罪，被利用者不构成犯罪，利用者则依照实行犯罪处理，这种情况，在刑法理论上称为间接正犯，即间接实行犯。二是犯罪人必须有共同的犯罪故意，共同过失不构成共同犯罪；一人故意，一人过失，也不构成共同犯罪。三是必须要有共同的犯罪行为，三者缺一不可。

三、对雇凶行为人如何量刑？雇凶行为人实行雇凶杀人，有的出于报复，有的出于谋财，有的可能谋取职位企图取而代之，曾出现副职雇凶杀正职，雇凶行为人虽没有直接实施杀人，而是隐居幕后，但往往首先提起犯意，行为积极主动，对被杀对象往往持积极追求态度，欲置对方于死地，因此应按照共同犯罪中主犯的地位及作用来量刑。

本案中罗成秀虽有风湿关节病，行走不便，但以小恩小惠、金钱诱惑多次要求张庭猛将邓志跃杀死，可见其犯意坚决，虽然罗成秀没有直接实施杀人，但犯意坚决，性质恶劣，在共同犯罪中应为主犯，所以判处雇凶行为人罗成秀死刑是适当的，也符合我国刑法在共同犯罪中对主犯的规定。

此外，还有一种情形，雇凶行为人仅为出口气，只有伤害和残害被害人的故意，而行为实施人致被害人死亡，这种情形，应根据雇凶行为人在共同犯罪中的作用、地位，客观公正地量刑，既不放纵，也不滥用重刑。李国勇讲完后也发表了意见，他是本案的审判长。

徐长胜也同意合议庭的处理意见，并赞成李国勇的上述意见和观点。徐长胜见上午抓紧时间才讨论了三件案件，便问下午的案件是否复杂，然后说：“今天争取多研究几件，上班就研究，李庭长，你看下午有哪些人的案件，先做好准备。”

李国勇笑着说：“早就做好了准备，就等你来研究。”

徐长胜说：“抓紧研究，抓紧研究。”说完，他将笔记本放在会议室后起身。这时已经下班了，陆续有人向楼下走去，准备到食堂就餐。

李国勇说：“下午继续研究，肖健你锁好会议室的门。”大家一齐离开了会议室。

吃完午饭，刘青德来到办公室，在沙发上打了个盹。因为张宇前段时间在紧张办理带过来的民事案件，这几件刑事案件没有参加开庭，也不是合议庭成员，因此张宇就没有参加研究。

下午刚上班，徐长胜就来到了会议室。肖健开门后，李国勇也随即进来，刘青德因为是要汇报的，也来得早。

杨金华开始汇报，大家边看报告，边在记录本上做摘要。

“被告人潘勇均，男，1994 年 2 月 21 日出生于德沅市紫城区，系在校学生，住紫城区白合镇建设村 8 组。2008 年 12 月 5 日因涉嫌投放危险物质罪被紫城区公安局刑事拘留，同月 8 日被逮捕。

“法定代理人是潘勇均的父母。

“德沅市人民检察院以〔2008〕德检刑诉字第 47 号起诉书指控被告人潘勇均犯投放危险物质罪一案，本院受理后依法组成合议庭，不公开开庭审理了本案。德沅市人民检察院指派检察员王鲁哲、杜龙国出庭支持公诉。被告人潘勇均及其法定代理人、辩护人到庭参加诉讼。

“潘勇均于 2007 年 9 月就读于白合镇中学，系该校 213 班学生，食宿在学校邻近的居民杨某家。潘勇均有时从杨某家帮其他同学带早餐，因部分同学欠早餐钱不还等琐事与同学发生矛盾，受影片《天网扫尽》的影响，遂立意以投毒的方式报复。2008 年 11 月 10 日早晨 5 时许，潘勇均将预先准备好的两瓶毒鼠强取出，用小剪刀、小刀割去毒鼠强瓶盖后，首先在杨某家准备下米粉的‘浇头’，盐、味精混合物中投入了毒鼠强，其次依次潜入附近六家个体餐馆，将毒鼠强投入制作早点的炊具内。6 时许，潘勇均又溜进学校食堂，在煮稀饭和烧开水的锅中投放了毒鼠强。共导致当天食用了校内外早餐的姚杰民等一百零四名学生出现中毒症状而入院治疗，五十三人的血样中检出含有毒鼠强成分，造成不少经济损失。”

杨金华重点汇报了关于潘勇均年龄方面的证据，这是关键的证据。

“第一，有公安机关户籍卡、潘勇均户口登记簿、白合镇建设村《九年义务教育对象花名册》证明潘勇均出生时间；第二，多名证人证言，证明在入学花名册上潘勇均登记的年龄；第三，潘勇均父亲、母亲证言，潘勇均出生的年月。第四，证人证言，证实潘勇均已满十四周岁，明年准备给潘勇均过十五岁生日。此外，还有多名证人证实曾因小事与潘勇均发生过矛盾，还有潘勇均看过有关影碟。以及潘勇均对卖早餐的多张业主照片辨认后，认出六户是当天被投毒的业主。还有多人证实分别在案发现场与潘勇均讲话的事实。

“〔2008〕公刑技字第 314 号鉴定书，证实从潘勇均左裤口袋中检出毒鼠强；〔2008〕公刑技字第 315 号鉴定书，证实从潘勇均随身携带的小剪刀、电工刀、小刀上均检出毒鼠强;〔2008〕公刑技字第316号鉴定书，证实从杨某家提取的浇头、盐与味精混合物中检出毒鼠强。〔2008〕公刑技字第317号鉴定书，证实住院学生一百零四人，血液检查出毒鼠强成分的五十三人。住院治疗费用单据、住院病历资料证实所有中毒学生中毒情况及治疗费用。还有多名学生证言，证实食用校外早点、学校食堂的早餐后中毒住院。潘勇均供述了因琐事与同学发生纠纷，受碟片《天网扫尽》启发产生投毒念头，2008年11月10日投毒的时间、地点、对象、顺序等事实。”

徐院长看了一下“未成年人的法庭教育”这一段话，不禁陷入了沉思，由于母亲不负责任，这也算是留守儿童。他想到了这是普遍现象，如何加强对留守儿童的教育，这不仅是家庭问题，更是社会问题，需要全社会共同努力。

杨金华继续汇报:“根据最高人民法院关于《审理未成年人刑事案件具体应用法律若干问题的解释》，在法庭审理过程中，本院了解到潘勇均的父亲一直在外打工，母亲打牌不顾家。潘勇均平时与祖父母生活在一起，进入初中以后，受社会上不良风气和某些不良影片的影响，沾染上赌博、吸烟等不良习气，加上学校疏于管理，与同学之间的矛盾不能得到及时化解，而采取极端的手段报复，最终导致多人中毒的悲剧。”

杨金华认为，潘勇均因琐事与同学发生纠纷，而故意用投毒的方式报复，致使多人中毒，使公私财产遭受重大损失，其行为已构成投放危险物质罪。潘勇均辩解没有实施投毒行为，其辩护人提出本案证据不足。经查，现有鉴定结论、证人证言等经庭审质证的证据证明潘勇均实施了投毒行为，本案基本事实清楚，基本证据确实充分，潘勇均的辩解与辩护人的辩护意见，建议不予采纳。潘勇均作案时未满十八周岁，依法应当从轻处罚。据此，根据《中华人民共和国刑法》第一百一十五条第一款，第十七条第二、三款，拟判决：被告人潘勇均犯投放危险物质罪，判处有期徒刑十五年。

肖健认真记录合议笔录，杨金华继续说:“因潘勇均已满十四周岁，对于潘勇均从轻判处，判处有期徒刑十五年。”

紧接着，周丽云发表了意见，她提出了学校餐厅的食品及一次性饭盒没有提取送检的问题。这应该说是一个失误，当然，也是办案人员一时考虑不周全，疏忽了。这些问题存在瑕疵，考虑到潘勇均只有十四周岁，不宜判得太重。

徐院长问了一句：“合议庭还有谁，还有没有问题？”

赵建华接过话：“我讲一下自己的意见，我参加了庭审，潘勇均是未成年人，在庭审中态度还比较老实，投毒案具有特殊性、隐蔽性，本案证据方面有瑕疵，但经过庭审，证据能形成锁链，几次口供都能完整地供述出来，只有亲身经历了的才能出现这种结果，能印证口供的有辨认笔录、鉴定结论，那么多的材料，而且潘勇均的衣服检出了毒鼠强，如果严格地抠证据，还是有瑕疵，但能够定案，潘勇均已满十四周岁，量刑的话同意承办人意见。”

赵建华讲完，李国勇递给了徐院长一支烟，又给赵建华递了一支，一边点火，一边抽了一口说：“本案在全市有影响，从现有的证据来看，潘勇均的口袋、小刀检出了毒鼠强，有根据的是第一家面馆，因在该面馆检出了毒鼠强，其他的五家粉馆没有检出毒鼠强，在学校吃了稀饭、喝了开水的也有中毒的，但没有将稀饭、开水提取送检，但现在排除其他人投毒的情况下，可以认定。本案影响大，社会危害大，应当从重，在量刑上不能太轻。”

徐长胜喝了一口茶，说：“都发表意见了，本案考虑危害确实大，后果严重，各方面期望比较高。从现有证据看，主要有鉴定结论。潘勇均构成投放危险物质罪。法律规定不满十八周岁的不能判处死刑，就是出于保护未成年人，但鉴于本案的实际情况，考虑社会效果，量刑以十五年较适宜。”徐长胜接着说了一句，“正是考虑到是未成年人，否则，肯定判死刑或死缓。”

赵建华接着汇报案件：“被告人鲁定学，男，1973 年 8 月 10 日出生于湖南省唐泉县，汉族，小学文化，农民，住龙阳县东平湖管理区围湖村。”

徐院长说：“基本情况不说了，直接从基本事实开始讲。”这样，赵建华就从审理查明的事实开始汇报。

“鲁定学的母亲与田蓉丈夫的父亲系同胞兄妹。2008 年 10 月 12 日上午 8 时许，鲁定学吃过早饭外出闲逛，途中碰到熟人并打招呼。上午 10 时许，鲁定学到东平湖管理区花木办事处银狮村九组田蓉家，发现田蓉家房门大开，便直接进屋，田蓉见鲁定学进屋便打招呼外出。鲁定学顿生邪念，乘田蓉不备，从背后搂抱田蓉，遭田蓉反抗，田蓉用力挣脱时将鲁定学右手抓伤。鲁定学恼羞成怒，顺手从门边拿起一把锄头朝被害人田蓉的头部猛砸数下，致田蓉颅脑开放性损伤，颅骨崩裂而当场死亡。鲁定学见田蓉死亡，便在房内打开高柜从衣服里搜钱未果，又翻抽屉未找到钱，便拿起锄头从屋后门走到猪栏边，将锄头藏起后逃离现场。经法医鉴定，田蓉系生前遭他人用具有一定质量便于挥动之钝器打击致严重开放性颅脑损伤、颅骨崩裂而死亡。

“鲁定学对公诉机关指控其故意杀人不持异议，没有提出辩护意见。其指定辩护人辩称：‘鲁定学打击田蓉的次数存在事实不清，田蓉左手毛发未能鉴定，作案过程证据不充分。’”

赵建华讲述了有多名证人的证言证实了鲁定学当天上午的活动轨迹，连鲁定学的弟弟都怀疑田蓉被害是哥哥鲁定学干的。

“案发第二天，发现鲁定学右手背上、右脸上有明显抓伤和划伤的血迹，案发后有躲避行为。多名证人证实，鲁定学在案发前打牌输钱并借过钱。德沅市公安局东平湖分局现场勘查笔录证实，从案发现场提取了汗液、指纹、毛发、秋裤及带血的锄头等证物。德沅市公安局东平湖分局制作的现场方位图、平面图及一组现场照片，证实了案发现场周围的基本情况及现场尸体位置以及遗留的与案件有关物品的情况。德沅市公安局德公鉴字〔2008〕第19号手印鉴定书证实，经过现场勘查，田蓉尸体东侧的立柜柜门玻璃镜面上遗留有汗液指纹一枚。经提取鲁定学十指样本，捺印清晰完整。其左手拇指指纹与现场指印最为相似。在该样本指纹相同位置上，找到了十个与现场手印相应的细节特征。鉴定结论为，送检现场立柜上的指印是鲁定学的左手拇指所留。德沅市公安局德公鉴字〔2008〕第15号刑事科学技术鉴定书对田蓉尸体鉴定结论为，死者田蓉系生前遭他人用具有一定质量便于挥动之钝器打击致严重开放性颅脑损伤、颅骨骨折而死亡。鲁定学右手手背上的伤情照片，与证人鲁定军等人的证言相印证。现场锄头的照片经鲁定学当庭辨认，他承认用该锄头打死田蓉。公安部〔2008〕公物证鉴字第2009号物证检验报告证实，死者右手提取毛发是田蓉所留的可能性为99.999%，所送现场提取锄头上血是田蓉所留的可能性为99.999%。

“鲁定学法庭上供述：‘10月12日上午8点多钟，吃早饭后外出玩，后朝田蓉住地走碰到熟人，走到田蓉家看见田在隔壁房里换套靴，她见后打招呼从屋里走出去的时候，便从后面抱住她的胸部准备摸，她用手抓其右手臂因抓得痛就松手，于是拿起门旁一把锄头朝田蓉面部砸去，她当场倒地，又朝后脑袋砸了四五下，看她死后到房内柜子抽屉里搜钱未找到。我就拿锄头从后门到猪栏后面将锄头藏起，走小路回家后待了十多分钟，又看别人打麻将。'以上情节与证人证言、现场勘查笔录、尸检报告互相吻合。"

赵建华认为，鲁定学因调戏他人恐丑行败露而故意杀人，致人死亡，其行为已构成故意杀人罪。鲁定学的指定辩护人辩称："鲁定学打击田蓉的次数存在事实不清，田蓉左手毛发未能鉴定，作案过程证据不充分。"

"经审查，鲁定学用锄头打击田蓉，本人有供述，尸检结论亦能证实，案发前到过现场。有证人证言，田蓉左手毛发鉴定虽未获结果，但鲁定学作案后现场留有指纹，其作案的基本事实清楚，基本证据确实、充分。鲁定学作案手段残忍，情节恶劣，后果严重。鲁定学持锄头打击田蓉的次数不影响本案的成立。故鲁定学的指定辩护人的意见，不予采纳。据此，依照《中华人民共和国刑法》第二百三十二条、第五十七条第一款之规定，建议判决：被告人鲁定学犯故意杀人罪，判处死刑，剥夺政治权利终身。"

赵建华汇报完后，"唉"的一声长叹，松了一口气，他几乎是一口气讲完的，这件案件事实清楚，美中不足的是公安机关在侦查时，有些工作做得不到位，致使有些证据的证明力有所削弱，但这件案件是要杀头的，所以，证据要求非常高，必须是唯一的。否则，被告人就不能判极刑，这也是有些案件没有判处死刑的原因之一吧，大家在讨论中对证据存在瑕疵和有些证据证明力不强，分别提出了自己的看法，但最后合议庭评议后的一致意见是：同意赵建华的处理意见。

徐院长建议给公安局发司法建议书，并要刘青德在案件宣判后就落实。李国勇还说，这应该算庭里的一条信息，年终是有考核指标的。庭里讨论的意见是同意合议庭的意见。

徐院长说："休息几分钟，大家放松一下。"说完就将烟递给李国勇、赵建华，肖健出去了几分钟，应该是上卫生间，徐长胜刚抽完烟，正准备继续研究案件。忽然，他的手机响了，徐长胜接电话，说道：“贺书记好。”对方可能问了在忙什么，徐长胜讲：“正在研究案件。”可能对方说是没开会就好，在电话中讲了什么也不清楚，只听得徐长胜说：“好，可以，发条信息过来。”他接完电话，马上说：“继续研究。”

赵建华说先研究他的一件“百案听审”的案件，办公室姜曼丽说有人大代表打电话问，该案有无结果，李国勇说：“你的案件先研究，不要等，你汇报吧。”

赵建华开始了汇报，这是一起故意伤害案：

“何克林因恋爱纠纷殴打他人并与林毅发生纠纷。2008 年 4 月 9 日下午，何克林、朱辉庭邀集龚京林、莫娟、胡秋明等人准备报复林毅。在德沅市荆楚区鸿园茶楼商量后，何克林、龚京林、胡秋明、朱辉庭持杀猪刀、砍刀等作案凶器，乘出租车到德沅市紫城区妇幼保健院附近，由莫娟指认，何克林、龚京林及胡秋明、朱辉庭追赶林毅，何克林持杀猪刀砍击林毅的头部和四肢，朱辉庭持刀砍击林毅的腿部，致林毅死亡。该案侦破后，公诉机关曾向紫城区人民法院提起公诉，依照我国法律规定，基层法院最高只能判处十五年有期徒刑，紫城区人民法院经过审阅案卷材料，提审何克林等人，认真研究案情，查清了案发起因，根据本案发生的地点、案情性质、犯罪情节、产生的后果及造成的社会影响，认为该案发生在全国十大综合批发市场附近。在光天化日之下，持刀砍杀他人，在基层法院审理，将会导致重罪轻判，放纵罪犯，紫城区人民法院决定将该案上报市中级人民法院审理。”

关于量刑，赵建华很纠结，对主犯何克林究竟判处死刑或死缓把握不准，想判死缓，但何克林这人毫无悔改之心，尤其是打死人后民事赔偿都没有赔偿，想直接判他死刑。但想到这件案件是几个人为争风吃醋而发生的故意伤害致死，何克林还很年轻，想留他一条命，几次给他家里打电话，要求其家属配合法院工作，但民事赔偿一直没落实。想到这里，赵建华心里无比愤懑。判处何克林死刑，是一点也不冤枉。

李国勇问了一句：“你提出了两种意见，倾向哪一种呢？”

赵建华犹豫了一下：“还是判处死刑吧。如果上诉后，他积极主动进行民事赔偿，改判死缓我认为也行。还有一点，林毅的母亲已双目失明，生活还是很艰辛的，儿子是她唯一的希望，他多次来法院上访，曾提出何克林如果不判死刑，就死在法院，反正也不想活了。当然也不是怕她闹。”

赵建华说完后，朝李国勇望了望。李国勇扫视了在场的人，说：“合议庭其他人的意见呢？”

唐仁平说：“这起案件事实清楚，持刀的只有何克林和朱辉庭，但致命伤是何克林砍的，案发后又串供。鉴于民事赔偿没有赔，如果判死缓，被害人家属一分钱都得不到，我的意见也是判死刑。如果在二审民事赔偿了，那省高级人民法院若改判死缓是因为情况变了。”

刘青德接着唐仁平的话说：“没有新的意见，考虑到被害人家属的心情，何克林没有进行民事赔偿，我同意承办人的倾向性意见。”

李国勇见刘青德说完，便问了一下杨金华。杨金华只想早点把案件研究完，就发表了意见：“这起案件对我们紫城区影响是很大的，光天化日之下持刀故意伤害，应该严惩。如果进行民事赔偿，判个死缓是可以的，但何克林没有民事赔偿，从轻不考虑。”

李国勇见合议庭的意见基本一致，就说了句：“同意合议庭的意见。不过，这件案件可能不被核准，很可能到省高级人民法院就会改判。”

徐长胜没有提出新的意见，也同意合议庭的意见，建议提交审委会讨论。时间不多了，说研究一个简单的。

杨金华笑着说：“都不简单呀。”徐长胜也笑了。

刘青德说：“我办的一件抢劫案，说简单也简单，证据是很确凿的。”“那就研究你的案件。”徐长胜说。

刘青德汇报了彭小海抢劫案，大家听了刘青德的汇报，都同意刘青德提出的处理意见。特别是民事赔偿部分，本案虽然判决有不少，但真正缴纳到账的只有五万余元，刘青德按各被告人所判刑期的多少，加上死刑折算二十五年，将总刑期总计多少年，再将赔偿数额除以总刑期，大致确定每年赔多少钱。讨论到这里时，徐长胜打趣地问：“这么精确的数额是如何计算出来的？”

刘青德认真地解释和介绍了数额的计算方法。徐院长听完刘青德的精准算法后，连声称赞：“有道理，有道理。”

刘青德讲：“过去大家都是粗略地估算民事赔偿。在多名被告人共同犯罪的案件中，有的被告人愿意赔偿，也希望赔偿标准有个具体数额，这样也好筹措。否则，一看到大额总数，就吓得不想赔了。”

刘青德将其量化后，也有个数额标准，刑期长的赔偿多，刑期短的赔偿相应少，体现了罪责刑相适应的原则。

徐院长听后连连点头，表示全市刑事审判工作会议时可请刘青德讲一讲，推广他的做法。

鉴于这件案件影响大，在出租车行业有较大影响，出租办专门给政法机关来信，要求严惩。近几天开审委会，让他赶紧准备，上审委会讨论。

李国勇还有一件抗诉案，但他有意想先看看市人民检察院是否会撤回，这样只需下一个裁定，案件便可结案，可能市人民检察院出庭的检察人员流露出这个意思。所以，李国勇不想现在汇报，便说：“明天再研究吧。”

徐长胜说：“明天上午开会，下午看吧。”

第二天下午，徐院长打电话问李国勇，庭里的人是否都在，把需要研究的案件研究一下。李国勇便通知合议庭的成员一起参加。

这是一起抗诉案件。李国勇汇报案情后，专门讲述了不构成入户抢劫，针对检察机关提出的抗诉意见：第一，原判认定事实有误。廖明胜、鲍泽元抢劫兴隆废品收购店属入户抢劫。主要理由是：废品店虽然没有门，但系被害人较长时间生活住宿场所，使该店形成了一个与外界相对隔离的相对封闭区域，同时犯罪实施时该店处于关门歇业状态，具有家庭生活的功能特征和户的场所特征。第二，原判适用法律不当，量刑畸轻，法定刑应当在十年以上有期徒刑、无期徒刑或者死刑。

针对第一个观点，李国勇在审理报告中专门作了阐述，李国勇认为，从查明的事实看，兴隆废品收购店是用木棍、石棉瓦搭建的简易工棚，无可供开关的门。外人随时可自由出入，该店只是被害人黄其炎夫妇临时经营场所，虽然在里面居住，但每间房内均存放有废品，生活区域并没有形成相对隔离的私密空间，且兴隆废品收购店经营的是特殊行业废品收购，经营时间不明确。同案人李运东二次进店，黄其炎不仅没有说不营业，还告诉了李运东废品的价格，故兴隆废品收购店不具备“户”的家庭生活功能特征和场所特征，原审被告人廖明胜、鲍泽元的行为不构成入户抢劫。

关于第二个观点，原判决适用法律不当，量刑畸轻。李国勇认为，原审被告人廖明胜、鲍泽元犯抢劫罪，但不构成入户抢劫，不属于法定刑十年以上有期徒刑、无期徒刑或死刑的情形，原判决量刑适当，故抗诉机关的抗诉理由均不能成立，均不予采纳。原审法院判决认定事实清楚，证据确凿充分，定性准确，审判程序合法。

李国勇汇报完后，合议庭的成员没有提出不同意见。刘青德发表了意见，同意驳回抗诉，维持一审判决。徐院长最后发言，也认为本案被告人的行为不构成入户抢劫，一审量刑是适当的，同意驳回抗诉。

由于抗诉案件是需要经审委会讨论的，徐长胜要李国勇按一审案件一样，尽快给审管办，尽快安排上审委会。他会给张院长报告，看本周五安排开一天审委会如何，将这批案件尽快研究。

院审判委员会在周五召开，仅刑一庭就有七件案件研究。对于事实清楚的，像李国勇汇报的蔡加新故意杀人案，刘青德办的彭小海抢劫案，实际上也是杀人案，都获审委会的顺利通过，各位委员没有提出异议，对合议庭的一致意见，庭里讨论的意见，都很信任。确实，如果是意见一致，就没有异议；如果是多数意见和少数意见，就会更加关注一些。

在讨论何克林故意伤害案时，还是有个别委员持保留意见，建议判处死缓，对于民事赔偿一点都不赔，感到不理解。赵建华汇报说：“如果赔了，那一定会考虑。”大家议论归议论，按照少数服从多数的原则，个别委员的意见也会记入笔录。赵建华汇报完后说：“赶紧将判决书写出来签字。”刘青德也想将彭小海案件的判决书写出来，还有鲁定学一案的司法建议书，希望赵建华写个初稿。

此后几天都在写判决书，当判决书签发后又打印，彭小海的案件考虑到人多，刘青德按人数算好并多印了足够备用份数。因为考虑到省高级人民法院二审后，同案犯投入监狱，现在监狱收监法律文书少一份都不收，免得到时候又加印。所以刘青德将这些文书用绳子捆好，放在柜子里。集中宣判定在清明节后，由于唐仁平可能回老家，难得回去一次，就请了几天假，这样，宣判时想请别人替一下，李国勇对他说，他只是合议庭的，不要紧，到时候要人替一下，没关系。

宣判完彭小海的案件后，刘青德要附带民事原告人留下来，讲了被告人交了几万元钱准备按比例分配，大家带了身份证、银行卡，今天他们同意就给办了，如果万一忘了什么银行卡之类，明天再拿来。刘青德的民事赔偿款分配是按照比例分配的，即总数中个人占比多少，然后收到的民事赔偿款在总数中的比例是多少，由于刘青德认真仔细，将几人的应得赔偿款计算得清清楚楚，误差仅有一元钱。刘青德自认为算得仔细，比较公平，不料通知李志昌妻子、前妻、李志昌母亲三方来院后，对民事赔偿款争议最大的是李志昌妻子及家人，认为用的丧葬费远远不止规定的数额，要求多分民事赔偿款，刘青德用了很长的时间，花了很多的精力，给李志昌妻子作解释工作，因为李志昌的女儿和前妻的女儿是未成年人，均是其母代表女儿领钱，李志昌的妻子有些耍横，加之其亲属帮她撑腰，刘青德一想到他们失去了亲人，心情也很难受，态度极为友好和善。刘青德宁可自己受委屈，也不愿他们再受伤害，可越是这样，李志昌妻子越嚣张，一副蛮不讲理的样子，就连一起拿钱来签字的婆婆和李志昌的前妻都看不下去了，亲属的仗气使得她有恃无恐。刘青德强忍内心的恼怒，只因她失去了丈夫，也是悲痛的，但民事赔偿的钱肯定不能多给。即便是今天达不成签字，那也能再约时间。

刘青德这样一想，心里也豁然了许多。当刘青德再次表示，如果对这个分配方案不满意，也可以提出更好的方案，只要她们双方同意，即使把赔偿款都给李志昌妻子，他也没有丝毫意见。

双方一听，不能让李志昌的妻子任性，态度很坚决，表示只听法院的，李志昌的妻子一见这样，再吵再争也捞不到什么好处，便不再坚持自己的观点和意见。

本来，刘青德苦口婆心地讲了这么多，就是希望她们化悲痛为力量，好好地生活。最后，三方终于在刘青德拟的分配方案上签字。

刘青德喊上肖健下楼到接待室做了一份笔录。因为涉及钱，刘青德比较慎重，事先到财务科问过陈小新，由于钱要转到附带民事原告人提供的银行账户。因此，当时仍拿不到现金，需要行装科负责财务的人转账到他们银行卡上。刘青德安慰了几句，人死不能复生，都请多保重。说到这里，李志昌的妻子潸然泪下，其母也不停擦拭眼中泪花，而李志昌的前妻则表情漠然，一副无所谓的样子，最后，说了句感谢法院，就匆匆离开了。

这两人似乎有很多话要说，刘青德也理解他们的心情，毕竟失去亲人是痛苦的，这种悲伤之苦，常人无法体会。

案件办完后，刘青德算是松了一口气，叮嘱肖健将卷宗材料整理好。肖健作为科班毕业生，对此非常清楚。由于彭小海被判死刑，他极有可能上诉。退一万步说，即使不上诉，被告人被判处死刑的案件，也要报省高级人民法院复核及最高人民法院核准。因此，这类案件不用考虑，都是必须及时装卷报送上级法院的。

肖健表示所有材料都清理得差不多了，只是没装卷，审委会的笔录有几名委员还没签名。刘青德说："那抓紧，如果确实开会、外出学习了，就电话征求意见，要他请人代签一下，况且审管办也有记录。总不会出差错。"

肖健说："不急，还有十几天时间。"

刘青德想，他可能认为宣判后有十天的上诉期。这次研究的几件案件，都要宣判了，刘青德想将自己办的案件在两天内都宣判了。

袁书平等犯非法拘禁罪一案，一审宣判后，德沅市人民检察院在宣判后第八天向省高级人民法院提出抗诉，认为一审判决认定犯罪性质错误，量刑畸轻。

李国勇听到袁书平一案抗诉的消息后，一点也不觉得意外，这件案件的定罪本身就存在争议，要不然公安机关批捕罪名和检察机关起诉罪名也不会不同，而自己办理这件案件时，也是仔细推敲，按非法拘禁罪确定罪名的，李国勇对自己判案的把握或者说感觉吧，还是充满自信的，检察机关抗诉案件系职责所在，这件案件存在争议，抗诉也就不难理解了。他交代肖健将案卷尽快整理好，如果缺什么材料，就告诉他，需要补的就补齐，工作尽量往前赶。

李国勇坐下想了想近段时间的工作，自从审委会召开后，大家已开庭的一审案件基本都研究了，剩下的案件不多了，只是从二审上诉案件来看，基层法院案件质量还有些问题，需要在适当的时候集中强调一下。目前，最主要的是案多人少，不知道怎么会有这么多的案件，凌杰的传销案报到省高级人民法院去了，涂院长又来电话，看来是希望早点有结果，将扣押的赃款做出处理。

周丽云有件案件的处理来问杨金华，是一件二审故意伤害案："上诉人唐超因与他人发生纠纷将人打成轻伤偏重。伤者在就医时，唐超又以医生未给伤者及时缝合伤口为由，对医生采取打耳光、抓头发、拳打脚踢等手段，将医生殴打致轻伤。但当事人上诉后，代理律师提出了不同意见，周丽云又到本院技术室申请文证审查，技术室田主任查阅有关资料后，认为有几处疑点不能排除，包括唐超伤害医生的部位，是否构成肾挫伤，现有证据仅有医生本人陈述，唐超踩其左腰部一脚，而其他证据仅证实唐超踢医生腹部，医院第一次病历记载也未发现医生有胸部以下的伤情，现无依据证实踢腹部可造成肾挫伤。而闻香市公安局的法医学鉴定书依据的闻香市医院B超结果显示，左肾增大，左肾叶间动脉血流速增高，考虑外伤所致（肾淤血），该结果不能排除其他疾病导致的该B超结果，其依据是早期的尿常规检验结果，而该检验单送检时间与检验结果时间相距过长，该结果真实性存疑。而且依据尿常规检验的标本，不能体现出是在有人监督的情况下取样的。该鉴定结果所依据的《人体轻伤鉴定标准》在实践中极为少见，一般不轻易引用。"

周丽云说到这里，杨金华问了一句："你的意见呢？案件是要改判吗？"周丽云紧接着说："我有这个想法，还没有讲完。"杨金华说："你继续讲。"周丽云还讲到程序上的缺陷："唐超当时对该伤情鉴定提出异议，要求重新鉴定，但直到案件移送到检察机关，才对医生的伤情进行复核鉴定，由于时间过长，德沅市公安局法医所作出了时间过长，该损伤已愈合，无法进行复核鉴定的结论，因此这个异议不能得到排除。医生的轻伤鉴定结论不宜采信。而一审法院对轻伤鉴定给予了认定。"

杨金华听到这里接过话：“一审重实体，轻程序，你意思是这个轻伤不认定，案件就要改判一下。”

周丽云说：“我的意思是这样的，自己把握不准，要技术室专门进行文证审查。”杨金华知道周丽云办案一向认真，这件二审案件，她也是认真办理的，对周丽云认真办案的作风给予了积极评价，明确表示办案就应该这样。她要周丽云写好审理报告，提出处理意见，案件该改还是要改，不能怕面子上过不去，这样，案件质量总是提不高。

杨金华的话还真是说到了周丽云的心坎上，周丽云看这件案件时，感觉有些瑕疵，看一审承办人是位副庭长，心里有些不忍，平时大家关系都挺好，改判案件确实面子上过不去，但这件案件，唐超殴打医生的行为性质确实恶劣，但能达到轻伤程度的证据不足。周丽云想了想，如果案件真的改判了，还是给她做个说明，在改判的原因上，以出现新证据为由，来说明改判的原因。

在研究这件案件时，周丽云提出了改判的处理意见，虽然只改半年刑期，但对于被告人来说，多坐一天牢，都是度日如年，这是一般人所想象不到的。由于担心通不过，周丽云是以不一定改的情况报告到庭里的。李国勇一看，简单，既然改了，就说单独给徐院长汇报，这样案件算是研究完毕了。周丽云如释重负，接下来专心制作判决书。

第六章

随案接访

刘青德将已经宣判的案件卷宗交给了肖健，唯独将鲁定学的案卷要赵建华留了下来，说是写司法建议书时作参考。赵建华将文书样式翻了一遍，找了一个司法建议书的格式开始写。赵建华将案件讨论中大家提出的疑点、瑕疵和遗漏都梳理了一遍，他先写了单位名称，然后又把鲁定学审理报告的电子文档复制了一份进行删改。他写道：

德沅市中级人民法院司法建议书

德沅市公安局东平湖分局：我院在审理德沅市人民检察院提起公诉的被告人鲁定学故意杀人一案中，认为该案在收集固定证据时，存在较多的瑕疵和漏洞，给事实的认定及证据的采信带来一定的困难，致使有些证据已灭失，无法重新获得。现根据鲁定学一案在证据收集方面存在的主要问题，提出如下司法建议：一、加强对案发现场的保护，防止无关人员获取现场信息。鲁定学案发生后，由于在现场勘验时，保密措施不严，因而有关提取作案工具锄头以及其他证据的信息大量扩散。致使鲁定学承认藏锄头的这一供述本可间接证明其实施了故意杀人的行为，但因以上信息扩散，削弱了证明力。二、增强证据保护意识，及时有效地固定证据。被告人鲁定学杀人前曾调戏被害人田蓉，田蓉曾奋力挣脱，并抓伤了鲁定学的脸及手背，侦查中应提取被害人指甲中遗留的物质作检验而未作检验或鉴定，致使这一证明被告人鲁定学作案的关键证据灭失。同时，鲁定学被抓伤、划伤，应对其做活体检验，形成文字鉴定结论，但在本案中，仅对伤情拍摄照片，证据存在重大瑕疵。三、全面客观、完整地收集证据，严格遵循证据“三性”要求。既要收集对被告人不利的证据，也要收集对被告人有利的证据。同时，还必须做好排查其他人是否单独或参与作案的工作。在该案中，到过被害人家的还有杨某，但在卷宗材料中并无相关材料，后在我院审判人员的要求下，才补充了相关证据，排除了其作案的可能性。另外，案发后鲁定学亲属对田蓉家进行了部分赔偿，以及鲁定学是否属三级智残等，这些相关证据均未收集。希望能对上述存在的问题举一反三，提高侦查工作质量，切实维护当事人的合法权益。

赵建华写好上面的文字后，又请刘青德提了些修改意见，赵建华再修改后，就找了一张签发稿，附了一份判决书，交给了李国勇审核。李国勇仔细阅读建议书，仅修改了几个字，便在上面签上名，写上“请徐院长签发”的审阅意见。一般签发稿有三栏：承办人、核稿人，最后是签发人。

赵建华拿起李国勇签名的签发稿，来到徐院长办公室。下午上班不久，赵建华找到徐长胜，他认真看了一遍，又修改了一句话，便签发了。赵建华回到办公室拿上U盘，到打印室打印了五份司法建议书，并到机要室盖了章，随后肖健把建议书寄给东平湖公安分局。

李国勇接到立案庭的电话，这次要唐仁平去。唐仁平办的一起交通肇事案，受害人是一名中年男子。一想到案件，就觉得被害人挺可怜的。除了保险公司赔的钱，被告人没赔其他什么钱。这也不是被告人不愿赔，被告人家里实在是困难，赔不起。这种现象在法院审判的案件中确实占有很大的比例，只是人们不愿意面对这一现实罢了！人们并不了解。这样的案件多，在执行时是麻烦事儿。李国勇特别重视这件事儿，特意请刘青德一起接待。唐仁平和当事人接触，听他反映诉求，被害人的母亲和妻子还带着小孩儿，估计是二胎，一起来到接访室上访，老婆婆一见唐仁平就双膝跪下，望着唐仁平一把眼泪一把鼻涕地恳求道："你要为我做主呀！要判死刑呀。"一旁的死者妻子流下了眼泪。

从老婆婆断断续续的讲话中可以得知，现在大孙女在读书，妻子在带小孩儿，小孩儿的爷爷又有病，死者是家里的主要劳力，人死了基本就没有收入来源了。虽然保险合同赔了一点儿钱，但是又要给小孩儿爷爷治病，家里还欠了不少外债，钱还账都不够。说着说着，满腔的怒火就撒向了被告人。

唐仁平耐心地向上访人讲了法律规定，劝她们不要激动。而老婆婆怎么也听不进，非要求判对方死刑。

刘青德见唐仁平讲得口干舌燥，便接过话说："你们失去了亲人心情可以理解，但要保持理智。人死不能复生，要面对这一现实，案件我们会依法办，但绝不是随意想怎么判就怎么判，要依法律规定怎么判就怎么判。既不能放纵罪犯轻判，也不能枉法重判。"

或许是老婆婆从未见过刘青德，听了这话竟一时怔住。刘青德趁热打铁，讲了交通肇事罪最高量刑刑期。由于怕她听不懂过失犯罪是什么意思，刘青德就通俗打个比方告诉上访人："被告人是失手不小心酿成交通事故造成你儿子死亡，过去他俩互不相识并无怨仇。不存在报复行凶等。否则，就不会定交通肇事罪。对于被害人的不幸去世，我们也感到悲痛，谁都不希望这件事发生，但事已发生，生活还要继续，我们只能向前看。"

话是这么说，但一想到被害人家的未来生活，这仍是一个沉重的话题。家里五口人，主要劳动力的失去，就如同家中的顶梁柱坍塌了，一家人突然失去了依靠，紧巴巴的日子难熬是情理之中的事。

此时，立案庭的副庭长傅林走过来，平静地说："怎么样？不是想判死刑就会判死刑的，要根据犯罪事实、性质、后果、社会危害等多种因素考虑。交通肇事罪怎么会判死刑呢？"看来傅林此前也接待过这个当事人，否则不会这么熟悉。傅林像是对她们说，又像是替刘青德、唐仁平解围。

“刘庭长他们还要讨论案件，唐法官也有案件要办，你们先走吧。”话都这样说了，刘青德便走了。临走时也叮嘱她们不要来了，要花车费，要相信法院判决是公正合法的。有什么事可打电话，并把电话留给了她。

就在刘青德下楼时，刑二庭王涛副庭长和徐晓英也正在接待。他们要接待的人来得比较多，都是陆陆续续来的。

他们接访的是一起集资诈骗案。多的投人有几十万元甚至上百万元，少的有几万元。上访人都很激动，谁都按捺不住心里的冤屈，老远就听到这些上访人怒气冲冲，大家七嘴八舌，都称自己是受骗上当。说实在话，其中有些人也是可怜又可恨。

刘青德和唐仁平回到办公室，边走边聊。唐仁平说：“今天上午刑二庭只应付这一件事就够了，说起这些受害人的被骗真是一言难尽，这些人投资时不找法院，赚钱时也不找法院，而一旦钱被骗要不回来就找法院。真是想不明白。”

唐仁平说得很小声儿，刘青德心里也不免焦虑。今天接待了上访群众，实际上什么问题也没有解决，也无法解决，明天他们还会再来上访。对于这些上访对象，有些人有一定道理，但是不具备解决问题的条件；有的事情说起来容易，做起来却非常难，就像刚才接待的交通肇事案，受害人的要求是得到赔偿，但被告人能赔偿得出来吗？刘青德想，这些矛盾不解决，类似上访将很难杜绝。想到这些，刘青德真感到无可奈何。

刘青德回到办公室，开始埋头办案，特别是几件二审案，刘青德总感到一审办得比较粗糙。打电话一问，果然是办案法官过去未办过刑事案件，承办人都是从其他业务庭调到刑事庭的。其实，刑事庭的法官也是要由有实践经验的人担任才好，这样案件的量刑才不至于畸轻畸重，能够均衡。有时当事人的律师，拿着两个基层法院对同类案件不同的判决书，量刑差别很大。刘青德也不好说什么，同一案件由不同的人办理，结果会有差异，毕竟人的思维不同。

肖健走过来将复印的两高《关于办理职务犯罪案件认定自首、立功等量刑情节若干问题的意见》给了刘青德一份。前天，李国勇问肖健，省高级人民法院是否有业务书卖？如有就报个数和书名。肖健告知最近没有什么业务书，有些司法解释并没有汇编成册。李国勇提出将有些司法解释复印一些，有需要的同志给一份。

刘青德正在办理的抢劫案，有四个人合伙在国道上准备碰瓷，然后敲诈当事人。这天深夜，光线很暗，一辆拉牲畜的厢式货车从远处驶来，一辆摩托车走着“S”形。厢式货车总想闯过去，然而，摩托车总是不紧不慢在前面，忽然，前面又来了一辆摩托车，载上两人，终于逼停了厢式货车，司机一看，情况不好，只好硬着头皮下车，先前一辆摩托车车主倒地。廖小琼开口就问：“赔多少钱？车子压伤我们兄弟了。”司机刘玉雪赔着笑脸违心地说，愿意给两百元钱让兄弟们去喝酒。谁知朱泽平说：“你这是打发叫花子吧。”说完就砸驾驶室的玻璃，刘玉雪就拦着。朱泽平便掏出刀，朝他捅了几刀，顿时刘玉雪血流倒地。正在这时，一辆大车飞驰而来，因车速过快撞上了厢式货车。朱泽平一行人吓得赶紧逃窜，刘玉雪的同伴将他送到当地卫生院，医生们给伤者进行了包扎。

第二天中午，刘玉雪去世，经法医鉴定，死者系因刺破肝脏致失血性休克死亡。刘玉雪同伴的伤情为轻微伤，事发后除一人抓获判刑外，其余三人逃窜。有的在沿海地区打工，有的在西北地区做小工，他们长期过着东躲西藏的日子。后来，最高人民法院和公安部开展了联合追逃行动，因为是全国统一行动，各地都进行了动员，也出台了一些宽大处理政策，同时，对此期间投案自首人员均给予从轻幅度较大的宽大政策，也加强了各级政法干部的责任心，追逃成绩与综治维稳、评功授奖挂钩。全国性追逃行动激发了干警的积极性，一些潜逃多年的犯罪分子纷纷落网，本案被告人四人除一人先期落网被判处刑罚外，其余三人是在去年落网归案的。朱泽平被抓获后，公安机关调动各方力量，责任落实到人，加大了对其他同案人的抓捕力度。

城山县人民法院汪副院长是从县委政法委调过来的，与龙吉元是一个村，作为政法工作人员，他耐心说服龙吉元的家人，劝龙吉元走投案自首这条路，并保证投案自首后不会有多大的事。农村人坦诚，只是问还会“进去”吗？汪副院长保证说不会。汪副院长认为龙吉元事前无策划，作案时只提供了摩托车，而且是别人临时喊上他的，应该不会有多大问题，而且是自首。

龙吉元父亲也联系不上儿子，但表示只要他打电话来，更不用说回家来，就一定要龙吉元去自首。

过了半个多月，龙吉元给家里打了电话，父亲动员儿子说："这么躲躲藏藏不是办法，汪副院长说了，自首是唯一的出路，而且不会被抓进去。"

在父亲的劝导下，龙吉元终于下定决心，回家投案自首，至此，该案被告人全部落网。

龙吉元投案后在家待了几天，按照他的想法，应该不会再进去了，然而他并不知道自己所犯罪行的严重性。这也许是许多作案的人，总是认为自己仅仅做了什么，没有造成什么损害，总是孤立地看待自己做的事，而忽视了所有被告人应该对全案后果共同负责。当然，龙吉元也是真不懂，他的父母亲只希望不进去坐牢，只是赔钱就可以了。没想到几天后，公安机关在讯问后将他拘留了。这时，龙吉元的父亲便找到汪副院长，问怎么儿子被关进看守所了，不是说他不会进去的吗？

汪副院长曾经说过会从轻处理，但的确没法保证不进去。心里总认为会被判缓刑，并且也争取判缓刑。这样的一种意思，或许让龙吉元的父亲产生了错觉，认为只要自首就不会进看守所，真是希望越大，失望越大。

龙吉元的父亲天天找汪副院长，心里有说不出的滋味，更为难受的是，村里不明真相的乡亲还以为两家有什么恩怨。不然，为什么龙吉元投案了还是被关进看守所呢？

县公安局也一直将此案列为网上追逃案件。因为当事人一直未抓到，受到上级通报。因此，当刘青德审理这一案件时，汪副院长专门找合议庭的同志反映这一情况，不是求情，而是实事求是说出了心里话。刘青德只是说，希望在民事赔偿方面积极一些。

被害人的女儿和父母提起了附带民事赔偿诉讼，父亲去世时女儿仅有六岁。没有得到赔偿，女儿的母亲改了嫁。那次做生意，贩卖生猪。他的父亲是和堂伯合伙做生意的。结果父亲去世后，堂伯说这趟生意血本无归，没有分红。但他大度地表示，亏了就不要她家出本钱了。被害人女儿在爷爷奶奶的哺育下才长大成人。听着被害人女儿痛苦地诉说，刘青德也动了恻隐之心，内心对被害人一家深表同情。

出于对死者家属的同情，刘青德决定为被害人家里积极争取民事赔偿。为此，他对几名被告人的律师也讲明了道理，同时担心律师出于自身利益的考虑说话会有保留。刘青德又分别给各被告人的家属打电话，要求积极赔偿，以减轻被告人的罪责。刘青德打完电话才真正放下心来。至于赔偿结果，那就得看被告人家属的态度与配合程度了。

周五中午，战友喻春杰打来电话，邀他晚上一起吃饭，说是战友赵元清回来探亲了，刘青德答应了。因为中午有点儿吵，刘青德没有休息好，下午上班看材料时精力不集中。这时，傅林过来就有关司法救助的事询问情况。傅林说：“最近几年，有些代表反映法院判决执行不到位，像有些罪犯执行死刑后，财产根本执行不到，而被害人家属确实困难要求执行，这就引出了司法救助，最高人民法院规定了可以申请司法救助的几种情形。”

刘青德关切地问：“申请司法救助都需要哪些手续和资料？”

傅林如数家珍，说有这么几份资料：申请表，申请司法救助的报告，家庭困难的证明，要乡村二级组织签意见、盖章，申请人的身份证复印件，申请人银行存折或银行卡的复印件，生效文书复印件，受助后息诉息访承诺书，审批表等文书资料。

刘青德一听，还挺多的，便说：“有八九份吧。”“是的，但钱是地方财政解决的，不过今年市人大会上有代表反映司法救助款太少，今年听说财政会安排两百万元，但与需求相比还是杯水车薪。不过，这些救助款对有极端困难的人还是解了燃眉之急，能够解决一些困难。”

刘青德听他讲完。从他们办的案件来看，的确有些案件有瑕疵，改也不行，不改也不妥。傅林对刘青德说的话深有同感。傅林便讲述了一件案件，刘青德也清楚。有个老上访户多次上访，也到市人民检察院控申科反映情况。

傅林说：“熊科长打电话来，我俩决定去现场看一下，上访户反映的房屋占了他的后山并砍了树木。我们到了现场，一般房屋后面滴水有两米空隙，但他房屋后面却没有。这是因为此房屋户主是外组的。而这个山是分给上访人的，村里做了工作，将一小块地方让给外组的人修房屋。但这外组人修房后不仅在后面滴水后占地，还砍了上访人的树木。由于村组负责人担心得罪外组人，加之原村负责人不愿说明情况，这事就一直拖下，以致酿成缠诉。”

傅林现场看完后，心中有底，这件事已经拖了几年，改判实际意义不大。傅林就想到了司法救助。用补偿来安抚上访人，平息心中的恼怒。用道理讲明事件的经过，用耐心与温暖平复上访人的心情。

刘青德听得很仔细，的确。立案庭在化解矛盾方面做了大量工作，可上访的人却络绎不绝。究竟是什么原因？刘青德很想听到一些实话。

傅林说：“最近上访的增多，有几方面的原因：一是有些案件确实有些瑕疵，但这类案件很少。二是有关当事人胡搅蛮缠，以为一闹就可以达到目的。有时给承办法官施压，像上次某局长受贿案，他兄弟邀集了一些亲朋好友，又请了一些人。每人一盒烟，吃餐饭还给八十元钱，以反映问题受冤枉为幌子，反映检察机关有刑讯逼供，给市中级人民法院施加压力。三是上访人多部门上访，有的领导轻率许愿，使上访人抱有很大的期望值。四是有些上访人确实从中得到了好处，使得另外的人效仿。”

刘青德平时办案没有想这么多，庆幸自己没到立案庭。否则，不好开展工作。刘青德说：“接访有什么方法？”傅林想了想说：“我的体会，除了当事人，无关人员不要让他们掺和，只接待利害关系人，其余的人不予接待，在接待中按照‘有理讲理、有法讲法、无理讲法、无法讲理’十六字方针去做。”刘青德一听就笑了，想不到傅林还真有一套理论。

刘青德便思考了一下说：“前面八个字好理解，这后面八个字，你给我解释解释。”

傅林笑着说：“你是说无理讲法、无法讲理吧，其实是无道理地讲解法律。如有的当事人请求法院判决交通肇事的被告人死刑，这明确地讲不行，法律没有规定。像唐仁平办的交通肇事案，来访多次，明确答复，依法处理不可能判处死刑。无法讲理，这好理解，就是没有法律规定的讲道理。如果有的当事人已签订息访息诉协议，无论出于什么考虑，当时也给了一定的司法救助，现在又要对案件申诉，要求进入再审程序，我的要求是进入再审程序可以，但你要将过去领的救助款退回，他会问是哪条法律这么规定的，我讲法律没有规定，这好比购买物品，你收了别人的订金，不同意购买了。是不是应该退还订金？过去你签了息访息诉协议，现在后悔，也应该是先将救助金退还回来。有些当事人被我问得哑口无言。”

刘青德一听，觉得和这些当事人打交道还真需要勇气和智慧。傅林紧接着说：“针对一些老上访户。在接待时要掌握一些技巧和方法，在态度上不冷不热，对涉诉上访人员，不要过分热情和冷落，要保持正常心态。讲清道理和法律。在距离上不远不近，和上访人员保持一定的距离，客观公正地听取诉求和想法，确保安全和接待的严肃性。在感情上不亲不疏。无论是亲人朋友还是陌生人都一视同仁。有些人该回避的就要回避。在身份上不卑不亢，对当事人无论他们身居高位，身份显赫，还是普通群众，只要讲得有道理，均要认真听取意见和诉求。”傅林“救火”接访还真有几把刷子哟！

说到这里，刘青德说：“有领导来求情吗？”

傅林说：“怎么没有，只是少。个别的是为亲属朋友的事来找。”傅林又接着说：“在这问题的处理上要不慌不忙，有的当事人会采取威胁手段，如跳高楼，喝农药等，想要挟办案法官。遇到这种情形要头脑冷静，既不被这种事态吓倒，也不能置之不理，更不要说情绪激动的话，要从容应对。”

刘青德听后深受启发，感慨地说：“哎呀，想不到接访还有这么多学问呀，你这是‘十不’接待法。”

傅林一听，一时没反应过来，刘青德接着说：“不冷不热、不远不近、不亲不疏、不卑不亢、不慌不忙。岂不是十不？”

傅林说：“不愧在办公室工作过，善于总结归纳提高。经你一总结就成了理论了，哈哈！”

刘青德说：“是你做得太好了，听君一席话，胜读十年书，想不到接访中还有这么多的奥秘，真是三人行，必有我师焉。”

傅林听刘青德这么一说，感到不好意思，连声说：“过奖了，献丑了，还是你们刑事法官威风。往审判庭上一坐，被告人就瑟瑟发抖。”刘青德没有顺着他的话说：“现在被告人也狡猾，尤其有附带民事赔偿的案件也很难处理。”

张宇这时回来了，他身体有些不舒服，去医院检查了一下。刘青德问："没什么事吧？""没事，开了一点药。"傅林一看张宇来了就收起话匣子，便说："讲了一个多小时了，该走啦。"

"别走，我一来就走，急什么，说说话。"张宇说。傅林说："不耽误了"。刘青德也没有客气，只是说："欢迎今后多指导。"

张宇说："今后我们庭的案件麻烦多接待一下，你们处理有经验。"

傅林说："一定尽力，一定搞好。"

傅林走后，刘青德对傅林的讲话进行了认真思考分析，没想到，立案庭不是简单地立案，接访里面还有很深的学问和方法。的确，干任何一项工作都要熟悉了解，任何一项工作都不是能轻易做好的，都需要付出艰苦的努力。

刘青德接待傅林后陷入了深深的思考。上访人究竟为什么上访？为什么会有人上访？我们在审判工作中是否还有工作没有做好？他们上访的目的究竟是什么？从自己近两年办案接触的当事人来看，主要还是体现在交通肇事、故意伤害案中；上访人的主要诉求反映是民事赔偿没有到位；受害人家庭困难。司法救助只能解决燃眉之急，数额比较少的还可以。

上次审监一庭的吴建林庭长曾就一件1996年发生的申诉案件问李国勇："当事人认为原来是以流氓罪定罪判刑，现在要求按寻衅滋事罪从轻处理。我给他做了许多解释工作，他总是不听解释。"

李国勇自从到法院工作，就与刑事审判结下不解之缘。李国勇听到申诉案件的情况后，便毫不犹豫地回答："这件案件只能按照当时的刑法规定做出处理。法治建设还是有个过程。"

吴建林说："当然是按当时的刑法办理，也就是1979年刑法规定的罪名处理，现在是他申诉要按寻衅滋事罪处理，提出了这样的要求。"

李国勇列举了几件有影响的案件，也提到了在20世纪90年代新旧刑法交替审判案件时，按照从旧兼从轻原则处理案件，如当时有件案件起诉罪名是流氓罪，移送到法院后，此时，新刑法已经颁布，人民法院也是实事求是地对案件作出处理。

当时在刑一庭工作的同志都经历了这种角色的转换，说实话，开始一段时间真不习惯，后来时间一长，办了一些案件，就适应了。

现在参加新旧刑法办理案件的人，十多年了，有些都退休了。法警支队的蔡支队长，当时是审判员，他对这些情况也比较清楚，可以问问他。

吴建林说："李庭长说得没错，我再给申诉人做些法律解释工作。"

李国勇说："讲清法律，讲清道理，多做工作，该结案还是要结案。"

吴建林接过话说："李庭长，刚才没有细说，用现在的标准衡量过去办理的案件，受环境条件的影响。个别案件还是有瑕疵的，这是不可否认的事实。历史总是向前发展的。"

李国勇说："法律也是在不断修改完善，没有谁能一下子将所有的问题考虑周全，制定一部全能法律。"

吴建林离开了李国勇的办公室。他听进了李国勇的建议。本着热情接待，做好解释工作，尽快结案。本来案件的审限是有规定的，一般民事案件一审是六个月，二审是三个月，再审案件在六个月内提出，一般也会在六个月内审结，主要是有些当事人故意不上诉，在六个月内提出再审请求，以达到不缴纳诉讼费的目的。但申诉案件不同，不是申诉马上就会办理，要按照程序规定办理。因此，申诉案件结案较迟也比较好理解了。

六年前，刘青德和袁华军坐一个办公室里，刘青德的父亲，一位上过私塾的先生。享受着茶馆的休闲，茶馆常客中，有一位老人常常唉声叹气，原来是老人的儿子和媳妇关系不好，从吵架开始到媳妇常住娘家，现在到了离婚的地步，已经起诉到了法院，当听说茶馆常客刘先生的儿子在法院工作，便有心打听，想通过做工作，替孩子着想，让儿子和媳妇不离婚。

在老人的请求下，刘青德的父亲将儿子的电话告诉他，刘青德接到电话后，先是问了一些基本情况，作了一些法律上的解释工作，见电话里说不明白，刘青德决定当面接待，解除老人心中的困惑。

在约定的时间里，老人也很坦诚地来到了刘青德的办公室。刘青德热情接待，准备对重点情况记录要点，好有针对性地解答。老人开始还说得比较柔和，儿子和媳妇关系刚结婚时关系很好。

现在要不是看到孙子懂事，才不愿意管儿子和媳妇的事。说到儿子，他十分气愤，儿子沾染了打牌赌博的恶习，媳妇也不照顾家庭，本来没有什么钱却乱花钱，不该买的东西买上一大堆，后面老人越说越激动，坚决要求政府处理他的儿子，最好关他几天，让他悔过自新，再不打牌赌博了。

刘青德十分理解老人的心情，给他讲了法院受理案件的工作流程，对于涉及婚姻家庭的案件，人民法院首先会做调解工作，不会轻率判决离婚。只有婚姻关系感情确实破裂的，才会判决准予离婚。区分的标准，这要从婚姻基础、婚后感情、离婚原因、夫妻关系的现状，以及有无和好的可能等各方面综合分析，不会简单地判决离婚。老人听到这里，心里才稍稍平静。

正在阅卷的袁华军，听到刘青德做的民事方面的解释，情不自禁地说："想不到你对民事法律方面如此熟悉，干脆到民事庭工作去。"

刘青德连忙说："别这样说，我还需要好好学习民事法律知识。"

刘青德给老人做了解释，多做儿子的工作，不必纠缠家庭关系中的细枝末节，"清官难断家务事"。也要女方父母做媳妇的工作，共同把家庭关系搞好。

经过刘青德耐心细致的解答，做工作，老人那颗躁动不安的心已彻底平静下来，临走时刘青德害怕老人摔倒，并一直护送老人下楼。

老人也很实在，当每日到茶馆时，总是不忘说刘先生的儿子有学问、有水平，让其他人也露出了羡慕的目光。

想到这里，刘青德便想到了要是什么事都像老人一样说得通就好了。张宇吃完药后，接了一个电话，看到快 5 点钟了便对刘青德说："现在没什么事吧？我先走一步，家里有点事。"

刘青德没说什么："走吧。"张宇很有商业头脑，他爱人在工厂工作，因为效益不佳就提前辞职，做个体户。他爱人也做过副食品批发生意，曾因进的一种饮料与另外一种饮料图案近似，这个厂家被控侵权。他爱人经营的门面经常受到市工商行政管理局工作人员的检查，举报人就是经营另外一种饮料的商户。

一次市场管理工作人员又去检查，张宇的爱人有些不知所措。张宇便做了自我介绍，检查的人听说张宇是市中级人民法院的，便问是否认识刘青德？张宇一听，怎么会不认识呢？关系非常好。原来这名检查的工商局工作人员是刘青德的战友。这位战友依法进行了处罚，并建议张宇的爱人提醒厂家不要侵权，否则，就不从那里进这种图案的饮料。出于感激，后来，张宇专门找到刘青德，希望约一下战友吃餐饭，表达谢意，加深一下感情。刘青德没有推辞，张宇打算安排到外面的餐馆小聚一下。刘青德考虑不增加张宇的开支，建议就在自家请客。

小聚的日子到了，张宇、刘青德的战友、刘青德还邀上了对门的邻居刘哥、杨学亮。几人如约到了刘青德的家，刘青德的妻子早早就把一桌子美味佳肴张罗好了。大家一起不停地聊天南地北，一起说着有趣的人生故事。喝酒时，刘青德懒得用小杯子盛酒，就提出干脆用茶杯喝酒。张宇也是第一次单独和刘青德喝酒，见刘青德这么实在，很受感动，毕竟是为自己的事，这么尽心尽力。

从这以后，张宇的爱人经营得很好，只是后来批发部太多赚不到钱。张宇的爱人萌生了改行的念头，转行餐饮行业，开了一家餐馆，由于菜的口味好，价钱适当，回头客很多，张宇的爱人很善于经营，生意越做越红火。

张宇走后，时间也快下班了，刘青德拿起最近的《人民法院报》快速浏览了一遍，直到下班铃响了，才离开办公室下楼。周五晚上大家一般都参加各自活动，个别同志提前走了。

周六，眼看小孩要小学毕业了，刘青德在宿舍的操场上看到闻闻和杨学亮的小孩峰峰在一起打羽毛球。两个小朋友天真烂漫，一起玩耍，好不惬意。看到两个小朋友打球打得难舍难分、满头大汗，刘青德有些担心，孩子出汗后容易感冒，便叮嘱了几句，又拿出数码相机给他们两个人拍了几张照片，看见他俩汗流浃背，便强行要他俩回家擦汗或者换衣。峰峰衣服可能穿得厚实一点，出的汗就更多，于是他便痛快答应。因球场就在宿舍楼下，两人回家便去擦汗，刘青德叮嘱他们等一下下楼，去学校照相。

因峰峰中午要到其外婆家吃饭，所以就不陪闻闻去学校照相了。

刘青德带着自己的孩子来到小学，给孩子在教室，在学校跑道上留影。刘青德作为家长，平时送孩子到校门口就止步了，对学校里面的设施还真不怎么清楚。还是孩子读小学一年级时到学校去过，平时都是他妈妈接，有时也跟着峰峰奶奶一起回，不过好在路不远，但有一个十字路口需过街。到了三年级时，刘青德才放手让孩子独自上学。后来峰峰报了书法班，就在市博物馆宿舍学习，刘青德也给孩子报了书法班，这样，两人一起学习。开始，刘青德带俩小孩儿一起坐出租车到市博物馆学。后来，就要他两人自己坐出租车，这样节约时间，也很安全。两人互相促进，认真学习，进步很快。他俩都深受书法老师喜爱。

刘青德在教室里给孩子照了相，又以黑板报为背景，拍了一张孩子的照片。因为班里的黑板报是孩子写的，从一年级下学期开始，每年开学前一天，班主任老师就会通知学生们去写黑板报，刘青德孩子的手抄报在班里是同学们的范本。

临出校门时，门卫聂爷爷正好买菜回来，刘青德热情地跟他打招呼，多亏他帮忙，感谢他对孩子的照料。原来，自从孩子读书后，刘青德要工作，经常开庭出差，而孩子的妈妈在银行上班，两个人都忙得跟陀螺似的，照顾不到孩子。孩子中午吃饭休息都是个问题。门卫老两口可以搭餐，有六七个孩子和他们一起搭餐。这聂爷爷、聂奶奶为人厚道，买的菜都是新鲜的，肉类每天都换样，小孩儿吃得开心，饭后就休息。聂爷爷很喜欢小孩儿，照顾孩子真是比照顾自家孩子还用心。孩子放在他那儿，让家长省了不少心。刘青德孩子和聂爷爷、聂奶奶在校门口照了相，留作纪念，孩子高兴地叫聂爷爷、奶奶。小孩儿童真的那份亲情，真是太美好了。

刘青德照完相回家，孩子他妈做好了饭菜，是小孩儿喜欢吃的。吃完饭后小孩儿要去练书法。正在这时，杨学亮打来电话，峰峰吃完饭后不回院里宿舍了，到了时间直接去博物馆练毛笔字。刘青德只好要孩子自己坐车去。

孩子今天很高兴，无忧无虑，心里格外宁静。刘青德原打算和孩子一起坐出租车走，准备到图书馆阅览室看书。因刘青德孩子学书法的博物馆宿舍与图书馆相邻，仅需过一条街，孩子不乐意，这让别人还以为他要大人陪同。刘青德一想干脆不去，到屋里清理一下资料。他将订阅的期刊，按照半年一本装订，屋里面积太小，并准备将这些书放到乡下哥哥的楼房顶上，待今后房子大一点装修了再拿回来。刘青德妻子见刘青德清理书籍，当然很高兴，她早想这样做了。丈夫平时没什么业余爱好，就爱读书，把书看得很重，刘青德还保存了孩子读过的书，没有丢失一本，还将孩子业余时间的绘画一律收捡好保存，并用专用塑料袋装好，妥善保管。刘青德仔细清理后，又写好标记，因暂无地方，就临时放在阳台上，待方便有车时再放到乡下去。

孩子还在楼下，听到他们的叫喊声，就知道是闻闻和峰峰学习书法回来了。门“吱”的一声开了，刘青德问孩子今天练习的什么字，孩子把练字的情况告诉爸爸，并到楼上峰峰家去玩。

“今天不去加班了？”妻子问刘青德。

“不去，事情永远都做不完！”

“那明天陪你买几件衣服。”妻子说道。“好吧。”刘青德答应了。

孩子回到家后，将下午练习书法的毛笔从练笔册中轻轻拿出，又将字帖放在前面，认认真真练习书法，一笔一画都十分认真。刘青德不忍打扰他，便将电视声音开到最小。房子是两室两厅，只有八十多平方米，孩子在客厅里练书法，书桌是孩子读一年级时买的。孩子一天天长高，而桌子还是老样，相对矮小的桌子，让孩子要坐上都费力。

于是，刘青德就请木工师傅加了四根木柱子，打上孔上好螺丝，可以自由调高，这样估计用几年都没问题。看到改造后的桌子孩子非常高兴，打心眼里钦佩爸爸。儿子聚精会神地练大字，竟忘记了夜已深沉。刘青德提醒孩子收拾笔墨，洗漱后睡觉，他有些不情愿地收拾；先将毛笔拿到洗漱台进行笔洗，然后再清洗笔洗，这一切做起来有条不紊。接着去洗漱后就睡觉了。

第二天早晨，儿子要吃排骨米粉，刘青德去买，因为他一碗吃不完，刘青德父子俩就一起吃，妻子自己解决早餐问题。吃过早餐，儿子看书，预习课程，妻子洗好衣服晾晒后，便和刘青德逛步行街买衣服了。妻子担心中午回来没什么时间做饭，便让孩子去峰峰家吃午饭。刘青德给杨学亮家打了电话，峰峰奶奶很爽快地答应了。

很长时间没有陪妻子到步行街买衣服了。刘青德买了一件衣服和一双皮鞋，妻子买了两件衣服，各自都购买了心仪的衣服和鞋子，很高兴。

回家时，峰峰和闻闻正在家里玩，刘青德妻子赶紧做饭，并留峰峰在家吃饭。闻闻主动说："背的课文都已背会了。"小孩总是自觉，学习从不用督促，这一点特别令刘青德夫妇欣慰。

周一上班比较忙，一早就有几十人站在法院大门外，有的吃包子，边吃边聊天，这些人聚集在一起，好像是在等什么人似的。李国勇一般都是正点到法院的，今天进大门时遇到了堵塞，看来今天这些人是有备而来。

李国勇来到办公室，感慨地说了句："到自家门口还进不了屋！"这些人可能是农民工要工资的，案件是执行局办理的，具体情况不清楚，听说工资款已经给得差不多了，这次来这么多人是给执行局施压，想将全部款项拿回。

原来，作为施工方的南平公司，打着有一级建筑工程资格的旗号，承建了五栋楼的施工。当然也有其他的公司，如德成建设公司。在施工后也没有拿到全额垫资款，发包方是一家著名的房地产公司，可能是这方的公司挂靠在房地产公司，投入资金不足还转包他人。反正是资金链断裂，导致一系列官司产生。政府有关部门做了大量工作，尽量减少购房者的损失。但仍有挂靠公司起诉。

仅市中级人民法院受理的经济纠纷案件就有三件，到基层法院起诉的也有好几件。为便于集中力量，市中级人民法院采取按比例分配的原则，每执行到一笔款项都按照先农民工工资，再材料商的工程款顺序给付。南平公司由于经营管理存在漏洞，窟窿很多，打算在这次执行款中多分得一些。于是，便邀约了几十名民工来到法院，他们中有的坐着，有的站着。因为南平公司的大部分农民工来自另一个地区，聘请的律师也不是本地人。鉴于这么多人在院子里游晃，大声喧哗，影响了机关的正常秩序，张院长亲自下来接访了，在孟律师的操纵下，几个所谓的农民包工头要工资、要工钱，执行局赵勇副局长、宋科长等人均参与接待。开始接待时是赵勇等人，这些人便要求见张院长，争吵声音很大。张院长从不回避矛盾，也不惧怕什么，他过去在检察机关公诉科工作，到法院工作后也从事过刑事审判工作，这些场景虽说不是经常见到，但也不陌生。不过，张院长下楼之前专门给市委政法委龚书记打电话，汇报市中级人民法院现在的接访情况。

龚书记听说是某公司房地产开发的事，就知道情况的复杂性，为防止极端事件的发生，给市公安局巡特警支队作了指示，要求做好处突准备。

张院长和赵勇仍在院里接待室做工作。张院长心里清楚，这些人是被操纵的，根源就在和自己谈话的几个人中，那个孟律师因是外地的，说话没有顾虑，总是讲歪理，颇能蛊惑人心。其他几个小包头说是小混混一点都不过分，帮着起哄。赵勇实在看不下去了，当着孟律师面，义愤填膺地说："上次该给的工资款都给了，也是按照执行款的额度按比例分配的，没有厚此薄彼。这次的执行款，是因为上次还有两个公司未给，这次才准备给的，目前仍在账上，你究竟想怎么样？"

孟律师见闹了一两小时，陪着来的人也有些烦，本来法院按照比例分配执行款，没有任何不公，法院办案是公正的，至于钱款到公司后没有及时给民工，不是法院的责任，执行钱款的分配处理是公正的，因此起哄人群渐渐泄了气，在准备闹事的人中有几个人心里早就打退堂鼓了。人家没有再说什么，一时竟静了下来。

这时孟律师也张口结舌，说不出什么来。勉勉强强要求参与这次执行款的分配。赵勇说："不可能，上次该给的都已经给了。"孟律师也是第一次见到赵勇发这么大火，他以为人多给法院施加压力，就可以多拿到钱，总认为"会哭的孩子有奶吃"，没想到这招在法院不灵了。

刘青德在楼上往下一望，一个高个子正和法警支队贺用强说话，高个子是刘青德的战友，现在在城北派出所工作，想不到他来了。刘青德平时难得和战友见面，只有当战友家办事时才能碰到。刘青德走到李国勇办公室门口，向李国勇说："下去会一下战友。"

李国勇关心地说："这时候下去，莫惹麻烦了。"李国勇可能想起了早晨上班时不愉快的事，心情尚未平静。

刘青德下楼后来到莫副所长前，贺用强说："刘庭长，你战友来了。"刘青德握着莫副所长的手说："什么时候来的？上楼去喝杯热茶。"

"老战友不客气。现在不方便。"刘青德说："理解，辛苦了。"

贺用强说："你们战友聊吧，估计不会有什么事，我到那边去看看。"刘青德一看战友确实忙，打了招呼并说有事打电话，便和莫副所长告辞了。贺用强到了张院长讲话的地方，相当于替换袁副支队长。因为机关院落保卫这一块是袁副支队长负责的，他早想有人来替换自己去趟卫生间。因张院长和当事人讲话，袁副支队长担心当事人起哄，做出极端的事来，就一直未离开，当看到贺用强过来，他心里踏实了，贺用强站在张院长侧后一点，的确像部队保卫首长一样，目光炯炯有神，让人不寒而栗。贺用强气场十足地站在张院长身后，那些起哄的人谁也不敢做出过激的行为。

赵勇已把话挑明，这次的执行款不可能会给南平公司分配，孟律师心里明白，再闹下去可能会被采取强制措施。刚才张院长明确讲，这些人的行为严重扰乱了机关正常的工作秩序，孟律师心里清楚其法律后果。孟律师心里想，法院如果真采取强制措施，可以肯定，起哄的人不到十分钟就会交代幕后主使，自己做了什么，心里还不清楚吗？望着张院长身后的那位警官，那眼中的怒火似乎就会喷发出来，但这么走又似乎也不甘心，便服软地恳求道："我们商量一下。"

赵勇一听，明确答复："没有商量的余地。"张院长态度比较温和，对着孟律师说："你们商量去吧。"

几个所谓的农民包工头感觉此番在法院上访，也没有起到什么效果，就不约而同纷纷离开了接访室。张院长待他们一行走后，对赵勇说："搞了两个小时了。该讲的都讲了，实在不听再给他们说一遍，不行，对闹得凶的，强行带离出去。"说完后朝贺用强望了一眼，贺用强见状，马上打电话告诉袁副支队长和政委。因为蔡支队长到省高级人民法院集训去了。

孟律师和几个小包工头凑在一起商量，至于说的什么，这边也听不到，不过，孟律师心里明白，这些主意是自己出的，法院真要是采取强制措施，自己是逃不了干系的。刚才说商量，实际上是给自己找台阶。几个闹得凶的，看到了形势对自己不利，再闹真的会被抓去拘留。

还是孟律师打破僵局，对几个人说："我们撤走吧。"几个闹得很的人说："法院不会拘留我们吧？"

孟律师说："现在走，法院不会采取强制措施，如果再坚持我们的观点，恐怕就不好办了。"

几个人一听心里明白得很，事情明摆着的，纷纷说：“孟律师，你去说吧，我们走。”

这时候，在院子里的民工三三两两坐在一起，有的也不是心甘情愿来的，只是凑个人数而已。孟律师还想找点由头，便对赵勇说：“我们人走，希望下次执行局能够优先考虑我们公司的执行款。”

赵勇坚定地说：“今后的执行款仍按照比例给付。”

听到走的消息，参与上访的人员有的骑摩托，有的往外走，一下就散开走了，张院长走上楼去，贺用强继续查看其他几间接访人员的情况。上午起哄时，几个老上访户本着“看戏不怕班子大”的心态，看着事态的发展，当这一波风浪过后，那种希望事态扩大的念头就被击碎了，上访的人员也守规矩了。

这场处置接待上访，让大家明白了诸多事理。对无理的要求，不是来多少人就可以实现的，什么事都要讲理，有理走遍天下，无理寸步难行；也让接访的法官钻进了上访人心灵深处，彻底明白了某些上访人的企图和心态。个别老上访人，他们不吵不闹，是一种执着，对于明显不符合条件的要求，企图通过上访捞到好处。有些年纪大的人，坦率地说，是一种固执，认为反正没事上访或许能得到什么。

有个当事人，二十年前曾因阻碍法院强制执行撕扯执行人员衣服，被司法拘留十五天，出来后很老实，这几年却不断上访，成了上访专业户，而且到两会期间或重大节日前上访更勤。有几年了，老庭长准备给两千元钱化解，谁知他狮子大开口，这事只好作罢，类似上访情形的人还不少。

贺用强看看有没有情绪激动的人，穿着警服走了一圈，给一些不怀好意的人震慑下，便回到法警支队去了。

刘青德上楼后，李国勇正好在走廊上，便调侃道：“还是你厉害，你一下去上访人就走了，今后你到立案庭当庭长去。”

刘青德说：“别开我的玩笑了，我哪干得好这项工作。”李国勇告诉刘青德：“徐院长要你到他办公室去一下，是你办的一件案件，可能市人大内司委领导要问一下情况。”

刘青德便朝徐长胜办公室走去。余艳从办公室走出来，带着情绪发牢骚说:“上午吵吵嚷嚷什么事也办不了，终于安静了，又要下班了，中午吃饭去，我先走一会儿了。”

李国勇说:“先走吧，有需要研究的案件就提出来。”

余艳说:“正在办理的案件有两件，快办完了。”

李国勇人比较大度，在大家的印象中，找他请假从来没被拒绝过，他还是比较体贴女同志的。操持家务，赡养老人，抚育小孩，平时很辛苦，提前走一会儿，有时迟来一会儿，都可以理解。李国勇对肖健说:“周四开庭的工作都准备好了吧。这个被告人不请律师，与市法律援助中心联系，问问他们指派的是哪个律师?”

肖健说:“已经联系法律援助中心蒋主任，说是指派博集律师所的杨律师，指定函已发，应该收到了。”

杨金华说:“我讲句客观公正的话，这么做的作用真不小，能够促使政法机关认真办案。”她的意思是说根据法律规定，对可能被判处无期徒刑、死刑，盲、聋、哑人，包括省高级人民法院复核死刑案件，被告人没有委托辩护人的，应当通知法律援助机构指派律师为其提供辩护。而有些律师是很认真的，能够发现漏洞。但个别的则有应付的感觉，李国勇不置可否。只是说杨律师办刑事案件是很认真的。

客观地讲，有些案件让律师辩护的空间的确很小，像办理的蔡加新故意杀人案，无论是从案发起因，还是从作案手段看，被害人都没有什么过错，当然早些时候的两人发生不正当关系，双方是不道德的行为。问题是一方在后来明确拒绝的情况下，蔡加新仍纠缠不休，甚至杀人。这样的人不判死刑，那还有什么道理可言?因此，律师在实体辩护上的确无话可讲，只能在程序上寻找漏洞。作为刑事法官是能够理解的。

杨金华见李国勇没有接话，就说其他的。刘玉瑶这几天和男朋友正闹别扭，杨金华正做调解劝导工作，主要是她男朋友主动申请到基层挂职两年，而且是在本省的偏远地区，刘玉瑶想着要调到省高级人民法院工作，这下倒好，不仅自己没有调去，男朋友却申请下基层挂职了。杨金华虽然做了解释，下去锻炼对男朋友的进步有促进作用，时间也不是很长，刘玉瑶总算是听进去了，但这件事情在两个人的交往中算是产生了一个插曲。

周四的审判开庭在花苑县进行，杨律师在前一天就和肖健联系，说是想坐法院开庭的便车一起过去。肖健表示要问下杨庭长。杨金华说，可以搭，庭里的车可以坐下，合议庭三人再加书记员，一共四人，再加法律援助律师。一般来讲，法律援助律师提出搭便车都会同意，毕竟是支持法院工作，因为每件法律援助案件财政补贴二百元，凭判决书署名领取。每个律师事务所根据律师人员的多少确定法律援助义务的次数。同时也会被安排到信访局坐班，参与上访人员法律方面的咨询。但有律师坐在车上，为了避嫌，案件的情况就不好讲。

杨金华对今年暑假的安排做了规划，但不晓得女儿是否会听她的。李国勇昨晚可能参加活动似乎没有休息好，一上车就瞌睡了。余艳也闭目养神。本来这记录是刘玉瑶做的，不知道前几天什么原因，刘玉瑶提出和肖健换一下，肖健说还换什么，这次帮助记录就行了，不需要。刘玉瑶还想解释什么，见肖健这样说，便连连道谢。

小徐正聚精会神地开车，本来各庭的车辆是各自管理的，由于刑一庭的车辆发动机有点故障，已送修理厂去修理了。所以，昨天肖健专门找行装科申请用车去开庭，花苑县人民法院很热情，对市中级人民法院来开庭积极配合。实事求是地讲，各基层法院均对刑事庭比较重视，这主要是因为刑事庭虽然不直接产生经济效益，但严打刑事犯罪，充分发挥审判作用，促进经济发展。在 20 世纪 90 年代有许多法院非常重视民商事，尤其是经济庭的工作，一是办经济案件可以收取诉讼费，到年底财政会返还一部分，弥补法院办公经费不足。二是基层法院大多面临审判庭建设滞后，基础设施落后。多办经济案件可以多收费，争取地方财政全额返还。不说基层法院，仅这次德沅市中级人民法院搬迁院落，其经费缺口就达到三千万元。市财政局明确表示从市中级人民法院收取的诉讼费及罚没收入中，每年返还一千万元，分三年时间。刑事庭相对于民事庭、经济庭来讲，是不能创造收入的单位，因此刑事庭的法官与外人交往相对少一些，不像经济庭的法官，应该说从法院内部来讲，对刑事庭还是比较重视的。业务能力强的、思想作风好的、政治素质高的会优先安排到刑事庭工作。

橘城县人民法院的覃院长，就是从刑事庭庭长直接提拔到副院长的。杨金华刚下车，覃院长连忙迎上去说："杨庭长来开庭了！"李国勇接着下车，覃院长又忙上前和李国勇打招呼握手。这时，法警大队长也过来了，高声喊道："市中级人民法院领导来了。提押票给我们呀！"

覃院长介绍说："这是李大队长。"李庭长主动伸手道："辛苦了，李大队长。"

肖健已从文件袋里找到提押票，旁边跟上的干警就接过提押票。因为市中级人民法院开庭的案件均是重刑恶性案件，法警大队人数并不多，所以大队长参与执勤，提押被告人很普遍。李大队长走后，覃院长说："上楼去吧，喝杯茶。"

李国勇本不想上楼，看覃院长这样热心，便上楼去了。

李国勇说："肖健，人提押来后打我电话。"覃院长到办公室，给李国勇倒了一杯茶。

李国勇喝了一口茶，起身要开庭去了，心想提押被告人应该来了。覃院长示意要陪同，李国勇劝说："你就不用下楼了，忙你的。"这时，肖健来了电话，说被告人已押到，李国勇回答："马上就到了。"

当李国勇神情严肃庄严坐上审判长的位置，杨金华已经在卷宗中寻找什么，看来一切准备都做好了。杨律师已坐在辩护席上。公诉人是杜龙国和王鲁哲，控、辩、审各就各位，庭审马上就要开始了。

这是一起故意杀人案，丈夫在外地打工，妻子在家与他人暧昧，丈夫怀疑妻子出轨后，从打工地赶回，恰好碰到两人在一起。丈夫一气之下，将对方杀死后又投案自首，大致案情是这样。

李国勇说："我来个开场白，后面的法庭调查你主持。"

杨金华说："好的。"

李国勇朝台下望了一眼，三名法警正坐在下面的被告人后面，旁听的人员不过十几个人，估计除了被告人的亲属外，被害人的亲属也来了，双方家属是分开坐的，可谓泾渭分明。李国勇扫视了李大队长一眼，似乎在告诉李大队长，就要开庭了。李大队长也点点头，意思是都准备好了，开始吧。

李国勇手举法槌“咚”的一声，法槌落在木坐垫上发出了一声脆响，大家都聚精会神看向审判台，坐在铁笼子里的被告人杨洪兵抬头望向李国勇。

李国勇宣布：“德沅市中级人民法院刑事审判第一庭依法公开审理，由德沅市人民检察院向本院提起公诉的被告人杨洪兵故意杀人一案。”接着告知合议庭组成人员、公诉人以及辩护人名单，随后要法警取下戒具，值庭的法警拿出钥匙，给杨洪兵打开了手铐。询问杨洪兵的基本情况，并告知其享有的权利。当这一切都操作完后，李国勇宣布下面进行法庭调查，说完朝杨金华望了一眼，杨金华便针对公诉人起诉书指控的事实，询问杨洪兵是否属实?

杨洪兵答：“有些属实，有些不属实。”

杨金华问：“有哪些不属实？”

杨洪兵说：“人是我杀的属实。只是怀疑有暧昧关系，不属实。”

杨金华直接将问题引向核心部分，究竟被害人与杨洪兵的妻子是否有不正当关系。问公诉人有无发问。

杜龙国问：“杨洪兵，你在作案前是否看见或听到被害人与你妻子有不正当男女关系？”

杨洪兵说：“没有看到，但有两次晚上在家里碰到过被害人，都是晚上9点多钟，村里也有人说闲话。”

杜龙国说：“我们复核了与杨洪兵同组的村民以及杨洪兵的妻子，均没有看到两人发生不正当关系，杨洪兵妻子始终不承认与被害人发生过不正当关系。”正是基于这种情况，公诉机关指控为暧昧关系，是符合客观情况的。

余艳听到这里，不禁想起前几年自己家请来的保姆。当时，这个保姆做事利索，烹饪手艺不错，做的饭菜非常好吃，突然提出不做保姆了。原来，保姆有两个儿子。大儿子已成家，并在外面打工，媳妇在家带孩子，保姆寻思小儿子还未成家就做保姆，帮小儿子挣点钱，用以补贴家用。自从保姆到市里做工后，家里大儿媳却常常有人搭讪，好心人告诉保姆别在外面做事了，不要为了娶小儿媳，连大儿媳都被人引诱跑了。保姆一听是这道理，就提出辞工要求，虽然余艳再三挽留，保姆最终还是离去。余艳一想这些，对杨洪兵的猜疑也表示理解，对被害人深更半夜还和杨洪兵妻子扯不清，最后丧命感到悲哀。这一切不该发生的事，却又发生了，酿成悲剧，令人痛心。这种现象在农村还偶有发生。杨金华问辩护人杨律师："有什么发问的？"

杨律师问："杨洪兵两次回家看到被害人在自己家里，这个情况是否还有其他人知道？"

杨洪兵说："第二次见到他时，当时我就警告他了，要是再在家里看到他，可要小心狗命！"

杨洪兵回答律师的提问时很自然。时间到了晚上，别人家的男主人又不在家，作为正常人，都不应该再到别人家里聊天，这明摆着是让别人说闲话，让自己置身危险中。辩护时，杨律师很好地抓住了这一关键情节，替杨洪兵说出了想说而又说不出口的话。作为被告人的杨洪兵心里很感激。

杨律师对量刑也发表了意见，一是电话报警投案，尽管是别人提醒的。二是在公安到现场后，积极配合，主动交代犯罪事实。三是杨洪兵有悔罪行为。

其实，被告人杨洪兵是真的后悔，由于他爱自己的妻子，想让生活好一点，打工挣钱养家，如果双方过不下去，离婚就是了。可在现实中哪有那么容易，杨洪兵对自己的杀人行为后悔不已。

杨金华宣布辩论结束。杨洪兵作最后陈述的时候，杨金华朝李国勇望了一眼，李国勇原本靠在椅子背上，朝前倾了一下。杨洪兵不明就里，神情呆滞。

杨金华补了一句："没听明白吧？就是你有什么要求、想法，都可以最后向法庭提出来。"

杨洪兵虽说到外地打工，但还算有点见识，头脑也还灵活，在这庄严的法庭上，杨洪兵神色紧张，早想好的话不知何故总是讲不出来。紧张、恐惧、后悔的心情交织在一起，使得说话底气不足。这时，杨洪兵思索着，妻子出轨闹婚外情，只是背叛自己，完全有多种选择处理，大不了分手离婚，用不着杀人呀！想到这些杨洪兵不寒而栗，追悔莫及。冲动是魔鬼，这就是血的教训。杨洪兵没有多说什么，只是希望从轻处罚，再无其他意见。

李国勇宣布庭审结束，鉴于本案属于疑难复杂重大案件，需提请院长提交本院审判委员会讨论。下次宣判时间另行通知，杨洪兵原本以为会重判，虽然到看守所羁押的这段时间里，管教给他们每个监房都发了刑法书。他看过，也听老号子讲过，可能会当场宣判，也许过一段时间宣判。

庭审结束，法警早已给杨洪兵戴上了手铐，肖健连忙说："签字了再走。"肖健将打印出的开庭笔录，先给公诉人王鲁哲看后签名，杜龙国也签了字，待杨律师看后做了两处修改，也签了字。

杨洪兵感觉开庭没有用多长时间，嘴里嘀咕着，但听不清说的什么。他快速签完字后，李大队长将杨洪兵押上车，车子一溜烟朝看守所驶去，一路上呜呜的警笛声划破长空。

他们走后，刑事庭童庭长也来到了审判庭前和李国勇打招呼，准备去吃午饭。李国勇原本不是合议庭成员，因为周丽云要进行论文答辩。前几天，杨金华要李国勇安排一人，李国勇打算安排张宇或赵建华。他俩没意见，但因赵建华自己有个现场复核，已和检察院的同志约好，抽不开身。于是，李国勇干脆自己参加。他也考虑要到橘城县人民法院来一下，他的想法是无论采取哪种方式，每年都要到所辖基层法院去一次。到橘城县人民法院就是出于这种想法安排的。公诉人杜龙国和王鲁哲，已被县人民检察院的人接走，杨律师准备自己去吃饭，只是问什么时间走。

李国勇说："杨律师中午一起吃饭后走。"杨律师便不再推辞，童庭长和李国勇边说边向食堂走去。橘城县人民法院李院长原本想到外面订餐，李国勇谢绝了："不必要搞复杂了，就在食堂就餐。"

橘城县人民法院在九个区县中财政状况较差，法院想招待客人是真心实意的，李国勇执意在食堂就餐，既是考虑到县法院的经费紧张，不想给法院添麻烦，更是廉洁自律的自我约束。

吃完午饭，李国勇一行就直接回市中级人民法院了。在返回的车上，杨律师认为杨洪兵的妻子与被害人还是有不正当关系的，其主要根据是周围邻居普遍这样认为。被告人杨洪兵两次晚上 9 点多钟都发现被害人和妻子在一起，从这一现象看关系就不正常。余艳回了一句："是两人关系不正常。但是否发生不正当的两性关系又无证据，被害人死了，杨洪兵妻子不承认，再无其他证人证实，邻居有些证据只是怀疑。”

杨律师答道：“那倒也是。”李国勇和杨金华没有说话。仍在车上打盹。回到市中级人民法院后，李国勇对小徐说：“送一下杨律师，到律所还是回家里。”杨律师本想客气一下，看到李国勇作出安排了，就回了一句小徐：“回家，到新城小区吧。”

李国勇中午回办公室后，在沙发上躺了一会，后到洗漱间洗了脸。立案庭的潘跃庭长来了电话。潘跃说市人民检察院有一件案件抗诉了，是袁书平的绑架案。他待会儿要赵晓君将抗诉书给李国勇送去。因他俩是老乡，说话开门见山，就直接讲了另一件事。“你们那个故意杀人老案有人帮助化解了。”李国勇开始还没听明白，潘跃说，就是那个经常上访的“冯老头”。

李国勇发自内心感慨道：“啊，那太好了，谢天谢地！”李国勇说这话是真心实意的。

“冯老头”叫冯老四，是橘城县人，他的儿子因农田与人争水发生纠纷，被邻里杀死，留下妻子和两个小孩儿，一个五岁，一个三岁。由于被害人亦有过错，案件只是判处死缓。当时提起了附带民事诉讼，市中级人民法院也作了判决，但执行起来确实没有能力，这一点冯老四也是知道的。可每到开学、春节期间，冯老四总是上访，一是要求判死刑，认为自己孩子被对方杀了，杀人偿命，天经地义，可罪犯却只判死缓，虽然告诉他，死缓也是死刑的一种。可是冯老四根本不听，觉得只有枪毙才算判死刑。附带民事赔偿又没有得到执行，生活无着落。刑事庭也多次接访。虽然这件案件是早几年发生的，但归根结底属于刑一庭负责接访，每到重大节日前，这件案件都是先列入重点，无数个重点就编成了一本台账。维稳压力相当大，但刑一庭却又无能为力，改判不可能，执行没有财产，这次能让冯老四息访息诉，那真是少了一桩揪心事。

潘跃请李国勇找一下过去的判决，并要庭里写一份申请，备齐相关材料。这次是想走司法救助程序达到息访目的，李国勇安排肖健去做这件事，要是真的能让冯老四息访，李国勇心里一块石头总算落地了。

说起这个冯老四的事，想起来也是挺凄惨的。儿子死后，媳妇就外出，说是改嫁了，因为此后再无联系。开始两年，偶尔回来看一下孩子，后来连孩子都不看了，两个可怜的孩子不幸失去父亲，人为地失去母亲，想想都很心酸。冯老四老伴突然失去儿子，身体一下子垮下来了。常年卧床不起，家里真是雪上加霜。日子真没法过，这一家要不是民政部门救济，活下去都难，这几年一家人不知怎么熬过来的。上访也是迫于无奈，到刑一庭后，李国勇虽然只接待过冯老四几次，但冯老四前几年到院里上访来过多次，也曾见过。

通过接访，李国勇算是真正了解了农村的艰苦，农产品不值钱，没有经济收入，想办一点事都极为困难。虽然现在农村条件大为改善，到城里务工不受限制，还能多少挣些钱。但在20世纪80年代，城乡差别还是挺大的。

肖健将所需资料收齐后，交给李国勇，问："是否就这些材料？"李国勇也是第一次经办这件事，规定和要求也不清楚，便说："你先给立案庭送去，这我过去没办过，问潘庭长缺什么材料补什么材料，全力配合。"

肖健走后，张宇过来问："有几件案件办出来了，明天什么时候庭里研究一下。"

李国勇说："问刘庭长、杨庭长和合议庭的同志，明天是否开庭。我去找徐院长，如果可以，明天上午研究吧。"

李国勇一想，自己有件案件也可以研究一下，便将案件的审理报告从电脑中调出，提出了处理意见，决定先打印十份。

李国勇拿出新分的案件逐一翻阅。想到考评日志，李国勇拿出自己的考评日志，在自我评价申报一栏，写下了这个月做的主要工作。明天趁徐院长来讨论案件时，要他在联带责任人审核时签字。一切都是量化的，自我申报打分，按照联带包创责任制。庭长还要给两位副庭长签字，每到月底，行政工作也是忙忙碌碌。

杨金华过来准备和李国勇说个事，看到李国勇的考评日志，实际上就是工作记录本，似乎是想到了什么，一个月好快呀！又要到月底了。李国勇见杨金华进屋，便问有什么事。

杨金华说："小孩儿今年要参加高考，现在离高考剩下的时间不多了，孩子虽然在学校寄宿搭餐，但周六、周末还是回家了。孩子学习考试压力太大，准备每周三，晚饭和午饭在家吃，我呢，就陪陪女儿，同时也给她缓解一下压力，现在小孩儿读书真的是压力山大。”李国勇说：“这可以呀，照顾小孩儿，担子可都在你身上。郭局长没时间照顾吗？”

杨金华一听李国勇打趣丈夫，接过话说：“他呀，一天到晚就是自己的工作，幸亏我也在法院工作。今天他们公安不是这个行动，就是那个协查。”杨金华满腹牢骚责怪道。

“公安确实忙，平时比我们执勤的任务要多。这一点市区的公安也是这样。”李庭长说。

“只听到他讲忙。我也不好说啥，他有两个星期没有回家了！”

“电话还是联系得上吧！”李国勇笑着说。

“那倒是联系的，不然我怎么知道。可这不管什么用。”

“我也有好长时间未见你丈夫了，下次回来了聚一聚。”

“好的，那我有事请假，下午先走了，提前给女儿做点好吃的。”杨金华最后说道。

李国勇感觉下午没做什么事就要下班了，但事情又挺多，他想起还有赵建华的两份二审文书没有签发，便抓紧时间看完后签发了。

第二天上午刚上班不久，徐长胜就来到了办公室，他讲抓紧时间，10点钟后可能会开院党组会，先把要上审委会的案件研究一下。李国勇连忙要肖健准备记录，让刘青德，杨金华和张宇、唐仁平到会议室。李国勇拿上考评日志和一个笔记本，陪徐长胜到会议室。当李国勇将日志考核栏递给徐长胜签字时，徐长胜说：“时间过得好快呀。上个月签字好像刚发生一样。”随后，刘青德用一本厚书端上几杯热茶来。徐长胜开玩笑说：“你这比新姑娘端茶还小心翼翼。”

刘青德说：“小心！太烫了。”说完将茶放到桌子上，示意张宇、赵建华喝茶，刘青德落座，徐长胜讲：“开始汇报吧，抓紧时间。”

李国勇对张宇说：“可能要上审委会的先汇报。”

张宇说：“这两件案件都会上审委会，我开始汇报了。这是一起故意杀人案。

“2008年年初，姚良学与刘冬媛相识后同居在一起。4月下旬俩人回到刘冬媛家。因刘冬媛多次与人接打电话，姚良学听出是男人声音，顿生恨意，二人发生激烈争吵。上午 8 时许，姚良学欲与刘冬媛亲密接触。这时，座机电话再次鸣响后，姚良学心生恼怒，拒绝让刘冬媛接电话并扯断电话线。刘冬媛大声怒骂姚良学，要赶走姚良学，恼羞成怒的姚良学决意杀死刘冬媛。

“过了一会，姚良学假装与刘冬媛亲密接触。他脱去刘冬媛的情侣衫上衣，脱到上方部位时，先脱了刘冬媛的两只袖子，又继续往上脱衣服，当衣服包住刘冬媛的头部时，姚良学迅速用衣服的两只衣袖缠在刘冬媛的脖子上。然后，连同衣身一起使劲拧，刘冬媛极力挣扎，将被子踢掉在地上，姚良学使劲拧直至刘冬媛窒息死亡。刘冬媛尸体从床边掉到地上的被子上，姚良学顺手将床上床罩拉过来甩到刘冬媛的身上。后将两扇大门反锁后逃离现场，直到刘冬媛的尸体被人发现。”

张宇宣读了证据方面的十六大组证据，环环相扣。每一大组证据又有证人证言、通话详单等单项证据佐证，认定姚良学故意杀人的所有证据已经形成了一条完整的证据锁链。虽然姚良学后来翻供，但翻供的情况和翻供的具体原因，有一同关押在看守所的同监犯人的证言予以证实。

张宇汇报完后，大家没有提出什么问题。也许是这件案件发生后，刘冬媛尸体有十多天时间才被发现。公安机关在收集证据时很仔细认真，可以说完全排除了其他人作案的可能，具有唯一性。见大家没有提出疑问，徐长胜说：“没有问题提出，就发表意见吧。”

一般来讲，庭里讨论重大案件，先由承办人汇报案情，然后合议庭成员发言，再就是副庭长、庭长发言，最后是分管院长发表意见。而审判委员会开会讨论重大案件，先由承办人汇报案情，再由分管院长发言，然后是各位委员发表意见，院长最后发表意见，采取的是民主集中制的原则，少数委员意见服从多数委员意见，但少数委员的意见要记入笔录。院长也只有一票的权利。最后由院长统计各位委员的意见，宣布结果。

李国勇朝赵建华望了一眼，示意赵建华发表意见，赵建华见状便说：“我先发表意见。本案事实清楚，案发自然，虽然刘冬媛死亡与发现相隔了十多天，姚良学在第一次“破口”后进行了翻供，但关押的同监犯人作出的证言，证明了姚良学是为了逃避打击而翻供。而且公安机关对作案事实均做了翔实的调查，并且都有证据支撑，形成了完整的证据锁链。定罪量刑均同意承办人的意见。”

由于大家听得比较仔细，没有提出问题，刘青德也同意承办人意见。徐长胜像是自言自语说，合议庭的意见一致，杨金华说：“我没有新的意见。同意合议庭的一致意见。”

李国勇问了庭审时姚良学的表现，刘青德回答说，对杀害刘冬媛的事实没有否认。张宇接过话说，姚良学认为刘冬媛同其他男人关系暧昧。李国勇听完刘青德、张宇的话，简要地梳理了姚良学与刘冬媛相识、同居，发生矛盾以及杀害刘冬媛的过程，报案人系刘冬媛的亲人，结合姚良学的供述，手机通话详单，证实刘冬媛死亡的时间，因为刘冬媛被杀害后再也接不到亲人的电话了。李国勇接着说出了自己的意见，对事实认定、证据采信均同意承办人意见，定罪量刑同意合议庭一致意见。

徐长胜先说了事实认定的有力证据以及对证据的分析，紧接着说，姚良学与刘冬媛相识恋爱，因琐事发生争吵，因俩人仅是恋爱关系，如果感情合不来，可以分手嘛，而姚良学却起杀心。

姚良学行为恶劣，手段残忍，故意剥夺他人生命，应予严惩。同意合议庭一致意见，以被告人姚良学犯故意杀人罪，判处死刑，剥夺政治权利终身。说完后徐长胜便提醒大家抓紧时间。

正在这时，办公室周祖全来电告诉徐院长，张院长要去市委，上午 10 点院党组会改时间开。徐长胜说：“好。”

下午一上班，政治部的王玉玲送来了全市法院业务大比武、书记员庭审笔录考核评比办法。李国勇收到后认真看了一遍，便喊来杨金华，安排她将这项工作落实一下，选择一个较简单的案件做一次示范开庭。既可“百案听审”，又可作为比武的开庭案例。

杨金华回到办公室认真仔细地看了这份评比办法。各基层法院派出刑事、民事、行政审判三支代表队，每支代表队由三名合议庭成员和一名书记员组成。各代表队分别参加相应案件的庭审。刑事队听刑事案，民事队听民事案，行政队听行政案。在考评办法中，评委由市中级人民法院开庭的合议庭成员或相关人员三人，以及市中级人民法院政治部和立案庭的人员组成，如刑事案开庭的合议庭成员对刑事代表队的书记员庭审笔录进行评分，在评分标准中主要有四大部分。一是仪表规范，举止得体。二是格式规范，要件齐全。三是书写流畅，字迹清晰。四是内容完整，记录翔实。尤其是最后一项庭审笔录，作为重要的审理文书之一，其关键是内容的完整、准确，要求书记员具有较高的法律知识素养和判断能力。要熟知开庭程序，准确领会审判人员的审理意图和当事人所表达的真实意思，有较强的记录技巧，以最快的速度和最准确的意思表达记录庭审的内容。要体现庭审几大阶段的特点，如开庭准备阶段、法庭调查阶段、法庭辩论阶段。法庭调解，法庭审判。在法庭辩论中着重记录当事人关于认定事实、证据采信、案件定性、责任划分、法律适用、案件处理或定罪量刑的意见，每次出现记录内容不全，扣一分。

杨金华看完后，感到这个评分标准还是挺细的，有些话很有见地，这些评分标准都是内行人制定的。杨金华想，刑事案件还有一件“百案听审”，干脆二合一，一案两用，选一件在两个小时内能庭审完的案件，既报告办公室姜曼丽，“百案听审”又报告政治部，作为业务比武的案件，杨金华心里想得美滋滋的。

立案庭有两个星期没去省高级人民法院了，主要是上次宣判的案件。刑一庭马上就整卷装卷，待上诉的、抗诉的期限都到了后，才将案卷送到省高级人民法院。印象中除了蔡加新没有上诉，其他的案件都上诉了。李国勇办理的袁书平等人被检察机关起诉是故意杀人罪，但市中级人民法院判决的是非法拘禁罪，这件案件市人民检察院提出了抗诉，这些卷宗早已都送到省高级人民法院。

上午，刘青德正在阅卷，忽然肖健走过来喊刘青德接电话。刘青德边走边问是谁打来的，肖健说：“省高级人民法院来的。”刘青德接起电话。“是刘庭长吗？我是省高级人民法院刑一庭的丁和平。关于彭小海的案件需要补充证据。我将提纲传真给你吧，你说一下传真机号码。”刘青德说：“好的，一定将补充证据落实，传真机号码是院办公室的。”当刘庭长将传真号码报给丁法官后，心里不禁生出一丝疑惑，彭小海的案件因有多名被告人在现场，证据应该确实充分，会补充什么呢？刘青德百思不得其解，先看提纲再说，肖健很机灵，听到刘青德将传真号码报给丁和平后，便对刘青德说："是不是有传真，我去拿，还到打印室拿判决。"刘青德点点头。

刘青德回到办公室，不一会儿，肖健便将两页传真纸拿来，刘青德一看，需要补充的证据有：一是案发后对本案尸体为什么没有进行辨认？二是彭小海对本案作案现场进行了指认，但是没有指认笔录，也没有实施的时间，需补充相关情况说明。三是金盾高安科技公司在本案中抓拍了出租车上的乘客的照片，查实该照片中的人是谁，是否是本案被告人。四是公安机关现场提取了鞋印两个和烟蒂，是否进行了鉴定？五是本案公安的破案报告不清楚，需补充如何确定死者身份，如何锁定犯罪嫌疑人的情况。这些补充证据有的需要在二审开庭时质证。因此，请在 2009 年 5 月 10 日前办理完毕。

刘青德看完这张补充证据清单后，心里也不是特别焦虑，但还是给李国勇看了一下，李国勇看后不置可否。刘青德觉得太细了，因这件案件作案人多，证据是非常确实的，他准备明天上班后和公安局刑侦大队联系一下。该补充的证据还是要尽快补充，有些需要说明的就作说明。

晚上，他陪战友陈东珠吃饭，是交警支队战友安排的。交谈中，陈东珠说："春节后，接待了紫城区人民法院的院长和几位庭长。搞不明白法院怎么有那么多的庭长。"

刘青德一听笑了，告诉他说："法院里有三大审判业务。每个庭有庭长和副庭长。在地方一般不喊副职，都是姓加职务。"陈东珠一听，恍然大悟，原来如此。刘青德接着说："不像部队，副团长、副参谋长都按实际副职称呼，公安局一个局长、几个副局长，当着局长面，喊副局长也是姓加局长，不带副字。"旁边的战友也做解释，陈东珠算是明白了。"部队和地方的区别，地方没有正副职。"大家异口同声，"对，对。"刘青德因为低钾就少喝了一些酒。

陈东珠问："刘青德，你住院是怎么一回事呢？听说很危险。"刘青德便说："的确有这么一回事，十年前，喻春杰的爱人不幸去世，我帮忙守灵，结果到出殡那天，腿部失去知觉，不听使唤，赶紧到医院检查，结果是钾流失，从上午 8 点多进医院，检查后打点滴加钾，开始是挂一瓶钾，后来挂两瓶，到了下午，钾还是没上来，主治医生便下了病危通知书，结果法院领导和几位副院长都来了，医院的一些院长都来了，每人来后往脚后跟划几下，无反射能力，没有知觉。如果浑身失去知觉，就会导致心脏骤停，而且人工呼吸也不起任何作用。好在后来钾加上来了。”几位战友一听，感叹地说：“这么危险呀。”刘青德说：“那可不是。”

第七章

勘查现场

上午刚上班，政治部来电话，要庭里安排两名党员参加党员志愿者活动，到金山一个社区进行法律宣传，李庭长本想安排周丽云和杨金华去。

杨金华说中午要给女儿送衣服去。她昨晚给李国勇发信息了，李国勇也不好说什么，只好安排刘玉瑶去。因为考虑到要宣传法律知识，回答群众的咨询，没有法律功底可不行，不过好在去的人较多，大家可以优势互补。

李国勇安排完去的人员后，开始写审理报告。他长期在刑事庭工作，很多业务上的问题大家都向他请教。他具有渊博的理论知识和丰富的实践知识，因此总会给人满意的答复，他的坦率耿直赢得了同志们的称赞。

李国勇收到信息，明天省高级人民法院赵组长一行四人要来，便告诉杨金华，赵组长要来二审开庭复核案件。杨金华说："欢迎呀，他们也要我们陪呀，这几天别开庭了。"

李国勇说："不至于吧，看他们在这待几天，今天先订个酒店，你看金凤凰酒店有房间没有，告诉行装科。"

杨金华问了一句："几个人来呀，我好订房间。"李庭长说："一人一间，订四间吧。"预订金凤凰酒店，中午吃饭就在金凤凰酒店吧。

杨金华到办公室打电话，报了单位，这件事就算落实了。张宇已经开始办理庭里的案件了，正在写判决书的前一部分，因为案件还没有上审判委员会讨论，他想反正差不多就先将刑事判决书的草稿拟好，仅在电脑上修改也很方便。

张宇爱下围棋，善于思考，院里下围棋的人不多，和他旗鼓相当的杨明又辞职了。这样，他只好和同学下棋，这还是颇费脑筋的。张宇闲时也常常看围棋书，虽是业余的但水平还是较高的。经过前一段时间的工作，他经办的民事案件都已经办完了，其实他内心不大愿意办刑事案件，主要是时间要求急、程序要求严，不像民事案件，签名事后都可以补签，应诉通知打个电话都可以，甚至案件双方当事人开庭前就握手言欢了。

当他得知明天省高级人民法院来人时，就说："如果这几天能开审委会，案卷可以要他们带走。"

刘青德说："别急，不知道他们待几天还是一周。"

一般来讲，省高级人民法院刑一庭成立了几个办案组，每个组负责三四个市中级人民法院办的案件的二审复核。负责德沅市的是赵组长，还有丁法官、曹法官。不知明天是否是他们三个人。

周丽云比较高兴，笑容满面，可能是因为她将论文交给老师并且一次性通过了。因此，她在抓紧办案，心情很愉快，毕竟她完成了一件大事。

周丽云专心地翻着案卷。这是一起走私毒品案，被告人的供述多次反复，由于毒品犯罪的特殊性，证据收集很困难，往往通过特情介入，但如果把握不好，又容易形成犯罪引诱，需要仔细甄别。

周丽云边看案卷边思考。她上进心强，虽然毕业时是大专文凭，但她专升本快毕业了。论文写好交了，只待通过。

李国勇看到大家都在办公室，便想开个会，也是临时想起的。主要是想填写联带包创责任制的工作日志。另外通报下徐院长强调了几项不宜做的事。于是，李国勇告诉杨金华，通知大家到会议室有几个事讲一下，开个会，时间不长。

杨金华便要刘玉瑶通知大家现在就去，唐仁平正在抽烟，听到通知后，便赶紧吸了两口，将烟熄灭后扔在烟灰缸里。

大家来到会议室，赵建华说：“我去倒杯茶，马上就来。”杨金华说：“不用了，时间不长。”

李国勇见大家都来了，开门见山：“刚才我到徐院长那里去了一下，院里强调了几件事，跟大家说一下，一是开庭要规范着装，不能上身穿法官服，裤子穿牛仔裤。”

说到这里，周丽云笑了，朝刘玉瑶望去，刘玉瑶正好穿了一条牛仔裤。

“更不要开庭时接电话打手机，做其他与庭审无关的事，保持法庭严肃性。二是联带包创责任制的有关表格的填写，大家不要有什么想法，在政法委组织的检查中，有十多家单位，就属法院的位置偏后。”赵建华问了一句，“哪十多家单位呢？”杨金华补充说道：“市里公、检、法、司，交警支队，监狱，戒毒所，看守所，拘留所，特警支队。”简单数一数就有十多家，赵建华不作声了。

李国勇望了一眼，杨金华不好意思再说。李国勇又强调了抓紧办案，说：“今年刑二庭审理的职务犯罪案件急剧上升。院里也在考虑是否给刑事庭增加力量，我们庭帮助刑二庭办的案件也要抓紧。”还强调，“要加强组织纪律，不要自由涣散。另外明天省高级人民法院来人二审办案，谁承办的案件需要配合的要积极配合。”

杨金华说了一句：“我有时候下午有点儿事儿。”

李国勇说：“请假就行。”

李国勇说完后，大家离开了会议室，积极主动办理案件。

上午 11 点左右，赵组长给李国勇打电话：“他们快要下高速了，酒店预订的是哪里？”李国勇说：“金凤凰酒店。”说后便请刘青德去喊司机，准备开车去酒店迎接赵组长。

李国勇和刘青德赶到酒店，直接来到前台，问昨天市中级人民法院预订的四间客房的房号。酒店前台说：“报下电话号码，是杨女士预订的吗？”李国勇点点头，说：“稍等一下，客人马上到了。”

话音刚落，一台标有法院字样的商务车停在了酒店旋转大门前，车停下后，赵组长下车，李国勇和刘青德迎上去握手，司机已下车打开了后备厢，将行李箱提下，随后将车停到停车坪去了。

随行的丁法官拖着拉杆箱走向前台，曹法官是女同志，相当于内勤，她要大家拿出身份证去登记。过了几分钟，司机走过来拿出身份证。

李国勇和赵组长在说话，赵组长说是有十三件案件，可能要三四天，争取周五办完后回省高级人民法院。

李国勇说："别那么急嘛，曹法官上次来也走得匆忙，到时要杨金华陪一下曹法官。大家别弄得那么紧张。"曹法官办理好了手续，几人边说边向电梯走去，四个房间是紧挨着的，这是昨天预订房间时特意要求的，方便他们讨论研究案件。中午就简单吃了一点儿东西。

晚上，徐院长陪赵组长一行到市中级人民法院食堂吃晚餐，张院长也参加了。但他仅仅打了招呼，礼貌性地说了欢迎省高级人民法院的同志来指导工作，他说完后就要离开，说是参加什么协调会，白天人不容易约齐，具体是开什么协调会，张院长没有说，和赵组长打了招呼就走了。

赵组长见张院长来看大家，很感谢，地方各单位的一把手都忙，赵组长一行都能理解。张院长临走时还不忘叮嘱徐长胜陪好赵组长一行，还要李国勇安排好工作，积极配合好赵组长。张院长走后，徐院长说："欢迎省高级人民法院来指导工作，这也是对我们办理的案件进行的一次检验。"

徐长胜到市人民检察院工作了十八年，三十二岁时被提拔为副检察长，从事过刑检、公诉、反贪工作，后交流到市中级人民法院，基本上是分管刑事审判和综治维稳工作。

他作为法院常务副院长，两年前，郑院长还打算安排他抓新院址的基建工作，他虚怀若谷，坦诚地说，这项工作积极推荐谭院长负责，他主要是考虑，谭院长任橘城县人民法院院长期间，重修了法院办公楼，抓基建工作是熟门熟路。郑院长就采纳了徐长胜的建议，安排谭院长分管基建工作。

赵组长喝了少许酒，脸微微发红。他端起酒杯，满怀深情地说："代表省高级人民法院办案组，敬徐院长和市中级人民法院的同志一杯，大家一口干了！"曹法官喝的饮料。

徐长胜说："晚上还有什么安排？"

李国勇回答:“听赵组长的，要不去逛逛，看他们的意愿。”

赵组长摇头连声说:“谢谢，今天比较累，先到酒店休息!”

徐长胜说:“那就恭敬不如从命，要不今天先休息，明天再安排。”

赵组长一行准备走，杨金华说:“今晚家里有点儿事，明天再陪领导，今晚我先回家了。”

李国勇对赵组长说:“她丈夫没有回家，她妈身体不太好，她回去照料一下。”

赵组长表示理解，连忙说:“好好陪陪家人。”

一行人散步到了酒店，时间还早，晚上 9 点左右，赵组长便招呼大家回去休息，坚决不要大家送上楼，徐长胜与李国勇和赵组长、丁法官握手告别。

李国勇说:“明早一起吃早餐。”赵组长委婉拒绝,“不用客气，我们自己吃。你们 8 点半来酒店就行。”

第二天，丁法官早早就吃完早餐准备了，今天上午，赵组长要讯问复核被告人，刘青德陪丁法官去勘查现场，正好刘青德办的两件案件都是丁法官二审主审。

刘青德笑了笑。说到办理的侯文桥故意杀人案，丁法官说:“去年 7 月 20 日，侯文桥担心自家责任田被相邻同组村民李成涛责任田的水淹溺，就将李成涛的责任田打开一缺口放水。晚上李成涛得知责任田放了肥料的水被侯文桥放掉后，就来到侯文桥家找他，侯承认放了水，李即要侯文桥赔肥料钱五十元，但侯文桥不同意赔，于是二人发生争吵，随后赶到的李成涛妻子周德云也和侯文桥发生了争吵。李成涛一气之下，即跑到侯文桥的责任田中扯稻苗，以示报复。侯文桥见状携带切西瓜的剥皮刀并顺手抄起自家的一把铁锹，跟着李成涛和周德云来到其责任田边，侯文桥的妻子薛永霞听到侯文桥和李成涛夫妇争吵，从家中拿扁担赶至其责任田边。薛永霞见李扯自家稻苗即持扁担上去和李扭打，薛永霞的扁担被李成涛抢下来，而且薛永霞被他推倒在田里，侯文桥见状即持剥皮刀和铁锹上前帮忙。但被李成涛之妻周德云阻拦，周德云抢下侯文桥的铁锹，侯文桥即持剥皮刀朝周德云的左胸部猛刺一刀，致周德云重伤。李成涛见其妻被刺即冲过去准备帮周德云，侯文桥又持剥皮刀朝李成涛胸腹部连刺四刀，致李当场死亡。”

刘青德对丁法官说："你讲的没错，的确是这样，本来我在审理过程中侯文桥的家人愿意积极赔偿，希望从轻处理。"

丁法官说："那为何民事部分又没有达成协议呢？"刘青德说："这个周德云，我专门找了她三次，给她做了许多工作，或许她今后会后悔。"

丁法官只看到两份笔录。周德云与李成涛并非原配夫妻，周德云是带幼子改嫁给李成涛的。李成涛此前未结婚，用周德云的话说，两人就像新婚夫妇一样，感情非常好。刘青德说："我是从抚养小孩儿着手的，因侯文桥的家人愿意赔十万元，由于是同组，侯文桥新修了一栋楼房还未住，花了六万多元，作价五万元赔给周，另外还筹五万元现金给周德云。"周德云一时有些心动，因为她仿佛看透刘青德的想法，刘庭长是处处替她着想。她便答应回去和家里商量一下。

第二次来时，周德云似乎有些迷茫。刘青德反复说抚养小孩儿读书是需要钱的。最后她说了实话，原来她回家后实际是和丈夫的兄弟姐妹商量，由于这个小孩儿并非死者亲生，家族里根本没有考虑周德云如何生存下去，只是坚决要凶手抵命，希望凶手被判死刑，周德云也被吓得六神无主，她若同意这个条件，在组里就无法待下去；不同意又面临现实困难，怎么抚养大小孩儿呀。她真的是左右为难。

刘青德没有强求她。完全是凭她自己的真实想法，免得给别人落下口实，侯文桥的亲属可以说是相当配合，刘青德认为周德云失去了很好的机会，要多吃许多苦，这也没办法，周德云在娘家没什么可以支撑她。到了这一步，只有她自己拿主意做主。可是，周德云就是想不明白，婆家也无她落脚之地。

由于刘青德审理该案时，距案发已有八个多月了。于是上审委会前，刘青德又专门通知她到市中级人民法院来一趟。可惜她的想法，仍和第二次来时一样，没有什么变化，后来刘青德就放弃了。

刘青德讲："我只能说到那个份儿上。"

一路上，丁法官讲："还很远呀。"他们是去看蔡加新故意杀人案的现场的。刘青德心想，丁法官心真细呀。

丁法官说："蔡加新的案件是绝对没有问题的，李庭长办得很仔细，只是把他藏小瓶子在窗台上以及喝农药后逃跑的路径看一下。”

刚听到丁法官说很远，刘青德不禁想起了焦桂山副院长前年申请成立竹叶湖法庭的情景，前年市里对竹叶湖的开发提上日程，并且将两个乡镇划给竹叶湖，成立了管理区，正处级框架，当时管委会担任纪检工作的卢先波书记负责成立法庭。管委会也是这样希望的，并做了很多工作，任务落在了荆楚区人民法院常务副院长焦桂山身上。

焦桂山很有工作能力，他从唐泉县考上师范大学，毕业后被分配到荆楚区工作，从一般办事员，再到副乡长，其间得到了很好的锻炼，后又到区人民检察院工作，六年前，因法检两家负责人工作时间较长而互相交流到法院。他担任常务副院长，由于荆楚区位于城区，特别是涉诉信访案件增多，有些是长期的积案，一次市人大交办了反映最强烈的七件案件，可以说是老上访户，特别是烟厂有件劳动争议案，上访几年问题一直得不到解决，市中级人民法院负责人和烟厂负责人也做了工作。无奈当事人狮子大开口，终未办好。

刘青德当时作为办公室副主任，负责与市人大联络工作，收到这七件案件的交办，心里非常着急，迅速将这七件案件落实到具体部门，是基层法院的交基层法院，是本院执行局的交执行局，总之要办妥、办好，在约定的期限内给予回复。结果到了规定的期限，回复都送来了，写得都好，领导又是高度重视，采取措施，并亲自登门。最终结果就是没有搞好落实，唯有荆楚区人民法院焦桂山亲自调度，讲究策略，终于将这件上访老案给解决了，并且将签订的息访协议、调解笔录及回复一同交到了市中级人民法院。

说实在话，刘青德当时就对焦桂山肃然起敬，从后来张院长的表扬中了解到，焦桂山接手新建法庭的任务后，发挥跑的干劲、磨的韧劲，将建法庭的事总算弄出了眉目，一是要有可供改造的法庭，二是要有面积、人员。由于荆楚区属于城区，随着经济的发展、交通的改进，城区的法庭都被取消、注销了，他好不容易在档案馆从众多的档案中查到江北法庭注销手续不完善，赶紧复印了全套资料提交给省高级人民法院。

省高级人民法院负责这项工作的是民一庭，具体办理的是民一庭内的民事指导组，是有业务经验的，针对民事审判中的问题进行调研，提出解决意见。刚从政治部调过来的宋处长，说实话，论业务倒没有看出其有什么特别能力，但人事组织方面确实有一套，他从面积、人口、设置的必要性方面提了不少问题，焦桂山不想在他那里卡壳，决定邀宋处长一行来实地考察一下。

在焦桂山的精心安排下，宋处长等人已到德沅市。先住宿，然后坐船游湖。

柳叶湖新修建的游乐设施建在半岛上，远远望去，仿佛身在其中，焦桂山很热情地邀请宋处长和几位同人方便时，节假日带家人来游玩，到了德沅市不用操心，焦桂山会尽地主之谊。焦桂山的坦诚，宋处长看在眼里，记在心里。晚餐安排在一处农家乐，虽然比较简朴，但食材都是当地自产的，物美价廉。开车开了近一个小时，原生态的环境、新鲜的空气，让宋处长一行格外惬意，焦桂山用真诚的感情，尽显东道主之谊，宋处长心情格外愉悦，对焦桂山的好客是真的感谢。

吃完晚饭，夜幕降临，返程的路上，焦桂山对自己的司机说："从另一条路回。"一路上焦桂山兴致勃勃地为客人介绍沿途风景，又是一个多小时，宋处长问："这个都是竹叶湖管理区的范围？这么大呀！"

焦桂山接上话："是呀，老百姓打官司挺不容易的。"

宋处长说："这不是问题，这么大的管辖面积，要方便群众打官司，设立法庭是必要的，地方政府有要求，人民群众有期望，编委有安排，我们要积极支持，回去后就报批。"

焦桂山听后内心暗喜，但不露声色，谦逊地说："我们压力大呀，管委会天天过问，地方财政也准备报专项费用建设法庭，几个月了还没批下来。"

"不要紧，回去就落实。"宋处长说。焦院长晚餐和白天一天的热情款待让宋处长倍感舒畅，这也进一步拉近了省区之间法院的距离，焦桂山感觉建法庭请省高级人民法院支持的事也应该是顺理成章的事情了。不到一周，省高级人民法院批准成立竹叶湖法庭的文件就下来了。

主管民事法庭建设的谭院长把主要经过告诉张院长时，张红江还为之一惊，他很钦佩荆楚区人民法院的协调能力，毕竟跑编制，到有关部门汇报取得支持，都不是容易的事，从此，张红江对焦桂山的办事能力不得不刮目相看。

不知道丁法官的话触到了刘青德的哪根神经，使他想起了这些往事。

警车在乡间小路上行驶，由于前几天下过雨，有些土路还有泥泞，好歹路不长，偶尔也有拖板车的经过，因为路较窄，担心板车会刮擦到警车，干脆停在路边，警车走得小心翼翼，到达蔡加新故意杀人案现场后，村组负责人很快就过来了，丁法官问了一些基本情况，最主要的是看了窗台上蔡加新提前放置的物品能否发现。一切办完，准备返回，刘青德给紫城区人民法院的樊院长打电话，告知现场勘查完毕，准备返回。上班时刘青德就给樊院长打过电话，樊院长客气地表示，午饭他安排。于是刘青德便告诉李国勇要返回到紫城区人民法院，李国勇和杨金华喊上赵组长与曹法官一起到紫城区就餐。

樊院长安排在法院食堂就餐，食堂的厨师厨艺很好，虽然是家常菜，但做出的味道确实不错，工作日中午不喝酒，吃饭时间较快，樊院长还准备邀请大家到全国十大综合批发市场看看，赵组长谢绝了，说："下午你们都要上班，我们就不耽误大家的时间了。"大家就坐车告辞，刘青德坐李国勇带来的车，赵组长、曹法官回到他们自己车上，回宾馆休息了。

临分别时，赵组长说："明天请安排一个书记员做记录。"

赵组长下午就将几件案件复核了，因为有的案件被告人并没有上诉。由于一审判的被告人死刑，所以必须报省高级人民法院复核。上午赵组长提审了几名被告人，并记录了要点。赵组长有个特点，在复核提审被告人时，通常自己做记录，这样记得快、记得准确，可以说这种方式让他养成了一丝不苟的作风。徐长胜经常说："省高级人民法院的这个办案小组工作效率高、作风好，值得我们学习。"

下午刚上班，何立祥组长要求明天去橘城县电厂，要刘青德做好准备，刘青德心想，准备什么呀，不就是一点儿资料吗？听说分管民事庭的黄院长和苏晓军庭长也去。是何立祥请民三庭苏晓军帮忙审查一下电厂的合同，毕竟市中级人民法院作为联系单位，提供法律援助总要做些具体工作。

"上次和李县长谈到的修路的事进行得怎么样了？"刘青德赶紧向李国勇汇报，并说明天不能参与接待省高级人民法院的领导了。晚上吃饭时，刘青德和赵组长说，自己参加的工作组明天要到橘城县去，如果有橘城县的案件，就算给他们打前站。

赵组长说：“好像这次没有去橘城县的安排，不过有个被告人是橘城县的，这人在荆楚区作的案。”刘青德一听，知道没有什么事，便不再多说什么。

晚餐由李国勇主持，大家比较随意，省高级人民法院的同志包括司机都喝了酒，反正吃饭的地方与住的酒店很近，晚饭是烟草局做的东，前段时间烟草局举行了一场有关涉烟犯罪的培训，专门请李国勇就涉烟犯罪的有关情形做了一些讲解。

过去烟草局接到举报后，往往是以罚代刑，很少将案件移送给公安机关继续侦查，当然案件也就到不了法院审判机关。这堂课讲得好，平时有些法律适用问题，烟草局分管法制的负责人常常请教李国勇。

烟草局很早就想安排李国勇吃饭，感谢其对烟草工作的支持，这次正好省高级人民法院来客人，一就二便，主客都遂心。其实这种联谊性的聚餐，在几年前还更多一些，那时死刑的复核权还未收回到最高人民法院，而是由省高级人民法院核准死刑。有些案件在当地影响恶劣，人民群众希望从重从快，一审往往都是市中级人民法院判的，依法严惩。在省高级人民法院复核时，当地政法委都出面迎接办案人员，吃住宾馆并提供一切方便，希望尽快核准，特别是暴力犯罪。有几起光天化日之下故意杀人的案件，公安机关快侦快捕，检察机关快起诉，法院迅速宣判，省高级人民法院很支持，安排人尽快复核，这也是前几年办案的特殊方式，尤其是在“严打”期间。

吃完晚饭后，赵组长谢绝了李国勇出去喝茶的邀请，说是到宾馆休息一下，李国勇喝酒比较多，也就依了赵组长，感谢了烟草局张局长接待，便告辞了。杨金华、刘玉瑶和曹法官没有喝酒，三人一起去逛步行街。

李国勇说：“注意安全，照顾好曹法官。”

杨金华打趣地说：“放心吧，李庭长，保证曹法官不会丢一根头发。”

因为没有开车，李国勇陪赵组长回到宾馆，时间还早，李国勇和赵组长闲聊起来，俩人说起足球眉飞色舞，刘青德对足球不感兴趣，只好静静地听，说不上话。丁法官可能心里有什么事，没有怎么说话就休息了。李国勇和赵组长聊了一会足球后，李国勇说到了市中级人民法院人员调整情况，赵组长说到了省高级人民法院的人员变动，尹庭长下派到另一中级人民法院任院长，有五人调到最高人民法院刑事庭，专门复核死刑案件，他们不知不觉就去了两年多了。还谈到了省高级人民法院刑事庭其他人员的调动。

正在这时，曹法官和杨金华、刘玉瑶一起回到宾馆。听到声音，李国勇喊了一声，他们又到赵组长的房间聊了一会儿。

赵组长的房间比较宽敞，大家可能走累了，一进房间就坐下了，赵组长看到刘玉瑶，笑了笑："下次把男朋友也调到刑事庭工作，这样出差更方便。"

杨金华顺着赵组长的话说："还是将刘玉瑶调到省高级人民法院吧，尽管我们也不舍得。"

赵组长说："那好呀，小刘愿意去吧？"

虽然是讲笑话，但也很有趣，刘玉瑶连忙乖巧地说："感谢赵组长的支持。"

尽管接触时间不长，但刘玉瑶做事细致，记录认真，说话文静，也给几位留下了良好的印象，看时间不早了，李国勇招呼赵组长好好休息，便和杨金华一行走出了赵组长的房间。

途中，李国勇说："明天，杨金华就多费点儿心，刘庭长要和何组长去橘城电厂。"

杨金华说："哎呀，刘庭长明天要去过好日子。"

刘青德说："吃苦的命，还过好日子。"

刘青德招手拦车，刘玉瑶说走过去，离住地不远。刘青德上车后，李国勇说先送杨金华，刘青德看要送李国勇就直接送他到小区门口再返回，这样，刘青德就下车走了，走不远就到家了。

李国勇回家后，洗漱后睡觉，晚上喝了一点儿酒，比较兴奋，他躺在床上把枕头垫高了一些。他感到特别口渴，已经喝了不少茶水，还有些疲困，不一会儿便迷迷糊糊进入了梦乡。

李国勇平时的确很忙，今天的心情很好，烟草局安排得很周到，平时烟草局经常有法律上的业务问题咨询他，李国勇毫无保留地给予解答，这对于打击烟草犯罪起到了积极作用，烟草局的同志很感激。其实，过去烟草执法以罚代刑的也有，主要是不熟悉法律，实施中担心出问题，听了李国勇讲解后，大家都豁然开朗。

张局长的祝福也让李国勇心情舒畅，张局长祝愿李庭长更上一层楼。李国勇平时忙于工作，很少考虑自己的个人前途，他想的是怎样搞好工作，如何做出成绩，个人进步服从组织安排。想到一起上大学的本省的同班同学，有的已当上中级人民法院的副院长，有几位已到基层法院任院长，前两年和钱庭长聊天时他还不相信。李国勇说出和钱庭长一起开会的另一中级人民法院的同学名字。钱庭长表示很惊讶，但他当然相信李国勇说的话。

李国勇作为20世纪80年代法律专业的大学生，无论是理论知识还是实践知识都是非常出色的，工作成绩有目共睹，现在，李国勇早已被列入后备干部名单。

这同时列入后备干部的还有六人，潘跃、周祖全、李国勇、陈小新、吴建林、苏晓军，他们均是主要庭室的负责人。李国勇不仅看到了自己的优势，也看到了别人的长处，大家工作都很出色。如果说过去自己在业余大学从事刑事教学，那么组织上后来安排从事刑事审判工作，再到政治部法官管理科工作，这些履历为自己的进步丰富了经历，个人能力也得到了锤炼，应该说是具备了到基层法院任职的条件。组织上是怎样考虑的李国勇不清楚，但他却深深地感受到组织的关怀和培养。

听赵组长讲，省高级人民法院尹庭长已到另一中级人民法院当院长，还有几位同志工作也进行了调整。李国勇参加今晚的活动，心情特别好，大家在一起时气氛也很融洽，谈话很轻松愉快。李国勇很关心儿子是否考研究生，有过这方面经历的家长，介绍了成功的经验。李国勇感到处处留心皆学问，“三人行，必有我师焉”。

他虽然躺在床上，但仍然睡不着，从参加工作到市中级人民法院这些年的场景，一幕幕如同电影画面一般掠过，想到这些曾经取得的成绩，自己不仅感到兴奋，更要努力工作，不辜负组织和同志们的期望，期盼取得更大的进步。

李国勇想到和自己在业余大学教学的邹涛已是荆楚区人民法院院长，吴亚莲老师已是研究室副主任，吴建林已是审监一庭庭长，罗校长早已退休，看到昔日的同事取得的成绩，他心里暗暗高兴。吴亚莲还曾说过愿到刑一庭工作，如果真的如她所愿，那将会使基层法院的业务水平有大的提升。

李国勇不去想这些了，别人的进步也是认真苦干得来的，像立案庭庭长潘跃，天天和上访人员打交道很辛苦，难得有清净的时候，领导也都看在眼里，办公室主任周祖全天天忙前跑后，协调有关工作没有白天晚上之分，慢慢地，李国勇不知不觉就进入了梦乡……

早晨李国勇醒得比较早，起床后不想吃早餐，只喝了一杯咖啡。昨天晚上喝酒后车子没有开，还停在法院，只好坐出租车去上班。李国勇虽是学生出身，没有到部队锻炼过，但如果他当兵，也一定会当得非常好。现在，李国勇不过是在大学里进行过军训，但他的自律性好，极少迟到、早退，这与他身体素质好，平时爱打篮球进行体育锻炼，以及良好的作息时间有关。李国勇这些良好作风很受刘青德的敬佩。李国勇还有个优点，讲原则的同时很有正义感，他绝不会看不起比他条件差的人，办事很公道，敢讲真话。

六年前，李国勇担任副庭长时，刘青德还是审判员，他办理了一起走私毒品案。案情简单，被告人走上这条犯罪的道路也是迫于无奈。

原本被告人也有一个幸福的家，小孩儿聪明活泼，夫妻相敬如宾，因为一次意外，不幸降临他家，被告人妻子因阑尾炎做手术，手术医生却不小心将一小块纱布遗漏在腹腔内，伤口愈合后总是发炎。开始怎么也找不到原因，后来被告人领着妻子再到一家大医院检查，终于找到了原因，是纱布遗漏在他妻子体内。长时间被不明原因的疾病折磨，导致他妻子性格暴躁。多次找医院索赔后，医院仅赔直接损失，对其精神所造成的伤害没有赔偿。妻子的思想变化，直接导致了一系列后果。不多的赔偿款给付后，妻子一把将这笔钱卷走，远走他乡，从此去向不明。被告人经此打击，确实有些不知所措，钱没有了，妻子跑了不知去向，做生意没有本钱，孩子又小，只好由其爸妈抚养，在他人的邀约下，为生活所迫他走上了贩毒的路。当开庭查明情况时，刘青德为被告人感到惋惜，的确，对一个人来说，这些打击太大了，但这不能成为走私毒品的理由。李国勇认为这件案件有些量刑情节是可以考虑的，首先，被告人是第一次走私毒品，系初犯。其次，数量标准刚达到判无期徒刑。最后，是控制下交易，毒品未流入社会。李国勇作为承办法官提出了量刑意见，应是同档最低刑，判处十五年有期徒刑，理由也如前所述。刘青德当然赞成。

这件案件还指定了辩护人，是法律援助中心指派的湘声所贺律师，最后结果宣布后连辩护人贺律师都认为判得好，的确考虑了多种因素。这件案件的社会效果和法律效果都挺好，这一案件已过去六年时间了。如今，谈起这个案件的审理，业内人士都对李国勇的学识和敢于担当的作风钦佩不已。

第二天到办公室时，李国勇看到刘青德，便问他："什么时候走？"

刘青德说："8 点半走，冯建也一起走。"

"啊，迟点儿走，要没吃早餐的话，一起陪省高级人民法院的同事吃个早餐。"

刘青德说："来不及了，听说今天上午省高级人民法院要开庭。"

"是的，昨天提押票已经给贺用强了，因为是重刑犯，他安排了三名警察，做事很认真的。"李国勇讲。

刘青德还想说什么，一看时间到了，好像听到是冯建在楼下喊"刘庭长"。

刘青德马上就起身提上公文包往楼下走去，刚到车旁，就见何立祥从电梯口出来，因为他办公室在综合楼，而刘青德则是走主楼楼梯下来的。何组长上了车，直接说："走吧。"

刘青德说："不是等黄院长和苏晓军一起走吗？"何立祥说："他们昨天下午就过去了，晚上没有回来，约好今天上午到橘城电厂会合。"

"那好。"一路上司机李元平聚精会神地开车，何组长提问式地问冯建立案庭的工作，尤其近段时间上访人员的特点，冯建如实回答了。何立祥有两件案件问得较细。冯建也不大清楚，刘青德开始还没反应过来，后来感到何立祥不是随便地而是有针对性地提问。估计纪检组接到了有些人的投诉或者转交的信件。

刘青德在刑事庭办案时偶尔也会收到被害方要求严惩凶手的信件，有些来自信访部门，有些来自市委政法委，大部分不需要回复。

何立祥问完后闭目养神，刘青德和冯建沉默不语，到了橘城县城后，李元平习惯性地问："先到法院吗？"

何立祥说："不到法院，直接到电厂。"说完便对刘青德说，让他给民三庭苏庭长打个电话，问他们到哪里。

刘青德接通电话后，苏庭长讲："正在宾馆等你们。"刘青德说："我们直接去电厂了，何组长说我们也不到宾馆去了。麻烦你们和黄院长到电厂来吧。"

因为何立祥与黄院长昨天已说好在电厂等，这样何立祥的车就直接到了电厂。

雷副总已将会议室早就安排好，电厂法务部的同志也来了，带来了几个绿色文件盒，雷副总将法务部的同志一一介绍给何组长，何立祥和他们一一握手后，告诉雷副总还约了分管民事审判的黄院长和民三庭苏晓军过来。话音刚落，就听到喇叭声，何立祥从窗户往外一望，见白色警车进来，对刘青德说："到门口接一下黄院长。"

雷副总忙说："王主任，你陪刘庭长接一下黄院长一行。"

刘青德下楼走，王主任紧随其后，黄院长下车后似乎看到了在二楼会议室的何组长，刘青德见到黄院长、苏晓军还有柳钰，忙向王主任介绍黄院长一行。

大家一起走进二楼会议室。这是电厂一栋综合楼，上面有客房，可住宿休息。一楼是门面餐厅，对外可营业；二楼是电厂第三产业的办事机构。

上楼时刘青德见到了到河南一起出差的财务部覃主任，打了招呼，她匆匆忙忙去办事了。黄院长一行来到会议室，看到摆好的水果和已经倒好的茶，说了些场面话，何组长专门介绍了分管民事的黄院长。他毕业于西南政法大学，长期从事民事审判工作。苏晓军和柳钰都是研究生。柳钰原是民一庭书记员，任助审员后已调整到民三庭。苏晓军主学的民商专业，柳钰学的是经济法学，他们是真正的民事专家，这么一说苏晓军尤其是柳钰还有些不好意思。

雷副总首先代表电厂对市中级人民法院的支帮工作表示感谢，还说将情况报告给总经理后，他本来是要来的，因到省公司开会，走时特意叮嘱表达他的谢意，安排好大家的生活，感谢市中级人民法院为他们传经送宝。他们公司法务部有一些实际问题和工作中的疏忽，请市中级人民法院领导给他们指导，提出好的建议。

雷副总还介绍了公司的主要经营情况，他说："现在电厂主要是购煤量较多，每年都要上百万吨，签订的协议和合同也很多，看有什么漏洞，帮他们把把关。"说完就叫王主任将合同资料什么的拿出来。

王主任将资料盒打开取出合同等材料，黄院长说："这茶别泼到合同上了。"说完便将桌前的茶水放到桌子下层的格子里，苏晓军和柳钰见状，也将茶水收起。

合同拿出后，黄院长也拿起一份看。苏晓军和柳钰将合同铺在桌子上认真看，其实这是格式合同。应该说拟制得还是不错的，毕竟签了这么多合同，又有专门设立的法务部，不会有大的漏洞，但在违约责任的处置上，合同约定是选择仲裁机构仲裁。苏晓军看了这份合同，又看了一份，也是同样约定的仲裁。

苏晓军朝柳钰看了一眼，说："都是约定的仲裁，你的呢？"柳钰说："违约责任是约定仲裁。"

这一下，苏晓军心里有底了，严格地说："不能说约定仲裁不好，但仲裁是一局仲裁，如有一方不服，要提起诉讼，就只能提撤销仲裁裁决，而且设置了门槛，如仲裁程序组成人员不合法，有贪赃枉法行为，而仲裁后申请撤销仲裁的案件只能是到市中级人民法院一审，有可能要重新达成仲裁协议申请仲裁或提起诉讼，看起来仲裁省事，实际上是增加了麻烦。"

苏晓军将这些想法与王主任等人交流，开始王主任不觉得有什么不妥，可能没有经历过什么诉讼，缺乏实际经验。当王主任的提问被苏晓军一一解释后，他不禁赞叹，市中级人民法院的法官水平果然不一般，自己虽然也是学法律的，但在这一方面简直没法和法官比。王主任还提出了一些在日常工作中遇到的问题，苏晓军和柳钰也做了解答，结合办案中对此类问题的处理，提出了一些好的建议。王主任非常感谢，还热情地交换了电话号码。

就在他们互相交流法律运用的问题时，雷副总和何组长、黄院长已洽谈今年的生产形势，雷副总很内行地说："经济状况好不好，是否增长，有些统计数字可能有水分，但如果从用电量角度来看，生产好、经济好就会用电量增加，这是比较直观的，这也是难以作假的。因为居民生活用电基本是变化不大的，工业用电可以看出生产的增长或减少情况。”何组长连连点头。

黄院长也问了电厂的一些生产情况，就到中午了，财务部的覃主任喊雷副总午餐已准备好，雷副总便邀何组长、黄院长和市中级人民法院的全体人员到餐厅去。

何立祥和雷副总谈得比较融洽，说到下午要去找李县长。这位李县长和何立祥一起在党校学习。那时何立祥正在市委组织部组织科任副科长，后任党员电教中心主任。何立祥原是一名教师，1988 年以前在农村中学教书，耕耘在讲台上，他和爱人各教两个班，总共四个班，他教语文和英语，在他们接手前，该校从无一人考上中专，当他们接手这个学校的课程后，有二十多人先后考上了中专。

何立祥说：“不用了，谢谢你们，我们这就直接去找李县长，这条路应动工了，我还以为修得差不多了。”

雷副总说：“真正动工修起来就快，顶多两个月。”

何立祥说：“电厂是国企，为我们当地做了很大贡献，这是我们应该做的。上次和李县长谈话，他表示积极支持。下午我去看究竟问题出在哪里。”

“那太谢谢了！”雷副总表达了真诚的感谢。

因为路不远，李元平开车停在路边，何组长就与雷副总和办公室主任告辞。何组长打算先送雷副总和办公室主任，雷副总说：“不用，不远，走几步路就过去了。”这样，何组长和刘青德、冯建就先上车走了。

何立祥因和李县长是老交情了，说话就直来直去，没有什么遮掩。何立祥一见李县长就立马开门见山，直奔主题。“县长大人，要是路修好了，通车那天，我亲自请你吃饭，给你敬酒。”何立祥喝了一口茶，继续道出了请李县长支持的意义。“修好了，我们工作组就为企业办成了一件大事，这也算工作组的成绩。”

“李县长，我们今年扶持企业，市中级人民法院安排我和刘庭长、冯建同志联系电厂，不帮他们解决一两个问题，我的日子是不好过的。上次为一个案件我们去河南，被执行人是破产了，当地市中级人民法院正帮我们对接，看来希望不大。修路是实实在在看得见的。”

李县长也很爽快："路是肯定要修的，我就是压缩其他方面的经费，也要保证这条路修好。"

何组长听到李县长这番话，别提心里有多高兴。接着说："应该很快，也就几十万元吧。"李县长一听，忙说："只要几十万元估计不行，起码得两百万元左右。"何立祥感到惊讶，怎么要这么多钱？看李县长的表情，不像是诓他。

李县长接着说："首先基础要做好，要将现有的松垮层全部挖掉压实，特别是下水管道要铺设好，防止土层积水。否则，搞不了两年就坏了，并预留检修口，修这条路，不是简单地打好水泥，铺点儿沥青就完事了。城市街道修建路面，不比修乡间公路，要预铺设排水管道、渗水管道、强电管、弱电管，最底层要铺换填片石，再在上面铺二十厘米级配碎石垫层，再铺十八厘米厚的稳定碎石下基层，在此基础上，又铺十八厘米厚的稳定碎石上基层，再铺一厘米厚的同步碎石封层加沥青透层。在此基础上，铺五厘米厚的沥青混凝土下面层。最后，也就是最上面一层再铺四厘米厚的沥青混凝土，这条路面才算铺设完毕。所以，城市修路要比农村修路复杂得多，修的路要经得起很多载重车辆碾压，不是仅仅走几个人，不是修电厂里的人行道。"

何立祥一听，就明白李县长说得不虚，没有讲客气话。刘青德心想，各行各业，都有专家。刚才若不是听李县长说，还真以为就是将水泥打厚实一点儿，根本没有想到这些，真是平时只会办案，离开本行就是外行。

李县长最后说修路的事已和交通局协调，关键是城建局。这又让何立祥迷惑不解，修路不是交通局管理的吗？怎么和城建局有什么关系？

李县长说："乡村公路，出城以外的路，归交通局修理、维护，城区内的路归城建局管。"

何立祥一听，连声说："今天长学问了，你不讲我还真不知道。"其实岂止何组长不知道，刘青德和冯建也不知道。

何立祥想去看看这条路，李县长说："没必要，我到县城天天看这条路。"

李县长又说："放心吧，这条路一定会修好。"见李县长说到这个份儿上，何立祥连连点头，表示感谢。于是，何立祥就准备回法院。

正在这时，刘青德电话响了，原来是杨金华打来的，曹法官要拷 U 盘里的审理报告。刘青德说："我办的一审案件中，没有曹法官办的二审。"

杨金华说，不是的，她打算将这次复核的案件审理报告都复制出来，问刘青德的是否在电脑里，密码是什么。

刘青德刚想说等他回去后再复制不迟。可他还是打住了，便把密码告诉了杨金华，并说，他办的案件审理报告都在2009年办案的文件夹里。

刘青德刚说完，何组长就接着跟李县长说："我们就不打扰李县长了，刘庭长还要赶回去办案，省高级人民法院办案组还在院里。"

李县长诚心诚意地说："中午没吃饭，晚上吃了饭再走！"

何组长再三表示谢意，握手后告别，李县长送出门到电梯旁，何组长请李县长留步。

司机李元平是没有上楼的，原来讲马上走，所以他没上楼，就在车里靠着休息。见何组长开门，便问："去哪里？"何立祥说："我们直接回法院。"

何立祥可能有点儿犯困，上车就没怎么说话，刘庭长和冯建也就没有说话，快到城区时，何立祥说话了："刘庭长，你看我们这像不像办案中的勘查现场？冯建，你说呢？"

刘青德没来得及说话，冯建回答说："起码是现场办公，至少应该可以视为勘查现场吧。"

何立祥像是自言自语，修路的事应该落实下来了，就是不要拖，隔一段时间要督促一下，只要开工了那就应该不会拖很长时间。刘青德说："不会的，一是有必要搞修建，二是你开口了要他修建，李县长何乐而不为呢。"

何立祥笑了："好。你们到法院下车后回办公室吧，我还要到市委宣传部去一下。"

刘青德来到办公室时，张宇正聚精会神地写判决书，他有个法律条文的适用把握不准，就问刘青德："这么快就回来了？我以为你怎么都会吃晚饭后再回来，正好问你个事。"

刘青德说："什么事？"张宇便讲有一条司法解释是否写入判决有点儿纠结，刘青德告诉张宇，"一般不用，用也没错，但我们刑一庭作出的判决没有引用这一司法解释。"张宇听到这里，似乎也下了决心，不用。

这时，李国勇走过来，问：“你回来了正好，晚上陪省高级人民法院的赵组长一起吃饭。”

刘青德原本不想参加，想到李国勇不轻易说什么要求，平时说要积极支持工作，总不能仅口头上讲，要体现在具体行动上，便同意参加，并表示不喝酒。

李国勇又对张宇说：“你没有什么事也参加吧。”

张宇说：“晚上我参加不了，家里老父亲看病来了，要陪他老人家。”

张宇的老家在唐泉县，平时是不怎么回老家的，只在春节和中秋、端午节回家，每年接父母来住一个多月，检查一下身体。爷俩在一起，共享天伦之乐。李国勇见是这样，便要余艳陪女同志曹法官，刘玉瑶到城山县陪周丽云去调查了。杨金华要辅导女儿，她女儿很快要参加高考了，李国勇像是说明解释。

如果省高级人民法院办案组来办案有三四天，李国勇一般会安排轮流陪同办案，提供方便。一是减轻庭里同志的负担，二是让大家都与省高级人民法院办案组的熟悉一下，便于今后联系工作。

晚餐是荆楚区人民法院安排的，他们院长邹涛与丁和平法官是大学同学，而邹涛与李国勇以前长期在业余大学教学，多次给李国勇讲，在丁和平法官来德沅市办案时，一起交流一下。这次李国勇告诉邹涛后，他无论如何要安排，李国勇不好意思拒绝，便同意就安排在今晚，明天周五说不定丁和平法官和办案组的同志会回去。

徐院长因市公安局有个工作上的事，答应胡局长了，晚上来不了。李庭长喊上唐仁平，唐仁平先是推辞了一下，说不能喝酒，李国勇答应了。李国勇说：“没有几个人喝酒，大家就在一起聊聊天。”

晚餐安排在一家农家乐土鸡店，这家土鸡店是利用即将拆迁的房子简单装修改装的，这家土鸡店服务态度好，物美价廉，价格一般比同类农家乐要低百分之二十，所以有很多人到这里吃饭，如果不讲排场是很实惠的。另外这家农家乐土鸡店距离荆楚区人民法院比较近，邹院长是自己走过去的，李国勇自己开车，拉上刘青德和唐仁平，余艳坐在副驾驶。

到达农家乐土鸡店后，李国勇没有下车而是调头，大家正感诧异，李国勇说："我先将车交给爱人，她要用车，有亲戚住医院去送些生活物品，马上就过来，刘庭长你先带他们到三小队包房。"刘青德三人来到包房，荆楚区人民法院行装科科长李建民，正在朝服务员报人数，摆位置，已经基本就绪，李建民回头一望。"哎呀，刘庭长来了。"

刘青德也笑着说："好久不见，你越来越帅了呀。"

李建民快言快语："哎呀，市中级人民法院领导就是会说话。"说完示意服务员上茶，刘青德也忙向唐仁平和余艳介绍，"这是荆楚区人民法院的李科长。"又介绍了唐仁平和李科长认识。

李建民说："都是市中级人民法院的领导。"

刘青德与李建民在省高级人民法院一起学习过，关系很好，李建民在刑事庭工作过很长一段时间，前年才调到行政装备科。

不一会儿，邹院长来了，打了招呼，问："李庭长呢？"

余艳答："李庭长给爱人送车去了。"

余艳与邹院长在行政庭工作过几年时间，熟人相见，说话随便。服务员将一杯茶端到邹院长面前，门"砰"的一声推开了，李庭长正陪着省高级人民法院丁法官等四人进来了，李庭长说："刚好走到门口，看见省高级人民法院的车过来，就一起进来了。"

邹院长和丁法官握手后，介绍了赵组长和曹法官，还有司机。邹院长和客人一一握手，连声招呼大家坐。

丁法官说："你不坐大家不好坐。"

邹院长便在主位上坐下，赵组长在左边，招手朝李庭长喊："市中级人民法院领导坐这里。"李国勇笑了笑，坐在赵组长旁边，邹院长右边坐了丁法官，唐仁平坐到丁法官身边，准备陪酒，曹法官挨着唐仁平旁边坐，余艳在曹法官身旁，余艳旁边坐的李科长，然后是司机，赵组长说都坐好了。这样一桌人就到齐了。

李科长拿出一包烟，从赵组长开始分发，抽烟的都给点上火。赵组长说："你们太客气了，邹院长。"

邹院长因是市中级人民法院派下去任职的，对市中级人民法院干警蛮有感情，和李国勇一起在业余大学教学，和余艳一起办过案，感叹时间过得太快，不知不觉已有二十多年了。所以，大家在一起谈起工作上经历的事，滔滔不绝。

邹院长和丁和平聊起大学里学习的事，似乎就在眼前，谈到同学毕业后在各自岗位做出的成绩，情不自禁地发出赞叹。

大家边吃边聊天，邹院长希望邀请赵组长给荆楚区人民法院法官讲一堂专业课，就当前刑事审判实务中遇到的热点难点问题答疑解惑开阔一下办案法官的思路。李国勇一听，亦有同感，便劝赵组长接受邀请，表示刑一庭的全体同志会参加听课。赵组长愉快地接受邀请，说这次时间比较紧张，下次来复核案件时，做点儿准备工作，算是答应了。

邹院长十分高兴，便劝大家喝酒，唐仁平端起酒，敬省高级人民法院赵组长一行，一饮而尽。

邹院长介绍说："唐庭长参加过保卫边疆的战斗，上过战场，有气魄。"

丁和平也将杯中酒喝了，然后恳切地说："今天酒就不喝了，晚上还要加班看案卷，争取办完案件，明天回去。"邹院长还是劝了一下，见丁和平说了理由，也没有强求。

李国勇对着丁和平说："这么急着回去干什么，还想要杨金华和余艳陪曹法官逛逛服装街。"

丁法官朝曹法官望了一眼，心里在说，就是曹法官要回去的。

曹法官忙说："谢谢李庭长和市中级人民法院的同志，家里确实有事，下次来再逛服装街。"

其实，赵组长是做了让曹法官逛服装街的安排，无奈曹法官的孩子还小，离不开妈妈，曹法官恨不得立刻回家，李国勇只好说明天再说，刚才劝丁和平喝酒遭拒后，邹院长也劝赵组长喝酒，不着急赶回去，赵组长再三表示还有事，酒就喝到此为好。赵组长随后喊服务员盛饭，李建民科长对服务员说把饭放到后面的柜子上，说完便递给赵组长，又问谁还盛米饭。邹院长说放到桌子上，大家谁吃谁盛。

说句实在话，邹院长是不怎么喝酒的，可能是当院长后酒量还增加了一点儿。当丁和平提出不喝酒时，邹院长心里如释重负，他最怕喝酒，更不用说陪酒。赵组长开始吃饭了，李国勇便倡议将杯中酒喝完，喝酒喝饮料的便一饮而尽。唐仁平喝完后见大家都吃饭，便吃了一小碗米饭，大家吃完饭后围在桌子旁聊了一会儿，服务员也倒了一杯茶。

邹院长和丁和平谈起了同寝室同学的现状，有个同学因家里父母生病，家里条件较差，邹院长对丁和平说，尽自己能力帮助他一下，丁和平也说资助他小孩读书的学费，就这么定了。

邹院长和李国勇送省高级人民法院赵组长、丁法官一行上车后，李国勇问："余艳怎么回去？"

刘青德说："我打出租车先送余艳，我和唐仁平住在一个小区，你不用操心。"

大家都准备走，李国勇又问邹院长："你坐车走吗？"

邹院长说："我不坐车，散散步。"

丁和平之所以急着回来，是因为他原本计划是周六或周日回省高级人民法院，周五再在德沅市待一天，由于曹法官的小孩儿有点儿不舒服，特别恋妈，只能明天回去，今天开了一天庭，这样，晚上加个班，原本是曹法官办理的案件，他帮忙办理一下。明天上午提审一名判决死刑犯，今晚要将案情认真熟悉一下，免得仓促，因此一回到宾馆便关上房门挂上"正在休息，请勿打扰"的提示牌，专心致志地看起了卷宗。

本案时间跨度长。这是一起故意杀人案，罪犯何钊林于1991年11月至1992年8月，共欠同组傅奇的哥哥傅山家小卖部的货款四十余元，傅奇的哥哥多次催讨他一直不予归还。1992年，何钊林与堂兄刘仕民各骑一辆自行车到花苑县皂果乡桃树村，途中正巧与傅奇及三个同伴相遇，傅奇就找何钊林索要欠他哥哥的钱款。何钊林说无钱可还，傅奇便将何的自行车强行扣押。当天下午1时许，何钊林来到桃树村集市，发现傅奇正坐在屠户吴希松卖肉的摊位旁，就产生了报复的念头，拿起屠桌上的一把杀猪刀悄悄靠近傅奇，趁其不备朝傅奇后颈部猛砍一刀，将傅奇砍倒在地，致颈椎体横断。傅奇在被送往医院途中死亡。

何钊林在砍杀傅奇后持刀逃跑，傅奇的三个同伴目睹后，他们当即报警，丁法官看到这里真的无法想象，何钊林竟为四十多元钱杀人，真是丧心病狂。辩护人提出傅奇有过错的意见，虽然傅奇因四十余元债务而强行扣自行车的行为过激，但何钊林欠债在先，并一直未归还欠款，不能认定傅奇有过错。

何钊林作案后逃往外地，2008 年 7 月 9 日，湖南衡南县公安局某派出所据群众反映，在茅市友爱砖厂打工的德沅籍男青年吴彪酒后曾向蒋某称自己有血案，蒋即向公安机关报告，公安局便以清理暂住人口的名义对吴彪进行传唤，发现了吴彪使用的是假身份证，在多次讯问后，吴彪交代了真实姓名及杀死傅奇的犯罪事实。

丁法官看完卷宗不禁陷入沉思，的确自己也复核过上百件案件，但大多因不正当关系、因斗殴、因赌博而故意犯罪，为四十多元钱，还有错在先，在别人多次索要无果的情况下扣押自行车，不是想着还钱或者用自行车抵钱，而是故意杀人致死，这种案件真不多见。丁法官既为何钊林的残忍而愤恨，也为傅奇的去世感到惋惜。可怜傅奇的家人失去了亲人，对父母而言，老年丧子；对妻子而言，失去丈夫；对子女而言，幼年丧父，多悲惨呀！

丁法官心里已做出了决定，这个罪犯不能再留于世上，当他默默地写完复核报告时，已是晚上 12 点，想到明天还要提审，便草草洗漱后睡觉。

听到赵组长一行今天要回省高级人民法院的消息，李国勇早晨打电话找刘青德，一起陪赵组长、丁法官一行吃个早餐。刘青德来到酒店时，李国勇正在停车，会合后不到 8 点。

过了一会儿，赵组长、丁法官下楼，见到李国勇和刘青德连忙打招呼，李国勇便邀赵组长、丁法官一起外出吃地方小吃。

赵组长、丁法官不想麻烦李国勇，便说："就在宾馆吃早餐吧，免得耽误时间。"

正在这时，司机也进了大厅，原来司机给赵组长打了电话，李国勇和刘青德便随赵组长、丁法官来到二楼。刘青德交了两个自助早餐的钱，就来到餐厅打了一碗稀饭、两个卤蛋，还有一小碗面条。李国勇吃的牛奶面包、火腿肠，赵组长、丁法官和司机也端了盘子过来，放满了副食。

李国勇和赵组长、丁法官边吃边聊，赵组长说：“上午去提审何钊林，然后就回省高级人民法院。”李国勇说：“非要今天走，那也要吃完午饭走。”

赵组长表示提审时他一个人去，如有书记员派一个更好。李国勇要刘青德给肖健打电话，肖健没吃早饭可过来吃，打出租车过来，随赵组长提审做记录。

吃完早餐，肖健提着一个文件包过来了，不用问，里面是笔录纸和印泥及有关法律文书，如提押票等。这是刑事庭书记员必备的用品。

说起来，这还是刘青德前几年到刑事庭时将开庭程序等一系列要用到的法律文书汇编成目录，一看就会，需要什么文书就像开中药照方抓就是。

等赵组长和肖健走后，李国勇开车载上刘青德回到了院里，刚来到办公室，杨金华就讲：“余艳请假了，迟一会儿过来。刚才政治部通知，周丽云和刘玉瑶要去参加演讲，我说只去一人，董主任说机会难得，年轻人锻炼一下。”

李国勇笑了，院党组和董主任很关心年轻人的进步，杨金华继续说：“还有徐院长碰到我，让我告诉你到他办公室去一下。”李国勇听罢，直接就往综合楼走去。

原来，徐长胜是征求李国勇意见，准备在赵组长临走前，请他们讲堂课，就办理案件中发现的问题或者今后需要注意的问题交流沟通一下，把案件办理得更好。

李国勇说：“正有此意，和领导想到一起了。”

徐长胜笑笑说：“英雄所见略同，庭里的工作还顺利吗？”

李国勇如实汇报了庭里的情况，比较正常，同志们的工作热情很高。

徐长胜说：“有的庭团结不太好，团队意识不强，要引起注意。”

徐长胜还讲了团结就是力量，独木不成林，人心齐，泰山移的道理，要求刑一庭的同志之间要团结，说话办事和其他同志的交往中也要有利于团结。

回到庭里后，李国勇喊杨金华到办公室，告知了徐院长和他讲话的内容。杨金华一点儿也不惊讶，看来她可能听到了什么事。李国勇也没有问，他和杨金华商量，请赵组长讲解办理案件中需要注意的问题，究竟安排什么时间好。杨金华说还是他们临走前为好，还建议请刑二庭同志也参加听课，以座谈会的形式。这样，赵组长讲解也有气氛些，再说，赵组长他们复核的案件也有刑二庭办理的。

李国勇一听，有道理，便建议徐院长通知一下谭丽红庭长。

杨金华刚离开李国勇的办公室，李国勇倒了一杯水喝，赵建华来找李国勇。汇报说有两件二审案件需要合议一下，赵建华告诉李国勇，实际上是有一件案件把握不准，想改判又觉得不妥当，不改判心里又很纠结，七上八下，总是拿不定主意。这也是刑事法官在长期办案中形成的某种思维，当接触到某种同情的事或人时，总是以公众的是非标准进行评判，这也是有些案件在一审判决比较重，在上诉期间，出现了新情况，而二审改判较轻甚至改判无罪的原因。就是不同的人基于对同一案件的不同认识而作出的判断。并不是社会上传言的收了礼或走了“水路”，办了“关系案”“人情案”。

特别典型的是前几年，有人用ATM机取存款，却利用ATM机的故障漏洞，多取了不属于自己的款项。被告人曾被某中级人民法院一审判处无期徒刑，案件上诉后，被上级法院发回重审。最终被告人以盗窃罪被判处有期徒刑五年，从一审无期徒刑到最终五年有期徒刑，差别之大令人震撼。这可不是通过找什么关系和走什么路子能办到的，而是依照法律规定的程序反复研究考量后作出的最终判决，所以法律规定的两审终审制和合议庭成员设置成单数就特别有意义了。

刑事法官在办理案件时都是认真思考的，一是在类案中进行对比，二是严格按照法律规定，三是认真考虑各种因素，同案平衡、同院平衡、类案平衡、前后平衡。例如夫妻两人贩毒数量较大，均可判重刑，但孩子小，上有老人需照顾。这样，法官在量刑时就会认真考虑从轻情节，比如交代是否彻底，是否积极退赃，夫妻双方在共同犯罪中的作用，是否从犯，即使达到可判实刑的标准，也要考虑这些因素，判处缓刑，使夫妻其中一人能够照顾孩子和老人，达到社会效果和法律效果的统一。当然，如属罪行十恶不赦，则另当别论。所以，刑事法官是很费脑力的，特别是面对家属的生离死别。

刘青德常常说的，判处死刑案件是慎之又慎，二审及最高人民法院还要复核，就是防止出错。

唐仁平来到办公室后，赵建华讲：“干脆到会议室去。”便喊肖健准备记录。

“他随赵组长去记录了，要不喊刘玉瑶。”李庭长脱口而出。

刚才刘玉瑶给杨金华请假了没来。赵建华说：“我自己记吧，回来再要她整理。”

本来徐院长是要参加的，因为一审案件分管院长一定会参加，二审案件涉及要改判的案件，分管院长也会参加，所以没喊徐院长。赵建华感到案件事实证据没有变化，但量刑有点儿重，能否改也没有把握。

赵建华先汇报这件案件，是一起故意伤害案，发生在堂兄弟之间，因为修房子拆旧建新，弟弟借哥哥的房屋堆放一些家具用品，并借屋做饭招待木工师傅，其间堂哥问今天买的蔬菜多少钱？堂弟反问，这还要给钱吗？意思是兄弟之间一点儿蔬菜就算了，还说什么钱不钱的，堂哥不高兴了，双方都说起了孩子话，你一言我一语，竟发生扭打。最后堂哥拿起木工师傅的一把刀，刺杀堂弟，致其轻伤偏重，一审法院判其两年有期徒刑。堂哥上诉后，堂弟也出具了谅解书，其实一审也写了，堂哥的爱人也来了几次，希望能改少一点儿，能改缓刑更好。赵建华在这种意识支配下，心想改个半年，主要是考虑他们是堂兄弟，无冤无仇，双方子女都很友好，而且堂哥是喝了酒，失态而动手伤人的，唐仁平说：“你想怎么改？”

赵建华说：“改一年或一年半。”说完朝李国勇望去。

李国勇说：“刘庭长的意见呢？”

刘青德说：“我的意见不是非改不可的，还是不改为好，这主要考虑判决的稳定性和权威性，再说能说得上的只是双方是亲戚，这在一审中肯定考虑了这一关系。”

唐仁平说：“听李庭长的，改或不改都行。”

李国勇说：“我基本上同意刘庭长的意见，要讲堂哥的行为性质是很恶劣的，连自己的亲堂弟都用刀刺杀，毫无节制。”李国勇稍缓了语气，然后又问：“二审期间有无立功行为？”

赵建华说："没有。"

这件案件就算汇报结束了。赵建华待会儿再整理合议庭笔录。"如果是这种情况，那我也有一件案件汇报一下，算是改吧。"刘青德说完马上去到办公室拿卷宗和审理报告。刘青德来后，李庭长笑着说："真会搭便车啊。"

刘青德汇报的是发生在城山县校园的一起故意伤害案，属于未成年人犯罪。几个已满十六岁不满十八岁的学生，受几个辍学的学生影响，抢劫学生财物，以大欺小，收取保护费，引起被敲诈学生不满。有的带刀自卫，这件案件被定为抢劫案。因多次抢劫分别判处四年至六年不等的有期徒刑，有两人上诉，但都不符合改判条件。在全案审查时，倒是没有上诉的第二被告，有立功行为，公安机关是在他提供地址、电话号码的情况下才抓获了最后两名被告人。李国勇认真地听完汇报，疑惑地问："他没有上诉？"

"对，他确实没有上诉，这就是你告诉我，上次徐院长喊我去他办公室问的那件案件，也是市人大内司委有人过问的。"刘青德已和一审承办人沟通了，一审承办人也忽略了这件事。

一审庭审时对归案情况没有细问，只是看了一下公安机关的破案经过，二审后要一审承办人到公安机关出具了一份补充材料。的确是根据他提供的地址和电话才抓获了两名被告人。

李国勇问："你的意见呢？""我的意见是原判六年减两年，改判四年。"刘青德这样回答，李国勇又问唐仁平和赵建华的意见，他俩同意。

李国勇说："同意改判，可以减轻两年，因有立功行为，这恐怕连被告人本人都不会想到，没有上诉的改判了，上诉的不符合条件没改判，很少遇到这种情况，我给徐院长汇报一下，他要签发文书的。"刘青德点点头。

正在这时，张宇闯了进来，开口就说："怪不得看不到人，都到会议室了呀，研究案件，我也有一件。"

李国勇说："你的是不是要改的？维持原判的我就不参加了。"

张宇说："我的是维持原判的。"

刘青德说："审理报告打印出来没有？""哎呀，报告还未打印出来。"张宇回答。

赵建华笑着说：“我不研究，你也不研究，我一来你就凑热闹。”

“唐仁平，你们三个是合议庭的，我走了。”李庭长见状走了。

赵建华说：“别走，还有一件维持的研究一下，刚才是刘庭长插队了。”

刘青德忙说：“马上研究，维持原判的好办，什么时候研究都可以。”

张宇说：“那我拿案卷去了，电脑打印一份出来。”

赵建华汇报的是一件毒品上诉案，量刑并不重，可能上诉是为了拖延时间，想留看守所服刑。因为看守所规定余刑在一年以上的都要送监狱。

刘青德说：“二审的裁定迟一点儿发，让他留所吧，但愿他今后不再犯法，重新做人。”

唐仁平说：“没有意见，同意维持原判。”

张宇过来说：“哎，电脑打印不出来，干脆再办两件案件后一起研究，赵建华你再不说我凑热闹了，下周再研究吧。”这样，这次案件研究就结束了。

刘青德回到办公室，刚好杨金华也回来了，李国勇喊两人到他的办公室。李国勇告诉两人，他中午和徐院长陪省高级人民法院的赵组长一起吃饭后，请赵组长给大家讲解办理案件中需要注意的问题，主要是针对复核死刑案件中发现的问题，预计午饭到 1 点多就结束了，请庭里的同志在食堂就餐后在办公室等候，已经和政治部联系了，借他们的会议室，环境条件要好一些。李国勇说：“杨庭长你告诉一下谭庭长。”

杨金华说：“好，我负责通知谭庭长，干脆在食堂就餐后，直接在政治部会议室等。”

李国勇告诉杨金华说：“那可以呀，就这样安排吧。”

李国勇接着说：“现在 11 点半了，那我去请徐院长，你要司机小徐开车到大门旁等候。”说完，就朝徐院长办公室走去。

到了徐长胜办公室，李国勇汇报了上午案件讨论要改判的情况，刘青德认为在同一件案件中，被告人没有上诉的给予改判，而上诉的被告人却没有改判，这种情况是不多见的。徐长胜表示同意庭里讨论的意见，将案件审理报告拿一份给他看，听说中午请吃饭，省高级人民法院的同志可能要走，徐长胜感叹一周时间过得太快了，便问什么时间去？

李国勇说：“现在去怎么样？”

徐院长看了一下表，说：“还有二十分钟，干脆下班后再去，你稍微等一下。”徐院长并没有明说现在不去的原因。其实，徐院长是比较注意作风纪律的，提前走尽管别人不会说什么，但作风建设要注重平时养成，领导要带好头。

李国勇便给杨金华打电话告诉司机下班就走，徐院长坐他们的车。

杨金华回答：“都给司机讲好了，在大门旁等候，尽管放心。”李国勇还要杨金华和行装科陈小新联系，临近下班时，徐院长说走。李国勇随即和徐长胜走出办公室，进到电梯，碰到董文军主任，董文军说：“李庭长，又搞大事去。”

李国勇回答：“徐院长陪省高级人民法院的客人。”

徐长胜说：“董主任，一起去吧。”

董文军边走出电梯边说：“别，你们忙去吧。”

徐长胜上车后坐到副驾驶室，李国勇上车坐好后，车缓缓驶出了大门，大家来到包厢后，陈小新正在打招呼。省高级人民法院的司机已到包厢，并赶紧打电话说市中级人民法院徐院长都到了。赵组长、丁法官一行也已从楼上下来，徐长胜打过招呼后，便请省高级人民法院同志先坐下。赵组长解释刚才在收拾个人物品，饭后准备走，只留了曹法官一间房做钟点房，随行物品放在车上了，其他三间均已退房。

徐长胜说：“先吃饭，喝点儿酒吧。”赵组长、丁法官犹豫了一下，说有规定要求中午不喝酒，比较客气地婉拒。

赵组长说：“酒还是不喝了吧，徐院长这么客气，盛情难却，就喝点儿饮料，感谢市中级人民法院的支持，给你们添麻烦了。”

徐长胜说：“你们来办理案件，就是指导工作，是我们学习的好机会，请都请不来呀，下午还请讲课传经送宝。”

由于前天赵组长开庭复核案件时，李国勇专门给赵组长说，想请赵组长给刑一庭的同志上课，之后报告了徐院长，他认为这是好事，喊上刑二庭的同志一起听。告诉审监一庭的同志，愿意听也可以。李国勇就告诉了吴建林庭长。

午饭吃得热情而愉快，因为没有喝酒。宾主都很高兴，陈科长安排得很周到，菜荤素搭配得当，没有出现浪费现象。吃完饭后，徐长胜朝李国勇使了个眼色，示意他提出来。

李国勇明白徐院长的意思，主动站起来对赵组长说："赵组长、丁法官、曹法官这几天辛苦了，要留你们也留不住，你们要走了我们又舍不得，要不中午先休息一下，下午再讲课。"

赵组长和丁法官昨天商量了一下，就复核案件中发现的问题和存在的瑕疵，讲了一下观点，在其他中级人民法院复核案件中发现的问题，也一起讲讲，目的是提高案件质量，确保每一件死刑案件，都经得起历史的检验，防止冤、假、错案的发生。

赵组长见李国勇这样说了，也没有客气，他当着徐院长的面，对李国勇说："中午不休息了，今天周五，路上堵车，讲完了早点儿走。"

赵组长安排曹法官在钟点房休息一下，走时再来接她。然后他谦虚地说："同丁和平法官去市中级人民法院，和同行刑事法官们去交流。"

徐院长说："赵组长别谦虚了，是对我们市中级人民法院刑事业务进行指导。"

说完，大家就离开了包厢，因为中午没有喝酒，吃饭比较简单，时间刚过1点多，便决定1点半开始，赵组长出去了一下，随即下楼。陈小新已处理完宾馆的事儿先走了。

徐院长和李国勇一起下楼，边走边对李国勇说："通知刑一庭、刑二庭的审判员、助审员到会议室去。"

李国勇告诉徐院长已经通知了，徐院长满意地点点头。李国勇担心出差错，还是给杨金华打电话，杨金华告诉他大家都在政治部会议室等着。这下李国勇彻底放心了。

在会议室，因为人不是太多，审监一庭来了四人，总共只有二十多人，采用的是座谈会的形式。这样讲课和听课的人都比较自在，没有那么拘束。

赵组长主要讲了几点：一是证据收集要求，办理任何刑事案件，都要注重证据的完整全面收集，不能以为有了直接证据，而忽视间接证据的收集，特别强调了要全面收集证据。二是鉴定结论的审查，对于鉴定结论，要结合全案其他证据，综合审查后决定是否采信，对于鉴定结论尤其是伤情鉴定，要结合第一次就诊病历、被告人的供述、当事人陈述、证人证言认真审查，对于有怀疑的，谨慎采用。赵组长还讲了两方面的内容，丁和平法官讲得不多。

赵组长还谈到了目前刑事领域比较前沿的观点。由于时间关系，赵组长没有讲很多，只是提了大的要点，便结束了讲课。徐院长自始至终参加了听课，对赵组长和丁法官的精心授课表示了真诚的感谢。他提议以热烈的掌声再一次表示感激之情。

赵组长一行要走，他已经让司机先去接曹法官上车，徐院长、李国勇和谭丽红送赵组长、丁法官下楼。

徐院长陪赵组长边走边说，“欢迎常来指导工作。”看到这几天市中级人民法院领导和同志们的热情款待，工作中提供的方便，赵组长对徐长胜和李国勇表示由衷的感谢。他们再一次握手后，徐长胜和市中级人民法院的同志目送省高级人民法院的车驶向迎宾大道。

刚刚送完省高级人民法院的同志，余艳说要研究案件，杨金华不在，想要李庭长担任审判长。李国勇说有件案件市人大催得很急，还没有开始阅卷，下周一要准备开庭，便说要刘青德担任审判长吧。李国勇这样说了，刘青德也不好再推辞。因为余艳平时事多，她有时间时，杨金华不在，杨金华在时，她又抽不开身，案件拖下来确实快要到期了。所以，才急急忙忙要研究，待案件研究完时，李国勇也将准备开庭案件的主要证据看了一遍。

李国勇对赵建华说：“下周一上午到城山县去开庭，你是合议庭成员。你回家后周一直接到城山县人民法院去。”

赵建华说：“这是件好事，谢谢领导关心。”刘青德补了一句：“这是李庭长专门去接你。”

上午到了城山县人民法院后，赵建华从楼里走出来迎接李庭长一行，李国勇和涂启民院长简单打了个招呼，就准备开庭。涂院长说，中午再陪李庭长好好说话。

其实，涂启民院长就是从市中级人民法院下派的，他参加工作后一直在刑事庭工作，爱钻研业务。善写文章，出色的业务技能得到领导的肯定和同志们的赞扬，因其过硬的业务技能，被任命为省高级人民法院的助审员，有时抽调到省高级人民法院办案。2007 年，各中级人民法院开始成立研究室，涂启民被提拔为德沅市中级人民法院研究室副主任，因老主任年龄快到了，明显要退出领导岗位。涂启民作为副主任，应该会顺理成章接任主任，领导是否这样安排不清楚，但大家都是这样认为的，研究室主任不仅要有丰富的实践经验，也要有深厚的理论功底，他恰恰具备这两方面的优势。不料市中级人民法院却将他下派到紫城区人民法院，当常务副院长进行锻炼，一年后，城山县人民法院院长到龄退出现职，涂启民院长走马上任。因为和李国勇在刑事庭工作过几年，彼此感情深厚，涂启民很佩服李国勇扎实的理论功底，毕竟毕业于著名院校，又从事教学工作，担任过老师，刑事理论和实务都挺优秀的。

上午，城山县委政法委有位副书记原本想找涂启民，有个工作上的事需要沟通一下，涂启民院长听说市中级人民法院来开庭审理案件，就和副书记商量另约了时间。

李国勇承办的是一起故意杀人、强奸案。由于涉及隐私不公开审理，上午 11 点左右，开庭结束。在法警将被告人从审判庭押往囚车时，附带民事原告人熊秋民和亲属拿鞋殴打被告人，被法警果断制止。法警全力保护被告人并将其押往看守所，合议庭全体成员和公诉人来到法院操坪里，这时，熊秋民和几个女性家属来责问，指责公诉人和审判人员，为什么不公开审理，是不是有什么名堂。审判人员耐心细致地作了解释，公诉人也说明是依法履行职务，并无徇私行为。看到他们情绪激动，当审判人员告知有什么问题可向公安机关反映，并作疏导工作时，熊秋民似乎听不进什么话，李国勇决定将他们喊进接待室，认真听取他们的诉求，解开他们心中的疑惑。几个女性亲属有点儿不讲理，有些胡搅蛮缠，鉴于是被害人家属，大家采取了克制态度。从他们的诉说中，李国勇归纳了他们的三个问题或者想法：一是为什么不让他们旁听案件审理。二是要按他们提出的要求进行民事赔偿。三是要求判处被告人死刑。

见熊秋民及其亲属情绪比刚才稳定一些，刘青德介绍了李国勇庭长和合议庭组成人员。听到赵建华是城山县人，便问住哪里的，刘青德还答不上来，赵建华说了街道名，李国勇便开始解释不公开审理案件的原因，并不是故意不让旁听，而是法律规定不公开审理，不允许旁听。

熊秋民好像听明白了，肯定也听别人介绍过，可能他的亲属没有听说过，见熊秋民没有说什么，这些亲属也不吱声了。谈到民事赔偿，李国勇阐述了生命无价，发生意外是无法预料的事，而本案中的被告人故意非法剥夺他人生命，必将受到法律的严惩。但刑事案件中的被害人死亡是被告人的故意行为所为，与民事案件中被害人修建房屋时不小心摔倒死亡截然不同，民事赔偿依照规定全额赔偿。而刑事案件中的赔偿仅判决赔偿直接损失，被告人要受到法律严惩甚至被剥夺生命。李国勇并没有直接回答支持或者不支持熊秋民的民事赔偿诉求，而是说一切依照法律规定办理，该赔偿多少就是多少。至于要求判处被告人死刑，这不是合议庭能够决定的，而是市中级人民法院审判委员会讨论后决定的，李国勇表示会将熊秋民的要求向审委会汇报。在李国勇的解释下，熊秋民等几人渐渐接受了这些观点，态度没有那么激烈了。李国勇趁热打铁，告诉他们，要相信法律是公正的。

12 点多，涂启民院长安排人喊李国勇一行用午饭，李国勇才结束对熊秋民等几人的接待。

因为工作时间中午不让饮酒，大家也没有喝饮料。涂院长和李国勇谈了工作上的事，边吃边讲很亲切，涂院长欢迎李国勇常来城山县指导工作，李国勇希望涂院长回市里后多联系。李国勇一行简单吃完饭后便回到了市中级人民法院。

第八章

虹桥血案

每到端午过后，6 月前后，雨季就来了。南方进入了梅雨期。由于这几年城建规模不断扩大，原来的坑坑洼洼都已填平，房产开发或种上花花草草，到处都是好景致，只是连续下雨，下水管道不畅，街上有大量积水，有些路段用积水成河形容也不过分，城建基础设施的落后，满足不了排涝需要，街道积水给人们的出行带来极大不便。张宇住在繁华市区，楼前就是一条步行街，服装店一个接一个，也有个别商铺经营食品。由于这里是商业中心，原来驻在这里的区公安局已搬走，破旧的老房屋显得与周围环境极不协调。

一座瞭望塔屹立在院子中央，一旁是消防队。这座瞭望塔应该是 20 世纪 50 年代修建的，十层楼高，平时值班人员用望远镜观察火情，一旦发现，消防车立即出动灭火。随着经济的发展，这座瞭望塔早已失去了往日的作用，但作为城市一座曾经最高的塔，它曾经辉煌过，现在静静地立在那儿，给人们留下无限的记忆。

自从区公安局机关新建院落后，这里留下的房屋因缺乏维修显得更加破败，极佳的地理位置，引来了不少开发商的青睐，终于有人开发旁边的院落、拉通道路，给这破败的院落注入生机。因为改造，可能导致下水道堵塞，加上最近连续下雨形成了一片积水，开车进去很不方便。张宇从南边的步行街走路绕出去，只好打出租车上班，虽然迟到，但情有可原。他来到法院，谁知也是一片汪洋。因为法院原本就建在一片低洼的水田里，尽管填了一些土，限于经费的原因，并没有高出城市街道的路面。近几天的连续下雨，尤其是昨晚的暴雨，下水排泄不畅，很快就浸过操场地面，幸亏几栋宿舍楼的建造垫高了一些，否则，住宅一楼都会进水。有的同志打赤脚涉水走到办公楼后再穿鞋，门面上有辆送货的三轮车被推进来，有些女同志站在车上，再被推到办公楼的台阶上。

张宇到办公室后，将两件案件的审理报告拿出来准备研究，便问刘青德有时间没有。刘青德正看案卷，便说有时间，再喊唐仁平或赵建华。正当赵建华来到办公室时，张宇又去喊肖健作记录。两件案件都比较简单，又是维持原判的，很快就研究完了。肖健是用笔记的发言要点，说是待会儿用电脑打印。

刘青德又继续看案卷，他的办案特点是办大案前先把手边的一些案件都处理完，然后专心致志办大案，有的人习惯办案时先作阅卷笔录。

刘青德刚转业到法院工作时，看到刑事庭审判人员的办案卷宗，还有专门的阅卷笔录纸，看到老审判员几乎将卷中内容再摘抄一遍，刘青德当时就觉得没有必要，太浪费时间了。后来公安机关进行了改革，取消了预审制度。案件质量一度下降，后来有内设机构，县局有法制大队，市局有法制办，这样案件质量才得到提升。刘青德办案阅卷只记重点，但是办案一鼓作气，审理报告写得很详细，让人一看就知道案件情况。他现在正办的是一件涉毒案，在线索来源中，只是笼统地讲，通过技术手段获取线索。

刘青德看完全部案卷后，心里有底了，这件案件走私毒品数量太大，如果被告人没有其他情节，肯定会被判死刑，但线索来源及侦破经过过于简单，不知是出于保密考虑还是事情本身简单，刘青德总觉得需要去一趟市公安局禁毒支队，调查线索来源及案件破获情况。

下午，立案庭送来了十多件一审案件，肖健登记后交给刘青德分案，大家手头的案件都还有，便看哪些案件已经研究了的。刘青德一件一件翻，见赵建华和杨金华的案件虽然多，但有几件已经研究，只等上审委会了，一般来讲，案件要上审委会，意味着案件承办人已办完，庭里也研究完了。一旦审委会讨论通过，判决书只需要在审理报告基础上修改即可，这就要感谢科技带来的好处，在电脑上复制、粘贴、删改，一份判决书很快完成。如果像过去一样，每份判决书都用手写，不知要多长时间。

刘青德自己留了两件办理，其余都分下去了。本来自己手里还有案件，可以不要，但想到自己负责一审案件，不多办案件心里过意不去，余艳、杨金华各分了三件，张宇也分了三件，由于他从民事庭带来的案件办完了，在刑事庭还没办几件案。法院干警内部调整规定，无论谁离开原庭室，已经开庭或阅卷完毕的案件，即使在新的庭也由原承办人办完，不移交原庭室，这么做可以节约诉讼资源。

杨金华拿到案卷后就放进了内务柜，这个柜子每间办公室都有一个，有的办公室可能有两个柜子。柜子是双开门，一半是空的，只有一根晾衣杆和几个衣架，另一半被打成格层，可放帽子、放卷宗，两个人勉勉强强够用。

杨金华拿到新分的案件，不免发起了牢骚，刚办完案又来三件，这何时是尽头！柜子里都装不下了，于是，她又将已办完的案件，还未上审委会的卷宗捆在一起，铺上一张报纸，将成捆的卷宗放在柜子旁的报纸上。这样，柜子内的格子就显得空荡些了。

她拿出一件故意杀人案，看了一下，是1996年发生在虹桥的案件。2008年12月5日，郭明桂到四川省成都市投案。杨金华一看案件的侦破、揭发情况，眉头紧皱。她看了这件案件的卷宗，有许多材料都是从原卷宗中复印的，黑乎乎的，由于复印时没有拆卷，所以骑缝处没有复印上或字已变形，看不清楚。她想干脆将原来同案犯的卷宗借来，这样看起来也清楚，对案情也有更全面的了解。

打定主意，她要刘玉瑶填写了案卷借阅单，就要刘玉瑶去借案卷。谁知过了一会儿，刘玉瑶回来了，说管档案室的告知，要承办人和庭长签名，借阅时间要写清楚，因为这是“一号”案件。杨金华是第一次自己借卷，平时也没操作过。杨金华原在紫城区人民法院工作，自从大学毕业后被分配在法院工作，先后在民事庭、行政庭工作，但她还是喜欢刑事审判工作，这一点不知是否受了丈夫的影响，她爱人在市公安局工作，后被下派到龙阳县任职。

杨金华只想把工作做好。借案卷有程序，得按照规定来。于是她没有说什么，在签名栏下方写上承办人的名字，要刘玉瑶去找李庭长签名。

李国勇过来问："这是一件老案，当时引起了很大轰动，借案卷干什么？"

杨金华说："同案犯抓到了，尽是些复印的材料，想看看原案卷，更清楚些。"刘玉瑶将卷宗借来后转述了档案室的话，他们警告说千万别弄丢了，这是死刑犯案卷，一般是不让借的。

杨金华说："那要是丢了，我们的饭碗都会掉，我要单独放一边，争取三天看完了就还，免得时间久了记不清。"

杨金华拿了几张笔录纸，准备对重点做些记录。这是 1996 年 2 月 13 日发生的案件，荆楚区公安局城北派出所接到群众报案称，虹桥小区发生凶杀案，居民易华秀被杀死在家中，一听这话，值班干警马上向刑侦大队报告。案情就是命令，刑侦人员迅速赶赴现场后，对现场进行了深入细致勘验和调查，与此同时，法医前往市殡仪馆对被害人易华秀进行了尸检。易华秀系被他人用三角刮刀反复多次刺击胸背部，造成双肺刺伤，开放性血气胸而死亡。由于案发是在临近春节前几天，人们心里蒙上了一层阴影。公安机关夜以继日，连续走访多人进行调查。杨金华从收集到的笔录看，易华秀的丈夫被询问了三次，每次回答得都很详细。别人看不出来，杨金华长期从事刑事工作，自己的丈夫也是公安人员，对其工作方法、思维还是有很多了解的。易华秀的丈夫肯定是怀疑对象。

事实也真是这样，由于春节只有几天了，虹桥发生这样的恶性案件，光天化日之下有人被杀死在自己家里，这是谁干的伤天害理之事？是谁制造了这起恶性案件？消息也在城区甚至各县流传，甚至传走了样。不管传的是否真实，但杀死人的事实是存在的。案件未破，公安机关承受了巨大的压力，市委政法委专门协调，动用一切手段破案。

虹桥小区是开发较早小区，面积很大，也是开放式小区，有一万余人。由于人员多，房屋密集，加之经营户有几百家，还有一个很大的农贸市场，人员流动频繁，车多、人挤、路堵，尤其是流动人员多，给治安管理带来了不小的难度。

虹桥小区因虹桥而出名。传说很早以前，竹叶湖周围都是一片沼泽，湖水荡漾，邻近五里的一条河，称沙港河，与之相通。在沙港河上乡绅们集资修建了一座桥，由于桥修成圆拱形，便于船舶穿梭来往，同时桥上可供行人行走，由于几个乡绅都考取了秀才、举人，众人便将桥命名为“状元桥”。然而，到了夏秋季节，下了几场雨，烟雨蒙蒙，太阳一出，便会出现七色彩虹，人在桥上仿佛就在彩虹中行走。天长日久，大家就习惯将其称作“彩虹桥”，随着岁月的沉淀，现在就说虹桥。

因为是新建小区，那时候商品房才刚刚投入市场，记得当时谁要在虹桥买了商品房，不亚于今天买了一栋别墅。后来，由于陆续又新建了一些更好的小区，才有个别人搬走。

刘青德所在的市中级人民法院与虹桥小区相隔不远，血案发生后，有些乡邻曾在电话中向刘青德证实，听说被害人是中央音乐学院毕业的高才生，原本要留校，因其母身体不好，为照顾母亲身体回到家乡。当易华秀遇害后，其母痛不欲生，常常悔恨是自己害了她，当然这是后话。

杨金华当时参加工作只有六年多，对这件事还是有印象的。单位里有易华秀的高中校友、初中同学，他们都认为易华秀漂亮，有艺术天赋，琴棋书画、吹拉弹唱样样精通。杨金华从来没有为一个陌生人这样悲伤过。然而，今天看到像易华秀这样优秀的女子被杀害，不免心中激起一阵撕心裂肺般的痛，太可惜了。

虽然时间过去了十余年，但今天看到案卷，仍可想象到当时公安机关承受的压力有多大，自己的丈夫，当时在市局工作，回家常常听到这里协查，那里突审，希望获得线索，也参与过案情分析会，丈夫间接参加了案件的侦破，自己则直接参与了本案的审判。尽管隔了十多年，杨金华不禁感叹世道真是作弄人呀！当时自己在紫城区人民法院工作，全凭同事讲述易华秀的过去。

从公安机关勘查现场时的笔录可以看出，公安人员并没有排除对易华秀丈夫的怀疑，从室内物品的摆放到物品移动的位置，以及室内丢失的物品，公安人员问得很细，由于案发后公安机关要求保护现场，同时，发生这么大的刑事案件，家里也不敢住人，于是更显得阴森。虽然地面已被冲洗过，但公安人员在没有排除对易华秀丈夫怀疑的情况下，到现场询问调查有什么物品丢失，亦有敲山震虎的意思，可以想象刚失去妻子的他是悲痛的，也是非常愤怒的。接触他的公安人员认为，若是他作的案，那他心理素质太好了。

易华秀丈夫陈述，原戴在易华秀手上的一个钻戒、一个鸡心坠古董金项链没有了，还丢了一个摩托罗拉 BP 机，客厅矮组合柜家具上的一台多功能影碟机不见了，但输出连接线还在，一台影碟机的遥控器不见了，有机玻璃茶几上放置有水果盒，而放在水果盒里的一把刀不见了，公安人员认为劫财的可能性较大。那么，究竟是谁作的案？赃物会流向何方？专案组在内部以口头形式通知各派出所立即开展控赃工作。临近春节，虽然明面上没有什么动静，但大家都铆足一股子干劲，下决心要早日破案。各派出所分别在辖区内对各废品收购站、典当铺进行了明察暗访。与此同时，公安人员继续询问易华秀的丈夫，本来失去妻子的痛苦，连日的劳累，不停地接受询问，让他身心疲惫而极度悲愤和无奈。他强撑着身体忍受着巨大的悲痛，原来身强体壮的他现在也是日渐消瘦憔悴，感觉全身无力。

当公安人员询问他最近接触的人员时，易华秀丈夫将结婚以来接触的人逐个进行了汇报，还汇报了未婚时追求过易华秀的人。面对这么多的人员，公安人员进行认真排查，甄别分析，从几十人中筛选出十多个重点对象，又从十多个重点对象中挑出几个人。

其中有个认识不久叫“唐瞎子”的人，引起了公安人员的注意，特别是其案发前几天的行为有悖常理，公安人员遂将“唐瞎子”列入重点嫌疑对象，并组织人员查找其下落。

时间又过了十多天，3 月 9 日上午，公安人员在全市最大的服装市场旁，一家名为聚宝的典当拍卖行，发现一周前有人用“谢朝玲”的身份证典当了一台影碟机。由于有身份证，没有引起典当行老板的怀疑，公安人员见到是影碟机，本着死马当活马医，不放过任何一个疑点的态度，就秘密安排易华秀丈夫对影碟机进行辨认，谁知易华秀丈夫看到了影碟机竟像又看到易华秀一样，悲痛之情溢于言表。

为了进一步确认影碟机是否就是自己家的，他征得公安人员同意，用螺丝刀打开后盖，一张一厘米大小的不干胶呈现在大家面前，不干胶上清楚地写着易华秀的名字，公安人员掩饰住内心的激动，暗暗地记录下了这一刻的画面。

原来，购买影碟机时是易华秀和丈夫一起去的，当时有两台拆封过，估计是对比播放效果，易华秀看中了这台型号的影碟机，为防止商场调包，她不想买人家拆封的那台，便要求购买刚才自己看中的这台，为此就将后盖打开，贴了这张不干胶做了暗记。

说到这里，几个月前易华秀和丈夫购机的情景又呈现在眼前，现在物是人非。当公安人员确信这台影碟机是易华秀家的以后，剩下的工作就好做了。

聚宝典当行的老板被喊到了店里，正在轮休的经办人被传唤到店里，当公安人员介绍了身份后，这位年轻的经办人由紧张惊恐到不知所措。在公安人员的启发提示下，他回忆了典当影碟机的情景，他尽力想还原当时的情况。

他肯定地说，典当影碟机的是一个不到三十岁的年轻人，和自己的年龄差不多。当时问了他的身份证，他说忘记带了，有他老婆的身份证，这个经办人一想，有老婆的身份证，还怕你跑了不成。鉴于这一点，他将典当的钱压得很低，心想万一不回赎，怎么也能卖个好价钱，这样就收下了典当物影碟机。

他描述了典当人的年龄、身高以及眼睛近视这一特征，恰与“唐瞎子”的外貌特征相似，遂确定“唐瞎子”为重点嫌疑对象。杨金华看到这里，心想这还不是“坛坛里捉乌龟，稳着其拿”。果不其然，专案组布置便衣警察，在典当行进行守候。三天后的中午1时许，一青年搬着一台抽油烟机前来典当，典当行的经办人向便衣警察发出了事先约定的信号，便衣警察随即向专案组报告，然后，便衣警察三人迅速控制住典当人。

这时，专案组赶来增援的干警迅即将典当人抓获。经审讯，这个典当人也即“唐瞎子”，真名唐世海。随着他的交代，“2·13”凶杀案揭开了神秘面纱，而他的交代又牵扯出了新的案件，这是公安人员事先没有想到的。至此，公安部门总算看到了胜利的曙光，卸下了千斤重担。

唐世海在被采取强制措施后，后又接二连三弄出棘手事，真是令人万万没有想到。

杨金华看到这里，先洗了一下手，因为这卷宗已有十多年了，虽然档案室投放有蟑螂药，但卷宗也有细菌，然后又倒了一杯菊花茶，细细品尝。余艳进来后。杨金华问余艳喝不喝，余艳说不喝，杨金华又问刘玉瑶，刘玉瑶也表示不喝。

杨金华看着案卷里公安经历的一幕幕场景，打心眼儿里钦佩公安人员的勇敢与智慧。

公安机关在维护国家安全、维护社会治安方面发挥着巨大作用。

杨金华喝完菊花茶后，感到眼明心净，仿佛又吃了什么灵丹妙药，精神很好，甚至内心暗暗高兴，或者是因为抓获了嫌疑人，或者是案件看完了，或者二者兼而有之。

她翻开卷宗看到刚才最后看的页面：因没有钱过年，2 月 11 日的下午 4 点钟，唐世海就起意盗窃，便邀郭明桂共同策划作案，唐世海提议盗窃易华秀家，唐世海讲，去年年底经朋友介绍，帮助易华秀丈夫搬过家，况且元旦刚结婚，家里应该有“货”，两人沆瀣一气，一拍即合，唐世海随即携带三角刮刀一把，唐世海和郭明桂窜至虹桥小区，商量到易华秀家如果有人如何应对的方法。

唐世海是个作案老手，他来到易华秀家敲门，试探易华秀家是否有人，听到门外的敲门声，易华秀犹豫了一下，会是谁呢？见易华秀没有去开门，易华秀丈夫想都没想就去开门，门打开后双方都有点儿吃惊。易华秀丈夫见到曾经给自己搬过家的“唐瞎子”来，还带了个人不知何事，而唐世海感到吃惊的是，敲门时没听到屋里有动静，有人却又开门这么慢，正当他准备采取第二套方案时，房门却突然打开了。唐世海只能按事先和郭明桂商量的第一套方案进行，谎称听说易华秀丈夫要卖手机，今天是来买易华秀丈夫的手机的。易华秀丈夫说不卖手机，又热情留两人吃饭。

善良的易华秀夫妇怎么也不会想到，这只披着人皮的狼，一开始就居心不良。从请唐世海搬家起，一场血腥的惨案正在酝酿着，唐世海那双罪恶的手正渐渐地向他们袭来。晚饭后，唐世海还顺手盗走了易华秀家的一把水果刀。后来，易华秀削水果时怎么也找不到这把刀。易华秀夫妇怎么也没有想到，唐世海吃饭后还盗刀，直到案发后，易华秀丈夫才联想到这件事，也正是唐世海上门买手机这一反常的行为，引起了公安人员的怀疑，唐世海作为重大嫌疑人进入了专案组的视线。

两天后的上午 10 点，唐世海又与同案人郭明桂商定盗窃易华秀家，看到这里，杨金华感到精神一振，这正是自己要办理的案件对象。看看谁提的犯意，实施了哪些行为。唐世海和郭明桂商量，假如家中有人，便见机行事。为此，唐世海购买了一把三角刮刀随身携带，两人在一小餐馆吃完午饭后，再次商定，如果家中有人则杀人抢劫。郭明桂有一些胆怯紧张，唐世海则给郭明桂打气。

下午 4 时许，唐世海和郭明桂窜至易华秀家故技重施，唐世海又敲门进行试探，门“砰”的一声打开，见只有易华秀在家，唐世海便以找易华秀丈夫为由，骗取易华秀的信任。两人进入屋内，毫无警惕之心的易华秀还热情地给唐世海、郭明桂倒茶，并拿出水果瓜子给他俩吃。她想待会儿丈夫就会回来，有事儿的话，他俩也不会等多久。郭明桂则假装上卫生间，在卫生间按事先商量的计划，将刀夹在腋下，正在这时，易华秀进入卧室拿东西。郭明桂趁其不备，一手扼住易华秀的脖子。同时，另一手拿刀抵住易华秀的脖子，易华秀随即大声呼救。由于临近春节，周围有很大的农贸市场，有一些嘈杂声，而且，卧室和外面隔了两道门，外面根本听不到里面的声音。唐世海见状，一手捂住易华秀的嘴，一手将其按倒在床上，恶狠狠地说：“有没有钱？赶紧将钱交出来！”唐世海声音虽然不大，但很有恐吓感，易华秀只好将自己钱包内的现金三百元扔到床上，只为躲过眼前的灾难，谁知唐世海早就动了杀心，可怜的易华秀，不知道死神正悄悄向她袭来。

唐世海又继续威胁道：“你是活得不耐烦了。”郭明桂则用力抵着易华秀的脖子，易华秀没有办法只好将衣柜内存放的五百元现金全部拿出，她原是准备春节给拜年的小孩儿发红包的，谁知唐世海仍然嫌少，又逼迫易华秀将身上佩戴的钻石戒指、一枚鸡心黄金项链给他。易华秀交出财物后，只求脱身，苦苦哀求二人放过她，唐世海毫不理会，仍将其灭口。随后唐世海劫走一台影碟机及遥控器一个，还有摩托罗拉 BP 机一台，唐随后将铁门关住后，和郭明桂一起逃离现场。所劫现金及物资折款九千余元。

从公安机关收集的证据来看，调查工作是细致和认真的，因为案发后第一时间公安人员在询问易华秀丈夫时，易华秀丈夫讲曾在下午 4 点给家里打座机电话，易华秀接了，但 5 点打电话时无人接。回家时发现铁门关闭，木门未关，地上很湿。易华秀俯卧在卧室地上，用被子包着的，只漏两只脚在外边，地上满是血渍，他就跑到阳台上喊："出事了！"急送医院，实际上易华秀这时已死亡。

这和报案人证实的 2 月 13 日下午 5 点 50 分，易华秀丈夫打出租车回来，上楼几分钟后就喊："楼上出事了"的情节是吻合的。杨金华翻了后面的卷宗，没看到郭明桂的结果，但随着唐世海的落网，专案组一扫往日的阴霾，破案的信心倍增。

说句实在话，命案必破是要求做的工作，也是份内的工作，但限于当时的技术条件，真正做起来难度是很大的。

公安机关对室内勘查是非常仔细认真的，由于唐世海是作案老手，对作案现场进行了破坏，让足迹痕迹这一方面检材无法提取。唐世海无比狡猾，指使郭明桂再一次对作案现场彻底破坏。公安机关没有提取到有价值的检材，当公安机关在确认唐世海作案后，对唐世海的供述，尤其是郭明桂参与作案也是感到十分震惊的。

杨金华继续往下翻卷宗。根据唐世海的交代，公安人员对案发前后接触的人均进行了调查。公安机关本着不冤枉一个好人，不放过一个坏人的原则，深入社区街道调查。有杨姓证人证实，案发前一天下午 6 点钟，郭明桂和唐世海还有其他人吃晚饭后，郭明桂和唐世海及另两人在朋友家睡觉，也就是杨姓证人家。第二天上午 10 点多钟，郭明桂和唐世海才起床走。

杨金华继续往下看，杨姓证人还证实案发那天下午 6 点多钟唐世海和郭明桂又同他们在一起吃晚饭，吃饭后就不知去向了，到了晚上 11 点钟，两人又想到杨姓证人家里睡，遭到拒绝。杨姓证人没有同意他俩睡在他家。当时唐世海有一台数字 BP 机给郭明桂。唐世海因为在茶馆打牌，押一个戒指给别人，得到了三百元钱，这个人也找到了并作了笔录。

杨金华继续翻案卷，郭明桂的有关情况就再也看不到了，但是，还是有证人将唐世海躲避的情况如实告诉公安人员了。唐世海是腊月二十九日到一个偏僻的县城去，开车的司机作了如实陈述。杨金华看到这里，心里有了大致的轮廓。因为直接作案的两人仅有一人落网，现在只有唐世海的供述作案的情况，仿佛他是个局外人。

杨金华不相信，心存疑惑，继续翻阅法院卷宗，刚看到开庭笔录时，一看做记录的书记员是刘青德，那他一定知道这件案件。正在思考时，刘青德走了进来，通知她明天准备上审委会汇报案件，也许来不及讨论案件，反正做好准备。

杨金华问："就这事吗？没有其他事吧？"

刘青德说："没有。""你来得正好，向你问件案子。"杨金华说道，紧接着讲："你晓得唐世海这个案件吗？"

"怎么会不晓得，当时刑事庭工作的人尽皆知，我曾经还写过一篇报道，四罪集于一身，三次判处死刑，在报刊上发表。"刘青德这样回答。

杨金华一听来了兴趣，讲讲看，他的特点，刘青德用十个字概括了："阴险、凶残、歹毒，死有余辜。"杨金华一听，便想听听为何在临执行的早晨停止执行。刘青德笑了笑，卖起了关子，让她自己去看。

杨金华听刘青德这么一说，便想知道结果。从开庭笔录中，杨金华看到了起诉书指控的盗窃罪。唐世海到市交通局打字室找朋友的女友，遇该局工作人员谢朝玲在打字室办事，谢朝玲大大咧咧，将提包挂在办公椅靠背上。唐世海看见后心中暗喜，就起意盗窃，趁周围无人注意之机，将提包内的钱包盗走，内有现金五千余元以及活期存折和身份证各一个。唐世海将谢朝玲的身份证押在典当行，企图混淆视线。唐世海还伙同他人进行了一次撬开铁门入室盗窃，盗得现金三千元，他私吞两千元和女式皮衣一件以及抽油烟机一台。

杨金华看了一下，总金额居然有一万余元，这些证据确凿充分，有被害人的报案，同案人的交代，对唐世海杀害易华秀的行为，最后是以抢劫罪定性，杀人是为了劫财。在分析唐世海的行为时，长期从事刑事审判工作的多位审委会委员提出，唐世海对全部的细节描述得清清楚楚，没有伪装的痕迹，并且与现场的勘查情况相吻合，只有身临其境的人才能说清楚，这一点毋庸置疑。然而，比较明显的是，唐世海避重就轻，这在两人共同犯罪案件中是很常见的，将主要作案行为推给别人，以达到逃避惩罚的目的。

首先，从整个实施的后果看，唐世海的作用应大于郭明桂。唐世海从十八岁起就坐牢，曾经因两次盗窃和一次脱逃被判刑，可以说这些年唐世海大部分时间都是在监狱度过的。其次，唐世海两次带人赴易华秀家，可谓犯意坚决。第一次因易华秀夫妇在家，还留他们吃了晚饭，第二次也是唐世海带郭明桂去，从供述看，郭明桂此前是不知道易华秀这个人的，也没有去过她家。最后，杨姓证人说唐世海有一台数字 BP 机给了郭明桂，从这一点也可判断，郭明桂是听命于唐世海的。

杨金华看到这里，不禁发自内心地赞许老前辈丰富的实践经验。唐世海杀害易华秀被逮捕后，一天也没有消停过，他的第一想法是逃跑，可在高墙铁网、戒备森严的牢房里如何逃得掉呢？唐世海作恶多端，连他自己都记不完全，而那一次次的作案让蹲在牢房里的他，难以平静，总是不时地浮现在他眼前。四年前，因盗窃被荆楚区人民法院判刑四年，在投牢改造期间，利用围墙边的一棵树，攀爬上去后，在跳树的时候不巧腿被扭伤，抓回后，又加判有期徒刑一年零三个月。

这次被抓进看守所的唐世海，对自己所犯的罪行和即将受到的惩罚，十分清楚。强烈的求生欲望，使他孤注一掷，唐世海绞尽脑汁，费尽心机，表面上却不露声色，心里却在策划着更大的阴谋。当有个同监房的罪犯戴着脚镣，被看守所干警押送进监房时，唐世海朝他瞟了一眼，这一眼让同是盗窃老手的死刑犯心里明白，唐世海有话要同他说。第二天，两人凑在一起，唐世海悄声问：“想不想跑啊？”死刑犯以为唐世海给他设置陷阱，迟疑了片刻才回答：“戴着脚镣手铐怎么跑得了啊？”

唐世海得意扬扬地说：“不要紧，我有办法打开，我在外面是专搞保险柜的。”说完后伸手露出食指和中指做剪刀状，“再复杂的锁也难不倒我。”唐世海自负地说道。当法警将罪犯押回看守所交押时，看守所干警就会问判的什么刑，同时也做了必要的准备，一旦未决犯被判处死刑送到看守所后，会被戴上脚镣手铐。因为戴的时间长，为了防止手铐卡手，会在手铐的齿边缠上一点儿布，防止卡手破皮，这也算人性化处置。如果案件没有改判，这个脚镣戴上后一直要到执行的当天才会取下。一旦取下，人就意味着走向死亡，生命终结。

曾见过许多因冲动犯罪走向死亡的罪犯，他们只有在戴上脚镣的时候才会醒悟，可这一切都晚了。唐世海虽然人在监房里，却一心一意只想逃离，时时琢磨如何逃离。他想到的第一步是找帮手，死刑犯陈力君算是一个好帮手，当他被判处死刑后，强烈的求生欲望使他哪怕只有百分之一的希望也会做出百分之百的努力。唐世海在半个月前，有心地藏了一块钥匙状的铁片。

原来，有个贩毒犯在入监前，在穿的运动鞋的夹层里藏有一钥匙状的铁片，准备万一被抓获时，伺机用这铁片打开手铐逃脱。不料这次被抓获，警察人多，来不及找到机会就被直接送进了看守所。后来，他将铁片藏在床铺下，被心怀叵测的唐世海看到，趁其不备，唐世海小心翼翼地将铁片藏起来了。这次和陈力君搭上关系后，他便悄悄地拿出铁片，晚上睡觉时，两人紧紧挨在一起，趁夜里别人都熟睡时，唐世海用铁片打开了陈力君的手铐，后又戴好。这时候，陈力君也抑制不住内心的狂喜，好像一切如他所想，卸掉脚镣手铐，就能重获自由。他没有想过自己犯下的罪恶，给多少家庭造成了痛苦，又拆散了多少有情人的姻缘，也给亟待抢救的病人因钱失窃而失去了宝贵的救命机会。陈力君的罪行可以说是罄竹难书，判处死刑是罪有应得。此刻，陈力君打起了歪主意，妄图逃脱法律的惩罚，那是痴心妄想。

杨金华看到这里，很想知道最后的结果，看看这伙凶恶的歹徒是如何策划犯罪的。看着有些褪色的纸墨，她小心翼翼地一页页翻看。

唐世海知道自己的罪孽深重，想活命，逃跑是唯一的选择。他解决了打开手铐的问题，但如何打开脚镣是他日思夜想的问题。他趁白天无人注意之际，仔细地看了脚镣的螺丝，发现是内六角形。他琢磨着，像发现新大陆一样，决心将罪恶的想法进一步变成行动。于是，他将自己的计划告诉了陈力君。这个惯偷，不禁也为他的想法暗暗叫好，他的心态就是一种“死猪不怕开水烫”的赌徒心理。反正是死刑，若能逃脱岂不更好？

早知今日，何必当初。俗话说：“善恶到头终有报，只争来早与来迟。”

杨金华继续往下看。唐世海苦思冥想，见监房外有晒衣服的地方，晒衣服是用铁丝拉直让衣服挂在上面。为了让铁丝拉紧，在两端有拧铁丝松紧的铁钩。唐世海将铁钩拧下，藏在身上带回监房。为了掩人耳目，唐世海有意将水管开着水，弄出声响。陈力君配合唐世海，将脚镣来回拖动，发出声响，掩护唐世海。在水泥地上研磨时用力过大，声音便大，害怕被人发现，用力太小，又不见效果。时间一长，又怕同监房的人发现。唐世海就这样胆战心惊地磨了一星期。即将磨好时，巡逻的武警从监房上走过，他以为事情败露，感到非常紧张，就将磨好的铁钩丢在饭桶里。在吃完饭后，监房的另一个人洗碗时将水倒掉，铁钩顺水被冲走了，唐世海再去找铁钩时，却不见踪影。唐世海气得咬牙切齿，却又不敢发作，只好打碎牙齿往肚里吞。

唐世海再次寻找机会，又一次拧下一个铁钩，恰在此时，又一个被判处死刑叫黄文贝的案犯被押进监房，唐世海跟他一说，他简直兴高采烈，一拍即合。这样三个人紧紧勾结在一起，积极实施脱逃的阴谋。唐世海整天鬼鬼祟祟，神秘莫测，说话有气无力，有的人认为他有毛病，头脑不清醒，根本就不会想到他正策划脱逃阴谋。唐世海则不时吹嘘有关系，有后台，一副不可一世的样子。陈力君和黄文贝也一唱一和，给唐世海助威壮胆。有了两个死刑犯撑腰，唐世海更加有恃无恐，趁同监人打牌之机，继续磨铁钩，磨了五六天，手上都磨起了血泡，终于磨好了，决定试试效果。

吃饭后，傍晚，唐世海仔细地看了脚镣的螺丝，感觉到很有把握打开，睡觉时两人紧紧挨在一起，黄文贝则在一旁掩护，趁他人熟睡之机，迅速用磨好的铁钩往脚镣螺丝上一扳，使劲拧了几下，螺丝就掉了。三人一阵狂喜，兴奋得连觉也没有睡着，沉浸在脱逃成功幻想中。就在唐世海磨铁钩时，如何选择时机逃走，他也进行了认真地思考。根据几次进看守所的经验，他认为白天人多，目标大，逃跑不易成功，晚上值班干警少，只要出监房门就有办法。通过多次观察，他摸清掌握了看守所干警值班人员班次和武警巡逻的间隔时间，做好了脱逃的准备。

时间到了5月中旬，有个叫覃安望的案犯被判处死刑后也被关进了这间监房，唐世海找机会接近他，说了准备逃跑的打算，覃安望心里想，反正判了死刑，再赌一次命，便死心塌地加入了他们脱逃的行列。为了脱逃成功，他们还做了试验，唐世海用毛巾勒覃安望，用力过猛，覃安望的眼睛都直了。正巧被同监房的人看见，大吃一惊，以为唐世海有精神病，殊不知这是唐世海在做试验。事后，覃安望心有余悸地说："头昏得很厉害，再用一点点力我就死了。"

一次吃饭后，四个人以打牌为掩护，再次策划逃跑的方式。黄文贝阴险地说："用三多伦，放在茶里给同监房的人喝，让他们熟睡后才方便逃跑，或者放在香烟里给武警抽。"陈力君急忙打断他的话："三多伦不管用，打牌时吃几片精神还好一些。"唐世海认为这也不行，覃安望反应慢，还来不及说什么，唐世海就狡猾地说："我看趁朱所长值班时，大家做好准备，我假装报告重要情况，骗取朱所长信任，提审我，他回来开门后我将他勒死，大家再冲出来。"

三人听到这个计划后连连称赞。唐世海更是得意扬扬，自命不凡。黄文贝补充说："只能从值班室逃走，东边是全封闭式铁门，西边驻有武警中队。"黄文贝还用扑克牌比画示意，根据用毛巾勒人的试验，陈力君将自己吊脚镣的尼龙绳解下来交给唐世海。"这个可比毛巾好用。"陈力君恶狠狠地说。

时间到了5月下旬，市公安局组织有关人员开展法治教育，看到这里，杨金华心里不禁咯噔一下，说不定自己的丈夫就负责过这项教育，主要内容就是鼓励在押人员检举揭发犯罪人员，提供犯罪事实线索，争取立功，获得政府宽大处理。

唐世海等四人惊恐不安，非常担心夜长梦多暴露，决心当晚动手，实施杀人越狱逃跑计划。唐世海恶狠狠地说："今晚朱所长值班，等他过来时按计划行事，用尼龙绳勒死他。"晚上周围一片寂静，看守所位于城乡接合部，城市的喧嚣被隔绝。唐世海做了两套方案，先是等晚上看有无羁押的人送进来，万一没有，他准备报告有重要情况，骗朱所长开门，然后实施罪恶的阴谋。

时间一分一秒地过去，深夜，覃安望、黄文贝、陈力君三名死刑犯都认为不会有人来了，但唯有唐世海仍不死心。忽然听到说话声，此时，朱所长正与一名干警押送一名收监人员，经过门前到另一监房。唐世海欣喜若狂，赶紧要三人做准备，唐世海大声喊："朱所长！"朱所长听到唐世海喊他，便来到监房门口，从打饭窗口望去。唐世海也凑近打饭窗口，诡秘地对朱所长说有重要情况报告，要求提审。这个打饭窗口约有三十厘米大小，距地面约有九十厘米高，门上还有一根四十厘米长的铁链。门虽打开，没有移开这根拉链，门依然打不开，类似宾馆房门的保险链。

朱所长想到里面关押着三个死刑犯，怕发生意外情况，就开锁，刚打开门一条缝，还未卸掉保险链。唐世海就急不可耐要出来，神色异常，浑身发抖，朱所长疑心有诈，便一把用力将唐世海推入监房内，立即上锁，跑步上楼来到监房上面观察动静，听到唐世海垂头丧气地说："我们完了，他的动作太快了。"又听到陈力君的脚镣已全部卸掉丢在一边，而覃安望的脚镣已卸掉一半，三个人的手铐已全部打开，这让朱所长惊出一身冷汗，当即采取了果断措施予以制止，有效地防止了一起恶性越狱案件的发生。

杨金华似乎记得丈夫曾经说过，朱所长还被省公安厅记了二等功。前两年，丈夫单位组织春节团拜吃年饭，还看到过朱所长，现已经退休了，状态特别好，红光满面。杨金华想，如果不是朱所长警惕性高，在长期和犯罪分子作斗争中，积累了丰富的经验，他稍微疏忽一下，后果将不堪设想。虽然说法网恢恢，疏而不漏，最后犯罪分子终究逃不出法网，但这伙亡命之徒，阴谋一旦得逞，将会给人民生命财产安全带来极大的隐患。联想到法院开庭时也有脱逃的，甚至在执行死刑的前一天也有逃跑的，真是让人触目惊心。

杨金华有点儿困了，便摘下眼镜擦了擦，这时，审管办陈晓兰来电话，杨金华的案件排在第二个汇报，杨金华问："陈姐，不是我们还轮不上吗？怎么排第二了？"

陈晓兰说："是的，因为行政案件有点儿意外情况，可能和解。"加上分管院长一开会就将她的案件排在前面。杨金华便拿出要汇报的案件再仔细看了看。

中午，杨金华好好地休息了一下，下午上班铃响后，她赶紧洗把脸，喊上刘玉瑶准备汇报案件。虽然是排在第二个汇报，杨金华也没有心思看其他案卷和材料，一心只想上楼去。待了一会儿，刘玉瑶过来了。问杨金华："案卷给我搬吧。"

杨金华答："不用啦，没几本案卷，我自己搬就行。"说完搬起案卷就走了。

刘玉瑶紧随其后，因为正在讨论案件，杨金华只好坐在审委会会议室旁边的技术室，在技术室姚霞副主任办公室，都是女同志说话也随便。姚霞见杨金华来到她的办公室，特别客气，又是倒茶还拿出零食给两人吃，说是丈夫从东北出差回来带回的特产，姚霞的丈夫在市财政局工作，杨金华也没有客气，吃了一颗巧克力，这时，审管办的书记员唐登全来喊："该杨庭长汇报了！"

她匆忙搬上案卷进入会议室，刘玉瑶紧随其后，刚进去，审委会委员发言也到了最后。紧跟着，张院长作汇报案件的总结，杨学亮副庭长正收拾案卷，书记员在拿散发在审委会委员桌子上的审理报告。杨金华坐下后，张院长说："抓紧时间，开始吧。"

杨金华开始汇报，对被告人的情况，她只是陈述，没有照本宣科地念，对案件的侦破和揭发情况，也只是说了一下。这些在不同的刑事案件中分别有不同的要求，如被告人年龄在十八岁上下的，尤其是重刑犯，就一定要查清出生的确切时间。由于20世纪80年代身份证还不是很普及，很多是手工填写。有的人为了早日参加工作，就干脆报大一岁或几个月，以便读书报名方便些，反正各种想法的人都有。故意杀人的，若是间接证据，那就要环环相扣，形成完整的证据锁链，必须具有唯一性。而杨金华汇报的这件案件，目击证人就有好几个，只是因纠纷引起，看怎么认定过错，确定量什么刑。因此，对前面部分基本是附带而过，在基本事实部分，杨金华逐字逐句念，由于事实简单，很快就念完了，证据也汇报清楚，没有拖泥带水，提出的量刑意见是死刑或死缓，合议庭多数意见是判死刑，少数意见是判死缓。

多数意见认为，虽因民事纠纷引起，但被告人杀人，应判死刑，大家是受扣押自行车案件的影响，认为被害人有过错，没有认定。被告人已被判处死刑，而本案被害人的过错可以忽略不计，但也有人认为，本案不能和上案比，那案是多次要钱一年多，躲避而拒不归还欠款，才导致被害人扣自行车，其最终目的是要钱，被告人是有错在先，而本案虽也因民事纠纷，但被害人过错显然不明显，同时在定性上却只能勉强定故意杀人。从某种意义上讲故意伤害的成分还多些，这是庭里讨论争议比较激烈的。徐院长说：“现在主流还是贯彻少杀、慎杀的原则，此案是因民事纠纷引起。另外，当地群众有人对被告人抱有同情心，也就是说被害人是有过错的，和上案自行车不可比。”他的意见是判处死缓，接着其他审委会委员也发表了意见，由于本案事实清楚，谭院长问了一句：“如果判处死缓，被害人家里是否会闹，我不是害怕他闹，只是问一下。”谭院长负责分管立案庭，考虑信访也是正当的。

杨金华实事求是地回答：“那倒不会，被害人有过错的观点，当地群众能接受，案发后组里和邻近组的还有人签名，要求从轻处理被告人。”

张院长跟着问了一句：“大家还有没有疑问，没有就发表意见。”多数委员是同意判死缓，也有少数委员主张判死刑，最后，张院长统计了委员们的意见，决定判处被告人死刑，缓期二年执行。

杨金华汇报完这件案件，时间还早，回到办公室，就汇报案件这事，杨金华说：“今天是我汇报案件最快的一次，如果不是到姚主任那里待了一会儿，还会更快些。”

余艳说：“过几天，我也有两件案件要研究。”

杨金华说：“本来我的案件上次就要研究，但市人民检察院要补充材料，承办人出差了，就耽误了时间，不然早就结案了。此案是民事纠纷引起的，被告人平时无主观恶习，当地群众对被告人抱有同情心，就是说被害人是有过错的，由于这是一件死刑案件，无论是判处死刑立即执行，还是判处死刑，缓期二年执行，都要将材料收集齐全，所以要市人民检察院补充材料，这下材料补充好了，审委会讨论的结果是判处死缓。”

余艳说：“那你又可以结一件案件，可以写判决书了。”杨金华回答：“我还要抓紧时间写判决书，快到审理期限了。”

杨金华将刚才汇报的案件，放好案卷后，曾有一丝犹豫，一想到借的档案室案卷，这两天一定要看完，免得时间一长拖下来。

她便继续看唐世海的卷宗。唐世海的落网，使曾经的几起盗窃案和抢劫案得以侦破，公安机关在审讯唐世海的过程中，感到此人特别狡猾，有时讯问他像“徐庶进曹营——一言不发”，有时暴跳如雷。公安人员根据掌握的线索，出其不意要唐世海说出典当的BP机和抽油烟机的来历。公安干警步步紧逼地发问，加之出示一系列证据，彻底摧毁了唐世海的心理防线。面对公安人员的穷追猛打，唐世海这只狡猾的狐狸终究斗不过聪明猎手，在公安人员这个猎手面前，败下阵来，交代了盗窃抢劫的犯罪事实。由于“2·13”案影响巨大，公安人员侦破后，很快就将案件移送到市人民检察院提起公诉。

在市中级人民法院，李国勇作为合议庭成员参与审理了该案，并透彻地分析了该案。公安机关抓捕郭明桂的工作迟迟没有进展，使得有个别人怀疑郭明桂究竟是否参与了作案，参与程度有多大，唐世海是否声东击西，故意拖延时间。但郭明桂这个人不是虚构的，自从案发后就失踪了，有没有参与，参与程度究竟有多大，只能等找到人了再说，公安机关布置了特情，并在可能出现的城市通报了案情。希望当地公安机关协查，然而时间一天天过去，郭明桂仿佛人间蒸发了一样，再也没见到踪影。

自从脱逃越狱的阴谋败露后，唐世海仍时时窥测时机，妄图拖延时间。由于有几起抢劫案，寻找被害人颇费周折，案件办得有些迟缓。总的来说，是案件破案快，抓捕也快，公安机关对同案人的搜捕一刻也没有放松，但受条件的限制，公安机关也是一筹莫展，追捕同案人成了压在专案组身上的一块大石头。

唐世海的犯罪事实查清后，德沅市中级人民法院在1997年7月将唐世海判处死刑，后来省高级人民法院在9月复核了死刑，并且下达了执行死刑命令。唐世海是个危险人物，自从他被羁押在看守所后，管教干警一丝也没有松懈过，这个人可是个亡命之徒，也是看守所的常客。今年27岁的唐世海曾因两次盗窃被羁押在这里，老干警也认识他。第二次进看守所时，认识唐世海的值班干警说，当初走的时候叮嘱过唐世海，其他地方都是欢迎再来，本所不欢迎，希望唐世海改邪归正，重新做人，想不到又进来了。

自从成年后，唐世海在外面几乎没待几天，自由的日子也没过几天，曾经在第一次刑满释放后，父母和家里亲人都曾苦口婆心地劝导他，找点儿正正经经的事儿做，规规矩矩地做人。唐世海哪里把亲人的话放在心上，一向我行我素的他，毫不在乎地说："我的这双手天生不是做事的手。"成天东游西逛，不务正业。父母拿他没有办法，又是最小的儿子，对他比较娇惯，从小就养成了唯我独尊的性格。不知是先天遗传还是其他原因，唐世海从小眼睛就近视，稍大一点儿，读书后被人喊诨名"瞎子"。物以类聚，人以群分。唐世海和社会上的狐朋狗友混在一起，成天不务正业，吃喝嫖赌样样俱全，过着纸醉金迷的生活。没有钱就盗窃抢劫，唐世海自从第三次被羁押到看守所后，是由李教导员负责管教他。

看守所的正式干警每人都有帮教对象和负责监房的安全工作，可以说责任到人。监房的安全工作细致而烦琐。一是怕嫌疑人逃跑。如果看守所嫌疑人逃跑了，恐怕负责任的警察就会脱掉警服。因此，防止脱逃是第一位的。二是被告人被羁押在看守所后要防止其自杀，如果嫌疑人自杀了，追究干警的责任，处理也轻不了。三是防止袭警，因而看守所规定提押人等许多行动都不允许单独执行，必须两人以上，这也是基于许多血的教训换取的经验。因此，看守所的一切规定都是严格和实用的。

当然也有例外，那就是市中级人民法院的书记员到县看守所送起诉书，往往都是中午到达县城，如果要等到下午 3 点钟上班后再送，回到市中级人民法院时间就很晚。那时候道路交通普遍都不方便，路上要跑很长时间。到唐泉县城去，途中要经过两道河流，汽车过渡要等很长时间。因此，各县看守所对市中级人民法院送起诉书的，中午破例让书记员到监房的打饭窗口让被告人签字，人不提出来，确保安全，文书也送达，节约时间。

这次唐世海的执行命令拿到时，市中级人民法院就报告了市委政法委，市委政法委通知公、检、法各部门。看守所长接到了市公安局的通知，心里暗暗高兴，这是因为看守一个死刑犯，压力太大了。看守所就希望尽快复核，尽快执行，市公安局分管刑侦的副局长和市中级人民法院分管刑事的副院长共同预先寻找刑场。刑场的大小，要根据被执行对象的多少来考虑，总的原则是确保安全，便于封锁警戒，做到万无一失，太空旷，需要大量警力；群众好奇心大，导致拥堵，不利疏散。刑场一般要选两处，以防第一刑场地点泄露，便使用备用刑场。

德沅市河流众多，河流两边的大堤就是非常好的临时刑场，只需将选择的河堤一堵，只许执行车辆人员进入，其他无关人员一律禁止进入，另一头布置警力警戒，由于警车押送死刑犯执行途中，有些人想目睹罪犯执行死刑的过程，有的人骑着摩托车拼命往前赶，当到了现场时一律被警察拦下。执行时，周围有干农活的群众聚集过来，想看热闹。

唐世海自从被判处死刑戴上脚镣后，情绪变化并不大。李教导员对此疑惑不解，李教导员自省司法学校毕业后，被分配到看守所工作也有十多年，看到过的死刑犯也很多，像这种临死之前还显得特别宁静的重刑犯却很少，他不禁想到，难道还有什么没有掌握的犯罪，或许有他知道的案件。

李教导员想，如果唐世海开始还抱幻想，因为郭明桂没有抓到，市中级人民法院判决会有保留，法院不会判死刑，而市中级人民法院已经做了一审判决，死刑判决书也收到了，脚镣已经戴上了，还这么平静，是有点儿反常。李教导员和所长及几位干警商量，加强对这个监房的关注，特别是里面未决犯人要多注意留意唐世海，千万要警惕他，虽然他视力不好，但这个人心里鬼得很。

李教导员利用帮教机会，找了和唐世海关在一个监舍的，一个犯故意伤害罪的未决犯，因打架造成别人轻伤的小青年，他们虽然未宣判，但刑期都不会很长，讲清了要好好改造，争取留所。这个因太讲义气而入监的小青年当然听李教导员的，对唐世海的一举一动他都及时报告。所以，唐世海的一切都在李教导员的掌握中，当然为了防止情况失真，李教导员还安排两个人暗中看住唐世海。

小青年当然不知道唐世海从宣判死刑后心里就没有平静过，唐世海在看守所过的日子似乎还过得很好，每月至少有五百元的上账，还有两条当地名烟，这是固定的。别人不了解的，以为唐世海朋友多，关系铁，只有唐世海心里明白，这一切源于他掌握了别人的秘密，别人有把柄在他手里，他才敢要挟别人“进贡”。

但死刑的宣判让他以前的幻想破灭，他曾经准备将那个人的秘密永远不说出来，带进棺材里。唐世海在被戴上脚镣时，这一切都改变了，他的心理发生了巨大的变化，他压根儿就没有再想替别人守住什么秘密了，他现在唯一想的就是活着，但究竟如何才能活着？自从宣判死刑后，他日思夜想，总也想不出办法，脱逃越狱想都别想，他认为命中就是跑不掉。在服刑时，已经逃出了监狱警察的视线，趁看电影之机，翻窗逃离监舍，再翻越了围墙。眼看就要成功逃离时，却不料跌落摔伤，被当场抓获，真是偷鸡不成蚀把米。这次进看守所后，又策划了越狱脱逃，打开了脚镣和手铐，不料在最后一刻却功亏一篑，他不认为是自己的失败，反而认为是自己运气不好，如果运气好就成功了。他忘了，多行不义必自毙，恶有恶报。他怎么逃跑得了呢？就算是万一逃跑得逞，他又能跑到哪里去呢？一个与社会为敌的人，一个丧尽天良的人，一个身有血债的人，怎么能逃脱法律的惩罚？他从没有想过，就算哪天侥幸脱逃，离开看守所，也会落入公安机关布下的天罗地网中，可谓法网恢恢，疏而不漏。他没有想过，又有几个人能逃跑得掉，最后还不是被抓获？唐世海顾不了那么多，这些他都不想，他只想活一天过一天，这就是死刑犯的心理。

当接到判决书时，他也想过，正常情况下，今年的国庆节是过不了。因为他已是“三进宫”，知道每逢重大节日前，都会有一批死刑犯被执行，他在看守所一年多时间里，先后也送走了好几批。虽然执行前是保密的，不让无关人员知道，但在执行后是大家都晓得的。这一点，唐世海心里清楚。所以，他提出了上诉，他要把一切责任都推给郭明桂。

他上诉了，在庭审中，只承认自己在一旁看，没有动手帮忙杀人，企图借省高级人民法院二审来改判。他狡辩以前在公安机关所作供述是刑讯逼供的结果，而实际情况是公安机关在侦破“2·13”案件后，审讯时极为慎重。鉴于第一次唐世海“破口”后，交代了郭明桂参加共同作案，而当时只抓获了唐世海。因此，严格按照法律规定讯问，没有任何刑讯逼供行为，可以说很谨慎。与此同时，公安机关也没有放弃对郭明桂的搜捕工作。唐世海从听到宣判死刑的那一刻起，他就做了决定，看能否挽回自己的性命。唐世海强烈的求生欲望，使他不得不这样做。老实说，他手里有一张“王牌”，一张沾满鲜血的“王牌”，他要选择合适的时机，打出这张“王牌”，以达到最大最好的效果，他等待着，他准备着，他算计着，他要在最佳的时机捅出骇人听闻的事，让公安人员大吃一惊，让他人措手不及。

杨金华看到这里，感慨道：“这个人放着正道不走，偏偏走邪门歪道。”唐世海希望公安人员抓住郭明桂，却一直没有动静。节日马上就要到了，唐世海罪恶的生命进入了倒计时。就在临执行的前一天下午，市中级人民法院审判人员宣布了省高级人民法院二审裁定，对这样的结果，唐世海早在预料之中，甚至当这一结果来后，他才好实施下一步计划。唐世海在送达回证上签字，也在复核笔录上签下名字，审判人员告诉他，目前还没有接到命令，希望稳住唐世海，给看守所减轻压力。所长和负责他的管教干警李教导员来了，问他有什么话，需要给家里交代的遗言可以写下来，看守所会负责交给他家里。

李教导员心里想，再有十多个小时，唐世海就要被押赴刑场，执行枪决。唐世海的幻想正在快速破灭，原想上诉后会改判，这样或许能保全自己的生命。当干警开锁打开监房门后，唐世海进去了，他随手将二审裁定书往地上一扔，骂了一句脏话。同监舍犯人给他捡起来放到床铺上，有几个人想看，唐世海吼了一句：“有什么好看的！”大家就没动了，别看唐世海眼睛近视，由于他被判了死刑，又多次进牢房算是老油条了，同监舍的人一般都是以刑期长的为老大。虽然他不是最长的，但在监舍里，算是头号照顾对象。唐世海进监舍后，犯故意伤害罪的小青年一刻也没有放松对他一举一动的观察，李指导员也叮嘱过他，所以他比较用心。一会儿，唐世海被换押到另一间羁押室。唐世海被押进这间羁押室后，武警、值班干警、联防队员都集中在这间羁押室，他坐在椅子上，这个椅子前面是可以将一块挡板锁上，防止被告人前倾。在审讯时，防止被告人挣扎是很有作用的。

武警和公安干警坐在椅子旁边，在唐世海和武警、公安干警之间是一排钢筋制成的围栏，将唐世海关在里面，脚镣和手铐仍然戴着，想跑、想逃那是痴心妄想。晚饭过后，唐世海开始琢磨。李指导员这时走过来，问他有什么话需要写的就写下来，言下之意，你唐世海活在世上的时间不多了。唐世海当然明白，他在慢慢思考，他在选择时机，他想出其不意，他要最大限度地利用这次机会，他心里很乱。俗话说："人之将死，其言也善。"唐世海何许人也！他不想死，起码不想明天死，他决计要打出那张"王牌"。他认为，这或许是他唯一的"救命稻草"。

夜里，看守所灯火通明，毕竟明天执行的是三名死刑犯，除了唐世海，还有另外两人，朱所长不敢大意，这么多年来，凡是执行死刑，他都是通宵值班，无论自己是否当班。今晚也不例外。

凌晨1点后，他吃完夜宵，分别到羁押三名死刑犯的羁押室巡查，来到唐世海的面前，他问："吃了吗？"唐世海未回答，干警就回答说："吃了。"

朱所长问："还有什么要交代的事可以写下来。"

朱所长的这句话他听进去了，说："就写。"

其实，朱所长所讲的交代意思是有什么话要给家里父母亲人说的。唐世海开始书写，他将椅子上的挡板放下来，就放在胸前开始写，值班干警因是面对面最多不到两米的距离，不过中间隔了铁栏杆，就是为确保干警安全特意制作的，基本上每个审讯室都安装了，这样就避免了前些年，由于没有采取隔离措施，有些干警遭到无辜伤害。

唐世海在认真地写，考虑到他的眼睛比较近视，看押的干警提出给他找副近视眼镜，遭到唐世海的拒绝，或许他习惯了这种写法。看押他的干警任由他写，中途唐世海问过几点钟了，当看押他的干警告诉他准确时间后，他叹口气，说快写好了。

早晨5点钟，天空露出鱼肚白，一轮红日冉冉升起。新的一天工作即将开始了，唐世海望着渐渐明朗的天空，他想，对他来说这也许是最后一天，又或许还有转机，他决心孤注一掷。他大声报告要见朱所长，要见李教导员。不用说，几位所领导都过来了，他见到李教导员，交出了刚才已写好的一封信，李教导员和朱所长一起看信，越看越觉得事态重大，赶紧向上级报告。

市中级人民法院、市人民检察院接到报告后也感到非常吃惊。原来，唐世海凌晨后写的信不是给家里亲人写的遗言，而是一份交代材料，揭开了

1996年1月发生在紫城区血防院附近抢劫一辆出租车的案件。司机被杀死在车内的全过程，从交代的材料看，时间地点和作案对象均有。

案情重大，必须彻查。两院的领导经过紧急磋商，迅速作出部署，立即交紫城区公安局进行侦查，刑侦大队的同志被迅速通知到位。

当时紫城区发生了命案，刑侦大队勘查了现场，提取到了相关物证。公安人员走访了大量人员进行调查，由于线索太少，此案一直未破。今日突然得到这一消息，刑侦大队的办案人员均到市看守所，参与审讯唐世海，唐世海非常详细地供述了整个过程。这个过程和公安人员收集到的证据所证实的作案时间、作案地点、作案手段、作案对象这些情况大部分互相吻合，说明唐世海的供述案件真实可信，并判断他是行凶人或现场目击人，但这种可能性小。

根据唐世海的供述，该案系两人共同作案，同时认定唐世海的供述属实。市中级人民法院领导立即报省高级人民法院，决定对唐世海暂缓执行死刑，他供述的余罪由公安机关继续侦查。唐世海暂时苟且偷生，一场死刑执行，由于唐世海的临刑前交代而被改变，这是除唐世海之外的人都没有想到的。但还有一个人，比唐世海自己还要关心唐世海的生死，他是谁?

那是一个天气较冷的夜晚，时间是1996年1月10日。此时早已进入冬季，天空下起了小雨，唐世海和张应财在德沅市滨湖路剧院舞厅相遇，两人“臭味相投”，起意抢劫作案。随后，沿着街道便走了几十米，让人觉得不是从舞厅出来的，这就是唐世海有别于他人的狡猾之处。他俩在大街上，骗租了德沅市塑料厂停薪留职工人肖大明驾驶的一辆红色出租车，说是去找朋友，两人上车后，唐世海坐车后座，张应财坐到副驾驶座。

当出租车驶进紫城区血防院旁边的一条巷子内，这里较为偏僻，有的房屋仅下了地基，还未盖好，路灯也由于损坏显得暗淡。唐世海谎称到了朋友处，要肖大明停车等候，唐世海下车后，稍后又返回至司机左窗，敲开玻璃要司机稍等，司机欲将车掉头，唐世海阻止并找司机要钱，司机不同意。唐世海和张应财一边威胁司机，一边找司机要钱。此时的司机意识到危险，没有作声，而是将车灯打开应急状态，车灯一闪一闪。唐世海赶紧上前关开关，抢车钥匙，司机反抗并摇动车玻璃夹唐世海的手，张应财见状扭扯住司机。唐世海又将车玻璃按下后，从车外拳打司机，司机见势不妙，猛开车门欲推开唐世海，唐世海见司机反抗，又对司机拳打脚踢。张应财也踢了司机两脚，抓住司机的头发，司机拿出铁棒反抗，张应财顺手抓住铁棒抢夺。唐世海用刀朝司机左侧头部刺了一下，司机就往唐世海坐的座位上倒下。唐世海又朝司机的头部猛刺一刀，致司机当场死亡。

公安机关当时勘查现场后对尸体进行法医检验，结论是系因他人用锐器打刺头部致开放性颅外伤而死亡。由于当时配套设施不完善，路况和周边环境均在调整建设中，虽然付出了大量努力，但所获线索不明。因而，本案久侦未破。唐世海的交代为本案的侦破画上了句号。

张应财自从得知唐世海被羁押在看守所后又惊又喜，他懂得知道秘密的人越少越好。而自己永远见不得光的秘密就掌握在唐世海手里，他真恨不得唐世海早点死，那就不用每个月再“上贡”五百元和两条香烟了。更重要的是，再没人知道自己那双沾满血渍的手杀过人的事实了。他想，这个秘密也永远被唐世海带进了坟墓。

执行死刑的当天，他两次悄悄来到市中级人民法院门口，没有发现布告，顿感不妙，知道情况有变。他赶紧逃跑躲藏，先后到了广州等地流窜，公安机关通过各种手段寻找他的下落，将张应财的社会关系都进行了仔细的调查，终于得知他最近谈了一个女朋友，感情尚好。公安人员为了不打草惊蛇，并没有正面调查他的女朋友，而是暗中布置，终于有一天晚上，张应财在去看望女朋友时，被公安人员抓获。

张应财的落网，意味着唐世海的交代彻底坐实，而张应财的供述又使案情扑朔迷离，与唐世海的交代恰恰相反。在犯意的提起、被害人的致命伤是谁造成的问题上，双方相互指责系对方所为。既然如此，就必然有一人说了假话。

在提审时，公安人员也进行了反复讯问，企图从两人供述中找出漏洞，但两人的供述在情节上是一致的，只是都认为是对方的行为。在开庭审理时，双方进行了对质，慑于法庭的庄严威严，尽管双方还是指责对方所为，但明显地感觉到，唐世海供述经不起张应财的盘问，尤其是致命的一刀，虽然唐世海及其辩护人极力否认这一事实。

公诉机关的答辩，一是唐世海提出犯意，有作案的思想基础和经济基础。二是凶器皆为唐世海提供。三是唐世海交代虚假。如果唐世海坐在副驾驶座，又没有动刀，被害人右手及右脸部伤谁形成的？而张应财交代坐到驾驶座抢棒时刀刺被害人两下，符合现场勘查和法医鉴定中受害人右手及右脸部受伤的结论。四是唐世海有作案前科，且有抗拒司法机关的劣迹，多次逃脱，在交代中历来供述掺假。相对来说，张应财的交代真实性高些，可以反面论证唐世海的交代有所不实。五是唐世海既然没有如实供述自己的罪行，因而谈不上自首，检举他人亦从本质上是为逃避处罚，亦不能认为立功。唐世海对最后这一点很敏感，他的目的是立功，如果不认定立功，命还是保不住，因而对公诉机关的答辩再也没有提出反驳意见。

由于本案的直接证据只有两个被告人的口供，加之公安机关最初侦查时的疏忽，在勘查时未提取指纹、足迹，未对车辆内血迹进行鉴定，法庭在判断认定被告人具体作案过程的某些细节难以精准。但两个被告人在对本案的作案时间、地点、作案经过、作案手段、结果以及动机和目的，有较为一致的供述，又与勘查笔录以及尸检结论相吻合，并且排除了公安机关有刑讯逼供的情况，从而可以认为基本属实。基本证据确凿、充分，对检察机关指控的二人的犯罪事实可以认定。

杨金华心里想，这刑罚也轻不了。市中级人民法院对唐世海临刑前交代本人及同案人未被司法机关掌握的其他犯罪事实，经查基本属实，可视为自首。因此在这起案件中，唐世海是以抢劫罪判处死刑，缓期二年执行，剥夺政治权利终身。杨金华自己想象得到，当唐世海听到缓期二年执行时恐怕会笑出声来，可是他高兴得太早了，虽然在伤害司机肖某这一案中，他的交代可以视为自首，而且体现政策从轻处罚。但他在虹桥杀人案中又将被害人杀死，应判处死刑，剥夺政治权利终身，因而合并决定执行死刑。

这是唐世海没有想到，却又应该想到的，当他残忍地剥夺他人生命时，他就应该想到会有这么一天，杨金华看完全部卷宗后，心里对这件案件的全貌也充分了解了。想起十多年前，丈夫谈起唐世海这个人，只是觉得他十恶不赦，罪大恶极。这几天的阅卷，她看到了一个穷凶极恶、狡猾透顶的歹徒，以身试法，走向灭亡的全过程，也昭示了正义必将战胜邪恶，犯罪分子必然会被绳之以法。

杨金华望着这几本卷宗，一股霉味儿扑鼻。她赶紧封好，告诉刘玉瑶，将案卷归还档案室，并且叮嘱别忘记将借条收回。同时，要在档案室的借阅登记本上做好登记。

杨金华办的刑事案件不是太多，因为调到市中级人民法院还只有几年时间，虽然过去在基层法院刑事庭工作了几年，也是办案骨干，但毕竟是一些刑期不长的案件，像市中级人民法院的案件，这几年也办了一些，歹徒都很凶狠。但像唐世海这样的歹徒，仅凭他交代张应财，而且是在行刑前一两个小时，一般的人真是做不到。怪不得昨天李国勇和刘青德在一起说起来这件案件，还印象深刻，记忆犹新。

李国勇讲，当时印了两千份布告，前一天就送到各基层法院，准备执行完毕就贴出来。

刘青德说："我当时还写了消息稿，因为怕回来后写来不及，提前写好送给报社编辑。一旦执行完毕，我打电话通知就可以发稿。我得知消息后，赶紧借院长的大哥大给报社打了电话。"

杨金华谦虚地说："前辈们辛苦了。"杨金华拿出郭明桂案件的卷宗，这下再看复印件，心里也清清楚楚。公安机关一天也没有放弃对郭明桂的抓捕，从他自首后的交代来看，也较为可信。因为与家人证言印证起来，他和唐世海作案后曾经躲了几天，当时春节前，公安机关也高度重视，各个公共场所也在明察暗访。他爱喝酒，害怕酒后吐真言，所以尽量不和熟人来往，感觉风头已过，他出来活动一切如常，这样别人也没怎么怀疑。当听说唐世海被抓后，他赶紧回家，谎称和人打架，造成别人重伤，会赔很多钱，还会坐牢，打算出去躲一躲，便找父亲拿了几百元钱，逃之夭夭。

郭明桂先是到广州，后来到云南打工，学做药材生意，由于人机灵，办事利索，很能吃苦，得到了老板的信任。在这个过程中，他也学到了一些生意上的事。在众多客户中，有个陕西的客户与他交好，正巧这时，陕西某地搞开发建设，建设一个药材市场，到处招商引资，这个客户就邀请他到开发区专做药材生意。只要人过去，一切都不要他管，一条龙服务，郭明桂想有这等好事，自己又有案底在身，就顺水推舟应承下来。1999年，他以新的名字在开发区上了户口，从此化名戴湘坤做药材生意。

公安机关虽然在案发后及时找他父亲获取了他逃跑的信息，且一刻也没有放松对他的抓捕，也曾动员他的家人劝其投案自首。他的家人，尤其是他的父亲表示，一旦有信息，一定报告公安机关，也会规劝他自首。然而此后，郭明桂确实没有与家里联系过。

2001年的一天，家里的电话突然响了，一个匿名电话打进来，郭明桂父亲一听声音就知道是郭明桂打来的，他又喜又忧，喜的是儿子还活着，忧的是这件事还没有了结，一种对儿子的眷恋之情溢于言表。他将家里这几年的情况告诉郭明桂，特别告诉他妹妹读大学后，到上海找到工作并成了家，还告诉了他联系号码。这次匆匆忙忙的通话，让郭明桂的父亲联想颇多，思想上也在进行激烈的斗争，一边是亲情，一边是法律，虽然这两年公安机关没来了，但这件案件并没有了结。这一点，郭明桂的父亲是清楚的，郭明桂也是明白的。但想到儿子已结婚，还有了孙子，他心里有种说不出的滋味，喜忧参半。郭明桂的父亲一时六神无主，不知所措，那只能听天由命吧。

2008年，公安机关开展专项行动，对于批捕在逃的案件落实了专门责任人。认真负责的公安干警推心置腹地帮郭明桂父亲分析案情，也讲了投案自首、从轻处罚的案例。郭明桂的父亲都记在心里，公安干警这一切都是为他好。虽然他对公安干警没有说出郭明桂和家里联系过，但公安人员在与郭父的交谈中，判断出郭明桂和家里联系过，在市公安局组织的“2008利剑行动”中，荆楚区公安局已将郭明桂列为侦办抓捕对象，重点侦查。

首先从郭明桂家里人的社会关系入手，公安人员组成的专案小组，对他所有社会关系展开调查，尤其是在外地工作的哥哥和妹妹，宣传法律，讲明道理。如果发现有联系不报告，查明后将以窝藏、包庇罪追究刑事责任。

公安人员来到上海，找到郭明桂的妹妹，说明了来意，其实，当郭明桂妹妹看到公安人员时，心里就明白了八九分，只是邻里不知道是为什么，当然郭明桂妹妹也未说。当公安人员找郭明桂妹妹谈话的消息被丈夫知道后，丈夫不明就里，开始询问妻子，公安人员找她干什么？她做了什么事？郭明桂妹妹想事已至此，再也隐瞒不下去了，便将事情由来和盘托出。丈夫听后大吃一惊，甚为震怒。怎么她还有一个哥哥却从来没听她说过？丈夫有点儿不知所措，妻子除了解释就是流泪。而对于这突如其来的变故，丈夫在短暂的惶恐后，心情渐渐平静，他平时忙于业务学习，对法律知识知之甚少。他给公安的朋友打电话，从侧面咨询，这位朋友毫不犹豫地告诉他，只有自首，争取从宽处理才是唯一的出路。

丈夫作为有文化的人，还是很讲道理的，妻子也早有规劝哥哥投案自首的想法，只是迟迟下不了决心。这一次，她终于下定决心。当郭明桂接到妹妹的电话时，特别是知道公安人员找到妹妹住地时，心里涌起阵阵涟漪。该来的终究会来，如今来了。从他当年参与作案，然后逃离，这么多年过的日子，每天无不提心吊胆，看到穿制服的公安人员从身旁走过，他都毛骨悚然。他也想过自首，但他更想过这安逸的生活，妻子贤惠，孩子也听话，自己也常常想起死去的老师，那真是一场噩梦，不堪回首。

这件事已缠绕他多年，该了结了，他默默地将家里能做的事都做好。然后，他向妻子坦白了一切。当得知日夜相处的丈夫还有这样的经历时，他的爱人震惊不已。深明大义的爱人见此情景，纵有千般不舍，也不想一家人过提心吊胆的生活。她强忍内心痛苦，劝丈夫尽快自首，争取宽大处理，表示无论他坐牢多久，她会等他一辈子。

经过家人的劝说，自己作了一番思想斗争，郭明桂在 2008 年 12 月到当地公安局投案自首。杨金华看到郭明桂卷宗，心里早就对这件案件做出了判断。因为是同案犯落网，过去已认定了基本事实，这样案件办起来就容易多了。当她写完案件审理报告时，长长松了一口气。

第九章

红色之旅

进入汛期后，地方党委政府是很忙的。唐泉县有市中级人民法院的防汛包干任务，陈小新科长接到通知，明天安排一辆越野车，张院长要去唐泉县检查督导防汛工作。市级领导都要负责联系一个县的防汛工作，张院长联系的是唐泉县。

再过十多天就是“6·26”国际禁毒日，市中级人民法院要举行新闻发布会。这两天周丽云和唐仁平正在办理的两件毒品案，已经研究完毕，准备宣判。李国勇叫停，准备在新闻发布会前一天宣判，基层法院的宣判案件也统计一下，到时候电视台还要报道，这是办公室通知的。徐长胜也告诉了李国勇，要求早做准备。

李国勇感到时间过得太快了，去年国际禁毒日搞的活动就像刚过去一样。李国勇要肖健把去年以来办理的毒品案件以及判处的毒品犯罪人数，进行了统计，又根据上级精神，给徐长胜拟定了一份讲话提纲，对记者可能提到的问题进行解答，并准备了相应资料。当这一切都准备完成后，他将讲话提纲交给周祖全主任，看办公室有没有什么修改意见，这样就算准备就绪了。

“6·26”的新闻发布会，办得很有规模，德沅市的多家省市媒体记者都被邀请来了，发布会由办公室主任周祖全主持，首先由徐长胜对一年来审判毒贩的情况简单做了通报，并表达了严打毒品犯罪的决心。李国勇宣布了昨天宣判的几件案件，回答了记者的提问，整个发布会是成功的。晚上，德沅市电视台做了篇幅很长的报道，周丽云、刘玉瑶看了报道，对今年“6·26”活动的成功举办赞叹不已。

“七一”表彰会刚结束，从机关党委那里传出风声，每年都是发一本荣誉证书，今年准备来点儿实惠的。别的单位都组织外出到红色景点接受教育，虽说不是旅游，但组织大家出去对增强凝聚力还是作用很大的。有人反映到政治部主任董文军那里，董文军说：“我是支持的，我给书记反映。”

书记有两个，院党组书记是张红江，机关党委书记却是常务副院长徐长胜，实际上做具体工作的是机关党委专职副书记马振宽。他是一名军转干部，在部队当过政治处主任，立过五次三等功，最近一年多，帮助院里抓新院址办公楼的基建工作。政治部的几位科长和他说话就较为直白，表示业务庭室平时有出差的机会，而政治部门除了学习，很难有出去的机会。马振宽见大家都这么说，也不免心动了，在向徐院长汇报机关党委的工作时，便提到了外出接受红色教育的事，当然他是把大家的要求向院领导反映一下。

徐长胜考虑问题全面，他认为这个要求并不过分，甚至很正常，可能他在同干警的接触中也听到过这些议论，毕竟这也不是违纪的事，大家有想法议论一下也正常，对马书记的工作也是很支持的。说句实在话，机关党委的具体工作还都是马书记做的。

徐长胜内心里也是认可的，考虑到这次出去不是一两个人，还是要先跟张院长汇报一下，他对马振宽说：“有时间和机关党委的同志谈一谈，看大家的意见。”

马振宽见徐院长没有把话说死，知道还有希望，当他回到办公室的时候，见到邓海红科长就说：“我是讲了，就看院里同意不同意。”

张院长在和徐长胜谈到最近做的几项工作，徐长胜说：“天气热，中小学生都快放假了，有些家长要带学生出去玩玩，这两个月休假的多。”

张红江认同徐长胜的说法，并说要轮流休假，尽量避免出现“空城”现象，导致有的庭室一个人也没有。徐长胜笑了，干警休假要办公室发个通知，先自报一下休假的时间，庭里也好统筹安排。徐长胜还提了一下，马振宽和部分干警建议机关党委组织优秀党员开展一次红色教育。张红江问：“准备去哪里？”

“延安、西柏坡、遵义、井冈山都可以。”徐长胜说。

张红江说了一句：“韶山也可以去。”

徐长胜笑了笑：“大部分都去过了。”

张红江说：“控制在三天时间，看去哪里合适。”

“那就到遵义或者去井冈山。”徐长胜这样回答。

正在这时，张红江办公室的电话响了，徐长胜告辞后，张红江就接了电话。

徐长胜回到办公室，签发了几份文书，有刑二庭的一审判决书，是关于职务犯罪的案件。由于是市国土资源局的窝案，其中有的被告人与院里的干警有直系亲属关系，这不得不慎重考虑从法律程序到实体处理。因此，徐长胜将这几份文书在办公室压放了几天，再一次看后才签发。

下午，马振宽因为法院基建的事情向徐长胜报告，他作为法院基建的常驻负责人，是向徐长胜汇报什么时候安排院里的干警去看看，这也是谭院长要他汇报的。

徐长胜问了一些情况，对负责基建的几位同志表示了谢意和鼓励。马振宽说：“这是应该的。”徐长胜说如果要去看就趁早，如果天气太热，大家晒得一身汗就不太好。要不就到9月，学生都上学了，天气也凉快了。开院务会时，有部分同志提出来。据说大楼即将封顶，实地看一看大致轮廓，比图上看印象要深刻得多。马振宽未置可否，表示一切听领导安排。

徐长胜接着说起了党员外出接受红色教育的事，先要马振宽和机关党委做一个方案，地点就定在井冈山，时间三天，参加人员就是“七一”表彰的优秀共产党员和优秀党务工作者，还有先进党支部书记和“七一”宣誓人员。马振宽一听非常高兴，一是因为自己的建议被领导采纳，二是自己没有去过井冈山。作为参军入伍的老兵，这也是自己的一个愿望，没去过井冈山怎么都是一种遗憾。

他回到办公室，找政治部的王玉玲，问有没有学习方案之类的电子文档，就用现成的修改一下。王玉玲便找了干警网络教育培训方案、市中级人民法院干警党校集中整训学习方案。马振宽粗略地看了一下，很满意，准备参照这个学习方案，做一个井冈山红色教育安排及注意事项的文本。马振宽刚开始搞，谭院长又要他到工地上去一下，不知道有什么事儿，马振宽随后到工地上去了。

“七一”的表彰也不是人人满意，由于名额有限，有些优秀的同志未能入选，这也难怪，即便再增加一倍的名额，仍然可能有人落选。李国勇和刘青德谈论起这件事，心中总是流露出一种无奈。庭里只有一个“优秀共产党员”和一个“先进党务工作者”的名额。肖健、周丽云都很优秀，上进心都很强，当时商量后报肖健，也是考虑他工作不错，有激励他的作用。但如果报周丽云，一个庭里获奖的就都是女同志了。因为先进党务工作者的评选没有争议，党务是杨金华分管的工作，评选她是理所当然的。

本来评奖工作已经结束了，大家也都淡忘了这件事。忽然听说，院里要组织优秀党员去井冈山，赵建华问去年的优秀党员可不可以去，他去年是优秀党员。玩笑归玩笑，他确实有想法。

杨金华因为要去，所以将两件案件赶紧办完研究，郭明桂案和一件二审毒品案，李国勇问：“刑期重不重？要不就喊徐院长参加。”

一般来讲，一审案件可能判处无期徒刑以上刑期的案件，二审拟改判的案件，徐长胜都会参加，因判处死刑或死缓的案件要上审委会，其他的案件研究徐长胜就不参加了。

杨金华说：“那倒不需要，庭里研究一下就可以了。”唐仁平和张宇也有案件研究，张宇恨不得办完一件就研究一件。

李国勇说：“办出来的案件都研究一下，办公室来通知，安排休假，别到时候再研究案件找不到人。”

这样，杨金华就开了头，一般承办人手里办完两三件案件才集中研究，一件案件难得动念头。李国勇和刘青德对郭明桂案都有印象，杨金华汇报完后，主要是量刑方面大家有些不同意见，考虑到他在易华秀的案件中作用小于唐世海，加上主动自首，而且是在“两高三部”发布公告期间自首，还是在身份完全漂白的情况下自首，为了更好地体现自首从宽的刑事政策，量刑在十五年有期徒刑或无期徒刑之间考虑。合议庭其他两位成员也认为量刑还可轻一点儿，主要考虑其身份已经改变。在这种情况下，公安机关是不易发现的，因此，这种情况下自首还是有别于其他人东躲西藏的，再加上自首是在公告期间，应比平时从轻。

针对郭明桂的自首量刑大家意见很一致，李国勇也同意合议庭大多数意见，判处有期徒刑十四年。杨金华见状，不提两种意见了，就是一种意见，判处有期徒刑十四年。其他几件案件研究也都很顺利。

案件研究完了，这时正好还有些时间。大家便闲聊起来。李国勇就说："也不开会了，这夏天休假大家是怎么安排的？"

于是，杨金华说："我要看女儿考到哪里，9月开学时去送她上学，那时再休假。"

李国勇表示理解，要求其他人休假都报一下，由刘玉瑶统计一下。正巧刘玉瑶做好记录，准备让合议庭的成员签字。刘玉瑶顺便拿来一张白纸，写上庭里同志的名字，再问啥时休假，很快就统计出来了。余艳未在办公室，刘玉瑶打电话征求余艳意见，余艳说什么时间休假都可以。

刘玉瑶填好了休假表，正要交给李国勇，说："你交给办公室去吧。"刘玉瑶把表交给办公室的李书林副主任，李书林要他交给政治部组干科，李书林说："办公室只负责通知一下。"刘玉瑶把休假表交到王玉玲手里后，便回到了办公室。

去井冈山的事她也听说了，说心里话，她是想去的，但因为是优秀党员和党务工作者去，所以她去不了，即便是杨金华不去，她也不好意思顶她的位置。别人要是说闲话的话，自己心理上也接受不了。

杨金华研究完两件案件后，心里不急了，她又赶紧写判决书，因为时间充裕，她字斟句酌地写郭明桂的判决书，反复琢磨着用词，力求准确，不留下瑕疵。因为原来有判决书，对同一事实的认定不能出现矛盾，所以她拟好判决书后，又和以前的判决书事实部分进行了比对、检查，感觉可以了，才放心地打印出签发稿。

余艳上班了，问杨金华："什么时候走，晓得去几天吗？"

杨金华反问道："真不知道什么时候走，更不晓得去几天，你听到了什么？"

余艳说："可能要到月底走，不超过三天。"

"你听谁说的消息，准吗？"

"应该准，谁讲的你就别问了。"

杨金华一听要月底走，那急什么。心里这么想，但话还是没说出来，原本忙碌的她便停了下来，不急。

杨金华女儿已经高考完，据她自己所说，发挥得还好，根据往年的分数线，上个重点大学没问题。这对她来说是一种安慰。女儿很优秀，旁人都说继承了爸爸妈妈的优秀基因，有时想，自己对音乐并不热爱呀，难道丈夫有天生的潜质，自己和他相处这么多年怎么没看出来？想到女儿这一走，读书就是四年，今后是否读研还讲不好，能否回到家乡更是没法说，还是尽量动员女儿回到家乡。杨金华越想越思念，现在女儿和同学去旅游了，一切待她回来再说。想到这里，她便收拾桌上的东西，将电脑关机，准备去吃饭。

去食堂的路上，她碰到刑二庭庭长谭丽红，两人走在一起后，谭丽红问道："小孩儿考的录取通知书来了没有？报的啥学校？"

杨金华说："报的一所985大学，根据分数上重点大学应该没问题，当然要看到录取通知书才算数。哎呀，真是操不完的心。"

谭丽红说："不要紧，只要读大学去，这几年可以省下心，过几年还要为她的个人大事操心。"

"真的，你的女儿读大二了吧？"杨金华问。

"是的，下半年就是大三。"

"读研不？"杨金华又问。

"看她自己的，不苛求她，顺其自然。她不读研，明年校招参加工作也行，但今后恐怕就难得回家了。"谭丽红答道。

"想她了吧？"杨金华又说了一句。

谭丽红说："我还习惯，就是他爸爸蛮想念她的。"

"哎呀，真是的，我家丈夫也是这样的。"两人一路说笑着来到了食堂。

吃饭时，周丽云端着饭菜和杨金华坐在一起，问杨金华什么时候去井冈山。

杨金华说："去不去讲不好，即使去也是月底。"

见周丽云这么问，杨金华便说："有事吗？"

周丽云谦虚地说："我手里有件二审案件，总感觉把握不准，想请你看看，我俩一起提审，你帮我把把关。"

杨金华说："你不要客气，准备什么时候去提审？"

周丽云回复："明后天都可以，看你的时间。"

"那好，就定在后天吧，是去唐泉县人民法院吧？"

"是的。"周丽云做了肯定的回答。

杨金华因为从事多年的刑事审判工作，经验还是十分丰富的。调到市中级人民法院后，她看问题、分析案情更加全面和客观。她和谭丽红、吴蓉一样，都是女同志中办理刑事案件经验比较丰富的人。刑事案件与民事案件的最大不同就是，刑事案件要有持续几年的经验，而民事案件办完一件就是一件，无非调解或判决，法官就像医生一样，当然也需要临床经验。打个不恰当的比喻，刑事审判好比医生做外科手术，"一把刀"的称呼不是谁都可以享有的。而民事审判如同医生开药方，当然开得越多，经验越丰富。

周丽云毕业后在政治部工作了两年，又到民事庭工作。她原本不是学法律专业的，后来她刻苦钻研，进步很快，调到刑事庭后她进一步得到锻炼，但她总感到法律理论基本功欠缺，分析复杂案情时比较吃力。周丽云不懂就问，虚心好学，又比较热爱刑事审判工作。她有时候想，刘青德是从部队转业的，相信在部队和法律打交道不多，也是回到地方才到法律业余大学学习，他还经常在法律刊物、报纸上发表案例文章呀！周丽云想，世上不怕不会，就怕不学。她执着地坚持着，向书本学，向优秀的同事学，不断学习，不断实践，周丽云在不断地成长进步。

刘青德正在办公室，杨学亮却来了，平时难得看到杨学亮。刘青德说："是哪阵风把你吹来了？"

杨学亮说："还真没有什么风，现在案件多吗？"

刘青德说："还好，不算多，原来刑一庭的案件不是特别多，因为刑二庭的职务犯罪案件两大系列案一来，原有的刑事案如抢劫、盗窃的，虚开增值税发票案，这几个月都是我们审理，刑二庭有个病号邵雁超，身体估计不行了，今年还不一定能够过年。”

杨学亮一听：“这么严重呀，你刚才讲的系列案是指哪个？”刘青德告诉他：“就是市水利局和市国土资源局系列案，要内审平衡。”

杨学亮很好奇：“净是一些新名词，内审平衡是什么？”

“就是职务犯罪案件在宣判前，由市中级人民法院把关，防止各基层法院判的同类案件畸轻畸重。”刘青德回答。

杨学亮可说是不容易来办公室，刘青德给他倒了一杯水，还问道：“小孩儿就要放暑假了，特长班十天一学完，就彻底放假了，今年打算到哪里去玩儿？旅行社杨姐打来了几次电话。”

杨学亮说：“还不一定去得了，听说单位要去井冈山，如果我去不了，小孩儿就跟着你们去。”

刘青德说：“那还是一起去，就是错开一下。去井冈山，只有优秀党员去。”杨学亮和刘青德的小孩儿在同一所小学读书，今年小学就要毕业，每年暑假他们都带小孩儿出去玩，这让院里许多同志羡慕。袁晓丽就几次说有机会带小孩儿去，曾经有次刘青德征求过她的意见，结果她另有安排，那次袁晓丽就没有去。前年，周丽云倒是带她外甥一起到了桂林游玩，因她姐夫在国安局工作忙，离不开，姐姐当时又有事，几个小孩儿关系亲密，每家要有一位大人陪同。这样，周丽云就帮姐姐的忙，代替姐姐一起去旅游了。

一晃两年过去，时间仿佛就在昨天，杨学亮表示：“要出去也要等‘八一’过后了。”

刘青德说：“那都可以，只要出去，迟几天、早几天没关系。”杨学亮见刘青德也忙，就告辞了。

刘青德正忙于办理一起出售伪造的增值税专用发票案件，上诉人周怀江违反国家税收征管规定，伙同他人出售非法制造的发票，其行为已构成出售非法制造的发票罪。周怀江提出，“一审判决认定事实错误，实行数罪并罚不当，量刑不当。上诉人出售的假发票均为普通发票，不具有抵扣税款的功能。

出售假发票的票面金额只能认定两百万元，不能认定六百万元。周怀江出售发票六张金额四百万元属未遂。实行数罪并罚适用法律不当”。仔细审查，一审认定周怀江犯出售伪造的增值税专用发票罪，属于定罪错误。犯出售伪造的增值税专用发票罪，必须是增值税专用发票，这一犯罪的出售行为的对象仅限于伪造的增值税专用发票，否则，不能构成出售伪造的增值税专用发票罪。出售真实的增值税专用发票，出售伪造、擅自制造的可以用于骗取出口退税、抵扣税款的其他发票或者普通发票，构成犯罪。刘青德认定，这个案件需要改判。

上午李国勇参加院务会，回来后把会议精神做了传达，因为没有什么新的内容，李国勇喊刘青德、杨金华到办公室随便讲了一下。李国勇说：“一是天气热，要防止中暑，休假要安排好，工作要衔接好。二是时间过半，任务要过半，还是要抓紧办案，今年的工作要在省里争取好名次，现在要查漏补缺，下周准备开全院干警大会，总结半年的工作。”庭里的半年工作已在上月下旬就进行了总结，书面材料早就交给了办公室的笔杆子李书林。李书林看了总结比较满意，因为刘青德专门进行了斟酌。李书林说：“刑一庭的总结材料不需要修改，可以直接套用。”

刘青德在刑一庭工作前，担任办公室副主任，对办公室写材料的风格还是心中有数的。近几天，想一想，其实材料还可挖掘一下，今年刑一庭在办理刑事附带民事案件中，加强了调解工作，被害人家属及时得到了赔偿，这一点虽有提及，但还可以更加完善。

张宇的父亲从老家来了，他给李国勇请了假。李国勇笑了笑，说了句：“你不看父亲，父亲来看你？”

张宇说：“哪能呢？我端午节都回去了，只是小孩儿学习紧，没回老家，爷爷来看孙子倒是真的。”

李庭长笑了笑：“好呀，多陪陪老父亲，父亲也有七十多岁了吧。”

张宇说：“快八十了，准备给他祝个寿。”

李国勇说：“做六做七不做八，没听说八十岁祝寿的。”

张宇说：“就到家里吃顿饭。”

李国勇似乎还要说什么，正巧电话响起，李国勇接了电话，便朝张宇点点头，张宇便离开了李国勇办公室。

去井冈山的事情终于落实下来，各庭基本只去两人，都是个别通知，决定下周去，7 月 28 日到 30 日，三天。杨金华从谭丽红庭长那儿得到的消息，说是机关党委定的，是通过旅行社安排的，这样也好，保险一应俱全。院里不用承担大的风险。张红江到市中级人民法院主持工作后，处处小心谨慎。这次出去三四十人，安全可不能出一点儿差错，杨金华告诉肖健，做好出去的准备，安排好工作，杨金华还特意提醒了一句："把钥匙交给李庭长，别门开不了，要找个什么东西找不到。"

肖健也说："是的，读书时就有这种情况，平时没啥事，刚刚请假外出，找人问事的就来了，有时甚至刚走一会儿。"

杨金华说："的确有这样的情况。"还关切地说："准备一下。"

肖健说："没啥准备的。"

周末刘玉瑶很高兴，男朋友谭学杰来了，他是从挂职锻炼的地方坐了三四个小时的长途客车赶来的。进入伏天，天气比较热。上午，他们很早出来了，刘玉瑶和谭学杰在竹叶湖一处绿树成荫的地方说了一会儿话。从眼前的两地分居想到今后如何调动，走遴选考试吧！难度也很大，想去省高级人民法院的人多着呢，竞争肯定激烈。一想到这些，刘玉瑶面露难色。谭学杰望着刘玉瑶，她像极了一位香港著名女明星，连同事都说，简直是双胞胎。望着漂亮的女友，他深感这辈子三生有幸，想到面临的两地分居和今后的调动，他内心充满了憧憬和焦虑，一想到那一揽子的麻烦事，心中更是忐忑。

太阳渐渐升高，临近中午，天气已热了起来。谭学杰就说："换个凉快地方吧，也去吃点东西。"刘玉瑶便和谭学杰一起朝竹叶湖的商业街走去。刘玉瑶撑着一把淡红色遮阳伞，在阳光的映衬下越发美丽动人。谭学杰看着并排走的刘玉瑶不禁有些心潮澎湃，憧憬着未来的二人世界，心中油然涌动着一阵潮水般的爱意。

他找了一家冷饮店坐下，一看刘玉瑶有些不悦，便猛然想到刘玉瑶这几天不方便，吃不了冷食。于是马上转到另一家饮食连锁店，刘玉瑶点了一碗红枣小米粥，谭学杰是江苏人，点了几个包子和一碗稀饭，他俩津津有味地吃了起来。

突然一个人喊刘法官，并朝刘玉瑶走来，刘玉瑶一脸错愕，好像不认识此人。那位男同志连忙自我介绍，是某起案件被害人的亲属。啊，想起来了，是有一起多名被告人故意伤害案，可刘玉瑶似乎想不起来和他打过交道。原来，那天开庭时刘玉瑶是书记员，他坐在旁听席，在后来附带民事赔偿调解时，刘玉瑶站在被害人的角度直言了几句，使得对赔偿额犹豫不决的被告人家属很快下定了决心，积极赔偿。刘玉瑶的仗义执言给了被害人的亲属极大信心，赔偿解了被害人的燃眉之急，也给被告人家属指明了一条路，被告人得到了从轻处理。因此，刘玉瑶给被害人家属留下了深刻的印象，今天遇到，他便主动打了招呼。

刘玉瑶一想，原来是这么回事，因为那人的夸奖还很不好意思。那人提出要给刘玉瑶买单，刘玉瑶说："不用客气，单已经买了。"这样他们互相招呼后，就分别了。刘玉瑶连想也没想到，在这里会碰到这样一个人，联想到今后办案会更多，要时时刻刻严格要求自己，注意自己的言行举止。俗话说："一个和尚不认得一百个香客，而一百个香客却认得一个和尚。"谭学杰吃完后，刘玉瑶便说："回去吧，天气太热了。"谭学杰早有此意，两人算是不谋而合。于是，谭学杰就喊了一辆出租车，一会儿两人就回到了刘玉瑶在法院租住的宿舍。

三年前，刘玉瑶以文秘人员身份考入市中级人民法院后，一直刻苦学习。前年司法考试前，刘玉瑶也想奋力一搏通过司法考试。为备考，她日夜学习，白天又忙于工作，整个人忙得像高速旋转的陀螺。那时，刘青德还在办公室当副主任，看到刘玉瑶要备考复习，身边工作又多，就想给她些复习时间。为此，刘青德找徐院长汇报说："刘玉瑶因刚参加工作，根本没有休假，即使有也就几天。"

徐长胜便问刘青德："有什么好办法可想？"刘青德就建议，刘玉瑶人不离开法院宿舍，在宿舍安心复习，对外不说请假。她的工作自己和李书林帮助完成，院里开会、集中学习时再到场，点名时保证不缺席。

徐长胜很干脆地说："行，就这么办，我知道了。"刘青德告诉刘玉瑶这一消息后，刘玉瑶惊喜而感激，刘青德当即要求她收拾办公桌上的东西，将手头的工作准备移交。刘青德将这一消息告诉李书林时，李书林对刘青德的义气和助人之举十分佩服，并非常支持，还开玩笑说："要刘玉瑶请客。"因为联带包创的责任人是李书林。

刘青德之所以这样做，一是和刘玉瑶面对面坐一间办公室，她想看书，干扰太大容易受影响。二是刘青德想到自己考军校和战士考学时，都希望多些时间集中精力复习。刘青德担任连长后，凡是战士考学他都提供方便，让他们安心复习。这次让刘玉瑶复习考试也是基于这种考虑。刘青德叮嘱刘玉瑶，让她回家，也就是租住在法院里一位老干部的房子。手机保持畅通，安心复习。平时的一些事情都是刘青德帮忙处理了。

一个月的复习，成绩显著。刘玉瑶参加司法考试，分数不多不少，刚好通过分数线，司法考试这一关终于过了，她欣喜庆祝的同时，自然也忘不了刘青德对她的支持。由于通过了司法考试，她今后的路就更好走了，也更宽广了。

刘玉瑶与谭学杰回到租住屋后，一起谈论法院的工作。谭学杰因为要挂职锻炼，希望早点回省高级人民法院，当然更希望和刘玉瑶早结良缘。时间过得真快，转眼两天一晃而过，送别了谭学杰后，刘玉瑶好好地休息了一下，准备迎接下周的工作。

周一一上班，杨金华就给李国勇请假，李国勇诧异了："不是到井冈山去吗？"

杨金华说："就是去不了了，才专门上班请假的。昨天晚上，妈妈下楼时不小心，一脚踩空，摔成骨折，送到中医院治疗，折腾到半夜，丈夫下午就去单位了，女儿和同学玩去了，家里就我和爸爸妈妈，爸爸身体不好，只能我照顾妈妈，到医院办完一切手续，就已经很晚了。现在是爸爸护理，江西井冈山，我是去不了啦。"

李国勇说："原来是这么回事。"

杨金华说："明天就要走了，你安排别人去吧。"

李国勇见状，只好说："那好吧，看看谁愿意去。"说完便征求唐仁平、赵建华的意见，赵建华说了句俏皮话，说是想去，但不符合条件呀。

李国勇便说：“这次没条件。”因为说这句话时，周丽云、张宇都听到了。周丽云还是想去的，只是女孩子的矜持，让她也委婉地谢绝了。问刘玉瑶去不去，她不好意思地说身体不舒服，这两天谭学杰来陪她玩，虽然高兴，但确实累，便毫不犹豫地推辞了。另外也有一层意思和周丽云一样，这次去的都是优秀党员和先进党务工作者，自己啥也不是，特别是看到和自己差不多一年进来的，就被评为优秀党员，未免太难为情了吧。对于这一点，李国勇还真没考虑那么多。他想，只有刘青德没有问了，如果他不去，难道自己亲自去？他的态度模棱两可，去不去都行。问到刘青德时，刘青德感到奇怪，不是两个人吗？这又不是安排出差，谁去都行。听说杨金华的情况后，刘青德说：“可以去，不谦虚地讲，五年前自己被评为市里的优秀党员，那可是上了市委组织部的文件的。”

李国勇说：“要不你准备一下？”

刘青德说：“准备什么，跟着走就是。”李国勇就再也没说什么。

杨金华不去的消息，先告诉李国勇，她又给谭丽红打了电话，毕竟两人约定过一块儿去，一来都是刑事庭的，二来女同志谈得来。谭丽红听说杨金华不去井冈山，忙问发生了什么事。杨金华讲了母亲腿骨折的事，谭丽红听到这一消息还要去看望老人，杨金华连忙谢绝。谭丽红只好说：“那回来再去看。”

刘青德去井冈山，真是意外之喜。其实，他心里早就想去，一直没有机会，每年休假要先征求杨学亮等人的意见，这次去江西井冈山，还去南昌，刘青德作为一名曾经的军人，做梦都想去。这次院里组织先进党员去，刘青德也曾羡慕过，想不到在出发前一天，这件好事还真落在他的头上，他内心欢喜着。下午下班前，肖健过来问：“刘庭长是否有什么要求，东西多不多？”

刘青德说：“就像是出差三天，在外住两晚，没那么复杂。”

肖健笑了笑，说：“杨庭长安排我明天搬东西。”刘青德说：“没听明白，搬什么东西？”

肖健说：“院里会买一些吃的，谭庭长要杨庭长喊我帮忙搬。”

刘青德说：“那帮忙搬，要不你的物品我给带着。”

肖健说：“那倒不需要，明天早晨见。”当刘青德上车时，朱虹正拿着名单画对号，她朝刘青德望了一眼后，谭丽红忙做了解释，“杨金华家里有事，他来替换她。”朱虹回了一句：“知道了。”

刘青德和杨学亮坐在一起，刘青德拿到一份关于红色教育活动的方案及注意事项，内容写得比较详细。徐长胜副院长带队，副领队马振宽，另外有谭丽红、贾智平、王晓鹏、刘爱国，成立了五个组：组织联络组、后勤服务组、安全保卫组、文娱宣传组、老干部工作组。杨学亮在后勤服务组，文娱宣传组有吴亚莲、徐梦华、蔡淑英，保卫组组长是王晓鹏，还有童宁飞副组长。分了四个生活小组，三十八个人分为四组，就餐按照这四组安排四桌。

刘青德不禁说出了声，杨学亮还未来得及看，一看人员名单，联系电话都有，便情不自禁地说道：“搞得还挺详细的。”刘青德又看了旅行社制作的行程安排，今晚即可漫步于挹翠湖公园。看到介绍，园内绿树成荫，湖平如镜，亭台楼阁相映成趣，还可逛土特产一条街。明天参观的主要景点有黄洋界、大荷树、小井红军医院，参观百竹园、红军第一个造币厂、大井朱毛旧居群、主席读书石，还欣赏玉龙潭瀑布群，后天参观北山烈士陵园，全体党员进行爱国主义教育活动，游览碑林雕塑园，远眺井冈山主峰——五指峰，参观革命博物馆，了解井冈山革命斗争史，乘车前往笔架山景区游览。

刘青德望着紧凑的活动安排，对杨学亮说：“这两天可要做好打硬仗的准备，行程紧，参观的景点多，别怕吃苦。”

杨学亮笑着说：“这走路游览难道比你在部队训练辛苦？”

“那倒没有。”刘青德回答道，说完将这份安排表还给了杨学亮。杨学亮接过安排表，顺便放到挎肩包里。

昨天晚上，刘青德见是去井冈山，便从收集的一些老资料中找到一本红册子，是四十多年前编的。记述了我国第一个农村革命根据地井冈山，是纪念馆早期的陈列品简介。刘青德一看就入迷了，从简介内容就可以简单了解共产党的光辉历程。于是，刘青德特地把这份简介带上了。杨学亮问起小册子的来历，刘青德告诉他说，这本小册子还是在空军司令部当参谋时，一次路过老干部宿舍前，从旧书摊淘到的资料。

刘青德拿出的这本小册子，引起了旁边坐着的贺用强的注意，杨学亮看完后，他也拿过去看了，看完后说："这小册子真好，有用，对我们此行加深对红色革命史的了解有帮助。还是刘庭长有心呀！"

朱虹照着名单点了名，这样去江西的人就全都到齐了。随后，朱虹请徐院长提了几点要求。徐院长原不准备讲，朱虹把话筒递给徐院长后，徐长胜从座位上站起来，旁边的李书林大声吆喝了一声："大家安静！请徐院长讲话。"

徐长胜讲了三点："一是注意安全，不要出事故；二是放下工作，不想案件；三是服从导游的安排。最后祝大家旅途愉快。"

徐长胜话音刚落，车厢里顿时响起热烈的掌声。徐长胜微笑着以示亲切。朱虹将话筒递给导游，问徐院长："可以开车不？"徐长胜点点头，李书林看到徐院长已示意走，说了一声"向井冈山进军"。大家都神情一紧，有的在系安全带，有的在调整座位准备靠后坐，闭目养神。

这时，导游先做了自我介绍，说她姓刘，毕业于某旅游学校，看着她穿着一件古装衣服，文静又秀气，听她讲了开场白，然后讲解了这次要去的景点，表示次序可能会略有调整，到了井冈山再说。由于是单位集体组织活动，她也是在履行工作职责，说完后，她将话筒交给了朱虹。车上有卡拉 OK，导游打开了设备。朱虹喊李书林唱歌，李书林谦虚地推辞说唱不好，并请江梦玲唱。江梦玲唱了一首流行歌曲，她声情并茂的演唱，赢得全车人的热烈掌声。

朱虹提议，徐院长来一首，大家鼓掌。徐长胜也没推辞，导游问放哪首伴奏。徐长胜说："小白杨。"徐长胜悠扬的歌声唱出了军旅歌曲的味道。徐长胜未当过兵，而唱得这样好，出乎大家的意料，实事求是地讲，徐长胜唱得真好。

朱虹起哄，徐院长再来一首！徐长胜婉言谢绝。朱虹也不好再强求。免得别人说只围着领导转。

或许是刚才徐院长唱的军旅歌曲引起了大家的共鸣，又临近建军节，大家纷纷提议，请曾经的“兵哥哥”们准备，军人唱军歌一定会唱出军营的气派、军旅的韵味。

贺用强被朱虹点到，有点儿不好意思，又不好推辞，便邀刘青德一起唱。导游说，只有一个话筒，看到贺用强有些不好意思，刘青德就准备唱。一首《打靶归来》的伴奏声在车厢里回荡，刘青德挺起胸膛开唱了：“咪嗦啦咪嗦……”车在行进，歌也唱了一会儿，有的老同志在闭目养神，大家似乎也有些坐长途车的困顿，迷迷糊糊，导游就拿过话筒让大家安静地休息。

李书林从贺用强手里拿过小册子看了一下后，就问徐院长看不看，徐长胜拿过小册子饶有兴趣地翻了翻，最后说：“这有年头了，比我们有些同志年龄都大，保存得这样不错，刘青德爱收藏，有意义。”徐长胜翻过后，李书林就将小册子递给刘青德，刘青德便将小册子放入随身携带的小包里。

杨学亮问：“这本小册子里面内容最大的特点就是时间节点很精确。”

刘青德答：“这好办，在20世纪60年代很多参加井冈山斗争的老同志都在世，还有一些老赤卫队队员，年龄不是太大，也都清醒不糊涂，回忆三四十年前的事应该不会有错，因为人多，每个人对自己某些经历和时间都刻骨铭心，像我对参军体检和出发的时间就记得很清楚。”

杨学亮对刘青德的说法表示赞同，贺用强因和刘青德只隔一个位置，中间有走廊，在同一排，也听得清楚。他补了一句，“也可以从敌伪报纸上印证某些时间，像党的一大的召开时间，就是从当时的旧报纸上发生一桩新闻案的见报时间，再通过其他人的回忆，考察确证的时间。”

杨学亮说：“可惜当时未能留下什么照片，很少看到红军时期的照片。”杨学亮过去在办公室工作期间，经常给院里的活动摄影，接受过专门培训，想必也对历史，尤其近代史的一些事情有记忆。他的观察也是很仔细的。

贺用强说：“那时候环境险恶，保存自己，消灭敌人才是最重要的，现在有些照片也是敌人屠杀我们红军时拍摄的，再说，也没有很好的条件保存资料。”

杨学亮点了点头。刘青德问贺用强：“你所在的部队以前是在井冈山吧？”

贺用强说："总的来讲，党对军队的绝对领导，我们部队是抗日战争爆发后从山西发展起来的。"杨学亮饶有兴趣地问刘青德："你们部队呢？"

刘青德想了想："我们部队还真与井冈山有些关联呢！按照组织沿革，我们部队来自解放军第十四兵团，最早是由山东部队进入东北的，而山东部队大多是平型关大捷后，第115师分兵后到山东，开辟根据地，而第115师是来自红一方面军，可以说和井冈山有数不清的渊源。"

贺用强对这一解释也认可，杨学亮问了几个在井冈山时期著名的军史人物，如红军时期早期牺牲的如王尔琢同志，毛主席曾给予了高度评价。

正在谈话时，有人提出在服务区停一下，大家上卫生间。还有两公里，很快就到了。有的人犯了烟瘾，想下车抽一支烟。此时，曾经寂静的车厢又喧闹起来，闭目养神的人也仰头望向窗外。

旅行大巴车一路疾驶进入了江西境内，当下午到另一个服务区停下来时，坐了七八个小时的车，大家都下车走了走，聊天放松了许多，一向活泼好动的李书林，也觉得坐大巴车时间长了疲惫不堪，也显出了疲倦之色。

李书林昨晚加班赶写一个材料，确实比较累，也没有了早晨那股热乎劲了，晚上好好吃顿饭，他心里这么想着。

当车子再次启动驶上高速路时，车厢里又响起了导游的声音，大家似乎经过刚才的休息，体力和精神得到了恢复，又活跃起来。来到宾馆时，前台早就准备好了房间，每人只需拿身份证到前台办理登记。李书林走在前面，朝一旁的杨学亮说："我俩住一个房间吧。"

刘青德望了一眼，只见肖健和王晓鹏谈笑风生。便朝旁边提包的贺用强望去，他问道："你和谁住一个房间啊？"刘青德说："还没有谁，要不我俩住一个客房，我不打呼噜。"

贺用强说："我也不打呼噜。"两人房间和杨学亮的房间只隔一间房，中间是老同志陶承奎和阳桂国，原本是江梦玲和柳钰的，后来女同志集中在后面几间房，王玉玲和吴亚莲住一间，蔡淑英和吴蓉住一间，杨华和张秀娟住一间。于是，柳钰和江梦玲，就将钥匙给了阳桂国。

大家将行李放到房间后，稍事休息就吃晚餐。实话说，晚餐安排得比较丰盛，因为在团餐的基础上，每桌加了三个荤菜，一天坐车所带来的疲劳，经过休息，大家的精力都得到了恢复。

马振宽说："晚餐后无集体活动，大家自行安排，请大家注意安全。"

贺用强吃饭时和刘青德坐在一起，晚上能喝酒的几乎都喝了一点儿，刘青德因为血压不稳，尽管没有吃药，还是比较注意和节制。平时能够喝三四两酒，这次只喝了半小杯，算是意思一下。贺用强放得开，平时法警支队要求严，随时准备应对突发情况，不怎么喝酒。将在外，军令有所不受。这两天他放下一切事务，安心地休息，让疲惫的身心放松了一下。由于这次好喝酒的不多，倒是马振宽每桌敬了一杯，喝得比较多。大家都感谢机关院党委组织了这次红色之旅，希望之后再多组织一下，还有延安、西柏坡等地方，这种教育来得更加直观。

马振宽喝了一点儿酒，也是豪气万丈，朝着徐长胜说："只要徐院长同意，每年组织，去哪里都行。"

徐长胜思想敏锐性很高，马上说："只要院党组同意，组织红色之旅是可以的，这些工作只是让马书记辛苦了。"

马振宽说："应该的。"

大家吃完饭后，三三两两，有的回宾馆，有的出去走走。

徐梦华可能有点儿不舒服，哪里都不想去，就回客房休息了。今天在车上也没有唱歌，其实她过去当过老师，1988 年本科毕业于武汉音乐学院音乐教育系，主要从事初、高中音乐课教学和班主任管理工作，多次获校级"优秀教师"荣誉，曾两次荣获德沅市人民政府嘉奖，获市级"优秀指导老师"称号，特别是她弹奏的四锦缎古筝曲"静若止水，动若脱兔"。八年后她考入了花苑县人民法院，那时，政法队伍公招，许多老师参加考试，成绩突出，便改行了，有的到公安局，有的进法院。徐梦华到法院后认真学习法律，报考了函授法律本科，一边工作，一边学习，克服家庭困难，业务上进步明显，五年前被调入市中级人民法院。

江梦玲邀柳钰，还有朱虹去街上走一走，刘青德则和贺用强一起散步。刚喊杨学亮，杨学亮说："陶承奎邀请我下象棋，已经约好了，不好意思。"

也不知是未陪同逛街不好意思，还是别人喊了不参加不好意思。

王玉玲这两天身体不方便，吴亚莲感到有点儿晕车，吃完晚饭后，就到客房休息，想到明天还要走很多路，就想休息养精蓄锐。经过休息，吴亚莲又恢复了精力。因为两人毕业于同一所大学，王玉玲说：“师姐，你到研究室有三年了吧。”“可不是，到研究室整整三年了，看看年底能不能调整到业务庭去。”吴亚莲说。

“多关心一下师姐，你到政治部要多帮我说说话。”吴亚莲打趣说。

王玉玲笑着说：“我说话不管用，要找董主任，你可以找他反映一下。回去后，趁哪天董主任不忙时，我告诉你。”

吴亚莲连忙说：“那谢谢你。”

两人轻松地交谈着，听说刘玉华生了二胎，婆婆年纪大，身体有病，小孩儿又抱不起，只能让小孩儿在床上打滚玩。刘玉华看到后，心痛得落泪。法官真的好辛苦，尤其是女法官。吴亚莲说：“当年我的小孩儿是我妈帮我带的，我婆婆没有帮上忙。”

王玉玲说：“还好，我小孩儿出生后妈妈婆婆都帮着带，不然的话，我和丈夫都上班，丈夫又不会做家务事，工程公司又忙得很。”

吴亚莲说：“带小孩儿的事，男同志也搞不好。”两人还聊到了过去读书时学院发生的事，讲到有的老师退休后还来过德沅市，她俩就不禁思绪万千，感慨万分。

刘青德走在大街上，置身于这片红色的热土上，他不自觉就想到八十年前，先辈血洒井冈山，创建了新中国。如今漫步街头，不禁为先烈的浴血牺牲换来今天的幸福生活而感动。刘青德和贺用强谈起了部队的一切，因为刘青德已转业十多年了，部队也进行了整编，相比过去有较大的变化。刘青德还是很佩服贺用强的，贺用强的军事素质过硬。从他去年带警队参加省高级人民法院组织的业务技能比赛中获得全省第二名的结果看，他抓军事训练是很能干的。刘青德毫不掩饰地说，虽然自己也是到大机关，但军事素质不如贺用强。

山区夜晚显得凉爽，走在街道上的人们都感到十分惬意，柳钰一行走过来便问："有什么特色可以看看？"

柳钰答道："有个卖旧书、旧物件的地方，看刘庭长可能喜欢，不知道贺支队长喜不喜欢。"

刘青德一听："那去看看。"贺用强对这一切不是蛮有兴趣，但不排斥，就说去看看。

柳钰手朝远方一指说："只有一百多米，挨街尾。"

刘青德和贺用强兴冲冲地来到了店里。店主是一个五十多岁的男子，刘青德看了一些旧书，大部分是20世纪60年代出版的，还有一些历史资料照片。其中有《毛主席去安源》这幅画的湘绣绣品，刘青德看像是原物，不像是仿品。心里蛮喜欢，一问价钱，吃了一惊，那不是可以承受的，便摇了摇头。店主希望刘青德还价，刘青德说不好还。随后，他们看了一些徽章就返回宾馆了。

柳钰和江梦玲住在一起，两人也比较高兴，上进心都比较强。几年前，柳钰从湖南某著名高校法学专业毕业后，继续读研究生，通过考试进入市中级人民法院。江梦玲原本是通过书记员招聘进入市中级人民法院的，后又通过公务员考试进入法官序列，现在是审监一庭的书记员。江梦玲谈的男朋友是发改委的，柳钰谈的男朋友是国土资源局的。她原是民事庭书记员，两人谈到庭里的工作都说不轻松，太忙了。

江梦玲说："好多卷宗还未整理，幸亏两个星期前来了两个实习的大三学生帮忙整理。"

柳钰也说："月初，政治部安排了文理学院的三个学生实习，这几天缓解了一下，但开庭做记录还是得自己，虽然这样还是节约了不少时间。"

想到审判员也是从书记员走过来的，每进一步都是不容易的。两人谈到了各自的男朋友，都感觉他们单位也很忙。柳钰说："国土资源局到处负责拆迁，矛盾纠纷很多，钉子户也不少，每做通一户工作都要花费很大的精力。"

江梦玲说："我男朋友就是天天晚上加班，不晓得哪里有那么多的材料，整天写。"

柳钰说："男朋友晚上加班不多，白天为拆迁，吵吵闹闹，就是晚上经常开会，研究如何应对拆迁出现的情况，天天强调纪律，防止收受钱物或编造假拆迁户，骗取国家钱财中饱私囊的情况发生。他们单位还有案件在刑二庭审理。”

江梦玲倒是对男朋友单位的情况不太熟悉，因为发改委下面管的面比较广，有时男朋友讲也没认真听，倒是介绍人姚莉对男朋友的单位做过详细的介绍。

原来，姚莉参加工作后基本是从事民事审判工作，这主要是因为她丈夫也在市中级人民法院工作，对工作偏爱而执着，所以他来法院后几乎就一直从事刑事审判，也一直在刑事庭工作。那时候的法院，庭室很少，不像后来有这么多部门。后来成立了执行庭，姚莉的丈夫赵治钢被调到执行庭，他工作突出，很受领导赏识。1996 年，他作为工作队的负责人参加唐泉县的支帮工作，负责六个工作小组。刘青德先是和赵治钢在一个小组扶贫，后来，赵治钢就到其他小组协调联系工作。

当时市委给负责人的权力比较大，可以参加研究有关农村工作的县委常委会，而小组组长则可以参加所在乡党委会。姚莉夫妇感情很深，临走时，姚莉依依不舍、热泪盈眶，这些江梦玲当然不知道。姚莉在民事庭工作，特别是最近几年在办理破产案件中经常和政府部门打交道，和江梦玲的准公公很熟悉，便为他的儿子撮合了这门亲事，如今江梦玲和男朋友正在热恋中。

江梦玲已经到了谈婚论嫁的阶段了，不是今年年底就是明年年初就将结婚成家。柳钰他们还在互相了解中。聊到其他人谈的朋友，郭婷婷当然成为她们谈论的话题，听说郭婷婷他们在大学里就谈好了，男方父亲是紫城区公安局局长。郭婷婷就专门考德沅的公务员，而不惜远离父母。她的老家在安徽阜阳。现在人员流动越来越频繁，女方远嫁，男方离开家乡的也越来越多。

柳钰因与张秀娟关系好，自然就会聊起张秀娟的个人问题。柳钰说：“张秀娟还没找呢，希望有合适的帮忙介绍。”

江梦玲说：“自己熟悉的就是女生多，男生不多，如果有了合适的一定帮忙牵线介绍。”

这时，外面响起了脚步声，隐隐约约听到陶承奎说：“想不到杨学亮下象棋这么厉害，刚才最后一盘太大意了。”看来是下象棋的人结束了。

时间不早了，江梦玲对柳钰说：“我们睡觉吧，明天参观的景点多，肯定会很累的。”

杨学亮进屋，李书林问了句：“战况如何？”杨学亮说：“还行吧，我和陶承奎下象棋，一般是胜多负少，有时候势均力敌，主要是看心情，要多看几步棋，少看一步都会输。”

李书林说：“那好，明天我去观战，向你学习下象棋的窍门。”

杨学亮说：“阳桂国的棋下得好，可以向他学习，陶承奎虽然输了，但他下棋的风格蛮好，从不悔棋，不像有的人，总是悔棋，我不喜欢。还有马振宽的棋风也好。”

杨学亮简单洗漱一下倒头就睡了，他想明天早晨再洗澡。李书林还很兴奋，想聊聊天，看到杨学亮犯困就打消了这个念头。

早晨的自助餐比较简单，好歹都是在学生时代当过兵，年龄大的都经历过艰苦生活，大家吃得开心，不觉得寒碜，也没有说什么。导游起得比较早，李书林吃完早餐后，杨学亮才匆匆忙忙来吃早餐，头发都是湿的。杨学亮等人吃完后，导游拿着喇叭就开始喊大家上车了，有的早就坐在车上了。导游说：“今天先是集体去参观井冈山革命博物馆。”讲解员认真地介绍着每一件实物和每一张照片。杨学亮对这段历史及近代史颇感兴趣，听得格外认真。由于有纪念馆的讲解员一路讲解，大家边走边听边看。

参观完纪念馆后，大家自由活动时，刘青德想买点纪念品，他买了一盒明信片，还买了几枚纪念币。

第二站参观的景点是黄洋界，汽车奔驰在通往黄洋界的沥青路上，一路上青山翠竹，井冈山山势雄伟，山势陡峭，峰峦岩壑。这里森林茂密，山清水秀，景色宜人。大家坐在车上，一路谈笑风生，来到了黄洋界。

远眺连绵起伏的井冈山山脉，群山巍峨，峭壁林立，大家的思绪顷刻就回到了战火纷飞的年代，似乎都置身于“过了黄洋界，险处不须看”的意境之中。

黄洋界上隆隆的炮声，似乎在身畔密响，可以想见，当时红军战士的处境是何等惊险！远观峰峦重叠，林木幽深，构成天然险峰。近看苍松翠柏，绿树成荫，形成绿色屏障。徐长胜和马振宽说：“全体同志照一张合影吧。”

马振宽就高声喊道：“都来照相！”正准备四散走开的大家，便聚在写有“黄洋界”的影壁前，马振宽大声喊道：“整一下队，以贺用强为基准，向右看齐。”整完队后看还未到正中位置，又要贺用强向左跨了两步，再次看齐，队伍终于整好。徐长胜示意李书林将照相机调好焦距后，请导游照了几张。马振宽又让导游用手机拍了几张照片。

这时，谭丽红提出：“全体女同志照一张合影，请李书林帮忙照一下。”马振宽一听：“全体男同志也照一张。”这样，大家便三三两两，自由活动。刘青德便在他们走后，请杨学亮帮忙照了几张，见到徐长胜在不远处，刘青德便邀徐院长一起合影。这一邀又有几人和徐院长合影。

站在这黄洋界上，刘青德笑着对贺用强说：“这地方，当年毛主席走过。”

杨学亮说：“朱总司令也到这里来过。”大家哈哈一笑。

刘青德说：“今天我们再到这里看，想到八十年前那该是多么艰苦。”

徐长胜走过来，刘青德讲了一个传闻，当红军离开江西走上长征路时，有井冈山群众问毛主席，红军啥时回来，毛主席没有说话，伸出手指头比画一个三，又伸了一个五指。井冈山的群众看了看，恍然大悟。是三年，或者五年，待三年过去，五年过去，八年过去，群众盼望。直到 1949 年，解放军重返江西，群众才明白，三和五是指三个五年，共十五年。当年的红军战士终于回来了。时间也恰好是十五年，这当然是美好的传说。世间好多美好的事都是那种无法解释的天然巧合。

徐长胜听后笑了笑，说了句：“你是个爱读书的人，也是个有思想的人。”这时，徐长胜的电话响了，好像是市公安局打来的，说是来汇报的。徐长胜说正在外地，等两天回去后再联系。

刘青德对杨学亮说：“你喜欢作诗，可以即兴赋诗一首。”

杨学亮说：“可惜何组长没有来，如果来了他会诗兴大发。”

李书林从远处走过来，看到这么多山，各有千秋。话刚落音，手机电话响了，一看是姜曼丽打来的，便接电话问，有何指示，原来是市人大有份材料，上个月发的，需要查找有关落实内容。这份材料从登记上看是李书林拿走了，不知放到哪里了。

李书林想了想：“那去我办公桌的抽屉里找找吧。”

过了一会儿，姜曼丽电话打过来，特地告知李书林文件找到了。

这时，徐梦华和谭丽红也走过来了。徐梦华说：“都看完了，有些地方和我老家相似。”

李书林反应特别快，风趣地说：“那大家今后搞活动就到你老家去。”

徐梦华俏皮地说：“去就接待，还招待不起吗？”

李书林说：“不是那个意思，真搞活动，不会要你个人掏腰包。”

刘青德插了一句：“放心吧。”

徐梦华朝刘青德瞥了一眼，表示莫名其妙。徐梦华是从县人民法院直接调上来的，工作上表现得非常不错。她有文艺特长，女儿遗传了她的基因，身材修长，相貌美丽，是学校里的文艺骨干，和谭丽红的女儿一样，在学校里都是品学兼优的好学生。徐梦华的女儿如今通过招考进入省会城市税务部门工作，家人常为她感到骄傲。

游完黄洋界，到了吃午饭的时间。陶承奎和阳桂国提议喝点白酒，马振宽原计划是晚上喝，见有人提出了，就顺便拿了几瓶二两小瓶酒，又邀杨学亮喝，要男同志喝酒的都喝，李书林在杨学亮的劝说下也喝了一小瓶，大家开怀畅饮，心情都很愉快。

马振宽说了句：“再过几天就是建军节了，我们这些‘老转’先喝一杯。”

法警支队的贺用强和童宁飞都喝了，刘青德从李书林的杯子中倒了一点儿，杨学亮见状，忙将自己杯中的酒也倒了一些给刘青德，大家当过兵的都喝了，马振宽还邀请当过民兵的也一起喝。徐长胜身体有点儿不适，就没有喝酒。

下午游览的景点是红军医院和造币厂，以及毛主席曾居住的地方。在游览红军医院时，张秀娟说：“小时候真想当医生，穿个白大褂，多神气！”

柳钰说：“高考后，我差点报了医科大学，因为学文科，化学不是太强，害怕在大学跟不上，就报了法律系。”

在游览过程中，导游征求大家的意见，晚上有一个自费节目，大家愿意去的可以报名，节目是观赏大型实景剧《井冈山》。刘青德第一个报了名，但其他人没有作声。刘青德对贺用强说：“晚上一起去看。”

贺用强也不犹豫，“你去我就去。”算是最好的回答。

参观游览结束后，车上，导游再一次征求大家的意见，统计有愿意去看大型实景剧《井冈山》的人数，报名的寥寥无几，刘青德和贺用强报了名，徐长胜也想去，因身体不适，准备到时再说。杨学亮因昨晚下象棋赢了陶承奎，陶承奎不服输，早就约好了今晚继续下象棋，分个高低。徐梦华在车上就报了名，问江梦玲和朱虹，她俩都表示不去，说比较累。徐梦华邀不到女伴也就放弃了，从她的表情看得出她有些遗憾。

晚餐时喝酒的不多，因为中午大家都喝了一点儿酒。晚餐时刘青德和贺用强，想到要去看节目，所以坚决不喝酒，女同志没有喝酒的，有的只是喝点饮料。吃完饭，杨学亮和陶承奎、阳桂国等人去下象棋了。徐长胜看到大部分同志没有去看实景剧，可能是不想让人觉得特殊化，便要去散步，马振宽、李书林就陪同他散步。

晚上节目要天黑时上演灯光效果才会好些，因此开演的时间是晚上 8 点钟，冬天可能会早一些。由于从驻地到观看演出地点有几十里路，去看剧的同志需要坐车过去，此时 7 点钟不到，刘青德和贺用强早早就等车了，车是观众接送专车。刘青德和贺用强是买的团部票，两百元一张，还有军部票，可能更贵。刘青德和贺用强坐上车，车上还有其他游客，车速很快，七弯八拐。刘青德可能中午喝了点酒，下午又没休息，竟还有点儿晕车的感觉。

四十多分钟的车程，车子到了演出地的停车场后，刘青德和贺用强来到露天剧场，早就发现后排一方阵有三排黑沙发椅，便和贺用强坐了下去。开演十多分钟后，服务员过来说，他们买的是团部票，这是军部票的座位。因为前后只隔了一条走廊，刘青德和贺用强就去坐前一方阵最后一排，只是和军部隔了一条走廊，不到两米。

暮色中，霓虹闪烁，音乐响起，演出拉开帷幕。演出充分利用地形地貌，将先进灯光声响技术和演员精湛表演完美结合，渲染出了气势恢宏、大气磅礴的视觉大作。井冈山的山峦、黄洋界的炮声、一代伟人的气场，仿佛把每一位观众带到了当年战火纷飞、英勇杀敌的战争年代……

贺用强特别震撼，他曾参加过保卫边疆的战斗，经过了战火的洗礼，实景剧的场景能引起他的共鸣，说明这部实景剧很不错。更能给刘青德留下深刻印象的是，随着嘹亮的国际歌响起，飘舞的红绸随风飘扬，一枚巨大的党徽徐徐升起，呈现在观众面前，发出红色夺目的光芒。

刘青德沉浸在故事的情节里，心潮起伏，感慨万千。想到先辈们为了今天的幸福而付出的牺牲，自己有何理由不努力工作？每次刘青德看完这些节目都心潮澎湃。贺用强也很有感触，这台实景剧太好了，这是最生动的党课。过去在旅游景点也看过一些节目，但都不能和这台节目比，这是刘青德和贺用强共同的感受。节目演完后，停车场灯火通明，人头攒动，观众三三两两走出剧场。刘青德和贺用强随着人流一路走出，两旁是群众演员，他们有的挑着箩筐，有的绑着纱布，在剧中他们扮演受伤的战士，全部身着红军服装。在一处人员稀少的地方，刘青德问他们，才知道演出是公司组织的，群众演员就是附近的村民，他们白天参加劳动，晚上参加演出，一场有二十多元的收入，年底还有分红，这对于增加老区人民收入改善生活起到了积极作用。服装和道具都是自备。望着他们朴实的面庞，听着他们质朴的回答，刘青德又一次感动，觉得应该组织集体来看这台节目，接受教育，教育意义会更深远。

徐长胜和马振宽、李书林散步来到了旧物商店，徐长胜饶有兴趣地看，特别是有些纪念像章，收藏价值还很大，他们小时候见过，甚至戴过。现在看到这些像章，人们都会油然升起对老一辈无产阶级革命家由衷的敬意。

徐梦华回到客房后，就为没有去看实景剧而后悔，她其实是很想去看节目的，不知怎么搞的，当她想邀个女伴去时却没有人去响应，她也就没去了，一回宾馆又没什么事，她就很后悔没看演出。

晚上，她闲得无聊就找朱虹扯了一会儿闲话，因为她是从基层法院调来的，对市中级人民法院的一些老人的琐事不太清楚，比如高玉兰庭长常说“市检察院的俊小伙，中级法院的美娇娥”是怎么回事？她还是头一次听说。朱虹就讲，20 世纪 80 年代，在同样条件下，单位都招有特长的同志，市人民检察院招的有体育特长的同志，他们组织了业余篮球队，球打得不错，身材高大，身体素质好，个个都比较英俊。市中级人民法院招的女同志大部分都有文艺特长，像陈晓兰搞节目主持、唱歌都很好。有一年“三八”妇女节，全体女法官着装照了一张合影，这张照片后来被照相馆选用挂在照相馆的框窗里，作为照相馆集体合影的样照，还有一张全院干警和中央政法委领导的合影，当时是很吸引人的，有的同志就是受这两张照片的吸引而立志到法院工作的，这话虽有些夸张，但也是事实，后来就有人总结出了这两句话。

徐梦华一听，原来是这么一回事，这张女法官的合影，徐梦华还在基层法院来市中级人民法院汇报案件时，不止一次地看到过，因为那时，时兴在办公桌子上放块大玻璃，玻璃下面压上照片，许多女法官都将这张照片压在玻璃下。

朱虹接着说：“前几天看到橘城县人民法院的朱美萍，不知道那件事对她影响大不大。”

徐梦华说：“去年我和她在参加省高级人民法院组织的民事庭培训时，住在一个房间，听她亲口讲过这件事。那是 2000 年 7 月的一天，好像就是这个时间，橘城县人民法院全院干警召开半年工作总结会，讲评半年工作，但有一件案件要宣判，已提前下了通知。朱美萍和一个老执行庭长去押解被告人，就在审判员宣布判决后，被告人在宣判笔录上签字时抓住时机，以闪电般的速度跳过窗户，越过三米的陡坡，从一片橘园中飞速逃脱。

“原来，在进来时，被告人就发现有一扇窗户玻璃已破碎，也没有防护铁栅，窗户是开着的。当时，被告人心里就打算脱逃。由于手上戴有手铐，只能等待机会，当给他打开手铐签字时，他认为机会来了，就不顾一切爬窗而逃。朱美萍后来因此事受牵连被取消了副科级职务晋升，并受了处分，那个快退休的老执行庭庭长也受了处分。朱美萍那天是替别人执勤，摊上这事，她一年多都没有振作起来，一直为此想不开。”

徐梦华感叹道。“人有时不信命也不行！”

朱虹说：“20 世纪 80 年代，我们老院长有一次到闻香市执行死刑。有两个死刑犯，其中一个在凌晨利用上厕所的时间，虽然他戴有脚镣，但这种脚镣是卡式的，结果脱逃了。”

徐梦华好奇地问：“还有这事？你说说看。”

朱虹说：“朱美萍处理还算轻的，不过确实有点儿冤，但和闻香市的脱逃处理比那就轻了，应说幸运的。那件事发生在 1986 年 9 月下旬，省高级人民法院核准了德沅市中级人民法院七名死刑犯的判决，其中包括对闻香市的李家甸和另一名女犯执行死刑。

“执行死刑对政法系统来说是一次很大的行动，公、检、法齐上阵。闻香市有两名死刑犯执行，一男一女，前面那一班是公安人员看管的，夜里 12 点以后由法院安排干警看押。晚上 11 点钟，闻香市人民法院干警韩波和葛东被安排去看守所，替换上一班看押人员。司法局安排两名女干警看押女死刑犯，公安局安排祁组长负责。换班后已是凌晨 1 点，这个死刑犯李家甸开始要花招儿。这时，本来是三个人看护他，其中法院临调人员韩波可能出去上卫生间了，李家甸便对祁组长说：‘今天下午已经宣布了复核裁定，再过几个小时就赴黄泉路上了，听说死之前喝盐水，血凝固得快，死时无痛苦，想喝一点儿盐开水。’祁组长听后动了恻隐之心，便说：‘给你找盐去弄点开水。’想满足他的心愿，便起身去食堂找盐。待祁组长刚一离开，李家甸便提出要小便，看押的干警葛东就说：‘你就在前面尿吧，夜深人静，也无人看到。’谁知李家甸说：‘那边有女犯人，灯太亮了，你将灯熄一下’。

“葛东不知是计，转身去关灯，几乎在葛东转身关灯的同时，李家甸向食堂方向猛地跑去，20 世纪 80 年代看守所建造比较简陋，前一排房子是审讯室，有七八间，只有后面一排房子才是监房，铁门铁窗铁栏杆。而审讯室的旁边是食堂，食堂旁边用砖垒了鸡窝，靠近围墙，这时他利用黑夜的掩护，将戴在脚上的脚镣卡子掰开，松掉脚镣，并将脚镣搭放在围墙上，给人造成错觉，以为是翻墙而逃，而实际则是砸开食堂的窗户玻璃，进屋后，从另一小门逃跑。葛东在李家甸逃跑后，马上喊人，但未能及时跟进追捕，致使李家甸逃脱。

“凌晨 1 点多钟，当有人敲老院长的招待所房门时，老院长边穿衣边说：‘坏了，坏了。’司机李元平也赶紧起床。”

徐梦华说："你讲得真细，李家甸后来怎么样了？"

朱虹接着说："李家甸他是因抢劫罪判的死刑，犯盗窃罪判的无期徒刑，最后决定执行死刑，他之前因是纺织机械的维修工，修理机器设备还是有技术的，他逃脱后可把看押他的人坑惨了，祁组长被调到国土局，葛东被判处两年有期徒刑，缓刑两年。韩波被开除团籍，清退回去。本来他调到法院的手续已在办理中，这一下就什么都没有了。"徐梦华问："他当时究竟藏在哪里，怎么一下就找不到了？"

朱虹说："根据李家甸被抓后的供述，当天凌晨逃脱后，他越过一块棉花地，前面是一条河道，有一棵大树，他就藏在水边的草丛中，看到来来往往的车辆和人员在搜捕他，闻香市人民法院的干警也都安排在他可能逃跑的方向上盘查。在几天后的一天晚上，他顺着一条货船通过水路逃脱了缉捕，这可让闻香市人民法院的干警吃亏了，一直设卡拦截了八天。"

徐梦华一听就感到吃惊："这么长时间，这压力真大呀！""可不是，我在机要室，所有文电都经过我收发，印象非常深。"

朱虹回答后，又接着说："李家甸最后逃到内蒙古地区，这里牛羊成群，毛纺厂多，他到一乡镇企业从维修开始，一直做到副厂长，娶妻生子。后来，由于厂里效益不好，他又重操旧业，开始了疯狂地盗窃，最后事情败露被抓获。这些经历我也清楚，我正好调到刑事庭当书记员，闻香市人民法院来汇报他的案情，弄清楚了他的作案情况，最惊奇的是他一次盗窃了六台价值不菲的照相机，公安人员开始根本没有想到，连侦查方向都搞错了，毫不相干的人受到了怀疑。"

徐梦华问道："还有这事儿，究竟是怎么回事儿？"

朱虹继续说："李家甸盗窃还是有手段的，他通过观察，发现一商店的门上挂有一把将军锁，这种将军锁是一种俗称，长有十二厘米，宽有八厘米，厚有一厘米左右，特别是过去大仓库的门上经常用这种锁。平时打开门后，锁头依然挂在门上。李家甸这个人很聪明，可惜这聪明，他没有用在正道上，购买了和商店大门上一模一样的将军锁，用沙子将锁磨旧，几乎和商店的旧锁一样。当商店营业员上班将锁打开后，这种锁的钥匙是可以取出的，但开着的锁头仍然挂在门上，李家甸用自己购买的锁头悄悄替换了商店的锁头，下班时营业员直接将锁头锁死。躲在暗处的李家甸看到这一切，心中暗喜。

“当夜幕降临时，他拿出自己购买的锁头钥匙，将这把锁打开，按照事先踩点的计划，将商店里的贵重物品洗劫一空，包括六台高级照相机。然后，出门时再用原来的锁将门锁上。第二天上班时，营业员打开大门后发现商店内物品被盗，立即报案。公安人员接到报案后，发现锁是完好无损的，没有留下任何痕迹，便怀疑是内部人员监守自盗。公安人员勘查现场后，窗户和其他地方都完好无损，盗窃物品的人从大门直接进入，掌管钥匙和接触到钥匙的人成了重点怀疑对象。把有关人员好好地审查了一番。其中，负责人和一个服务员成了重点嫌疑对象。公安人员审问其当晚去向，负责人迫于无奈交代了和其他人有不正当关系，当晚私会了第三者。而服务员平时表现差，爱打牌赌博，说不清当晚的行踪，还被拘留了，最后实在查不出什么便释放了。那时候法治也不是很健全。后来李家甸被抓获后，闻香市公安人员去复核证据时，仍然没有问出什么。”

徐梦华说：“那最终是如何落网的呢？”

朱虹说：“李家甸盗窃了一个人的汽油票，那时候各单位的车很少，没有私家车。汽车加油是各单位购买石油公司的汽油票，凭油票加油，不收现金。石油公司的工作人员很细心，不论哪个单位买油了，发出的油票和编号都做了登记，如哪个单位的油票丢了，便告诉石油公司，结果过了一段时间，有一张丢失的油票加了油，被细心的工作人员发现。这样，找到加油的司机，他告知油票是李家甸卖给他的，公安人员顺藤摸瓜便找到了李家甸。

“李家甸这次还想蒙混过关，因为他不是第一次来公安机关了，被判处死刑前，公安人员多次提审他。即使他到内蒙古后，在当地公安派出所看到过自己的通缉令，只不过那时候他没有身份证，他的照片是早期的，相貌变化较大，没有引起公安人员的怀疑。这次进来后，他依然先交代假地址，公安机关按照他交代的地址向当地公安机关调查，当然查无此人。李家甸知道这次在劫难逃，在见到妻儿一面后，给公安人员讲一个故事，便将死刑前脱逃的情况叙述一遍。公安人员一听，大吃一惊。没想到一张小小的汽油票，居然抓到了一条‘大鱼’，公安人员找出几年前的通缉令，确有此事，便向闻香市公安局调查了解，真相大白。”

徐梦华说：“听了你的介绍，我对刑事审判算是有了直观了解，真不容易。”

朱虹说：“所以对朱美萍的处理，还算轻的，如果是现在，恐怕连工作都保不住。”

徐梦华说：“那也是，有些事要想开一点儿，她想不开的是替别人值勤，结果发生了这事。”

朱虹说：“时候不早了，睡觉吧。”徐梦华一看手机，10点多钟了，便熄灯睡觉。

杨学亮和陶承奎下象棋到了12点，阳桂国看棋有点困，想早点休息。杨学亮也很累。今晚陶承奎手气还是不佳，又输了两盘，陶承奎心里还是不服输，阳桂国抱着“观棋不语真君子”的态度。过了午夜，杨学亮说：“下了这盘棋不下了吧。”陶承奎说：“下到1点钟，明天反正回去，车上再睡觉。”杨学亮也不好扫陶承奎的兴致，只好陪着继续下棋。凌晨1点到了，陶承奎这盘棋还没有下完，便提出不下了，简单说了一下，就开始休息了。

早晨的空气真好，徐长胜和童宁飞、马振宽习惯早晨散步，就到附近走了走。童宁飞如果是在法院，一定会到公园跑上一圈，一千五百米，出点汗，然后冲洗一下。童宁飞坚持得比较好，现在在外地，走了几十分钟便去吃饭。今天返程，有几个人未按时起床吃早餐，这样出发时间比原计划推迟了半小时。

徐梦华见到贺用强和刘青德后，还是问起昨天晚上的节目。贺用强说：“蛮好看，受到了教育。”

徐梦华说：“和过去其他旅游景点的节目比呢？”

刘青德说：“那没法儿比，这台节目，气势恢宏，场面壮观。除了《东方红》大型舞蹈史诗，国内还有哪个节目有这么多人。”

徐梦华说：“昨天不知怎么想的，应该要去的，其实我蛮后悔的。”看得出徐梦华因昨晚没去看剧而遗憾。

这时，杨学亮已吃完早餐。他昨晚也是想去看的，因为走不开，只能留下遗憾。大家提着行李，纷纷登车准备返程。导游清点了人数，车子朝返程的方向驶去。路上，导游讲了今天的安排，先去南昌参观，特意讲不含午饭，又说经过江西萍乡时，还要去安源路矿工人运动纪念馆参观。刘青德心想，还早着呢，在车上安安静静地闭目养神。李书林为了活跃气氛，提议杨华唱首歌，杨华推辞不过，便唱了一首杨钰莹的《轻轻地告诉你》。

杨华是 1994 年毕业于中南政法学院的，院里和她同一个学校毕业的还有王涛，比她晚一年毕业。

袁晓丽和王玉玲 1996 年进院。当然，1992 年进院的吴亚莲是师姐，但进院时年龄却是最小的，刚刚二十一岁。杨华生得秀气，与杨钰莹又有几分相像，她声情并茂地演唱，获得了大家的阵阵掌声，刘青德也被这热闹的场面吸引了，再也无心安静下来。李书林见杨华唱得好，便还想要她唱。杨华摇摇手，微笑着客气地谢绝了。她将话筒递到了李书林的手中。李书林望了望，看到刘青德，便要他唱一首歌。刘青德想，反正都是院里的干警，同事在一起，唱得好不好没什么，只要大家开心就好。刘青德便走上前去准备献唱了。车子踩了一下刹车，刘青德碰到了徐梦华，便连忙说“不好意思！”徐梦华说：“不要紧，多唱两首歌。”

刘青德接过话筒后，要导游放《骏马奔驰保边疆》的伴奏，刘青德便随着伴奏唱了起来，说实在话，还唱得蛮有底气。

大家掌声过后，李书林便要徐梦华唱一首，她也不客气，唱的是《昨夜星辰》，刘青德特别喜欢听，她也唱得很好，不愧是武汉音乐学院毕业的，一听就是受过声乐训练的，很专业。在大家的吆喝声中，徐梦华又唱了一首《情深意长》，贺用强使劲地热烈鼓掌。徐梦华坐到座位上后，还不无遗憾地说：“昨晚没看节目就很后悔了，今天多唱一首歌，弥补我心中的遗憾。”

朱虹说：“你再唱一首。”

徐梦华说：“休息一下，还要参观。”

贺用强说：“待会儿参观，又不爬山，走路也不会太远。”

徐梦华说：“参观南昌八一起义纪念馆，你们当过兵的人对这里面会有特殊感情，这是军旗升起的地方。”

刘青德不待贺用强回答，便接过话：“南昌，我早就想来了，从参军起，学党史军史都离不开南昌起义，今天来现场参观，确实很高兴。快到南昌了，到时一定买点纪念品。”

徐梦华说：“买什么呢？”

刘青德回答：“如果有明信片或者纪念封，必买无疑。”

到了南昌市后，究竟是先吃饭还是先参观再吃饭。徐院长一看，干脆先参观再去吃饭，刘青德和大家一起走进南昌起义指挥部大楼，虽然现在远处有高楼大厦，但想到八十多年前这座房子——江西大旅社，相当于现在的五星级宾馆。

刘青德和贺用强、杨学亮边走边看边聊。刘青德在想，“八一”的那天晚上，很多人的命运发生了天翻地覆的变化。面对选择，有的人走向革命，有的人走向反面，没有坚定的理想信念做不出正确的选择。有些人只能走顺风路，有些人在挫折面前退缩了，在屠刀下低头了。刘青德默默地想，时间是一块试金石，大浪淘沙，留下的都是金子。中国革命的成功是无数先烈用生命和鲜血换来的，的确如此。

贺用强感叹：“这些人搞这么大‘业务’时，年纪都不大，比如周总理不到三十岁，当时的领导人都是很年轻的。”

李书林说：“那个年代这些人就志向远大、心怀天下，为了建立一个民主富强平等的社会而努力，真不容易。”

李书林还说：“你们当过兵，对这里应该有特殊的感情。”

马振宽接过话：“早就想来这里，今天终于圆梦了，别人是怎么想的，我不清楚。”

刘青德接着说：“来这里，我们就计划带上小孩儿一起看看，培养小孩儿的军人情怀，你不信可问杨学亮，反正我们每年都带小孩儿去旅游。一是学人文知识，二是培养小孩儿的独立生活能力。小孩儿出门在外，时间观念、集体观念都得到了增强。我们曾经商议过来这里，或者去延安。杨学亮因为去过，现在孩子还小，在近一点儿的地方游览，孩子读初中后再去远一些的地方。”

大家边走边谈，参观很快就结束了。由于时间比较紧，没有多待就开车直奔市区找一家酒店。酒店是导游事先联系好了的，所以大家进店时，四张餐桌已摆好餐具，也上了一些凉菜。马振宽建议加两个荤菜，也很快上菜了。大家没有客套，吃完就上车了。车上，刘青德和贺用强讲军史上的一些趣闻，杨学亮不时也插上几句，说到南昌起义，还有秋收起义、广州起义，这些标志着人民军队建立的大事件。南昌起义打响了武装反抗国民党反动派的第一枪，揭开了中国共产党独立领导武装斗争和创建革命军队的序幕。广州起义是继南昌起义、秋收起义之后中国共产党对国民党反动派的又一次英勇反击，是在城市建立苏维埃政权的大胆尝试，在国内外都引起了很大的震动。

杨学亮说起他老师讲这些红色历史课时，插叙了较多趣闻逸事，他说老师的父亲和叶挺的后人是同学、朋友。说到这里，杨学亮格外兴奋，他说："叶挺参加了南昌起义和广州起义，都是领导人之一，要是不遇难，1955 年大授衔时，起码也会授元帅军衔。"

贺用强说："那是必然的，可惜遇到了空难。不过，后人一直怀疑有人在飞机上搞鬼了，因为那架飞机上，坐了我党的高级领导人。"

杨学亮说："我好像也看到过这个资料。"

刘青德说："当年闹革命真不容易，确实为劳苦大众求得生存，许多领导人的家庭都很富裕，能够冲破家庭束缚，出来闹革命，与家庭决裂。非常了不起，不愧是革命家。"

李书林问："大家在谈什么呀？这次上井冈山、南昌缅怀先烈，接受教育的愿望都实现了。"

刘青德笑着回答："参观后，大家在交流心得体会。"

汽车匀速行驶，因刚吃完午饭，一上车，在汽车摇摇晃晃下，大家不自觉就进入了午休状态，一时车厢里一片寂静，大家纷纷进入了甜美的梦乡。而贺用强晕晕乎乎之中，心里倒没有平静，因为女儿明年高考，今年还想带女儿出游一次，放松一下情绪。而现在已经提前了半个月开学。到底怎么安排合适，贺用强一路上都在思考着这件事。

杨学亮刚才在八一起义纪念馆买了两个牛骨生肖件，其中一个送给刘青德，因为他俩的小孩儿是一年的。刘青德买了几枚首日封，感到特别有意义。

杨学亮昨晚下象棋睡得太迟，没有休息好，加上这两天走路多，精神比较疲惫，平时也养成了午休的习惯。所以，他上车不久就迷迷糊糊地睡着了。

汽车在高速路上行驶，车窗外田野里偶尔有三三两两的人在烈日下劳作。三个多小时车程，到了安源路矿，导游要求大家抓紧时间参观，马振宽直接说："快一点儿！"有几个老同志感到疲劳就没有下车，下车的人抓紧时间去观看展览。展厅收集的文物还挺多的，这些文物保存下来真不容易。徐梦华和朱虹漫不经心，随着讲解往前走，柳钰和江梦玲走在后面，徐晓英和张秀娟、杨华、吴蓉、王晓鹏、徐仕兵、刘钦华、阳桂国也顺着讲解慢慢跟着。肖健走得较快，对杨学亮的拍照不时伸出手做出 V 字形，刘青德走得不快，没有围在讲解员旁，老干部江学明在旁边边走边看，不时聊上两句。他们对这种讲解不适应，只在喜欢的文物前认真观看。李书林负责照相，他不时喊道："靠拢一点儿。"杨学亮尽管在庭里工作，他作为曾经在办公室的老摄影，看到李书林忙活着，他就积极帮助李书林照相，特别是刘青德喜欢照相，常常喊杨学亮来一张。

讲解员看到徐院长是位领导，就基本随着徐院长的眼神和步速进行讲解，不快也不慢。刘青德走在旁边，他对安源的了解还是从收藏的一张邮票中知道的，那是一张《毛主席去安源》的邮票，面值八分，采用的是油画，据说这张邮票印刷发行了很多。从纪念馆的前言介绍中，安源路矿工人大罢工是在共产党人刘少奇、李立三等人的领导下，一万七千多名工人的英勇斗争，迫使路矿当局接受工人提出的大部分条件，安源路矿罢工取得胜利。安源路矿工人运动的胜利彰显了中国工人阶级的伟大力量。刘青德也深刻认识到了人多力量大、团结就是力量的真谛。

三天的参观学习，短暂而充实。上车了，大家还是感觉有点儿累，刚出发时的那股高兴劲儿全然没有了。导游还是积极调动大家的情绪，她不停地对沿途的地理人文做些介绍，以活跃车上的气氛。一会儿，马振宽请示徐院长，晚饭在什么地方就餐，提前预订。徐院长征求大家意见，大家都说就在途中找地方就餐。

马振宽说："那先联系一个饭店，让店里提前准备，到那儿就吃，节约时间。"

司机说："有个地方，味道好，价格合适，好停车，是老乡开的，就是不晓得大家喜不喜欢。"

马书记说："不要紧，节约时间。有电话吗？"

司机在一个服务区停下，打了电话，安排了晚餐。到了目的地，大家吃饭比较迅速，都有点儿归心似箭，利用这个时间，有的给家里打电话告知回家的时间。徐长胜收到信息，次日下午要召开军转复退军人座谈会，庆祝"八一"建军节。徐长胜回短信说可以参加。快乐的时光总是短暂的。三天的参观学习就要结束了，导游小姐带着几分眷恋的感情，即兴总结这次有意义的短期旅行。她深情地说："我参加工作时间不长，也带了不少团，大家也一定参加过不少旅游团，我虽不是大家遇到的最好的导游，但我作为导游，遇到的却是最好的旅行团。非常感谢大家对我工作的支持，我们期待有缘再次相会。"

当车停到法院宿舍门前时，已是晚上 9 点多钟，有的家属已开车来接。大家互相提醒，别忘记拿好物品，相互打过招呼后就下了车，各回各家。贺用强住在军分区宿舍，他便顺路搭乘李书林送徐院长的车。刘青德和杨学亮就住在院内，背上旅行包就下了车。杨学亮只提了一个装衣服的纸袋子，就像出了三天差一样，朝回家的路走去。

一次有意义的红色之旅就这样愉快地结束了！

第十章

学生实习

尽管昨晚回来比较晚，马振宽也关心地说了句，如无急事可推迟一个小时上班，但刘青德和大部分人员还是按时上班。下楼时，杨学亮喊了刘青德一声，两人一路走向办公楼。李国勇到办公室时，刘青德已经开始搞卫生，两人在走廊上打招呼。

李国勇问：“还好看吧？你喜欢军事的。”

刘青德说：“不虚此行，了却心愿。”

李国勇一笑：“挺好，待会儿去杨庭长那里看看她妈。”

刘青德问：“严重吗？”李国勇说：“骨折了，做了手术，杨庭长请了假，庭里准备去看一下。”

刘青德说：“听李庭长安排。”

“上午准备去看的，因为上午医院里医生查房，就准备下午去。”李国勇说。

“可以，下午去。”

刘青德说完后，又有点儿后悔，昨天在车上，李书林说今天下午，可能开“八一”座谈会，军转复退人员全部参加。不过，杨金华的母亲住院了，还是先去看一下。

上午9点多，接到通知，10点到政治部会议室召开军转复退座谈会，刘青德接到通知暗喜，这就不会和下午的事冲突了。刘青德邀唐仁平到了会议室，贺用强、童宁飞、赵晓君等人已到，唐仁平就坐在贺用强旁边，刘青德问："昨晚不是说下午吗？"

贺用强答："我也是刚听到，一号首长、二号首长下午分别开会。所以，将座谈会提前到上午。"

贺用强习惯将一把手、二把手按部队称呼叫一号首长、二号首长。这两人在谈话中经常这样称呼。

会议室桌子上放了一封慰问信，信中写道："忆往昔，你们积极响应国家号召，为了国家安宁和人民幸福，舍小家，顾大家，毅然参军服役。在部队，你们时刻牢记全心全意为人民服务的宗旨，艰苦奋斗，勇往直前，不怕牺牲，攻坚克难，为捍卫国家尊严和维护祖国统一，为维护我国改革、发展、稳定的大局洒热血，献青春，做出了积极的贡献……今年是我院实施'五个一流工程，争创全省一流法院'上台阶的一年。衷心希望你们在今后的工作中，以更加严明的纪律，更加过硬的作风，更加勤奋的工作，团结一致，振奋精神，迎难而上，全身心地投入自己的本职工作中，为市中级人民法院新的进步与发展，为实现我们共同的目标，为构建富裕德沅、和谐德沅、平安德沅做出更大贡献！"

这是以市中级人民法院党组的名义发的一封红色慰问信，寄托了院党组的心愿。桌子上还放了一些花生、瓜子等。这时，行装科陈小新科长安排的送水果的人已经送来了西瓜，只是托盘不够，干脆铺上几张报纸，切成小块的西瓜就放在报纸上。唐仁平顺手拿了一块吃了。此时，张院长、徐院长和政治部董文军主任走了进来，董文军讲："今年是建军八十二周年，明天就是'八一'建军节，院党组非常重视军转干部在院里各项建设中发挥的作用。张院长、徐院长非常关心军转干部，这个会原本是下午召开的，因为张院长要到市人大开会，徐院长要到市委政法委开会。所以，会就提前到上午开，先请张院长、徐院长讲话。"

张院长说："人还没到齐吧？"马振宽说："有些人已出差，有些人要开庭没来。"张院长说："这次过'八一'给的慰问金要发下去。"

陈小新说："我已经让李云去取现金，下午就会发到大家手中。"

张院长讲话了："在节日来临之际，向同志们致以节日祝贺，大家都在美好青春岁月里，将青春献给军营，献给祖国的国防事业，真是不容易。到法院后又认真学习业务，做出了很大的成绩，向同志们致以节日的问候和崇高的敬意。"张院长还说了一些鼓舞人心的话，便要徐院长主持，自己要准备下午开会的材料。由于涉及干部的任命，这一点张院长还是很用心的，一会儿后就和大家告辞了。

徐院长参观了南昌纪念馆，又去了井冈山，心灵受到了洗礼，对人民军队有了更深的了解和崇敬。

接着，大家畅所欲言，刘钦华、薛自超、王顺宁、唐仁平、蒋新友回忆了在部队战斗的岁月，感叹时间过得太快。说句实话，朱传林老兵说出了大家的心声。他说，"我们这些人能到部队提干，也算是极少数的优秀分子，部队也不是都能提干，最多十分之一，我们的努力得到了部队的认可，但现在处级干部在地方，组织部是有区别的。像薛自超、贺用强和王顺宁，一个是部队副处长，一个是县武装部副部长，一个是副团长。"朱传林的话引起了大家的共鸣，大家也列举了一些对军转干部工作中的事情。你一言，我一语中道出了大家心中的一些苦楚。

董文军说："我们院党组对军转干部评价还是很高的，在市中级人民法院，军转干部担任中层骨干的也不少。"

朱传林的意思是，军转干部在部队都有辉煌的过去。董文军是在讲院党组关心军转干部，认为部队出来的人组织纪律性强，服从意识好，模范作用不错，其他的同事也回忆了在部队的经历。

唐仁平讲了参加保卫边疆的战斗经历，最后贺用强也讲了院党组的关心，表示要好好工作。他的表态代表了大家的心声，座谈会在上午 11 点半就结束了。

唐仁平回到办公室说，打仗一晃就三十年了。刘青德说，时间过得真快，坐在办公室，想起入伍时的心情。那时，刘青德正读书，听说征兵的消息便起了念头，找哥哥要求参军，因为哥哥曾经在空军雷达兵服役，在民兵训练中，和军分区作训科的人员很熟，自己当时虽然年龄不够，但当年入伍在年龄的填报上稍微改动下，并不是原则问题。刘青德的哥哥与接兵的孙排长讲明了弟弟的心愿。孙排长是东北人，非常豪爽，当即表示年龄不是问题。

那一年，刘青德告别了同学，在一个暮色降临的晚上，乘坐客轮离开了故乡，踏上了从军之路。在部队认真学习业务，由于刘青德所在的部队，平时的训练不是摸爬滚打，而是无线电操作，如果有良好的物理基础，学起来就比较轻松，但对刘青德来说，学习还是很费脑力的。刘青德负责的工作是机器设备维护和通信指挥，这和陆军部队不同。最后，刘青德通过学习进军校，然后提干。那年，他们乡去参军的有三十九人，转志愿兵、提干的有十五人。想到自己的努力、付出的汗水得到了回报，心里确实高兴，庆幸自己当年的选择。

每年春节前，地方政府都会召开军属座谈会，记得家里人参加军属座谈会时都是喜气洋洋的。提干后刘青德也是积极上进，工作上干得有声有色，要不是思乡心重，也不会转业。没想到一转眼离开部队有十五年了，这十五年来自己的变化也挺大，成了家有了孩子，还帮助家里修了房子，现在妻子贤惠会持家，孩子聪明学习好，家庭和睦很温馨。想到这些，刘青德情不自禁地感叹，自己的人生路还算是顺畅的。

这次去井冈山虽然只有三天，但感到时间过得蛮久了。他将讨论后的案件所写的判决拿出来，在稿纸上认真修改，又发现了两处小差错。他修改后就算正式定稿。

下午上班后，李国勇便邀刘青德、唐仁平，还有周丽云，可能是李国勇看到女同志少，便要喊余艳和刘玉瑶一起去。余艳正在家里睡午觉，没有按时上班，接到电话后，匆忙来到办公室。刘玉瑶说不舒服不便去，李国勇也没问。李国勇和刘青德商量，干脆庭里出一千元，大家个人就不表示了。刘青德说，可以。这样就安排肖健准备一千元现金，他还没有这么多，余艳有就先垫上了。几个人一路走过去，因为中医院距市中级人民法院不远，步行过去十多分钟就到了。

来到八楼，杨金华早早就在病房门口迎接大家，因为周丽云事先打了电话。由于刚才人多又拥挤，肖健和唐仁平打算乘下趟电梯上来。在李国勇的带领下来到了 12 号病室。杨金华忙上前喊道：“妈，我们李庭长和同事来看您啦。”周丽云忙上去喊阿姨，并问候伤情，余艳也上前打招呼。由于腿骨折做了手术，她妈动弹不得，大小便需要旁人协助。杨金华一个人忙不过来，干脆请了护工。这样，杨金华就轻松多了。由于是骨折，就算手术做得好，加上安心养伤，恢复如初也要一段时间。

刘青德开玩笑说：“你的差，我替你出了。”

杨金华莞尔一笑，说：“还好看不？你既在部队工作过，又喜欢军史，这两个地方在党史、军史上都有重要地位。”

李国勇说：“你的站位很高，不愧为优秀党务工作者。”几个人说了一会儿，因病房狭小，唐仁平就站在门旁说了几句，杨金华母亲总是说着，感谢大家这么忙还来看望，不好意思，要杨金华明天就去上班。

周丽云说：“明天休息，不上班。”

“那就下周上班！别耽误了工作，大家都忙。”杨金华的妈妈以不容商量的语气说。

李国勇朝肖健示意了一下，肖健进来将一个信封交给杨金华的母亲，杨母婉言推辞不要。李国勇表示，这是大家的心意，务必收下。杨母说了礼节性的话，李庭长和余艳说了告辞的话，就退出了病室。杨母要杨金华送大家，在电梯旁，李国勇要杨金华回病房去照顾妈妈，不必下楼，杨金华就回病房去了。

大家回到办公室，又投入紧张繁忙的阅卷中，之所以这样，是因为有的人要休公休假，都想赶紧将阅卷的案件写出审理报告，不然，休假后又忘记了。实习的学员分了两个，是法学院的学生，分别跟着余艳和杨金华，这两天又来了一个叫林越，李国勇要刘青德带一下，董文军专门交代多实习，学点实际的，别老是整理案卷。

李国勇交代刘青德带他出去，因为这个学生是利用假期来体验学习的。刚读大二，前几天和同学出去玩了才回家。姜曼丽来找李国勇，希望安排一次庭审，供人大代表旁听。听她的口气，内司委是梁主任提议的，他们每次通知人大代表时，也有些怨言流露，次数太多了，如果十场都参加，没有必要，况且有许多代表都是领导干部，根本脱不开身，幸好各区县还分担了一部分案件，但搞成这样，有些骑虎难下。只能坚持下去。李国勇答应安排一场，一并将书记员比武考虑进去，看唐仁平或赵建华手里有无合适的案件安排。当然，其他人手中有合适的案件也可以。

李国勇将这件事交给刘青德，一是因为他比较热心，二是因为他和人大代表打交道多，好交流。杨金华上班后，要求庭里合议案件，李国勇说："要问徐院长有没有时间。"待了一会儿，李国勇说："徐院长说合议案件暂时定在明天上午，如果今天下午会散得早，时间来得及就合议案件。"杨金华就说"做两手准备，下午就不到看守所去了。"

到了会议室，实习的李思慧和杨正毅正在整理卷宗，刘玉瑶在一旁指导。她们整理时，刘玉瑶告诉他们俩，按照装订顺序，如果熟记，就是一部诉讼程序法的灵活运用，先有起诉书，然后是送达起诉书副本笔录，待送达十天后才可开庭。否则，就是程序违法，法官现在都不会犯这样低级的错误，再就是开庭，开庭后形成庭审笔录，合议庭就会评议案件，俗称合议案件，这样的笔录要装入副卷，即对外不公开。如果是重大刑事案件，还要经过审判委员会讨论。这样就会形成审委会笔录，也必须装入副卷。案件研究后就会有结果，这样制作判决书，法院就会开庭宣判，形成一份宣判笔录。如果被告人上诉，就会有上诉状，法院也会有上诉案件移送函。这些顺序是不能颠倒的，一环套一环，有前才有后。

实习生李思慧是中央财经大学的研究生，杨正毅是华东政法大学的，一听就懂。平心而论，让他们做这些确实有点儿大材小用，他们很熟练地整理，又准确又迅速，这比前几年有个实习的体育特长生熟练多了。

刘青德看了一下，刘玉瑶正在讲解，没有打扰打算回办公室，刘玉瑶看到他后问："有什么事儿吗？"刘青德笑着说："没有。"林越坐在刘青德办公室，这里有张新办公桌，原来是准备加人的，因刑二庭有两大系列职务犯罪案件，还办理了一起特大集资诈骗案，案涉资金九亿元，涉及几百人。有些案件移送到刑一庭办，因为人手紧张，准备从非业务科室抽人的，结果非业务科室也忙，办公室经手的“百案听审”，很让人劳心费神，政治部今年省高级人民法院有课题调研，董文军说抽不出人，他说了，别人也不好再说从政治部抽人，此事只好作罢。

刘青德将一件办完的二审案件交给林越看，但未将二审判决书给他看，提出两点要求，一是针对上诉状，看完卷宗后分析有无道理，二是案件存在什么问题、瑕疵，林越就拿过案卷认真看起来，刘青德又叮嘱他，书柜里的书和所有案卷都可以看，但要注意两点，一是从哪里拿的书，看完放回原处，二是案卷的秘密和听到的讨论案情的情况，不要和外人说。林越连连点头答应，并保证绝不会将机密说出去。

到了快下午 5 点，李国勇告诉杨金华说：“徐院长开完会在回来的路上了，如果要研究案件，他就直接过来。”

杨金华说：“案情还算简单，就是一起故意杀人案。”这样，杨金华就将案卷准备好，打印了七份审理报告。因为有实习的学生，杨金华就干脆到会议室。实习学生李思慧、杨正毅正准备走，杨金华说：“不用走，不用走，你们实习生也听听嘛，要每个办案环节都熟悉学习下。”

刘青德补了一句：“要好好向你们师姐学习。”杨金华说：“别笑话我了，我可没有读过这么好的学校。”

“李思慧，你去倒几杯茶来。”杨金华这样喊道。李思慧出去，杨正毅也跟着出去。这时，徐长胜和李国勇来了，稍后，李思慧和杨正毅也端着茶杯进来，李国勇给徐院长端了一杯说：“剩下的放这里，愿意喝的自己端，去喊林越过来，等会儿你们三个人一起听吧。”杨正毅站起来，出去喊林越，林越也来了。徐院长问了一句：“都是今年实习的？”

李国勇说：“是的，都是政治部安排的。”

徐长胜点点头说：“开始汇报吧。”

杨金华将审理报告给了徐院长和李国勇，又递给了刘青德一份，余艳和周丽云坐在她旁边，顺手拿了一份，周丽云还给做记录的刘玉瑶也拿了一份。

杨金华开始汇报：“这是 2008 年 1 月，王焕章与刘清玉经人介绍认识，同居期间王焕章打牌赌博，性格暴躁，双方感情不和，经常吵架。刘清玉多次提出分手，刘清玉十二岁的儿子周俊也讨厌王焕章，王焕章因此对刘清玉和周俊怀恨在心。2008 年 9 月 19 日晚 11 时，王焕章窜至刘清玉家，趁周俊一人在家熟睡之机，用手卡住周俊的脖子，致其窒息死亡。随后，将周俊的尸体放入屋后池塘的桥码头上，将尸体头朝下放入水中。并将周俊平时钓龙虾的两根竹竿和一个蛇皮袋放在桥码头边，造成周俊钓龙虾时溺死的假象。主要证据有法医鉴定结论，死者周俊系机械性窒息死亡。三位证人证明在给周俊穿衣时发现，周俊脖子上有两条血痕，还证明周俊会游泳，且晚上从不钓龙虾。

"9 月 19 日早晨，王焕章曾对她说，如果分手就要还一千五百元钱，如果她外出打工，他就会报复周俊。还有多位证人证实，9 月 20 日零时，王焕章的邻居睡觉时被狗叫惊醒，起床后看到王焕章骑自行车从西面过来，不久看到王焕章家灯亮了。还有同监犯人的证言，王焕章母亲的证言，王焕章供述周俊的穿着、竹竿、蛇皮袋的摆放位置等细节特征和现场勘查情况一致。王焕章还指认了现场，演示了杀死周俊后抛尸的过程。公安人员出具了说明材料。审讯王焕章是严格依法进行的，没有刑讯逼供、指供、诱供。"

杨金华汇报完后，提出的处理意见是判处死刑。徐长胜问："开庭时有什么情况？是否翻供？"

杨金华说："没有，还算正常。从被抓时，他要求打电话给母亲，告诉其母亲他将周俊杀死了，并要母亲将家里东西拖走，他不会回来了。因而，王焕章对面临的刑罚是很清楚的，他曾因盗窃被判过一年有期徒刑。"

徐长胜问："证据方面有无发问的？"见大家没有就证据问题提出意见，便说："发表意见吧。"

周丽云说："我认为案发是被害人周俊的邻居给其穿衣服时发现两道血痕，然后报案。被害人的母亲证明，在案发的当天早晨，王焕章也扬言过报复周俊。案发后，王焕章再未到过刘清玉家，这有很多人证实，他在他自己家。但在被采取强制措施后，所作的供述细节与现场勘查一致。在与母亲的通话及同监室的人讲话中均说明'杀了人'。因此，证据是完全可以认定，量刑同意承办人的意见。"

李国勇问了句:“是判死刑吗?”

周丽云回答:“是的。”

余艳说:“同意承办人对事实的认定及量刑意见。”

李国勇说:“合议庭的意见是一致的,刘青德,你的意见呢?”

刘青德回答:“案发自然,证据形成锁链,定罪量刑均同意合议庭意见。”

李国勇没有说什么新的意见,对证据进行了简单的罗列,得出唯一结论。最后,同意合议庭意见。徐院长知道这个案件,比大家都知道得早,因为他老家距离案发地不远,去年国庆节后的一个周末,他回去看望家人。那时,距离案发没几天,家里人按照听说的消息聊天时讲起过,徐长胜很谨慎,始终未在家人面前流露出什么意向。但从案件本身来说,王焕章被判处死刑是罪有应得,最终还要上审委会讨论,一个幼小生命的凋谢,真是令人扼腕,刘清玉将承受多大的压力啊!丈夫因车祸去世,唯一的儿子又惨遭不幸。这对她来说是多么大的打击!可能是徐长胜听到过家人发表此类感慨。如今徐长胜却触景生情,看着这件案件研究完,像是对李国勇,又像是对大家说,“如果大家有一审案件比较集中,都办完了,为了不耽误上审委会研究,即使周六加班,或者利用晚上吃饭后加班研究也可以。李庭长,你做个安排。”李国勇答应好,便对实习的李思慧说:“你们将会议室简单收拾一下,案件的研究会结束了。”

这样,杨正毅将没有喝完的茶和烟灰缸烟头倒在垃圾桶里,李思慧拿抹布擦了会议桌又拖了地,他们这么一收拾,桌面清洁,地面整齐干净。

刘玉瑶做完记录后,因为她用的是手提电脑,因此,就用会议室的打印机打印了两份,顺便拿了一份给李思慧和杨正毅看。望着刚参与旁听的合议案件,李思慧内心感觉刘玉瑶记得很全,概括归纳得很好,内心充满敬佩,连声称赞:“记得全,记得快!我要向刘姐学习。”

刘玉瑶一听,有些不好意思,人家可是中央财经大学的研究生和中央民族大学的本科生。刘玉瑶听了实习生口中的夸奖,内心里着实舒服,便谦虚地说:“熟能生巧,记录如果不符合发言人的意见,他们也是可以修改的。”

“刘姐,这件案件什么时候召开审委会?”

刘玉瑶说："一般是周五开审委会，但有时案件多，提前通知后，次日开的也有。完全按照轻重缓急来。不过，能上审委会讨论的都是重大案件或疑难复杂案件，有时把握不准也会先向省高级人民法院汇报或者讨论后汇报，一般是涉及群体性案件，如房地产案件、非法吸收公众存款案，因为这些案件涉及众多人员，还涉及维稳，是需要慎重对待的。"李思慧若有所思地点点头。

早晨7点多钟，金色的太阳冉冉升起，普照大地。今天气温又是三十五摄氏度，连续几天的高温，让人热得心里烦躁。上班后，余艳就接连不断打电话，做好旅游的安排，其实有的人还未上班或正在搞卫生，办公室的电话当然无人接听，等了一会儿，她便陆陆续续联系通了，余艳打电话的目的是邀人一起出去。

余艳计划下周休假，正在联系到哪里旅游，她邀了朱虹、王玉玲、袁晓丽、徐梦华，又喊江梦玲时，江梦玲的回答是模棱两可。问到杨华，她说丈夫准备自驾游，还没有确定下来。吴蓉满口答应，但是说去了的地方就不去了。看是什么地方，余艳一圈问下来，还真说不出滋味，邀他们游玩，好像求着他们似的，她也理解了刘青德每次组织人旅游的艰辛。刘青德听到余艳邀请徐梦华时，突然想起了一件事：周末，他有一个战友钟昌庭给刘青德打了电话，说有一个案件在徐梦华手上，是一个欠款纠纷，有两万多元，实际上没有借款，希望驳回原告的诉讼请求。

刘青德一听，答应帮忙，不行就调解一下。刘青德也没多想，民事案件又是欠款纠纷，无非在利息或利润方面做些让步。刘青德要林越认真看案卷，有疑点就写下来。来实习的学生，刘青德都要肖健给他们一个笔记本一支笔，有什么问题记下来，算是实习日记。

刘青德找到徐梦华，说明来意。徐梦华一听，甚是惊讶，"什么，他是你的战友？你没有搞错吧？他比你年纪大。"刘青德点点头说是的。

"你的这个战友啊，他可能没有跟你说实话，你知道案情吗？"徐梦华问。

刘青德实话实说："他说是欠款纠纷，实际没有借钱。"

徐梦华说："你可能不知道真实情况，他也不好意思告诉你。"

刘青德饶有兴趣地问:“难道还另有隐情?那我真的不知道。”

徐梦华一听,接着说:“刘庭长,你的战友真搞笑,一言难尽,我告诉你真实情况。”

原来,钟昌庭转业到公安局后,积极要求上进,人长得帅气,一手钢笔字写得非常好,材料也写得不错,很受领导器重。转业两年后就担任了派出所副所长,是同批转业干部中最先被提拔的。钟昌庭也很争气,对分管的工作积极完成,争先创优意识强,特别是几项过硬的考核指标都名列前茅。派出所年年获评先进,在全局十多个派出所的工作中,钟昌庭所在的派出所的各项工作排名靠前,领导满意,群众称赞。后来安排他到农村搞扶贫工作,他和另外两名同志一起,其中有一名交警同志,准备了一台教练车,在那里就地招收学员,学习驾驶技术。

招第一批学员时,别人不信以为是骗钱的,待到第一批学员参加交警支队组织的驾驶员考试,拿到了驾驶证,这下信了,驾驶证就是最好的证明。拿到驾驶证的人一传十,十传百,想学驾驶的人不用出乡就能学,当然高兴。报名学习驾驶的人蜂拥而至,收取了大量的学费,这些学费全部用于帮村里修路。由于电力设施老化失修,便购买变压器,重新架设电力线路,慰问贫困户,给老百姓带来了实实在在的好处,赢得了群众真心的赞扬。

这在2000年前后还是非常不错的,以至于唐泉县公安局局长,在向县委政法委书记反映办案经费不足时,书记调侃道:“人家市里来的工作组,就一台教练车,三个人在那里弄了几十万元,尽管钱都留在村里了,搞了建设,也等于留在我们这里了,可人家是怎么做到的,未必我们一个交警大队还比不过人家三个人?”公安局长听了后,尴尬地笑了笑,再也不好意思提经费的事了。回来后局里开会时,说了这件事,交警大队长听了,脸上是火辣辣的,的确平时讲没有钱,可别人不到一年时间,办了四期驾驶员培训班,收了几十万元是事实,自己为什么没有做到呢?财政对经费紧张也是有政策规定的,对非诉讼收费有一定的返还比例,大队长未能收到钱,或者说没有主动招收学员,导致这笔钱流入了“外人”手中,感到惭愧。钟昌庭也在这些事情中做得好,深受领导器重。用他自己的话说,再过两年是要下去到县里当局长的，组织上也是朝这个方向培养他的，而在以后的接触中，刘青德感到钟昌庭似乎有点儿“飘”了，他周围的同事也有这种感觉。

钟昌庭在扶贫时经常离村，局里问他去向时，他说在村里扶贫，而扶贫工作组找他，他则称在局里。听徐梦华说，钟昌庭人长得帅，又是后备干部，前程似锦。在工作中他接触到一个女人，这个女人经常对他嘘寒问暖，一来二去，两人悄悄好上了。开始这个女的每天早晨给钟昌庭送早餐，可谓关怀备至。钟昌庭过上了家外有家的生活。说到这里，徐梦华问了一句：“他们两口子关系好吗？”

刘青德坦率地回答：“我虽然平时和战友接触不多，但凭我的观察，他们夫妻关系差到什么程度我不清楚，但应该不太和谐。”

徐梦华继续说道：“这个女人，天天找钟昌庭，后来露出了真面目。一是要求钟昌庭娶她，二是要他买房子给补偿。钟昌庭平时有一点儿闲钱都给了这个女人，但这么点儿钱哪能打发她。这个女人发了最后通牒，经常到钟昌庭的单位闹，影响极为不好。更为过分的是，这个女人一来单位，就坐在钟昌庭的办公室不走，害得其他同志也不好办公。所以，后来看到这个女人，钟昌庭就躲进留置室。

“虽然暂时避开了女人的纠缠，但终究不是办法，加上这个女人天天到市公安局纪检组反映情况。开始纪检组要钟昌庭自己处理好，就想通过‘民不告、官不究’的方式平息事端，想内部处理。钟昌庭很明白，于是两人商谈断绝关系，一次性补偿给女方两万八千元，先给了八千元现金。当时，钟昌庭只想尽快了结此事，根本没考虑其他，就打了欠条。后来果真消停了几天，钟昌庭窃喜，心想终于甩掉了。没想到这个女人拿欠条来要钱还要上访。由于钟昌庭严重的作风问题，给他的个人形象造成了负面影响。最后，荆楚区公安局撤销了他的副所长职务，调他到郊区当普通民警。而后，女方也没罢休，将钟昌庭起诉了。”

刘青德听完，长叹一声，原来是这么回事。

徐梦华说：“事情经过就是这样。”

“可否做点工作呢？”刘青德说。

“一审支持了女方的诉求，是你战友上诉的，我做工作后再看。”徐梦华又问：“你是怎么认识他的呢？他和你不是一个地方的啊。”

刘青德答：“说来也巧了，今年认识他正好二十年了。”刘青德娓娓道出了与钟昌庭认识的经过。1989 年秋天，刘青德从部队回来探亲。一天傍晚，刘青德穿着夏常服中尉军衔的制服，骑着自行车在大街上，忽然发现，迎面而来的也是一位空军中尉，刘青德就主动问对方是哪个部队的，并告知自己是空军司令部的，对方讲也是空军，但是在另一个部队。于是，一阵寒暄后双方留了地址、电话。以后双方在部队就经常联系了。后来一直保持着联系，他还给刘青德送了两架模型飞机。

徐梦华一听这话，就说尽量做一下工作。刘青德见话说到这个份儿上，便谢谢帮忙后告辞了。

回到办公室，李国勇问刘青德什么时候休假，两人休假尽量错开，刘青德说去问杨学亮，一旦确定，立马告诉他，又去到民二庭找到杨学亮，谈到了休假带小孩儿出去玩，杨学亮和许昆雄说了一下，这样休假的事基本定下来了，两人一商量，8 月上旬七八日出发，也就一星期，决定到北海或贵州去玩。

刘青德负责和旅行社联系，挑选两条线路以供选择。此时，刘青德便将休假出去的大致时间告诉了李国勇，李国勇也是想和爱人出去旅游，但爱人的假不能确定下来，李国勇毕竟从全庭考虑，觉得庭里还是要有个负责人坐镇，以防万一有事。刘青德想在休假前将“百案听审”的这场庭审开了，心里老惦记这件事。看两天后能否开庭，最迟周一，如不能，那就只有休假回来后再开。

案件是唐仁平承办的。他认为，在两小时内能审完，其实，失掉了一个机会，前几天讨论的杨金华承办的王焕章故意杀人案是很适合听审的，可惜这件案件就这样开庭了。由于庭审的案件不能太复杂，时间应控制在半天，即两个多小时以内，刘青德将这一案情告诉了姜曼丽。隔了一会儿，姜曼丽来电讲，定在下周一下午听审。

刘青德连忙和杨学亮联系，只能买下周二或周一晚上的票，可以外出。

杨学亮和宋万林已经商量好，就去广西北海，让孩子们见见大海，愿他们的心胸像大海一样开阔。近段时间连续几天都有团，这就好办了。刘青德便向李国勇汇报下周庭审的情况，由于有经验，唐仁平已将案件简介写好，他用U盘复制后，准备叫实习的杨正毅送给姜曼丽。

李国勇这几天心里很烦恼，孩子明年就要大学毕业了，本地也没有大型企业，工作单位也不好找，外地倒是有些单位，而自己只有一个儿子，去得太远了，不放心，确实舍不得。一旦在外地工作，那就可能在外地成家，自己心里这一关就算勉强过得去，孩子他妈和爷爷奶奶这一关根本过不了，因为妈妈就自己一个儿子，在父辈的眼中儿子就是唯一的孙儿，这在老传统观念里肯定是通不过的。昨晚爱人在家里又一番数落，李国勇一听心里就烦。倒是有点儿后悔，李国勇当初要小孩儿报考法律专业，可高中阶段，他对文科就不感兴趣，偏偏对理科情有独钟。现在唯一的想法是要他准备复习，报考研究生，再看读研后的情况，想进法院系统只能做一般行政管理人员，法院系统又不是事业单位，是参公单位，再者儿子学的也不是法律专业。听说建委系统建设局和交通局可能招考，专业不相近，儿子学的是计算机这个专业，听起来高大上，但本地也无计算机专业的企业，真的是“英雄无用武之地”呀！李国勇真的感觉有些无可奈何，但是想到还有两年时间，他认真筹划，现在就复习，一是考研究生，二是德沅市招考，只要符合报考条件，就参加考试。只有让他去考试，让他好好复习，以良好的心态去参加考试。这么一想，李国勇似乎不那么焦虑了。

“百案听审”开完庭后，书记员比武评分用了一些时间。刘青德做好了旅行的准备，他把旅行的用品都收拾好了，即将开始一趟说走就走的旅行。第二天上午大家如约上车，火车上，几个小孩儿嬉嬉闹闹，讲着学校和假期里的趣闻。杨学亮的亲属在这里落户的较多，有两个侄女，她们都成了家，也有小孩儿，峰峰经常和他们玩，分享快乐。乐乐是宋万林的儿子，比闻闻、峰峰略大一些，是外公的掌上明珠。他的外公当过两个市中级人民法院的院长，也当过县委书记。可能是和外公经常待在一起，耳濡目染，乐乐身上有种和他年龄不相符的成熟和稳重，说话也很风趣、有意思。

说到昨天的听审，杨学亮问：“开了多长时间？”刘青德告诉他：“两个半小时，就是走不得一点儿神。”

杨学亮说：“可不是！许庭长安排我开一场，就是找不到合适的案件。”

刘青德接过他的话：“真是为难，复杂的案件不适合，简单的案件也不妥，一场开不完的也不行，的确不好找合适的案件。”

杨学亮说：“我现在手里有五六件案件，看了一下都不太适合听审。”

“唉，搞一两场就可以了，基层法院也有些烦。”

“就是啊，搞这么多听审，大家忙起来也不舒服。”

杨学亮说话比较含蓄，他没有讲烦，而是用不舒服来说明。宋万林讲到了发改委的一些事，讲到项目情况，也是有本难念的经。刘青德笑着说：“你搞火电厂项目，前期考察论证可是周游列国，好不惬意。”

宋万林对出国的事说：“别提了，搞得紧张兮兮，生活也不习惯，那趟出国不是享受，而是遭罪。”

杨学亮笑着说：“我们羡慕还来不及呢！你是得了便宜还卖乖。”

宋万林说：“那次出国真的没有什么意思。”他将出国遇到的波折说了一遍，感觉真的没有什么意思，因为到的那个国家的条件远不如我国。这样看来，宋万林说的还是事实。

周丽云这时走过来：“你们谈得热热闹闹，什么事这么高兴？”

周丽云本来是不来的，因为她姐姐要照顾妈妈，妈妈身体也不好，更重要的是她姐姐去过北海，而单独让小孩儿凡凡去，别人也担不起这个责任，加上这几个小孩儿，每年暑假都出来玩，一是开阔了眼界，增长了见识，二是增进了团结，培养了协作精神。现在的独生子女，性格比较孤僻，通过这种方式，培养小孩儿的集体主义意识是一个很好的途径。小孩儿和小孩儿在一起，互相交流，取长补短，德智体美劳全面发展，这种模式也得到了院里其他同志的赞赏。王玉玲每次看到刘青德邀小孩儿们一起出去旅游，总是说明年做他们一起旅游的计划。

杨学亮俏皮地问周丽云：“这次代替姐姐、姐夫出来，经费是谁出的？”

“自己出来玩，当然自己出。”周丽云答。

杨学亮说：“那不是，你帮姐姐、姐夫负责带外甥，应该他们出费用呀！”

“哪有这道理，姐夫本来说要来的，国安局也很忙，就只能找我代劳了！”

杨学亮一听周丽云说到姐夫的工作，就没有再吱声了。

这时，餐车响起吆喝声：“盒饭、盒饭。”宋万林说：“干脆中午吃盒饭，下火车后再找个餐馆改善一下伙食。”杨学亮和刘青德都同意。政治部的朱虹来到刘青德办公室送江西红色之旅的影碟，一看人不在，听说到广西北海去了，便联想到是不是和杨学亮一起出去了，他将影碟和一张过塑的大照片放在刘青德的办公桌上，叮嘱林越，刘青德回来后告诉他一下。林越才读大二，理论和实践都很欠缺。他看完二审案卷后，对这一案件的处理，心里有了想法，他记在笔记本上，又到书柜里看了法律条文。

这时，杨正毅走过来，他比林越早一年上学，明年就要毕业了。两人讨论是否考研究生。杨正毅的意见是，如果有合适的岗位就参加工作，今后再读在职研究生，林越的意见也是一样。两人聊起了家常，都是年轻人，有共同语言。杨正毅因为老家是浙江温州的，父亲在德沅市做生意，母亲是湖北人，代理一个服装品牌，还兼顾其他方面的业务、生意，做得很有起色。杨正毅个子很高，是学校篮球队的，爱好体育，学习也很好，这与他平时的刻苦分不开，因为两人都是学法律的，当说到某位教授时，两人均说听过他的课。

下午，两人真的很开心。庭里的同志休假的休假，请假的请假，看不到几个人。李思慧正帮余艳写审理报告。说实话，这个女生的悟性很高，在她阅卷完成后，余艳将审理报告的概况讲了一下，李思慧就根据阅卷情况写出了审理报告。从法律条文的实用到法理分析，还真是有模有样，连余艳都说，现在不兴留人，要考试才能进法院。不然，非要给政治部说把李思慧留下来。李思慧听了很感动。李思慧在读本科时就到检察院、律所实习过，读研后都在法院实习。她驾轻就熟，信手拈来，娴熟得很。临近毕业还不忘跟班学习，抓紧一切时间练好本领，这一点让人感动。

李思慧将审理报告打印好后，又逐句逐字推敲，认为很好，就把一份正稿放在那里。刘青德有时看到李思慧这样认真，便有意识地将一些稿子交给她写，主要是党建活动的发言稿，她也照样做得很不错。

杨金华由于牵挂妈妈的伤情，加上中医院又不远，便时常提前走，因为她母亲的骨折不是一天两天就能好的，她在考虑出院后是否请护工到家里护理，又总感到外人在家不方便，也征求了医生的意见。医生说，可以过一段时间，借助辅助器械，如助行器，可坐可移动地锻炼，上卫生间也很方便。听到这话，杨金华心里就放心了，这主要是杨金华在家照顾女儿，女儿今年上大学，无论到哪里，她和丈夫都想去送。因为收到通知后，在学校报名的前几天去，这主要考虑丈夫的工作——副县长兼公安局长，事情很多，不是说请假就能批的。杨金华心想，还有二十多天，只要母亲能够自理，那就好办了。

张宇的父亲来看孙儿后，已经回老家了，但老人这么远来，给张宇提了个醒，那就是要带儿子经常回老家去看看父母，免得老人牵挂，他爱人也很支持，算是达成了共识。

张宇和爱人以及几个生意场上的朋友，准备自驾游，具体地点还未定。大方向是西北一条线，计划两周，临出发前夕，无论如何都开车回家去看看父母，带上儿子也给父母看看孙儿。只是放假后，儿子一直在补习，明年就是高三了，他心里非常着急，好歹这两天补习就要结束了。去看望爷爷奶奶之后，张宇夫妇也好安心出门游玩。

赵建华开庭后，见庭里一个个都休假，心里也比较散，天气又热，心里也烦躁，不想做事，更不想办案，也在琢磨休假的事。他的孩子还小，昨天接到家里的电话，问他这周末能否回去一下。原来是爱人打来电话，他的妈妈病了，希望他回去一下，但他妈妈不让告诉他得病的消息，免得他分心影响工作。他爱人是老师，还没有调过来，两地分居，不远不近，有八十公里，每天来去不可能，只能周末回去或爱人坐车过来。

原计划这周末和几位同学约好搞个聚会，看来是参加不成了。他连忙打电话告诉几位同学，几位同学一听他不参加了，这个活动就推迟了。赵建华说：“千万别推迟，你们继续聚会，我下次请客。”到了周末，赵建华一看住到医院的母亲头昏无力，好像病因不明，就说到市里的医院去彻底检查一下，这一建议遭到母亲的拒绝。说来也怪，第二天他母亲的精神就好些了，医生给出的诊断是，体虚、缺乏营养，还缺某种微量元素，调养几天就会好，也可以出院。

这样，赵建华就放弃了转院的想法。他安慰母亲好好休养，爱人也悉心照料。赵建华甚感欣慰，便说：“明天如果母亲感觉好些，没有什么大的事，他上午就走，去参加一下。”他爱人对此表示理解，他母亲本来也是通情达理之人，得知儿子有聚会相约，便催儿子赶紧回去，别耽误了聚会。看到母亲身体有好转，精神好多了，赵建华便和爱人告别。爱人叮嘱他少喝酒，家里的事让他放心。

赵建华已被遴选到市中级人民法院两年之久。每个周末来回地跑也辛苦，有好心的人劝赵建华爱人辞掉工作，到市里再找份事做，私立学校当老师也可以，但被赵建华的爱人否决了，以后，大家就再也不提这样的建议了。

赵建华回到市里，中午参加了同学的聚会，于是到金凤凰酒店吃饭，这是一家性价比高的餐厅。大多消费者选择金凤凰酒店请客一般基于以下几点理由：一是酒店位于市中心，交通方便，多路公交车经过。二是价格适中，物美价廉，菜的色香味都不错。三是餐厅装修比较好，楼层层高很高，比较开阔，不压抑。该酒店住宿条件不错，是法院的协议价单位。吃饭中途，赵建华出去一下，正好碰到了李国勇，两人打了招呼，因各自朋友的关系，双方也不认识，就没有互相敬酒，倒是李国勇的朋友多是公安局和检察院的，赵建华认识其中的有些人。

赵建华想起爱人的叮嘱——少喝酒，便不再坚持要去敬酒。赵建华告诉李国勇是同学聚会，李国勇就说吃好喝好，各自回到包厢。

回到包厢后，赵建华又敬了一位同学的酒。这样互相敬酒，几个来回过去，赵建华自知已经喝多了。为了防止出差错，同学将他扶上了出租车，陪同他到了租住屋。因为购买的新房正在装修，在刷油漆，即使装修完后也需要空置一段时间，他想春节前搬新家。如果爱人能在年底调过来，那该多好，明年初就可以在这边上班。但他想到人事调动可不像学生转学那样简单，就觉得办事的不容易，内心感叹，现在办事真难呀！

赵建华刚才确实喝多了，回到租住屋，喝了一大缸子开水后还是吐了一地。只身在出租屋里，赵建华只能自己照顾自己。他睡了一下午，到晚上 8 点多钟，感觉有点饿，中午光顾着喝酒，开始还控制得好，后面没忍住喝多了，饭没吃多少，他又泡了一包方便面吃，囫囵几口，将就应付。

刘青德和杨学亮一行结束北海之行后，一路上心里非常高兴。在返程的列车上，大家回想这几天的游玩收获和感触，都认为这趟旅行非常值得，给众人留下了美好的记忆，特别是有条老街，以这条老街历史上发生的一件事为背景，拍摄了电视剧。其中，有间地下党工作的联络点被作为爱国主义教育基地，有些资料图片是进行国家安全教育、做好保密防间谍教育的生动教材。对此，周丽云的外甥深有体会，对其父亲的工作有了更直观的理解和认识，也更加崇拜和敬重父亲的工作，因为平时父亲的工作讲得很抽象，具体干什么是不可能让家属知道的，家里人也自觉不问。

宋万林非常看重和爱护儿子乐乐，他说出了做父亲的心里话。他曾说："有的人讲父亲不疼爱孩子，这话是冤枉人的，父亲只是不像母亲一样，把孩子冷暖时刻放在心上，那么细致、具体，但是父亲对子女的爱丝毫也不比母亲少，只是不善表达，你看哪个父亲会不爱自己的子女呢？"

这次到海里游泳，释放了孩子的天性，又变相地控制了体重，锻炼了孩子的身体。宋万林害怕孩子微胖会变为肥胖，所以特别注意小孩儿的饮食和锻炼，游泳这样的运动真是太好了。杨学亮倒是对赶海有兴趣，并且拍摄了大量的照片，他认为这可以陶冶情操，对孩子们的身心健康极有好处。银色的沙滩上，孩子们嬉笑追逐，听海浪的涛声，赏湛蓝无边的大海……大家无不为身心的彻底释放而兴奋。

刘青德感谢杨学亮的这次联络，这次刘海军将他在北海做海鲜生意的战友告诉了杨学亮，第二天，这位好客的战友就安排了一桌美味的海鲜宴。大家开怀畅饮，品尝海鲜，互相交流各自工作上的事情。刘青德敬佩这位战友，一人拖家带口，独自在这做生意，开始也是不懂行情，亏了本，后来摸出了门道，生意渐渐有了起色，军人的执着和追求，在生意场上发挥到了极致。

周丽云更是高兴，这趟旅行真是太有意思了。杨学亮安排得挺细，特别是安全方面稍有风险，他就建议大家不要冒险，像带上潜水装置在海水中观察，是用船将人载到离岸边较远处，戴上潜水面罩潜水观察海底游动的海鱼、色彩斑斓的植物，还有珊瑚。景区的宣传做得引人入胜，连宋万林都跃跃欲试，还是杨学亮的一番话劝阻了大家，他说这大海不比江河，深不可测，万一有个情况，谁也帮不上忙。大家这才作罢。没有潜海，宋万林多少是有点儿遗憾的。刘青德在一旁安慰他，确实想下海，明年去青岛、大连有海的地方去玩，还是有机会实现愿望的。宋万林为自己的不坚持而后悔，杨学亮为安全考虑绝对没错。

几个小朋友在卧铺上来回倒腾，像猴子一样灵活，上蹿下跳，这次游玩让他们太高兴和难忘了。他们马上要进入初中了，学习的压力将会增大。可以说，这个假期旅游是一次难得的释放压力的机会。

杨学亮对孩子是非常爱护和用心培养的，这可能与他妈妈疼爱孙子有关。杨学亮有三兄弟，两个哥哥的孩子都是女孩，只有杨学亮的小孩儿是男孩，奶奶对这个唯一的孙子疼爱有加。记得有次杨学亮的儿子头部不小心碰到防盗门的铁角，划了一道小口子流血不止，奶奶焦急得流出了眼泪。后来，小孩儿被送到医院检查并无大碍。仅从这点就能看出，奶奶对孙辈真挚而深厚的爱。早晨，奶奶给孩子端米面或馄饨，又经常给孙儿包蛋饺子，还将蛋饺子拿给刘青德的小孩儿吃，刘青德的小孩儿常常在他家玩得乐不思蜀。

大家下火车后是坐商务车回家的。到市里已经不早了，家里一般吃过了晚饭，所以，宋万林建议大家干脆在餐馆里吃完饭后再回家，刘青德和小孩儿是蛮同意的，周丽云原想客气，但外甥已经饿了，杨学亮也答应留下来吃。于是，就找了一家土菜馆，吃了家乡口味的饭菜，又格外精神了。商务车先送宋万林两人，再送周丽云两人，最后送杨学亮和刘青德四人，到家时，央视《新闻联播》已经结束了。

一个多星期的休假很快就结束了。刘青德上班时，见到放在桌上的影碟和照片，便放入抽屉内。林越已经看完了二审案卷，并且提出了处理意见。这个意见与承办人刘青德的意见是一致的，说明现在的法学大学生对案件的定性判断还是准确的，杨正毅则准备打印两份审理报告。只需刘青德修改，刘青德先给了一份蔡加新故意杀人的审理报告给林越看，因为案卷材料都已移交省高级人民法院，送最高人民法院复核去了。刘青德将案件的审理重点给杨正毅和林越都说了一遍，考虑到实习时间有限，给他俩讲解的内容主要是分析案件，看一件案件如何处理，故意杀人案审查证据和走私毒品案审查证据侧重点各有不同，投放危险物质罪即过去讲的投毒罪审查证据也有不同。针对准备给林越的一起故意杀人案件，刘青德详细讲解了需要审查的几个方面和需要证据证明的问题。

讲解完后，杨正毅离开了办公室，刘青德将卷宗交给林越，并叫他看完卷宗后，先写出审理报告草稿。林越一看这是一审案件，开始看到被害人尸体照片时，心里一阵恶心，露出了厌烦的神色。刘青德怕给他带来心理阴影，就告诉他，可以不看尸体照片，但对尸检报告和结论要认真看。一听这话，林越就将照片合上，因为照片有二十多张，是彩照，从各个角度拍摄的，黏附在尸检报告后面，有厚厚一沓。

刚才林越的神情，使刘青德不禁想起去年夏天的一次死刑执行，那是枪决三名死刑犯，立案庭新考进来的小黄和在民事庭工作的小彭，想去刑场看看，过去只是听说执行死刑，现在到法院工作了，很想实地去看看怎样执行死刑。一是锻炼一下胆量，二是学习执行程序，另外，也满足一下年轻人的好奇心。刘青德答应带他俩，还要求他们着法官服。他俩找庭里的同事借好法官服，刘青德专门和贺用强副支队长说，也给童宁飞大队长打招呼，他们分别负责刑场内围警戒和执行。因为执行死刑有严格规定，严禁无关人员进入刑场，所以刑场的保卫警戒措施是非常严格的。

上午执行完毕后，小黄和小彭在中午吃饭时一直感到恶心，想呕吐。不过，按照惯例，执行完后，行装科会根据工作人员人数安排在餐馆就餐。刘青德专门向他们讲了克服心理不适的方法。

刘青德理解林越的心情，一直未离开学校读书，还没有走向社会，突然看到了这血淋淋的一沓照片，一个活生生的人被杀害，这种剧烈的反差让没有亲身经历的人很难体会到这种心情。而这种心情又时常在脑海中浮现，恶心、苦闷、难受时时伴随着承办人。林越看到这样的案件，也就知道这个世界并非都是美好的，也有黑暗，也有暴力，也有不平，无论是什么动机，杀人的罪犯必须得到惩治，惩恶扬善必须得到弘扬。

肖健来到办公室问：“刘庭长，照片和影碟都收到了吗？这次玩得开心吧？”

“收到啦。”刘青德答道。

肖健接着说：“立案庭上周五又转交了五件案件，怎么分？人都休假了。”

刘青德说：“不要紧，你将案件都拿过来。”

原来，刘青德出去休假的前一天，李国勇告诉刘青德，杨金华这段时间母亲住院，她丈夫的工作很忙，要刘青德多承担一些事。案件分配这两个月一起考虑，这也是杨金华给李国勇说的，在杨金华的女儿上大学之前，所有工作都移交给李国勇。李国勇也明白杨金华的意思，就是不管事，少操心。家里太忙了，李国勇也能理解。因此，刘青德就跟肖健说了，他心里是考虑让这三个实习的学生好好锻炼一下。

肖健将五件案件的卷宗搬过来，是分两次搬过来的，有两件一审案件、三件二审案件。两件一审案件，其中一件是故意杀人案，另一件是走私贩卖毒品案。刘青德将故意杀人案交给杨正毅看卷，毒品案准备交给唐仁平办理。刑一庭虽说分类审判的案件较多，但真正起诉过来的一审案件，大部分是故意杀人案或故意伤害案。倒是有些交通肇事案是二审案件，也有极个别的由交通肇事案转化为故意杀人案，杨正毅拿到案件后，刘青德又给赵建华说：“算他的案件，给予指导一下，先让杨正毅阅卷撰写审理报告。”

赵建华一听就很高兴，开玩笑地说：“坚决支持刘庭长的工作，落实刘庭长的指示。”

刘青德说：“乱弹琴，是在李庭长领导下工作。”

假期里很忙，过了几天，余艳上班了，就是一顿抱怨，太吃亏了，这次出去因是到外地，看中了一款玉手镯，好不容易讨价还价后买了，戴在手上确实好看，忘记了不在旅游景点购物的告诫，回来给大家看，都说好看。一问价格贵了点，余艳心里就有点儿烦，买也买了，吃了个哑巴亏，当时自己也不知是哪里迷糊了，有人建议不买，就不知怎么了，没有采纳，如今想起来还懊悔不已。

李思慧写的审理报告，余艳看后认为写得非常不错，不仅满意，还赞赏不已，毕竟余艳也是科班出身，同为女性，她从李思慧身上仿佛看到了年轻时的自己。她将审理报告拿过来，余艳又将一本案卷交给她，让她继续阅卷写审理报告。

因为李思慧到了研究生最后一年，只有一篇论文是重头戏，基本没什么课了，计划国庆节后再回学校，这样就有充足的时间阅卷。李国勇计划休假一星期，他表示如果没有特殊的事，就不要打电话，有事找刘青德即可。话虽是这样说，真有什么事，刘青德也不会擅自做主。

杨金华心情舒畅了许多，母亲已经出院，可借助于辅助器材，生活也能基本自理，加上父亲的帮助，家里的事情也基本有人处理。

她的父亲也是一位老公安人员，长期从事国保工作。由于长期的艰苦工作，身体较差，患多种疾病，尤其是冬天，病情常常加重。现在天气炎热，身体倒还好，这样他们俩可以相互照顾。小孩儿一旦读大学了，杨金华也可以安心了。她曾经想请个保姆，征求了父母的意见，他们不同意，绝不是从经济角度考虑，她父亲可能是职业养成的习惯，外人在家不安全，母亲考虑俩老人还能彼此照料就没有必要请保姆，但杨金华还是从各方面考虑，准备在送女儿上大学期间，雇一个护工，在家里照顾母亲。当然，这是后话了。

李国勇上班停车时，见院里的六号警车出去加油。开车的是刘海军，刘海军喊了声李庭长，便上车走了。李国勇礼貌地问了一句:“这么早，忙什么去？”

刘海军说:“陈科长要我开车加满油，去长沙湘雅医院，听说马书记病了，去检查身体。”

“啊！”李国勇漫不经心，眼看8月只剩一周就要结束了。他看了肖健送来的立案登记本，逐件地看案件办理情况，对于即将到达审限的七八件案件，他记在工作本上准备督促，因为这一周过完，8月也就完了，各庭室休假的人都应该上班了。一切工作也都走上正轨了，尤其是开庭执勤，法警都应到位，这样开庭的安全也就有保障了。

李国勇心里盘算着，这周及下个月的工作，一定要利用好这9月、10月办案的黄金时间，想到今年工作这大半年，同志们都辛苦工作，刑一庭的工作成绩在全院还是数得着的，庭里的同志对工作都很认真。今年办案多，工作量大，还替刑二庭办了部分案件。行管工作和联带包创工作都没出什么问题，就是法制宣传文章论文等，在上级报刊单位发表的还不多，只有周丽云写了一篇，刘青德在报纸上发表了一些消息。外宣工作需要加强。周丽云、杨金华、刘青德必须写两篇，这次实习的李思慧也是研究生，听余艳和刘青德都说挺不错，也要她写篇文章或信息，赵建华可以写一篇，自己办的绑架罪的案件也可以写，必要时要李思慧写个初稿。

去年最高人民法院来调研时，根据座谈时的意见，结合市里毒品犯罪案件呈上升趋势，李国勇写了一篇《审理毒品犯罪案件适用法律的几个问题》。其中比较关键的是毒品案件的证据审查问题，这是审理毒品犯罪案件适用法律中的难点。其中，涉及毒品来源和去向的事实难以查证，在实践中，毒品的来源和去向难以查清，原因有：第一，贩毒分子为逃避打击，多采取零星贩毒手法，以暗号或熟人交易方式形成较固定的供需网络，不易被发现；第二，贩毒分子拼命抵赖，不供出毒品的来源、用途、去处，切断线索；第三，我国基本上是毒品过境国和被输入国，毒源在境外，无法截断源头；第四，毒贩老板多在境外。由于我国与邻近国家在司法协调方面存在问题以及社会制度不同等因素，不能到境外取证及缉拿罪犯；第五，毒品是直接损耗消费的，一旦卖到“瘾君子”手中，很快被吸食或注射而灭失。李国勇认为，这部分写得还是比较翔实的，他感到毒品的刑事技术鉴定有较多问题存在，不利于公正客观地定罪量刑。毒品是直接反映被告人行为危害大小的特定物，对其鉴定得出的结论，是客观反映贩毒事实的重要证据之一，对查获的毒品物质进行定性鉴定，是获取毒品犯罪证据的基本手段。对这一方面，李国勇准备到市公安局禁毒支队再了解下情况，探讨一下再将文章定稿。

今年，潘勇均案件发生后，结合这两年农村发生的这类案件，刘青德写了《关于投放危险物质案件的论证》。文章从几个方面来写：一是树立“惩罚犯罪，保护人权”的刑事诉讼宗旨。二是对被告人供述的审查：1. 初次口供的审查判断。2. 翻供的审查判断。3. 同案被告人口供的审查。三是对证人证言的审查。四是对鉴定结论的审查。在投毒案件中，鉴定结论是非常重要的证据，主要包括：第一，刑事技术鉴定书；第二，法医技术鉴定书，这方面要分析甄别。这篇认证文章已经写好，文字方面请李书林看一下，先给研究室发表吧。赵建华的司法建议也应算一篇。

李国勇这样一想，觉得另外开个庭务会，强调一下遵守纪律和加强保密意识很有必要。

想到这些，李国勇又感觉压力小多了，对完成庭里的各项工作、争先评优都充满了信心。于是，他又集中精力投入阅卷之中。看到还有两份审理报告，这是审监一庭和民二庭准备上审委会讨论的，先提前发给各位委员审理报告，这还是休假前发的，也说明是月底要研究的。审监一庭的案件拖一下不要紧，民二庭的经济纠纷案件，反正当事人也是有准备的，的确民事案件有时这种意见有道理，另外的意见也不见得有错，关键看如何平衡利益关系。

李国勇随着几年的授课，内心对刑事审判是喜欢加热爱，对民事审判反倒是有些生疏。他看了审监庭的报告，是前几年的一件刑事案件，两罪其中有一罪确实有些牵强，盗窃的数额认定也是有歧义，其中有笔是盗窃舅舅家的财物，舅舅明确表示不追究责任，也给算上犯罪数额，这件案件毫无疑问要改，李国勇将审理报告放在文件铁丝篓里，这里都是已阅读完毕的材料。

他拿出卷宗认真地阅卷，这是一个走私毒品的案件。他看了公安机关的提请逮捕意见书，又看了检察机关的起诉书，感觉差别较大，便认真阅读起公安机关的侦查卷。李国勇有个习惯，案卷来后先看一遍，发现程序问题或缺少有关材料，他立马就告诉检察机关通知公安机关补侦或作出说明，记得有次刘青德办理一件毒品案件时，在线索来源中写得比较笼统，由于这件案件是要判处被告人死刑的，公安机关以涉及技术侦查手段，不想让审判人员知情，公安机关内部也有严格规定。最后还是李国勇坚持。禁毒支队请示了局领导，让审判人员到技侦支队实地听了毒品交接联系的全过程，为最终定案提供了可靠保证。事后，连技侦支队的同志们都佩服法院审判人员的严谨缜密，刘青德也对李国勇更加佩服。

张宇和唐仁平原先的案件都办得差不多了，需要分新的案件，这又没有来新的案卷。中午有位公安局的朋友请李国勇吃晚饭，李国勇邀了刘青德，刘青德说喝不了酒。李国勇说："不喝酒。"这样，刘青德就去参加了。吃饭时，李国勇见服务员正倒酒，也不知还有无其他客人来，于是倒了六杯。

刘青德连忙说自己喝不得，公安的朋友疑惑地朝李国勇望来。李国勇说："刘庭长喝不得酒，他低钾住过院。"

"意思一下，倒一两吧。"二两的酒杯，倒酒的匀了一些出去，基本就一两多，这完全是礼节性的。吃完饭，因李国勇喝酒，公安局的朋友安排车送他和刘青德。刘青德进院子的时候，看到行装科的陈小新、政治部的王玉玲和工会的罗主席正匆忙上车，车子风驰电掣般开出了院门。刘青德心想，这么晚了，他们是干什么去呢？第二天早晨，上班的时候，听到人讲，太可惜了，走得太早了。刘青德知道，可能是谁去世了，但也没有特别在意。走进办公楼，值班的黄艳霞一声叹息，说："这人有什么盼头，说去世就去世了。"

刘青德忙问："谁去世了？"

"马书记昨晚去世了。"

"什么？是马振宽吗？""对，市中级人民法院还有几个马书记。"黄艳霞回答道。

"谁说的？""我舅舅讲的，昨天忙得很晚。""怪不得昨晚看到工会罗主席、陈小新外出，原来是这么回事。"黄艳霞说："是的，我听到了，很难受。"说完，她眼里噙满了泪水。的确，一个好端端的人说没有就没有了。

刘青德来到办公室，心里也很难受，想到一起在井冈山的旅游。待大家都到办公室时，李国勇直接来到刘青德面前说："你听说了吧？"

刘青德说："你是指马书记去世的事情吧？"

"是的，刚刚上班后，工会罗主席要王玉玲通知，告诉马书记去世的消息，我听了还一惊。"

刘青德说："我也感到很意外，怎么也没有想到，马书记这么年轻，究竟是什么病？"

李国勇说："听说是感冒引起的，可能在这里就诊时，药用反了，昨天送到长沙湘雅医院，人就不行了，具体是什么病我也没记住。"

刘青德说："啊，是这样。"

李国勇接着说："院里安排人到殡仪馆值班，我们庭里是两个人，下午 2 点到前半夜。明天晚上 7 点半开追悼会，听说是等他儿子回来。"

刘青德主动地说："我去值班吧，看唐仁平有时间没，一起去。"

李国勇说："那好，去问一下唐仁平。"

两人来到唐仁平的办公室，他和赵建华正谈论马书记去世的事，都觉得太突然了，太不可思议了。昨天上午送过去活生生的人，晚上回来就是一具尸体，这生命也太脆弱了。过去谁也没听说他得过什么病。

唐仁平说："他当过兵，身体素质应该还是不错的，怎么突然就去世了？"

李国勇说："老唐，下午到殡仪馆值班，有时间没？"

唐仁平回答说："可以，都是转业军人，送他最后一程。"李国勇就说："那你和刘庭长值下午班，要不你值前半夜，让肖健值下午班？"

唐仁平说："行，怎么都行！"

李国勇又转身对刘青德说："辛苦刘庭长了，明天上午我们庭组织人去悼念。"

刘青德说："今天我和老唐去值班，总不能空手进去，以庭里的名义送个花圈，怎么样？"

李国勇说："没问题，你做主就是。"

刘青德说："我还是先请示了再说。"

刘青德回到办公室，为马振宽的不幸去世感到难过。回想起一个月前在井冈山和他相处，还有一件只有他们俩知道的事。想到此，刘青德不禁感慨万千。

原来，刘青德有个同学的亲戚，曾请刘青德介绍男朋友，刘青德给她介绍过王晓鹏，但没成。这个亲戚非常热爱部队，想当军嫂，她也是家里的独生女，曾托别人介绍军人。也真巧，马振宽有个外地湘籍战友探家，来德沅市看望老指导员。这个战友在德沅市也认识老家的同学，因考学毕业后，留在了德沅市工作当老师，刘青德同学的亲戚也是老师。这样，原本两个不认识的男女竟奇妙地牵上了线。经过一年多的了解，他俩顺利走进了婚姻的殿堂。

不过，三年后，两人终因感情不和走上法庭。这时候，刘青德的同学找到他，认为一审判决对婚后部分财产的分配是错误的，希望改判。

刘青德看了一审判决书，觉得没什么问题。而按照同学亲戚的说法，男方结婚时是一分钱没出，这可能吗？开始，刘青德什么都不知道，直到同学亲戚来找刘青德，担心马振宽帮对方的忙，刘青德才真正重视起来。因为据他对马振宽的了解，马振宽是一个非常正直的人，不会“踩偏船”。刘青德找到马振宽说明来意后，马振宽真的非常委屈。原来，湘籍战友在德沅市就他一个知心人，将认识女孩的来龙去脉都说得清清楚楚，也是同意离婚，并认为女方早有预谋，曾两次分别将几笔存款转到其父母名下，自己账面上竟没有一分存款。

其实，结婚时，男方就给了女方相当数量的钱置办家具和嫁妆。毕竟结婚是人生大事，男方在西北边防部队服役，各种补贴及工资均高于内地同级军人。现在离婚落得个人财两空，心里真有说不出的滋味。马振宽作为男方的老领导，只能安慰却爱莫能助。他也相信自己的战友没说假话，听到这里，刘青德将全部情况告诉马振宽，以军人对军人的承诺和信用，刘青德表示绝对不和二审承办法官说任何话，让二审法官自己判断，马振宽也表示不再过问此事。

这一切发生在三年前，却又仿佛发生在昨天，那一幕幕似乎就呈现在眼前。下午要去殡仪馆，是刘青德和肖健去的。一是年轻人想多出些公差表现一下，二是肖健素质不错，工作积极，原本是想安排他晚上前半夜值班，他一讲晚上和朋友有点事。李国勇马上想起他正准备结婚，就告诉唐仁平值前半夜，下午让肖健去。院里安排了值班车，加上单位各部门和马振宽的战友，来市中级人民法院后，直接去殡仪馆。

马振宽英年早逝，又去世得太突然，他家属、爱人单位也很重视，安排了人员值班。人们除了送花圈表示哀悼之情外，一般都在大厅的旁边守夜送别。刘青德和肖健在殡仪馆门前停下，这条巷子里，几乎都是卖花圈、香、蜡烛、纸钱类物品。刘青德和肖健就近找了个店买了花圈，正巧研究室的王晓鹏主任和姚铸也在买花圈，他也要老板找了同价款的一个花圈，只是落款不同。一切办妥后，店里的员工举着花圈，刘青德和肖健、王晓鹏和姚铸一起走向马振宽的悼念厅，现场肃穆，哀乐低回。刘青德和王晓鹏站在一起，王晓鹏低声问："刘哥，鞠躬吧？"刘青德点了点头，并朝后望了一眼马振宽的家属，坐在一旁，旁边有人在劝慰。刘青德轻轻喊道："一鞠躬，二鞠躬，三鞠躬。"鞠躬完后，刘青德让王晓鹏走在前，王晓鹏示意刘青德走在前。刘青德走上前去，慰问马振宽家属："望节哀保重。"一旁，政治部的朱虹向家属做介绍。刘青德和王晓鹏安慰了几句，便问儿子什么时候回来。朱虹帮着回答，今天一定会到，院里已派车去机场接人了。

刘青德望着马振宽家属，心里生出一丝莫名的悲伤，不知是触景生情还是记忆的闸门打开，他不禁想起了自己母亲去世时的场景。当年，母亲也是在医院就诊后去世的。大哥看到刘青德放学回家，便告诉他："妈去世了。"听到噩耗，顷刻间刘青德悲痛欲绝。此情此景，怎不叫人悲痛呢？天有不测风云，遇到这种天塌下来的事情，生者的生活还要继续，唯有打起精神，向好的方面想。刘青德安慰了马振宽的家属几句，说了声儿："嫂子要坚强些，多保重！"便到一旁去了。

王晓鹏说："刘庭长，你准备待多长时间？"

刘青德告诉王晓鹏："今天下午是刑一庭值班，我和肖健值下午班。"

"好吧。"王晓鹏说，"我待一会儿就走。"

刘青德点头。一部分守灵的人在玩牌，执行局的赵勇等人一桌，民一庭的王凤蓉，还有徐梦华、杨学亮、苏晓军一桌。刚来的杨华，政治部的王玉玲和邓海红正在凑一桌。肖健坐到蒋新友旁边观看。陆陆续续有单位进来送花圈。市公安局政治部也送了花圈。临近吃晚饭时，马振宽的儿子从部队回来，院里安排接他的车直接将他送到殡仪馆。他儿子叩了三个头后，和妈妈相拥而泣，场面令人心痛。

打牌的人已经停止了打牌，有的人已经回去了。刘青德要肖健随便坐一辆车先走。这个时候人比较多，马振宽的一些亲戚也都来了，现场的气氛仍然十分悲伤。朱虹劝马振宽家属吃点东西，休息一下，后半夜睡一觉。马振宽家属悲伤过度，哪里睡得着呢？望着他们那孱弱的身躯，想到他们失去亲人的痛苦，马振宽的突然离去，让他们失去了依靠，其悲痛心情无以言表。

晚上，唐仁平接替肖健。李国勇给刘青德打了电话，问还有哪些领导在殡仪馆守灵。刘青德告诉他，有罗主席，下午何组长和监察室的负责人也在。接着，李国勇对刘青德讲，晚上值班辛苦了，明天上午可休息。刘青德谢谢李国勇的好意。

到了晚上 10 点多，政治部的王玉玲和刑二庭的谭丽红劝马振宽的家属到附近招待所休息一下，明天晚上还要开追悼会。刘青德也过去劝了几句，在众人的劝说下，马振宽的家属同意了。这时，他的女亲属也一同搀扶马振宽家属去殡仪馆旁的招待所。马振宽这方的人说了声儿："嫂子，你安心休息，这里有我们。"

马振宽家属走后，刘青德和王玉玲坐院里的车回到了法院。

张院长对干部很关心，也挺有人情味儿。马振宽去世后，专门给行装科科长陈小新说，安排好值班车，马振宽家属用车要保证随叫随到。人去世是没办法的事，但后续服务工作我们要做好，不要让干部寒心。徐长胜也是这个态度。因此，这两天陈小新忙得够呛，他也万万没有想到，到湘雅医院去，马振宽就会进重症监护室，专家一会诊就得出结论，应该说得病后去得太晚，发现太迟。天命无法预料，马振宽刚到知天命的年纪就这样走了，令人扼腕叹息。因此，珍惜生命，每个人都要落实到日常生活中。

上午上班时，刘青德碰到李书林也去办公室，便问："忙啥啊？"

李书林说："昨晚写悼词，加班了。"

"这不是政治部搞的吗？"

"徐院长说让我参与一下，这样政治部的人就给我了。"

他没有说具体的人，刘青德也没问，只是说："能者多劳嘛。"两人在楼前分开，他便去政治部。

刘青德来到办公室，林越问了几个问题，刘青德又系统地讲了办案中常见的问题，审查案件需要注意哪些方面。林越边听边记，不由得发出感叹声。由于时间关系，他将在本周结束实习。杨正毅也要回学校了。仅有李思慧留下过完国庆节再走。看到这些充满青春活力的年轻人，刘青德不禁想起自己在军营度过的青春岁月。

那是一个充满朝气的年代，鲜红的五角星、鲜艳的红领章，陪伴刘青德从懵懂的新兵战士成长为基层干部，从正排职分队长、技师、参谋、连长得到了全面锻炼，但和马振宽在部队获得五次三等功相比，刘青德还是自愧不如。刘青德感谢部队，感谢领导、战友，让他在部队得到了锻炼和成长。部队的那些日子，成为刘青德一生难忘的记忆。

刘青德正在看卷宗，李国勇走过来说："刘庭长，辛苦了。"

刘青德说："不辛苦，太可惜了。"

李国勇讲："这是大家没有想到的，你在十年前得病，也把大家惊呆了。"

李国勇说的是刘青德十年前得病的事。原来，刘青德曾因患低钾住过医院，那是 11 月份，天气渐冷，刘青德参加战友妻子的送别仪式，战友妻子因交通事故不幸去世，刘青德突然腿失去了知觉，站不起来，开始也并未在意，只是认为夜里守灵太过劳累，加上天气冷未盖好被子，也没想太多，只是要爱人拿上钱，直接去医院。他先到医院找到同事的妻子，她问了刘青德的症状后，抽了刘青德的血去化验，结果与她预料的一样，是周期性低钾。这样就需要补钾，通过打吊针输液，先是打了一瓶吊水，后又加了一瓶，再又口服，终于将低钾补上。

说来也怪，人身上的钾离子少一点儿都不行，因为这场病，刘青德还成了知晓这种病的内行，因为造成低钾的原因有四个方面：酗酒、过度疲劳、体温骤降、剧烈运动。刘青德只是过度疲劳，因为刘青德不善体育锻炼，剧烈运动对他来说是谈不上；平时不怎么喝酒，更谈不上酗酒；体温骤降也不存在。所以，那段时间的连续加班是造成过度疲劳的原因，也是得病的诱因。

当病危通知书送到法院的时候，可把法院的同事惊呆了，几位院领导都到医院来探望，还联系医院院长，组织专家会诊。院领导还安排许昆雄值班，给了纸和笔，医生告诉许昆雄，把患者说的话都要记下来。

刘青德那时头脑还算清醒，就是坚持不睡觉，后又把买的橘子水里掺钾喝下去，这样钾就补充上来了，终于转危为安。事后，刘青德问医生，后果会是什么？医生告诉刘青德，低钾造成的后果是，随着钾的流失，导致四肢麻木，最后导致心脏骤停，连做人工呼吸都不起任何作用。

刘青德听后心里一惊，这么严重啊！怪不得院领导都来了。就从这件事起，法院对全院干警进行一次大体检，结果又发现了两个潜在的病人，其中一人还做了手术。

“谢谢李庭长的关心，还记得这件事。”刘青德这样回答。

“今天晚上追悼会，能去的人都去吧，徐院长私下给我打了招呼，因为马书记转业来院里时间不长，一直在政治部。老干部能参加的就参加，在职干警都参加，不要让会场冷冷清清。人家这么年轻就去世了，作为家属，心情是无比悲痛的。食堂今天晚上也是按午饭的规格做的，平时就几个人吃，考虑到干警有可能下班后不回家，吃完晚饭直接去殡仪馆参加追悼会，所以行装科专门做了安排。”李国勇叮嘱道。

刘青德说：“我们庭里应该都可以去，不行，两个实习的也可以去一下。”刘青德指的是林越和杨正毅，就没考虑女生李思慧。

李国勇说了句，那倒不必，又不是搞劳动。

下班后，刘青德还是在家里吃的饭，因为爱人在银行下班早，炒两个菜很快。刘青德跟爱人说要去参加追悼会，家里没什么事，孩子在练习书法。院里准备了一辆大车，有的先去了，像办公室的和政治部的人要布置会场，早就过去了。

追悼会在肃穆的哀乐声中开始，主持追悼会的是政治部的董文军。徐长胜致悼词，刘青德静静地听，对马振宽在部队取得的成绩由衷地敬佩，这些成绩的取得是努力得来的，也是非常不容易的。刘青德随着慢慢移动的人群，缓缓地经过遗体旁，玻璃棺里安放着马振宽，他静静地躺在那里，人们在向他做最后的告别。

林越、杨正毅就要结束实习回学校了。刘青德说，请几位实习的学生吃顿晚饭。李国勇说：“庭里请，要刘庭长安排一下。”刘青德把就餐酒店定在法院附近的福鸿餐厅，预订了一间十二人的包房，庭里能参加的都参加。周五晚上，赵建华原本要回城山县，但爱人来，张宇有事，还有杨金华家里来客了，就只有周丽云、刘玉瑶、余艳、赵建华、肖健，李国勇原本参加，临下班时，有朋友喊他有事参加不了，这样，八个人吃了饭。餐桌上，面对即将实习结束离院的实习学生，大家给三位学生提了希望，余艳则表达了对李思慧的感谢，说这两件案件的审理报告都写得好，赵建华也对杨正毅提出了赞扬。大家吃得很开心，都没有喝酒，赵建华也感到轻松。刘青德担心让学生喝酒出点差错不好交代，所以没有强求就喝了点饮料。

周丽云有件案件需要开庭，原本是杨金华当审判长，因杨金华送女儿到厦门上大学，这样，李国勇就自己担任审判长。结果临出发时，余艳有点儿情况，喊其他人也不好，李国勇就喊刘青德代替。除了刘玉瑶做记录，李思慧也随车去现场看了一下。

李国勇说，李思慧就在旁听席下面记录，因为双富县人民法院离得很近，不到一小时就到了，双富县人民法院的蒋庭长接待了李国勇。李国勇告诉蒋庭长，有个实习的李思慧在台下记录，提供一下方便。由于李思慧自己有手提电脑，她在旁听席第一排坐下了。一般来说，审判庭第一排旁听席是不让坐人的，只有执勤的法警可坐。

随着“砰”的一声，李国勇敲响法槌，正式开庭审判。这是一起走私毒品案。李国勇还是按照老习惯，将诉讼权利告知被告人后，进行法庭调查，由周丽云主持。刘青德看了起诉书，被告人走私毒品三次，数量则达到了内部掌握标准，但最后一次是在控制下交易，估计有特情介入，判处死刑可能不行，这是刘青德的初步判断。作为合议庭成员，不是自己主审的案件，坐庭是比较累的，就像坐车，开车的人不睡觉，反而是坐车的人想睡觉。刘青德没有心思听被告人狡辩，而是朝台下望去，见李思慧在低头打字，周丽云问话的节奏蛮合适，不快不慢。刘玉瑶记录轻松自如。法庭辩论结束后，李庭长主持庭审。讯问被告人作最后陈述后，法庭便宣布休庭，案件讨论后择日宣判。

从多年和李国勇一起办案的经验来看，听李国勇说话的语气，这件案件的被告人不会判处死刑，这只有和他长期工作过，了解李国勇办案风格的人才明白。刘玉瑶将庭审笔录拿给被告人签字，被告人请了律师，律师看完笔录后就签字，被告人接着签，公诉人在最后一页签完后和合议庭告辞。

刘青德看到李思慧坐在那里，知道她也做好了笔录。李国勇原本计划开完庭马上回院。双富县人民法院蒋庭长再三挽留，他说，“你们是上级法院领导，如果办完事就走，我们院长和分管院长会怎么看我？市中级人民法院庭长来了，连饭都没有吃，我怎么回答呢？”李国勇见到了下班吃饭的时候，也就只好客随主便了，并说“简单点”。

蒋庭长安排人落实，蒋庭长赶紧给袁华军院长打电话，告诉李国勇来了，晚上留下吃饭，看有无时间参加。袁华军很爽快地答应，并说定好地方后告诉他。自己便陪合议庭的成员，当被告人被送往看守所后，法警大队长将提押票给了刘玉瑶，蒋庭长将袁华军来陪李国勇吃饭的消息告诉了李国勇。李国勇说：“事情搞复杂了，袁院长事情多，不必麻烦了。”

蒋庭长笑着说：“领导也要吃饭的，再忙也要吃饭。”

不一会儿，袁华军到了，因为袁华军也是长期搞刑事审判的，曾和李国勇审理了“019”专案，后来任行装科科长，2004 年到荆楚区人民法院任院党组副书记、副院长。一年后，任双富县人民法院院长。袁华军问：“今天审理的是件什么案？”

李国勇说：“是件毒品案。”

大家吃饭时，谈起袁华军明年换届会调到哪里。周丽云说：“干脆回到我们市中级人民法院当院长，林院长退了，还缺一名副院长。”

李国勇笑着说：“他难回我们院里了，可能到市委政法委当副书记或其他地方。”

蒋庭长哈哈一笑：“那太好了。”

袁华军对着李国勇说：“服从组织安排啊。”

李国勇连连说：“我代表不了组织，随便说说的。”

吃完饭后，李国勇说：“你们散步休息会儿，我们就走。”客走主人安！袁院长原本要蒋庭长安排晚上的活动，见李庭长执意要走，也就没有强留。

吃完晚饭，大家和袁院长、蒋庭长告别后，车子奔驰在返回市里的路上。途中，李思慧问了李国勇：“刚才周姐讲袁院长回市中级人民法院当院长，为何你说难回呢？”

李国勇笑着说：“他爱人在市中级人民法院，他要回避，还怎么会安排他回市中级人民法院呢？”

李思慧一听，原来是这么回事呀。李思慧说：“李庭长法槌一敲，一声开庭，好威严呀。”

李国勇笑了笑说：“没有那么厉害。”

李思慧说：“真的，坐在台下才能感受到。”

刘青德说：“李思慧，法槌可以说就是古时候的惊堂木，什么时候开始使用的？”

李思慧想了想说：“本科毕业写论文时，看到这方面的资料，我国历史上开始使用惊堂木的朝代，大约在春秋战国时期，各级官府都可以在开庭时使用惊堂木,《国语・越语》中记载：‘惊堂木，长六寸，阔五寸，厚二寸又八分，添堂威是也……’”

刘青德对李思慧能说出典故的来源，甚至能背出关键语句，打心眼儿里佩服她的才识。不愧是书香世家的后代，也不愧是县一中的学霸。刘青德夸奖了李思慧，李思慧有点儿不好意思。刘青德讲到自己在多年前开庭时，保姆带着小孩儿和杨学亮的小孩儿到审判庭后面看到爸爸正在开庭。刘青德嘱咐家人一般不要去审判庭，主要是出于安全考虑，那天可能是忘了，也许是四五岁的小孩儿好奇，保姆也未劝阻只是不让孩子闹，当两个小孩儿来审判庭看到爸爸敲法槌后，晚上儿子问：“爸爸，那个敲板子的是你吗？”说到这里，李思慧笑了起来。刘青德说：“因为光线强，距离还远，穿的都是一样的法袍，小孩儿眼尖算是看到了，认出了爸爸。”

车子很快就到了市中级人民法院，大家下车后就各自回家了。李思慧和李国勇顺路，就坐上李国勇的车回到了亲戚家。

第十一章

党校培训

秋高气爽，阳光灿烂，九月的天气冷暖宜人。有句俗语：“过了七月半，看牛伢巴坎站。”现在晚上睡觉还有些凉意。杨金华送完女儿上大学已经回来上班了。

杨金华这次去厦门，算是玩痛快了，时间充裕，不紧不慢。名胜景点仔细看，美味佳肴认真尝。最令人难忘的是，丈夫在自己送女儿去学校后，请假赶赴厦门。女儿报名后，他和杨金华在厦门游玩了几天。自从结婚后，丈夫在公安局工作，连休假都成了奢望，经常执行各种勤务保障任务，忙得团团转。这次好不容易请假一星期，加上周末两天，他俩还是比较高兴的。女儿就读的学校就不用说了，是她的第一志愿，也是她梦寐以求的地方，女儿在学校生活方面不用担心。杨金华反复叮嘱女儿，该吃的吃，该用的用。特别是杨金华还叮嘱女儿，遇到班上有困难的同学，尤其是来自贫困地区的，就尽量帮助。要注意尊重别人的自尊心。女儿曾开玩笑地说：“那妈妈给的生活费不够。”

杨金华大气地说：“你要多少给多少，这点小钱算不了什么。”的确，杨金华家里的条件还是不错的。

过了几天，女儿实际上融入学校生活后，杨金华便告诉女儿：“爸爸妈妈要回家了，你就安心读书。”临别时，女儿对父母要回老家万般不舍。杨金华望着女儿发红的眼圈，心肠一软，决定留下来再陪女儿一天。

常言道，知女莫若母。杨金华不担心女儿的专业，倒是对女儿第一次独立在外生活放心不下，也确实舍不得。没有办法，杨金华的阅历丰富，这位德沅市人民法院系统“十佳女法官”不是徒有虚名，女儿的心思，做妈妈的一清二楚，当再一次告别时，女儿基本适应了。杨金华夫妻俩便打点行李，准备回家了。

杨金华和丈夫愉快地踏上了返程的火车，回到自己的家。杨金华上班后，知道大家的假基本都休完了。唐仁平只休了一周，还剩一周时间，放到老家侄子结婚时再休。赵建华的房屋装修完毕，家电正陆陆续续地安装，爱人往这边跑的时间多了。一是选购物品，大大小小的物品不是一天就可以购置完的。二是给房子搞卫生，虽然请清洁工人搞了个初步，但有些地方细微的油漆痕迹还是得自己慢慢擦。有了新房，爱人也来市里了，赵建华就不用每周都回老家城山县了，省了很多事。大家办案，研究案件的效率就高了。不像前段时间，不是你休假，就是他请假。讨论案件，锣齐鼓不齐。周丽云前些天开庭的毒品案件准备研究了，这样正好，李国勇和谭丽红已接到通知，周四、周五到省高级人民法院开会。研究案件时，大家认为，被告人不能被判处死刑，最终结果是被告人被判无期徒刑。这样就没有喊徐院长参加。李思慧听了这个案件的开庭，又听了讨论的情况，对大家的发言有了更深的理解。

李国勇去省高级人民法院开会，司机小徐开车去送李国勇和谭丽红。为了防止路上堵车，周三晚上就去了，住到省高级人民法院培训中心，听说是以会带训，自从《中华人民共和国刑法修正案（七）》于今年 2 月 28 日颁布实施后，涉及新增的几个罪名，要把认识统一起来。据说最高人民法院也在起草有关司法解释的理解和适用的文件，这次准备请起草司法解释的同志讲课。

周丽云听到李国勇这样说，觉得太好了。李国勇开玩笑地说：“要不你去开会吧。”

周丽云笑着回答：“那我不够资格，要庭长参加，如果是培训学习，我还真想去。不过，你回来把会议资料文件给我们学习一下。”

当着合议庭的成员，李国勇还说了一件事，徐院长要到唐泉县去督导“百日会战”和“四打一建”行动的情况。要刘庭长陪着一起去，回来要形成材料，准备交给办公室，这是市政法委组织的。

周丽云问了一句，这“四打一建”是哪四打。李国勇见他这样问，便自言自语说：“打击黑恶势力，打击暴力犯罪，打击盗抢犯罪，打击毒品犯罪。”

“建什么？刘庭长你说说看。”

刘青德回答：“建平安社区。”

李国勇朝周丽云说：“这就是刚才说的‘四打一建’。”周丽云这才完全搞清楚。

徐长胜因为事多，原本不想参加检查。市委政法委书记亲自点将，说法院是重要单位，让徐长胜副院长参加。这样，徐长胜准备和综治办说的话还未说，也不需要说了。市委政法委的副书记也督导一个县，加上公、检、法、司的副职负责人。全市九个区县，加上四个管理区，也就都由相关负责人带队督导了。

徐长胜负责唐泉县和东平湖管理区。具体时间，听徐院长的通知，办公室也会安排的。

因为要写材料，刘青德就到李国勇那里找来了上半年政法委下发的文件，还准备了过去写的有关严打的材料。刘青德曾在2002年严打结束后，写了一篇市中级人民法院严打斗争工作综述材料，在《德沅日报》上以大半版的篇幅登载，徐长胜是在接到有关同行打来的电话后才知道的，一看那报纸版面，心中很是满意，毕竟刑事审判是他分管的工作，取得的成绩得到了大家的认可。徐长胜表扬了刘青德几句。想到这些，刘青德觉得至少写个简讯，登在办公室编的《法院信息》上。

第二天下午，办公室李书林副主任来电话，告诉刘青德已和唐泉县委政法委联系好，明天徐院长带队去检查督促，刘青德是联络员。刘青德感到纳闷，什么时候自己成为联络员了？原来，早已将检查的领导及随行人员情况报到市委政法委了，市委政法委发了明传。谁检查哪个区县，领导是谁，工作人员是谁以及电话号码，一清二楚。

周四上午，徐长胜和刘青德一起坐车直奔唐泉县。在县委政法委，贺德友书记早就在楼下迎候，他旁边是办公室主任。徐长胜下车后，双方握手招呼。上次汇报案件时，刘青德见过贺书记一面，可能贺书记一时想不起自己姓什么，刘青德便做了自我介绍。徐长胜也介绍说，这是刑一庭刘庭长。大家边走边上楼，直接到会议室。

徐长胜和贺德友很熟，在来的路上，徐长胜就讲起了贺德友，此前贺德友是公安局局长，在担任公安局局长以前是乡镇党委书记。担任领导的时间比较早，刘青德听后暗暗称奇，便问："贺德友有多大岁数了？"徐长胜说："比我小一岁，贺德友二十多岁就担任了乡镇一把手。1986 年当乡长，1989 年 10 月到橘城县农业委员会当副主任，1992 年 7 月调到橘城县一大镇当党委书记，1994 年 3 月又到城郊镇任党委书记兼橘城县东城区管理委员会主任，主要是搞东城开发。1997 年 7 月调任闻香市当公安局局长，2002 年 5 月，调任唐泉县委常委、政法委书记。"

刘青德疑惑不解，听了徐长胜对贺德友这一番详细的介绍，徐长胜怎么知道得这样清楚？

徐长胜接着说："在 2003 年，市委政法委统一组织市政法各单位的主要领导集训了一周，我同他在一起散步，彼此介绍了工作经历。"

就是这一次，徐长胜知道了贺德友大学毕业后，省委组织部从各高校的毕业生中择优选拔了一百零八人，分到各个领域，培养各方面的基层人才，他就是这一百零八人之一。如今，他们这一大批人都走上了领导岗位。徐长胜说贺德友这人很聪明，问刘青德见过他吗？刘青德说，上次唐泉县有件案件来汇报，他打了一个开场白，就是那次，见过一面，现在接触，果然很精干。

在会议室，公、检、法各来了一名副职参加。徐贺两人拉了会儿家常，互相问起了小孩儿读书的情况。贺德友特意问徐长胜，爱人到政法委工作好好的，怎么转到交通局？徐长胜说，爱人想挑战新的工作，换个环境。

贺德友说："我们向检查组汇报一下开展的工作。"

徐长胜很客气地说："有材料给我们一份，我们带回去学习。对好的做法会积极向市委政法委书记推荐，绝不埋没大家的成绩。”

贺德友忙将汇报材料要办公室主任给徐院长和刘庭长各一份。然后摘其要点讲了“四打一建”的主要做法。对贺德友的讲话，徐长胜不时地点头，刘青德在工作记录本上做记录。

在讲到地方六合彩的情况时，贺书记不仅对发现的地域、参与的人数及采取的防范措施，均做了很具体的汇报，还对打击地下六合彩提出了一些很好的建议，一听就是内行人说的话。徐长胜也是老政法，近三十年就在市人民检察院工作，再在市中级人民法院，都是在政法战线。

待贺书记讲完后，县公安局副局长也做了一些补充，徐院长不时给予赞同地点头。由于这项工作主要是公安在做，如果起诉后，检察院表态绝不姑息。县人民法院也做了依法公正判决的表态。司法局表示在打击防范六合彩工作中会多做宣传工作，汇报会在愉快的气氛中结束了。

临近中午，贺德友请大家吃饭，司法局和检察院的人都走了。仅县委政法委的一位副书记和办公室主任，还有综治办主任和公安局、法院的同志一起。中午，贺德友安排了两桌酒宴，徐长胜婉言谢绝。下午还要实地考察一个社区，吃完午饭后，徐长胜与贺德友告辞。贺德友指示办公室主任带徐院长一行去宾馆住宿，徐长胜说不需要麻烦，约好下午 3 点半去现场，这样贺书记就没有再坚持。中午住宿时，县委政法委给徐长胜单独开了一间房，刘青德和司机一间房。司机李冰说，自己睡觉打呼噜，刘青德说，不用担心，这样两人都能午休了。

上午李国勇到省高级人民法院开会，省高级人民法院协管刑事的邱专委讲话，他主要是总结近期案件中发现存在的问题，列举了很多种现象，那些五花八门的现象叫人啼笑皆非，是该整改才行。邱专委要求各庭庭长回去后向院党组反映，要保持刑事队伍的稳定，不要换人像走马灯似的，因为刑事审判法官要有一定的实践经验，有人刚刚熟悉情况就调走了，这对刑事审判工作非常不利。当然，提拔的除外。所举的案件例子，李国勇听到都有点儿吃惊。可以想象，其业务水平何等糟糕。

说句实在话，刑事庭庭长也不是那么好当的。首先要有政治上的红心，其次要有业务上的信心，最后要有精心的管理。过去讲到刑事庭的工作是管“刀把子”的，分到刑事庭的审判人员都要挑选家世清白、个人品行良好的人。同时，刑事庭也是培养人的地方。法院的领导，大部分都在刑事庭工作过，或者说法院领导干部都有在刑事庭工作的经历，除极个别从外单位调入的。因此，刑事庭也是锻炼人、培养人的地方。常常有人说，刑事庭是出人才的地方。

李国勇由于长期在刑事庭工作，在德沅市中级人民法院其业务能力，如果他说第二，没人敢在他面前说第一。他听到邱专委说的一些典型案件，简直是让人触目惊心。李国勇内心在拷问，这是怎么办的案？要知道市中级人民法院的刑事案件，都不是小案件。起码是可以判处无期徒刑的案件。如此草率，简直不可想象，李国勇也仔细听了，没有一件是德沅市中级人民法院的，而且表扬了案件办得好的法院，有德沅市中级人民法院和省会城市中级人民法院。这说明德沅市中级人民法院的案件办理质量在省里是名列前茅的。想到这儿，李国勇刚才躁动的心似乎又平静了许多。

下午 3 点刚过，贺书记就到宾馆大厅里等着。徐长胜跟刘青德说过 3 点一到，务必下楼，准备出发。徐长胜下楼时，一眼看到贺书记，连忙打招呼，对贺德友一行的到来深受感动。原本说好是直接到陈家湖社区，想不到贺书记竟亲自过来了。

徐院长和刘青德上车后，就随着贺德友的车一路跟上。不过贺德友的车速并不快。一会儿就到了陈家湖社区。这里的办公条件还算不错，这里作为检查点，还是拿得出手的。一是这个乡镇位于城乡接合部，二是路程不太远，比较方便。城郊接合部一般治安比较差。刑事案件的发案率高。如果这里搞好了，那整个工作都是一面镜子。

座谈会上，镇党委书记、分管政法副书记和综治专干分别汇报了镇里的人口、社区购买六合彩的重点盯防人员，数字比较精准。

徐长胜问：“这些数据是怎样得来的？”

分管政法的书记回答：“他们是由社区、村里的治安积极分子，反复宣传后，自己报上来的。”

因为这些彩票有赌博的性质，还没有形成气候，是从邻近的县传播过来的。这里凡是邻县来的亲戚，村组负责人就会主动上门了解情况，如果是推销六合彩，那就及时报告镇政府。所以，这里防范得早，措施得力，没有出现什么问题。贺德友还表示，当然，他们也不会放松防范，会一如既往地加强打击，绝不能让地下六合彩形成气候。按照多年的经验，凡不正当的事，抓早抓小，预期成效就会好。下一步，准备印发一批宣传资料，在学校三年级以上的学生中宣传，并将宣传资料带回家，来场“小手牵大手，遵纪守法行”活动。

徐长胜听到这里，颇有兴趣，说这项活动如有成效，可好好总结推广。

听完情况介绍后，镇里又将各村的基本情况资料拿出来。看得出来，这个镇平时还是做了不少工作，也动了一番脑筋。从文件和各类标签看，就很全面。徐院长对社区所做的扎实工作暗暗佩服，贺德友不愧是从基层工作提拔上来的，工作很有思路，从上午的情况介绍到下午的实地查看，都给徐长胜留下了深刻而良好的印象。本身这种检查督促，就是对工作的一种推动。做得好的继续发扬，做得差的迎头赶上。

下午的活动结束，东平湖管理区的政法委书记打来了电话，热烈欢迎徐院长到东平湖管理区指导工作，并邀请他晚上到那里吃晚饭。

说实话，徐长胜和东平湖管理区的政法委书记不是太熟，他是刚提拔的，而徐长胜提副处级有十五年了。不像和贺德友那么熟识，便委婉地谢绝说：“这里已经有安排了，今天晚饭就免了，明天上午过去。”

刚才的通话，贺德友都听到了。他说：“请徐院长作指示，镇政法委书记和综治专干认真听徐院长讲话。”徐长胜首先对镇里做的工作给予了充分肯定，对六合彩的防范工作给予了高度评价，并提出了希望。一是加大打击力度，不仅是六合彩，还有“四打一建”刑事犯罪，露头就打。二是加强信息收集，做好防范工作，给人民群众创造一个安定的环境，在结束督导检查时，综治专干提出要拍张工作照片。说这是市里的领导来督导检查工作，今后要存档保存，贺书记也很赞同。这样，徐院长居中，左边是镇里的书记、负责政法工作的同志，右边是贺书记，旁边是办公室主任、刘青德和综治专干，及其他几名工作人员站在后面。贺书记礼貌地请刘青德站在前面，被刘青德谢绝了。

照完相后，镇里书记客气地邀请大家再喝茶。徐长胜表示了感谢。贺德友示意镇党委书记先直接去餐馆，徐长胜先到宾馆休息，一会儿后再去餐馆吃饭。徐长胜见贺德友安排得如此周到，十分感激。

上车后，徐长胜问："刘庭长，感觉怎样？"

刘青德说："的确不错，有些方法措施还很到位。从平时的反映来看，唐泉县的工作也是搞得不错的。"

徐长胜说："真的忘了，你的爱人是唐泉县的，算是这里的女婿，很有发言权。"

刘青德说："早在德沅市工作，只在过年、大的节日来看看岳父母。"

"真的，你今天去看看老人，不提醒我还忘了。"

刘青德说："打过电话了，我岳父母他们对子女的工作都要求严格，不看他们没意见，干不好工作他们就不喜欢了！"

"1998年涨洪水时，我在这里防汛抢险。为避洪水岳父母转移到高地后，打电话告诉女儿，已转移好了，勿担心牵挂。那时候手机还不是很普遍，老人是打的座机电话告诉女儿的。后来，妻子也是想法找到一同抗洪的同事，打通电话后告知我这一情况，意思是让女儿、女婿不用担心老人的安危，在政府的组织下，一切都已安全转移。"

徐长胜一听，就觉得刘青德家老人深明大义，还很支持子女的工作。刘青德告诉徐长胜，家里老人特别通情达理，对孩子的工作都特别支持。

徐长胜说："吃完晚饭后，你去陪一下老人。"

到宾馆后，徐长胜将公文包提上楼，简单收拾一下就下楼了。刘青德很快也下来了。吃晚饭时，喝了点儿酒，秘制鸭、红烧小水鱼、剁椒鱼头、炖土鸡等，十几道家常菜，色香味俱全，一大桌美味佳肴，足见唐泉县委政法委对这次督导的重视和对督导组一行的热情。

吃饭时，因为在唐泉县的督导工作已经结束，徐长胜感到很满意，贺德友也很高兴。下午看了社区，工作做得细，做得好，徐长胜也很欣赏，镇党委书记和镇里分管政法的书记都很高兴。

大家在饭桌上边吃饭边谈，县委政法委副书记说：“贺书记，这喝酒再累也不会比你办‘019’专案时累吧？”贺德友已喝了第二轮，刚才是副书记敬完徐院长后，再敬他，贺书记想推辞一下。但副书记说了这番话，不好拒绝。

贺德友喝下这杯酒后，豪气满怀地说：“一晃九年了，办‘019’专案，我是九天九夜没上床睡觉。”

徐长胜听到这里，甚感诧异，“019”专案可以说是人人皆知。九年前一个夏天的傍晚，德沅市发生一起震惊全国的银行抢劫案，三名蒙面歹徒，从街上开枪打死了押车的三名经济民警和两名出纳员。抢走两支微型冲锋枪和二十多发子弹。在同一时间，另外一名蒙面歹徒残忍地用枪打死了一名出租车司机，几名歹徒仓皇乘坐劫来的出租车逃离现场。

案件发生后，公安部门动用各种手段，终于获取线索，从抓获的一名歹徒口中得知在闻香市辖区有个同伙罗正湘。贺德友高度重视，只知罗正湘当过兵，而且是陆战队队员，个人体能素质超强。

贺德友这时喝了一口矿泉水，接着讲述：“我通过摸排，得知交警大队有罗正湘战友。而且，罗正湘因为有台车非法营运沙子，车已被闻香市道路运输管理处扣押。罗正湘就找这个战友帮忙，想将车取回营运。我亲自找到罗正湘的这个战友，说明了情况，要他积极配合公安机关抓捕罗正湘。”

说到这里，徐长胜饶有兴趣地问：“后来呢？还真不知道抓捕罗正湘的细节。”

贺德友继续说：“我给他编好了讲话的脚本，他也是按我的脚本讲的，我要他打电话把罗正湘诓骗出来，并设想了罗正湘拒绝后怎么回答。”说完，镇党委书记给徐院长敬烟，给贺书记也点燃了一支烟。

说到抓捕罗正湘的细节，贺德友为自己那段得意的刑侦经历而自豪，他讲得很起劲。他说：“上午 10 点多钟，在我的示意下，这个战友给罗正湘打电话，说已经给运管处领导说好，本人来办手续，交五百元罚款，将车开走。罗正湘接到电话，犹豫了一下，说等等看，这也在我的预料中，这个战友责怪罗正湘说，‘没有搞好的时候，你天天催，这搞好了你又不急了，今天你不办手续，明天我到德沅市学习三个月，将来有无变化就讲不好’。见战友这样说，罗正湘问，时间长不长，这个战友说，顶多半小时，就约好中午1点钟，在运管处碰面。”

“我当即布置刑侦队到运管处，将里面的工作人员全部换成我们公安人员，防止罗正湘劫持人质，又在运管处附近布置了外围警戒人员，通知武警中队派出四名射手，手持冲锋枪，坐在民用面包车内，作为火力组，用以应急，因为当时情况不明。直接抓捕组三人，其中一名是警校刚毕业两年，身高体壮，徒手搏击很强，由于只有这个战友认识罗正湘，我特意约定了暗号。这个战友在运管处等候，见到罗正湘，首先用右手给罗正湘递一支烟，他是吸烟的。然后，右手再靠上去，挽一下罗正湘的肩膀，然后分开，领罗正湘进屋。这时，坐在门边椅子上的第一抓捕手，趁罗正湘进屋，以迅雷不及掩耳之势，从背后将罗正湘拦腰抱起后重重摔在地下，身边两个干警一个按头，一个压腿按脚，化装成运管处工作人员的公安一拥而上，将罗正湘上铐。立即押到看守所，突击审讯，他交代了自己知道的情况，也交代了有个同伙‘金匠’，但不知道姓名，只知道形体特征。”

得知这一情况，当时的贺德友立即上报“019”专案指挥部。他估计“019”专案指挥部要亲自提审罗正湘，果不其然，“019”专案指挥部要贺德友将罗正湘押送德沅市，贺德友特意搞了一出“声东击西”，先用三台车，大张旗鼓地说要押送罗正湘去德沅市。车速不快，一路警灯闪烁，扩音器喊话。走西线，贺德友准备了四支冲锋枪。待这三台车走后十五分钟，贺德友另外安排两台警车，静悄悄地押送罗正湘走东线，也准备了几支枪。

当时，全市一些个体户，符合条件打金的、做黄金生意的，公安人员都进行了明察暗访。市公安局也发动全局人员多留意。有个干警说：“不一定是打金的，说不定‘金匠’只是一个绰号。”他的这个说法，开阔了公安人员的思路。

有村支书反映，有个叫周小华的人符合讲的特征，结合罗正湘的供述，贺德友就决定将该人“请到”公安局了解情况。

贺德友记得很清楚，是中秋节的前一天，天气冷，又下雨，衣服穿得少，加之几天的疲劳，又累又冷，当公安人员到周小华家时，他似乎有预感，已提前过了中秋节，将周小华押回公安局后，他彻底交代了一切，“019”专案彻底揭开了神秘的面纱。

后来审判的事情，徐院长更清楚，镇里分管政法的书记听得津津有味，他知道“019”专案，细节却是第一次听说，而且是来自一线人员的亲身经历。徐长胜听到贺德友这么讲，便接过话说：“‘019’专案的侦破，这伙恶贯满盈的歹徒，横跨湖南、湖北、重庆的特大犯罪团伙，从 1994 年到 2000 年先后持枪作案十二起，杀死二十二人，伤二十人，抢劫现金和黄金首饰价值五百余万元，都受到了法律的严惩。”

徐长胜接着说：“贺书记在闻香市公安局还是办了几件有影响的事，是有很大成绩的。”

贺德友谦虚地说：“那都是过去的事了。”

镇党委书记说：“贺书记，给我们讲讲这些光荣的历史。”

贺德友说：“我从橘城县东城管委会主任暨城郊镇党委书记任上调到闻香市公安局当局长后，提出了‘百姓至上，民安为本’‘创建人民满意派出所’的工作宗旨，并且获得了全国优胜单位。还办了几起非常有影响的案件，其中有名的是张黎民案件。

“1998 年，邻近地区发生特大洪水溃堤，老百姓处于万分危难之中，衣食无着，党和政府立即紧急下拨了七十万公斤救命粮，可这批救命粮却被我们当地的一个骗子骗走后以低价抛售，携款潜逃。我们一路追捕，从上海追到河南，又追到银川，始终慢一步。后来，我们分析，他的下一步将在哪里，先将他的情妇控制，然后追到西安，最后追到云南思茅，将他抓捕。

“这个张黎民，会点武术，非常狡猾，体格健壮，身材高大，一般的场合，两个人都难得对付他。我们抓捕他后，要将他立即押回，只好坐飞机。飞机上不能戴镣铐，为了防止他异想天开，我叫人找来两块木板，买了一卷胶带。在上飞机前，将他的左腿大腿下膝关节处，用两块木板夹上，缠上胶带，使他走路只能由人搀扶。更别想逃跑。”说到这里，刘青德暗暗佩服，贺书记确实聪明，肯动脑筋。

贺德友接着说：“不讲了，都是过去的事，感谢徐院长对我们工作的指导。”老实讲，徐长胜不胜酒力，只要少喝酒，心里就很愉快。

贺德友接着说：“请徐院长做指示。”

徐长胜说：“感谢贺书记和同志们的热情招待，祝大家在今后的工作中取得更大的成绩。来，干了杯中酒。”大家纷纷举杯，结束了晚餐。饭后，刘青德去看了岳父母。

唐泉县城不大，走了二十多分钟就到了县信用联社。岳父母就住在这里。望着刘青德刚来，问吃点什么。刘青德讲，不吃什么。晚上稍喝了一点酒，这次是检查工作，不是到法院开庭。看到岳父母忙前忙后，便说不用忙了，讲讲话就好。岳父母问起了小孩儿的情况，刘青德说离国庆节只有十多天了，放假就回来，说完他干脆去宾馆睡，岳父母留他住在家里，刘青德想，那样会麻烦老人。刘青德来到宾馆时，正好徐长胜和李冰回来了，这样集体行动也很方便。

晚上，李国勇和谭丽红还比较忙。省高级人民法院老乡蔡庭长来看望两位老乡，李国勇对下午的讲课比较感兴趣，问有无文字资料，回去好好学习。

蔡庭长说：“课件已复制，明天下午走时会提供给大家，用U盘拷就行，不行到时用内网邮箱发给李庭长。”

谭丽红问：“什么时候去德沅市？好久没有回去了，接他吃饭。”

蔡庭长说：“有时也回去，希望没有麻烦大家。”

李国勇说：“也别那么客气，有什么事通知一下。”

蔡庭长对李国勇说：“真的，差点儿忘了告诉你。袁书平那件抗诉案件，德沅市人民检察院向省高级人民法院提出抗诉，认为一审判决认定犯罪性质错误，量刑畸轻，二审是我审理的，我看这一审无论是定性、量刑都没有问题，审理报告写好了。前几天，省人民检察院认为抗诉不当，向省高级人民法院申请撤诉，省高级人民法院裁定准许省人民检察院撤回抗诉。”

李国勇说：“那你辛苦了，工作都完成了。”

蔡庭长说：“省了一次开庭，其实阅卷和审理报告都写完了，李庭长水平高，我同意你的意见。”

蔡庭长接着对两位庭长的热情表示了感谢。

大家也一起谈论省高级人民法院调到最高人民法院专门复核刑事案件的同志，讲到有一位同志比较年轻，还是郑院长的女婿。大家还谈论了省高级人民法院近期出现的一些人事变化。刑二庭原来的指导组长已调任省高级人民法院审监三庭副庭长，黄丽已从研究室调到刑二庭，目前协助庭长做指导工作，指导组主要是撰写材料和课题调研，指导业务培训、完成有关专题研究，听取汇报，完成市中级人民法院的请示回复，解答办案中的疑难问题。

省高级人民法院有可能过两年就会下派黄丽到市中级人民法院担任院长。

李国勇还问："明天是否随市中级人民法院的车回老家去看看？"

蔡庭长说："国庆节放假了去住几天。"蔡庭长说完就告辞了。谭丽红也随蔡庭长出来，回到了自己的宿舍。

早晨，徐长胜起得较早，在宾馆旁散步。刘青德和李冰都是军人出身，起床后看了一会儿《朝闻天下》，迅速洗漱。然后，将毛巾、洗漱用品装入塑料袋，便收拾好了放置在车上。

7点多钟，徐长胜和大家一起吃早餐，刘青德吃了一碗米粉和一个鸡蛋，李冰吃的稀饭、包子，徐长胜喝豆浆，吃油条。刚刚吃完，贺书记打来电话，说是过来陪徐院长。徐长胜婉言谢绝，贺德友说他已经到了宾馆。于是，徐长胜便出来和贺德友打招呼。见徐长胜确实吃了早餐，贺德友说本来是要早点打电话给您的，但又怕影响徐长胜休息。两人寒暄一会儿后，徐长胜说去东平湖管理区督导。这样一说，双方握手告别。徐长胜和刘青德离开了唐泉县。

还在路上，东平湖管理区的政法委书记就打来电话，说是热烈欢迎徐院长一行来东平湖管理区检查指导工作。徐长胜电话中说："别客气，出发了。"一个多小时，督导组就来到了东平湖管理区，并直接到了区委会议室。管理区副主任亲自陪同，他和徐长胜是党校同学，两人一见如故，从分工来看，这位副主任是不分管政法工作的。显然政法委书记是想要副主任参与接待，使会面更融洽些吧。

其实，管理区是县级的架子。机构设置和人员编制简单得很，不可与同级县政府相比。

在会议室里放置了许多资料。由于东平湖管理区人不多，地域较小，买六合彩的不能说没有，但只是极个别的。20世纪70年代这里是浅滩，在“以粮为纲”的口号下，被开垦成良田，人员是各地的移民。刘青德的父亲做了很多正确的选择，最正确的选择就是没有移民。当时刘青德还小，兄长们都不是劳动力，家里超支款很多，曾有人以免除超支款为由，动员父亲移民下到另一个地方，距离原来的地方有五十公里，与原来的地方到城里几公里相比，自然条件简直天壤之别。刘青德听兄长们讲起这件事，便深深怀念父母。想到父母吃过不少苦，却没能享什么福。刘青德有时都会自问，有什么理由不做好自己的工作，又有什么理由不努力工作呢！

从管理区政法委书记的汇报中，刘青德感觉到这里的治安比较难搞，因为人员来自不同的地方，喜欢争强斗狠，不像原生态的居民关系盘根错节，做事都有顾虑，特别是打架斗殴方面比较节制。而这里的居民崇尚“丛林法则”，谁都想当地方王者，其逻辑是，我这次不打败你，会一辈子受你欺负。正是这种思想支配，这里发生的打架斗殴事件比较凶狠，当事人不计后果，显得比其他地方的“恶”一些。徐院长一听就笑了，他的那位副主任同学也笑了。因为管理区没有检察院和法院，只设有公安分局。案件起诉还是要到荆楚区人民法院立案。记得今年曾经办理的一件故意杀人案，由于经验不足，现场封锁不严，有些信息泄露，降低了证据的有效性，市中级人民法院还发了司法建议书。

政法委书记人很年轻，讲得诚恳，他们对成绩当然如实汇报，但他们反映的问题，如人手不够，开展工作比较困难，有些也是事实。解决编制非徐院长和督导组所能解决的。徐长胜实事求是讲了知道的情况，也讲了家属在市委政法委任组织科科长期间，解决了个别编制问题，但如果增加政法编制，恐怕不是市委政法委所能办到的，起码要开市委常委会讨论，而且要有依据，警力的配备应该有比例，达到多少人可配多少警力。

徐长胜表示，一定把问题带回去，当面向市委政法委书记汇报。因为管理区没有检察院和法院两家，只有公安分局，人员无法调配。县委政法委就不存在这个问题，或者说即使存在问题也没有这么明显。东平湖管理区副主任表达了谢意，对徐长胜来指导检查工作表示感谢，并说有什么做得不完善需要改进的地方，也请检查组指出来，话说得非常诚恳。徐长胜对他们做的工作给予了肯定，表扬了好的做法，提出了希望。还将唐泉县陈家湖社区好的做法作为经验提供给他们，但没有明说是陈家湖社区的做法，只是说这一点，来自“六合彩”重点区的亲友要做好信息汇总。政法委书记连连点头，表示一定会落实。

上午的工作就这样结束了，午餐安排得非常丰盛，接待规格也是区里最高的，管委会书记亲自参加了，这既体现了对上级督导组的尊重，又是对政法委书记工作的支持。十多个人在一张大圆桌上边吃边谈，书记和管理处副主任家都在市里。徐长胜就问他俩是否回去，两人均讲不好，基层事多。

吃完午饭稍加休息，检查组便准备动身回市里。

一切结束了，徐长胜走时，政法委书记诚挚地邀请徐院长一行再来区里检查指导工作。徐长胜礼节性地回答，后会有期。

回到市中级人民法院时，已是下午4点多钟。到了办公室，周丽云问：“这么快就回来了？”

刘青德说：“没什么事吧？”

周丽云说：“想研究案件，人不齐，干脆下周吧。”

刘青德这段时间也没办几件案件，可能是8月天气炎热，休假的人多，其他部门也会有这种情况，估计这个月或下个月就会有大量案件起诉过来。李思慧看到刘青德回来了，便走进办公室问了刘青德两个问题，刘青德结合办案中的实际情况，给她解答了，并顺便问：“余艳呢？”李思慧告诉刘青德，余艳没有来上班。

刘玉瑶这几天有些莫名的烦躁，她和小谭谈得不冷不热，主要是自己调到省高级人民法院工作比较难，现在要遴选，直接调是不可以了。这样下去，俩人的关系究竟会是个什么结果真难以预料。

下午，省高级人民法院培训讲课结束了。虽然是刑事庭组织的，但最后作总结的却是国家法官学院省法院分院的负责人。想必这也算作省法院分院的一项工作成绩。下午司机一直睡到4点钟才起床，也不知是在省高级人民法院吃晚饭，还是在回家路上吃，其他地区的车都在。司机给李国勇发了条信息："在培训中心大厅。"

李国勇回答："稍等。"

总结完已是下午 5 点钟。尽管谭丽红庭长中午起床后就收拾好了物品，李国勇还是问，现在走还是吃饭后再走。谭丽红说："干脆晚饭后走吧。今天周五，这时候城区应该很堵，到途中再吃饭，又下高速不方便。"

李国勇说："好，那就吃完饭再走，我给司机打电话。"

司机接到电话，就直奔食堂。说实话，晚餐虽然是自助餐，但也很丰盛。李国勇见天气热，没怎么吃饭，打了碗绿豆稀饭，吃了一些水果，算是晚饭。

谭丽红碰到了另外一位中级人民法院的庭长。过去两人常开会，彼此很熟悉，谭丽红热情地邀请她到德沅市去做客，她也邀请谭丽红到她那里指导工作。几乎所有就餐的顾客都比较匆忙，也有几个小学生模样的女生在这儿吃饭，有些是毕业了，利用两天周末到省会城市玩玩。大家吃完饭后都及时回去，唯有这几个小学生及他们的父母慢悠悠。

张宇和唐仁平晚上有活动，请刘青德参加。唐仁平有个战友的孩子大专毕业后不知道怎么陷入传销不能自拔，现在还成了骨干。这个战友急得睡不了觉，特邀请唐仁平到茶座来咨询，因为这个战友过去常到法院看望唐仁平，同张宇认识，彼此很熟。刘青德见唐仁平和张宇在一起，且诚心邀请便一起去喝茶，吃的是大碗饭。

这个战友向大家说明了事情的来龙去脉，希望大家为他出点儿主意。由于有法官知法懂法，理论实践经验都很丰富，心里比较有底气。张宇吃完大碗饭后喝下一口茶，发表了自己的建议，先向当地公安机关报警，把传销的窝点端掉。唐仁平讲到战友的孩子有些执迷不悟，如果不配合，事情比较难办，不过报警这是个好方法，也是必须报警的。唐仁平还说，现在的目的就是先要孩子脱离传销的地方，要孩子回家，现在打电话要他回家已经不起作用，必须这个战友亲自过去一趟，将人喊回来。这个战友似乎还有点犹豫不决。刘青德说明这是最好的办法，回来后另找工作。见此情景，这个战友已经下了决心，大家又帮他出了一些主意，此事就算告一段落。

周一刚上班，周丽云见到培训归来的李庭长就问："有什么好资料？"

李国勇说："发了一份讲课资料，电子版待会发给你，打印后复印十份吧，每人一份。"

周丽云从李国勇那里经过时正在洗拖布，接着又搞卫生，等这一切都办完后，她打开电脑，这时，李国勇还没有发给她。她便将两件准备研究的案件再梳理了一遍，感到没什么问题才放下心来。李国勇走过来告诉周丽云，课件发到她的邮箱里了。

周丽云就打开了课件，打印了一份，又要刘玉瑶去复印十份。杨金华上班后，到各办公室说是将考评日志抓紧填好，要检查，特别是要联带责任人审核，要检查得很细，庭长要签字，还要盖章，因为公安部门就是这么检查的。刘青德一听，这杨金华的丈夫想得还很周到，有情况及时给爱人通报。刘青德只是朝杨金华笑了笑。

唐仁平拿出考评日志，快有近两个月没填了，他赶紧填，先从最近的填起，然后问赵建华，哪天开庭，因为多数在一个合议庭。他干脆拿来照抄，实在想不起就写"办案"，这样就填好了。但是到每个月的出勤情况这一页，本月应出勤天数是空着的，加班小时数也是空着的。唐仁平想到有时周六也来写审理报告，就填加班十九个小时，自我评价申报九十八分，联带责任人审核，要刘青德签字，他就拿来给刘青德签。心里嘀咕真麻烦。

上午，何立祥组长来电话，先问明后天是否开庭，刘青德听后回复何组长，明天上午有个庭，如果有急事，也可要杨金华或李国勇当审判长，自己随何组长办事。何立祥说，那倒没有必要，让刘青德准备开庭，同时做好后天去橘城县的安排，看一看路修得怎么样了。听说修好了，只等铺沥青，去了解一下。二来和雷副总说一说减刑和罚款的事情。

刘玉瑶接到一个电话后有点儿闷闷不乐，李国勇没看到，杨金华问刘玉瑶家里有什么事。刘玉瑶摇了摇头，但看得出来，她表情有些不自然。说这话时，肖健经过办公室也看到了，他认为女同志的事儿不好问，但他明显感到刘玉瑶的不高兴。原来，刘玉瑶在考入市中级人民法院之前，打工时谈了一个男朋友，两个人在一起时合得来。接触中，这个男生性格比较偏执，刘玉瑶就疏远了他。恰在这时，她考上了市中级人民法院文秘人员，便提出中断朋友关系。开始这个男生也同意。后来得知她考上法院工作，便认为她欺骗了他，非要讨个说法。原先以为平时看电影，吃个小吃，花了钱，就没事了。谁知这个男生仍纠缠不休，这又打来了电话。尽管不会有复合的可能，连万分之一的可能都没有，但遇到这些麻烦，却很闹心。特别是他刻薄地说玩弄感情，听得令人作呕。谈朋友本是互相了解的过程，合则谈，不合则分，何谈玩弄感情！

刘玉瑶接到这个电话时心里烦透了。她也不想让别人知道这事。因此，委屈、心烦、令人沮丧的情绪笼罩在心头。上午，她的心情一直不太好。刘青德、赵建华和唐仁平去开庭了。肖健有些表要填，杨金华要抓她的公差，刘玉瑶心情不好。本来是要她去做记录的，鉴于这种情况，刘青德干脆喊李思慧去做记录。

去闻香市人民法院开庭时是艾洪林庭长接待的。他长得像一位名人。有人曾动员他去当特型演员。他有时将头发梳一个发型，做出几个表演姿势，像演员登台亮相的动作，很像名人年轻时的形象。刘青德事先未讲，问李思慧看艾庭长像谁，李思慧不假思索地说，像一位名人年轻时的形象，后又小声说，尤其是前额特别像。

刘青德笑了笑，卖关子地说：“像吧，他热爱法院工作，过去导演选他当特型演员没有去。”

李思慧十分惊讶地说：“哎呀，这可是个机会呀。”

刘青德说：“人生有各种机会，选择对了就很轻松，少走弯路。”李思慧点点头。

到了审判庭，李思慧坐在书记员位置上，刘青德说：“李思慧，记录时你别紧张，我会归纳好后重复再讲一遍，你不用担心记不全。”

李思慧说：“好的，谢谢刘庭长。”

刘青德说：“你主要记被告人的话，主要记他回答的话，这样问话也可补充出来。”

李思慧说：“行。”

刘青德说：“我会看到你的手不打字时再接着问。”

赵建华说：“刘庭长，干脆你从头至尾主持，我有疑问要问下。”

刘青德说：“好吧。”

由于闻香市看守所距闻香市人民法院还有一段距离，大家坐着等，李思慧根据庭审笔录模板，开始更改开庭笔录中的罪名及被告人姓名，这是一起故意伤害致死的案件，发生在邻里之间。不一会儿，被告人押到了，开庭后一切正常，被告人对故意伤害致死邻居的事实供认不讳，希望法院从轻判处。由于这件案件被害人在起因上有过错，被告人又是自首，发生事后家里借钱给被害人家里办丧事，算是积极赔偿，判个无期徒刑即可。

开庭时，刘青德注意掌握节奏，李思慧记录得也比较轻松自如。休庭准备打印时，刘青德看了一下电子版，记录很全，打印吧！当被告人签完名字后，法警将被告人押回看守所。

艾洪林今天在兰园宾馆接合议庭的成员吃饭，刘青德朝李思慧望了一眼，相互笑了一下，这个笑容只有他俩心里明白。李思慧越看艾洪林越像名人。刘青德想表达的意思是，怎么样，见到名人了吧。吃饭时，艾洪林讲到这案件在当地影响较大，被害人平时欺负被告人，惹急了被告人，被害人这次命也丢掉了。

艾洪林的讲话引起了刘青德的深思，刘青德说：“这件案件是赵建华办的，自己和唐仁平只是合议庭成员。”

赵建华说：“这案件的事实无须说，死刑是判不了的；回去研究时再好好考虑。”

吃完饭后，艾洪林要安排其他活动，刘青德想到闻香市人民法院经费包干到人了，不想让他破费，便坚持要走。他们中午也可午休一下。

这样，刘青德想先送艾洪林回到法院，然后再接其他人。艾洪林也是个实在人，说不搞别的活动，坚决不要刘青德的车送，他们自己坐辆车也很方便，他们这就告辞了。

返回单位的途中，见路边有卖西瓜的瓜农，刘青德便让停车买了一个瓜，当场切成几块，大家吃完后再上车。回到市中级人民法院时，正好上班铃声响起。唐仁平要回去换件衣服。因为温度比较高，上午出去时穿的短袖衣服密封性好，唐仁平怕出汗，所以他就回家去了。

周丽云见刘青德回来，便找李国勇和杨金华，准备研究案件。李国勇问徐院长有无时间研究案件，得到准确答复后，便要周丽云到会议室。稍后，徐长胜来了。

讨论案件前，他讲了市人民检察院的人事变动。杨金华说："前几天到市人民检察院去，他们挂的公诉科的牌子改为公诉处的牌子了。"

余艳一听，说："是的，不知道是啥意思。"

徐长胜没有接话，也许早听说了。这时，周丽云汇报案件，刘玉瑶开始记录，案件讨论都很顺利。就是在讨论故意伤害致死案件时，被害方提起了附带民事诉讼，其实被告人是没有赔偿能力的，但民事赔偿却提得很高，如果单纯按民事审判的数额赔偿，就有些失衡，这一点争议较大。李国勇的意见是按过去的通常做法办。周丽云到民事庭工作过，觉得可以判。

刘青德说："只赔偿直接损失、医药费、丧葬费。"

周丽云说："那护理费呢？"

刘青德说："这个可以，数额也不多，死亡补偿费不赔。"

周丽云说："那这不赔偿吗？"

刘青德说："刑事附带民事，首先要考虑到被告人已遭刑事处罚，判刑坐牢，甚至剥夺生命。与一般纯民事，施工摔落致伤致残赔偿不同。其次判被告人赔偿很多，也是空数字，为涉诉信访埋下隐患。最后，我们过去的判决都是这样考虑的，一个法院的判决结果要保持相对稳定。"

杨金华没有作声，李国勇说："我同意刘青德的分析判断，民事赔偿不考虑死亡补偿费。死亡补偿费是给死者亲属的精神抚慰，属于精神损害的赔偿范围。依照最高人民法院的司法解释，在刑事附带民事诉讼中，精神损害赔偿不属于刑事附带民事赔偿范围，这个主要考虑精神安慰功能是刑罚的主要功能之一。通过对犯罪分子适用刑罚，抚慰其受到的精神创伤，使其从犯罪所造成的痛苦中解脱出来。这样，就没有再规定精神赔偿的必要。所以，本案中的死亡补偿费不予支持。"

李国勇说完，杨金华像是解释又像是对周丽云说："刑附民和纯民事还是有一定区别的。"

周丽云说："我听合议庭的，死亡补偿费不支持，我没意见。"

杨金华说："除了死亡补偿费不予支持，其他均同意承办人意见。"

徐长胜没有提出新的意见，同意合议庭的意见。案件讨论就结束了。离开会议室时，徐长胜对李国勇说："到我办公室去一下。"

刘青德回到自己办公室，他清理了橘城县电厂的有关资料，并装在公文包里。这个公文包，是几年前刑事庭给每个审判人员配发的，公文包分了几个隔层，方便使用。随后，他给何组长打了电话，何组长说八点半准时出发，刘青德随即向行装科申请车辆。李思慧将上午的一切资料交给赵建华，赵建华看后非常满意。

唐仁平回家换衣服时休息了一会儿，再来到办公室。他习惯用笔写报告，有时也将起诉书资料贴在笔录纸上，交给打印室录入。李国勇去了徐院长的办公室。肖健又收了一批案件，是赵晓君和钟绍华推过来的，钟绍华肯定是有什么事。否则，他一般不会送卷，都是书记员处理。

上午刚上班，司机就和刘青德联系，在楼下等着。刘青德告诉司机，马上下楼，就在车上等何组长。这时，何组长进了院子里，刘青德下车和他打招呼，他说了句，还喊冯建吗？又说算了，立案庭也忙，就我们两个人吧。

何立祥上办公室拿了东西马上下楼。不到 8 点半就开车出门。路上，何立祥讲："李县长机会好，也有能力，原本是提另一局长当副县长的，正在这时，这个局所负责的工作引发了很大的舆情，就是领导干部私修别墅，引发群众不满，形成网上负面舆情，提拔之事与之擦肩而过。所以，有时候人不信运气不行。"

刘青德说："我有个农村战友，有文艺音乐特长，那个农村战友找到在剧团工作的战友，希望能有机会试试。在剧团工作的战友找到负责人，说明了想法，正好剧团也要招人，因为剧团有个节目做得非常好，很成功，到中南海给中央领导汇报演出了，要扩大队伍，而且有几个老同志即将退休，农村战友据说二胡拉得好，剧团负责人就说让他拉一首二胡独奏曲《赛马》，剧团几位领导去听，据后来负责人给剧团工作的战友说，《赛马》拉成《赛牛》，就是这么一个好机会错过了，机不可失，时不再来呀！一桩好事，就这么给搅黄了！事先又知道，又有基本功，可到关键时刻掉链子，实在令人惋惜。”何立祥很赞成刘青德的说法。有的人关键时候就是不行，错失良机。

何立祥一行到现场查看，这段城区道路修得笔直，真好，和几个月前看的有天壤之别，虽然道路还未正式通车，但有行人和骑自行车的走捷径走在上面，人不多，尽管两头竖有大牌子“前面施工，车辆绕行”，还有一些施工机械在路面上。应该最后再铺一层沥青，路面就可通车使用了。何组长一行来到橘城电厂见到雷副总，他很高兴，这路应该是修好了。哎呀，要不是工作组来，不知要拖到什么时候，何组长给李县长打了电话，对修路表达了谢意，想接他中午吃饭。

李县长很客气，到县里来了要招待何立祥，但县里有招商引进项目，昨天人家已来考察，要全陪，没有时间陪何组长。李县长表示，修路是应该做的，市里这么支持督导，理应早点儿搞好。国庆节前一定通车，因为铺沥青的一套车辆设备搞来，要费一些时间，其他工地也在用，不管如何，国庆节前一定搞好。

何立祥一想还有十来天，这应该是铁板上钉钉——跑不了了。中午吃饭时，橘城县人民法院纪检组组长过来了，他是得知何立祥过来后主动联系的。原本何立祥不想惊动他，既然来电厂了，就请他过来一起吃饭。雷副总和纪检组组长见过一次面，彼此就更熟悉了。

上班后，李国勇找杨金华征求意见，准备安排杨金华到党校科干班去学习两个月。杨金华一听，心里犯起了难。从心里说，想去学，自从女儿去读大学后，确实少了不少事，但也空虚。一时还没有适应过来，学习是再好不过的事了，她真想去。但一想到妈妈的身体骨折，情况虽然好些了，但伤筋动骨一百天，现在才一个多月。在党校学习，要求住校，考核又比较严，寄宿学校，还是放心不下。假如妈妈的腿没有骨折，那去学习根本不用犹豫。现在，妈妈的这种情况，使她不得不犹豫，时间又是两个月，不是两个星期，丈夫工作也忙，顾不上家里，这次学习还是放弃吧。她表达了对李国勇的感激之情。

其实，昨天研究完案件后，徐院长要李国勇去他办公室，主要问了三个方面。一是庭里人员思想情况；二是政治部给刑事庭一个中层骨干培训学习的名额；三是院里招考进了五名人员，均通过了司法考试，现已报到，临时到立案庭见习，有的到政治部帮忙，希望李国勇在院务会上主动提出刑一庭要一个人。这样，徐长胜也好说话。徐长胜想给刑一庭增加人手，主要考虑刑一庭今年的工作量与去年相比，增加了不少。另外，唐仁平再过两年要退休，身体也不太好。李国勇心领神会，感谢徐院长为刑一庭考虑得周到。

李国勇问：“杨金华，你不去，那谁去呢？”

杨金华说：“让刘庭长去，他最爱学习。”

派员学习的事没多说。李国勇要杨金华统计一下去年全年到 9 月办了多少案，今年到 9 月办了多少案，同比的情况变化。向院里要人，杨金华也很赞成。的确，今年办案多，这是事实。她找到肖健，将去年 1—9 月办案的数字进行了统计。又与今年 1—9 月的对比，今年比去年同期多了十一件，还帮刑二庭办了二十多件。她将这些数据写在纸上交给了李国勇。

何立祥和刘青德在电厂餐厅吃饭后，何立祥找橘城县人民法院纪检组组长反映有人举报法院干警的材料，涉及内容就是橘城县人民法院某干警将当事人的执行款挪用，数额也不小，希望法院自己处理好。首先要将当事人的执行款给付到位。既然已经执行到位了，却又不将执行款给人家当事人，哪有这道理，不说是法官，就是普通人也不能这样做。橘城县人民法院纪检组组长表示，他们也知道这件事了，表示正在处理，一有结果，立马报告。“这件事发生，给上级法院添了麻烦并深表歉意，院里没有管理好干警，并作了自我批评。执行款要给人家，严格地讲，可以说是构成犯罪了。你们院里妥善处理吧。”何立祥说道。

何立祥和橘城县人民法院纪检组组长说完后，就准备回市中级人民法院，纪检组组长还是想留何立祥吃晚饭再走，何立祥谢绝了。何立祥一行回到市中级人民法院时，市中级人民法院又是一阵吵闹，上访的要执行款，说是民工讨要工资。

刘青德回到办公室。李国勇通知他参加党校培训。刘青德一听感到诧异，虽然学习是好事，也需要学习储备知识，但来得太突然，时间又是两个月，刘青德没有犹豫，马上答应去党校学习。但想到参加开庭的几件案件，便将顾虑讲了出来。李国勇说:“不用担心，不会每天都安排得那么紧凑吧，到时候提前回来研究一下就行。”因为是秋季开学，不知因何原因，推迟到9月中旬才举行开学典礼，院里安排了监察室的姚副主任和刘青德去。

刘青德自从接到李国勇的通知后，就连夜加班加点，希望将手里正办的案件尽快办完，写出审理报告。等待研究，将其他没有开庭的案件，交给杨金华。杨金华开玩笑说，刘庭长学习，她来办案，言语中充满着无奈。其实刘庭长并不知道，这次学习的人选原本是杨金华。

上午的开学典礼，时间不长，党校领导除了强调遵守学员手册规定的要求外，特别强调了不许私自离校，学习就是学习，不要再想着回单位工作，在下发的通知里就强调了，是脱产学习。校长还说:“单位离开你了，工作照样能搞好。”组织部的领导也强调，要遵守党校的规章制度，无特殊情况，不得离校。因为有许多区县的科级干部，有些是局长、副局长，看来市里对这次培训班是很重视的。

刘青德因为是第一次参加党校培训，这是第五十六期科干班，每个区县来两个人，加上市直机关的学员，这个班共有五十人，同时开班的还有一个青干班、处干班，经常上公共课时，都在大教室上大课。几天后，大家都熟悉了，课间休息时便开起了玩笑。党校学习，毕竟不是中学读书那样，还是非常轻松愉快的，起码不做作业，最后结业时的考试应该不难。因此，有许多人将这次学习当作疗养是有道理的。

党校学习，让刘青德不由得想起七年前去省高级人民法院学习培训时的情景。那时市中级人民法院刚刚进行了一次大的改革，进行“双向选择”，即业务庭室，庭长选审判员，审判员选庭室。市中级人民法院刑一庭仅有刘青德一人选择。其他的审判员都选择了民事庭或其他庭室，这也是当时的一大新闻，后来是动员其他庭室的审判员继续到刑事庭工作。那年夏天，省高级人民法院组织刑事审判骨干培训，各中级人民法院都是主管副院长、庭长带队，而德沅市中级人民法院是刘青德带队。因为每个基层法院的庭长、副庭长参加。市中级人民法院去了三人，在开始培训的当晚开训会上，作为一个集体的带队负责人，刘青德提出了“五讲”要求，即“讲学习，讲团结，讲纪律，讲风格，讲安全”，并进行了解释。刘青德当时就说：“我们来省高级人民法院是学习的，要以学习为主，我们来自十多个地州市，有不同的生活习惯，说话有方言，要以团结为主，要遵守纪律，按法官学院的要求来，在吃饭上电梯时，不争先抢占位置，发扬风格，再就是我们在外，有家里亲人的嘱托，有院里领导的关心，大家一定要注意安全。”刘青德质朴的话语，言简意赅的要求，给大家留下了深刻的印象。

散会后，市中级人民法院的陈小新在刘青德面前竖起大拇指说：“你真适合搞行政管理工作。”那次培训由于刘青德各方面表现都比较好，受到了省高级人民法院法官学院领导的表扬，在照集体照后，刘青德又为德沅市参加学习的全部学员照了一张合影。自从参加这次学习后，到最高人民法院参加过多次学习，但每次时间都是一周左右。像这次两个月的时间还没有过。刘青德很珍惜这次机会。党校培训，可以认识市直机关的同志，今后方便联系协调工作，互相可以学习交流经验，从下发的花名册的基本信息来看，这次来的单位有市电视台、城管局、环保局、特警支队、管理区、文化稽查支队等单位。说实在话，在法院工作，为了查明案件事实，经常需要调查有关情况，尽管有介绍信，单位也会接待，但有党校同学支持，将会提供更多的方便。

经过几天的接触，大家彼此都认识了。一天下午下课后，班主任胡老师将全班学员留下来，说是成立班委会，选举了班长、组织委员、文娱委员、女工委员、纪检委员。刘青德被选为纪检委员，可能是因为大家看到他在刑事庭工作，对法律知识更加理解和熟悉。胡老师在一次闲聊时讲，他是观察了一周的时间，才确定刘青德任纪检委员的。因为班长是县教育局局长，他首先安排了班委会的同事吃了一餐饭，大家都很开心，表示积极支持班长的工作。

周末，市内的人都回去了，各区县的人也都回县里了。刘青德还没有买车，他只好搭同学的车回家。儿子几天未见到爸爸很高兴。妻子看到刘青德回来，嗔怪地说，不回来还好些。望着墙上贴的儿子的奖状和绘画作品，刘青德脸上露出了欣慰的笑容。刘青德的爱人确实很贤惠，知书达理，容貌端庄，做事任劳任怨，特别是对孩子无微不至地关心。孩子小时候，给孩子准备了很多衣服，根本来不及穿，孩子就长高长大了。她有一个同事，小孩比他们的孩子小两岁多，妻子将儿子穿过的衣服全部送给了她，这个同事真是满心欢喜，连忙说，孩子穿了的衣服可以都给她留下，免得丢掉浪费。妻子每隔一段时间，就将衣服洗得干干净净，叠得整整齐齐，打成一捆送给同事。

妻子总是这样，替别人着想，得到了别人的赞扬，她从不惹是生非，文文静静的。刘青德因为过去一直都在部队工作，过惯了集体生活，养成了吃食堂的习惯，也不会做菜，只要有食堂，买份饭吃就行。而结婚后，刘青德的妻子做饭很细心，做菜很精致，色香味俱全，厨艺很好。刘青德因为母亲去世早，妻子给予他很多的关怀，尤其是他妻子的父母，也就是刘青德的岳父母，非常通情达理，从来没有说过刘青德一句不是，非常喜欢刘青德。看到妻子这几天辛苦，刘青德拿起拖把拖地，清理垃圾。

刘青德丢垃圾的时候，碰到了正准备上楼的杨学亮："听说你深造去了。"杨学亮说。

"培训学习，谈不上深造。"刘青德回答："庭里案件还多吧？"刘青德问。

"哎呀，办不完的案子，关键现在案子越来越难了，关系错综复杂。"杨学亮回答。

"听说你们庭又分来了一个今年新招的男生。"杨学亮半是询问，半是说明。

刘青德告诉杨学亮，庭里分人来不清楚，不过来一个人好，来两个人更好。

杨学亮说："几个庭都想要人，还是刑一庭狠啊。"

刘青德连忙说，一样的。听说紫城区人民法院有人可能触犯刑律，是有关执行款的，刘青德表示听说了，但详细情况不清楚，两人还要唠叨，一看有人上楼，就一起上楼去了。

刘青德来到二楼推门就进，杨学亮还要继续上到六楼。刚进门，妻子就说了，倒个垃圾要这么长时间呀。刘青德说碰到杨学亮了，讲了几句话。晚上，有个战友问刘青德有没有时间，明天跟他去钓鱼，刘青德答应了。

第二天早晨，战友开车来接，同行的还有另外两个战友，简单地吃过早餐后，开到二十公里的外湖，钓的鲈鱼和鳊鱼，由于没钓多少鱼，最后还用网打了几网，每人分了二十多斤鱼。吃过午饭后，几人高兴而归。刘青德将鱼分成三份，给姐姐一份，又给妻子二哥家一份，还给楼上的杨学亮送了两条鲈鱼，是小孩儿送上楼去的。

刘青德不打牌，便到旧货市场去购书，看到喜欢的书，他便买下来，然后整理压平，再利用晴天晒书。眼下天气还好，刘青德计划将今年买的旧书都晒一晒。

晚上，刘青德接到了肖健的电话，得知刘钦华的岳父去世了，在闻香市乡里，准备明天去悼念。肖健问："你是否去？庭里组织一起去！"

刘青德毫不犹豫地答道："去悼念，明天上午10点钟出发吧。"

肖健说："院里行装科会安排一辆车去，我们李庭长自己开车去，方便一些。"

过了一会儿，唐仁平来电，说："明天何时走？"如果有时间，车坐得下，他也去。刘青德答应说应该没问题。

去时一路顺风，可临近刘钦华家一两里路的地方，李国勇的车滑下了路基。农村的水泥路没有护坡，水泥路面又很高，车子被卡住不能前进，后退也难。听到远处的鞭炮声，人车却不能过去，心里真焦急呀！好不容易从邻近住户借了铁锹和一根大木头，折腾了一会儿，终于将车驶出来，重新开上路面，去还了老百姓的铁锹后，车才一溜烟驶向刘钦华的岳母家。

闻香市人民法院的艾洪林庭长早已来到这里，他曾给刘青德打电话，刘青德告诉艾洪林，刑一庭的同志上午过来。这时，杜玲过来了。艾洪林现在已被提为审委会专职委员。杜玲是女同志，她问道："杨庭长呢？"李国勇告诉杜玲，她母亲骨折，还没有完全康复，在家照顾老人。大家打过招呼后，肖健便去上人情，买的鞭炮也炸起来了，噼里啪啦，一阵爆炸声，震耳欲聋，好不容易稍静一下，刘钦华忙着给李国勇、刘青德一行打招呼。李国勇说庭里女同志杨金华母亲骨折，刘玉瑶去男朋友那里了，余艳外出了，周丽云因为小孩儿没有人带，来不了。刘钦华对大家来悼念母亲表示感谢。并安排大家入席就餐。由于开的是流水席，一次开席六桌，也就是六十人同时吃，因为先前已吃了一波了，这时，新开的六桌正摆一次性碗筷，炉子已上好，几样硬菜已上了桌。刘钦华劝李国勇坐下，艾洪林和杜玲也劝李国勇坐下。李国勇就在艾洪林的引导下，就近坐在桌旁，菜也差不多上齐了，摆了酒水，艾洪林笑着说："喝一点儿。"

李国勇说:“我开车,让刘青德和唐仁平陪你喝吧。”

刘青德本不想喝,见李国勇这么说了,也不好推辞,就用一次性杯子倒了多半杯。

艾洪林说:“倒满,给他斟上了。”

唐仁平的杯子一开始就是满的。肖健要结婚了,准备生个聪明的宝宝,坚决不喝酒。

大家喝完酒、吃完饭,就和刘钦华夫妇打了招呼返回了。艾洪林也随即回香市去了。路上,刘青德喝了一点儿酒,昏昏欲睡,不知不觉间回到了院里。李国勇又送肖健回家。

晚上 7 点多,市教育局的程强科长来电,问刘青德在忙什么,刘青德说没忙什么。程强以为刘青德打牌,当得知不打牌,便说要不到党校去就寝,免得早晨起早床,党校的早餐也好吃。刘青德本没有车,曾相约周一早晨让程强带上他,程强说没问题。晚上刘青德确实没事,喝酒回来就睡觉休息了,还没有洗澡,他带好换洗衣服,来到传达室,就等程强科长的车。

晚上比较凉快,车子开得不快,秋风吹进车里,人感到非常舒服。路不远,很快来到老虎山森林公园。党校就坐落在绿树浓荫之中,由于车速不快,偶尔也有几辆车超过程科长的车,刘青德说:“说不定也是同学的车。”

程科长说:“这条路上大部分都是学员来往,尤其是学习期间,春季和秋季。”

不一会儿,程科长的车就进了党校校门,向上山的教学楼驶去,偶尔也有几辆车跟进。来到山顶,许多教室亮着灯,刘青德和程强下车后各自来到学员宿舍,大部分同学都来了,宿舍的灯亮着可能说明学员来了。刘青德先洗澡,然后将衣服洗了,有点类似过军营生活,刘青德还很习惯,毕竟到部队工作了十几年,凝聚了军营情怀。当一切都忙完的时候,刘青德静静地坐着等待晚间新闻开播。

再过一周多就是国庆节了,这个假期,自己准备好好看看书,陪陪家人,也不准备出外出游玩。小孩儿已进入初中,利用节日放假,好好练习书法。党校老师讲的课,还是不错的,有的认真备课,讲得深入浅出,给人以启迪,刘青德想到这学习来之不易,能坐在教室里读书真是太幸福了。“三人行，必有我师焉。”学习确实能够使人增长智慧。刘青德学习算是见缝插针。

杨金华望着堆得像小山一样的卷宗，心里是又急又烦，她将案件分了下去，余艳又分了两件，李思慧倒也很利索，案件审理报告写得很好，她是一学就会，余艳真想将李思慧留下来。周丽云分了两件案子，放在一旁，她在写一篇论文，争取在院里的《审判研究》上发表。周丽云之所以要写这篇论文，有她个人的考虑。一是庭里有要求，二是研究室的吴亚莲也向她约稿，她写的这篇文章也是结合审判实践写的。赵建华的案件已办完，想合议研究，但刘青德又学习去了，也比较急，他这里有两件案子，唐仁平也有一件，恐怕刘青德自己也有，他还是想在这周研究了。下周还有时间宣判，赵建华也跟李国勇说了。

李国勇说，刘青德当审判长的案件，如果他不参加研究就不研究，还是要和刘青德联系一下。于是，赵建华就给刘青德发了一条信息，希望本周请假半天，抽时间研究案件。刘青德聚精会神听课，手机调到静音状态，课间休息时，才发现有一个未接电话，还有一条信息，见是赵建华来的，便先回复了。赵建华问他这几天什么时候方便，研究案件大家不冲突。刘青德很快就回信息，周四全天和周五下午均可。刘青德看了一下课表，周四下午上大课。人多请个假不显眼，关键是要联系上回去的车子。周四正好市政府的蒋刚要回去处理一下督察室的事，刘青德说好了搭他的车回市里。

这期科干班里有七个女学员，算是“七仙女”，分别来自电视台、公积金管理处、医院、科技局、城管局等单位。她们一下课，就聚在一起讨论个不停，男学员有抽烟的，这个时候抓紧吸烟。大家都来自工作一线，平时工作都很忙很累，难得有这样的时间清闲一下，心情都很放松。学校伙食也做得不错，刘青德有时想，如果在部队新兵连有这样好的伙食，那该多好呀！

晚上，党校学习的学员接受了领导的检查。总的来讲，科干班的到勤率还是比较高的，倒是处干班的宿舍亮灯比较少。这也难怪，处干班的学员有的是单位的主要骨干，甚至是一把手，工作较忙。白天上课，晚上抽时间处理工作上的事情，大家也理解。

带队检查的是主管校务的副校长，他人比较和气，说话也很风趣，有时讲话也蛮吸引人。对今晚的检查结果，他还是比较满意的。

吃完午饭，刘青德就按照蒋刚的意思，到教学楼旁的操场上等，不一会儿，蒋刚就来到车旁，刘青德上车后一路直奔市内，他先送刘青德到市中级人民法院，然后回市政府。刘青德是直接到办公室的，他还办有一件案件，审理报告没有写完，他原准备利用国庆节休息彻底将手里的案件办完，今天看能写多少就写多少吧。到了上班时间，大家都来了，见到刘青德，赵建华说：“就来了。”

这时，于海同志走进来，赵建华连忙介绍，这是新招考来的于海，这位是刘庭长。刘青德微笑着说：“欢迎欢迎！”

于海也挺客气，谦虚地说：“请刘庭长多多指教。”

刘青德也谦虚地说：“科班生，欢迎、欢迎！今后，法院工作就靠你们了。”

赵建华将两份审理报告给刘青德，大家都去会议室，于海和李思慧也到场旁听。肖健做记录。李国勇在走廊上接到徐院长的电话，说不要等他，先研究案件。

刘青德到了会议室坐下，赵建华说：“只等徐院长了。”

李国勇说：“不等他，先研究简单的，一边汇报一边等。”

赵建华理解的简单案件就是罪名无异议，事实无出入，证据无瑕疵的案件，他先汇报一起故意杀人案。案情不复杂，事实很清楚，在发表意见时，杨金华的意思是被告人并不知道自己的妻子与人有染，主要考虑证据不足，一人已死，一人确实不知，关于这一事实，就不在判决书中表述，只在审理报告中说明，李国勇也赞成这个意见，此事就这样定了。这时，徐院长端着茶杯已经过来，李国勇将案情简要做了汇报，徐长胜问合议庭的意见，大家一致的意见是判处死刑，剥夺政治权利终身。

徐长胜事先已看过审理报告，对案情熟悉，直接发表了意见，同意合议庭的一致意见。

紧接着，赵建华汇报第二件案件，这又是一件故意杀人案，被告人偷邻居的食用油，被邻居发现后杀人灭口，案件事实比较简单，证据比较翔实。因为没有其他人，旁证材料比较扎实。这两户住得稍微偏僻一些，只有一条不宽的小路，平时外人不常走，间接证据也很充分，被告人的交代一直稳定，确实被告人为一点儿食用油，非法剥夺他人生命，应予严惩。

余艳也有案件要研究，唐仁平有个案件想先研究一下。李国勇说，刘青德是请假来的，刘青德这个合议庭的案件就先研究吧。刘青德的案件是走私贩卖毒品案，数量很大，由于现场只抓获了三百多克，其他数量很大，但都是被告人交代的，而且毒贩上线没有抓到。在走私毒品案件中，抓到的大部分是下线马仔，他们受雇于他人，由于毒品的暴利，使一波一波的人铤而走险，有时看到这些人真是气愤不已，这些毒品害了多少家庭，害了多少人。刘青德心里真是恨透了。不过，这个人的认罪态度还是挺好的。现场缴获的毒品只有三百多克，其余的数量都是犯罪嫌疑人自己供认的。无论依照法律还是政策，这个人都不能判处死刑。这件案件经最后研究判处了死缓。

余艳汇报的是二审准备改判案件，这是一件未成年人犯罪的案件，被告人有些霸凌行为，以强凌弱，但说是抢劫行为，有点儿牵强，在给钱买东西时，如果给钱的人全给了，还会退回一点儿给钱的人，说是午饭钱。刘青德一听，心里明白了几分，未成年人判刑轻点有什么关系呢，人家世界观还没有形成嘛。余艳念完报告后，提出处理意见，罪名和量刑都改，合议庭也是一致意见，刘青德提出了自己的看法，量刑同意余艳的意见，但罪名是否可考虑不改，主要是基层法院改个罪名，承办人压力太大，但可以交换意见，提出问题，何况被告人的行为也是介于两者之间，他没有说抢劫和寻衅滋事的区别，徐长胜朝刘青德望去，示意继续讲下去。刘青德怕说多了，合议庭的同志也不好意思，就没有讲下去。因为一审案件他们分管院长也参加了讨论，罪名量刑都改，基层法院分管院长会很没面子。李国勇也赞成只改刑期，不改罪名。杨金华作为合议庭审判长也改口了，同意只改量刑，不改罪名。余艳只要求改量刑，罪名无所谓，她实在觉得这几个未成年人还是可以挽救好的，一判处实刑就真的毁了。

徐长胜听了发言，也讲了意见，从国家对未成年人的保护政策到司法实践，均是轻刑化，主要是未成年人心智没有成熟。因此，本案量刑同意余艳提出的意见改判缓刑，刑期缩短。至于可改可不改的罪名，尽量不改。多数意见是不改，那就不用改吧。

案件研究完了，徐长胜问刘青德今天怎么没上课呀，刘青德回答：“请假了。”徐长胜听到这话，没再说什么。

国庆节过后，李思慧给刘青德打了电话，告知就要结束学习，感谢这几个月的指导帮助，学到了许多书本上学不到的知识，表示诚挚感谢。说明天就要走。刘青德也祝愿她今后工作顺利，她要是到家乡工作，就常保持联系。

一个月前，多亏了李思慧，最高人民法院来德沅市中级人民法院复核死刑案件。女法官来了，李思慧正好陪着复核。因为刘玉瑶请假到男朋友那里去了，杨金华去送女儿读大学了。李思慧一口流利的普通话，给最高人民法院法官留下了深刻的印象，尤其是对地方固有的方言，她做了详细的解释。有一句地方话：“两个人在散步。”法官始终疑惑不解，被告人在电话中讲了这话，是否还有人？李思慧解释，案发地这个地方曾经大部分是渔民，口音和方言五花八门，形成了此地特有的语言。如女方这时和丈夫在逛街，有人问女方在做什么，她会回答：“两个男人在逛街。”实际就是和丈夫一人在逛街，李思慧的解释让人恍然大悟，还有这样说话的。后来吃饭时，李国勇也做了一番解释，彻底打消了法官的疑惑。

想一想李思慧这段时间的工作，真的做了不少事，也做得好，但愿她心想事成，工作顺利。

看到处干班的外出考察，青干班的也到下面区县实地参观。班上的学员也开始议论了，班主任和班长也有了无形的压力。经过联系，准备去参观德峰开发区的生物制药车间。然后，杨主任热情地邀请大家到白鹭管理区去指导工作。这个管理区树木茂盛，植被良好，属于丘陵地区，常常有成群的白鹭在这里栖息，一飞起来，场面壮观。暂时就定这里，班长开班委会征求大家的意见，大家都很赞成。杨主任更是高兴，他交代管理区要彻底搞一次卫生，迎接科干班学员实地考察。她打电话的情景可以想象得到。

杨主任是一位热心的同志，三十岁不到，很有上进心。立秋后，南方下了几场雨，俗话说：“一场秋雨一场寒。”天气凉爽，让人们从炎热的夏天缓过来，过去一段时间，动一动汗就往下滴，现在晚上不穿长袖衣服还不行。

决定在周五到管理区游玩，课程由班主任和教务处进行了调整，刘青德在周四晚上就回家了，可以说市直机关的同学都回了，约定次日 8 点半在市内一个顶贵天仙酒店集合，统一乘车。车是租的龙运集团的，这就得感谢市交通局的学员，是他们联系的。龙运集团老总说不收钱，班长说现在都个体承包了，还是给钱，但不用大家凑钱，他想办法解决，这样皆大欢喜。

龙运集团的车是从党校接了部分区县的学员后，再来到顶贵天仙酒店广场的。市直机关有的学员把私车停在酒店，等着换乘大客车。刘青德的爱人在银行上班，今天正好轮休在家，刘青德见她没有去过白鹭管理区，便邀爱人一起去玩。她很喜欢去，连忙梳了一下头发，便匆匆忙忙赶往酒店。临到酒店时，班主任打电话说："人都到齐了，就缺你了。"刘青德连忙说，到车前面了。说完急跨几步上了大客车，爱人也随他上了车。大家看到突然上来一位女同志，有些疑惑，刘青德忙介绍，这是一位女同学。一些学员不解，刘青德为何带女同学上车，旁边的市中级人民法院一起学习的姚副主任说，这是他爱人。

有天晚上，橘城县科技局局长覃道华与刘青德爱人吃过晚饭，她认出来了，喊了声"嫂子"。她这一说，旁边的学员倒有些疑惑，觉得刘青德比这女子大几岁，竟不大相信是刘青德的爱人。车内响起一阵爽朗的笑声。笑声过后，同学们逐渐接受了这个事实。游玩是愉快的，杨主任和班子成员都热情接待。先是喝特色茶，一种用芝麻、黄豆、花生等多种食品磨成粉末，置入生姜，三伏天喝后，清热解毒，冬天喝后，活血养胃。

学员们在一个农庄里。刚刚过去的国庆节来这里旅游的人络绎不绝，这里的农家乐也迎来了生意的黄金期。随着节日的过去，这里也偶有退休的老人来此修身养性，杨主任忙前忙后，同学们畅所欲言，心情无比愉快。刘青德的爱人和班主任在一起，城管局的龙海莎，还有交通局的周燕，电视台的席编辑，医院的姚庆，覃道华几人坐在一起，大家聊起了家常，刘青德的爱人比较文静，在这些党政系统的人员面前，表现显得比较淳朴矜持，几乎没说什么话，大家开玩笑猜测，刘青德是否有大男子主义，刘青德的爱人几乎没有否认，只是笑笑。

龙海莎开玩笑说："庭长呀，大男子主义要不得呀，要多疼嫂子呀。"

刘青德笑了笑，连忙否认。不知怎么说到了岳父母，刘青德的爱人说："我爸妈对他可好了，从来不要他做家务。"

周燕说："庭长，大男子主义要改正，嫂子操持家务多辛劳呀。"

刘青德辩解说："我没有大男子主义，家里一切听她的。"中午吃了土鸡和家常菜，都是生态农家新鲜菜，做出的味道都挺好的。学员们谈笑风生，欢声笑语，其乐融融。

吃过午饭，大家稍微休息了一下。下午 4 点多钟，在市教育局的一家酒店内，准备好了四桌饭菜，这是程强安排的，他很讲义气，爱好体育活动，曾经获得全省举办传统武术套路长拳冠军，平时爱蹦蹦跳跳，浑身都充满青春活力。他的热情让同学们深受感动，他也获得了同学们的高度肯定。刘青德觉得这次参加培训太有意义了，他看过一份资料，讲的是某个社会主义国家对中国的党校培训非常欣赏，认为学员互相学习，交流经验，学员间取长补短，互相熟悉了解，对今后协调工作有极大的益处。也照搬中国党校的做法，培训干部。

今天的游玩让刘青德的妻子特别高兴，大家对她都很友好，有点儿类似家属到部队探亲的感觉，刘青德的爱人给小孩儿也打了一份晚饭。其实，小孩儿放学后，孩子她妈妈就给孩子打电话，告诉孩子会给他带饭回来。让孩子先做作业，孩子告诉妈妈，作业做完了，妈妈就要他预习课文、复习学过的知识。晚上没怎么喝酒，龙海莎和周燕其他几个人来敬了刘青德和他爱人。刘青德爱人也很感谢，喝了小半杯酒，酒店餐厅距法院宿舍不远，大家都吃得差不多了，刘青德夫妇和大家告辞，给孩子送饭回去吃，大家也能理解，程强笑着说："不留你了，快点走。"

周丽云心里较烦，不是因为工作，而是因为孩子的成绩。老师来电话，孩子的成绩下降得很厉害，连续几次测验，考试成绩都不理想，一次测试不理想算偶尔失误，但连续几次就不正常了。所以，老师特意打电话沟通情况，原本等期中考试后开家长会时再讲，感觉这成绩越掉越狠，问问家里是何原因，因为学生在学校老师是盯着的，基本没问题。周丽云讲，女儿和她爸爸关系挺好，不过，孩子她爸这段时间经常出差，自己也放松了对孩子的督促检查。这也许影响了孩子的学习。

原来，周丽云的丈夫在公安局，最近正在办理一起特大集资诈骗案，被告人以出售黄金的形式，每周返本一部分，实际上是网络传销，案情比较复杂，涉及几种罪名。现在已封闭办案一个多月，连国庆节都未休息。因为涉及人多，又多在外地，经常去外地调查取证。周丽云想，是否这段时间放松了对孩子作业的检查，让孩子钻了空子？平时，孩子惧怕爸爸，对妈妈一点儿也不害怕，如果真是这样，那无论如何也要让丈夫回家多陪陪孩子。周丽云知道孩子的考试情况后，心生焦虑，但仍然表现得比较冷静，她并没有吵闹孩子，而是像孩子爸爸一样，在认真检查孩子的作业，对孩子不懂的问题要她记下来，上课后问老师，现在的题目真难，有些题家长真的不会做。

她常听刘青德说，小孩儿小学四年级的数学题就做不出来，这应该是真的，对此，周丽云颇能理解。因为刘青德出去学习，于海暂时坐在刘青德的办公桌上，其实还是有空桌子的。杨正毅和林越走了，原有的空桌子还没搬走。一般来讲，每个庭室都有两三张空桌子，这主要是院领导换了新办公室时，综合楼全部是新买的办公家具，这样就多了一部分桌子，各庭室都根据需要留了几张。于海是张宇非要他坐在刘青德的座位上，待刘青德回来时，这人都熟悉了，就听安排和谁组成合议庭。

刘青德在党校学习，每周五晚上都回来，看看孩子，周六仍然带孩子去图书馆学书法，孩子的字经过练习，书法水平确实大有提高，字写得不错。刘青德看到后感到特别欣慰。

今晚回来，战友相约明天中午吃饭，北京战友赵元清夫妇回来探亲，彭总请客，请刘青德参加。刘青德看到外面正下雨，就问地方远不远。彭总说："就在法院附近。"这样，刘青德中午就可以准时给儿子打饭回来吃。早晨在外买早餐时，看到院里有两辆车往外开，刘青德心里想，周末也不闲着，院里的法官们事情真多。

下午 4 点多钟，忽然接到唐仁平的电话，告诉他刑一庭老庭长田务盛去世了。刘青德脑海中回忆起满头银发的田庭长，心里就很悲痛。

田务盛庭长，1983 年从唐泉县人民法院副院长任上调到市中级人民法院刑事庭担任庭长。唐仁平告诉刘青德，庭里准备都去悼念，刚参加工作的于海也要去，这是李国勇要求的。刘青德刚转业时，田庭长就已退休，这个人很正直，也很朴素，同志们都很尊敬他，常常听老同志说起他，口碑极好。他是以七十九岁高龄去世的。

刘青德说："这两天都是周末，安排车了吗？"

唐仁平说："就是周末，才特意要我给你打电话。"

刘青德说："随时待命，送田老最后一程。"

因为是明天，初步决定上午过去，吃午饭后回来，具体时间待通知。计划赶不上变化呀！原本准备明天和爱人到步行街买双皮鞋和夏季打折衣服，这就要看明天什么时间回来。

上午是院里统一安排的大车，能坐三十人。是市中级人民法院一台平时使用率不高的警车，这次派上了大用场，因为去唐泉县田务盛家有八十公里，要一个半小时左右。大家议论起田务盛的往事，都对他的人品表示敬佩，也为他当时的做法感到唏嘘不已。

原来，田务盛参加工作后，从小定了娃娃亲，妻子是农村的，生了三个子女。20 世纪 80 年代，组织上为关心照顾干警，将一批符合条件的干警家属农转非，子女安排工作。但名额有限，也设置了一定的条件，必须是成家多少年的。田务盛无论是职务、工作年限都符合妻子农转非的条件，不知他出于何种考虑和担心，是妻子没文化，不能适应工作，还是家里有两位老人需要照顾，不愿给组织添麻烦。总之，他放弃了这次妻子农转非、子女安排工作的机会，将机会让给了别人。后来，和他情况差不多的人，因为"农转非"改善了生活。面对亲人的责难、子女的埋怨，他有些无奈也无助，这个选择是自己做出的，怪不得别人。他心里亦有委屈，但隐藏在心里。子女们得知父亲的选择，从过去的埋怨到了愤恨，抱怨的声音从来没有减弱过。他也痛苦，用自己的真心在孙子辈面前尽力弥补，把每月发的退休金全部给了子女，自己一直穿法院配发的制服，几年间也难添一件新衣裳。俭朴一生真情可贵，天长日久，子女也理解了父亲当年的选择。

车子很快到了田务盛的老家附近，由于他家场坪已经停了几辆车，车不能进去，大家只好下车走过去。由于下过雨，铺的卵石发挥了很大的作用，旁边的邻里乡亲不停地说，田老死后也给大家做了好事，这路是昨天铺的卵石，昨天因为下雨，院里的两台车几乎陷在泥里不得出来，这路天晴走没任何问题，一旦下雨，泥巴非常黏稠，因为这里原来是大湖，后来围堤造垸才住人。陈小新一看这里的路，怎么能通车呢？当即问老百姓，哪里有卵石卖，老百姓说："只要有钱，附近就有。"

陈小新当即和村里负责人商量，安排人拖卵石二十车，将路铺好。村负责人高兴地去落实市中级人民法院关于修路的决定。拖卵石的也很给力，一段路很快就铺好了。于是有了老百姓说的，田老死后还做了一件好事。看到市中级人民法院这么多同志来悼念，田老的子女就觉得父亲一生，其为人是大家认可的，因此，孩子们也彻底放下了过往对父亲的责难。

在这里，唐泉县人民法院的陈建海院长也来了，毕竟市中级人民法院这么多人来，他今天也算半个东道主，还客气地要接大家到县城去，大家都谢了。

在老田家的一切活动结束时，已是下午5点钟。回到市里，刘青德爱人说晚上也去步行街，步行街9点钟以前不会关门，仍有很多人逛街。刘青德便联系杨主任问他是否明天早晨到学校，刘青德想搭便车。刘青德把搭便车的事告诉他，杨主任愉快地答应了，准时开车来接。

党校开的这门课——《突发事件应急管理》还是不错的，刘青德觉得工作中还是可以借鉴的，法院案件成千上万，有时也会出现各种异常情况，学习一下别人处理突发事件的经验，对干警在办案过程中应对出现的异常情况很有帮助。刘青德认真细读这本书，特别是书中的案例，很受启发。他认为，这可能是这次学习的最大收获。学习在不知不觉中度过，两个月说长不长，说短不短，但两个月的相处结下的深情厚谊将镌刻在每个学员心里。大家都表示在今后的工作中互相支持。有许多同学找刘青德咨询法律问题，刘青德也都给予了细心解答，尽可能地让同学们满意。

第十二章

刑事执行

刘青德刚刚回到院里，何立祥组长就打来电话："刘庭长，你学习结束了吧？"

刘青德说："结束了，正准备跟你汇报，我待会儿去你办公室。"

有很长时间未到办公室了，于海收拾得还不错，办公室明显整洁多了。昨天晚上，刘青德去看了一下国源小区购买的房子。小孩儿的舅舅和外公想去看看，加上又是星期天。有些住户陆续在装修，为了不让小孩儿知道，刘青德和爱人商量用"180 工程"来代替新购买的房子。岳父看到这毛坯房也十分高兴。房子坐北朝南，房间方方正正，南北通透。想到女儿幸福的一家，岳父心中格外高兴。这里已经住了几户人家，他来到顶层十二楼，宽敞的天台上有人种植了花草和盆景，简直就是一个空中花园。

易浩局长正在给盆景固定枝形，固定好后便将旁边的红枫从塑料袋中往盆中移栽，可能是从别处移植过来的。易浩曾在纪委工作后调任国土局局长，难得在工作之余有这样的雅兴。刘青德的岳父见状很是欣赏，连声说好，直到坐上了回家的车，仍然赞不绝口，不知道他是夸盆景红枫好，还是夸女儿买的房子好，或者兼而有之。

三天前，刘青德告诉李国勇，党校学习即将结束，庭内有什么工作可以做安排。李国勇说：“暂时没什么大事，上班再说。”

今天李国勇又去开会了，在市政府办公楼605会议室参加打击破坏生态环境的会议。刘青德便去了何立祥的办公室。何立祥先是客气地问了下刘青德在党校的学习情况，然后问了党校副校长和教导主任的情况。说实话，有的人就上了两堂课，也无私下接触，并不熟，但估计何立祥都认识，毕竟何立祥在组织部工作过。何立祥说，“快到年底了，工作组的主要工作需要梳理一下。今年帮助修路，到外地追款，审查合同协议，讲解法律知识等等，你先拟一拟，和冯建好好想一想，把做的工作总结好。争取今年成为先进后盾单位，我们做的工作是摆在那里的。”听何立祥这么一说，刘青德真是信心满满，平时主要办案，工作组的事思考不多，还多亏了何组长。

离开何立祥办公室，在走廊上正好碰到徐院长，便打了招呼。徐长胜说：“学习结束了？”

刘青德说：“是的！”

回到办公室不久，李国勇参加完会议回来告诉刘青德、杨金华，今天下午花苑县人民法院有案件来汇报，大家一起参加听听吧。刘青德点点头，便将今年的刑事审判参考中的案例看看，又看了今年最高人民法院、最高人民检察院《关于办理职务犯罪案件认定自首、立功等量刑情节若干问题的意见》，刘青德反复看了几遍，又在重要处用红笔画了线。

花苑县人民法院俞院长因为身体有病，做了手术，需要休息较长时间，俞院长分管的刑事工作由范院长负责，他很尽责。

下午是范院长带康庭长还有童法官来的，他们主要是为了一件职务犯罪到刑二庭来汇报，正好也有一件故意伤害的自诉案，就是证据把握不准。听康庭长汇报案情，事情是谭某（女）与李某（男）有不正当关系，李某的妻子与谭某发生过争吵，说是谭某勾引她男人，两人发生过打斗，两家闹得不可开交。一天傍晚，几个人在一农户家打牌，也有几人围观，由于屋外灯光不明，在打牌的过程中，忽然听到“哎呀”一声，李某的妻子倒下，头上冒出了血，只见旁边黑影一闪，李某的妻子是被一块石头击中，鲜血直流，众人忙问，怎么回事，赶紧送医院，李某的妻子说，要谭某丈夫送她才肯去医院，这样，谭某丈夫就送她去医院，在医院挂号时，交药费都是谭某丈夫出的钱，不过有人证实，李某妻子讲过要谭某丈夫出钱。住院诊治，及时止血，医药费共花了一千多元。在调查取证时，法律工作者找了几个打牌的人，大家都说没有看到，而邻居中有一个老农说是看到了。李某这方找他，他说是谭某丈夫扔的石块，而谭某这方找他，他又说没看到，证据非常矛盾，案件处理上下不了决心，加之是自诉案件，法院去复核证据也没有突破。由于双方是一个村民小组的，周围都是邻里乡亲，不想得罪人，知情人又怕得罪双方，不愿说也不敢说，谭某这个女人很厉害，也有手腕，做证及舆论都朝不利于李某妻子方面转化。现在时过境迁，再取证也无可能，有点儿不好办。范院长说主要是证据存在矛盾，讨论了两次，如果驳回诉讼请求，伤情又确实存在，说是谭某丈夫丢石块又显得证据不足，真为难。李国勇问了一句，汇报完了吗？康庭长说，情况就是这样。

李国勇问杨金华，有什么要问的没有。杨金华就问：“是晚上什么时候？”

“8点钟至9点钟，正是天黑的时候。”范院长回答。

“这几家相距远吗？”

“当时是否有谁家修路修房的车辆经过？”

范院长说：“周围是土路，不靠近公路，没有车辆经过，也没有施工。”

杨金华听后自言自语：“证据还是比较缺乏。”

范院长接过话：“就是呀，请市中级人民法院领导帮我们分析一下。”

李国勇问刘青德：“你的意见呢？”

刘青德回想了一下，几年前曾经办过一件寻衅滋事案，也是黑夜，最后确定主犯，今年办的另外一件抢劫案，持刀人无口供，被害人伤口客观存在，始终只有一人持刀，中途无人替换。

想到这里，刘青德发表了自己的意见：“自诉人李某妻子头部受伤是客观事实，排除了自伤的可能，我们从事情发展的过程看，当屋内打牌的人听到呼喊声后，急忙跑出来，这时李某妻子已受伤，但无人看到是谁干的，是谁扔的石块，李某妻子血流不止，大家要送她去医院时，李某妻子提出如果谭某丈夫不抬，她就不去。”

“站在附近的谭某丈夫便抬李某妻子，也许大家会说，别人这样说了，血流不止，不抬不近人情。但是到了医院要交费时，李某妻子要谭某丈夫交费，谭某丈夫也乖乖地交了费，或许大家会说邻里之间帮助交费说明不了什么，但不要忘了，他们两家是有矛盾的，而且传出的绯闻大家都清楚。在此不是经过多年，这个恩怨是难以解开的。所以，我认为扔石块的就是谭某的丈夫，这毋庸置疑。况且也有证言指向李某妻子受伤时谭某的丈夫在附近，尽管后来证言出现反复，这也是不敢下决心的原因。其实，在农村，这种证言反复的情况也是会有的，这也导致了法院复核证据时出现‘他记不清，没看见’等话语。”

李国勇是同意刘青德的观点的，在刘青德发言时他在思考。刘青德发言后，他说：“伤情住院客观存在，自诉人要被告人抬他就抬，在医院交费就交费，事后也未讨要，两家关系又不是友好，这作何解释？”其实他同意刘青德分析的意见，李国勇这么一说，康庭长仿佛豁然开朗：“原来只想到固定证人老农的证言，当证言出现矛盾时，我们几乎毫无办法，听市中级人民法院几位庭长分析，还真是这么回事。”范院长感激地说：“听君一席话，胜读十年书呀！”

由于讨论这件案件没有花什么时间，范院长说：“还有一件职务犯罪案件，想听听你们的意见。”李国勇一听这是刑二庭的案件，便讲他不想听汇报，范院长接着说：“不是案件本身，就是这件事情究竟怎么看。”

原来，县国土资源局一位副局长因为和妻子离婚后，找了一个对象想买一套房子结婚，找到房产开发商。因为房产开发商摘牌这块土地开发时，找了这位副局长提供过方便，平时因为工作关系接触比较多，这位房产开发商搞房产开发少不了和县国土资源局的人打交道，平时关系尚好。

因为这一层关系，这次购买房子时，房产开发商对他更加优惠一些，公诉机关就按正常销售价给他计算受贿数额，这位副局长心里不服，却又不敢申辩，担心公诉机关不认定自首，并以此拿这说事。讲态度不好，由于这位副局长曾经在一老板处报销过五千多元差旅费，春节时收过五千元红包，这数额已经认定，如果买这套房子少交部分的钱，计算为受贿数额，恐怕工作保不住，这位副局长多次找到法院，反映这个情况，希望实事求是，还愿意按市场价交齐购房款，不要一分钱的优惠。现在就是购买房子少交钱如何认定的问题，如果认定正常优惠，不算受贿数额，判个免予刑事处罚就可以保住工作，如果购买房子少交钱认定受贿数额，那就会保不住工作。

范院长接着说："想听听各位的意见。"

又是杨金华问："是怎么案发的。"

范院长说："这个房产开发商在办证过程中，由于房地产管理局办理产权证的'吃拿卡要'被举报。这样，有关部门找房产开发商核实办证情况，房产开发商就说了这些情况，要说明一下房产开发商被调查前，房地产管理局办理产权证的人被双规后，这个副局长就跟局长汇报买房子优惠的情况，和找人报销差旅费的事。"

李国勇说："刑二庭的业务，他们内审平衡会考虑这些问题的。"意思就是不想发表意见，刘青德也能理解，这是刑二庭分管的业务，如果这事要是传出去，谭丽红听了肯定不舒服。

范院长说："这件案件不算汇报，我们去刑二庭也绝不提这回事。"康庭长朝刘青德一望，意思是范院长说得这么明了，就讲一下吧。

刘青德说："我不作刑二庭的主，这个事我是这么看的，副局长自己买房子，想优惠一点，这是可以理解的，也符合人的心态，一般来讲，由于房产开发商有一些打折活动，付现款促销、一次性付款优惠多少等这些名目。"说到这里，刘青德稍微停顿了一下。

范院长连连说："你讲的确实是这么回事。"

刘青德接着说："房产开发商给普通人购买房子可能打九折或者八点五折，但给这个副局长可能打七折，如果现在按优惠了三折计算受贿数额，对副局长还是不妥当的，显然素不相识的人购买房子都会优惠两折，假如是你自己去买台车辆，标价二十万元，通过找了熟人说了情降价，并优惠一万元，如果因某种原因把这一万元计算为受贿数额，心里能舒服吗？由于人家现在的处境，不好自己说话，我们要客观地看待这件事，坚持实事求是，自己购买房屋居住并非炒房囤房做生意，如果优惠的房价低于成本造价，那就算受贿。所以，在本案中不应算受贿数额，如果要计算数额，也只能计算超出其他人优惠的数额，如果其他人优惠两折，这位副局长优惠三折，计算数额只能算一折，不知道我这个观点大家能否接受。”

范院长一听连声说：“刘庭长，你就真的说到点子上了，我们院里讨论时，邓院长也是这个意思。但是检察机关要认定，也交换过意见，看内审平衡怎样。”

刘青德继续说：“对于这位副局长的自首，这完全是可以认定的，两高法发〔2009〕13号文件明确规定，犯罪分子向所在单位等办案机关以外的单位、组织或者有关负责人员投案的，应当视为自动投案。”范院长还介绍了这位副局长归案后，认罪悔罪态度好，主动交代犯罪事实，还检举了另一位开发商为少交土地出让金而行贿他人的行为，这一立功行为正在核实。

刘青德说：“他如实交代了购买房子的经过，又向局长交代了收受五千元红包的情况，还有立功行为，不能把为自己申辩就不认定为自首，我们法院要秉公执法。”范院长听后连连点头。

李国勇说：“你们还要到刑二庭去，晚上接你们吃饭。”

范院长说：“那不用客气。”

李国勇说这话也是无奈，他比较注重团结，如果在这里讨论刑二庭的案件，传出去真不好说。这也是他始终没有发表意见的原因。

刘青德说完和范院长打招呼后回到了办公室，说句实在话，对有关人员的做法是并不赞同的，那种一旦被告人申辩就不认定自首，或者说认罪态度不好，这在某些案件开庭时，有关人员往往有时把这作为“撒手锏”，被告人往往处在不利的位置上，对他们正当的合法权益，该保护的还是应当保护，只有这样才能做到罚当其罪，心服口服。有利于罪犯改造，重新走入社会。

结束了以后，刘青德清理了一下手头的案件资料，有种久违的感觉，两个月时间没有开庭了。今天上午杨金华又给了两件案件，用她的话说上周就准备给的，只是刘青德还没有回来。见她说话笑嘻嘻的，刘青德问：“女儿还好吧，读大学习惯了没？”

杨金华说：“我没有什么不习惯的，就是我妈，女儿的外婆时常念叨起，因为女儿小时候是外婆带的。”

刘青德说：“你妈的腿骨折应该好了吧？”

杨金华说：“伤筋动骨一百天，真的要这么长时间，现在基本好了。”

刘青德拿了两件案件，拿出一件给于海先看看，当这一切安排好了的时候，谭丽红给李国勇打电话一起陪范院长吃个饭，请刘青德与杨金华也参加。李国勇原本就想接范院长吃饭，但是谭丽红请客了，又是家乡的院长来了，便愉快地答应去，这样喊上刘青德和杨金华，为图方便就餐地点在附近的福鸿餐厅。

下班时，刘青德告诉爱人不在家吃晚饭，妻子说：“早不讲，今天轮休，已经做好了。”刘青德没有多说什么，径直去了餐厅。随后，李国勇也进来了，谭丽红、王涛、徐晓英已在场。谭丽红解释说，喊了徐院长，他因为另有活动参加不了。范院长坐在中间位置，左边依次是谭丽红、康庭长、王涛、徐晓英，右边依次是李国勇、花苑县的童法官、刘青德、杨金华。谭丽红说：“请李庭长陪康庭长喝白酒，除司机外能喝酒的都喝，不能喝的喝饮料。”

李国勇讲晚上有事，白酒就不喝了，喝一瓶啤酒。刘青德喝了白酒，范院长借花献佛，先感谢谭庭长热情招待，后感谢李庭长、谭庭长的指导，很圆满，收获不小，范院长似乎在传达某种信息，说：“职务犯罪案件中有关房子的打折不认定受贿数额，的确符合人之常情。”

刘青德主动敬范院长一杯，范院长大声说，一切尽在不言中。看到范院长这么高兴，知道他在刑二庭的汇报应该很顺利，范院长说：“批复这周能下发吧？”谭丽红朝王涛望了一眼，应该没问题，因为范院长要回去，路上有一个小时的车程，大家吃完饭后就各自回家了。

于海看案件还是挺仔细的，他提了一些问题，刘青德耐心做了解答，不知是这几天言谈中，说内审平衡还是什么的，他总感到纳闷，便问刘青德，什么是内审平衡？刘青德回答说近几年职务犯罪案件增多，一般本市各区县的都是指定异地管辖，情节相同，数额差别不大，往往判决结果相差太大，引起了负面反应，为了保持法院的量刑均衡，对职务犯罪案件基层法院在开庭后提出判决量刑意见，报市中级人民法院平衡后再宣判，这样就避免了在全市范围内职务犯罪案件判决畸轻畸重的现象。于海说：“那不相当于二审吗？”

刘青德说：“在事实没有发生变化又无例外立功情形的情况下，恐怕难以改变一审判决，市中级人民法院也只是给出量刑建议，判刑畸轻检察机关也会抗诉的。”于海也算是明白了，说了一句意味深长的话：“有些知识书本上还真是学不到的。”

刘青德没有接话，有些事靠自己慢慢去领悟吧，不过这个新同志还是挺爱学习的。想到学习，刘青德不禁微微一怔，在书柜里有刘青德在市中级人民法院参加工作后获得的荣誉。一大捆金色的荣誉证书熠熠生辉，无不述说着刘青德做出的成绩，有优秀党员证书、立功证书、嘉奖证书，一块奖牌记录着刻苦学习的历程，这是2005年3月德沅市总工会颁发的德沅市职工百名读书积极分子奖牌。刘青德格外珍惜，用密封透明塑料袋装着，放在书柜的正上方，时时激励自己，永不放弃学习。

执行局的赵勇副局长来到李国勇办公室，商量唐泉县的故意杀人案附带民事的执行，李国勇以前不大了解，这从几次涉诉信访重点人员花名册中认识了他。国庆节前，闹得不可开交，最不好处理的是他每次都带着一个五岁的孩子上访。这个女的丈夫不幸遇害，罪犯已被判处死刑缓期二年执行，她就认为没有判处死刑立即执行，否则她也不会上访。当然，判什么刑不是想怎么判就怎么判，总是要有法律依据，可能被害人存在过错，被告人当然要从轻考虑，可能被告人有自首或立功等情形。近期院里下决心，准备从司法救助款里一次性解决，将附带民事诉讼赔偿款全部给付，她又提出上访误工，花费了许多车费，这些都给她补了，她这才无话可说，要求她签订息访息诉协议，她也答应了。由于司法救助手续复杂得很，有关材料请刑一庭支持一下，这是立案庭要求的。李国勇说，全力支持，需要什么给什么，请唐仁平同志配合。唐仁平原本就是从执行局工作多年轮岗到刑一庭的，当然配合呀。三人在办公室谈了刑事附带民事执行的难处，被告人一般都没有履行能力，更没有可供执行的财产，这都是难办的事，还谈到紫城区人民法院执行局干警个人出问题的事。赵勇说了一会儿话后，请唐仁平准备一下资料就走了。李国勇对赵勇的到来和这件案件信访矛盾的化解，还是很高兴的，终于了却了一件事，但愿签订息访息诉协议后，这个上访人再不纠缠。

周丽云和老师沟通后，小孩儿的成绩赶上来了，由此她体会到，一刻都不能放松对小孩儿的要求，那种不负责任，任由孩子兴趣来，想干啥就干啥是要不得的。她也遇到了一件难缠的案件，当事人三天两头就来，不接待就吵闹，周丽云真是一筹莫展。

李国勇也正在为一件案件发愁，是鲁院长找他的，李国勇虽然没有看案卷，但从起诉书看，罪行就相当严重，李国勇办案是很有原则的，而且对案件判断很准，每件案件到省高级人民法院上诉后都是维持原判。几年前，李国勇担任副庭长时，刘青德有位婶娘，因为外甥开车拖沙压死人，刘青德这位婶娘吓坏了，竟想不开自尽了，这真是祸不单行，外甥还在看守所。在法院开庭审判时，刘青德要婶娘外甥的家人积极进行民事赔偿，取得了当事人的谅解，民事赔偿虽然达成了协议，但一时又筹不齐款项，李国勇建议分期给付，并提出了切实可行的方案。最后判了缓刑，外甥继续拖沙挣钱进行民事赔偿，使这件不幸的事件终于画上了一个圆满的句号。

刘青德对此一直心存感激，常常念念不忘，感念婶娘在刘青德参军时送过二十个鸡蛋，那时农村条件都很差，送二十个鸡蛋已经是很不错了，同时也对李国勇积极帮忙找院领导协调，刘青德都记在心里，万分感谢，这件事也让刘青德在邻居乡亲们面前露了脸。不管怎么说，李国勇准备看完案卷开庭后再给鲁院长说明一下，凡是办理案件的人也难免会遇到希望对案件关照的情形，但是不能突破底线，更不能为了私利踩红线。看到有些昔日的同人身陷囹圄，大家都有种说不出的滋味。正如张院长在一次干警会议上讲的，有些人请客事先也不讲什么事，也不讲什么人参加，到了餐厅后，进也不是退也不是，走也不是留也不是，站也不是坐也不是，只能闷头吃饭不表态，吃完饭后找借口赶紧走。他的一番话，可以说是讲出了大家的心声，引起了共鸣，张院长到德沅市工作后，大家也常常念起他的为人，评价甚高。

李国勇坐在办公桌前，想到今年就剩一个多月了，距春节也不足三个月了，今年所做的工作，一是案件审理；二是队伍管理，包括联带包创；三是公差勤务，这是院里的中心工作；四是车辆安全管理；五是文书资料汇编；

六是执行节日值班等。李国勇想到这些，便在工作记录本上一一记录下来，以免忘记。

民二庭正为一件事闹不愉快，两位法官参加了一场饭局，由于有当事人参加，是县人事局的领导出面请客，吃饭喝酒都进行了，案件的处理结果与当事人的期望值有差距，不高兴了，当事人竟然讨要餐费，县人事局的领导却不认账了，原本是县人事局的领导请客，却是当事人买单，案件处理不如他的意，结果要钱后只好退钱，这俩法官想起这件事就别扭，心里烦恼极了，更难堪的是，院监察室还要处分他俩。李国勇最初听到感到不可信，后来见确有其事，不禁深深沉思起来，院里多次强调，在办案中不和当事人非正常接触，和当事人吃饭肯定是错误的，这一点务必引起高度重视。遵守纪律不能有丝毫松懈。

刘青德是下班后和杨学亮一起走时，才听到这件事的。刘青德听后感到十分惊讶，院里再三要求，和当事人及其代理人要保持距离，张院长和何组长每次开会都要求，为什么总有人违反纪律呢？上次廉洁纪律教育，何组长结合本省法院发生的一些案例，剖析了这些人违法的原因，就是不拘小节，从吃一点、拿一点开始，放松了思想改造，最后走向犯罪深渊。人啊，什么时候都不要有贪心。刘青德与杨学亮边走边讲，杨学亮还告诉刘青德，这件事由何组长处理。其中，有的法官据说有个案件减刑，收了三千元，是民政局的朋友托这位法官，事情可能未办好，钱也退给别人了，这事也很闹心，院里也头疼，正在处理。杨学亮还顺便讲了紫城区人民法院执行局的执行员被“双规”交代后，已转入检察院处理，那肯定会追究刑事责任，刘青德原以为这件贪污案有一定的特殊性。纪委会作变通处理。因为曾经有领导受贿数额很大也未移送检察机关，说是体现政策，这个贪污数额远低于那个数额。刘青德也告诉杨学亮，听公安局的战友讲，他们有个县公安局也有干警出事了，是一个大队长和一名老干警，将公安部网上逃犯，采取伪造刑事案件和法律文书的手段，办理了撤销公安追逃记录，杨学亮听后大吃一惊，还有这事？胆子太大了，那饭碗要保不住了。刘青德说，已经以徇私枉法罪开始立案侦查了，大队长和老干警听说已自首，这是公安部督办的。两人在楼道里分手后才没有再议论这事。刘青德想，今年法院的工作会受到一定影响，大家更加需要努力地工作。

张院长也挺操心的，干任何一件事都不容易，新院址修建迎来了曙光，据说已经封顶了。从楼层来看，似乎不高，比较庄重，但这房屋是仿欧式建筑，从效果图上看是别具一格，非常不错，如果房子修好，法院的新院落比市公安局、市人民检察院的都要好。想到这里，他和徐院长准备沟通一下，对近期几项主要工作做些必要安排。

刘青德将今年的主要支帮工作写了总结式的提纲交给何立祥，何立祥看后很满意。何组长说：“你写的先放我这里，最近庭里的工作很忙吧？”

刘青德说：“还好，倒是有些不愉快的事让何组长操心了。”

何立祥也很直接，没有遮掩，说道：“这些事算不了什么，你听到什么议论？大家怎么看这件事？”刘青德也是直说：“吃顿饭也不敢担责，太不够意思了。”说完之后，刘青德又有些后悔，担心何立祥以为他不愿担责。其实，刘青德指的是请客的县人事局的领导做人不厚道，没担当。显然，何立祥听懂了刘青德的意思，但事已至此，只能依规处理。其实有些人事后也很后悔，在能够说话时不说话，装哑巴，终究会有醒悟的时候，可那时候说什么都晚了。这个县人事局的领导就是这种人，曾有人问起过他，他很后悔，不好意思回答。

昨天晚上，花苑县人民法院的范院长交流了一个业务上的问题后，也问了市中级人民法院这件事，刘青德将听到的有关情况告诉他。他对上次刘青德的发言记忆犹新，关于证据认定，后来再去质问被告人时，谭某的丈夫无话可说。范院长和康庭长也没有多说。要么出一千五百元了结此事，要么拘留十五天，还必须出钱赔偿。这样，谭某的丈夫老实地将钱赔偿到位。后来的职务犯罪案件也是按照刘青德提供的思路处理的，确实那个折扣不能计算为受贿数额。通过这件事，范院长对刘青德更加敬佩了。

刑二庭的一件集资诈骗案审理进入了关键时刻，由于涉案金额大、人数众多，王涛副庭长和徐晓英日夜连轴转。两百多本案卷，每次看案卷都是十本十本地看，很辛苦。这个案件还有特殊的地方，所有办案人员均来自全省各地市公安局、检察院，所有的涉案款物均留在当地，不带走一分钱，连办案的经费都是自己原单位出，这些措施有力地稳定了当地的治安形势，也为无辜的人挽回了部分损失。

研究室王晓鹏来找李国勇，希望他支持一下。这位刑法专业的研究生一直从事刑事审判工作。要不是被提拔重用，也不会离开刑事庭。王晓鹏找李国勇要些文章。李国勇找到周丽云，希望将文章给王晓鹏。周丽云赶紧拿出文稿，问王主任能否用。如果用就发电子稿。王晓鹏看到文章后很高兴，一看标题“目前刑事案件中的疑难问题及对策”，就觉得很有新意，便说会认真拜读。李国勇再问杨金华，她说没有。赵建华的文章还只写了一半。王晓鹏说，请大家支持。赵建华表态一周内交稿，并请王晓鹏修改。王晓鹏见到刘青德，说是来取经的。刘青德说，刚从党校学习回来，还没有文章能用，年底前尽量写一篇办理案件发现问题的体会文章，给基层法院参考。王晓鹏希望早日能够拜读佳作。其实，刘青德平时善于收集资料，对于二审案件中发现的问题，他早想通过某种方式反映出来，以期引起大家的注意，原本想趁召开刑事审判工作会议时讲解，由于今年特别忙，一拖再拖，错失了时机，因而积累的资料还没有用，王晓鹏要文章，正好可以利用这次机会。

待了一会儿，肖健过来通知，明天上午 10 点钟开警示教育会。全体人员除已通知开庭的除外，也要上报名单，另行找时间组织开会。上午的会议是政治部董文军主持的，内容就是何立祥宣读最高人民法院和省高级人民法院有关法官的违纪通报，听后触目惊心，振聋发聩。在法官队伍里也有“害群之马”，这些人遭到了断然处置，纯洁了队伍，给人以警醒。何立祥说，在年底前还将组织一次警示教育，到荆楚监狱开展一次现场说法，让曾经的领导干部以身说法，讲述自己是如何堕落的。

刘青德接到战友电话，邀请他过几天去吃酒，因为战友的小儿子过十五周岁生日。刘青德想如果是别人也许就不会去，但这个战友和刘青德是一个连队，平时家里也不怎么办事，经济条件一般，和其他战友并无联系。刘青德还是向李国勇请了假，提前一个多小时走，吃了午饭再回来。

过了一两周，市中级人民法院联系了荆楚监狱进行现场警示教育，何组长带队，刑事庭的全体同志都参加了，临走时，有个案件当事人来访，唐仁平只好下楼去接访，也许他到刑事庭工作，经常去监狱审理减刑假释案件，也不是太想去，荆楚监狱办了一个警示教育基地，制作了二十多块展牌及一间展览室，上面均是案例图片和案情、贪腐数额，其中也有李国勇熟悉的朋友，还有曾经的同事。参观的展厅里，大家随着监狱干警的讲解缓缓前行，一出门便是一间大会议室，会场中央挂着横幅“德沅市中级人民法院警示教育大会”。大家坐好后，从观众席望去，主席台的左前方，有一个立式话筒，不一会儿，监狱教育科科长手举扩音器，像是发表致辞一样，开始发言，他从拒腐防变、防微杜渐，到一尘不染、一身正气，说了一些振奋人心的话，紧接着开始现身说法环节。

只见两名狱警押着一名罪犯，从侧门缓缓走来，罪犯直接走到话筒前，先做了自我介绍，他原是一名县财政局副局长，参加工作三十多年，利用职务之便，在拨付工程款、工程审计过程中受贿九十余万元，临近退休前，又贪污一笔二十多万元的惠农补贴资金，被依法判处有期徒刑。他倒是讲得诚恳，讲到案发后夜不能寐。入狱后，妻子终日以泪洗面，母亲去世不能尽孝，亲戚原以他为荣，现如今以他为耻，唯一的女儿在婆家也抬不起头做人，回忆往事，他后悔万分，苍老的脸上满是后悔的表情，早知今日，何必当初。

办公室的郭婷婷用照相机不停地拍照，全景的侧面的，为了留下资料，大家都穿着春秋制服戴着法徽，偶尔有几个没有穿制服的，她总是选取不同角度拍摄。看得出来，她是尽可能多拍一些身着制服的照片，办公室每年都编一本相册，既是对一年重大活动资料的保存，也是一年工作的概括。自从添置照相机后，最近几年都是这样做的。制作相册的是王总，他基本负责市中级人民法院文具纸张油墨的供应，服务周到。

罪犯的现身说法很快就结束了，他最后一句说：“争取早日获得新生。”现身说法环节就结束了。不知道是谁，鼓了一下掌，但很快就被人制止，要么是自己觉察到了，反正没有继续鼓掌。这也难怪，平时都是谁讲话完后大家鼓掌欢迎，今天的会议情况特殊，讲话的人是罪犯，这一鼓掌就有些让人莫名其妙了。罪犯在两名狱警的押送下离开了会场。坐在旁边的赵建华嘀咕了一句，起码又可减刑三个月，原来罪犯搞现场说法，在监狱是要加分的，这种加分直接与减刑挂钩，所以职务犯罪罪犯很愿意积极参加这种现身说法。罪犯被押走后，监狱政委发表了讲话，很客气地说，感谢市中级人民法院领导来指导工作，欢迎大家对监狱的工作提出宝贵意见。李国勇心里在想，若不是工作，谁会到这里来。

何组长和政委打了个招呼后就安排大家上车了，回到院机关时车子开不进来，一个上访的老人堵在大门口，看样子有八十岁左右，一问果然是八十来岁。原来，这个老人过去是老师，年轻时曾因犯事被判刑，遣送回原籍劳动，由于区划调整，他所在的居住地现不属于德沅市行政区划，因为案件是20世纪50年代末办的，当时，他所在的老家还在德沅市区划内，所以来这里要求平反实属正当。立案庭的赵晓君说，这个老头现在这么龌龊不堪，可怜兮兮的，年轻时做的也不是人事，侵犯多名女学生，这次他找到过去的女学生写了没有被侵犯的说明，如今，这些当年的女学生有的甚至都做了奶奶外婆，这个老头仍不知廉耻，非要人家写证明，人家能写吗?

李国勇问了一句，他怎么找到的？是否有人从其他途径获得了信息?

赵晓君说：“那这搞不清楚，不过老头这么大年纪了，抓又抓不得，关也关不得，院里已经通知当地政府维稳办和他家里来人，把他弄走。”李国勇点点头。

刘青德和赵晓君打了招呼后正要走，这时冯建过来问刘青德，什么时候再到橘城电厂去。刘青德告诉他，去时一定喊他。刚回到办公室，唐仁平说：“看到那个老头了吧，折腾了一上午，是他的亲戚把他弄到这里，他亲戚不知是跑了还是躲了，真担心这老头死在法院。”

李国勇说：“死了也没啥了不起，前几年不也有当事人在法院去世。”“什么，前几年有人去世？怎么没听人讲过？”“不信，问一下刘青德，他参加处理的。”刘青德说：“是的，有个抽羊癫疯的女当事人，因为别人推板车上坡时失控下滑，滑了一段距离后，结果碰了她一下，在他人看来这根本没有什么，她却漫天要价，最后起诉到法院，法院判决赔了几百元钱，因为没有伤嘛。”

唐仁平问："后来呢，怎么死的？"

刘青德答道："她不服一审判决，上诉到市中级人民法院，那时是蔡淑英接待，案件在审理中，这个当事人有羊癫疯病，她来访时在一楼走廊里经常说的一句话，'别人一个脚指头踢破都赔几万元'，言下之意，她也要获赔上万元才罢休。"

刘青德继续说："一天中午，天气比现在冷，到年底了，中午她在一楼上楼梯处突然死亡。由于没有呼救声，没有听到任何声音，发现时她蜷缩一团，根本没有想到她已死亡，把人吓了一跳。当时院里处理很及时到位，李院长在紫城区当过政法委书记，各乡镇的负责人都熟，院里也成立了处置小组，办公室就是我参加，有法警支队，民事庭负责人，行装科，主要防止媒体炒作，引发舆情。院里也通知公安来人。记得杨金华的丈夫好像也来过，通知公安主要是完善程序，人死在法院，也没有打斗纠缠，完全是因病去世。法院里出了安葬费，乡里来通知家人，将尸体搬走，事情圆满解决，基本上悄无声息，知道的就知道，不知道的也没谁说。"

唐仁平说："怪不得哟，真的没有听谁讲过。"

"哎哟，还有你老唐不知道的事。"

刘青德接着说："这件事处理得好，没有闹出什么动静，主要是当地政府很支持法院工作，做了维稳息访工作，死者家属中也有明白人，人虽然死在法院，死者生前有病的事实客观存在，也没有谁碰到她，自己不幸因病去世，找法院找不上，你不知道，可能是出差外出学习了。"

唐仁平说："那有可能，不过这个老头那是动不得呀，万一挨一下就说不清楚了。"

李国勇说："所以就都不敢动。"

刘青德说："听冯建讲，已经通过市委政法委维稳办通报另一辖区的基层组织来人将他弄走，估计不久就会来人。"

大家各自回到办公室开始办理案件。

杨金华和余艳算是消息灵通人士，他们听说准备修家属宿舍，正准备征求意见，拟定了三种面积的套房，有一百六十平方米的、一百三十平方米的，和少量九十平方米的。根据房屋面积又设计了几种户型并制作平面图，由大家挑选，也请大家推荐本市哪个单位的宿舍好，基建办的同志去参观，争取大家的事大家参与，尽量使大家满意，这也是张院长要求的。余艳说已经看到户型图了，还说这几天会征求大家的意见。她的话引起了大家的共鸣，赵建华说："房子早点儿修就好了。"余艳白了他一眼："你别买得那么早啊，现在后悔了吧。"

赵建华说："姐姐，我不比你，当时修不修还讲不好，我年年租房子也不是办法呀！"

唐仁平说："哪里筹钱呀？买房子那是要真金白银的。"

杨金华说："你把娶媳妇的钱用来买房子，买房子也是娶媳妇。"唐仁平未置可否。

肖健说："老唐庭长不用担心，倒是我们这些刚参加工作的难呀，家里无资助。"肖健家在农村，家里条件一般，如果家里拿大量的钱给他买房子做不到，他还有弟弟在读书，做父母的都要考虑。肖健有自知之明，家里是没有依靠的。

杨金华说："车到山前必有路，有什么好担心的。"唐仁平心里咕哝了一句："饱汉不知饿汉饥，你家的条件谁比得了。"大家说了一会儿便散了。

有时候大家会在走廊上议论一下，既休息也是一种放松，成天坐在办公桌前，简直成了办案机器，法院案多人少的矛盾，质量与效率的矛盾，有时为了调解一件案件需要时间，同时审管办陈晓兰主任那里又要考核指标，真是叫人应接不暇。

于海融入了这个集体，到法院工作算是他梦寐以求的理想。他学的不是法律专业，而且只是普通的本科院校，能够考入市中级人民法院也是不容易的，这也让他父母和亲友都很欣慰。于海学习努力并积极工作，大家都看在眼里。周丽云想到搞党建活动，便对杨金华说："好久没有外出了，这次搞党建活动，到外面去搞。"

杨金华说："我支持，跟李庭长说。"

周丽云说："给你讲，你给我反映上去呀。"

杨金华说："要去就这周去，什么地方你建议一下。"

周丽云说："两个地方，一是洪水枢纽工程，建于20世纪50年代；二是石平山风景区，不过有点儿远，要去两天。看还有无其他地方，我只是建议，其他人也可推荐地方。"

杨金华和李国勇谈工作时，说到了周丽云的想法。说实话，李国勇也有此意，其他庭都到县里有特色的地方搞党建活动，我们刑一庭也要这样做。商量后，先近后远，就到邻近县的一位老革命家的故居和分洪工程大坝去看看。时间就定在周五，有安排接待当事人的尽量错开。

刘玉瑶通知了大家。11月，金灿灿的稻穗在秋风的吹拂下，像一波波的海浪翻滚，人们走在田野上，释放紧张的情绪，让疲惫的身心得到恢复。大家拿出刑一庭党支部的红旗，拉着刑一庭党支部主题党日的活动横幅，拍摄了照片。

因为是在龙阳县境内，事先就告诉了龙阳县人民法院，分管院长敬院长和刑事庭郭庭长早已到分洪工程大坝等待。这座分洪工程大坝修建于20世纪50年代初期，是集中十万民工修建的超大型水利工程，当时没有什么机械设备，全凭肩挑人扛，硬是在大河上筑起了一座大坝，为几个县的县域防洪发挥了巨大的作用。刘玉瑶是第一次看到这么雄伟的工程，过去曾听父亲说过，爷爷参加过这个工程的建设，真是前人栽树，后人乘凉啊。杨金华说不忘前辈，对前辈最好的纪念，就是努力做好自己的工作。

敬院长邀请到县城去吃午饭，李国勇谢绝后，就在附近找了一家农家乐，大家兴高采烈，心情格外舒畅。对敬院长的谦逊和郭庭长的热情，大家非常感谢。让这次活动开展得圆满有意义。吃完饭后。敬院长一再挽留，由于分洪工程大坝距市区较远，而要去县城，反而还要绕走三十公里。李国勇和杨金华再三表达了谢意，大家直接回城区，杨金华似乎还单独和敬院长说了什么事。具体是什么谁也不知道。

大雪过后，天气渐冷，再过几天就到了冬至，天气就更加寒冷了。上午，省高级人民法院来了电话，说最高人民法院核准了省高级人民法院报送的一批死刑案件，其他地州市都有，德沅市肯定有，至于几件讲不好，因为案件的办理也是不同的合议庭在办。

李国勇接到电话后，告诉了刘青德和杨金华。这几天还真不是太忙，一批案件在此前已赶出来，现在只是在写文书，今年案件统计数据已截止，再办的案件算明年的统计数量了。因此，大家是比较轻松的。

两天后，李国勇接到了省高级人民法院刑一庭的通知，有三件案件已核准死刑执行，被执行对象是蔡加新、彭小海、王爱凡。李庭长向徐院长报告了准备执行死刑的情况，徐长胜问什么时候去省高级人民法院拿命令和案卷。李国勇就说："明天就去。"

徐院长说："好，我向张院长汇报一下，到时候再开一个调度会。"一般来讲，法院执行死刑，各部门都是一路绿灯，互相配合，积极支持。李国勇回到办公室，喊刘青德、杨金华商量了一下，先把准备工作做好，由杨金华牵头准备布告。杨金华说："哪几个人？"李国勇说完名字后，杨金华对刘青德说："彭小海的，你写；蔡加新的你将判决书发给我；只有王爱凡的，因黄钢已调到审监一庭，找他要份判决书，没有的话另说。"这样，杨金华就给黄钢打了电话。黄钢说："判决书有电子档，拿 U 盘拷下来。"

杨金华安排于海去拷王爱凡的判决书，并安排他草拟王爱凡的布告。于海还有点儿发蒙，朝刘青德望去。

刘青德说："不要紧，第一次写布告，过去没写过这样的文书，这次你从头到尾搞一遍。"说完将一本收集的刑事资料汇编给于海参考，于海一看，资料很齐全。有市中级人民法院一审刑事案件开庭审理操作规范、开庭审理遇有异常情况时规范用语、执行死刑有关法律文书及注意事项、拟写布告参考样式、死刑复核问话参考样式、验明正身问话参考样式及案件正副卷装卷顺序等。于海一看很感激，这是刘青德当审判员时积累总结的资料，很实用。

于海按照参考样式写布告。故意杀人犯王爱凡，男，汉族，1958 年 11 月 26 日出生，湖南省唐泉县人，初中文化，农民，住唐泉县芦苇场 0403 号。王爱凡与邻居黄艳秀（同案人，已判刑）因有不正当男女关系而欲杀死黄艳秀的丈夫李先望。2008 年 11 月中旬，王爱凡与黄艳秀谋划由王爱凡趁黄艳秀借故去外地看望儿子之机将李先望电死，并灌农药制造李先望自杀的假象。黄艳秀还将自家的一根蓝色尼龙绳交给王爱凡，并告知王爱凡家中农药的存放位置。当月 22 日，黄艳秀借故到外地看望儿子。25 日晚 11 时许，王爱凡携带电线到李先望家，趁他在西侧卧室床上看电视睡着之际，用所携电线接通电源电击李先望的右腋窝处。李先望惊醒后与王爱凡扭打，王爱凡用电线勒，用手掐李先望的脖子，直至李先望不动。而后，王爱凡将李先望拖到地上，往李先望的嘴中灌入单甲脒农药致其死亡，又伪造了李先望自杀的现场后离开。

于海写到这里，便将样式中的结尾直接接上，一份布告就写好了。刘青德告诉他，这份布告俗称小布告，过去一般在县城执行死刑，都要开宣判会。于海接过话，告诉刘青德，小时候到县城，看到过宣判会，很多人，很拥挤。刘青德继续说，一般执行有几个人，但到县城里只念这个被执行死刑罪犯的罪行。所以单独写的，于海想到这个主意很新颖，便说这次执行想随刘青德一起走。一旁办公的张宇接过话说："那太好了，既完成了执行，又学到了实践知识，跟着刘庭长走。"

于海将布告电子文档交给杨金华后，进行统一整理，将三名罪犯的罪行都写了，然后，找来签发稿，杨金华在承办人一栏签上自己的名字，又将签发稿送给李国勇修改，李国勇看得很仔细，有几个字反复修改推敲，直到认为满意后才签名并写上"请徐院长签发"。

杨金华拿着布告稿找徐院长，徐长胜不在办公室，便回来问办公室李书林，徐院长是否在开会。得到否定回答后，她干脆就给徐院长发了信息，问他在院里不？徐长胜直接来了电话，问有什么事。杨金华告知，布告稿请他签发。徐长胜说，马上就回办公室。这样，杨金华就再到办公室给徐长胜签发。徐长胜还叮嘱杨金华，布告清样出来后要仔细校对，千万别像前几年那样出现错字情况。杨金华笑了一下说，她在刑一庭，绝对不会犯这样低级别的错误。

杨金华回到办公室后，将徐院长的签发稿和修改稿对照后，排出了一份清样，只是将执行时间日空着。她打电话联系王总，要他过来一趟，电话里不方便讲内容。

李国勇安排张宇去省高级人民法院拿命令和案卷，张宇说："好久没有去省高级人民法院了，刑一庭在几楼呀？”李国勇也不清楚是否调整了办公室，便说：“我把蔡庭长和内勤的电话号码告诉你，去了和他们联系就是。”张宇用手机录入后存了他俩的电话。

于海问，不需要带什么东西吧？张宇说不需要。上午贺用强来到刘青德办公室坐了一会儿，他从省法警总队来电中知道近几天会有执行任务，但具体执行人数不知道。刘青德告诉他，可能是三人。贺用强说，没关系。

刘青德不由得想起十多年前，他在节假日都会回唐泉县去看望岳父母，而每次在“五一”、国庆、春节回去，那时大部分案件都是省高级人民法院核准，死刑执行都是在节前完成，刘青德也常讲起，这次全市被执行了几个罪大恶极的罪犯，刘青德的三嫂子总是会问：“你们法院执行是不是有指标的？一年是多少人呀？”刘青德听了大笑，告诉三嫂这是没有指标的。三嫂还不信，说各行各业都有任务，银行有揽储任务，药材公司有利润要求，他要保密，不愿讲也可以理解。

刘青德爱人的三嫂子在药材公司上班，发奖金也是根据销售数量和个人业绩发的，刘青德再三说明死刑执行没有数量，三嫂子仍然半信半疑，总是好奇他怎么每次都知道枪毙几个人这么准确呢？殊不知枪毙人后是要贴布告的。再说，死刑执行后就不存在保密的问题了。贺用强听后大笑，觉得普通群众提出这样的问题也好理解，他也在执行中听到别人问他执行死刑，罪犯要花钱买子弹吗？贺用强有时面对乡邻老人提出这样的问题，真是哭笑不得。两人又说了贺用强女儿今后读大学的情况后，就谈到了就业工作的问题，他们都感到现在找工作越来越难了。

上午临近下班前，王总来到了杨金华办公室。面对杨金华的责问，王总连忙解释，上午到市人民检察院去了，给他们退休院领导做的相册很赶急，要确定下来，有照片要替换，耽误时间了，所以来迟了，中午加班。杨金华听他这么一说，心肠软了，说加班不需要，抓紧出清样倒是真的。

张宇和于海到省高级人民法院后很顺利地拿到了卷宗，还有其他地州市的未拿走，德沅市算是来得比较早的，特别检查了最高人民法院院长签发的执行死刑命令，于海第一次见到感到十分惊奇。

张宇一想就这么点事，无非是强调责任罢了，见还有些时间便到原来民事庭的同事老乡那里坐了一会儿，聊了一下法院的情况和人员变化，老乡开玩笑地问，“怎么样？是民事审判好还是刑事审判好？”张宇笑着回答，都忙习惯了就好，现在民事、刑事案件都不好办，缠访的多，省高级人民法院的老乡深有同感，老乡又留张宇三人吃了饭。午饭是在旁边的一家特色餐馆吃的，大家都没有喝酒。张宇吃完，就辞别了老乡，直接回德沅市。

路上，张宇问于海，刚才为何在省高级人民法院要反复看命令和裁定，于海说不明白。张宇便讲道，那是20世纪80年代严打期间，各级法院都挺忙。一次执行前，省高级人民法院便将案卷材料按地区打好捆，市中级人民法院派人去拿来，结果回来一看，省高级人民法院裁定未盖章，连命令也未盖章，有可能是有关人员忙中出错。

于海问那后来怎么解决的。张宇告诉于海必须派人连夜出发，给省高级人民法院打电话，省高级人民法院管理机要盖章的同志，一直等到德沅市中级人民法院将空白文书带去，省高级人民法院刑事庭同志审阅后盖章，派去的人又连夜往回赶，回到德沅市中级人民法院时，已是清晨，那时候的路况差，车辆故障多，单趟都要五六个小时，遇上堵车时间更长。于海听到这话后感到吃惊，深感每项工作都马虎不得。

卷宗和命令拿回的第二天，徐长胜主持召开了死刑执行协调会，参会的有负责法警支队的赵祥文专委及法警支队长，办公室周祖全主任，刑一庭李国勇庭长，刑二庭谭丽红庭长，行装科吴蓉副科长，技术室姚霞主任，立案庭傅林副庭长。行装科原本是陈小新科长来的，因陈小新和谭院长到市财政局要钱，关于基建的资金拨付需要找财政局，事先约好，就没有参加协调会，谭院长还特地给徐院长做了说明，免得误会。徐长胜没有啰唆，直接说开个短会。关于执行，一是确定时间，二是有什么困难。因为命令是昨天拿的，以此推算，最迟在下周二，也就是12月29日要执行。蔡支队长提出，如果这几天下雨雪，执行现场穿梭的工作人员较多，泥土地面会泥泞不堪。赵祥文专委一听，觉得有道理，就说干脆买一点彩条布铺在泥土地面上，这样也卫生些。徐长胜说那就买一些，买多少，幅度多宽，由法警支队落实，行装科负责报销。吴蓉连忙点头，对着蔡支队长说：“你只管将发票开好交给我就行。”

谭丽红说：“那件抢劫案本来应是我们办的，感谢刑一庭上半年帮助我们办了那么多案件，还有几件未核下来，这次死刑复核，我们安排王涛副庭长和徐晓英参加，听李庭长安排。”

李国勇说：“谢谢，有两个人就可以了。”徐长胜问大家还有什么要求。

吴蓉说：“做好后勤保障，保证让大家吃好。”

办公室一是要写新闻报道，二是向市委政法委报告。徐院长强调后，接着又对蔡支队长说：“制定方案时，确定带队院领导时要先征求一下领导本人的意见。”

蔡支队长说：“每次都这样做。”徐长胜连连点头。

回到办公室后，李国勇召开了庭里的会，对庭里的同志做了分工。他本人在刑场协助谭院长，刘青德带队复核王爱凡，杨金华和赵建华去复核蔡加新，刑二庭王涛他们就复核彭小海。李国勇要求下午 3 点钟后安排亲属会见，然后送达最高人民法院裁定，复核完后一定要在 5 点钟以前做好这些工作，不能听看守所“尽量迟一点复核的话”。

散会后就开始准备文书，杨金华通知市人民检察院，三个有执行任务的基层法院由刘青德通知，请基层法院的同志通知罪犯亲属下周一下午会见。

杨金华说：“蔡加新家里恐怕不会来人。”

李国勇说：“来不来是他家里的事，通不通知是我们的事。”散会后，于海不好意思，但还是问了：“刘庭长，今天开会有两个地方听清楚了，但还不明白，是怎么回事？”刘青德说：“哪两个地方不明白？”

“李庭长讲下周二必须执行，为啥不早点复核？”

刘青德笑了笑，反问于海，“你是昨天拿到的卷宗和命令，下周二是最后一天，原因是接到执行死刑的命令后，七日内必须执行。如遇特殊情况中止执行，要及时报告最高人民法院。至于第二种情况，为何要在五点钟以前复核完毕？事情是这样的。过去每次复核，看守所总是找借口说值班干警未到位，接班的干警没来，总是希望在晚饭后再复核，其真实的想法是，一旦罪犯收到最终裁定，生命就进入了倒计时，他们是无所谓了。而看守所干警却时刻保持高度戒备状态，因此，他们希望越迟复核越好。而我们希望早日复核，如果罪犯检举立功，好及时查证，免得晚上不好找人。”

于海听了，恍然大悟，原来是这么回事呀，看来干每一行工作都有窍门，就看站在什么角度，于海认为还有好多知识要学习。

下午王总过来了，他拿来布告的清样稿，刘青德和杨金华都认真看了，又安排于海看了一遍，发现了十多个错别字，便用红笔标出来。

王总问：“时间确定了吗？”杨金华说，“是二十九日，再出清样就可标注时间了。”王总拿走清样后，于海不解地问，“他是哪个印刷厂的？”张宇听后一笑，“他是多功能印刷厂的。”于海知道张宇在开玩笑，便由着他。刘青德接过话，“他也不容易，卖文具或文化方面的事都做，不过印布告这样的厂是要报市保密局审核的，更要有资质，不是谁想印就能印的，光拿到这个证就挺不容易。”于海点点头。

宿舍房子的户型参考图终于挂出来了，当时是挂在办公楼的大厅里，上下班人人都能看到，挂了两天就放到基建办去了。自从马振宽去世后，大家都有种莫名的忌讳，不愿再提他。总的来讲，他的去世好像给大家留下了一层阴影。大家在修建时，也有人提出了建地下车库，终因需要增加成本，而放弃了。从长远角度看，今后家用小汽车只会越来越多，不修建地下车库，一定会后悔的。谭院长当过基层法院的院长，他认为办公区有上百个车位，每户干警一台车，家属区与办公区也只隔一座小桥。这样节约造价也不是没有道理，有的也不一定住在这里。随着新建房子，院里买车的人越来越多。谭院长对自己当初的想法也有点儿后悔，如果坚持一下就好了。类似单位还有市国土资源局，也是这种情况。

杨金华正在给刘玉瑶交代，清理三套执行死刑的文书资料，可以邀于海一起清理，刘玉瑶便喊了于海。于海拿起刘青德刑事执行资料汇编，一样一样地拿，本院提押票，本院给市人民检察院的临场监督通知书，给法警支队交付执行死刑通知书，执行死刑笔录，对死刑罪犯验明正身笔录，给看守所的死刑执行通知书，给罪犯亲属领取骨灰通知书，执行死刑的情况报告，宣判笔录和送达回证多份。刘玉瑶一看提押票，仅有三份连声说不够，于海有点犯迷糊，心想还要备用的。刘玉瑶告诉于海，同案人的执行通知书也要一起送，需要提押票。有两案都有同案人，抢劫案有四个同案人，王爱凡案也有一个同案人，还需要另准备五张提押票，干脆多备几张空白盖章的，注意不要丢失了。刘青德正在填写彭小海案的执行通知书，还缺几份一审判决书，现在看守所送罪犯投入监狱，必须准备起诉书两份，一审判决书四份，二审判决书四份，终审裁定三份，否则，看守所送不掉人，监狱拒收。

正在这时，刑二庭的王涛来找李国勇，说是来“请战”的，李国勇也很客气，感谢谭庭长支持，也感谢王涛。两人聊了几句后。“我们要复核的对象卷宗呢？”王涛问道。李国勇忙对王涛说，“具体和刘青德对接，案件是他办理的。”李国勇便陪王涛来到刘青德办公室。王涛说明来意后，刘青德说，“执行通知书都填好了，刚才执行文书也清了一套。”刘青德喊于海，去内勤肖健那里，将全案案卷拿来，交给王庭长。又当面将最高人民法院裁定和死刑命令交给王涛，王涛一看，卷宗还不少，刘青德忙对于海说：“你帮王庭长搬到办公室后再来。”这样，王涛拿着命令和裁定，还有刚才刘青德填的同案人执行通知书，于海搬着卷宗离开了。

周五上午，王总将布告清样稿带来了。杨金华要刘玉瑶认真看了一遍，又喊张宇看了一遍，没有发现问题。杨金华看了两遍，感觉有个字别扭，又要刘青德看了一遍，也感觉改一下更好。杨金华便找李国勇商量，干脆删掉那个字。

李国勇同意了，便用红笔画掉了那个字。在这份清样稿上签了名，这意味着就照这个清样稿印，错了就不是印刷厂的事了，一般布告也印得不多，几百张或上千张。

刘青德要于海将王爱凡的案卷和命令拿来，将同案人的执行通知书填好后，又检查了一遍，将命令放入大信封袋，并和法院正副卷放在一起，于海把准备的文书又看了一遍。其实，刘青德心里清楚，只要有命令和提押票，执行死刑就不会有法律障碍。

看到这里，刘青德似乎想起了什么，便去问杨金华，给市人民检察院的临场监督通知书送了没有？杨金华说，已通知市人民检察院，待会他们来人拿并抄录命令编号。于海见刘青德已问，便向刘青德说，“我们还用带吗？”刘青德说：“带上为好，记住文书不要嫌多，又没什么重量。”于海就没再说什么。

技术室的华静来到刑一庭，她和于海打了招呼，互相问候。华静便问：“执行案件的命令编号我先抄了，听姚主任说执行时，刑场人蛮多，别忘记了。干脆现在就将命令编号抄好，到时写执行死刑的情况报告需要。”

刘青德问：“是你负责照相吗？”

华静说：“姚主任这么安排的。”

华静又年轻又是女同志，刘青德准备问她不紧张吗，一想算了，便要于海将命令编号给她抄下。

华静问还有一份命令呢？刘青德告诉她，刑二庭王涛那里有一个执行对象，命令在他那里。华静又找刘玉瑶抄了命令编号，便找王涛去了。

这时，唐泉县人民法院刑事庭高庭长来电话问，参加执行的是哪几位领导？他们接到县委政法委的通知了，刘青德告诉他：“可能是自己过去还有张宇，院领导可能是鲁院长或何组长。如还有什么变化，周一确定了再告诉你。”

高庭长说了欢迎之类的话，刘青德从忙碌中闲下来，静静思考，虽说执行每年都搞，也没出什么差错，但可不能大意，他始终保持紧张戒备的心理，对可能出现的异常问题，心中想都要有预案，要有补救措施。

五年前的一次死刑执行，给刘青德留下了难忘的印象。那是在紫城区看守所，当提押完罪犯后，给同案人送完执行通知书后，罗克山和刘青德准备离开时，看守所干警却不将提押票给罗克山，罗克山是第一次遇到这种情况，便告诉刘青德。刘青德问是什么原因。看守所干警接过话说，罪犯现在并没有在监房里。原来，在刚才给罪犯送达二审裁定后，罪犯便留在了羁押室，这间羁押室是审讯室改装的，加装了钢筋护栏，椅子的横杠上有铁锁。刘青德问明情况，便对该干警说，“你凭什么给我提人？是因为我有提押票给你，应该是提押票给你，你才给我提人，我提审完犯人，现将犯人还押于你，你怎么不给我提押票呢？”那干警理直气壮地说，“可犯人并没有到监房里，我监房里有人就无票在，无人就有票在。”

这时，所长和该所检察院的干警也都围过来，刘青德耐心地说："现在罪犯在看守所，至于你们把他放在监房里还是羁押室，这是你们决定的，我将罪犯已经交给你，你当然应该将提押票给我，明天我就不给看守所提押票，而给看守所死刑执行通知书，你们凭这个通知书销号，如果有人问这个人，你们说被市中级人民法院执行死刑了。"干警再也说不出理由，或许是看守所的内部规定。这时，所长将提押票给了他，这样，刘青德和罗克山就回来了。

想到这里，于海便问刘青德："你知道中国是什么时候开始实行死刑的吗？"刘青德说："你知道吗？"于海不知道。刘青德说："我看过资料，中国的死刑历史一般认为是从夏朝开始，在先秦史籍中就已经有了这方面的记载，比如古书说，'昏墨贼杀'，昏、墨都是指官员贪赃枉法，贼是指抢劫和杀害良民，这句话的意思就是犯了这些罪的都应该被杀掉。这就是当时有死刑的证据。"

于海不一会儿告诉刘青德，查了，不错，是这样的。刘青德对于海收集的资料很满意。临近下班时，李国勇问："准备好了吗？另外告诉你，何组长已提出到唐泉县人民法院，原本是去紫城区的，他讲去唐泉县有个事，正好你们一组。"李国勇告诉刘青德。

星期六，李国勇爱人督促他很久没有回去看父母了，趁现在不太冷，去看看公婆，冬天来了，看他们需要什么。李国勇说："要的。干脆一天看完，在花苑县看父母，吃完午饭后，再回来看岳父母，并在家吃晚饭。""你的应酬多，这一天，别人请就推辞掉。"

周末天气不太好，夜里下了一场雨，像是给城市的树木清洗了一遍，空气格外清新，却也夹带一丝寒意。李国勇担心爱人不愿去，便说天气不好。爱人倒是实在，说又没有结冰，反正开车，既然这样说了，李国勇也没有说多余的话，上午早餐后便开车出发了。

杨金华妈妈的身体已经康复了，但由于年纪大，可能有风湿病，特别是受伤的地方，天气一冷，就感觉有些不舒服，杨金华便专门为妈妈买了保暖护膝，妈妈非常喜欢。昨晚女儿来了电话，说科目考试优秀，并讲再过一个月就要放寒假了。杨金华听了十分高兴，想到女儿很快就会回来，心里比蜜还甜。

周一刚上班，王总就打电话给杨金华，“东西放哪里？”杨金华一听就知道指的是布告。便说：“我问李庭长了再告诉你。”李国勇说：“先放到传达室，勿让外人知道。跟值班的门卫特意交代一下，各法院如有人来，先带回去交给刑事庭。”李国勇还有话没说，执行完后听通知再贴布告。

上午9点多钟，刘青德给何组长打电话，要他确定什么时间走。何立祥很干脆说，中午休息一下，下午上班就走。因为怕出差错，刘青德特意给陈小新科长打电话，尽量安排越野车，连司机有五人，陈小新问他怎么有那么多人。刘青德说，增加了于海。

过了一会儿，吴蓉打电话说：“安排行政庭的一号车还满意吗？”

刘青德说：“谢谢支持。”

一般来说，法院只要是执行死刑和防汛抢险，各庭室都是全力支持，人员、车辆优先保障。

下午一上班，张宇给父母带了一些吃的东西，于海将公安卷宗案件捆在一起，刘青德说是用不着，但还是带着，他自己再看了大信封袋里的命令，最高人民法院裁定和提押票及有关文书，他再清理了一遍，确认没有遗漏什么便装入公文包。于海要帮刘青德提包，刘青德谢绝了，告诉他还有事要办。

来到大门旁，刘青德要于海到传达室拿布告，布告已卷成圆筒，上写唐泉县人民法院一百份，张宇说：“恐怕我们是第一个拿的。”

刘青德说：“没错，还有一堆放在那！”毕竟有九个区县人民法院。

刘青德去唐泉县不知有多少次了。但有一次去唐泉县的情景总是让人印象深刻，常常浮现在眼前。那是1995年端午节前，刘青德坐在中巴车上，车上人较多，那时长途短途有客就上。为了揽客，司机也总是吆喝，有座位。前面不远就有人下车，刘青德站在车上，旁边竟然站着一位年轻英俊帅气的军官。刘青德感觉眼前的这位帅小伙仿佛就是曾经的自己，便热情地上前打招呼，进行自我介绍，说自己也是部队刚转业的。这位军官很傲气，便问：“你知道全军有几大系统吗？”刘青德一脸发蒙，不知如何作答。

他接着说：“有陆军、海军、空军，还有二炮。”自称是二炮的。刘青德一听，这不标准，如问几个军种也就好回答，显然，这年轻军官对刘青德自称军人有些不信，他的神色中感觉得出他有几分猜疑，刘青德也未做什么解释，掏出军官证中夹着的工作证，这个工作证是在空军机关院内的通行证。他见到工作证就再也没说什么。他下车时，朝刘青德友好地点点头，刘青德也祝他探家愉快。

车子很快就到了唐泉县城。何组长上车后就打瞌睡，可能是车到了，或许也是休息好了，他的精神很好，问这个执行对象是什么案由，刘青德简单地介绍了案情，并告诉他的家人下午安排会见。

何立祥说："刘庭长你和张宇主持复核，有什么问题再商量。"

刘青德说："有何组长坐镇，不会有问题的。"

下车后，高庭长已下楼迎接，刘青德忙介绍何组长，双方握手后，何组长说要去找他们纪检组组长，业务上由刘青德先处理。

刘青德便问高庭长，通知王爱凡的家人了吗？高庭长说，上午已通知家人，3 点钟见面，可能有他儿媳、妻子，还有他父亲，看能否来。因他儿子在外打工赶不回来，而且专门给看守所打了招呼，给他们见面提供方便。

张宇问："他家里人知道明天执行吗？"

高庭长说："是否知道不清楚，不过他家里应该猜得到，不是元旦前，就是春节前执行。"高庭长请大家到办公室坐一会儿，刘青德便问张宇是否现在就回去看父母？

张宇说："晚上再去，先搞复核。"

刘青德见他这样一说，便对高庭长说："先上去坐一会儿，宾馆订好了吗？"

"订好了兰苑宾馆，是黄建宏订的。"刘青德说："谢谢了，你安排一个人，将布告拿上去。"说完便让于海去喊司机上去休息，把车后门打开拿出布告。高庭长准备自己搬，刘青德忙喊于海抬，两人将布告搬上楼，正好在楼梯处碰到陈建海院长，他打招呼后说去纪检室，与何组长有约。过了一会儿，刘青德的手机响了，是市人民检察院的熊朝斌科长来电，他问什么时候复核，刘青德告诉他，下午 4 点半在看守所见。熊科长还说不见不散。

说了一会儿话后，何立祥打电话问刘青德在哪里，什么时候去复核。刘青德讲 4 点半复核，何立祥讲就下来，这样，刘青德和张宇及于海就下楼去了，高庭长也下楼说一起去，他们自己有车。

何立祥在车上讲了，刚才一件小事，告诉陈院长已处理了，车子从唐泉县人民法院到看守所也就十分钟，车刚进院，见市人民检察院熊科长正在下车。何组长下车后，熊科长忙向何组长问好，因过去他俩在一起工作过多年。刘青德悄声对于海说，一会儿后，少说话，多听和多看。张宇和李教导员打过招呼，刘青德便问李教导员，会见还顺利不？李教导员说："还算顺利，他妻子说他不应该做这蠢事，其实对他在外找女人，他妻子都知道，没办法，吞下这口气。他父亲也来了，七十多岁的老人，看到当时的场景心里不是滋味。因为儿媳还带小孩儿来，怕他戴脚镣手铐让小孩儿看到不好，我还特意说明，要他配合，给他用马甲盖住了手上的铐子，他很感谢。王爱凡一再叮嘱儿媳妇照顾好婆婆和爷爷奶奶，遵纪守法。和儿子好好把家庭搞好。"

可能是王爱凡有预感，知道自己没有几天时间了，因为他儿子在外打工，他提出用媳妇的手机打个电话，李教导员同意，在拨通电话后，李教导员拿着手机放在他的耳边，让他和儿子通了几分钟的话，他说："儿子不要冲动，好好照顾妈和爷爷奶奶，别吵架，把家里搞好。"

李教导员做这些介绍时，何组长和熊科长都在听。李教导员见人到齐了，便问："现在开始吗？"

刘青德说："现在开始，我把提押手续给你，提人。"说完，便从公文包里拿出提押票，交给李教导员，干警随即到监房提人。王爱凡被提出来后，到一间加装有铁护栏的羁押室，刘青德和张宇坐在椅子上，于海做记录，见记录有些不便，张宇就没有坐了，这样于海就很端正地做着记录。

刘青德首先问，罪犯叫什么名字，基本情况，然后又问犯了什么罪？哪级法院做的判决？结果是什么？是否上诉？二审裁定是什么？还有什么话要说？刘青德问完这些后，于海很快记录完毕。毕竟上午刘青德单独给他讲了一遍记录注意事项，主要考虑培养新人，再说人多出洋相那多不好。随后要让王爱凡在宣判笔录、复核笔录及送达回证上签字。

刘青德接着说："最高人民法院已下达核准以故意杀人罪判处被告人王爱

凡死刑，剥夺政治权利终身的刑事裁定。”刘青德接着宣读了最高人民法院裁定中的本院认为及结论部分。也就一两分钟念完。刘青德还说，有什么话和什么事情需要交代家里人的，写出来交给看守所干警。当这一切做完后，刘青德将一份裁定书交给熊科长。他说没事就先走了，并问明天早晨什么时候验明正身。刘青德说，正常上班，8 点钟开始。

熊科长专门和何组长打了招呼后，县人民检察院的同志就接走他了。刘青德把同案人执行通知书交给李教导员，并给同案人送去了最高人民法院的裁定书。为了节约时间，李教导员要干警带刘青德和于海直接去监房送。

他们在监房送完裁定书出来后，李教导员说："幸亏还有女毒贩，否则他只能关到市看守所去了。"

刘青德说："明早见。"高庭长说："直接到餐馆去吧。"

刘青德问了何组长，何组长同意。

路上，刘青德向李国勇报告了复核情况，说是一切正常。晚餐很丰盛，就餐在一个十多人的大包厢进行，陈建海院长和纪检组组长，分管院长和高庭长，黄建宏还有行装室主任参加。晚餐，陈建海提议喝点酒，压压惊，于海不喝，何立祥喝得少。刘青德对于海说，"你只管看好公文包。"张宇因要回家，没有多喝，但大家都很尽兴。陈建海多次给何立祥敬酒，对何组长爱护法院干警的善意表示衷心的感谢。从他们言谈中得知，唐泉县人民法院一法庭干警态度粗暴，引起当事人不满。举报信说，干警打人，要求严惩，何立祥就是来核实这一情况的。陈建海专门找法庭庭长核实了，真实情况是言语比较粗暴，但绝无打人的情况。何立祥大度地说："这事由你们院里王组长处理，我这里到此为止。教育干警下次注意一下，再做好一下当事人的工作。"王组长说，准备带上干警专门找当事人当面赔礼道歉，诚恳地做自我批评。

晚上，陈院长问行装室主任，宾馆都安排好了吧？得到肯定的回答后，陈建海问何立祥晚上是否搞点儿活动。何立祥表达了谢意，称明早就不再见面了，大家在宾馆吃完早餐就直接到县看守所。陈建海再次对何立祥表示感谢。然后交代高庭长到看守所，直到人被押走后，再回院里开审委会。

到宾馆后，司机送张宇回家去一下。刘青德对张宇说，快去快回，还是住宾馆，免得早晨耽误大家时间。刚才喝了一点儿酒，刘青德要于海赶紧烧一壶热水然后倒掉，又将两瓶矿泉水打开烧水喝。

早晨6点多钟，刘青德洗漱完毕后，将电视频道调到《朝闻天下》。音量调到最小。不一会儿，于海也洗漱完毕，刘青德又叮嘱了一些注意事项，于海非常感谢，认为不虚此行，跟刘庭长学了不少知识和技巧，通过刘青德言传身教，于海耳濡目染，也逐渐养成了细心的习惯。

何立祥也起得早，早上7点钟刚过，就问大家起床没。刘青德说都搞好了。何立祥说，“那我们到餐厅吃饭。”高庭长这时也到了楼下，他准备接何组长到外面去吃，何立祥婉拒了，说不浪费，就一起在宾馆吃。这里有米粉、面条、包子、稀饭、鸡蛋，大家各取所需，司机下来时，张宇还在洗漱，不过，大家很快到餐厅吃了包子、稀饭，动作很迅速。

早餐后，大家来到看守所时，市人民检察院熊科长已到，安排的法警已经到了，刘青德看了一下车，发现交警的开道车还未到，便说联系一下。高庭长打电话问交警大队队长，说是车出发了，马上到。刘青德问了一下法警大队长，见他正为车辆贴顺序号，总共几台车。大队长说共有六台，公安一台（含交警开道车），法院押罪犯车一台，还备有一台越野车，市中级人民法院和市人民检察院各一台。一号车是开道车，二号车是指挥车，三号车是押送车，四号车是市中级人民法院的车，五号车是市人民检察院的车，备用车放在最后。这时，交警的车已来，停在门口正调头，刘青德给何组长说：“开始吧。”何立祥点点头。

刘青德和张宇带着于海，两名法警在法警大队长的带领下，拿着一根麻索紧随其后，熊科长已到羁押王爱凡的羁押室门口。刘青德身着制服很威严地说：“你叫什么名字？家住哪里？犯了什么罪？”王爱凡一一回答后。刘青德继续说：“我们已经接到了最高人民法院关于对你执行死刑的命令，决定今天上午执行，你有无书信需要转交家里？”

王爱凡告诉刘青德，遗书已转给干警，刘青德转身对法警大队长说：“上绑吧。”原来，于海以为验明正身很复杂，没想到时间不长，法警大队长要王爱凡跪下，解开手铐，法警将麻绳从背后绕脖子一周，然后将手反捆，再用扳手拧开螺丝卸下脚镣。当卸下脚镣时，刘青德离开羁押室，值班干警将他写的遗书交给刘青德，张宇拿过去，浏览了一下又给刘青德，刘青德示意于海先收起来。不一会儿，法警大队长和四名法警押送王爱凡上了押送车，开道车响起一阵警报声，车辆按照先后顺序直奔刑场。

车上，刘青德便告知李国勇，车队已出发。李国勇讲，他们也快要到了，并说早晨发生的一件趣事，回来后让杨金华告诉刘青德。刘青德对于海说，这死刑程序已进行到一多半，最后只有枪响了才算完成任务，有道是“行百里者半九十”。于海很认可。

刘青德说：“做这项工作必须考虑周全，不要怕麻烦，如公安交警开道，备用车，都必须是从万一出现堵车、押送车辆故障抛锚等最坏处考虑布置工作。”

张宇说：“宁可备而不用，不可预先不备，特别是开道车，在这路上堵车时，交警讲的话比法警管用。”何立祥笑了笑，认可这一观点。

车队一路警报声大作，沿途车辆让行，这路程平时要一个半小时才到，现在一小时就来到了刑场附近，这个刑场建在一座山坡上，占地十亩，平时作为法警训练基地使用。车队从刑场门口缓缓进入，里面有警车出来，看来已经有执行的了。从车里往外看到王涛，知道是彭小海已执行。车辆缓缓上坡，停在一排矮房子前。两名法警站在门口，在“无关人员不要进入执行区”的提示下，何立祥和刘青德、张宇，还有于海，下车朝门里走去，罪犯早已被法警迅速押进刑场，刘青德和市人民检察院熊科长一行进入执行区后，门被迅速关上。谭院长和蔡支队长还有李国勇站在旁边，密切注视现场情况。

此时，罪犯已跪在彩条布上，因下雨泥泞踩踏人多早已泥糊狼藉。华静正在给罪犯照相。于海第一次看见这阵势，心里不免有些紧张。刘青德便叮嘱他记住开枪时间，开了几枪，到时要入案卷的死刑执行情况报告，是要上报最高人民法院的。

在执行队长童宁飞的现场指导下，罪犯于 9 点 42 分死亡。三名罪犯已执行完毕，何组长和谭院长同李国勇打了招呼后就走了，张宇在枪响后就出门坐车，何立祥上车后，司机就沿回来的路开去，唐泉县人民法院的警车早已在返回的路上。于海问他们什么时候结束，刘青德讲，那还要等一段时间，还有尸体火化。不过，法警支队已和殡仪馆联系，两台炉子烧。后面呢，就由法警支队通知家属领取骨灰通知书和寄存证，凭寄存证到殡仪馆领取骨灰。在过去未实行火化时，执行后就通知家属安排不超过四人收尸，不许办追悼会。于海感到很惊讶，还敢办追悼会。

经过这次死刑执行，于海见证了刘青德的细致和识广，他从内心佩服这位在刑事战线工作的老同志，感觉他知道很多，从这次执行来看，从他身上真学到了不少东西。

回到市中级人民法院时，刘青德见到杨金华，刚才在刑场，有人已讲了一下，早晨在市中级人民法院发现小偷的事。刘青德饶有兴趣地问："今天早晨又是啥事？"

杨金华兴高采烈地回答："早晨7点半我来到法院，看到法警们已吃完早餐，在大门口转悠，我等刘玉瑶，过了十多分钟，忽然听到楼上监察室的覃芳兰大喊，'抓小偷，快关大门'，她这一喊整个院子都听到了，只见楼梯间下来一人装着打电话的样子，急匆匆地往外走，不是走，说是跑更确切些，我赶紧要法警将此人拦下，这时，大门也推到关闭的位置，这家伙可能做梦都没想到，一下来了这么多威风凛凛的警察，吓得不知所措。我马上打拨110电话报警，警察把这家伙带走了。"

据监察室覃主任讲，她来到办公室，将手包随手放到沙发椅子上，她去洗拖布拖地，恰在这空隙，不知道这人是窥视还是巧合一闪身就进了屋，覃芳兰拿拖把进来见有人翻她包，便问怎么回事，那家伙说找人。说完便朝外走去。覃芳兰说找人也不能翻包呀！那人又不在包里。这时，覃芳兰反应过来，要那家伙站住，那家伙转身就跑，没想到落入法网。"今后，刑二庭又会多一件案子，判刑了假如他上诉的话。"杨金华这样补了一句。

刘青德开了一句玩笑："那你这算见义勇为，抓获小偷，要立功呢。"

杨金华说："功就不立了，覃姐的东西不丢就算万幸了。"

回到办公室，于海将文书材料给刘青德，刘青德拿出王爱凡的遗书仔细看了一下，像是写给爸爸妈妈和妻子的，也给妻子留了遗言。

下面就实录一些王爱凡的片言只语，以警示人们。

亲爱的爸爸妈妈，翠兰！对不起。

我这个罪人就要走了，明天将奔赴刑场，从此阴阳两隔了，我对生命也有着无比的渴望，但我犯了国法，就必须受到制裁，这是法律的严肃性，任何人不可以更改。你们二老我还有未尽的孝道，对妻子还有未尽的责任。但我已无法挽回什么了，只能求你们原谅，原谅我这个不孝的儿子和不称职的丈夫，真的很后悔，为什么会那样糊涂，做出了如此丧尽天良的错事，以致弄到今天这个下场，实属罪有应得，罪该万死。我现在不奢望什么，只希望你们能平平安安，把王军管教好，不要让他走上犯罪的道路，别的，就没有什么要求了，你们多多保重。王爱凡绝笔。

翠兰。我明天就要走了，永不回返，你自己好好保重，彻彻底底地忘了我才可以新生，不然会永远生活在痛苦的阴影中。

王爱凡

人之将死，其言也哀，王爱凡的字字句句，情之深、悔之切。可惜一切都晚了。想到现在，又何必当初呢！刘青德看完信后，对于海说："王军是他儿子，你将这封信复印一下留存，原件给法警支队，他们来领骨灰寄存证时，一起给他家人。"

于海拿去复印了。杨金华说："中午吃饭呀，听吴蓉副科长说安排得很好。"

刘青德说："好不好先不说？他们安排了，不去吃就会浪费，吃饭去压压惊，陪于海，今天他可是得到了锻炼。"

杨金华说："刘玉瑶还有点儿不适应，不过比上次好多了。"

于海回来后，刘青德问他的感觉，于海坦率地说："心里不舒服，讲不出那味道。"

刘青德说："这是一种煎熬，今天指挥队长你见到了，童宁飞，他过去是防空导弹部队转业的，工作非常负责。枪手是舒龙，他是从新疆武警部队转业的。童队长去年执行一次押解任务时，处置了一起重要险情，还立了功。”

于海一听，是什么险情，刘青德告诉他，“去年审判一起特大毒品案，主犯自知难逃一死，在押送开庭途中，口咬舌头，企图自杀，被警惕性极高的童队长发现，他当即采取紧急措施，有效地阻止了这起自杀事件的发生。当时，童队长的车是排在第一辆先走，事发后，整个车队都停下了，幸亏发现得早处置及时，未酿成事故。否则，市中级人民法院就会出名。”于海笑了笑。

刘青德继续说：“童队长工作认真，他们法警有时为了开庭安全节约时间，庭后给被告人准备盒饭，却不用筷子，而是用软塑料勺子，防止被告人自残或危害他人。有时开庭要进行新闻报道，电视台拍摄法警押送场面，这就要根据被告人的身高合理安排执勤警察，如两人押解，基本要挑一样个子的警察执庭。所以今后你独立办案时，一定要把握好节奏，如开不完庭，就及时休庭，要给法警留出押送来去的时间，否则过了开饭时间，食堂就没有午饭了。如果选择继续开庭，中午休息一小时吃饭，就得准备盒饭。”于海点点头，内心对法警充满敬意，由衷地感叹：“搞哪一项工作都不容易呀！”

中午饭安排在福鸿餐厅，安排了四桌，原来是准备给基层法院来的法警也安排了的，而他们早就走了。这样，刑一庭、刑二庭和技术室的同志都可以去吃，只是有的没参加执行，不好意思去吃。刘青德再三喊肖健，他才跟着走。唐仁平也去吃了。

李国勇说：“没办法，到哪里都要吃饭。”

总之，刑一庭的骨干都去了，刑二庭也是这种情况。法警几乎都喝了点酒，执行死刑，压压惊，大家互相这么劝道。

下午，一般执行者就休息。所以喝酒的人比较放松。刘青德也倒了半杯酒，向贺用强和法警们表示感谢，并将于海再做了介绍。说实话，虽然大家都在院里工作，平时就各自在办公室，直接交流不多。这次聚餐，加深了彼此的熟悉程度，增进了友谊。

之后，刘青德美美地睡了一觉。

第十三章

春节团拜

时间过得真快，新的一年就要到了。上午李国勇开了院务会，张院长在会上专门强调了安全，张院长讲的安全，不单纯指人身安全，还有其他方面的，尤其是办案中要有保护意识，和当事人不要私自接触，确保廉政底线不破。同时，要增强法律意识，不要以为自己在法院工作就什么都懂。

张红江讲到他在纪委工作时，有个基层法院院长被举报，纪委找院长谈话，院长交代了受贿三十多万元。纪委最后问这个院长有什么想法，这个院长说，回去好好地召开民主生活会，狠狠地做自我批评。这个院长的一番话，令纪委的同志笑掉大牙。张红江说话很含蓄，当然，大家也听得明白，张红江还强调了行管工作中出现的问题，有的人迟到、早退，希望各庭室都认真抓好本单位的作风纪律，并特意要求行政科安排人按照划定的责任区，彻底把环境卫生和室内卫生搞一下，以崭新的面貌迎接2010年。

李国勇散会后回到庭里，见大家都在，便说开个庭务会，有几件事强调一下。李国勇不愧从事刑事审判多年，办事从不拖泥带水，讲究效率，不做重复工作，他完整地传达了院务会的开会内容，没有发挥，又讲了庭里应该抓紧办的几件事。其中，一是各承办人已开庭的案件，尽快结案。今年真正能做事的时间满打满算就是这一个月，虽然案件统计数已截止，但分给大家的案件必须认真办好。二是做好案件的接访息诉工作，一定不要激化矛盾，春节快到了，维护社会稳定是第一要务。三是做好人大代表对案件的质询，市里“两会”即将召开，要做好解答工作。四是有些党课记录和一些该填的资料都要填好，不要临时抱佛脚，一通知检查，手忙脚乱。五是将办公室整理一下，来一次大扫除。李国勇讲完后，又问刘青德、杨金华有什么要说的没有，再问大家还有没有要说的，见大家都没有要说的，就散会。

刚散会，肖健就接到政治部组织干部科王玉玲科长的电话，要他去拿明年的考评日志。同时，将今年的考评日志，收齐后交给政治部，肖健到政治部拿来 2010 年的考评日志，发给大家后，就对大家说，旧的收了要检查。唐仁平说还检查干什么，一年就这样完了。行装科划了卫生责任区，刑一庭的是家属院 2 号楼前的空坪，李国勇安排肖健、刘玉瑶和于海，还有周丽云负责，竹扫把放在一楼大厅里的杂物间，因为慢了一步，好扫把被其他庭室拿走了，剩下的是很钝的竹扫把。周丽云便和吴蓉联系，问还有无扫把。她说到技术室的卫生室后面废仓库里找找看。周丽云自己去了，在门后角落里一找，还有一把。于海不知区域，其他两人也不是太清楚。周丽云曾在行装科工作过一段时间，划分区域她是一清二楚。

有些先搞完的庭室已将扫把拿回，还有未搞的庭室也正在搞。经过这么一打扫，整个大院确实整洁多了。李国勇也没闲着，他用塑料桶提了半桶水，将门和书柜仔细擦了一遍，将桌子上的书和资料、上级通知和发的材料集中清理了一下，把文件盒摆得整整齐齐，没用的资料也打了捆。这时，于海正好上楼，他喊于海将无用的资料撕碎，再告诉院里聘请的保洁员将这些碎纸拿走，还有旧书、报纸，给搞卫生的保洁员卖给废品回收站。

于海见李国勇去搞卫生，撕完纸后，便主动帮助擦窗户玻璃。李国勇要于海小心点儿，杨金华看到李国勇搞卫生，自己也开始搞办公室的卫生了。刘青德下午上班就清理办公桌，他将平时收到的信件上的邮票剪在一个塑料盒里，粗略一看有几十张。当然也有同事收的信件上的邮票，刘青德也索要过。他又把每个抽屉的物品拿出来，擦干净晾干后，又铺了一层报纸。再将资料放入，多余的丢在一边。他边清理边看，用了不少时间，他又抓紧时间擦门。

张宇说："那我来擦窗户。"

刘青德说："简单搞一下，别站上去，摔倒了可不得了。"

于海搞完了李国勇办公室的卫生，又想在这边搞一下卫生，因为卫生快搞完了，刘青德就告诉他，把自己桌子上的书整理一下，放在书柜里。刘青德将不常用的书集中竖放，空出了半格，让他装书。原本给他用了一格，经过这一整理，办公室的确整洁了不少。现在，大家办公都有了一种舒心的感觉。搞了一天的卫生，人也累了，时间也快到下班的时候了，大家也没心思看书办案，有一种等待下班的念头。

刘青德问张宇，这次元旦三天假准备去哪里，张宇讲，外地有高中同学来家乡，如果这样，就陪同学好好玩一玩；不来，就去看看岳父母。前两天看了自家父母，再过一个多月，春节就到了，肯定回去，中途说不定还有出差的机会回去。所以元旦节，同学来了陪同学，同学不来，陪岳父母，灵活得很。

刘青德又问于海。他说："回家看望父母、奶奶和爷爷，哪里也不去。"

刘青德把自己元旦节假日的安排告诉大家，他说："到唐泉县去看岳父和岳母，特别是小孩儿放假了，外公外婆很喜欢孩子，爱人还是国庆节回去的。"这么一讲，刘青德就想到了值班。刘青德记得那时还叫经济庭，元旦节轮到经济庭值班，刘青德也排上了班，他请陶承奎庭长代班，陶庭长痛快地答应了，刘青德对陶庭长的帮助很感谢，刚上班没几个月，刘青德请老同志替班，老同志竟然没推辞，刘青德至今记在心里。

杨金华问刘玉瑶元旦节准备到哪过，刘玉瑶不好意思地说："准备和男朋友到韶山去玩一下，再买两件衣服。"杨金华说："那好，这个时候应该人不多，不像夏天，学生放假了，去的人多，这次虽然放假，但外地的学生肯定不会来，相比人少一些，预祝你玩得愉快。"

杨金华自己说到假期的安排："陪父母，到姨妈那里去看望一下，好长时间没去了，小时候姨妈带过我。"

唐仁平看来晚上有活动，说是老部队的几个战友聚一下。"哎呀，又要喝酒，心里烦。"唐仁平自言自语。

刘青德补了一句，少喝两口。赵建华正打电话，告诉今晚下班就回去。李国勇说：“赵建华，你有事就先走吧，还有半小时就下班了。”

其实，有的庭室已陆续有人走，元旦正好周五，然后是周六周日，连续三天就感觉像好长一段时间一样。

这时，翟书礼打来电话，问刘青德是否回唐泉县，他正好送领导过来办事，吃完饭后要回唐泉县，如果回去就来接。刘青德表示感谢，并告知自己要回唐泉县。刘青德马上就给爱人打电话，问晚上回去好不好？爱人一听有便车，感叹道，那太方便了。她赶忙清理衣服，督促小孩儿快点做作业。晚餐就简单下面条吃，还美其名曰，担心刘青德会长胖，将就着吃点儿东西。

翟书礼原在福建当兵。那年，正值征兵季，翟书礼正在田里帮助家里收割稻谷，接到通知，体检、政审都合格，后来他到了舅舅所在的部队，团长又是老乡，翟书礼文化不高，考军校不行，就学了驾驶技术，后来转为志愿兵。转业安置时，他被安排到县水利局。

李国勇晚上参加了宴请，是市人民检察院调到广东省人民检察院的徐高海回德沅市了。公诉科的熊科长请客，都是刑事战线的，有公安局的袁局长，刑侦队的赵队长，禁毒支队的龚支队长，其余的都是市人民检察院的，徐高海喝着家乡酒，说着家乡话，见到老朋友，心情格外好，颇有几分“酒逢知己千杯少”的豪情。

徐高海这次回来，是打算接父母到广州过春节，趁父母身体还好，走动走动。因此，这次回来，也就几天，还请了两天假，徐高海还开玩笑说，今年春节在院里值班。

李国勇不想多喝酒，因明天还准备和爱人回家去看父母，他便友好客气地做了说明，不喝白酒后，他自己提出再喝一瓶啤酒，大家才不劝他喝白酒了。

晚上 7 点多钟，战友翟书礼就来接刘青德一家了，战友是送他单位的一位副局长到市局来联系工作的，具体联系什么工作，刘青德也没问，只是搭个顺风车。副局长很客气，问刘青德晕车不。如果晕车，就坐前面，刘青德说都不晕车。晚上，车不多，战友开车很认真，一个多小时就到了县城，想到过去没有修桥，汽车要过两道河，等轮渡时，真是干着急，这桥一修方便多了，又节约时间。

战友送副局长到县里时，副局长特意叮嘱，一定要把刘青德一家送到信用联社。战友知道刘青德的岳父母家在哪里，便把车一直开到信用联社的大门口。这时小孩儿的外公正在传达室与人聊天，也是等着接外甥的，见到刘青德一家三口下车，岳父顺便还给了战友一盒香烟，以示谢意。翟书礼不好意思推辞着，刘青德说这是老人的一点心意，翟书礼才收起了烟，并说了声谢谢，便开车回家去了。

小孩儿随外公进屋，上二楼后，外公喊了声，来客了，小孩儿的外婆连忙出来，看到小孩儿后，高兴地说："哎呀，小孩儿又长高了。"

小孩儿连忙喊："外婆、外婆，我想您了！"外婆听到外甥的声音高兴得合不拢嘴。担心晚上没吃饱饭，便说有饭，也有煮熟的红枣稀饭，这些都是刘青德喜欢吃的。俗话说："丈母娘看女婿，越看越欢喜。"刘青德不打牌，平时就看书，不掺和别人家的事，也不惹是生非，这一点很受岳父母的喜欢。刘青德的爱人问小孩儿吃不吃？小孩儿说不吃。刘青德说吃一碗吧！刘青德便盛了一碗自己吃。

孩子到外婆家格外兴奋，话自然多，儿子主动向外婆汇报期中考试成绩，外婆听到外甥数学考了100分，语文98分，连声夸奖："不错，不错"。又叮嘱道，赶紧去洗澡，再睡觉。小孩儿似乎精神很好，但还是去洗澡了。岳父母身体还好，只是岳母视力有点儿差，坐下讲了一会儿话。岳父母关心地问起刘青德的工作，刘青德只是说，还好。本周到唐泉县搞执行，看到过节要来，就没有来看你们，岳父母不仅不生气，反而很赞成刘青德的做法，俩老人异口同声地说，就是要以工作为重。岳母说："不来看，我们不会怪你，但不搞好工作，就要说你啦！"

元旦节，县城里的农贸市场很繁荣，活鱼活鸡活鸭应有尽有。岳父有点儿眩晕，岳母担心，就要刘青德陪岳父去菜场买只鸭子，还有鱼。这是刘青德第二次陪岳父到菜市场了。第一次是十年前，岳父抱着两岁多的外甥买菜，一些老主顾客气地讲菜新鲜，并要送一些给岳父，岳父硬是要他们过秤付款，否则，就坚决不收下。有个卖鱼的老主顾，看到小孩儿，忙用塑料袋舀了半袋子水，挑了几条小活鲫鱼，送给岳父给小外甥玩。岳父高兴地收下这份情谊。十年前逛菜市场的情形，历历在目，仿佛就在眼前。一转眼，孩子都长大上了初中，刘青德情不自禁地感叹，光阴荏苒，时间过得真快呀！

刘青德陪岳父买完菜后回家，孩子已经吃过早餐，正在做作业。刘青德对爸妈说，出去到街上走走。县城不大，老街道比较窄。新华书店这条街称为群众街，有电影院和几处游戏室，其余都是门面，来往的人多，流动摊贩不少，还有卖各种小吃的，刘青德先到新华书店看了一下，书店没进什么新书，好像有一间门面被租出去搞其他生意，仅留有门牌的这一间，里面的空间还是很大。

刘青德出来后又往前走了几步路，看到一辆平板车上摊开了三合板，放置了许多杂志和书，有些是过期的，有一元一本的，也有两元一本的，还有打八折的书。刘青德聚精会神地翻看，只要与军事有关的，或纪实类杂志，刘青德都挑选后放在一边。他看到了一本《中国古代办案百例》，刘青德简单翻了一下，感觉书中的案例能够启迪自己的思维，对办理刑事案件很有帮助，便毫不犹豫地将其装入塑料袋。刘青德买下了一些书，老板为做成这笔不错的生意而格外高兴，因为，此前难得有人一下子买这么多书。

回到家，刘青德慢慢地看这些纪实类杂志和书了，孩子也很自觉，认认真真地做作业，基本上将假期的作业全部做完了。爱人在陪岳母说话，聊的都是亲戚之间的事。岳母十分注意保健，她有一台小收音机，里面讲养生的内容，她几乎都记得，说给女儿听，有时也嘱咐刘青德要注意，什么东西少吃，什么食品尽量不吃。

假期只有三天，但却过得很愉快。孩子的舅舅、舅妈都来吃饭，大家欢聚一堂，畅谈今年的打算。岳父母非常开心，看到儿女们都回家了，做事劳累也甘心。走的时候，到长途汽车站还有一段路，孩子多年坐人力三轮车习惯了，便喊了两辆人力车，孩子和外公外婆道别后，便坐上人力车赶往汽车站。

上班后，李国勇感到有些疲倦，感慨说，这三天比上班还累。可不是，前天晚上喝酒，回家后还是喝酒，回来时爱人开车，还擦刮了别人车一下，处理小事故，又耽误了时间。昨天又喝酒，也真是推脱不掉，没有办法。赵建华原本是计划昨天赶回来的，因太晚了，他爱人就要他今天开车回单位上班，路上有车出了交通事故，发生了堵车，估计要迟到一会儿，赵建华便向李国勇电话请假。开始，李国勇还以为是他出了事故，吓了一跳。最后一听是堵车，便连忙说，不急，不要紧，别赶时间。赵建华听到李国勇一席暖心的话，心里也暖乎乎的。

刚接完赵建华的电话，李书林副主任又来了电话。是关于年终总结的，好像年前的死刑执行没有写上，李国勇一听，十多天前，要各庭室交全年工作总结，大家凑在一起，讲了一年所做的主要工作，还推选了先进庭室。当时写总结时，死刑并没有执行。评选先进单位嘛！杨金华非要推选自己刑一庭不可，说是要对自己的工作感到满意，自己都对自己的工作无信心，那还干什么工作！这样，就推选了刑一庭、刑二庭、民三庭等五个庭，推选了行装科、法警支队、研究室等五个服务科室为先进单位，而庭里年终总结，被要求交上去时，死刑还没有执行，李国勇要肖健写上一段话，给他看一下再补交给李书林。

院里今年制作了邮政贺年卡，每个干警发了十张，另给庭室五十张，李国勇安排赵建华给监狱刑罚执行科等联系比较多的干警各寄一张。李国勇把写明信片贺卡的事交给赵建华，主要是赵建华的字刚劲有力，字体漂亮。周丽云收到贺年卡后，给几个外省的同学邮寄了，还嫌不够，问还有没有？李国勇说，庭室有五十张，用不了那么多，这样又给了周丽云十张，刘青德在纸上写了几下，嫌笔写的字太细，便问谁有无粗点儿的笔！余艳说，上次不知谁给她一支签字笔，一直放在那里没用，便给刘青德试试看。一写就觉得太好了！刘青德用它给部队的战友寄了几张贺年卡，也不够，就找李国勇拿了几张。

李国勇趁此机会，找刘青德和杨金华商量全庭吃年饭的事。李国勇的意思是，别搞得太晚，越往后事越多，人不容易邀集，而李国勇希望这次一人不落，包括家属。刘青德认为，这是要作为一件重要的事落实的，宜早不宜晚，便决定在本周六或周日，请大家分别和家属联系一下，最后定具体日子，唐仁平说，随便都行。

周丽云的丈夫在公安工作，杨金华的丈夫亦在龙阳县公安工作，他们打电话后，都讲周六有安排，看周日如何，因为公安临时警务保障多，所以，不能最终决定，有些身不由己。对此，李国勇也能够理解，希望都能来，但万一来不了，大家也不会有意见，时间就定在周日中午，之所以早点儿预订，还有一个考虑，就是越往后越不容易预订到餐厅，毕竟有三桌。杨金华负责联系，找了三四家，终于在一家餐厅找了一个大包厢，可以开四桌，是用屏风隔断的，但对方可以预留，必须定下来，交点订金。现在订餐的人较多，杨金华说，明天过来交订金，看看地方。

杨金华给李国勇汇报了联系情况，李国勇担心那几天的天气，如果下雨、下雪，就很不方便。不过，这也不是李国勇能左右得了的。

晚上，闻香市人民法院的艾洪林庭长来电话，问明天是否在家，有件案件来汇报一下，顺便给同志们带点儿土特产。李国勇谦让地说没必要，不用客气。如果是研究案件，可以探讨一下。这个时期，上下级法院的关系还是很融洽的。

第二天上班，李国勇告诉了刘青德和杨金华，上午闻香市人民法院来人汇报案件。杨金华说，他们倒是会抢时间，幸亏是这几天来，再过几天，基层法院就找不到人了，到了腊月二十，就只有三三两两的人在法院，过了小年，几乎全放假。刘青德说了一句："你是从基层法院来的，最有发言权，两区人民法院还算好点，毕竟在城区，是在领导的眼皮底下，来不得虚假，到了过小年，还是难得找到人。"刘玉瑶还在犹豫不决，她今年究竟到哪里过年，还没有决定下来，男朋友希望去男方家过年，而父母则希望自己在老家过年。

男朋友家在外省，去年因特殊原因没有回家，父母只有他这一个儿子，本来在外地参加工作，就违背了大人的心愿，今年再不回家，良心上都会受到谴责。而刘玉瑶的父母也认为，谈了朋友，去未来的婆家看看也在情理之中。虽然也十分希望女儿留在老家过年，但这毕竟涉及婚姻大事，由她自己决定。余艳前段时间和丈夫吵架，关系一度紧张，现在缓和了，春节到余艳父母家过，在乡下也好，懒得费劲做饭。

杨金华到餐厅，看了现场，很宽敞，觉得正合适。

上午，闻香市人民法院艾庭长一行来得早，应该是上班就出发，一个多小时就到了，案件就听了一下，主要是罪名方面，担心被告人上诉了，改罪名，算是比较简单。

布置完后，杨金华便要刘玉瑶打一张名单，干警名字后面是家属的名字，免得吃饭时喊错，将孩子的名字也打上，这样就是一家一家的，杨金华还开玩笑说：“小刘，你男朋友的名字别忘了打上。”刘玉瑶笑了笑：“他也来不了。”

晚上，喊人吃饭的人多了，常常听到“今晚有安排，改日”之类的话。进入腊月，年味就浓起来了，更何况是腊月十五，杨金华再一次强调后天要吃饭，并且希望大家早一点过去。她还买了一些瓜子、点心之类，没吃早餐的也不会饿到。

张宇说：“睡到自然醒，醒来就去吃饭。”

杨金华说：“别忘了带夫人，刘庭长，别忘了带夫人、孩子。”

刘青德说了一句：“你可要带丈夫和女儿来呀！”杨金华说：“那是必须的。”

工会罗主席和梅副主任开始慰问老干部及其家属，他们决定先到今年去世的马振宽书记和田务盛老庭长的家属那里，因为罗主席与马振宽是老乡，他去世时也只有五十岁，英年早逝，见到家属，不想说这件事，但又回避不了这件事，不是因为马振宽的去世，罗主席是不会到他家里来的，他们每年老乡在酒店里聚会。马振宽的家属非常感谢组织的关怀。后来，罗主席和梅副主任一起去慰问田务盛的家属。田务盛属于七十多岁的人，家属心里都能接受。家属再三感谢市中级人民法院党组的关心，祝愿市中级人民法院的工作越来越好。

李国勇心里有件事一直放心不下，就是去不去看看田务盛老庭长的家属，按说院里已经去慰问了，可以不用再去了，但李国勇一直忘不了他刚来时，田务盛老庭长对他们这些年轻人的关心，他又是刑事庭的老人，他决定打电话给谭丽红庭长说一下。谭丽红一听，可以呀，田老庭长的家属就住在院子里，看望一下。讲起来谭丽红和田老庭长相处的时间还长些，老同志一丝不苟的工作作风让他们永远铭记在心。

谭丽红决定带些水果，下午上班就去。打完电话，李国勇像是卸下了一块石头。下午，谭丽红和王涛，李国勇喊上杨金华，一起邀着向家属院走，刑二庭的司机搬着一箱苹果，走在前面，田务盛的家属对几位庭长的到来既感到惊讶又感到欣慰，热情地招呼大家坐下。大家简单地说了几句，表示庭里在年底了还有很多事，就告辞了，田务盛的家属很感动，坚持从四楼送谭丽红一行下楼，杨金华再三劝阻，她仍坚持，只好搀扶着一起下楼。

谭丽红和李国勇站在一楼楼道口，和田务盛家属告辞后，回到了办公楼。

谭丽红问："听说你们庭里周日吃年饭。"

李国勇答："一年要聚一次，时间过得真快，去年聚会时的情景好像就在昨天。"

谭丽红说："是的，太快了，感觉没几天就过年了。"

"你们什么时候吃年饭？"李庭长问。

"本周日中午。"谭丽红回答后问："你们接家属了吗？"

李国勇答："接了家属，小孩儿。"说完这些，各人各自回到办公室。

周日的年饭大家吃得挺开心，除了杨金华的丈夫、刘玉瑶的男朋友、李国勇和唐仁平的儿子没来外，其他人家属小孩儿都来了。于海第一次参加这样的活动，今年又刚参加了工作，参加这样温馨的活动也格外高兴。杨金华的女儿唱了两首歌，那音色和旋律都表现出极高的音乐素养和水平，真不愧是音乐学院的学生，专业的就是专业的。这不禁让人想起了徐梦华，她在大学也是学音乐的，最后却是一名法官，她的改行也付出了比常人更多的努力。李国勇的儿子没有来，开始大家讲，未成家的子女都参加，希望大家都将家属带来。杨金华解释道，丈夫作为公安局局长，春节期间各项警务保障任务很多，的确是忙。为此，郭局长还特地给李国勇打电话"请假"，李国勇表示理解。

在这欢快的气氛里，唐仁平回忆起那个保卫边疆战斗前的春节，那也是他永生难忘的大事，想到今天的和平幸福生活，是无数先烈用鲜血给我们创造的，他的言语给愉快的大家带来凝重的气氛，刘青德忙接过话头，"我在部队时，春节里都替战士值班，让战士们看春节文艺晚会，那时，没找对象，身在他乡为异客，思乡之情就涌上心头，也有深深的思乡之情。”刘青德的爱人笑着兴致勃勃地插话，“没有看出你有思乡之情呀！”刘青德也不忌讳，那时候，一些女青年不愿唱《十五的月亮》，认为两地分居，再说转业时重新分配工作，单位是好是差还讲不好，当时，有些女青年是很现实的。

大家边吃边聊，李国勇邀了刘青德、杨金华，三个人每桌都敬酒，先给徐院长敬，他家属没有来，因为他家属是交通局副局长，去县里慰问一位牺牲同志的家属去了，李国勇说，感谢徐院长对刑一庭工作的支持，祝愿在座的各位身体健康，工作顺利，家庭幸福。

徐长胜事很多，有几个司法学校同学约好在一起聚聚，他想到昨天中午参加了刑二庭的团拜会，今天不参加刑一庭的不好说话，联想到行政庭还有一次，他真希望安排在晚上，这样，时间就充裕些。

徐院长也给大家敬了酒，祝福刑一庭的同志及其家属。这些成绩的取得，是院党组的正确领导，也离不开刑一庭全体同志的共同努力，祝愿刑一庭明年的工作取得更大的成绩，在今年的基础上，再进一步。2010 年要召开全市刑事工作会议，新院址基建工作将初具规模，为明年 5 月搬迁做好扎实工作。2010 年的总体工作，将会在下周的院长会议上做较详细的讨论，可以说 2010 年是充满希望的一年，也将是成果丰硕的一年，但这些成果也离不开刑一庭全体同志的努力，正如一首歌词唱的“幸福的生活，靠劳动创造”，让我们共同努力，迎接美好的明天。

徐院长话音一落，餐厅里掌声雷动，以示感激。徐长胜讲话后，大家都已经吃得差不多了。周丽云的丈夫巴不得早点儿走，他是和别人调换班来的，公安工作的确比较繁忙，尤其是节假日，这一点，没在公安工作的人不了解。

年饭结束后，李国勇叮嘱了大家，喝酒了就不要开车。由于步行来的较多，有些稍远一点儿的也没开车，周丽云的丈夫原本就要值班的，便提出远的可以帮助送一下。李国勇先问了徐院长，徐长胜讲待会儿有人来接，估计还有活动。问赵建华是怎么来的，他很坦率，没开车，让车子也放假过个年，休息一下，他的讲话引发一阵爽朗的笑声。周丽云的宝贝女儿说，这个伯伯真有趣，汽车还放假。

大家散后，各自回家。徐长胜没说话，其实晚上还有一场年饭，是办公室吃年饭，张院长还要参加，作为常务副院长的徐长胜，肯定要参加，办公室主要服务对象就是这几位院长，是院里的中枢机构，周祖全主任也快要下去当院长了。但徐长胜这几天太累，实际上想回去休息一下。

回家后，刘青德感觉刚才喝了一点酒，稍有点多，口渴得很，喝了一大杯茶，倒下便睡。刘青德的爱人正收拾家里，东西太多，扔又舍不得，留着地方又显得狭小，便将小孩儿用的除课本以外的东西，不常用的，装在一个纸箱里，剩下的再用塑料袋装，还有一些东西，问小孩儿有没有用处，没有就丢了。这么一整理，家里倒也整洁了许多。刘青德一觉睡醒，到了6点多钟，爱人做好了饭，比较简单，因为中午吃得多，晚上也吃不了多少。

刘青德见天气较冷，就将电炉挡位调大一档，温度很快就上来了。刘青德感到很温暖，这时想到今年会有哪些战友回家探亲，便打电话给北京的战友赵元清，他说有几个战友都准备回家，说不定都已回家，还有其他部队的战友回来。这么看，今年回家的战友还不少，刘青德准备请他们吃一餐饭，略表心意。请客的事就过几天再说，太晚了不容易约齐，太早又没有回来。

这几天温度下降很快，当然，也到了该冷的时候了。唐仁平一直在南方部队服役，守卫边防十多年，那个地方就是春天潮湿，冬天很好过，想到一同入伍的战友，有的长眠在烈士陵园，活着的人，没有任何理由不做好工作。他常常教育孩子，是他这个年龄的时候，被选为师党代会代表，那是一份荣誉，也一直激励着他永葆军人的本色。

上班后，雪下得很大，给车辆行人出行带来了极大不便，住在院内的不用说，没什么障碍，可住在院外的就有些麻烦。杨金华开车技术不是太好，原本是不开车出来的，因为天气实在是太冷了，又这么远，她是抱着用走路的速度开车，车子给她御寒的心态，经过激烈的思想斗争才决定开车的，一路上也是小心翼翼。不料，在离法院一公里的一座天桥处，由于车多雪滑，还是在踩刹车时，车刮到了别人的车，要是平时，车也就刹住了，谁知雪大路滑，虽采取了措施，也没有办法阻止剐蹭的发生。这一刻，杨金华又后悔了，悔不该开车，要是走路就好了。

杨金华和被剐蹭车主正在协商。这时，李国勇的车正好路过，看到这一幕，李国勇将车停在路旁边，帮助处理，还好，被剐蹭车主还好说话，讲好给三百元就算了，杨金华就给了三百元作为赔偿。杨金华处理完后，如释重负。今天有相当多的人都迟到了，上午行装科通知各庭室安排2—3人去扫雪，刘青德未等李国勇说，就讲算他一个，还有赵建华和于海，这次是院里安排的大车，市里各机关单位都行动起来了，先扫门前雪，社区也要求商店扫干净门前雪。

赵建华坐在车上，刘青德和于海望着窗外，车缓缓地行驶，有的地方已扫干净，在主要街道上，有的雪已集中成堆，工程车在铲雪，环卫处的垃圾车在拖雪，市中级人民法院的一段路，正有人在铲雪，其实这已经不是普通的雪，由于几天来低温，雪下后已结冰，所以，单纯铲雪还挺不容易，恐怕行装科也不会想到，雪还这么难铲，大家下车后用铁锹铲，由于这段路不是主要道路，晚上走的车不多，下雪时没有车走或者说车过得少，这样，结冰就硬，大家一点点铲，人多力量大，很快就开辟了一段路，这段路也是市中级人民法院的责任区，由于市中级人民法院没有拖雪的车，相隔不远就堆成堆，经过一两个小时的劳动，扫雪的工作完成了，大家回到院里继续手中的工作。

刘青德三人回到办公室，李国勇过来说："辛苦了，好好休息。"

赵建华说："辛苦倒不辛苦，有劲儿使不上，这雪不好铲，结冰了。"

刘青德回到办公室，张宇不知是到哪里去了，这样，就和于海聊了会儿天。后政治部通知于海填什么表，他走后，刘青德就看看书，他拿出在元旦节买的一本古代办案百例书，看到"易产息讼"颇有启发。该案例说的是宋真宗时的宰相张齐贤，当时与皇族有姻亲关系的人之间，发生了分财不均的争执，双方当事人相互告状，后来甚至直接进宫，到皇帝面前去说理，案件拖延十余天不能做出判决。宰相张齐贤曰："是非台府所能决也，臣请自治之。"意思是说这件事御史台和开封府是解决不了的，请求皇帝让张齐贤亲自处理。宋真宗批准了他的请求。张齐贤把双方当事人召进宰相府，对他们说："你们是否都认为自己分的东西少，对方分的东西多呢？"双方同声回答说:“是的。”张齐贤要他们在供词笔录上签字画押，然后派遣两名官员督促他们搬家，命令甲方搬进乙方的住宅，乙方搬进甲方的住宅，而财产器物原地不动，不准带走，财产文契则相互交换。这样一来，双方当事人就不再相互告状了。第二天，张齐贤把处理争执的情况上报皇帝，皇帝高兴地说:“我知道，只有你才能处理好这起案件。”

刘青德看完后，很佩服古人的智慧。距今一千多年前，就有人用这种方法平分息诉，现在民事庭审判案件面临财产分割，特别是兄弟分家，妯娌从中掺和，往往引发矛盾，这种方法在现实中是很有实用价值的，刘青德又耐心地看了几个案例，都很不错，他一直看到下班。

这一天，李书林已将春节值班表发到各庭室。收到值班表的执行局负责人心里有些情绪，去年春节是执行局值班，今年又是初一值班，是根据什么来安排值班表的，李书林解释了一会儿，好像也没有让执行局负责人满意，但显然比开始时的态度缓和了许多。李书林又将三年来，尤其是春节值班表都从文件盒里拿出来，给负责人一一解释，首先值班表是根据政治部的人事统计顺序编排，其次是按照值班假期顺序编排，再有春节是院里按照所有人数除以假期时间，再根据每个庭室实有人数，按照四舍五入计算出每个庭室值班时间，再由各庭室自行安排人员值班。这绝对不是故意要挑执行局值班，听了这么一解释，知道原委后的执行局负责人气也消了许多。

李书林了解负责人是比较大度的，肯定也是执行局个别人发牢骚引起了他的共鸣。负责人看到这样，便很客气地说了，刚才比较冲动，也是心里烦，请李书林别往心里去。

李书林见状，还真感谢杨学亮，是杨学亮任办公室副主任时留下了宝贵资料，让事实说话。这次要不是拿出这几年的值班表，还真是茶壶里的饺子倒不出，有理也说不清。由此，他也认识到收集和保存资料的重要性。

李书林原在荆楚区人民法院任办公室主任，调到市中级人民法院后也是从事办公室工作，是继杨学亮后从事办公室工作最长的，他的爱人也从事这项工作，在电信部门，真是夫妻比翼齐飞。

李书林收到春节值班表后，将它交给了杨金华，要她安排一下，杨金华便来找刘青德商量，怎么安排才能让大家没意见，刑一庭是值班十四小时，庭里有十一人。

刘青德说：“我如果不去唐泉县，就我值班，最多再安排一人。为了安排好春节值班，我们首先将几个不值班的，像刘玉瑶、于海除外，赵建华因为今年搬了新房子，不给他空房了，到时还要他请客。”

这样一讲，杨金华朝刘青德望了一眼，心里充满了敬意，说实话，刚才杨金华还没有想这么多，正为如何安排发愁。每个人一个小时多一点，怎么安排呢？听刘青德这么一讲，张宇说，他可以值几个小时。

刘青德说：“张宇一个人值六个小时，如果我不回唐泉县去，剩下的时间我值班。现在还不好定，主要是因为爱人在银行上班，现在不知是她上前几天，还是后几天。”

唐仁平这时走过来，听说春节值班，嘟囔了几句，怎么没人值他可以值一会儿。听说是正月初三以后，唐仁平便说今年春节他不外出，可以值班。

李国勇接到通知，本周五召开2009年年终总结大会，意味着这一年的工作就要画上句号。自从将执行死刑的情况上报给李书林后，就忘了这事儿。每年都要总结，但情况有所不同。今年全体班子成员都坐在主席台上，包括审委会专职委员。张院长的讲话，专门谈了今年主要工作：一是坚持以审判为中心，发挥审判职能作用，服务经济建设大局。二是坚持质效相统一，严打刑事犯罪，各项工作争先创优。由于年终工作总结和表彰名单每个庭室都发了一份，发到庭长那里。李国勇不时翻一下，像“百案听审”、帮扶企业、涉诉维稳，这些工作，刑一庭都做得不错，今年还专门协助刑二庭办了近三个月的涉财犯罪案件。的确，大家都很辛苦。李庭长想到庭里还有一名青年人未入党，支部要好好培养，争取明年加入党组织，业务方面，刘青德多带一下，党的知识方面，杨金华多关注一下。或许今年会有青年入党积极分子培训班，一定要让于海参加。

赵建华、周丽云上进心强，一定向党组织推荐，争取让他俩早日走上中层岗位。肖健有几年了，应该帮他争取任命助审员。余艳家里困难，平时请假多一些，尽量照顾吧。张宇比较大度，竞聘上岗他若报名，将大力支持，李国勇正在遐思，忽然被一阵掌声打断思路。原来，张院长的年终总结报告做完了，与会人员报以热烈掌声。

接着，是宣布获奖名单环节。政治部董文军从最高级别的开始宣读，办公室获得最高人民法院颁发的“信息报送先进单位”，黄钢获得最高人民法院颁布的“综治先进个人”，还有几人获得省里颁发的“先进个人”，立案庭被省综治办评为“先进单位”，周丽云的论文被市法学会评为“优秀论文二等奖”，刘玉瑶被德沅日报社评为“优秀通讯员”。李国勇边听边翻发下来的表彰通报，感慨时间过得真快，去年的表彰会也是在这里召开，感觉年难留，时易损，明年的表彰会恐怕还要在这里召开。

轮到上台领奖环节，今天上班时，李国勇原本是要杨金华上台领奖，杨金华很直接地拒绝了，说其他工作都愿意配合，李庭长出差了也可以考虑，但这领奖的事李庭长在会场，还是李庭长领合适，不然别人怎么看她呢？李国勇笑了笑，不置可否。现在轮到李国勇上台领奖，获奖单位总共有十人，站成两排，双手捧着奖牌。办公室郭婷婷拿着照相机在不停地咔嚓，数码相机就是好，照片可存储在电脑里。

徐长胜颁奖完毕后，发表了总结性讲话，对张院长代表院党组做的年终总结，给予了高度评价。对获奖的单位和同志表示衷心的祝贺。最后问了各位还有没有什么想说的后，大家表示没有什么要说的，于是，便宣布散会。

散会后，于海帮助李国勇拿奖牌，大家陆陆续续往各自的办公室走。还没到办公室，有个当事人说找张宇法官，张宇一惊，这个时候还有上访的人吗？是谁呢？也许是刚会议结束时涌出的人群似乎在告诉人们，散会了。

这时，负责接访的赵晓君给张宇打电话。张宇来到接待室，原来是上半年办的故意杀人案的受害人家属，因为民事赔偿一直没有执行到位，媳妇带着孙子跑了，家里俩老人生活相当困难，说执行吧，罪犯已经判处了死刑，没钱执行，说不执行吧，哪能说得出口。张宇认真地给他讲了很多道理，老人还算懂道理，没有胡搅蛮缠，只是请政府考虑。张宇看后也很难受，问他怎么来的，他说搭中巴客车来的，张宇便拿出一百元送给老人做车费，让他回家，还告诉他，对他的困难会考虑的。

望着老人离去的背影，思绪万千，他来到李国勇办公室，询问了老人的情况。李国勇沉思了一会儿说，这种刑事附带民事案件，只有走司法救助的路，没有其他办法。张宇没有讲给老人送钱做车费的事。

徐梦华来到院办公室，她当面对李书林说："你的总结写得太好了，很全面，很务实，能否把电子文档拷给我学习一下？"

李书林谦虚地说："是大家共同讨论修改的，主要是周主任总体框架把握得好，大家工作做得好，才能有这么好的效果。"

徐梦华拿着U盘，经内外网转换了一下，将年终总结的电子文档拷给她。今天有好几个人说年终总结写得好，李书林不禁对着电脑又看了一遍，自我感觉确实还行。

下午，刘青德接到战友喻春杰的电话，战友杜龙国的岳父去世了，已经安放在殡仪馆，刘青德和喻春杰说了一会儿话，问了他岳父的年纪，什么原因去世，喻春杰就其知道的都讲给了刘青德听。这么一说，刘青德了解到老人得了病，又上了岁数，身体机能下降，家里原本是想让老人熬到春节后看怎样。今天凌晨4点多钟，老人不料突然呼吸困难，可能是昨天到走廊上溜达了一会儿，温差变化大，适应不了。由于在医院去世没留下什么遗憾，家里也做了思想准备，现在殡仪馆是一条龙服务。喻春杰说："我不和你多说了，还要通知其他战友。"

刘青德放下电话，回忆在部队的青春岁月，他和杜龙国原本不认识，虽说两人是老乡，但两人是在不同的连队。刘青德所在连属于发信台，而杜龙国所在的连属于收信台，发信台与收信台相隔很远的距离，以免互相干扰。刘青德的部队是通信部队，成天和电缆、天线打交道。喻春杰属于维护连，负责通信电缆日常维护及抢修工作，通信电缆发生故障，线路中断，都是维护连抢修。特别辛苦的是铺设电缆，300对的音频电缆有成年人手腕粗，先要挖一米深的沟，然后将电缆埋设进沟，再在电缆上铺设细砂细土进行保护，防止石块刮伤电缆漏气，发生故障，最后在细沙细土上面填土夯实。通信电缆的施工日常维护工作很累，尤其是冬天抢修故障电缆，由于北方到冬天土都是冻着的，像石块一样坚硬。要抢修电缆必须挖开冻土，有时先用喷灯将土烧热解冻，然后快速挖开冻土，排除故障，因此要求故障点要找准，否则白吃亏。

刘青德与杜龙国的相识应该从司令部说起，杜龙国当通信参谋，刘青德是器材参谋。杜龙国负责他所在部队的通信器材保障，需要日常生活用品找刘青德领。后来新的三大条令颁发，司令部参谋要分批集训。刘青德和杜龙国分在一起，度过了难忘的时光。1994 年转业后，刘青德被安排到市中级人民法院，杜龙国一时竟还不知分到哪儿，倍感焦急。刘青德安慰他，不急，找谁联系的继续问，最后了解到他被分配到市人民检察院。工作中，两人曾有一段时间的交集，工作上联系也多，刘青德到刑事庭工作后，杜龙国作为公诉人经常出庭在一起开庭。只是这几年他轮岗到老干部科、控申科工作，接触才少一些。

刘青德决定晚上去，邀战友廖照华一起，便打电话给廖照华，廖照华正好接完喻春杰的电话，正想邀谁一起去合适。刘青德之所以邀廖照华，因为他和杜龙国在上军校时是一个区队，真的是同学习，同休息，同吃一锅饭，同举一杆旗。两人说好吃完晚饭后，7 点半去悼念，和战友说说话。

放下电话后，肖健走过来，说又来了几件一审案件。刘青德说，市人民检察院真会算时间，便告诉肖健，将案件先拿过来。刘青德看了几件案件的起诉书，有两件走私毒品和三件故意杀人的案件。他看到大家手上都还有案件，便自己和张宇、周丽云、杨金华、李国勇各办一件，将一件走私毒品案件分给李国勇，自己拿了一件故意杀人案件去办。

晚上吃饭后，刘青德跟爱人说了要和战友廖照华去悼念杜龙国岳父。说曹操，曹操到。果然是廖照华来电。廖照华说，他早早地吃了饭，已走到法院大门口。刘青德赶紧出去迎接他，两人会面后，刘青德准备打出租车。廖照华说，时间还早，刚吃完晚饭，走一走吧，算是散步。两人朝着殡仪馆的方向走去，一路上，他们讲到军校生活，这种生活结下的友谊要超过普通大学生。刘青德深有同感。说着说着，刘青德不禁想起三个月前到街道办事处去调查案件的情形。街道主任是部队战士退伍后招干的，得知刘青德来自空司，便问是否认识刘政委，刘青德便说，和他是同学，在一旁的街道书记忙问:“你和刘政委是同学?”有些不相信，心想初中、高中自己和刘政委都是同班，没见过刘青德。刘青德知道他误会了，不解释一下不行，便说:“我和他是军校同学。”书记见状“啊”的一声，算是解除了心中的疑惑，刘青德笑着问:“军校同学算不算同学?”书记连连说:“算同学，我和他是初高中同学。”

书记一见刘青德与刘政委是军校同学，便很热情地说:“上次回来我们一起吃过饭，下次他回来我做东，请你一起参加。”刘青德愉快地答应了。想到这儿，大家往往说同学，就是初高中、大学同学，军校同学不常被人提起。两人边走边聊，谈到了有的战友的小孩儿也考上了军校，有的参军退伍后进了烟厂，工作稳定收入高。因为廖照华是电信的人力资源部部长，找他帮忙解决工作的战友很多，他都尽力帮忙，就像刘青德，只要战友们找他咨询法律问题，他总是尽其所能解答，自己不会的请教行家，绝不耽误别人。

两人来到殡仪馆后，叩了三个头，上了人情。跟杜龙国及其家属说了些安慰的话，便和战友聊天去了。临近春节，家里都有事，坐了一个多小时后，刘青德和廖照华便和杜龙国打了招呼后告辞。回去的时候，刘青德打出租车坚持坐前面，方便提前给车费，刘青德先下车，便对司机说，剩余零钱找给廖照华，廖照华表示感谢。

第二天下午，刘青德正和张宇、赵建华合议案件，忽然手机电话响了，刘青德拿起电话接听，是喻春杰打来的，“刘大庭长呀，忙什么呀?杜龙国那里……”

因要合议案件，不待喻春杰说完，刘青德说:“杜龙国那里我和廖照华已经去悼念了。”

喻春杰忙说:“是告诉你另外一件事，杜龙国的妈昨晚 11 点多钟也不幸去世，今天早晨已送至殡仪馆，告诉你一下。”

刘青德一听大吃一惊，忙说:“这杜龙国得多么悲痛，我研究完案件后去悼念。”

放下电话后，张宇说:“怎么家里连续去世了两人?”

“可不是，前天战友杜龙国岳父去世，昨晚我和战友去悼念，昨天夜里，杜龙国的妈又去世，这不幸的事儿都交织在一起了。”

赵建华说：“这两天去世算不幸中的万幸，还找得到人帮忙料理后事，万一春节那几天去世就麻烦了。”

刘青德说：“我有个战友的父亲在农村，有一年腊月三十晚上去世，家里紧关大门，围了一条白纱布，拜年的人就明白，绕道而行，正月初三发丧，据战友说费用增加了一倍，主要是人都走亲戚去了，找不到人，工钱翻倍。”

张宇说：“那案件我们赶紧研究，让刘青德去悼念战友去世的母亲。”

赵建华已经听完审理报告，说：“我没有新的意见，上诉人的上诉理由不成立，同意维持原判。”

刘青德听完审理报告，认为原判事实清楚，证据确凿充分，上诉理由是根本不成立的，同意承办人意见，驳回上诉，维持原判。说完便找李庭长请假，李国勇也感到纳闷，怎么又是这事，想到这些事不是人为可以控制的，便关心地说：“要司机小徐送你一下吧。”刘青德一想私事，又在市内，不想用公车，但见李国勇这样说了，便给小徐打了电话，刘青德来到殡仪馆时，一些战友都早已坐在那儿，廖照华正在讲话，见到刘青德，连忙招呼坐下。

春节临近，年味渐浓，街上车辆川流不息，拎着大包小箱的人行色匆匆。大街上明显的人流比先前密集。的确，学生放假了，远方打工的也陆续回家了。市中级人民法院的春节团拜会也预定在2月3日（周六），农历腊月二十三中午举办，这在庭里会餐时，徐院长就透露了。因为市中级人民法院举行团拜会，有几百人，清澜湖酒店也是非常重视。这得益于行装科定得早，两个月前就预订了，由于市中级人民法院在职干警一百三十人，退休的有六十多人，这样有两百多人，还有临聘人员，包括家属、未成年小孩儿，就餐人员应不少于五百人，没有很大的酒店和餐厅，是接待不了的。陈小新和行装科在很早就谋划了这件事，并且对市内几处能办大接待活动的餐厅进行了考察，最终选择了清澜湖酒店。院里为了增加节日气氛，让大家过一个幸福祥和的春节，对酒店还是做了必要的装点。

政治部和工会专门联系了表演剧团，挑选了几首欢乐喜庆的歌曲和舞蹈表演。大家欢聚一堂，其乐融融，大厅里张灯结彩一派祥和，全院法官和家属在此互致新春祝福。这一切都给全院的法官家属留下了深刻的印象。这一次的春节团拜会，多年后也会让人赞不绝口。规模大，档次高，组织好，人很齐，一是院里专门给离退休老干部发了通知，对于年纪大的，还安排一名至两名护理人员照顾参与聚会。这一点，很受老同志赞赏，有些老同志年事已高，想参加但子女又不便，这次这么邀请，子女们也很乐意护送老人参加。二是清澜湖酒店才开业两年，各项设施都很新，很干净。三是市中级人民法院各部门协调得好，吃的归行装科管，看的归政治部管。老干归工会、老干科管。除了极个别的老干部因年老体弱无法到场，能够来的都来了，有的平时根本不出门，这次也来了。

张院长和徐长胜，还有院党组的一班人，先给老同志敬酒，上一任郑新杰等几位老院长坐在一桌，在谈论说什么，张院长走过来后，郑新杰站起来，张院长忙走上去，劝他别站起来，与他碰杯后，便向各位老院长致敬，他们过去的辉煌早已写在了市中级人民法院的历史上。张院长一行给老同志敬完酒后，各个分管院长都向自己分管的庭室人员敬酒。开始安排时，还略微划了一下区域，由于来的人时间不统一，先到的与后来的混坐在一起，也确实难以分开，好像都是会餐团聚，有些多年未见的老干部热情洋溢，精神焕发，有的长期在一起工作，这次来参加团拜会，既然各自都就座了，再要重新安排不妥。

由于这次考虑到的人员应到尽到，人员超过了预期，连备用的包厢也用上了。刘玉瑶的男朋友谭学杰从省高级人民法院赶过来，看到这宏大的场面，心情无比激动，坐在一桌的是杨金华和女儿，还有余艳和丈夫，周丽云母女俩，她丈夫坐在肖健和李国勇那一桌上，刘青德因为等爱人换班后才来，到场的时候大厅里座无虚席，只好坐在备用包厢里，本来杨金华是先占了一张桌子的，老同志坐下后也不好再说什么了。刘玉瑶和谭学杰坐在一起看节目，聚精会神，不时发出欢快的笑声。刘玉瑶今天格外美丽漂亮，杨金华开玩笑地说：“怎么样，我们庭里嫁刘玉瑶时，就在这里办酒，我们都是送亲的。”谭学杰被说得不好意思。

余艳问：“你们那里有些什么习俗，和我们这里差别大吗？入乡随俗，你可得按我们的习俗来哟。”

谭学杰羞涩地点点头，或许是刚才的气氛，又或许是这么多火锅炉子，整个大厅里热气腾腾。刘玉瑶脱下外衣，红色的毛衣衬托出她优美的曲线，谭学杰也脱下羽绒服，神采奕奕。

团拜会开始了。张院长发表了热情洋溢的春节贺词。李书林也辛苦了两天，这篇贺词写得不错，节奏感强。张院长精神抖擞，现场气氛让他兴奋不已，他抑扬顿挫，声如洪钟，张院长的贺词博得大家热烈的掌声。为了增加喜庆的气氛，周祖全特意叮嘱李书林，搞一个红色的文件夹，将贺词夹在里面。

徐院长正在吃饭，向他敬酒的人络绎不绝，刘玉瑶和谭学杰走过去给徐院长敬酒，徐长胜一见是她男朋友，很高兴，连忙握手，并问谭学杰什么时候来的？谭学杰说，他是昨晚到的，准备开完团拜会后回外省老家。徐长胜连声祝贺新春快乐，并请谭学杰、刘玉瑶向双方父母问好。徐长胜还关切地对刘玉瑶说，如果天气不好，交通受阻，打个电话续假也可以。徐长胜饱含关心的一席话让她男朋友心里热乎乎的。

法警支队几桌相隔不远，喝酒时贺用强提议吼一声，他发出了春节快乐的呼喊声，大家呼应干杯，他们的吼声确实带动了气氛，有的桌上也开始吼着干杯，虽然声音不及法警支队的大，还有的桌上在吼声中夹杂着尖细的女高音，恰似奏响了一曲和美的乐章。在这个喜庆的日子里，大家欢歌笑语，纵情释放心里的喜悦，大家边吃边谈，感谢市中级人民法院组织了这么好的团拜活动，老友新朋相见，热情快乐无比。

于海是第一次参加这样的活动，深深地感受到了集体组织的温暖。想到当时参加考试时，有的同学劝他不要报考法院，认为法院处在社会矛盾的焦点处，案件多，工作压力大，他没有听从同学的建议，毅然选择了市中级人民法院，参加工作还不到半年时间，他感受到了同志间真诚的友谊，同志们的帮助，干警们努力工作，领导们带头争先。从一些小事都可以看出，市中级人民法院这个团队是一个和谐奋进，充满生机与活力的团队。像这次春节值班，他原以为像平时的公差一样，至少会安排值庭里全部班，或者值 6 小时班，没想到，刘青德和杨金华考虑到自己是外地的，也不需要值班，这种体贴是真心的，这种感谢是真诚的，体贴来自领导，感谢来自干警。

大家互相祝愿问好，从大家议论的话题来看，团拜会后，家是在外省、外市的，在院里政治部办好请假手续后，就可以离开法院回家过年去了。于海确实很高兴，一是今年考入法院工作，实现了自己的心愿。二是庭里没有安排他值班，这一点他没有想到。他看到的是庭里的干警团结一心，感受到的是庭里工作奋力争上游的精神。他为来到这样的集体而高兴，也在心里暗暗下定决心，在院里庭里的工作中，一定要争先创优，在联带包创工作中，争做五星级干警。以出色的工作，感谢组织和同志们对自己的关心。

于海的家乡是在另一地区，应该算是外市的，其实他所在的县城与德沅市橘城县接壤，原本属于德沅地区管辖，因为 1986 年他的家乡搞旅游开发，就被划给了新成立的旅游市。

于海想到马上就能见到亲人，心里别提多么高兴，特别让人舒心的是，他有个在市里工作的老乡，要开车回家，于海可以搭他的顺风车，这让于海更加高兴，这个老乡还是杨金华通过丈夫介绍于海认识的。

原来，今年市公安局也是新招了几位细心的女干警，从事出入境管理工作。公安局人口支队副支队长是位女同志，很关心年轻女干警的个人问题，得知几个都没有对象，便直接找到几位从市局下派的局长，直截了当地问系统内有没有合适的干警，给他们牵条红线。

杨金华的丈夫郭局长问了政工科，年轻的都自己找了，没有合适的人。郭局长心里还装下了这件事，过去，人口支队副支队长对他的工作很配合，特别是郭局长在法制科时，核查当事人的年龄资料，人口支队给予了不少支持。郭局长心存感激，人口支队副支队长提出这么一个要求，又不是违反原则，做违纪的事，给年轻人牵条红线，搭座鹊桥，这是积德的好事呀！人口支队副支队长的这个请求合情合理，不倾情用心办，实在说不过去。回到家里，郭局长便和妻子杨金华说了。杨金华一听，这事儿好办。郭局长说事多别忘记了，现在就打电话。郭局长给人口支队副支队长告诉了这一消息，她也高兴，就约定和杨金华联系，在这一过程中，人口支队副支队长告诉于海，他有个老乡在市公安局的治安支队，这样两人互留电话号码，经常联系。

于海与女方见了几次面，不知是女方嫌于海家庭条件差，还是于海太专注于工作，总之两人的关系不冷不热，联系着，可能都在挑选中。

余艳碰到了老乡吴亚莲，吴亚莲说："今年家有喜事儿吗？"

余艳回答："这我说不准，儿大不由娘，但是庭里嫁女儿，八九不离十。"说完，朝刘玉瑶的男朋友望去。

刘玉瑶不好意思地朝余艳笑了笑，也喊："吴主任，春节好。"顺便问她在哪里过年。

吴亚莲说："今年全家到孩子他爸老家去过年。"

刘玉瑶问："在哪里？"

吴亚莲说："山东枣庄，铁道游击队上班的地方。"

刘玉瑶被吴亚莲的话逗乐了，尤其是铁道游击队作战打仗的地方，吴亚莲一句轻松的"上班的地方"，俏皮而有意思，刘玉瑶对此感到特别欣慰，革命先烈的牺牲换来了大家今天的幸福生活。战争年代，革命先辈上班就是打仗、做群众工作。

刘玉瑶特别敬仰英雄，由于这座英雄的城市距谭学杰的家仅有几百公里，到时她一定去看看。

周围的人都在走动，刘青德也想出去走一走，便跟爱人、孩子说："我出去一下。"说完，便朝大厅走去，因为刘青德是坐在包厢里，他顺着走廊越过四五个包厢后进入大厅，首先映入眼帘的是江学明庭长。江学明是唐泉县人，去年年底刚刚退休，现受聘于一家上市公司，从事法务工作。

江学明原是经济庭庭长，也是军转干部，他学习很勤奋，爱钻研业务。刘青德刚转业就分到经济庭，在他的领导下工作，那时比较重视经济工作，对直接服务于经济建设的经济庭，院里也非常支持。江学明对分来的五位军转干部都很关心，他的暖心举动赢得了五位军转干部的真心感谢。或许同为转业干部的缘故，工作中，江学明处处关心他们。他常常说，"人家医院的家属看病免挂号费，公交公司的人员坐车不花钱，我们法院的干警办案不要徇私枉法，但干警家属的合法正当权益，该保护的一定要保护，这要作为一项基本准则。"大家都为他的仗义而感动。刘青德和江学明老庭长打招呼后，迎面走过来杜庭长，刘青德迎上去和杜庭长握手后，互致问候。杜庭长受不了现场的高温，空气中弥漫着浓浓的烟味，便出来走廊上透口气。他俩边走边聊，里面太闷了。

杜庭长也是部队转业的，不过入伍早，他儿子在公安局工作，媳妇是医院医生，女婿在大学当老师，女儿在石油公司上班。杜庭长的爱人善良仁义，做得一手好饭菜，她常常帮助左邻右舍的干警接送小孩儿，刘青德的小孩儿有几次星期天没地方吃饭，就是杜姨帮助照顾的。她热情的为人给大家留下了良好的印象。

刘青德见到杜庭长便问，杜姨来了没？杜庭长说，来了。由于人多，坐得比较紧凑，刘青德一眼望去都是熟人，招呼都打不过来，便不再往前走。这时，薛自超和他爱人走过来了。

薛处长的爱人是老红军的女儿，父亲是陕北人，当年开垦南泥湾，后随王震将军进军新疆，在新疆生产建设兵团工作到离休。薛处长的爱人是医生，医术精湛，在市妇幼保健医院工作。刘青德的孩子在三岁前，可没少麻烦她，她热情指导。刘青德刚打完招呼，孩子也跑了过来，薛自超夫妇看到他孩子后说："孩子这么大了，要好好学习。"孩子也礼貌地喊薛处长夫妇，"伯伯、伯母"，呼喊声中透露出孩子天真活泼的神态。孩子对刘青德说："妈妈叫你。"刘青德便和薛处长夫妇告辞后，与孩子回到了包厢。

包厢里大家正在说话，邻居刘志进正在讲南海舰队服役的经历，"我们平时接触的陆军居多。老实说，当海军的并不多。"听刘志进讲坐军舰晕船的经历，大家都感兴趣。他说，"晕船是由于船体摇晃导致人的身体摇晃，使大脑产生不停地震动导致眩晕、恶心，感觉特别不舒服，感觉身体完全失去了平衡，觉得身体和眼前的事物都在晃动。大海波涛汹涌，遇有恶劣天气必须有一整套的防范措施。"听他这么一讲，刘青德觉得自己的知识储备量不够，孤陋寡闻了。大海真是磨炼人的意志，锻炼人毅力的地方。刘青德虽然带过家属小孩儿到大海边游玩过，北戴河、广西北海，但真正坐船很长时间没有过，他真想有这么一天也坐在舰艇上，或是大型游轮上，听涛声吹海风，感受大海的宽阔与壮美，体验下晕船到底是什么滋味。刘志进把晕船的知识科普了一番，他形象地打了个比方，让大家有些感性认识。刘志进形容中度晕船就会引起肠胃不适，反复呕吐，就像医院做胃镜检查一样难受。刘青德这么一听，心里便明白了，他也做过胃镜检查，那滋味真不好受，也算是理解了晕船的厉害。

刘志进讲得眉飞色舞，偶尔听见旁边包厢有椅子的拖动声，吃过午饭的人陆陆续续离开。刘青德便笑着对包厢里的人说，“不讲了吧！明年再会，我们也走吧。”说完将放在椅子上的外衣穿上，大家相互祝愿美好幸福，便离开了包厢。

沿途的人流里，大家不时互相打着招呼，或会心一笑。

余艳和丈夫边走边问：“刘玉瑶是坐谁的车过来的？”

刘玉瑶跟着走，回答：“坐院里的大车来的。”

余艳说：“那你俩坐我的车回去吧。”

刘玉瑶一笑：“那谢谢了。”

说完朝谭学杰望去，屋外还是比较冷，昨天扫雪了，宾馆更不用说，有的雪打成堆。远远望去，刺眼的白雪稀疏地铺在大地上，许多土堆迎风的一面，仍然裸露着泥土色，到处银装素裹，毕竟，南方不像东北大雪的覆盖时间长，白茫茫一片有好几个月。

余艳丈夫的车开得很慢，这主要是大家走的几乎是单行道，尤其是会车时，格外慢。

春节到了，大家都不想惹什么事，所以开车格外小心，加之天气冷，还有点儿冰，路比较滑。好在路不远，很快就到了法院宿舍。刘玉瑶和谭学杰下车后，表达了谢意。

回到宿舍，刘玉瑶将空调打开了，又将洗漱用品清理检查了一下，见空调一时还不热，就将烤火炉打开，调了低档位。不一会儿，烤火架内温度就上来了，刘玉瑶脱下外套长棉衣，谭学杰也脱下羽绒服，坐在烤火架旁，两人坐在一起，刚才在外面走进来，又经过这么一热，两人脸上都红扑扑的。

谭学杰说话声音较小，谈起了回家后几天的行程安排，沾沾自喜。刘玉瑶不想扫他的兴，只是提醒了一句，还不知道当地的天气怎么样。谭学杰一听，接过话来：“我和家里通了电话，天气和我们这里差不多。”

刘玉瑶问：“你们那里有什么习俗？”说完不好意思地低下头。

谭学杰说：“我妈妈知道接你一起回家探亲，真的很高兴。”

刘玉瑶说：“真的？我给你父母准备了一些本地特产，算是见面礼，不知道合不合老人家的心意。”

谭学杰一看，东西太多，便提出给父母各拿一样表达心意即可，不然路上携带很劳累。刘玉瑶听后左右为难，第一次在男朋友家过春节，东西带少了不好意思，带多了确实比较累。再说现在物质丰富，市场繁荣，她就折中了一下，挑选了重量轻的物资，带了一些，减掉了比较重的物品。这么来回一折腾，到了5点多钟。

刘玉瑶问谭学杰晚上要不要吃点儿东西，谭学杰表示不饿，如果饿了煮几个水饺吃，现在再检查一遍必须带的东西，千万别忘记了。

会餐后，家住外省远处的人就陆陆续续提前走了。第二天全市法院召开院长会议，时间是下午2点钟正式开始，上午各基层法院院长开了座谈会，办公室主任参加了，结合市委政法委关于2010年工作要点，根据法院实际，研究讨论法院工作重点，周祖全主任和市中级人民法院办公室已拟好，李书林在写年终总结时，就考虑了这一方面，因为每年的工作都有一定的规律可循，不能天天换花样。张院长和徐长胜都是比较务实的人，部署工作总是考虑实际，他俩都是在基层从事过基本的工作，两人也都在检察院工作过。因此，上午的基层院长座谈会，是徐长胜主持的，与会的都是各基层法院的院长，说话没有那么拘谨。大家一年都很忙，说处于紧张状态一点儿也不过分，尤其是现在当事人的维权意识增强，有点儿什么事都知道用法律来解决，但出现了司法资源被滥用的情形，基层组织对于民事纠纷的调解功能有所弱化。

院长们担心的是进京上访，这是基层要考核的指标，有些上访人不是按级要求解决问题，而是越级反映情况。有的当事人纯属无理取闹，却没有采取必要的方式进行干预，导致事态越闹越大。凡此种种，大家座谈时，畅所欲言，李书林将各位院长的讲话一一记录，有些情况他也是深有同感。荆楚区人民法院邹院长的讲话，徐长胜很留心。荆楚区位于市中心，各种上访人员很多，搞不好就往市里跑，压力相当大。有个当事人是两兄弟，因父辈财产分割发生纠纷，两兄弟大打出手，哥哥打了弟弟，后来弟弟自诉哥哥故意伤害，原本这样的案件根本就到不了法院，结果，弟弟非要起诉哥哥，非要判实刑，判了半年还认为判少了，天天上访，要求重判。这种个案虽然少，但很费精力，每次进京进省上访，都要派人去接，浪费不少人力物力，各法院都有难缠的案件当事人。

双富县人民法院袁院长主要是说修新院址，基建资金缺口较大，心里也为这件事发愁。下午 2 点钟，全市法院院长会议在市中级人民法院会议室召开，同时参加的有各法院的办公室主任，监察室主任和市中级人民法院全体中层骨干。由于会场较大能坐下两百人，现在几十个人，除了前三排，按照第一排坐院长，第二排坐办公室主任，第三排按监察室主任的顺序坐，市中级人民法院的中层骨干随便坐。由于市中级人民法院的与会人员没按顺序坐，李国勇和民事庭的徐仕兵副庭长坐在一起。因为两人平时交流不多，难得有这样的机会坐在一起。

徐仕兵对李国勇是很佩服的，认为李国勇是刑事专家，在市中级人民法院是刑事方面的权威。李国勇问徐仕兵，现在案件多不多。徐仕兵实实在在地说，案件不多，所以案件结案率不高，主要是有些案件办完了，为了稳定，暂时没有宣判，等到春节过完后再宣判。

李国勇说："那也是正月十五以后的事了。"

徐仕兵说："有的案件现在宣判不合适，宣判后这个年都不好过。"

李国勇笑了笑："那只能不宣判，确实存在一些当事人胡搅蛮缠，根本不讲道理。"两人悄悄讲了几句，会议马上就要开始了。

杨金华和徐梦华坐在一起，两人谈起过节的事，互相问了在哪里过年，杨金华说就在市内，徐梦华讲在花苑县老家过年。两人聊到徐梦华的女儿参加了工作，杨金华便露出了羡慕的神情。徐梦华也没有讲什么别的，只是说："你女儿毕业了同样会参加工作的。"

刘青德坐在稍后一点的地方，刑二庭的王涛来到会场后和刘青德挨在一起坐，两人问了春节回哪里过，刘青德说："今年不回唐泉县了，小孩儿舅舅原在唐泉县银监局工作，但现在又调回市里面的人民银行了，这样，全家就跟着过来了。”

刘青德还告诉王涛：“岳父母跟着小孩儿舅舅住，所以都在市里过春节。”

王涛说：“你知道的，我和爱人都在外地，还是回橘城县老家过年，没有特殊情况，初六回市里。”两人又闲聊了几句，会议就开始了。

徐长胜主持会议，他开门见山地说，春节就要到了，开个集中的会，先由张院长代表院党组讲解今年的主要工作安排，然后，何立祥作廉洁作风建设要求讲话。最后由各基层法院院长代表各自的法院签署廉政责任状。

张红江讲了主要的目标要求，提出了“创建一流法院，带出一流干警”的口号，对全市法院全年的工作做了总体部署，发言讲话时，张院长谈到了市中级人民法院的基建将会基本建成，为明年5月搬迁做好准备，时间紧，任务重，大家要争分夺秒，时不我待，将各项工作抓紧，这也是节前开会的缘由。

张院长接着说：“双富县人民法院基建的经费缺口问题，我过节后和谭院长陪袁院长去向县委、县政府汇报，争取得到支持。”说完这话，他朝袁华军望了一下，袁华军本来正聚精会神地听，听张院长这么支持他的工作，袁华军立马抬头望了望张院长，连连点头，感激之情写在他那期盼的脸庞，张红江的讲话说到了他心坎里。

接下来，何立祥就春节期间廉政纪律提了几条要求，并分发了最高人民法院的“十项规定”卡片。他的讲话不长，很快就结束了。接着进行第三项议程，各基层法院院长向市中级人民法院张红江递交廉政责任状。九个基层法院院长分别将已签好名的责任状交到张院长手里。李书林在不断地拍照，本来摄影工作是郭婷婷做的，但她老家在外省，昨天团拜会参加了，开始吃了几口饭就坐车回去了，因为火车票买好了，她怕路上有异常情况，所以提前坐车到省会城市转车。李书林在急忙照相，他想将张院长与每个院长递交责任状的照片保存下来，制成画册作为永久的资料，存在档案室。

在院长上台递交责任状时，下面有窸窸窣窣的讲话声。王涛问刘青德：“到底什么时候能走，像我们近处的。”

刘青德说：“过了小年就可以走了，今年春节不安排车送人，知道吗？”

“昨天听说了，但还不确定。”王涛回答道。

“说不定待会儿会正式宣布的。”刘青德说。

当院长递完责任状后，徐长胜以征询的口吻朝张红江说了什么，声音很小，张红江笑了一下，朝徐长胜望去，好像是说：“你也可以强调一下。”不过，张红江最后还是说了话：“在春节即将到来之际，祝各位同志新春快乐，身体健康，阖家幸福。通过你们并向家人们问好。再宣布一事，今年春节不安排车辆送人，但每个干警发一百元的车旅费。”大家报以热烈的掌声。主持会议的徐长胜，在总结后也说了祝福的话。

会议在下午 3 点多钟就结束了。杨金华回到办公室，对刘青德说：“今年不送人也好，省得到时计划赶不上变化。”

刘青德说：“的确是这样，每年坐车回家的人数统计好了，结果计划赶不上变化，有的坐另外的车走了，搞得行装科非常为难。”刘青德接着说：“还可能有另一个方面的考虑，就是车辆安全，吸取去年的教训。去年春节工会到县里去慰问一位老干部，结果，车在高速路上发生了一点儿事故，幸好人没出什么问题，只是车辆剐蹭了一下，幸亏司机有经验，避免了更大的损失。”

杨金华说：“你不说，我还忘记这回事了，真的好快哟，就又一年了，又到过年的时候了。”

李国勇接到办公室的通知，今后这两三天，各庭室留两三个人到办公室就行，这几天打官司的人可能没有了，但要有人值班。李国勇过来和刘青德、杨金华说：“要不明天上午我来，下午杨金华来，后天，刘青德到这里坚守一下。”

正在这时，唐仁平到办公室来，听到后问：“具体哪天放假？然后可以不来。”

李国勇说：“这时间不好说，一般大年三十都要上班，不过，好像这几年还没有上过班。”

杨金华说：“到腊月二十七就可以不来人了，基层法院过小年后就看不到人，只有值班的。”

李国勇说：“就按照刚才说的时间轮流来，老唐，庭里春节你值班，辛苦了。祝你春节快乐。”

说完大家就陆陆续续离院回家了。

第十四章

扬帆远航

春节在欢乐祥和的气氛中过去了。正月初七，刚刚上班，李国勇就接到办公室的通知，上午9点到会议室，开全院干警大会。

大家碰面先致“春节好”“新年好”，问候声不时响起。搞完卫生后，全都聚在一起聊天，讲春节期间的趣事。刘玉瑶因为没买到车票，说是下午回院里。庭里的其他人都到了，杨金华以问候的方式先是给余艳打电话。上午8点半，她也快到办公室了，杨金华告诉她上午9点开会。余艳开玩笑地说：“不会迟到的，今年第一天上班。”

会议按时召开，极个别人的未到，但都给庭长、分管领导请了假，做了说明。张院长讲话很简单，代表院党组春节后向大家问好，并强调上班了，要收心。张院长说话比较柔和，讲了今年将开展的主要工作，特别说明了办公楼和家属宿舍的修建事宜。按照卖院建院的原则，原计划旧院址卖两千多万元就不错了，结果这个地方的土地增值幅度大，卖了四千万元，然后市财政局同意从市中级人民法院收的诉讼费及罚没收入中，每年给市中级人民法院返回一千万元，连续返三年，这样，基建完成后院里就不会有什么债务包袱。

现在房价上涨很快，每个干警会有一套宿舍，今年是能交房给干警的。大家对院党组给干警的关心充满了感激之情，每个人都满腔热情投入工作中。

最后张院长还关切地对大家说，今天首先聚集一下，家里如果还有没处理完的事，大家就去处理，意思是大家有事就可以回家。

散会后，大家回到办公室闲聊春节的事，杨金华谈起了中层竞聘演讲上岗的事，李国勇鼓励杨金华参加，杨金华谢绝了，说是将机会让给其他同志。这次出现空缺的是两名中层正职和两名副职，副职都是到龄了正常退出领导岗位，有一位正职还差几个月也提前退下来了，另一位正职下基层当了常务副院长。这样来说可以有两名副职提正职，实际空出了四名副职。

李国勇又动员赵建华和张宇报名。赵建华说是考虑一下，张宇不愿意报，最后在李国勇的动员下，也准备报名。李国勇说那就做好准备。刘青德说:“给你点儿演讲资料，供参考。”说完便在书柜资料盒中帮他找。其余人没什么事，早就回家了。

春节过后再上班，办公楼静悄悄的。从往常的经验看，在正月十五以前，法院还是比较安静的。这主要是图个吉利，人们有“正月里避免打官司”的说法，群众来法院的不多，作为刑事庭也不在正月十五以前宣判，当然，民事案件如果会引起大的争议的也不会在正月里宣判。因此，这几天是比较好集中人员的，没有开庭和出差。

张红江是个勤奋的人，家在外地，凡属“三长”都是异地任职，这种安排在政法系统已实行了十多年了，好像异地任职的范围还在扩大，可能参考党委政府有些职务是异地交流的做法。他从公文袋里拿出工作记录本，将去年的工作梳理了一遍，又看了今年的工作目标，想到近期要做的工作，将想到的记在本子上。忙完后，他拿出剪刀，将刚才送来的报纸和许多信件剪开。其中，也有不少贺年卡，他将贺年卡剪开后，看了一眼名字，便将贺年卡塞入信封内。

有几封群众来信，涉及立案庭、民事庭的都分别转给潘跃和许昆雄酌情处理。有一封行政庭的信，他认真地看了一遍，单独地放在一边。因为行政庭的案件，本身就是民告官，是老百姓同行政机关打官司，还是要实事求是，充分考虑到群众的利益，行政机关做出的错误的行政行为，给老百姓造成了损失，行政机关一定要赔偿。

张院长联想到去年处理的烟厂职工上访案，这么多年了，终于还是处理好了，当事人满意，还签订了息诉息访协议。想到这里，他在上面批了字，还准备喊行政庭罗庭长当面交代一下。

这时，他的电话响了，是他老乡市邮政局局长打来的，两人都是异地任职，局长邀请张红江中午出去吃饭，张红江笑着说："这春节里餐馆都没开门呀。"实际上是婉拒。

邮政局局长说："初五就有很多餐馆开门了，一起聚一下，平时都忙。"

张红江答应晚上在一起吃饭，中午就算了。邮政局长听张红江说晚上聚，也就不坚持了。其实张红江春节回家几天，亲友应酬较多，因平时难得回家，亲友都来拜访，张红江对长辈也要回访，也很累，他中午确实想休息一会儿。自己的房间里，有食堂在年前准备的一些米面和半成品菜，随便吃一点即可，中午好好休息一下。

虽然从年前的议论中，就知道春节后会竞聘上岗，但这一天真的到来时，也让一些追求进步的同志心中充满了期待。胡哲典就是这样一位同志，他在刑二庭工作有两年了，是前年被遴选到市中级人民法院的，过去在基层法院也是骨干，他决心报名参加竞聘上岗，无论别人怎么想，都不在乎。当他做出这个决定时，便着手开始写竞聘演讲稿。他认真地思考，看从哪个角度才能更好地展示自己。胡哲典在认真地琢磨着。

李书林心里在盘算，今天刚上班，不好意思给广告公司打电话，明天再联系，主要是制作宣传版面，这是市中级人民法院党组提出的号召，也是全院今后的奋斗目标。张院长对这项工作很重视，已经过问两次了，样稿也已经他本人审阅，是非常满意的，只需将样稿放大制作完成即可。这件事还涉及行装科，但支出不能用办公室的经费。陈小新科长开始还不太乐意，认为这笔支出没有预算，现在经费控制严格。李书林说这是院党组的决定，绝非办公室为了出风头搞的什么事情。这样，陈小新才没有再说什么。

到了正月十一，整整一上午，都是中层正副职竞聘演讲，因为报名符合条件的人较多，每人限七分钟左右的时间，按照姓氏笔画，确定演讲顺序。刑一庭审判员张宇参加了，刑二庭审判员胡哲典参加了，李国勇比较关心的还是庭里有没有人报名，如果符合条件的都不报名，那是不好给领导交代的，别人会怎么看庭里的工作，会认为大家是安于现状。得知张宇报名参加后，李国勇也是希望他能够竞聘上岗的。演讲竞聘完后就进入民意测评阶段，参与竞聘演讲人的姓名均已印在纸上，需要在五个参选竞聘正职，十二个参选副职的人员名单上分别选两人和四人。在正职、副职的竞选名单背面，有这些同志的简历。

李国勇毫不犹豫地在张宇和胡哲典的名字上打勾，又给两位正职人员打勾，还有两位副职，李国勇根据平时表现和听到的反映，选出了自认为可以担任副职的人员。杨金华和刘青德也填了，全体干警都参加了竞聘演讲会。

散会后，政治部将统计票数后，待院党组全面考虑后再确定人员后公示。余艳作为消息灵通人士，她和杨金华分析有哪个会提拔为正职，认为这几个参与正职竞聘的，都有可能，就看院党组如何决定。

刘玉瑶回来后，脸上露出了喜悦的笑容，成天都很高兴。肖健回到老家后，几乎整个假期都待在那里。因为平时回去也少，除非到省高级人民法院送材料，但这样的机会不多，他希望庭里的人早进步，自己好成为助审员。于海是第一次看到这种竞聘上岗，内心充满好奇和惊讶，看来进步的取得还需更大的努力，之前从考试到录取，已经经历了一个难熬的阶段，毕竟参加考试，没有不想考中的，否则就不会参加。想到今后的竞聘将会更加激烈，于海不禁有些压力。

因为是春节后上班，还在正月，年味尚未散去，到处弥漫着喜气。张院长在春节期间就收到了戴校长发来的祝福信息，心里一直惦记着职业学院的房屋拆迁事宜。戴校长是省人大代表，经过多年的努力，职业学院从一个 20 世纪 80 年代函授教育站发展成为学习专业技术的技校，后成为高等教育学历文凭试点院校，21 世纪初升格为国家统招大专院校。学院规划用地面积一千八百亩，在扩充的东校区四百余亩基建中，遇有农民拆迁房屋五户，学校已经按照补偿标准给予了补偿。按理说，补偿到位，学校按照正常施工不应阻挠，可每当学校施工时，这几户拆迁人员就要阻工，致使学校的围墙总是不能如期建成。由于当初征地时，考虑了青苗补偿费，按理说已种植的收获后，就不应该再种植了。可是，这几户拆迁户仍然种植。学校起诉到法院后，法院也作出了公正判决，但是执行却迟迟实行不了，学校为这件事非常着急，因为这件事已严重地影响了学校的发展规划。戴校长也给市中级人民法院写信反映这一情况，张院长在元月份市里召开两会期间，专门听取了执行局承办人的汇报。张院长非常重视这件事，主要是涉及学校，影响不好，无论如何都要将这个问题处理好。执行局负责人以为是负责传递信息的李书林在张院长耳旁“吹风”，还颇有微词。张院长澄清了这一点，并表示戴校长也给他打了电话。他打算在正月十五元宵节以前，初定在正月十二这一天，和徐院长还有刚因年龄到龄退下的林院长，一起赶到学校实地查看现场。此前，林院长分管过执行局，退下来后，张院长和院党组还是要他协助管理执行局，有重大案件时协调一下。

戴校长对张院长和徐院长、林院长的到来表示非常感谢。大家先到现场去看了，对拟修建的围墙范围也心中有数，然后到学校的会议室商讨了对策。

执行局办理这件案件的是蒋新友，他是部队转业的，原来在云南某炮兵部队，长期的作战训练，使他的耳膜受到了损伤，听力下降，有时同他说话，他听不清楚便答非所问。赵勇便大声对他讲，汇报该案执行情况及困难。赵勇副局长因为和他是一个合议庭，平时执行也算是一组，因此也一起过来了。

蒋新友汇报的情况是，目前如果要他们搬迁，他们要青苗补偿费，但这青苗补偿费过去已给。戴校长这时插话，说是青苗补偿费可以再给他们，钱也不多，只要他们搬，将地方腾出来，学校要建设了，下半年新生要入学，真的急得不得了。

张院长问执行还有什么困难，蒋新友也坦诚地把顾虑讲了出来，就是怕发生群体事件，这边人员又集中，有一点儿动静就会闹很大，围观的人特别多，交通就堵塞了。

张院长说：“先做一次工作，再将青苗补偿费给拆迁户。”说到这里，他朝戴校长望了一眼，似乎对无故给两次青苗补偿费过意不去，戴校长说：“没关系，青苗补偿费可以再给一次。”

张院长接着说：“将这些工作，宣传到位，再阻挠执行，必要时采取措施，该拘留的拘留。也请交警协助，疏导交通，防止人群集中，车辆不通，毕竟这里是通往省会的一条主要大道。”

林院长对张院长果断的安排很是赞同了，便大声说：“老蒋，元宵节后，就开始面对面沟通。今天回去后，先给他们的代理人讲清利害关系，再要他们明白道理，不要再阻工了。”

蒋新友听得很明白了，有了执行的底气，他表态，按照领导说的办。戴校长还很热心，带张院长一行看了教学楼并对学校的远景规划做了介绍。看到这气势恢宏的校区，铺设一新的沥青路面，路旁种植了修剪得各具特色的花草，已经立春，想到再过一些时日，校园内必将绿树成荫、春意盎然。张院长连连称赞。想到再过几天，学生都会报名上学，当成群的学生在这片校园里，该是多么充满生机呀。戴校长很诚恳地邀请张院长一行吃饭，张院长婉言谢绝了。大家互致问候后，告别离开了学校。

政治部已将干警投票票数的结果统计出来了。这次竞聘正职的票数基本差不多，不相上下。但竞聘副职的票数比较分散，得票率都不是很高。董文军先将这一情况给徐长胜通了气。

徐长胜的意思是，刑二庭的胡哲典还是不错的。董文军曾在城山县人民法院当过院长，胡哲典进法院正是在他任职期间进的，可以说是看着他成长的，董文军后到政府部门计生委工作了几年，重新回到政法系统担任市中级人民法院的政治部主任。两人还讲了一下民事庭庭长的调整，尽量从现有从事过民事工作的副职中选拔，因为去年人员调整幅度大，尽量不做大的调整，两人算是达成了共识。董文军来跟徐长胜沟通，也算是希望方案得到支持。

随后，董文军就向张院长报告，询问院党组会的召开时间？

张红江说，如果工作做好了就讨论。看明天上午怎么样，征求一下其他院党组成员的意见。董文军没有再一个一个人问了，请王科长通知了各位院党组成员，明天上午 8 点半在院党组会议室开会。

会议开得很顺利，对拟提副职人选稍有争议，各分管领导多少还是有些本位主义，希望自己分管庭室的同志获得进步。这种心情乃人之常情，人都有护犊之心，也希望自己分管领导的庭室人才辈出，院党组也对人员进行了投票，院党组投票占了30%，这样，人员就容易脱颖而出。

政治部根据竞岗演讲、投票、院党组会讨论，确定好六位拟提职人选。因为这只是任职资格，还要考虑全院的工作，安排到合适的岗位，这是下一步。这次院党组会议还讨论了队伍建设，准备待这次人员确定后，对中层骨干进行一次集中整训，大家都表示赞同，这也作为队伍建设的一项重要内容来落实。

张院长同时给何立祥讲，给新提拔的六名同志讲好廉政方面的注意事项，上好廉政课，扣好任职后的“第一粒扣子”。

院党组会刚刚结束，消息灵通的人士就晓得了结果，见到胡哲典，杨金华就祝贺，胡哲典问，听到什么消息了。这时，杨金华还真没听到院党组开会的结果，不过，她已经知道胡哲典的民主推荐票数比较高，这是从余艳那里知道的。余艳的信息来源比较广，她在行政庭工作过，每件案件的办理都免不了和行政庭打交道，市中级人民法院又在税务局设立了行政室，相当于行政庭的派出机构，那时候提倡一乡镇一法庭，市区税务机关就设置行政室，加上她的同学多，所以消息灵通。院里院党组工会罗主席是她大学校友，凡属院党组已经决定了的事，罗主席也讲讲，毕竟不是乱说。

杨金华的女儿要开学了，这段时间火车票票源紧张，杨金华决定让女儿干脆坐飞机返校。机票已经买好，这两天正在做女儿喜欢吃的饭菜。她原想女儿如果坐火车，就给她带点自己制作的坛坛菜去，考虑到坐飞机不方便，就放弃了。杨金华还在考虑是否送她到省会的机场。

蒋新友回来后就给这几户的代理人打了电话，代理人说，他们在执行环节后就没有聘请他了，但表示会将这情况告诉其中的两户，因为和这两户还有联系。蒋新友希望这两天给个回信，代理人也痛快地答应了。

元宵节那天，代理人回话，这五户中有三户认为拆迁费低了，要重新算，五户都需要青苗补偿费。蒋新友认为，这青苗补偿费可以再给一次，其他再增加拆迁费既无道理也不能开这个先例。如果这个先例一开，那已经拆迁了几十户，都要求重新来，岂不乱套？

代理人也说是这个道理，但表示无能为力，因为已经没有聘请他了，无代理权。蒋新友表示了感谢，也是考虑在正月十五以前，怕当事人吵吵闹闹。所以，通过以前的二审代理人传送这个信息，这一目的达到了。

蒋新友觉得工作做到这个阶段，道理说了无数遍，可以说是仁至义尽了。如果执行再遇到阻挠，那就只能采取强制措施了。

周一刚上班，法院大门口就围了很多人，一个双目失明的中年男人，拄着一根拐杖，在向人们说着什么，围在大门旁，他的声音很大，精神很好。了解情况的赵晓君说，他又来了。刘青德刚从外面吃完早餐进院里，便问是怎么回事。赵晓君接着说，春节前来了三次。这个人纯属无理取闹。他是个残疾人，确实值得同情，由于先天性的青光眼可能属于家族遗传病，几年前他到民政部门办理残疾证，民政部门需要医疗机构的证明才能办理，于是他就到县医院花了五十元挂了门诊号。医院给他出具了患青光眼，双目失明的证明。这样，民政部门凭医院出具的他双目失明的证明，给他办理了残疾证。本来这件事就到此结束了，后来他不知受谁指使，听了谁出的主意，认为县医院没有资质给他出具证明，便将县医院告到了法院，要求赔偿二十多万元。理由就是延误了他的诊治，给他造成了损失。这样的情况，法院肯定不会支持，就驳回了他的诉讼请求。

他不服判决上诉，市中级人民法院也作出了驳回上诉，维持原判的判决，谁知他还不甘心，又申请了再审。事实明摆在那里，他出五十元挂号，而且眼睛失明是先天性的，并没有住院或诊治事实的发生，这样的诉求不可能支持，也作出了驳回再审的裁定，因此他就经常来上访。当然，其中也有人给他出馊主意，否则，他也不可能自己来，每次都是有人开车到市里，他就搭便车来闹一阵子，没有想到今年来这么早。听完赵晓君的介绍，刘青德感到“人上一百，形形色色”，这句话真的没错。潘跃来接待他，将他领到立案庭去了。刘青德心想这才刚刚开始工作，怎么上访的人也开始了。

李书林接到通知，市委政法委要召开协调会，通知分管执行的院长、执行局长、分管民二庭的院长、民二庭庭长杨学亮，还有负责涉诉信访的立案庭，一起到市委政法委去，带好相关资料。

杨学亮接到通知，不明就里，就问李书林，才知道还是关于高桂亭这件案件的信访问题。便说，没有什么资料。李书林说，带上判决书，汇报材料就行。这样，杨学亮就将审理报告略做调整，形成了一份汇报材料。

原来，高桂亭这个人是一家工厂的副厂长。那时，时兴下海经商，他就停薪留职下海了，干了两年，有一些关系，头脑也灵活，生意做得风生水起，经过这两年的探索，他在生意场上游刃有余，干脆辞职干个体了。还在人们对下海经商观望犹豫不决的时候，他赚到了第一桶金，有了原始积累。经过几年时间的努力，生意越做越大，有较雄厚的资金做后盾，银行的存款达到七位数。21 世纪初，一批企业破产清算，高桂亭抓住机遇，将一条后街上的供销社门面买下三间，由于是木板房，房子倒是不怎么值钱，关键是地皮值钱。谁知刚买下一年，城市扩建，要修一条宽敞的街道，前面的房屋拆后，后街门面成了大街的正面，俗话说："人跟着财赶赶不到，但财跟着人赶挡不住。"高桂亭就利用这三间门面，又将原来一条巷子三米土地买下，请人设计修了一栋宾馆。装修华丽，收费合理，生意出奇得好，可以说是门庭若市。

发了财的高桂亭竟然飘飘然，做生意的同时，染上了赌博的恶习。原来小打小闹，输赢不大，就当是玩耍，家里人也不怎么管，后来赌得很大，据说甚至还去澳门赌场赌，每赌必输，这样资金就出现了巨大亏空，当他醒悟过来的时候，经济上出现了危机。高桂亭就找过去的生意伙伴借钱，约定了利息。

这时，高桂亭也想从赌场上翻本，无奈越陷越深，钱还不出来。后来就将宾馆抵押给了生意伙伴，但生意伙伴一时也凑不齐三百万元，一些流动资金都借给了高桂亭，他们虽然签订了转让合同，但完全交易仍没成功，所有权仍没过户转移，而宾馆实际由生意伙伴接管经营。如果高桂亭守诚信的话，就没什么事，生意伙伴也只需将余款三百万元给他即可。

但到了 2007 年，房价渐涨，原来认为宾馆抵押就觉得有点儿亏的高桂亭，开始反悔，也有人帮其出主意，反正没过户，高桂亭就开始要宾馆，这生意伙伴也不是省油的灯，披露了两人之间的绯闻，本来人们早就有议论，这下得到本人的证实。高桂亭的家人又气又恼，本来就认为不该将宾馆抵押，谁知道高桂亭究竟是否真拿了这么多钱，还是另有隐情。可转让抵押合同上的白纸黑字这又如何辩得明白呢？高桂亭是内外交困，也是“死猪不怕开水烫”，反正就是要宾馆。这样一来，生意伙伴也无法经营下去了，干脆打官司到底，这几年案件进行一审，然后上诉二审，最后进行再审，折腾下来，耗费了不少精力。

随着时间的推移，形势似乎对高桂亭更为不利，法院对他的行为不予支持，这么一来，高桂亭便在春节前用巨大的白布，写上硕大的墨字，书写“讨还公道”，要求“要回宾馆”等极具煽动性的语言，一部分不明真相的人，不知所云，议论纷纷。由于是在闹市区，人流量甚大，影响非常恶劣，最后是“110”将白布写的标语强行撕下。市区内发生这样的事，市委政法委领导也听说了，高桂亭扬言不处理就要制造更惊险的事情，反正自己什么也没有了。

由于众说纷纭，市委政法委主要负责人亲自听取汇报，还把市巡特警支队和治安支队的负责人也通知来了，希望共同将这个问题处理好。本来这件案件的承办人是王先英，杨学亮只是合议庭组成人员，因为王先英已退休在北京他女儿家居住，另一成员杨明已辞职，原合议庭成员仅仅剩下杨学亮还在工作岗位上。其实，杨学亮办理这件案件还是几年前。当时，有段时间法院的案件特别多，实在办不过来。市中级人民法院党组研究后提出，服务科室有审判员职称的可以参与办案。这样，在办公室工作的杨学亮就办理了几件案件，解了燃眉之急。后来，办公室的事情也多，很难做到办案与办公室的正常工作相兼顾。杨学亮就没有办案了，院党组也及时提出，办完已经开庭的案件，结束服务科室办案。谁也没有料到，几年后汇报高桂亭的案件又落在了杨学亮的头上。他在汇报这个案件的基本情况后，许昆雄庭长作了一些补充，主要是再审时也曾征求过民二庭的意见，案件事实是清楚的，无论高桂亭与生意伙伴之间有无暧昧关系，都不影响他们签订合同的真实性和合法性。至于生意伙伴，也就是欠他三百万元。如果当时三百万元已给齐，房屋早过户了，当然现在也有利息。

听完杨学亮这么一介绍，大家对案情就很清楚了，法院既不存在袒护生意伙伴的行为，更没有徇私枉法的问题。治安支队和巡特警支队的负责人听后，才明白了事情的原委。大家一听，高桂亭确实没道理，闹得凶凶的无非是给法院施加压力，纯属无理取闹。

市委政法委的负责人问了法院，还有没有其他途径，将事情妥善解决？分管民事方面的鲁院长说，从案件本身来说，没有改判的可能，判决并无错误，但在执行时，应该还有工作可做。

市委政法委负责人望着鲁院长，示意他继续讲下去，鲁院长接着说：“一是生意伙伴还欠高桂亭三百万元，这笔钱可按民间借贷利率做工作，要生意伙伴出。二是现在房价确实上涨快，当时高桂亭抵押宾馆房子的时候，价格比较低，加之急需用钱，有点签城下之盟的意思，看能否做工作，让生意伙伴给补一点，至于补不补没有把握，如果补，可以按照宾馆每天营业收入，按半年或八个月的标准做工作，就说早一点营业，早获收益，目前的损耗对双方都不利，如不达成调解意向，生意伙伴也难以经营下去。三是明确警告高桂亭，不能扯横幅，混淆视听。如果他硬是听不进去这些话，后果自负。”鲁院长没有讲高桂亭威胁大家的话，因为他过去一直从事刑事审判工作。这种叫嚣威胁的事儿见多了。

市委政法委的负责人听完鲁院长的讲话后，作了指示，对市公安局副局长说：“绝不允许再出现挂横幅的情况，如果发现及时清理，如有阻拦，强制带离现场，春节前挂横幅影响极坏，这不仅是法院的事，还是有关我们政法队伍形象的大事。在处理上由法院牵头，按照鲁院长提的思路去落实，领导带头来处理这件事，讲明利害关系，做好双方工作，高桂亭闹没什么理由，房屋抵押合同是他自己签的名，现在房价上涨了，后悔了，不承认签的合同了，那怎么行呢？如果是降了呢？高桂亭这个人不讲诚信。”

鲁院长代表市中级人民法院表了态，市公安局副局长也表示绝不会再让这种挂横幅的情况发生。杨学亮在散会后，找到市委政法委办公室的同志，说是要给李书林的什么材料，用信封装的，让他带给李书林，办公室的同志便将信封给了杨学亮。

回到院里后，李书林收到杨学亮给的信封，说了一句：“这又有事搞了。”

杨学亮不明就里，说：“又是什么好事？”

李书林不满地说：“还不是通知再报材料，其实有些事还来不及做，就催材料了，这难道不是搞形式主义吗？”

杨学亮笑了笑，未置可否，临走时又来了句：“材料给你了呀。”

杨学亮回到庭里，阳桂国问他：“又是什么大案哟，这么多领导都去了？”

杨学亮答：“哎呀，什么大案，就是高桂亭的案件，春节前拉白布标语，影响太大了，研究解决办法。”

阳桂国接着问：“有什么好办法吗？”

杨学亮讲：“反正再拉标语是不可能的，公安会制止，案件在执行中再调解一下，领导很重视的。”

阳桂国自言自语说：“现在当事人不好沟通，就是这几年变的。”杨学亮没有作声。

李国勇从徐长胜办公室出来，心里在琢磨，这两篇材料由谁写？上班不久，徐院长喊李国勇和谭丽红到他办公室去一下，原来是院党组想召开全市刑事审判工作会议，征求一下两位庭长的意见。徐长胜说，去年一个活动接着一个活动，没有来得及召开。结合今年的工作目标，争取3月，最迟4月上旬开好会，这样需要准备以下材料：一是存在哪些案件质量问题。二是张院长的讲话材料，徐长胜也准备讲有关业务问题，实际上也有材料。三是去年发改案件有多少，分别是哪些法院，什么原因发改。谭丽红对开会积极拥护，需要做什么就准备什么，表示站好最后一班岗。李国勇一听有点儿蒙，怎么谭丽红要调走？还是有别的安排，但也不好意思问她，还是徐长胜说了：“你提出换岗，院党组还没有讨论。”

谭丽红说：“我给领导反映了，希望能够考虑，再说我也在刑二庭工作五年了。”

徐长胜笑着说：“今天不讨论你换岗的事了，这么办，李庭长你收集案件中存在的问题。谭庭长配合，由刑一庭归总，发改案件的原因由刑二庭牵头归总。由刑一庭给张院长起草讲话初稿，再由办公室修改，做文字上的把关。”

李国勇回到庭里后，喊来刘青德和杨金华，将徐院长讲的话简单地说了一遍。李国勇也没有啰唆，带有商量的口吻说：“杨金华你就负责整理统计办理二审案件中发现的问题，包括刑二庭办理的案件。刘青德你负责给张院长写一个讲话提纲，也就是讲话稿，最后办公室会在文字上把关。”

杨金华一听刘青德的任务比她还难，心里并没有说什么。李国勇将这件事布置下去了，想到应该开始办案了，便从肖健那里拿来收案登记本，认真看大家手中还有哪些案件未办。仔细看了一下，由于在年底前已经赶着结了一批案件，现在未结的，都是一月份来的，压力不是很大，他还是觉得有必要在庭里开个会，将有些事强调一下，明天上午上班就开。

蒋新友自从和代理人通话后，对调解没抱希望，他准备好了相关法律文书，报告了局领导和分管院长。准备强制执行，如果再有阻挠，那只有拘留人了。这次赵勇副局长一起去了，还给紫城区人民法院执行局打了招呼，请他们派人来支援一下。同时，他给负责执行的紫城区人民法院副院长也通了气。

紫城区人民法院很重视，执行局和法警大队的人都过来了，因为前几天张院长和徐院长还有林院长来学校，虽然没有惊动紫城区人民法院，事后他们知道了，感到过意不去，也明白这件执行案是非执行不可，已经征收地的两户房子要拆，遭到了阻止。

其实这两户房子都是破烂不堪，早就没有住人了，拆迁补偿款早就补偿给他们了，这时跳出来，说是补偿款给低了。蒋新友将当年他们签订的拆迁合同复印件的签名给他们看，他们不否认，反正就是说补偿低，要重新算。蒋新友这次也是动怒了，义正词严地说：“今天要拆这个破房子，如有阻挠，后果自负。”

当地的村组负责人也过来了。组长态度比较暧昧，可能是乡邻天天在一起的缘故，低头不见抬头见，村里的书记是支持法院工作的，又给即将拆的两户做工作。蒋新友也不藏着掖着，给村支书交底，青苗补偿费可再给补偿一次。本来第一次已经补偿了，就不应该再种菜，那是学校的土地了嘛。

村支书拉家常似的和拆迁户说了许多，这两户就是不听，还在观望。赵勇副局长表明了态度，如果再阻挠，就采取强制措施，说完给法警示意，紫城区人民法院法警大队来了四五名法警，市中级人民法院来了三名，这时围观的群众也多，可能交警已接到通知，对道路车辆行驶也做了临时管控。经过的中巴车大多放慢了车速，交警用手示意别停留，快速通过，赵勇副局长看车流量较少，督促拆房的人准备动手。

这时，原房主来阻止，赵勇没有惯着他，下令带走他，他还在挣扎。法警强行将他拖离，也并没有给他上戒具，谁知他见不上戒具，气焰嚣张，挣扎更激烈。开始法警认为还在正月里，只要把人带走教育后即可，谁知这人竟不识好歹。不管他再怎么反抗，法警徐大队长掏出了手铐，给他戴上，并将他拉上了警车，周围的人一看法院动真格的，也在说别阻工了，听法院的。

另一户见刚才闹得凶的已被抓，像霜打的茄子——蔫了！顿时没了底气，只是叫嚷着要青苗补偿费。蒋新友说："要青苗补偿费，你先拆房子。"村支书也在旁边招呼，答应了的事一定会落实，别再瞎折腾，这样两户的破房子终于拆完了。

其实他们早在另外的地方修了楼房，这些房子早就无人居住，但总希望能多补偿一点，以为吵闹就会让步，实现自己的目的，殊不知凡事都要合理正当，该给的不吵不闹也会给，不该给的大吵大闹也不会给。今天市中级人民法院的执法活动也是一个导向，就是不要以为吵吵闹闹就会达到自己的目的。

拆迁已经完成，蒋新友露出了满意的笑容，感慨道："敬酒不吃吃罚酒。给他们做了好多工作，就是不听，法院搞执行是有原则的，他们吵闹一点道理都没有。"见到今天的阵势，戴校长听到后非常满意。

临近中午，紫城区人民法院很诚恳地请大家吃午饭，法院负责人说市中级人民法院的同志难得来一次。赵勇副局长见他们这样热情，便答应吃午饭，但要简单点。戴校长安排了一位副校长接待，对今天上午法院的强制力度非常满意，也诚恳地请法院的同志吃饭。赵勇副局长和蒋新友婉言谢绝了。现在没有吃饭，这些拆迁户都认为法官和学校私下有什么名堂，如果吃了，更说不清，校方负责人表示能理解，等市中级人民法院执行局的同志走后，那位副校长也回学校了，这次执行拖了很多次后，终于画上了圆满的句号。

李国勇在上午上班后准时开会。杨金华专门给余艳发了信息。昨天临下班时，杨金华专门通知上午开会，因此，没有缺席的人。李国勇讲，春节应该过完了，俗话说：“拜年拜到十五六，一无酒来二无肉。”应该开始正常办案，有些二审案件的文书可以下发了，早一天送到看守所，早一天送去监狱投牢。至于宣判死刑的案件，如果不是到审限期限，担心办案时间，暂时不宣判，等十多天后宣判。李庭长也给大家吹风，3、4月应该会召开全市刑事审判工作会议，刘青德、杨金华都有一些撰写材料或收集资料的事情，大家要积极支持，密切配合，做到办案与开会准备两不误。既是要求，也是希望。

李国勇还讲了听到的一些事，说是中层骨干要培训几天。杨金华说，这是真的，政治部正在做方案。昨天，董文军请邓海红科长协助做好最后这件事，站好最后一班岗，话里有话，好像邓海红有什么调整。李国勇马上联想到是否会到刑二庭工作，李国勇没有说出来。

散会后，杨金华就开始收集案件中存在的问题，有的虽说是瑕疵，但稍微认真一下是可以避免的，有的案件虽然维持，但的确存在程序上的问题，尽管没有改判，是考虑到实体上处理并无错误，但这个问题还是要在这个会议上讲出来的，杨金华要刘玉瑶配合她做这项工作。他们问赵建华，去年甚至前年办的案件有没有比较典型存在问题的，赵建华将自己办的二审案件在脑海中过了一遍，还真找出了两件。刘玉瑶便将存在的问题一一记在本子上，又找唐仁平去收集案件中存在的问题。老唐想了这一两年办的案件，也找出有件没有认定立功、量刑失衡的案例，告诉刘玉瑶后，刘玉瑶还想要份判决书，唐仁平说手里没有，让她自己去打印室打一份。

刘玉瑶又找余艳和周丽云去收集了。刘青德见杨金华行动这么快，心里也有点儿急。于是就在办公室静静地想，怎么写，先写小标题，准备写几部分，内容有哪些，再看有没有资料，他看了《长安》杂志，又从李国勇那里借来张院长做的总结，和春节前的院长会议传达提纲。

刘青德边看边想，不时在白纸上写上几行字，这么看来几个标题初步拟好了。一、认识要提高；二、理念要更新；三、队伍要加强。第一部分认识要提高，讲三点：1. 刑事审判工作性质特殊，地位很重要。2. 刑事审判工作形势严峻，压力很大。3. 刑事审判工作后果牵涉面广，责任重大。想到这里，刘青德干脆写一下这方面的要点，刑事审判动辄剥夺被告人财产、自由甚至生命，从法律上来讲，刑事审判体现的是法律至高无上的权威性；从法院来讲，体现的是代表国家权威的司法机关的公信力，代表的是司法权威和形象；从当事人来讲，体现了对被害人利益的保护和对被告人的惩处，处理结果涉及当事人的切身利益，案件处理得好，将使司法权威得到彰显，司法形象得到维护，当事人的合法权益得到保护，但如果处理不好，甚至出现冤假错案，所引起的涉法上访、缠访、闹访的程度更剧烈，处理的难度会更大，产生的负面影响也将很难挽回。所以法院刑事审判不出问题则已，一出问题就不是小问题，每一个法官在判案时都要好好掂量这份责任。

当刘青德写完这些话，没来得及修改，肖健来喊刘青德，又分来了几件一审案件，要刘青德分案。刘青德感到奇怪，立案庭怎么来送案件？一点动静都没有，或许是自己专注于写提纲，忽略了走廊上走过去的人。刘青德看了一下，大家手里案件不多，不像去年这个时候。于是他就征求了大家的意见，给周丽云、赵建华、杨金华和自己各分了一件。后来，考虑这几天可能会集中培训，就干脆将自己的一件给了张宇，将杨金华的给余艳。杨金华说不用给，刘青德讲，要出去学习培训，别耽误时间，这样她才将案件交给余艳。

院里将公布的正副职人员名单公示后，这样四名副职和两名正职就正式入围了。他们这六人只是取得了资格，究竟在哪个岗位上，院党组会上还要研究一下。因为谭丽红到刑二庭工作了五个年头，加上本人要求，不想再在刑二庭工作了，这样政治部法官管理科的邓海红就拟到刑二庭当庭长。谭丽红也不是简单地到法官管理科当科长，而是到审管办当主任，一是谭丽红到法院工作时间长，可以说青春和人生都奉献给了法院，办案经验丰富，到审管办工作能充分发挥特长，二是节奏没有庭里快，比较适合，所以法院里人员一调整，就是一动二,二动四。

由于去年进行了人员大调整，这样无须大动作，从有利于工作的角度考虑，适当微调即可。这个调整基本上由政治部主导，想必董主任也征求了分管副院长的意见，因而讨论时没有什么不同意见。鉴于政治部的中层负责人要报市委政法委批准，法律职务的要由市人大任命，因此，这也都需要一段时间。院党组会宣布后三天，人员全部到位，主要是交接程序有些烦琐一些。

接到通知后，审管办陈晓兰专门到刑二庭办公室找到谭丽红，将审管办的一些职能给谭丽红介绍了一遍，因为彼此都很熟。审管办成立的时间也仅有几年，不像其他科室随法院成立的时候就建立了，有很长的历史。两人就工作上的事聊了一会儿，聊到院里的一些人事，两人谈得津津有味，直到要下班了才离开。

李国勇心里放不下一件事，就是这次张宇没有入围，李国勇很是惋惜，和徐院长谈到这事，徐长胜没有细说，只是说下次吧，具体什么情况没有说。李国勇想，无非是民意测评、院党组投票这两项，估计是院党组这一块投票不是很高。张宇比较沮丧，心里很烦躁，但也不好再说什么。刘青德见他不高兴，便说昨天分给他的案件不想办就给唐仁平办。张宇说，不要紧，自己办吧。刘青德也没有更好的话来安慰他，只是不提竞聘上岗的事，同时趁张宇不在办公室时，给于海叮嘱，不要聊竞聘上岗的事。于海连声答应。

政治部终于下了通知，3 月 7 日开始进行整训。所有中层骨干，包括这次拟提拔的骨干都要参加，不能参加的直接给张院长和徐院长请假，政治部不批假，所以提前通知，就是请参训人员安排好自身的工作，如有开庭的，推迟一下。这次培训市中级人民法院是下了功夫的，用三天时间脱产到党校进行封闭式整训，指导思想就是严格纪律、令行禁止。只要中层骨干带好头，弘扬正气，每个人带一名干警，那还有什么工作做不好呢?

李国勇说了院里的通知，三个人去学习，庭里的工作由唐仁平主持一下，唐仁平愉快地接受了这件事。

3 月 7 日上午，院里的大车就出发了，自己有车的自己开车去。上午九点开学典礼正式开始，刘青德昨天晚上就将衣服整理好，他是准备到这里住两晚的，平时难得有这样清净。由于党校还没有招收培训学员，学员宿舍闲置很多，政治部将拟分配给法院的宿舍都登记了一下，每两人一间房，先来先取钥匙，人员自己组合。李书林和杨学亮住在一起，谭丽红和杨金华住一间，李国勇和赵勇住一间，刘青德和王晓鹏住一间。邓海红虽还未开人大常委会任命，但人早已到岗履责，是以负责人的身份主持工作，不过也没有几天，就要开人大常委会了。邓海红就和周祖全主任住到一间屋。

周祖全说："我不一定晚上能住这里，院里还有事，毕竟院里办公室一天到晚接通知、收传真，事儿还是不少，谁知道上面突然来什么指示。"因此，第一天安排姜曼丽值班，院里这一周安排鲁院长值班。昨天张院长做了主题讲话，他讲话的主线是中层骨干发挥带头作用，全院的各项工作就好做了。队伍不出问题的关键是要警钟长鸣，防微杜渐。至于案件办理，他倒不担心，一是疑难问题，可向上级请示。二是由审委会研究，不用担心。所以他要何组长专门就廉洁问题宣读一些规定。

说实在的，骨干要集中在党校整训，就是要集中思想，集中时间，减少干扰，彻底让中层骨干沉下心，学习交流，为市中级人民法院的发展发挥自己的光和热，这也许是院党组的良苦用心。学习的人心里也是想，难得有这么好的机会，没有干扰，无当事人纠缠。党校还发了一些资料，党校的陈教授讲这堂课是下了一番功夫的，收集整理了大量的资料，他很谦虚，觉得能和法官交流，分享学习心得，非常高兴。

其实他讲的这堂课是非常用心的，正在院里值班的姜曼丽接到电话，一个是市委办的通知，是本周五，在市委蓉园宾馆召开档案管理先进单位表彰会，请市中级人民法院一名院领导和办公室负责人参加，法院是受表彰的单位。姜曼丽听到很高兴，因为档案这一块儿具体工作是她分管的。另外，下周省高级人民法院办公室郭兰霞、凌艳来院，检查档案管理这一块的工作，具体行程是下周一，以本周五的通知为主，之所以特意提前打电话，是想提前了解市中级人民法院是否有什么大的活动。这么一想，领导这样考虑是对的。到党校学习的，下午5点钟就结束了，有少部分人要回家，因为有车不想住在学校。

李国勇一听到下课铃声就拿起公文包直接往停车场走，旁边的谭丽红说："李庭长，是回市里吗？"

李国勇答："是的。"

"哎呀，我搭一下你的便车，你方便不？"

李国勇回答说："你快一点儿。"

谭丽红说："我这就随你上车。"

李国勇说："好。"这样，谭丽红就上了李国勇的车。

谭丽红之所以要回来，是因为她的父母来了。正月里，虽然学习只有三天，但是不在家两个晚上，她怕父母有什么想法，所以回来陪陪父母，毕竟老人年事已高，父母来一趟是一趟，不要让他们感到冷落。这么一想，谭丽红觉得很值得。

李国勇要赶回去，是因为别人约他吃饭。外地的朋友来了，有人要接他吃饭，点名要李国勇参加，李国勇没有推辞的理由，这样是非回来不可。

李国勇将谭丽红送到城管局宿舍后，便直奔清澜湖酒店。

杨金华原本是要回家的，但一想到丈夫到县里不回来，女儿去上学了，平时难得有这么清闲，就决定住在市委党校。

吃完晚饭后，她散了步，这里的确是个学习的好地方，安静，只有一条路上山，没有任何干扰，周围树木苍翠，鸟语花香。这里原来叫"老虎山"，顾名思义就是说历史上这山上也一定有过老虎。每年党校都要举办培训，有科干班、青干班、处干班，大家在一起学习提高政治思想素质，在学习中，大家互相认识了解，也便于在今后的工作中互相联系，互相支持。

杨金华散步时碰到了吴亚莲和陈晓兰，杨金华喊陈晓兰为陈庭长，并解释说不喊陈主任了。陈晓兰比较谦虚，就说喊姓名即可，不必客气。

吴亚莲说："散步后忙什么？"

杨金华说："回宿舍。"

虽然立春了，但天气还是比较冷，天黑得比较早，几人便商议回房间，吴亚莲和陈晓兰住在一间，杨金华说："到你们宿舍吧，我和谭丽红住在一间，她回家了。"

陈晓兰问："她家里有什么事吗？"

杨金华说："那倒没听说，只听她讲过父母来她家住过一段时间。"

吴亚莲补了一句："那就是陪爸爸、妈妈去了。"

杨金华答："应该是的。"

几个人聊起小孩儿读书，陈晓兰的小儿明年就要高考，现在进入封闭式学习，现在在学校寄宿，不过，现在小孩儿学习太辛苦了。吴亚莲说："我的小孩儿后年也要升初中，比刘青德的小孩儿低两年，这小孩儿现在长得好快呀。"

陈晓兰说："小孩儿只愁不养，不愁不长，有小不愁大，这话说得太到位了。"

大家又说起薛处长的小孩儿考到北京，李国勇的小孩儿已经准备开始实习，何组长的女儿考上广州的公务员，等等。

几个人又谈了案件方面的事。吴亚莲对两位都在业务庭办案很向往，在法院工作，绝大多数同志都是喜欢办理案件的，但由于现在案多人少，办案很累，这种办好一件案件后给承办人带来的愉快感没有过去那么强烈。由于案件多，一件接一件，还有当事人对案件的要求越来越高，导致一方当事人期望值过高。一旦满足不了，便怨天尤人，认为法官偏袒一方。想想看一件损害赔偿案件，加害方希望少赔，受害方希望多赔，很难做到双方都满意，还有人提出了胜败皆服。在实际办案中，观点很受人诟病，败的一方哪会服气呢！杨金华看到时间不早了，便要回自己宿舍洗漱。

杨金华走后，两人洗漱后又继续说了一会儿话。吴亚莲还是讲到陈晓兰到民一庭工作是用其所长，陈晓兰作为第二任审管办主任，过去办理过破产案件，也曾在经济庭工作，处理过各类民事案件，经验丰富，她上任后会得心应手。自己到研究室还不知要工作到哪一年。

陈晓兰安慰她，不要紧的，现在人员调整快，想到业务庭办案也不是那么难，自己找政治部反映一下，给分管院长说一下，有了机会就去业务庭。吴亚莲一听，心里的强烈想法稍微平和了一些。一看很晚了，两人便熄灯睡觉。

党校的早餐确实不错，赵勇和周祖全一起吃了包子、稀饭。大家吃完早餐后，有的回宿舍拿笔记本，有的拿着文件袋，直接去了教室。谭丽红昨晚坐李国勇的车回家后，便想着回来坐谁的车，李国勇很客气，问她明早有没有人接。谭丽红说："如果需要你接，我会发信息或者打电话。7 点钟起床了吧？"李国勇说，那会儿早起床了。

谭丽红便给行装科陈小新打电话，问院里明早给领导安排有车没，陈小新说："暂时没有，只有张院长会安排开车送过去，怎么你要过去？"

谭丽红说："是的，想搭便车，坐张院长的车不好意思。"

陈小新讲:“我早晨去，顺便接你一下。”

“那太好了!”说完，两人约好了时间。

陈小新载上谭丽红来到党校时，时间已很紧张，他俩匆匆到饭堂买了两个包子，弄了一点儿咸菜，边走边吃，总算没有迟到。

何立祥准备讲课，即便是过去讲了的，再重复讲也无妨，对廉洁自律就是要反复讲、耐心讲。这样，何立祥从纪委编的《领导干部警示忏悔录》中挑选了案例，结合本省其他地区人民法院发生的一些案例，认真做了准备。何立祥本来文字功底就非常好，他也是在实践中磨炼出来的。那时候条件差，写文章是个苦差事，夏天炎热，蚊子特别多，尤其是深更半夜写文章，何立祥就打一桶水，将双腿伸进桶里。一是避免蚊叮，二是达到降温解暑的效果，“宝剑锋从磨砺出，梅花香自苦寒来”。何立祥讲的案例又是法院系统的，说实话，平时大家办案也忙，根本无暇去看这些案例。何立祥讲的这些案例，大家听后也是心有余悸。案例里的当事人也是法院的，有的甚至是相当级别的领导干部，他们放松了对自己的要求，让贪欲蒙住了双眼，最终由审判者变为被审判者。从坐在庄严的审判台上到站在被告席上，这个反差是够大的。

何立祥还通报了去年国庆节期间，基层法院一名副庭长开公车去吃同学儿子娶媳妇的喜酒。这名副庭长中午吃完饭后，晚上开车回来时，在下高速路出口处，因为视线不好，且路况不熟，发生了交通事故，速度过快发生剐蹭，致使车辆破损，花费修车费六万五千余元。按照《德沅市市直单位公务车辆使用管理暂行规定》要求，除保险公司承担的保险赔偿外，其他损失由这名副庭长承担，基层法院决定给予其通报批评处分。

何立祥讲这个通报时，因为就是基层法院发生的事，而且在座的人不少人有车，今后会有更多人和家庭有车，所以注意交通安全不仅是为自己的事，也是为了家庭，为了社会。何立祥的讲话很朴实，也没有过多的发挥，大家都很明白。交通事故造成的损失，轻则车辆受损人员受伤，重则车毁人亡，交通安全千万大意不得。

徐长胜就日常管理、队伍建设、作风建设作了讲话。总的要求是，中层骨干要带头遵守院里制定的各项规定，严守审判纪律，公正办案，文明执法，把法院建设成先进法院。

市发改委的同志讲了目前德沅市的经济现状和准备开发的项目，市政重点工程，特别准备开发沙港河，利用游船，打造风光带，传承利用历史上的传统文化，让人们在乡愁中触摸文化根脉，增强文化自信，涵养精神家园。如果一期工程完成后，水质会更好，昔日的臭水河将会变成美丽的清水河，两岸的风光带配上霓虹闪烁的灯光，绿草茵茵的岸边花香鸟语，这里将会成为更多居民休闲散步的好地方。在河岸两旁宽敞的地方修建一些体育设施，供人们休闲时进行体育锻炼。

听了发改委负责同志的介绍，人民法院充分发挥审判职能作用，为德沅市的经济发展保驾护航，使命光荣，责任重大。近年来，几项重大市政建设，在工地征拆等方面，提供了很好的法律保障，市政府对此非常满意。大家听了，备受鼓舞。

姜曼丽来听了今天的培训，李书林副主任值班，她和姚霞坐在一起，两人聊到了昨天开会的事儿。张院长代表院党组，向“三八”女同志表示慰问，觉得院里下了功夫。姜曼丽祝贺姚霞由副转正。姚霞也悄悄说，姜曼丽今后的进步将会更大，因为现在很重视非党干部、妇女干部、少数民族干部的培养。姜曼丽占了两方面。一定会有更好的发展。姜曼丽说，谢谢！

发改委负责人讲完话，台下响起了热烈的掌声。这位负责人在何组长等人的引导下离开了教室。张院长和徐院长走上讲台。徐院长主持，他请张院长作总结讲话。张院长讲话很短，事先准备了讲稿。张红江说，经过两天的集中整训，大家思想上提高了认识，遵章守纪上提高了觉悟，廉洁自律上提高了警惕，希望大家鼓足干劲，努力工作，公正办案，为创建一流模范法院努力奋斗。好像是有意安排的一样，大家都到得很齐。张红江讲完后，5点过，正是吃晚饭的时候，除了极个别的先走外，大家都到学校食堂吃晚饭。张院长和司机也到食堂吃晚饭，晚饭后大家就回家了。

两天的整训结束了，大家仍感到意犹未尽。姜曼丽说：“要是有一周就好了，连星期天报到算起，也才三天。”

她车上坐的是吴蓉副科长。“哎呀，太忙了，下周省高级人民法院要来调研。”吴蓉回答。

姜曼丽说：“真的哟，下周省高级人民法院还要来进行档案检查。”

“今年事情好多的，比往年都要忙，关键是新院址这一大摊子，事儿多。”吴蓉也说出了自己的担忧。

姜曼丽说：“不管它，走一步看一步，慢点来，总之还是要将这些事办好的。”

吴蓉说：“事情太烦琐了，杂七杂八的事，有些人真不好应付。”吴蓉说完这话后长叹了一声。姜曼丽也不便问，搞服务工作真是有些难言之隐，经费受限制，接待有标准，但领导有攀比心理，各个院长之间也有接待的标准不同，有的要超标，搞得行装科很为难。

姜曼丽也只好安慰她说：“你不会在这里一辈子，到业务庭就单纯一些了。”

吴蓉说：“我今年提出过，领导说才三年，明年再说。”

不知不觉间，车就到了市内。姜曼丽干脆送吴蓉到文理学院的家。返回时，路过一家超市，姜曼丽又买了一些日常必需品。

李国勇上班后，开始催问有没有需要庭里讨论的案件。周丽云说：“她有一件。”赵建华也说：“有一件。”

李国勇说：“我问一下徐院长看是否有时间研究。”徐长胜说有点儿事处理，下午一上班就研究。

得到徐院长的准信儿后，李国勇就通知赵建华，周丽云做好准备，审理报告别印少了，当然李国勇也告诉杨金华和刘青德下午研究案件，合议庭的由赵建华、周丽云通知的，就是唐仁平和余艳。上午，姜曼丽将电话记录本和通知周五开会的内容给周祖全看了，周祖全的处理意见是，建议徐院长出席，姜曼丽参加，请徐院长批示。徐院长分管办公室，去参加表彰会理所当然，姜曼丽在办公室负责档案室工作，去参加也是顺理成章的。

姜曼丽又口头汇报省高级人民法院办公室下周可能来检查，以周五的通知为准。徐长胜讲，给周主任报告一下，确定了来的时间再说。姜曼丽离开了徐长胜办公室。郭婷婷到处找电话记录本，见姜曼丽拿着本过来，忙说：“刚才找本子不在，估计是你拿走了。”郭婷婷告诉姜曼丽，上面通知又来了。姜曼丽想，全国两会在召开。这也属于正常情况，便将电话记录本交给郭婷婷。

早晨还没上班，姜曼丽就打电话给徐院长，打算先去他住地接他，然后一起到蓉园宾馆去参加会议。这个会是市档案局以市委办公室的名义召开的，主要是表彰档案管理先进单位，同时强调档案管理整理中需要注意的事项，特别强调了今后对领导的批示笺也需作为文件的主体收集归档，过去只是把文件归档，但忽略了批示笺的收集。

市中级人民法院这次获得了“优秀档案室”的奖牌。现在和过去也不一样了，二十多年前都是奖状和玻璃框，现在这奖牌金光闪闪，中间是五个红色大字，下面是发牌机关。

回来时徐长胜问：“省高级人民法院下周什么时候来检查？”

姜曼丽说：“还不清楚，我打电话问一下。”说完，便给郭婷婷打电话，问省高级人民法院办公室是否有通知。郭婷婷告诉姜主任，下周二省高级人民法院办公室郭兰霞主任和档案科凌艳科长来市中级人民法院检查档案工作。由于在车上，郭婷婷的讲话徐院长也听到了。

徐长胜说：“做好迎检准备，把档案室、外部阅卷室的卫生彻底搞一下。”同时对档案库房开窗通通风，时间久了，有纸张霉味儿。姜曼丽说：“就去落实。”

刚进大门口，看到吴蓉也正好从车上下来，徐长胜和姜曼丽下车后，吴蓉笑嘻嘻地打招呼：“刚才去把到党校整训的费用结了。”徐长胜点点头。

姜曼丽说：“我们刚才到蓉园宾馆去开会了。”说完便走向电梯门，大家一起上楼，各自回各自的办公室。

赵建华办的案件需要上审委会讨论，看下周能否安排，这会儿只能等待。杨金华过来问：“今年的‘三八’节还没搞什么活动，要不让庭里的同志出去逛一下。”

赵建华说：“要不到洪水分洪工程去看看。”

余艳说：“出去一下也好，感受一下春天的气息。”

“到时候看李庭长的意见吧。”杨金华回答。

唐仁平在星期天被爱人邀上步行街去买衣服，步行街的服装大部分都是品牌货，价格很高。唐仁平穿制服习惯了，过去穿军装，现在穿法官服，平时穿衣不怎么讲究。他陪爱人买衣服，这个时候正是换季，冬天的衣服要下架，有些打折幅度很大，非常实惠，经不住爱人劝，服务导购员的热情推介，唐仁平穿上一件夹克衫试了一下，不仅合身，颜色也特别适合他穿。爱人也非常满意，现场试穿，大小都看得清清楚楚，省得像过去买衣服的人不在身边，全凭感觉买。今天的效果非常好，尤其价格太划算了。唐仁平的爱人非常高兴。唐仁平平时难得和爱人出去买衣服，今天专门陪爱人，想不到自己买了合适的衣服，在逛步行街时，还碰到了院里的吴蓉和姜曼丽。唐仁平打了招呼，倒是吴蓉和姜曼丽，问起怎么有时间陪嫂子逛街来了，唐仁平笑了笑，唐仁平的爱人嗔怪地说："他呀，这次是太阳从西边出来了。"

刘玉瑶的男朋友也来她这儿了，两人兴高采烈地到竹叶湖游玩。今天天气晴朗，阳光普照大地，温度也升高了几摄氏度。刘玉瑶特别高兴，湖边的杨柳已吐出新芽，在微风中摇曳，远处的游船在湖中游弋。刘玉瑶的男朋友问，要不划船在水中体验一下湖水的清澈？刘玉瑶和男朋友来到租船处，他们租了一艘带鸭形的双人船，慢慢划向湖心，静静地享受这明媚的春光，刘玉瑶脸上露出幸福的笑容。

刘青德今天稍闲一些，爱人带孩子到新华书店去买课外书，刘青德难得有这样的时候，只要爱人休息，做饭和一切家务都干下来了，刘青德趁这一空闲时间，又将给张院长拟写的讲话稿初稿再仔细看了一遍，补充了些内容。他从院长的角度看问题、想问题、提要求，又做了文字上的修饰，便认为可以交打印室了。待清样稿校正后再交给李国勇。

明天刘青德要到图书馆去看看书，便要孩子和杨学亮的孩子一起打出租车，送他俩到博物馆练书法。博物馆和图书馆是挨着的，隔街相望。

上班后，刘青德将打印后的院长讲话初稿给李国勇看，李国勇看后很满意，便让刘青德交给办公室。

刘青德说："再修改一下，明天再给吧。"

李国勇说："那也行，就明天给。"

李国勇还告诉刘青德，明天省高级人民法院召开刑事座谈会，请做好发言准备，提出问题，寻求解决方法。除开庭外，其他的事都推掉了。

刘青德刚要出门，杨金华也进来了，李国勇庭长说："来得正好，明天省高级人民法院召开刑事审判座谈会，收集审判实务中遇到的问题，请做好发言准备。”

杨金华开玩笑地说：“早不开，晚不开，我一进门就开，早知道就不来了。”说完朝刘青德拿的稿纸一看，见是张院长的讲话稿，便情不自禁地说：“搞得好快呀，我也正是来讲收集案件存在的问题。”

李国勇说：“那好，都搞好了，我给徐院长汇报一下。”三个人又谈了明天开座谈会的发言问题。

省高级人民法院办公室检查档案的同志上午到得较早，正如他们说的，早晨车不堵，一路绿灯。畅通无阻，周祖全和姜曼丽热情地接待，欢迎他们到来。吴蓉订了两桌饭，张院长、徐院长，刑一庭、刑二庭的正副庭长和办公室正、副主任参加，张红江院长陪省高级人民法院张副院长，徐院长坐在这桌陪省高级人民法院办公室检查档案。饭局开始了，先是张红江发表了简短欢迎讲话，算是致祝酒词吧，欢迎省高级人民法院领导来德沅市中级人民法院检查指导工作。饭后，周祖全征求郭兰霞主任和凌艳科长的意见，要不住宿就安排在一起，郭兰霞悄悄说不住一起，和领导在一起，不自在。郭兰霞一行吃完饭后就回荷花酒店了。

下午是姜曼丽全程陪同到档案室检查，凌艳科长是内行，她针对性地检查，近五年每年随机抽案号，抽三件案件出来她检查，一看李国勇是承办人，便问李国勇是什么人，姜曼丽告诉她是刑一庭的庭长。凌艳因中午吃饭时见过刘青德，便说刘青德是前年到业务庭的吧。姜曼丽告诉她，是的。凌科长在制作的评分表上认真记录。填写相关内容，并说明天去另外一个市中级人民法院进行检查。一旁的郭兰霞也问了一些别的档案室人员配置情况。

郭兰霞问得很仔细，问完后也聊到市中级人民法院郑新杰院长现在忙什么，姜曼丽说：“郑院长上半年可能才办退休手续，现准备在院法官协会当会长，他身体蛮好。”

郭兰霞说：“那是的，他参加过援藏工作，身体不好肯定不行。前年他到省高级人民法院开会，看他的小女儿，我们在办公室说了一会儿话，我开玩笑说他，从最高人民法院到基层法院，四级法院都有亲人。”

说到这里，凌艳问了一句：“说得这么热闹，是谁呀？各级法院都有亲人。”

郭兰霞说：“刚才讲的是郑院长，你看，郑院长的小女儿在省高级人民法院工作，女婿在最高人民法院工作，他自己是市中级人民法院院长，大女儿在荆楚区人民法院工作。”

凌艳说：“你是说小郑家呀，还真没有想到。”

郭兰霞说：“这个情况恐怕在全国也是独一无二的，至少本省是没有的，到两级法院工作的，倒是有不少。”

姜曼丽一听：“哎呀！真是这样的，他们家算是法院之家。”

郭兰霞说：“可不是嘛，郑院长的个人经历也很丰富，当过公安局局长、司法局局长，然后是法院院长。”

凌艳蛮感兴趣，手里的检查也搞完了，便饶有兴趣地问：“到这么多部门工作过，真厉害，说说看。”

姜曼丽给郭兰霞主任和凌艳科长茶杯里倒了一些开水，郭兰霞接着说：“那次在我们办公室，郑院长谈了他的经历，他很努力，从农村里出来，通过读书改变了命运，也可以说知识改变了命运。郑院长他是属于‘老三届’，曾经搞了一次串联后就回乡搞生产，参加修一个大型水利工程，相当于双富县的‘红旗渠’。我姐姐那时也搞串联，带上我和她们同学一起，我问郑院长是什么时候，正好我们比他晚半个月。他去了北京，还去了上海。我和姐姐她们只去了北京，就回到了长沙。”

凌艳说：“去北京好玩吧？”姜曼丽静静地望着她，期待她的回答。

郭兰霞继续说：“那时候人单纯，没怎么想着玩，我就跟着姐姐她们跑。郑院长回来后听他讲，1967 年他们修的水泵工程垮坝了，这样在 1969 年重修大坝，郑院长就到公社民兵营办公室，那时候大队相当于现在的村，成立了民兵连，公社相当于现在的乡，成立了民兵营。当年底，从修坝的十万民工中选调五名同志到水泵厂学习水轮泵，后在工程机电营安装水轮泵、发电机，他积极投广播稿。到了 1971 年下半年，工地成立了一个公安派出所。郑院长那时也是热血青年，积极上进，积极参加团支部的活动，表现突出，又有文化，在年底被推荐到公安派出所工作。到了 1972 年元月，到德沅地区人保组参加业务培训，学习结束后就到双富县人保组（又称‘军管小组’）。

“1975 年恢复公、检、法，他到公安局成为公安人员，由于肯钻研、爱学习，接连破获了几起案件。他材料整理得好，属有文化人，1978 年，他由刑侦副股长当上了副局长。1979 年 6 月，中央从全国抽调了三千名干部支援西藏建设，开始没有抽他去，是后来决定的，还给他提了一级，当公安局局长。有任命文件装档案，这样他就成了正科级。”

姜曼丽默默地听，郭兰霞接着讲述关于郑院长过去的故事说：“他到了西藏，就被分配到自治区公安厅三处当治安科长，听他讲那时候西藏公安厅的治安科业务很广，包括治安、消防、内保、户籍和交通管理等，科里只有十多个人，基本上一个人当几个人用。厅里还要求下基层搞调研，一下去就是几个月，公安的各项工作都要管，即所谓‘下去一把抓，回来再分家’。正当他干得热火朝天的时候，中央有新精神，西藏高度自治。1981 年，郑院长内调回来，就到双富县当司法局局长，1984 年元月当双富县人民法院院长。1986 年到 1988 年，郑院长在中央政法管理干部学院学习。1988 年 8 月，学习毕业后到市中级人民法院当副院长。”

凌艳说：“郑院长经历真丰富，不容易，搞大事的人经历都不简单，很有能力。”

姜曼丽听后感慨万千：“怪不得呀，前年郑院长到成都开会，专门去西藏拉萨一趟，听同去的周祖全主任说，当时郑院长科里有两个年轻的藏族干警，一个现在是西藏公安厅治安总队总队长，一个在户籍管理中心任主任。他们专门派车派人陪郑院长重返故地，情真意切。他还看望了一位去世老同志的遗属。近三十年了，当年的青春小伙也已年近花甲。”

郭兰霞说：“可不是，郑院长在我办公室介绍他的过去时，就像是讲的昨天一样，这时间过得太快了！”

郭兰霞问了一句：“你的抽检搞完了吗？”

凌艳说：“搞完了，还挺不错的！抽到了刘青德办的案件，没什么问题。”

姜曼丽说：“他办事挺认真的。”

郭兰霞说：“检查完了就准备走，资料别漏掉了，四年前你们是不是清理了卷宗，销毁了部分过期无保留价值的？”

姜曼丽说：“我刚接手，听说过，是刘青德当副主任时做的。”

郭兰霞表示，下半年要召开相关会议，对全省法院的卷宗档案进行评比，鼓励先进。同时，要创造条件努力实现新的档案今后实行电子化管理，要创造条件努力实现，姜曼丽听后心里感到吃惊，这得要多大的工作量呀。万一电子数据损坏或丢失咋办？姜曼丽这些疑问只是闷在心里没有提出来。

下午，在蓉园宾馆开的刑事座谈会，很热烈，市中级人民法院参加的除了徐院长，还有赵祥文专委。他过去一直从事刑事审判的工作。刑一庭、刑二庭正副庭长，刑二庭负责人邓海红和审监一庭庭长吴建林也参加会议。因为市人大常委会，可能在本周五召开，到时市中级人民法院和市人民检察院都有法律职务需要任命，谭丽红作为审管办负责人也参加了会议。徐院长要办公室专门通知她，一是考虑她做刑事工作这么多年，遇到的问题，解决的方法都有一套。二是省高级人民法院来的都是业务庭庭长、副庭长，彼此熟悉交流，有利于工作。三是审管办作为案件管理的综合机构，了解各专业动向对开阔思路很有益处。

谭丽红开始还有点儿顾虑，没在刑事庭工作了。参加会议是否合适，听徐院长这么一讲，心里就很释然了。她针对刑二庭，尤其是职务犯罪中出现的一些新情况提出了很好的建议。李国勇对毒品犯罪死刑的标准提出了自己的看法，以毒品数量巨大流入社会为由，未见到实物，判处死刑，仅凭口供，有些把握不准，如果抓到毒犯，现场缴获数量巨大的毒品，又以未流入社会，量刑要有区别，这真叫人为难。

听到这里，张副院长笑了。在办案中还真能碰到这种情况，他表示对提出的问题集中归纳整理，提出指导意见供法院在实际办案中采用。审监一庭吴建林谈了刑事方面申诉案件的类型和数量，只是过去与现在阶段不同，量刑的幅度有所不同。省高级人民法院几位指导组的人深有同感，张副院长说历史问题要用历史的眼光去看，1997 年以前因盗窃案被判死刑，现在不判死刑了，不能说过去的判决错了，时代不同，不能用今天的标准看待过去发生的事。大家听后若有所思，认真地做好记录。

王涛和杨金华也提出了在办案中遇到纠结的问题，省高级人民法院指导组的同志也都认真记录。

座谈会在热烈的气氛中结束。张副院长对大家表达了感激之情，都讲得很实在。回去对问题研究后给出指导意见。

徐院长带领大家回院后，喊了谭丽红，邓海红，李国勇、吴建林等几个正职负责人准备晚上陪省高级人民法院同志吃饭，饭后准备逛逛夜景。谭丽红说吃饭可以参加，逛夜景就不去了。徐长胜没有坚持，那就陪吃饭吧。

晚上是分别安排的，省高级人民法院办公室的请周祖全再喊谭院长陪一下，徐院长就和省高级人民法院刑事指导组参加座谈会的在一起吃饭。张红江院长因为市委有活动没有参加。省高级人民法院刑事指导组是从另一地区市中级人民法院调研后过来的，到德沅市中级人民法院调研座谈会后直接回省高级人民法院。

省高级人民法院召开的刑事座谈会，市中级人民法院的相关人员都参加了，而且，大家都畅所欲言，提出的意见十分中肯，对目前刑事审判中出现的新问题提出了很好的建议，反映的问题具有一定的普遍性。省高级人民法院张副院长对张红江院长说，德沅市中级人民法院的刑事审判工作搞得不错，指导组都这样认为，市中级人民法院好的经验和做法需要好好总结一下，省高级人民法院将通过法院信息向全省法院推荐介绍。

张红江院长听到这个消息后，告诉了徐长胜，两人都比较高兴，市中级人民法院的工作得到了上级法院的充分肯定。特别是刑事审判工作，这是徐长胜分管的工作。徐长胜表示，马上安排李国勇、谭丽红召集骨干查情况，写出初稿后，他会认真把关。

省高级人民法院指导组吃完早餐后，准备直接回院里，办公室档案检查的郭兰霞主任他们不直接回去，而是还要到另一市中级人民法院进行检查。这样，凌艳科长露出了羡慕的目光，她的习惯是不出差想出差，出差了又想回家。她这次来，还有一个想法，看看竹叶湖，听说增加了许多游乐设施，想看一下后准备暑假带孩子来游玩，却没有人提出到竹叶湖去玩，她原先想晚饭后自己去竹叶湖，没有想到，和院里指导组的同志会合了，就更不好意思提出来了。

郭兰霞主任和凌艳科长早饭后要走，是到另一市中级人民法院进行检查，周祖全主任和姜曼丽副主任陪郭兰霞、凌艳吃早餐。李书林副主任因为要开车送女儿上学读书，就没有参加。周祖全做了说明，凌艳表示非常理解。

周祖全表示以这次档案检查为契机，将档案管理工作做得更好，郭兰霞对市中级人民法院档案管理工作非常满意，对周主任和市中级人民法院的热情接待表示非常感谢，凌艳也表达了谢意。

他们走后，姜曼丽长出了一口气，说："客走主人安呀！"李书林听后哈哈大笑说："还有什么紧张的吗？我们工作做得不错呀！"周祖全点了点头。

下午召开审委会，张红江院长要到市委政法委去开会，委托徐长胜主持。这次要召开审委会，是因为民二庭有一件涉及几千万元的经济纠纷大案，合议庭认为数额太大，交庭里讨论后，还是提交审委会讨论。这样，赵建华的刑事案件也一并研究。

李国勇通知了赵建华做好准备，赵建华笑着说："又不是接亲，有啥准备的。"

杨金华听到后说："哎呀，你是还想结婚吧！尽想些好事。"李国勇只是笑了笑。审委会结束后，徐院长对一起下楼的李国勇说，"全市刑事审判会议在四月一定要召开，已经报告了张院长。你要抓紧准备材料。邓海红才到刑二庭工作，有些筹备的事你多担当些。"

李国勇说："案件存在的问题，收集整理有了大概，给张院长的讲话初稿基本上搞好了。"

徐院长听到这里，很高兴地说："工作往前赶，头发往后梳，搞得好。"

李国勇回到庭里，便找刘青德，杨金华讲了刚才徐院长说的话，抓紧准备材料。另外，让他们找一下上次开会关于刑事审判的相关资料，思想上要往这方面多想一想。刘青德和杨金华就离开了李国勇的办公室。

清明节刚过，省高级人民法院通知召开刑事审判会议，分管院长和刑事庭庭长参加，要求办公室上报名单。随即徐长胜做了批示，请李国勇和邓海红参加会议，提前到下午报到。因为是在省高级人民法院培训宾馆开会，吃住学在一栋楼，非常方便，生活也过得特别好。晚上吃完饭后，徐长胜邀李国勇和邓海红散步，三人沿着河岸边走边聊，徐长胜言谈中，这次省高级人民法院会议散后回去就准备开全市刑事审判会议。李国勇和邓海红都表示赞成。正在这时，徐长胜电话响起，徐长胜接电话说都在一起，不用客气。原来省高级人民法院老乡蔡庭长准备看望徐院长一行。徐长胜告诉李国勇、邓海红，刚才是蔡庭长打来的电话，向大家问好。

邓海红说："他是老爸的学生，高考时地理考得非常好。"

李国勇说："听他讲述，你父亲在他读书时，对每个学生都很关心。"

邓海红说："那是应该的，能提供方便的尽量提供。"

几人散了一会儿后便往回走。两天的会议开得很有实效、紧凑，领导的讲话都很简练，业务问题谈得很细，给人以深刻的启迪。

回到院里后，徐长胜将省高级人民法院会议的内容做了汇报，并提出召开全市法院刑事审判会议。张院长同意在本月中旬召开，并将参加会议的人员范围，拟邀请的出席人员做了初步敲定。为避免干扰，地点选在下面基层法院，具体确定后再说。徐长胜回到办公室后，喊来周祖全主任和陈小新科长，对开会地点、开会时间，做了安排。他先给橘城县人民法院李院长打了电话，告知拟召开全市法院刑事审判工作会议的安排，准备在橘城县召开。李院长一听非常欢迎，并表示乐意承担会务接待工作。徐长胜说，这倒不用，经费由市中级人民法院负责。李院长说，"我会报告县委，该我们做的工作一定提前全力做好，请将开会时间确定后，我们好联系宾馆预订好。"市中级人民法院真正具体经办这事儿的责任就落在吴蓉和李书林的身上。

由于距开会还有八九天时间，李书林心里也不是太急，他给郭婷婷讲，给各基层法院打电话通知，告知开会及要求，报参会人员名单，然后他根据报的名单打印了会务指南，安排了人员房间。

橘城县人民法院李院长报告县委政法委后，县委也高度重视，县委一位副书记，县委政法委书记，县人大副主任参加，市中级人民法院张院长、徐院长，市委政法委一位副书记亦参加，市中级人民法院研究室、审监二庭、办公室参加、行装科吴蓉副科长出席会议，刑一庭、刑二庭全体审判人员，九个基层法院分管刑事的院领导和刑事庭庭长参加会议。

第一天上午会议的议程是橘城县县委常委、政法委书记致辞。市中级人民法院刑一庭庭长李国勇传达省高级人民法院刑事案件质量分析座谈会精神，市中级人民法院常务副院长徐长胜做全市刑事审判工作报告，市委政法委副书记讲话，张院长讲话。下午是典型发言。发言的单位有橘城县人民法院、唐泉县人民法院、花苑县人民法院，紧接着是讨论。李国勇传达全省刑事案件质量分析座谈会精神有一份提纲，作为全市法院刑事审判工作会议材料之一，发给了与会人员，张院长、徐长胜的讲话作为材料之二、之三也发给了大家。办公室李书林副主任会做事，所有这些材料都装在一个文件袋里，参会人员人手一份，非常好，还将多印的散装资料也带来了。

从李国勇传达的省高级人民法院会议精神来看，省高级人民法院这六年多共发回刑事重审案件比较多，占比在7%以上，比例偏高。这种现象令人担忧，这些案件存在的主要问题：一是证据的本质属性不齐备；二是证据链不完整；三是证明犯罪主体特征的证据不充分；四是对证明犯罪情节的证据不重视；五是诉讼程序不正当。在一些案件中，有的存在先定后审，诉讼程序流于形式；有的证据没有经过庭审质证，认证就予以采信；有的审判长指定不规范，随意变更合议庭成员；有的不按规定张贴开庭通知、公告，公开审理透明度不高，等等。

造成以上问题的原因归纳起来：一、司法理念落后；二、工作措施不规范；三、外界因素的不当影响；四、队伍素质参差不齐。刘青德和杨金华坐在一起，看来上次省高级人民法院指导组来德沅市中级人民法院调研的有些发言内容被吸收进去了。

李国勇继续就当前刑事审判工作亟须解决的问题进行通报。一、要切实端正执法指导思想，树立现代司法理念。要转变观念，树立罪刑法定、无罪推定、疑罪从无、程序公平等现代刑事司法理念。二、要从刑事司法制度上完善杜绝冤错案件的防范机制。三、要增强证据意识，认真审查证据。四、要加强队伍建设，着力提高刑事司法能力。五、要切实加强政法机关之间的监督制约，确保严格公正执法。

从发现的几起著名冤错案件来看，反映出法院、检察院、公安机关三个机关之间，以往过多强调协调配合，忽视了监督制约。检察机关对侦查机关采取刑讯逼供等非法手段取证问题，没有履行法律监督职能；法院对公安、检察院提供的证据未认真审查把关，对非法证据不敢排除。作为最后把关的审判机关，要遵循客观公正中立的司法原则，独立地审查判断证据，认定案件事实，对非法取得的证据绝不能迁就。

李国勇传达会议精神时，说话声音洪亮、铿锵有力。他平时办事干净利索，从不拖泥带水，把庭里的工作搞得有声有色。今天仿佛自己做报告一样，给人以一种必须照着去做的感觉。

徐院长做报告前，只休息了几分钟，因为张院长和王副书记还要赶回德沅市开会。

徐院长的讲话，以“总结经验，振奋精神，主攻薄弱，强化措施，扎扎实实地做好刑事审判工作”为题，着重讲了三个方面的成绩：2006年以来，各级法院刑事审判庭一是充分发挥刑事审判职能作用，全力维护社会稳定，将打击的锋芒对准暴力犯罪，涉黑涉恶犯罪，涉毒涉枪犯罪，有组织犯罪，以及盗窃、抢劫等严重危害人民群众生产、生活秩序的多发性犯罪，取得了良好的社会效果与法律效果。二是宽严相济，保障人权，严格死刑适用，确保“少杀、慎杀”。“保留死刑，少杀、慎杀”是我国死刑适用的一项基本原则，死刑只适用于罪行极其严重的罪犯。三是坚持刑事审判方式改革，提高刑事审判效率。四是以刑事审判工作为依托，积极参与社会治安综合治理。五是加强队伍建设，队伍的整体素质不断提高。

徐院长的讲话由于有具体数据及一些案例，限于时间关系，有的地方他只是提纲挈领地念了一下大小标题，讲解了一下。在谈到加强刑事审判队伍建设，提高刑事司法能力时，他特别强调：一、加强思想政治建设，打造一支拒腐防变的队伍。二、要加强刑事审判队伍的组织建设。三、加强业务学习，打造一支高水平的职业化队伍。四、要加强刑事审判的宣传，引导社会舆论。

徐院长热情洋溢的讲话，鼓舞了大家的斗志。休息十多分钟后，市委政法委王书记做了讲话，他主要提了希望，代表市委政法委参加这次会议，体现了对会议的重视。他的讲话不长，好像有一两页纸的讲话要点，属于即兴发挥。张院长的讲话，刘青德认真听了，边听边看，办公室将文字整理得更顺畅了，张院长只讲了标题，里面的内容没有完全展开讲，可能受气氛感染，对橘城县县委、县委政法委的支持表示了诚恳的谢意。

张院长的讲话稿是刘青德帮助起草的，他并没有照着念，徐长胜很尊重他，压缩了自己讲话的时间。张院长讲话时间比较充足，讲得很实在，提了要求，特别是强调了案件的被发改率，要求每一件案件都要认真办理，力争做到不发回。

上午的会议结束后，张院长和王书记吃完饭就回市里了。下午的讨论是在一个比较大的会议室举行，由于椭圆形桌子坐不下，市中级人民法院刑事庭的审判员坐在后面，九个基层法院的院领导等和庭长围坐在桌子旁，讨论上午的发言。

今天，三个基层法院分别做了典型发言，其中花苑县人民法院范院长做了以“调解为主，案结事了”为标题的发言。由于有案例，发了文字材料，花苑县的范院长只简单说，其他两个法院也简单说，这样下午的时间也比较充裕。大家很长时间没有在一起聚集，有的是老刑事，分管院长像敬院长、覃院长、于院长，有的是刚分管刑事和从县人大调来的，徐院长就一一做了介绍，因为有会务指南，大家相互也都熟悉了。有几个法院希望市中级人民法院多下去指导工作，也有问题想及时得到市中级人民法院的解答。大家愉快地交流心得感想，也说现在案件出现的一些新情况，特别是附带民事的赔偿是个难题，判决后服刑了，但就是民事赔偿没有钱赔，而受害人要钱是合理诉求，法院也不可能给钱，司法救助在基层法院是杯水车薪。对这些问题，对大家的发言，刘青德和杨金华是认真做了记录的。徐长胜也认为，刑事附带民事的赔偿难执行到位，确实是个问题。还是希望由各法院里在每年县人大开会时由代表提出，请求政府救助资金多拨一点，以解决一部分受害人的困难，防止涉诉信访人数上升。

讨论中，徐长胜接到电话，听起来像是有什么活动要他出席，一听徐长胜说在橘城县开刑事审判工作会议，就说另约时间。

晚上是自由活动，橘城县人民法院原本组织大家看场电影，联系影院，没有新片，征求大家的意见，兴趣不高，这样大家自行安排活动。

橘城县城的夜色很美，岩平山的泉水从上游流过，很清澈。大家三三两两，漫步街头。

有人没有出去，在宾馆休息聊天。大家感慨时间太快，2006 年 4 月召开全市刑事审判工作会议，一晃开会距今就有四年了，仿佛就像在昨天。

橘城县人民法院李院长陪徐长胜讲话。李国勇和范院长也在，大家都很开心。李院长似乎有些不好意思，大家好不容易到橘城县来，没有好好招待大家，心里过意不去。徐长胜连连表示感谢，给李院长增添麻烦了。

李院长说：“橘城县人民法院编了一本办案手册汇编，有的同志看了反映不错，给开会人员每人送一本，欢迎大家批评指正。”

徐长胜院长一听很高兴，说：“一定是李院长为主编的，方便办案时使用，很好。”

徐长胜连连表达了谢意，表示明天给所有参会的同志每人送上这本书。

橘城县委和橘城县人民法院对会议顺利召开给予了极大支持。说了一会儿后，天色已晚，李院长要徐院长好好休息，并告辞了。

上午阳光明媚，早餐后，橘城县人民法院就将《办案手册汇编》送到了会务组。吴蓉副科长便要各法院司机来拿《办案手册汇编》。

由于橘城县人民法院有件案件需要汇报，加上李院长和县委副书记再三挽留，要徐长胜吃完午饭再走。有的同志就随荆楚区人民法院的车先回市里了。李国勇和邓海红留下来一起听取案件汇报。

当一切都按预定的计划完成时，徐长胜露出了欣慰的笑容。这种笑是发自内心的，他心情无比愉悦。邓海红刚任职就参加这次会议，对于熟悉情况、进入角色极有帮助，他是收获满满，信心满满。在回市里的车上，他正思考着刑二庭的工作，新官上任该烧怎样的“三把火”。全市刑事审判工作会议圆满举行，新一年的刑事审判工作从此就正式开始了。

尾 声

2011年5月立夏之日，风和日丽，德沅市中级人民法院全体干警正聚集在办公楼前，张红江院长及其他班子成员坐在前排椅子上，干警们正站在后两排的架子上，摄影师不停地调整角度。张红江院长朝大门口的方向不断张望，不一会儿，一辆车子从大门口驶入，纪检组组长何立祥从车上下来后，快步走到队伍前，坐在谭副院长的旁边。在“咔嚓、咔嚓”的照相机声中，德沅市中级人民法院全体干警的集体合影拍摄完成。

今天是德沅市中级人民法院搬迁新址的日子。张红江坐在第一辆车上。随后是行装科和政治部的干警，一路跟随。大家看到这仿欧式建筑，望着这宽敞明亮的办公室，喜悦之情油然而生。下午，龙阳县人民法院潘跃院长和闻香市人民法院院长周祖全也来到法院，他俩是去年九月到基层法院任院长的。同时，李国勇也被任命为副处级审判员。今天他俩提前回来，一是汇报一下工作，二是看看搬家后各庭的老同事。这次搬家，所有人全部配发了崭新的办公用品。同时，院里又分配给中层骨干每人一间办公室，干警每两人一间办公室。法官们正以崭新面貌弘扬法治精神，共同续写审判事业新篇章。

5月28日，在巨型的大红拱门上，“德沅市中级人民法院审判办公大楼落成庆典”暨“司法公正德沅行法官宣誓大会”同时举行，白色大字在阳光照耀下格外醒目，两旁飘动着巨大彩球。全体干警在操场上整齐列队，伴随着雄壮的国歌，鲜红的国旗缓缓升起，张红江院长发表了简短的致辞，在欢乐的气氛中，法官们进行了宣誓。干警们为大楼的落成而欢呼。

国徽在阳光照耀下熠熠生辉。威武庄严的办公楼划分成 A、B、C 三个区，功能各有侧重。审判法庭敞亮明净，办公走廊通透明亮。A 区是审判区，共有大、中、小审判法庭十三个，巨大的国徽悬于审判台正上方，审判台法槌静卧，两侧分列原、被告席，可同时容纳十多场法庭同时开庭。B 区是综合区，档案室、技术室、视频会议室、装备房等都集中在这里，在三楼还建有一列文化长廊，法院干警的书法、绘画呈现在人们面前，庄重而典雅。走进 C 区办公区，迎面而来的是一幅巨大的迎客松屏风。从外地赶来的易阳老院长缓缓移步，刘青德热情地迎上去和他留影。

前几届退休的老院长都来了。所有离退休老同志受邀参观了各办公室，郑新杰老院长来到这里，望着熟悉的同事，回忆当初策划院落整体搬迁的情景，不禁思绪万千，无限感慨。几十年的政法生涯，有梦想，有追求，想到为了院落搬迁付出的一切，感觉一切都值了。就在市中级人民法院搬迁新址两个月后。贺德友从唐泉县委政法委书记调任市中级人民法院副院长。徐长胜常务副院长热情地接待了他，向他介绍了市中级人民法院的基本情况，对他的到来表示了欢迎，期盼他为班子带来新的活力，让分管的工作领域走在全省法院先进行列，让德沅市中级人民法院工作更上一层楼。

2012 年 5 月，张红江院长调任省高级人民法院副院长。同年 8 月，基层换届工作开始后，袁华军从双富县人民法院调橘城县人民法院任院党组书记。涂启民从城山县人民法院调花苑县人民法院任院党组书记。年底县人民代表大会召开，袁华军任橘城县人民法院院长。涂启民任花苑县人民法院院长。2012 年 11 月，徐长胜常务副院长被提拔到省内一市中级人民法院任院长。新的征程，新的期盼。临行前，徐长胜和贺德友进行了推心置腹的交流，畅所欲言。他就政法队伍的现状、人员的思想、需要注意的事项，充分发表意见，徐长胜目光坚定、信心满怀，迎接新的挑战。2014 年，刘青德到国家法官学院学习后，被调整到市中级人民法院立案庭工作。2016 年 7 月，陈建海从唐泉县人民法院调双富县人民法院任院党组书记。不久召开县人民代表大会，陈建海任双富县人民法院院长。

几年后，一次人员的意外变动，出现了基层法院院长空缺，这次人员变动，市中级人民法院也受到了较大影响。2017 年 9 月，市中级人民法院刑二庭庭长邓海红到龙阳县人民法院任院长，潘跃从龙阳县人民法院院长调任荆楚区人民法院院长。吴亚莲从研究室调到政治部工作几年后，得到了很好的锻炼，2017 年，调整到民三庭工作，办理涉知识产权案件。荆楚区的焦桂山常务副院长负责基建工作，由于院长生病住院，焦桂山主持负责全院工作很长一段时间，完成了金山法庭的选址征地，绩效考评全市第一，各项工作成绩斐然，2017 年 10 月，焦桂山被提拔到市中级人民法院任副处级审判员。刘玉瑶被遴选到省高级人民法院工作。

朝阳初升，光芒万丈，它不仅照亮了天际，也照亮了法院人内心的梦想与追求，激励他们勇往直前，朝着既定的目标，努力拼搏，不断超越自我，用汗水与努力书写属于自己的精彩篇章。

2024 年 3 月 12 日启笔于湖南省常德市武陵区国源小区
2024 年 9 月 25 日落笔于常德市信通投资管理有限公司
2024 年 11 月 8 日初稿于常德市华瑞达酒店有限公司
2024 年 12 月 20 日第二稿修改于常德凯宏实业有限公司
2025 年 1 月 21 日继续修改于常德锦香盛贸易有限公司
2025 年 4 月 17 日第三稿修改于汉寿县龙阳国际大酒店
2025 年 5 月 22 日再修改于湖南省常德市中级人民法院
2025 年 6 月 16 日定稿于湖南龙运交通运输集团有限公司

后记

2023年11月，我的长篇军旅小说《女兵连长》在中国工人出版社付梓前夕，战友陈元卿得知消息后，非常高兴，勉励我继续创作，写出更多更好的优秀作品，指出该书仅为起点，而非终点。我欣然应允。2024年1月4日，当散发着油墨清香的《女兵连长》送达手中时，心中喜悦难以言表。

1994年，我告别熟悉的军营和战友，从空军司令部机关大院转业至湖南省常德市中级人民法院。同年9月15日到市中级人民法院政治处报到，9月19日，胡金林主任代表市中级人民法院党组安排我至执行庭工作，并殷切叮嘱："加强学习，严守秘密，严格执法。"随后，陈远定同志引领我至执行庭报到，自此我开启了在常德市中级人民法院的职业生涯。

同期转业至常德市中级人民法院的，还有聂景华、朱传和、邓杰明、毛业东同志。虽然来自不同部队，共同的工作机缘让我们结下深厚情谊。法院工作专业性强，审判尤非易事。在常德市中级人民法院三十年，我先后在执行庭、经济庭、民事庭、办公室、刑一庭、刑二庭、立案庭、民三庭工作。虽机构名称几经变更，但热爱刑事审判工作的初心始终未变。

1985年1月，我在部队提干。1986年一次闲谈中，战友杨生国同志问及今后转业志向，我不假思索地答道："如有可能，我愿意去法院工作。”数年夙愿得偿，欣慰而且自豪。当他人普遍向往经济庭工作时，我却独钟刑事审判。1997年至1998年我在刑一庭工作。在我的积极要求下，2001年至2005年我再次在刑一庭工作。2009年至2013年我在刑二庭工作，此期间经历了《刑法》《刑事诉讼法》的修改。让我印象深刻的是背记《刑事诉讼法》，这种背记为此后的审判资格考试奠定了坚实的基础。此后，虽然不断变换庭室，但热爱刑事审判始终是我的追求。刑事审判一直是我投入精力最多的领域——前后三次在刑事庭累计工作逾十二年，时间之长可谓显著。

刑事审判以严谨著称，不容丝毫疏漏，对于警政治素养与业务能力要求极高，承办案件必须经得起历史检验。法官们承载的压力巨大。感到欣慰的是，同事们无不勤学理论，并与实际办案相结合，从而做到法学理论素养与丰富办案经验兼备，始终坚守惩恶扬善、匡扶正义的使命，以法律守护公平。他们于卷宗堆叠中细抠每个证据，在庭审交锋里锚定法理与情理的平衡，让每份判决都成为经得起反复审视的正义答卷。正是这份日复一日的认真与坚守，让法律的威严掷地有声，更让公平正义的光芒，真切地照进每个等待裁决的人的心房。

感到高兴和自豪的是，我不仅是书中系列事件的亲身经历者，亦是法治进程的深度参与者，更是社会良知的坚定守护者。书中人物形象皆源于身边这些敬业的同事。他们兢兢业业、甘于奉献，有的为工作放弃无数与家人团聚的假日时光，有的舍弃天伦之乐专注办案，有的分娩前三日仍坚守法庭，有的法官面对家庭变故依然默默承担重压。我所熟识的这些法官，身为子女、父母，同样肩负着家庭的重担，皆为血肉之躯、正直之士。刑事法官群体，实为可敬！社会的公平系于坚守正义，法官的奉献换来万家安宁。我为同事们深感骄傲，更为自身法官身份而无比自豪。

2002年，常德市中级人民法院曾推行“双向选择”，即庭室选干警，干警选庭室。我作为唯一主动选择刑一庭的法官，此次选择在当时法院系统引起了一定反响。这也从一个侧面印证了刑事审判工作的繁重与责任之巨。正是法官们无私的付出与公正的裁决，筑就了社会的平安基石。案件审结后宣判前，每每掩卷深思：案件处理考虑是否周全？法定情节、酌定情节是否均已权衡？从重处罚的同时是否兼顾从轻处罚？有时因一案思虑，辗转难眠。在办理某特大家族毒品案时，为抢时间，我与合议庭聂龙、肖嘉国同志通宵达旦；至于加班至凌晨2、3点，更是工作常态。回想当年办案过程，依然心潮澎湃，难以忘怀。

在动笔创作本书之际，我从个人收集的数十箱工作资料中整理出四箱相关材料，逐一认真研读。我保存着转业到法院参加工作以来历年的工作日志，保留着第一次承办案件时的法律文书，珍藏着第一次获得中共常德市委表彰全市“优秀共产党员”称号的文件，收藏着第一次获得常德市职工百名读书积极分子的奖牌。资料收集时亦看到他人疑惑的眼光，却不想今天发挥了巨大作用。如今我目睹这些工作日志和法律文书，仿佛看到了流逝的岁月，细细品赏开庭审判时的工作照片，让往事不再陌生，第一次坐在审判庭上的情景，第一次送达起诉书副本的经历，第一次参与死刑执行后的感受……至今仍然历历在目。重温办案中的点点滴滴，回想与同事们一同开庭审理案件的场景，不禁心潮起伏，思绪不断涌现。

书籍是人类进步的阶梯。常言道“闭门是深山，读书有净土”，每当夜深人静，在堆满法学典籍的书房里翻开收集保存的法律资料，指尖划过铅字凝成的法条与案例，墨香混着时光的味道弥漫过鼻尖，那种潜心学习的情境感油然而生。法院生涯的诸多画面亦清晰浮现脑海，“缅怀往昔岁月，开启崭新征程”的信念萦绕心头。昔日那些在书页间汲取的法理智慧，恰是当年在法庭上坚守正义的底气；而今提笔写下这些故事，亦是想让更多人看到，法治之光如何在一代代法律人的接力中，照亮寻常日子的每个角落。

在写作过程中，我坚持每天完成两千余字，一个月即写下五万余字。追忆曾经办理的案件细节，依然感触深刻。想起那些已经离开审判岗位的前辈与同事，他们的音容笑貌常常浮现在眼前。而他们优秀的职业品格与严谨的办案作风，已在后辈中赓续传承。在此过程中，亦得到了许多同人的鼓励和支持。

在本书创作完成后，我只是觉得它如实记述法院工作流程、操作规范，展现法官的日常生活、情感的波澜，更传递法律的公正、威严与庄重。然而，我内心深处最真挚的期盼是当刑事法官们“无事可做”之日，便是我们社会至臻美好之时——这份期盼，恰恰指引着所有刑事法官不懈奋斗的方向。

在本书创作过程中，承蒙谢肇荣、黄兴茂、李爱群、曾晓东、李常春、童中勇、刘应典、孙雪飞、马明浩、周清平、范晏齐、瞿长军、李平章、唐天平、丁时杰等同志于百忙中接受访谈、咨询，无私提供翔实资料与专业信息，为创作奠定基石。在此谨致衷心谢意。

特别鸣谢我的爱人张惠平女士，其坚定有力的支持为创作提供了重要保障。

湖南文理学院丁德昌教授惠予本书大力帮助；王梓豪、李奥、陈瑶瑶、黄欣、邓聃、李菲、宋哲涵、杨科、汤碧柔、王宇迪、鞠宇轩等同学为本书手稿录入及认真校对工作付出了辛勤汗水，他们严谨负责、精益求精的精神令我深为感动。在此一并致谢，并衷心祝愿诸位同学学业精进、前程似锦。

好友童宗锦、同事朱梅安同志在繁忙的工作之余为本书修改倾注心力；于前军同志对书中采用的案例提出了建议。他们的大力支持，无私奉献，铭记于心。

本书书名由孙志文同志挥毫题写，封面设计承蒙屠宁宁同志精心构思并做了有益的工作。

本书出版亦得到以下单位与个人的大力支持，谨此致以诚挚谢意：

湖南龙运交通运输集团有限公司傅子刚；

湖南福沅钡业新材料科技有限公司吴愈祥；

常德凯宏实业有限公司欧阳凯；

汉寿县龙阳国际大酒店欧阳凯；

常德市华瑞达酒店有限公司鲍才能；

桃源县启新商务酒店涂启新；

桃源县甘露茶艺社周辉军；

德山尊德天城宾馆好声音量贩 KTV 陈立伟；

津市市鑫隆汽贸有限公司李铜；

常德市武陵区胡林石材经营部胡圣林；

常德锦香盛贸易有限公司肖艳萍；

湖南福千府生物科技有限公司郑红华；

汉寿县善行日用品店陈晓英；

湖南程微电力科技有限公司阮杰；

津市市襄阳街志愿者协会朱德文；

以及向华清、况波、毛先全、伍耘慧等诸多同志。

在本书的创作、编辑、出版过程中，始终得到了中国工人出版社邢璐编辑的支持，感谢罗娜编辑的辛苦劳动，悉心指导，精心编排，终于完成本书的出版工作，在此表示深深的谢意。

由于水平有限，书中难免有疏漏或差错，敬请读者朋友们批评指正并见谅。

孙孝明

二〇二五年夏于湖南常德桃花源